W0005694

BASTEI LÜBBE
TASCHENBUCH

Titel in der Regel auch als Hörbuch und E-Book erhältlich

Über die Autorin:

Rosemary McLoughlin ist gebürtige Australierin, lebt nun aber schon seit mehr als vierzig Jahren in Irland. Sie ist nicht nur passionierte Malerin, sondern auch eine talentierte Autorin: Ihr Debütroman DIE FRAUEN VON TYRINGHAM PARK wurde in gleich zwei Kategorien für den Irish Book Award nominiert. Derzeit schreibt sie an ihrem nächsten Historischen Roman.

Rosemary McLoughlin

DIE FRAUEN VON TYRINGHAM PARK

Roman

Aus dem Englischen von
Dietmar Schmidt

BASTEI LÜBBE TASCHENBUCH
Band 16 930

2. Auflage: August 2014

Dieser Titel ist auch als Hörbuch und E-Book erschienen

Vollständige Taschenbuchausgabe

Deutsche Erstausgabe

Für die Originalausgabe:
Copyright © 2012 by Rosemary McLoughlin
Titel der englischen Originalausgabe: »Tyringham Park«
First published in English by Poolbeg Press Ltd., Dublin, Ireland

Für die deutschsprachige Ausgabe:
Copyright © 2014 by Bastei Lübbe AG, Köln
Lektorat: Judith Mandt
Textredaktion: Heike Rosbach, Nürnberg
Titelillustration: © Richard Jenkinsstately;
Clay Perry/Corbis with kind permission by Longleat House
Umschlaggestaltung: Gisela Kullowatz
Satz: Urban SatzKonzept, Düsseldorf
Gesetzt aus der Garamond
Druck und Verarbeitung: GGP Media GmbH Pößneck
Printed in Germany
ISBN 978-3-404-16930-6

Sie finden uns im Internet unter
www.luebbe.de
Bitte beachten Sie auch:
www.lesejury.de

*Für Kevin, Cian, Eavan,
Orla und Daire*

Erster Teil

Das Land

1

Tyringham Park
1917

Ihre Mutter verlor nicht die Fassung, und ihr Vater kehrte nicht aus London zurück, als Victoria Blackshaw, die Hübsche, im Alter von zweiundzwanzig Monaten verschwand.

Als Erste bemerkte die Mutter, Edwina Blackshaw, den leeren Kinderwagen, als Zweiter der Stallmeister des Gutes, der Manus hieß.

Ungläubig riss Edwina zuerst die Steppdecke mit dem Schottenmuster und dann die federgefüllte Matratze heraus, schüttelte beides und ließ es zu Boden fallen. Sie tastete in dem dunklen Kinderwagen nach Victorias rothaariger Puppe oder irgendeinem Hinweis, der das Fehlen ihres Kindes erklärte, doch ihre Finger fanden nur einen zerbröckelnden Biskuit und einen Beißring.

Manus stellte erleichtert fest, dass sämtliche Pferdeboxen und das Tor zur Koppel geschlossen waren, doch zu seinem Entsetzen war ein Türflügel am Eingang zum Stall unverriegelt und stand einen Spalt weit offen. Er zog das Tor ganz auf und suchte die Zufahrt ab, dann das Ufer des angeschwollenen Flusses dahinter, das Wehr und die Brücke, von der man stromabwärts blickte, ehe er um die Nebengebäude rannte, in ständiger Erwartung, hinter der nächsten Ecke eine kleine Gestalt ganz in Weiß zu entdecken.

Edwina prüfte als Erstes die Riegel der sieben besetzten Boxen, ratterte mit den unteren Türhälften, um sich zu vergewissern, dass sie wirklich verschlossen und nicht nur angelehnt waren. Jedes noch so gutmütige Pferd trat instinktiv nach hinten aus, wenn es plötzlich am Hinterlauf berührt wurde. Edwina graute davor, einen an der Wand zerschmetterten kleinen Körper zu finden.

In einem Zustand intensiver Erwartung lief Manus zurück auf den Hof. Er hoffte, Edwina hätte Victoria inzwischen gefunden, und die Hoffnung war so stark, dass er ganz kurz den Umriss des Kindes zu sehen glaubte. Doch das Trugbild verflüchtigte sich rasch. Mit für ihn untypischer Grobheit zerrte er Mandrake aus der Box, und obwohl der Wallach wegen der panikgeladenen Stimmung scheute, hatte er das Tier in kürzester Zeit aufgezäumt und gesattelt.

»Ich reite den Fluss ab, falls sie reingefallen ist«, sagte er und stieg auf.

»Hol zuerst Hilfe, denn wir wollen doch hoffen, dass das nicht passiert ist.« Edwina stand mitten auf dem Hof und schwankte leicht. »Wir müssen die Suche auf der Stelle ausweiten.«

Manus ging mittlerweile davon aus, dass das kleine Mädchen in den Fluss gestürzt und davongetragen worden war, doch er wollte seiner Herrin nicht die Hoffnung rauben, indem er ihren Befehl missachtete. Im Stillen verwünschte er die Minuten, die er verlor, wenn er zum Haus hinaufritt, doch er gehorchte.

Edwina ertappte sich dabei, wie sie im Kreis ging, während sie mit sich rang, was sie nun tun sollte. Sie wusste so wenig über ihre Tochter. War sie schon zwei geworden? Beim Standesamt hatte sie ein falsches Geburtsdatum genannt, und nun konnte sie sich nicht erinnern, welchen Tag sie angegeben hatte und an welchem Victoria wirklich zur Welt gekommen war. Die Kleine musste mittlerweile doch zwei sein? Konnten Zweijährige ohne Hilfe aus dem Kinderwagen klettern, oder musste jemand sie herausheben? Konnte Victoria schon Treppen steigen? Eine weite Strecke laufen? Konnte sie es bis zum Haus schaffen?

Hätte Edwina diese Fragen beantworten können und auch nur ansatzweise gewusst, wie lange das Kind verschwunden war, so hätte sie wenigstens einen Anhaltspunkt besessen, was als Nächstes zu tun war.

Später erklärte sie den Polizisten, dass sie den Kinderwagen auf die schattige Seite des Hofes gestellt habe. Sie sei sicher gewesen, dass Victoria, wie es ihre Gewohnheit war, eine Stunde lang schlafen würde (dass sie dies nicht aus eigener Erfahrung wusste, sondern vom Kindermädchen erfahren hatte, verschwieg sie den Beamten). In dieser Zeit habe sie Manus geholfen, bei einem nervösen Stutfohlen den Schienbeinverband zu wechseln. Die Wunde gehe bis auf den Knochen, und ein Fleischlappen hänge lose, ergänzte sie, um ihre Aussage durch realistische Elemente glaubhafter zu machen. Manus habe die Arbeit nicht allein ausführen können, ohne das Tier in Angst zu versetzen. Natürlich hätte er warten können, bis die Stallburschen zurückkehrten, doch da sie vor Ort war, wäre es unklug gewesen, ihre Sachkenntnis in solchen Dingen nicht zu nutzen. Daher sei Victoria für etwa zwanzig Minuten unbeaufsichtigt gewesen (tatsächlich waren es vierzig, doch Edwina drückte sich vage aus, damit sie diesen Umstand nicht eingestehen musste), und in dieser Zeit habe das Kind jederzeit verschwinden können.

Als die Beamten sie fragten, ob sie die Matratze berührt habe, um zu sehen, ob sie noch warm sei, musste sie zugeben, dass sie in ihrer Bestürzung nicht daran gedacht hatte, und als sie wissen wollten, ob die Flügeltür offen oder geschlossen gewesen sei, während sie bei dem Fohlen war, antwortete Edwina, sie müsse mit Sicherheit geschlossen gewesen sein – allein aus Gewohnheit hätte sie hinter sich die Tür zugezogen, nachdem sie Victoria in den Hof geschoben hatte.

Und wann sei Victoria geboren? Der Inspector blätterte die Seite in seinem Notizbuch um und wartete, den Federhalter angesetzt, auf die Antwort. Edwinas Kopf war völlig leer.

»Entschuldigen Sie mich einen Moment«, sagte sie, erhob sich von ihrem Stuhl und verließ den Raum, ohne es für nötig zu halten, den beiden Polizeibeamten einen Grund für ihren plötzlichen Aufbruch zu nennen.

Miss East, die Wirtschafterin, sollte nie vergessen, wie Manus zu Pferd den Hügel heraufpreschte, als wäre er der Bote der Apokalypse, und die schlechte Nachricht zum Haus brachte.

Als sie ihn rufen hörte, stürzte sie zur Vordertür hinaus.

»Victoria ist verschwunden. Rufen Sie alle zusammen!«, brüllte er ihr zu, ohne auch nur einen Versuch zu unternehmen, den sich drehenden und stampfenden Mandrake daran zu hindern, tiefe Furchen und Hufabdrücke in den gepflegten Rasen zu bohren.

Trotz ihrer Angst vor Pferden rannte Miss East auf den Rasen und direkt auf das Tier zu, um Genaueres zu erfahren. Mandrake ging auf die Hinterhand, als sie näher kam, und Manus zügelte ihn nicht.

»Ich suche den Fluss ab. Ich fürchte, sie ist ertrunken«, mehr antwortete er nicht auf ihren Frageschwall. Er riss Mandrake herum, und der Wallach galoppierte daraufhin mit solcher Geschwindigkeit los, dass Manus kaum noch Zeit hatte, »Zum

Stall!« über die Schulter zu rufen, ehe er fort war und Miss East von Erdkrumen übersät stehenließ.

Von entsetzlicher Furcht getrieben, eilte die Wirtschafterin ums Haus zu dem ummauerten Garten hinter der Küche. Zu ihrer Erleichterung entdeckte sie dort eine ganze Anzahl von Dienstboten, die, jeder auf seine Weise, die Sonne genossen: Einige schliefen, andere unterhielten sich oder spielten Karten, und einer stocherte mit einem Stock in einer Ameisenstraße.

»Hört her! Alles herhören!«, rief sie, wie sie glaubte, und klatschte in die Hände, da niemand reagierte. Mit lauter Stimme fuhr sie fort: »Victoria wird vermisst! Kommt schnell!« Diesmal hörten die Leute sie und erhoben sich, benommen und träge von der Sonne. Einige riefen ihr Erstaunen heraus, andere fluchten leise. »Zum Stall!« Sie wies in die Richtung, dann klatschte sie in die Hände, als scheuche sie Gänse. »Sofort. Schnell. Lauft!«

Sie waren bereits auf dem Weg.

Miss Evans folgte ihnen durch das Gartentor und rief dem jüngsten Diener zu: »Ned! Du hast die jüngeren Beine«, dann musste sie schon stehen bleiben und Atem holen, ehe sie hinzufügen konnte: »Renn so schnell du kannst. Sag Sid und dem Verwalter Bescheid. Sag ihnen, sie sollen in den Stall kommen. Sei so gut.«

Der Junge schien erfreut, dass er für die Aufgabe ausgesucht worden war. Augenblicklich änderte er die Richtung und eilte zum Häuschen des Kutschers, das ein Stück vom Haus entfernt hinter den Ebereschen stand.

Miss Easts Aufregung legte sich ein wenig. Die Diener würden in kürzester Zeit großräumig das Gelände absuchen, und der Verwalter und Sid würden das Kommando übernehmen. Sie wüssten, was zu tun war.

In Schwester Dixons Haut möchte ich nicht stecken, dachte Miss East bei sich, nicht für allen Tee in China. Bei all ihren Fehlern, und sie hat weiß Gott viele, ist ihr bislang doch noch nie ein Kind abhandengekommen.

Während sie den anderen hinterherrannte, wandten sich, eingedenk der in mittlerem Alter auftretenden Einschränkungen, zwei Hausmädchen zu ihr um, doch Miss East winkte sie weiter und sagte, sie komme zurecht, sie halte sie nur auf, sie sollten weiterlaufen. Als sie um die Hausecke bog, gaben ihre Beine nach und sie sank auf die Knie. Lieber Gott, betete sie, mach, dass die süße Kleine schon wieder gefunden wurde. Bitte, Herr, hab Mitleid, mach, dass ihr nichts zugestoßen ist.

2

Den Rücken dem Fenster zugewandt, lenkte Schwester Dixon mit einem Handspiegel Licht auf ihr Gesicht. Sie suchte rings um die Augen nach Lachfältchen und war erleichtert, als sie kein einziges entdeckte. Sie musste an ihre Freundin Teresa Kelly denken, der mit ihrem runzligen alten Gesicht keine andere Möglichkeit geblieben war, als im Alter von vierzig auf die andere Seite der Welt zu gehen und einen sechzigjährigen Fremden zu heiraten, nur weil sie unbedingt ein Kind und ein eigenes Haus haben wollte, ehe es zu spät war.

Mir passiert das auf keinen Fall, versicherte Schwester Dixon sich mit Nachdruck. Nicht dass das überhaupt drin wär, dazu bin ich zu jung und zu schön, und der göttliche Manus wird mir jetzt jeden Augenblick einen Antrag machen.

Sie neigte den Standspiegel und vergewisserte sich, dass Taille und Fesseln nach wie vor schlank waren. Mithilfe des Handspiegels überzeugte sie sich von ihrem Aussehen von hinten und von der Seite – gute Haltung, gute Neigung des Kopfes. Sie musste sich diese Pose merken – sie war besonders schmeichelhaft. Sie würde sie ausprobieren, wenn sie Manus das nächste Mal begegnete.

Die Wanduhr im Kinderzimmer schlug drei. Teresa Kelly würde nun Ballybrian verlassen, Lady Blackshaw würde bald Victoria zurückbringen, und dann begann der lange öde Nachmittag.

Dixon war froh, dass nun ein anderes Kindermädchen Jahre

damit vergeuden würde, die einst so liebe Victoria, die Hübsche, die einen beunruhigenden Eigensinn an den Tag zu legen begann, zu erziehen, nur damit sie am Ende genauso wurde wie die reizlose Charlotte. Wie wunderbar wäre es, das Anwesen endlich zu verlassen, Manus zu heiraten und der zermürbenden Langeweile zu entkommen, die es bedeutete, zwei reiche Gören aufzuziehen! Ihre eigenen Kinder wären fleißig und vernünftig, und sie könnte stolz auf sie sein. Und natürlich wären sie hübsch. Wie könnten sie nicht hübsch sein, mit ihr und Manus als Eltern?

Sie setzte sich und massierte sich Zitronensaft in die Hände. Dabei ließ sie ihre Gedanken, wie sie es oft tat, zu den Ungerechtigkeiten des Lebens wandern. Wenn das Schicksal zu ihr freundlicher und Lady Blackshaw weniger gewogen gewesen wäre, könnten sie Schwestern sein: beide mit hellbraunem Haar und attraktiv, beide groß und kräftig, beide jung. Dixon hätte die gesellschaftliche Kluft zwischen ihnen gar nicht so sehr gestört, wenn Ihre Ladyschaft das Beste aus ihrer Stellung gemacht hätte, indem sie sich einem Leben des Luxus und der Mode hingab, doch Lady Edwina Blackshaw lief den ganzen Tag mit unordentlichen Haaren herum, die sie lediglich mit einem Kamm hochsteckte, der die widerspenstigen Strähnen überhaupt nicht bändigen konnte, und trug dazu auch noch eine Reithose für Männer voller Flecken vom Sattelfett und Pferdeschweiß. Wenn Seine Lordschaft nicht im Hause war, zog sie sich nicht einmal zum Essen um, und er war meistens fort. Dixon erinnerte sich an den Tag, an dem sie Lady Blackshaw in vollem Reithabit gesehen hatte – Zylinder, Schleier, tailliertem Jackett, seidenem Plastron, maßgeschneidertem Rock und feinen Handschuhen und Stiefeln aus Leder. Dixon war vor Bewunderung fast schwindlig geworden. Als sie dann hörte, dass ihre Herrin sich zum letzten Mal so kleiden würde, weil sie beabsichtigte, vom Damen- in den Herrensattel zu wechseln, auf dem sie als Mädchen gesessen hatte, damit sie sich ihren großen Wunsch erfüllen und reiten konnte wie ein Mann, hatte Dixon es schier nicht fassen können. »Wenn es für Johanna von Orleans und Marie Antoinette gut war, so zu reiten, dann ist es auch für mich gut«, sollte sie zu einer konservativen alten Nachbarin gesagt haben, die sie dafür rügte, dass sie einen unzüchtigen und undamenhaften Reitstil pflege. »Bedenken Sie nur, wie sie geendet sind«, hatte die alte Dame genüsslich erwidert. »Und das geschah ihnen recht.«

Als sich das Warten auf die Dienstboten in die Länge zog, eilte Edwina, die den gleichen Weg um den Stall abgegangen war wie schon zuvor Manus, die Treppe hoch und sah in der Kammer der Stallburschen auf dem Dachboden nach. Falls Victoria schon Treppen steigen konnte, hatten die Stufen sie vielleicht neugierig gemacht. Nur eine Tür stand offen – dahinter befand sich eine kleine Küche –, und es dauerte nur einen Moment, dann stand fest, dass niemand darin war. Die drei jungen Männer waren wie jeden Freitagnachmittag zur Dorfspelunke gezogen, wo verbotenerweise Alkohol ausgeschenkt wurde. Edwina kannte ihre Gewohnheiten und hatte nicht erwartet, einen von ihnen in seinem Quartier zu finden.

Als sie auf dem Balkon stand und auf den von Mauern umgebenen Hof hinuntersah, beschlich sie das Gefühl, der Kinderwagen und die Schottendecke blickten sie von der gegenüberliegenden Wand her anklagend an.

Sie wollte sich nicht gestatten, sich ihre Tochter, den Fluss und die offene Tür in einem Bild vereint vor Augen zu führen.

Was Manus ihr berichtet hatte, kehrte wie ein halbvergessener Refrain zurück und versetzte sie in Verwunderung. Teresa Kelly, hatte er gesagt, sei Victoria völlig verfallen. Er könne kaum glauben, dass sie sich von dem Kind getrennt habe, und er habe bis zur letzten Minute erwartet, sie würde es sich anders überlegen und um der Kleinen willen Tyringham Park doch nicht verlassen. Aber er hatte sich geirrt. Sie war gegangen. Sie war schon fort.

Das Wort »fort« war Edwina aufgefallen, und dazu der Umstand, dass Manus, der nicht zu müßigem Geplauder neigte, den Weggang der Frau überhaupt für erwähnenswert erachtet hatte.

Zwanzig Minuten, nachdem er von Teresa Kelly gesprochen hatte, war Victoria ebenfalls verschwunden gewesen.

Sie wünschte, er wäre nicht so hastig fortgeritten, ehe sie noch die Zeit fand, ihn weiter zu befragen. Sieben Meilen von Tyringham Park entfernt mündete der Fluss ins Meer. Wenn er die ganze Strecke abreiten musste, vergingen Stunden, bis sie ihn wiedersah.

Erst als sich ihr der Kies in die Fußsohlen bohrte, fiel Miss East auf, dass sie ihre Hausschuhe trug, die jetzt nass waren und durch all den Schlamm, der an ihnen klebte, zwei Nummern größer aussahen. Unter normalen Umständen wäre Lady Blackshaw erzürnt, ihre Wirtschafterin mit unpassendem Schuhwerk zu sehen und mit Erde auf der sonst stets makellos sauberen Kleidung, doch in diesem Augenblick würde sie dergleichen wohl kaum bemerken. Fuhr dort Sid im Ponywagen die Allee zum Pförtnerhäuschen entlang? Wie hatte er so rasch anschirren können? Hatte sie ein falsches Gefühl für die Zeit, die sie vom

Schmerz umnachtet verbracht hatte, nachdem die Hausmädchen weitergelaufen waren?

Ohne auf ihre Tränen und ihre Stellung im Haus Rücksicht zu nehmen, legte sie den restlichen Weg zum Stall im Laufschritt zurück.

3

Ohne es zu wissen, zählte Edwinas abwesender Ehemann, Lord Waldron Blackshaw, im Augenblick im Londoner Kriegsministerium tätig, zu den verhasstesten Männern in Irland. Ebenso wenig bekannt war dieser Umstand den meisten Bewohnern von Tyringham Park, die abgeschottet in ihrem eigenen, sich selbst genügenden Königreich lebten, von der örtlichen Gemeinschaft durch die weiten Flächen an Bauernhöfen, Ackerland, Parklandschaft, Gärten und Wäldern getrennt waren und Umgang nur mit ihresgleichen aus anderen ›Großen Häusern‹ im ganzen Land pflegten.

Den Grund für diesen besonderen Hass kannten nur drei Personen auf dem Anwesen: Manus, der Bereiter, Teresa Kelly, eine Näherin – die einzigen beiden Angestellten aus der Umgebung –, und der Verwalter, ein Mann aus Tyrone, der sich um die Angelegenheiten des Anwesens kümmerte und in Lord Waldrons Namen bei den Pächtern den Zins eintrieb.

Seit mehr als einem Jahr rechnete der Verwalter mit einer Vergeltung für das, was Waldron getan hatte, und als der Junge mit den Neuigkeiten über Victoria in sein Büro stürmte, war sein erster Gedanke, dass der Augenblick nun gekommen sei. Doch als der junge Diener hinzufügte: »Manus hat Angst, dass sie ersoffen ist, und er sucht den Fluss ab«, gestattete der Verwalter sich die Hoffnung, die Katastrophe, mit der er sich befassen musste, sei häuslicher und nicht politischer Natur.

Als der Verwalter in den Stallhof kam und Lady Blackshaw antraf, deren Haare offen herabhingen, fand er, dass sie aussah wie die zwanzigjährige unschuldige Braut, als die sie vor neun Jahren aus England eingetroffen war.

»Gut, dass Sie hier sind«, sagte sie. »Sie übernehmen. Ich muss mit Miss East und Schwester Dixon sprechen.«

Sie wandte sich um und schritt zum Tor der Stallung, wo sie beinahe mit Miss East zusammengestoßen wäre, die eilig hereinkommen wollte.

»Da sind Sie ja, Miss East. Was hat Sie so lange aufgehalten?«

Sie nahm die Wirtschafterin beim Ellbogen und drehte sie zum Haus, dann ging sie voran, voller Entschlossenheit nun, und zwang die ältere, kleine Frau, halb zu rennen und Schritte zu überspringen, damit sie nicht zurückblieb.

»Sie sind genau diejenige, die ich suchte. Sagen Sie mir, welche Dienstboten heute Nachmittag nicht im ummauerten Garten waren, und außerdem alles, was Sie über Teresa Kelly wissen. Und hören Sie auf zu heulen.«

Sid Cooper, der Kutscher, war von Lady Blackshaw ausgesandt worden, um die Allee abzusuchen, sollte das Kind in jene Richtung verschwunden sein. Hinter jeder von Bäumen verdeckten Wegbiegung hoffte er, Victoria zu entdecken, entweder allein oder in der Obhut eines beflissenen Dienstboten, der ihr zufällig begegnet war. Doch er entdeckte nichts. Statt zum Stall zurückzukehren und zu berichten, zeigte er Initiative und fuhr an dem unbesetzten Pförtnerhaus und den Steinsäulen vorbei auf die Landstraße, bog nach links und setzte seinen Weg eine Viertelmeile weiter bis zum Dorf Ballybrian fort. Am besten fragte er dort. Als er auf dem Dorfplatz erschien, fielen seine Hast und das Tempo seines aufgeregten Ponys sofort einigen Dörflern auf, und sie fragten ihn, was los sei. Das jüngste Mädchen vom Herrenhaus fehle und ob jemand es gesehen habe oder etwas Verdächtiges? Sie würden sofort herumfragen – und wäre es recht, wenn sie bei der Suche hülfen? Das sei es, und man wäre ihnen sehr dankbar, sagte er, womit er sich anmaßte, die Aufforderung auszusprechen – es war nicht der richtige Moment, um Gedanken an Formalitäten zu verschwenden. Ob sie sich als Erstes im Dorf umschauen könnten?

Zuletzt sah Sid am Bahnhof nach. Da der Stationsvorsteher nur zeitweise dort arbeitete und gerade nicht im Dienst war, sah er in alle unverschlossenen Räume und fand sie ausnahmslos leer vor.

Als er sich auf den Rückweg machte, waren die Dorfbewohner bereits in Bewegung. Einige hatten sich an der Hauptstraße verteilt, aber die meisten waren schon auf der eine Meile langen Zufahrt zum Haus. Einige größere Jungen fuhren mit dem Fahrrad voraus, die kleineren rannten nebenher, rempelten und stießen einander. Die strenge, kathedralenhafte Atmosphäre, die von den zweihundertjährigen Buchen ausging, die sich über die Zufahrt neigten, hob ihre Stimmung, statt sie zu dämpfen.

Schwester Dixon blickte durch die vorderen Fenster der Kinderstube und sah die schöne Lady Blackshaw und die alte Hexe Miss East, wie sie rasch auf dem Kiesweg zum Vordereingang liefen. Von Victoria keine Spur. Ganz wie sie vorhergesehen hatte. Zweifelsohne mit einem Hausmädchen abgespeist, nachdem sie aufgewacht war und Aufmerksamkeit wollte. Dixon war klar, dass Lady Blackshaw bei ihrem Desinteresse an allem, was das Kinderzimmer betraf, nichts mit einer Tochter anzufangen wusste, die nicht schlief.

Als Dixon ans hintere Fenster ging, sah sie, dass sich niemand im von Mauern umgebenen Garten aufhielt, was für diese Stunde gewiss ungewöhnlich war. Jetzt, wo ihre einzige Freundin, Teresa Kelly, fort war, würde sie da je den Mut zusammenbekommen, in diesen Garten zu gehen und mit den anderen einen Nachmittag zu verbringen? Vermutlich nicht. Es lohnte sich kaum, sich darüber den Kopf zu zerbrechen, denn sie wäre schon bald nicht mehr hier. Niemand mochte sie. So war es von Anfang an gewesen. Die alte Hexe Lily East hätte ihr eigentlich den Weg ebnen und sie in den etablierten Kreis aufnehmen sollen, denn schließlich stammten sie aus der gleichen Gemeinde im englischen Huddersfield, doch Lily hatte genau das Gegenteil getan. Mit den Geschichten von Miss Easts Erfolg aufzuwachsen und voll Ehrfurcht vor ihr hier anzukommen, nur um dann in die Kälte hinausgestoßen zu werden, war eine Enttäuschung, die Dixon nie vergessen wollte.

In der vergangenen Nacht hatte sie sehr schlecht geschlafen, weil sie wegen Teresas Weggang traurig und andauernd durch Victorias Unruhe und Charlottes Gerede im Schlaf gestört worden war. Ich brauche ein Nickerchen, ehe Victoria zurückgebracht wird, dachte sie und holte sich eine Daunendecke aus ihrem Zimmer. Wenn Charlotte hereinkommt, weiß sie, dass sie mich besser nicht weckt – ich habe sie oft genug gewarnt.

Der Verwalter plante, das Anwesen so gründlich abzusuchen, dass Lord Waldron bei seiner Rückkehr nach Kriegsende keine Fehleinschätzungen oder Unterlassungen entdecken und kritisieren könnte.

Das Gut von Tyringham Park, das beeindruckendste Anwesen in der Grafschaft Cork, bestand aus einem steinernen Herrenhaus mit zweiundfünfzig Zimmern, das wegen seines Turmes als Burg bezeichnet werden konnte, und neunzehntausend Morgen Land. Eine umfassende Suche zu organisieren war alles andere als einfach. Zunächst wollte er sich auf alles innerhalb der Mauern an der Grundstücksgrenze konzentrieren, denn an ihnen endete seine Verantwortung, und das Dorf und dessen Umgebung nur grob in Augenschein nehmen lassen.

Der Verwalter hatte immer angenommen, dass die einzige Menschenmenge, die er je auf Tyringham Park sähe, feindlich gestimmt wäre, und daher war er doppelt dankbar für die Scharen von Dorfbewohnern, die unverzüglich zu Hilfe kamen, und für die Hunderte von Menschen, welche, kaum dass sich die Nachricht verbreitete, noch am gleichen Tag aus den benachbarten Großen Häusern und umliegenden Ortschaften eintrafen.

Lady Blackshaw hatte in einem Anflug von Pikiertheit einige Jahre zuvor entschieden, niemanden anzustellen, der im Pförtnerhaus wohnte, die Tore öffnete und schloss und kontrollierte, wer das Anwesen betrat oder verließ. »Wozu, wenn uns nie jemand besucht?«, hatte sie gefragt und angedeutet, das liege an Lord Waldron; aufgrund seiner langen Abwesenheiten fände auf Tyringham Park kein gesellschaftliches Leben statt. Wieso jemanden dort sitzen lassen, der nichts zu tun hätte, lautete ihr Argument. Sollte der Mann sich lieber nützlich machen und Hafer anpflanzen.

Diese Anweisung musste sie nun bereuen.

Wie Manus war auch der Verwalter früh zu dem Schluss gekommen, Victoria müsse ertrunken sein, doch er hielt es für seine Pflicht, sollte das Kind doch noch leben, bei seinen Anweisungen auch alle anderen Möglichkeiten zu berücksichtigen.

Als Edwina sich gezwungen sah, nach Teresa Kelly zu fragen, ließ sie Miss East stehen und setzte sich weit genug von ihr entfernt hin, damit sie nicht den Kopf heben musste, um sie anzublicken. Wie ihr Ehemann Waldron die Wirtschafterin ständig über den grünen Klee lobte, sollte man meinen, dass sie die personifizierte Perfektion wäre, aber hörte man sie sprechen und beobachtete ihr Gebaren, so konnte man zu dem Schluss gelangen, sie halte sich eher für die Herrin des Hauses denn für die Hausangestellte, die sie war. Aus diesem Grund versäumte Edwina nur ungern eine Gelegenheit, sie zurechtzustutzen, und sei es unter Umständen wie den augenblicklichen.

Nachdem sie sich kurz die Dienstboten hatte nennen lassen, die im Garten gewesen waren, sagte Edwina: »Erzählen Sie mir alles, was Sie über Teresa Kelly wissen.« Sie erwähnte weder Manus' Bemerkung über Teresas Zuneigung zu Victoria noch seine Ansicht, dass sie das Gut deshalb nie verlassen würde. »Und reißen Sie sich zusammen. Ihr Gestammel ist höchst ungehörig.«

Miss East fiel es schwer, sich zu konzentrieren, da sie an nichts anderes als an eine hilflos umherirrende und verängstigte Victoria denken konnte, doch sie rang sich eine Antwort ab.

Teresa Kelly stammte aus dem Dorf und hatte zu Hause Unannehmlichkeiten mit einer schwierigen Schwägerin. Miss East, die seit Jahren mit ihr befreundet gewesen war, hatte ihr nach Victorias Geburt eine Stellung mit Kost und Logis auf Tyringham Park verschafft und sie angewiesen, ihre Zeit zwischen dem Nähen und der Unterstützung Schwester Dixons in der Kinderstube aufzuteilen.

»Zwei erwachsene Frauen, die sich um zwei Kinder kümmern?«, unterbrach Edwina sie. »Das grenzt an Verschwendung, könnte man meinen.« Sie konnte schlecht fragen, wieso sie nicht um Zustimmung gebeten worden sei, da sie von Anfang an klargestellt hatte, nichts mit den häuslichen Angelegenheiten zu tun haben zu wollen, und Miss East von Waldron entsprechend instruiert worden war. Dennoch störte es sie, dass Miss East solche Autorität ausüben durfte. Und es störte sie auch, dass Waldron darauf bestand, die Frau sei als Miss East anzusprechen und nicht nur als East, was, wie Edwina fand, der Tradition eher entsprochen hätte.

»Der Dorfpfarrer hat Teresa eine Passage nach Neusüdwales verschafft«, fuhr Miss East fort, »wo sie einen Farmer heiraten und sich um seine gebrechliche Mutter kümmern soll. Eine Freundin von ihr lebt dort.«

»Hatte sie eine besonders enge Bindung an Victoria?«

»Sie hatte beide Mädchen sehr gern. Sie war eine liebevolle, großherzige Frau.«

Lady Blackshaw hob die Brauen. »Ach, wie bewundernswert.«

»Ja, sie war bewundernswert.« Miss East gab vor, den Sarkasmus nicht zu bemerken. »In der Zeit, die sie bei uns war, hat sie so großen Eindruck gemacht, dass es war, als hätte sie schon ihr ganzes Leben hier verbracht.«

»Wie reizend. Sehr erhellend. Danke, Miss East. Das wäre alles. Nun suchen Sie Dixon und schicken sie zu mir, und sorgen Sie dafür, dass Sie sich gesäubert und die Schuhe gewechselt haben, wenn ich Sie das nächste Mal sehe.«

Sie wollte Dixon außer Sichtweite von Miss Easts voreingenommenem Blick zu Teresa Kelly befragen, die fast zwei Jahre lang auf dem Anwesen gelebt hatte und für Edwina dennoch genauso gut unsichtbar hätte sein können.

Auf ihrem Weg in den dritten Stock hörte Miss East eine erhobene Stimme, als sie im Erdgeschoss des Westflügels an einem offenen Fenster vorüberging. Als sie hinausblickte, sah sie die achtjährige Charlotte, Kleid und Schuhe schmutzig, neben einer kleinen Brücke auf dem Boden knien, die sie über einer Wasserpfütze errichtet hatte, welche von modrigen Blättern daran gehindert wurde, in den Abfluss zu strömen.

In der rechten Hand hielt sie einen Stein, und sie hatte das Gesicht zu Schwester Dixon gehoben, die sie überragte und anfauchte: »Na? Na? Sag was. Na los, sag was.« Als Charlotte keine Antwort gab, hob sie die Hand hoch über den Kopf. Charlotte schloss die Augen, krampfte das Gesicht zusammen und wappnete sich für den Hieb, der ihr, als er kam, den Kopf herumriss.

Danach packte Schwester Dixon sie beim Arm und zerrte sie auf die Füße.

»Wie schade, dass die Zigeuner anstatt der lieben kleinen Victoria nicht dich gestohlen haben«, sagte sie. »Deine hässliche Visage würde keiner hier vermissen.«

Miss East merkte, wie sie mit unziemlicher Hast den Korridor entlangrannte, zur Seitentür hinaus, über Blumenbeete und einen gepflasterten Hof, bis sie, atemlos und wie durch Zufall, vor dem ringenden Paar stand.

Schwester Dixon lief rot an, setzte aber sofort eine trotzige Miene auf. »Was wollen Sie?«, herrschte sie die Wirtschafterin an, ohne den festen Griff um Charlottes Oberarm zu lockern.

Charlottes Gesicht war ohne jede Farbe. Sie sah aus, als würde sie gleich das Bewusstsein verlieren.

»Lady Blackshaw möchte Sie auf der Stelle sehen.«

»Sie sind schon der Dritte, der mir das sagt.« Sie öffnete die Hand, und Charlotte fiel zu Boden. »Ich weiß nicht, was sie von mir will, denn schließlich war sie es, die Victoria verloren hat, nicht ich. Ich wette, Sie haben gedacht, mir wär das passiert.«

»Ich habe gar nichts gedacht. Ich kümmere mich um Charlotte, während Sie fort sind.« Miss East streckte die Hand vor.

»Nein, das werden Sie nicht, *Lily.*« Dixon ließ den Namen klingen wie ein Schimpfwort. »Charlotte kommt mit mir. Na los, Charlotte, steh auf. Ich hab nicht den ganzen Tag Zeit.«

Charlotte rührte sich nicht.

»Steh auf, hab ich gesagt, sonst hole ich den Polizisten. Du weißt, was das bedeutet.«

Charlotte erhob sich langsam und reichte Schwester Dixon, die Miss East triumphierend anblickte, die Hand.

»Also los, gehen wir.« Als sie an der Wirtschafterin vorbeiging, rempelte Dixon sie absichtlich an, sodass diese für einen Moment das Gleichgewicht verlor. Dixon feixte. »'tschuldigung«, sagte sie.

4

Der junge Constable Declan Doyle hatte Dienst gehabt, als in der Kaserne von Bandon, der nächsten größeren Stadt, die Nachricht Lady Blackshaws eintraf, in der die Polizei über das vermisste Kind in Kenntnis gesetzt und instruiert wurde, Beamte nach Tyringham Park abzustellen und sich nach den Familienverhältnissen einer gewissen Teresa Kelly und den Einzelheiten ihrer letzten Tage in Ballybrian zu erkundigen. Als junger »Zugereister« wusste der Constable nicht, wie angesehen Lady Blackshaw im Bezirk war, und von Teresa Kelly hatte er noch nie gehört. Sein Vorgesetzter, Inspector Christy Barry, der in Ballybrian geboren war, musste seinen jüngeren Kollegen zunächst über beide Frauen ins Bild setzen.

Charlotte zeichnete lustlos. Seit Dixon ihr von Victorias Verschwinden erzählt hatte, war ihr kein Wort über die Lippen gekommen. Das war aber niemandem aufgefallen. Zu dieser Tageszeit übte sie gewöhnlich auf Mandrake das Springreiten.

»Geh nach draußen spielen. Mit diesem Gekritzel gehst du mir auf die Nerven.«

Charlotte rührte sich nicht.

»Na los. Bau noch so 'ne Brücke, die du so magst, aber bleib vom Schlamm weg.«

Charlotte sah sie traurig an.

»Mit Teresa hast du das doch immer so gern gemacht, Miss Straßenengelchen-Hausteufelchen, oder?«

Charlotte schwieg.

»Bei dir reißt selbst 'nem Heiligen noch der Geduldsfaden. Du bist nicht der Mittelpunkt der Welt, weißt du. Wie oft muss ich dir das noch sagen?« Dixon schlenderte zum Tisch, riss die fünf Blätter mit Pferdezeichnungen an sich, knüllte sie zusammen und warf sie ins Feuer. Dann packte sie Charlotte beim Arm und zerrte sie wie einen Sack zur offenen Tür, schob sie auf den Treppenabsatz hinaus und fügte aus Gewohnheit hinzu: »Und bleib vom Geländer weg.«

Dixon musste nachdenken, und das konnte sie nicht, während dieses mürrische Gesicht sie anstarrte.

Die vergangenen zwanzig Monate, seitdem Teresa Kelly an ihrem ersten Tag die Treppe hochkam, waren die glücklichste Zeit ihres Lebens gewesen. Trotz aller Unterschiede in Vorgeschichte, Religion, Dialekt und Alter hatte zwischen ihnen gleich von Anbeginn ein Band bestanden. Als Dixon sich gestattete zu glauben, zum ersten Mal in ihrem Leben eine echte Freundin gefunden zu haben, hatte sie sich gefühlt, als wäre sie aus einem feuchten Verlies in einen sommerlichen Garten hochgestiegen.

Teresa, die seit dem Tod ihres Vaters und dem Einzug einer feindseligen Schwägerin im Haus ihrer Familie nicht mehr willkommen war, verbrachte ihre freien Stunden und sogar den freien Tag, der ihr alle vier Wochen zustand, bei Dixon in der Kinderstube. »Wohin sonst soll ich denn gehen?«, pflegte sie zu sagen. »Die Frau meines Bruders wäre froh, wenn sie mein Gesicht nie mehr sieht, und er auch, denn er steht immer auf ihrer Seite – und ich bin gerne hier.« Sie wirkte nicht verbittert, obwohl sie, wie Dixon es sah, die fünfzehn besten Jahre ihres

Lebens mit der Pflege ihres senilen Vaters vergeudet hatte, ohne dass am Ende etwas für sie herausgesprungen war. Der Bruder hatte alles geerbt.

Wenn Teresa abends ging, um mit den anderen Dienstboten unten im Speisesaal zu essen, dachte Dixon, die lediglich in Gesellschaft von Charlotte und Victoria von einem Tablett aß, sie würde noch an Eifersucht und Einsamkeit zugrunde gehen. Wenn sie zusah, wie sich Teresa und Miss East zu ihrem allwöchentlichen Kartenspiel ins Dorf aufmachten, litt sie noch schlimmere Qualen. Was, wenn Miss East ihre Abneigung gegen Dixon auf Teresa übertrug, wenn sie ihr während der langen Hin- und Rückwege Gift ins Ohr träufelte? Jede Woche hatte sie wachsam nach Veränderungen in Teresas Verhalten ihr gegenüber gesucht, aber nie etwas festgestellt. Im Gegenteil, hätte sie nicht annehmen müssen, dass es pure Einbildung sei, so hätte sie schwören können, dass Teresas Freundlichkeit sogar noch wuchs, falls das überhaupt möglich war.

Jeden Morgen wartete Dixon auf Teresas Schritte auf den Treppenstufen, und sobald sie diese hörte, sah der Tag für sie schon heller aus. Selbst die mürrische Charlotte kreischte dann vor Freude und stürmte los, um die Arme um Teresa zu schlingen, und kaum war Victoria alt genug, entwand sie sich Dixons Armen und folgte dem Beispiel ihrer Schwester. Dixon schätzte diese übermäßige Zurschaustellung von Gefühlen nicht, aber um ihrer Freundin willen bestrafte sie die Mädchen nicht dafür, denn Teresa schien es zu mögen, und im Übrigen fand Dixon genügend andere Anlässe, die beiden zu maßregeln.

Für jeden mit Augen im Kopf war deutlich erkennbar, dass Teresa sich zwar nach Kräften bemühte, beide Mädchen gleich zu behandeln, aber dennoch nicht zu verbergen vermochte, dass sie Victoria lieber hatte.

Wenn nur alle Vernehmungen so angenehm wären, dachte Constable Declan Doyle, als die bezaubernde junge Frau sich zur Befragung setzte – Rücken gerade, Füße beisammen, Hände verschränkt, die Augen so niedergeschlagen, dass sie geschlossen aussahen.

»Erzählen Sie mir bitte in Ihren eigenen Worten, was heute hier geschehen ist, Schwester Dixon«, sagte er mit sanfter Stimme. »Nehmen Sie sich so viel Zeit, wie Sie brauchen.« Hoffentlich braucht sie den ganzen Nachmittag, dachte er.

Schwester Dixon antwortete nach kurzem Zögern, ohne Declan Doyle oder Inspector Christy Barry auch nur ein einziges Mal anzusehen.

»Als der Regen aufgehört hatte, wollte ich die kleine Victoria an die frische Luft bringen, denn wegen dem Wetter waren wir zwei Tage lang wie eingesperrt. Sie wollte nicht laufen, obwohl sie früh laufen gelernt hat und es gut kann. Sie konnte kaum die Augen offenhalten, weil sie früh aufgewacht war und am Vormittag nicht mehr geschlafen hatte. Deshalb hab ich sie in den Kinderwagen gelegt, obwohl sie dafür schon zu groß war. Musste sie auf die Seite legen und die Beine anwinkeln, damit sie reinpasste. Wenigstens kommt sie an die frische Luft, auch wenn sie sich nicht bewegt, habe ich gedacht. Charlotte ging allein los – drinnen malt und zeichnet sie die ganze Zeit, und draußen baut sie alles Mögliche aus Steinen und Ziegeln und Holz, wenn sie gerade nicht reitet. Hauptsache, es macht Dreck. Ich bin Lady Blackshaw begegnet, die stehen blieb, um Victoria zu betrachten. Victoria schlief da schon. Als ich ihr sagte, dass die Kleine noch wenigstens 'ne Stunde lang schlafen würde, sagte sie, sie würde mit ihr spazieren gehen und sie dann zurückbringen. Ich war so überrascht, dass Sie mich mit 'ner Feder hätten umschmeißen können. Ihre Ladyschaft hat so was noch nie getan, bei Charlotte kein einziges Mal, und sie ist schon acht. Mir kam es irgendwie komisch vor, ihr den Kinderwagen zu geben, aber dann fragte ich mich, was daran falsch sein sollte, denn immerhin ist Ihre Ladyschaft ja die Mutter.«

Sie hielt inne, damit die Polizisten Zeit hatten, die dramatische Andeutung in ihren Worten aufzunehmen.

»Wie spät war es da?«, fragte der Constable, der sich so sehr auf die Bewegung von Schwester Dixons Mund konzentrierte, dass er ganz vergaß, ihre Aussage in seinem Notizbuch niederzuschreiben.

»Gegen zwei Uhr.«

»Halten Sie es für möglich, dass Teresa Kelly das kleine Mädchen mitgenommen hat, als sie ging?«

Dixon blinzelte drei Mal, ehe sie antwortete. »Völliger Blödsinn. Sie war heute nicht mal auf dem Anwesen. Sie hat sich gestern verabschiedet, und außerdem würde sie niemals so etwas —«

»Ganz meine Meinung«, unterbrach der Inspector sie zufrieden. »Und wer sollte das besser wissen als Sie, ihre beste Freundin? Gutes Mädchen. Sagen Sie mir nun, was halten Sie von der Vorstellung, die Kleine könnte ertrunken sein?«

»Noch größerer Blödsinn. Die Mädchen durften nie an den Fluss. Sie sind oft genug gewarnt worden. Ich hab ihnen immer wieder von den Kindern erzählt, die vor fünfzig Jahren im Dark Waterhole ertrunken sind, und dem Mann, der reinging, um sie zu retten, und der mit ihnen untergegangen ist. Charlotte hat das richtig Angst gemacht. Auch Victoria habe ich es eingeschärft, und sie war alt genug, um zu verstehen, was ich sage.«

»Als die Person, die sie am besten kannte, was ist Ihrer Meinung nach mit ihr geschehen?«

»Ich glaube, sie ist abgehauen, hat sich verirrt und wird wieder gefunden. Für ihr Alter läuft sie sehr gut.«

Der Constable nutzte die Gelegenheit, Dixon zu mustern, während Inspector Barry sie vernahm. Er hatte eine grimmige Matrone mit eisengrauem Haar und gestärkter Schwesternhaube erwartet, und als diese fein wirkende, geheimnisvolle junge Frau, die im gleichen Alter war wie er, durch die Tür kam, war er völlig perplex gewesen und binnen eines Augenblicks verzaubert.

»Darf ich Sie für unseren Bericht...« – und für mich, fügte er in Gedanken hinzu – »nach Ihrem Vornamen fragen?«

»Ich habe keinen, von dem ich wüsste. Keinen richtigen. Ich war ein Findelkind. Sie nannten mich ›Baby‹« – eigentlich »Cry Baby«, Heulsuse, aber sie sah keinen Grund, das zu verraten –, »bis ich alt genug war, auf die Babys aufzupassen, die neu im Waisenhaus waren, und dann nannten sie mich irgendwann ›Schwester‹.«

Dem jungen Beamten stand das Mitgefühl ins Gesicht geschrieben.

Teresa Kellys Bruder Séamus arbeitete zwar nicht auf dem Anwesen, suchte jedoch auf Anordnung Lady Blackshaws die Polizei auf, um Fragen zu beantworten. Seiner Aussage nach erbat sich Teresa den Gefallen, ihre letzte Nacht um der alten Zeiten willen in ihrem angestammten Zimmer verbringen zu dürfen. Dagegen habe er natürlich keine Einwände gehabt. Um acht Uhr am nächsten Morgen habe seine Frau, die – was er nicht sagte – sich vergewissern wollte, dass Teresa nichts gestohlen hatte, das Bett leer und auf dem Kopfkissen einen Abschiedsbrief vorgefunden. Für den Rest des Tages habe er sie nicht zu Gesicht bekommen, und ihre Nachbarn auch nicht, soweit er wisse. Wie sie zum Hafen gelangt war, konnte er nicht sagen. Wie jedem wohl bekannt sei, hätten die Dinge zwischen ihnen nicht zum Besten gestanden. Er konnte der Polizei nur sagen, dass Teresas Fahrrad fehlte – sehr zum Verdruss seiner Frau, die schon ein Auge darauf geworfen hatte, doch das erwähnte er ebenfalls nicht – und dass ihn empöre, wie unfreundlich alles abgelaufen sei, denn sie hätten sich früher doch so nahe gestanden. Über das Leben seiner Schwester auf Tyringham Park oder das vermisste Mädchen wusste er nichts.

Die Gabe des Constables, Menschen zu bewegen, in Minutenschnelle die Geheimnisse ihres Lebens vor ihm auszubreiten, war bei ihr Verschwendung, und die Vernehmungsmethode des Inspectors, die darin bestand, angefangene Sätze zu beenden und lange Geschichten kurz zu machen – er war schon länger im Dienst und ungeduldig geworden –, hatte keine besseren Ergebnisse erzielt. Das kam daher, dass die Dienstboten nichts auszusagen hatten. Sie hatten nichts beobachtet, weil sie sich nicht in der Position dazu befunden hatten. Der Brauch auf Tyringham Park, dem gesamten Personal den gleichen Nachmittag freizugeben, und der für die Dienstboten selbstverständlich war, weil sie es nicht anders kannten, erschien den Polizeibeamten als ungewöhnlich, da sie eher einen turnusmäßigen Wechsel erwartet hätten. Als Victoria verschwand, befand sich die Mehrzahl der Dienstboten im Garten, den eine acht Fuß hohe Mauer umgab, während andere im Dorf waren, in der Wirtschaft oder in ihrem Quartier. Es war kein Wunder, dass niemand etwas Ungewöhnliches gesehen oder gehört hatte. Das Anwesen war im Grunde ohne Personal gewesen.

Ein zaghaftes kleines Stubenmädchen mit dem seltsamen Namen Peachy, die drittletzte auf einer Liste von achtundzwanzig, huschte herein. Die Augen hatte sie, Böses ahnend, weit aufgerissen. Der Inspector vermutete, dass selbst sein Constable Schwierigkeiten hätte, sie überhaupt zum Reden zu bewegen, doch die Spanielaugen des jungen Beamten und die Geduld, mit der er auch lange Schweigepausen gestattete, entlockten ihr schließlich, dass sie Teresa Kelly etwa zu der Zeit, als das Kind verschwand, auf dem Anwesen gesehen habe.

Der Inspector setzte sich abrupt aufrecht. »Bist du dir da sicher?«

Das Stubenmädchen riss die Augen auf. »Sie kriegt doch keinen Ärger, oder?«

»Natürlich nicht. Weshalb sollte sie denn?«

Ein trotziger Ausdruck trat in ihr Gesicht. »Teresa hat die kleine Victoria nicht mitgenommen«, sagte Peachy. »Lady Blackshaw glaubt das aber – ich weiß das, weil wer gehört hat, wie sie und Dixon über Teresa redeten.«

»Ich glaube es keinen Augenblick lang«, sagte Christy Barry. »Ich kenne Teresa Kelly persönlich und weiß, dass sie so etwas niemals tun würde.«

Das Stubenmädchen atmete erleichtert auf. »Das ist genau das, was ich auch dachte.«

»Aber bist du sicher, dass du sie heute gesehen hast?«, fuhr Barry fort. »Ich dachte, sie hätte das Anwesen schon gestern verlassen.«

»Ja, ich bin sicher, dass es heute war.« Sie verzog konzentriert das Gesicht, während sie sich genau zu erinnern versuchte. Als es geschah, sei es ihr nicht wichtig erschienen. Sie habe es eilig gehabt, zu den anderen in den Garten zu gehen, aber sie sei spät dran gewesen, weil sie ein Glas mit Lady

Blackshaws Handcreme fallengelassen habe, das am Boden zerschellt sei, und sie habe eine Ewigkeit gebraucht, die Bescherung mit den vielen kleinen Glassplittern zu beseitigen. Dann, auf dem Weg zum Garten, habe sie gesehen, wie Teresa in großer Eile ihr Fahrrad vom Dienstboteneingang an der Rückseite des Hauses wegschob. Teresa habe ihr zugerufen, dass sie nicht anhalten könne, weil sie sich schon verspätet habe.

»Ich dachte, sie hat was in ihrem Zimmer vergessen oder will Schwester Dixon noch einen Brief bringen. Sie ist 'ne Freundin von Dixon. Ich hab ihr viel Glück gewünscht und bin weitergegangen, mehr hab ich nicht gesehen.«

»Weißt du, wie spät es da war?«

»Nein, aber nicht lange danach kam Miss East und erzählte uns die schlimme Neuigkeit und sagte, wir müssten alle sofort loslaufen und Victoria suchen, und das haben wir auch gemacht.«

»Hast du sonst noch etwas von Teresa zu erzählen?«

»Nein.«

»Warum hast du das nicht gleich gesagt?«

»Ich war die Einzige, die Teresa heute hier gesehen hat. Ich wollte nicht, dass sie wegen mir Ärger kriegt.«

»Das steht nicht zu befürchten«, sagte der Inspector. »Selbst wenn wir sie einer Tat verdächtigen würden, was wir nicht tun, wüssten wir nicht, wo wir sie finden. Sag mal, erinnerst du dich, ob sie irgendwelche Sachen bei sich hatte?«

»Ja, hatte sie. So einen Segeltuchsack mit Zugbändern, wie Matrosen sie haben. War gar nicht zu übersehen, sie hatte ihn hinten auf dem Fahrrad festgeschnallt.«

»Also war sie auf dem Weg.« Barry überlegte kurz, dann stand er auf und führte das Stubenmädchen zur Tür. »Vielen Dank. Du warst uns eine große Hilfe. Jetzt geh nach Hause und denk nicht mehr an die Sache.«

Als die Dorfbewohner an diesem Abend erschöpft und niedergeschlagen nach Hause gingen, begegneten sie Manus, der die Allee hinaufritt. Im schwächer werdenden Licht konnten sie sein Gesicht nicht klar erkennen und mussten ihn fragen, ob er das Kind gefunden habe. Als er antwortete, nein, obwohl er dem Fluss bis zum Meer gefolgt sei, erhob sich ein trauriges Stöhnen, auf das man geflüstert der Hoffnung Ausdruck verlieh, sie sei womöglich doch nicht an den Fluss gegangen und könne noch lebend wieder auftauchen.

Im Stall übergab Manus sein Pferd an Archie, den ältesten Stallburschen, der froh über die Gelegenheit war, seine geröteten Augen verbergen zu können, und sich vorbeugte, um die Kratzer an Mandrakes Brust und Beinen zu begutachten und nach Steinchen in den Hufen zu suchen.

Manus brachte es nicht über sich, selbst zum großen Haus hochzugehen, geschweige denn dessen Schwelle zu überschreiten. Er verwies auf seine durchnässte, schlammbespritzte Kleidung, damit er nicht persönlich Lady Blackshaw berichten musste, und sandte an seiner Stelle den zweiten Stallburschen hoch.

5

Ein mit Inspector Christy Barry befreundeter Fischer ging davon aus, dass ein so kleiner Mensch wie Victoria beim derzeitigen hohen Wasserstand mit größter Wahrscheinlichkeit aufs Meer hinausgespült worden wäre und keine Chance bestand, ihre Leiche jemals zu bergen. Obwohl Barry die gleiche Ansicht vertrat, entschied der Inspector, um Lady Blackshaws willen das übliche Ermittlungsverfahren einzuhalten.

Als er und sein junger Kollege am nächsten Morgen um neun Uhr auf Tyringham Park erschienen, um ihre Vernehmungen fortzusetzen, war die Suchmannschaft auf dem Gelände noch größer als am Vortag. Der Verwalter war dankbar. Mithilfe der vielen Leute ließ sich binnen zwei Tagen erledigen, was Wochen gedauert hätte, wären die Dienstboten das einzige Personal gewesen, das ihm zur Verfügung stand.

Als sie am frühen Vormittag noch immer darauf warteten, Lady Blackshaw sprechen zu dürfen, schlug der Constable vor, Charlotte zu befragen. »Kinder sind so aufmerksam«, sagte er. »Sie sehen Dinge, die kein Erwachsener bemerken würde.«

Barry lächelte. »Ich könnte mir vorstellen, dass sich ein Junggeselle wie Sie da auskennt. Warum schicken wir nicht nach Schwester Dixon, dass sie das Mädchen herbringt?«

Der Constable errötete und versuchte gleichmütig dreinzusehen. »Jawohl, Sir, das ist eine gute Idee.«

Eine Viertelstunde später stand Schwester Dixon vor ihnen. Sie hielt Charlotte an der Hand und redete ihr leise zu. »Nun komm schon, Charlotte, Schätzchen, antworte dem netten Polizisten. Wann hast du Teresa das letzte Mal gesehen?«

Charlotte starrte die beiden Männer voller Angst an und unternahm keinerlei Anstalten, den Mund aufzumachen.

»Sie haben nichts zu befürchten, Miss Charlotte. Wir wollen Ihnen nichts Böses. Ich habe selbst vier Kinder, natürlich viel älter als Sie, und der junge Bursche hier hat eine ganze Schar Brüder und Schwestern.«

Charlotte ließ sich nicht erweichen.

Schwester Dixon blickte den Constable zum ersten Mal direkt an und reagierte sichtlich auf seine bewundernde Miene: Sie zuckte vor ihm zurück, als wäre sie, mit einem Seil gesichert, in vollem Lauf losgerannt und nach hinten gerissen worden, als es sich spannte.

»Entschuldigen Sie mich bitte«, sagte sie, erhob sich hastig und führte Charlotte aus dem Zimmer ans andere Ende des Korridors, wo niemand sie hören konnte.

»Jetzt pass mal gut auf, junge Dame. Und guck mich an, wenn ich mit dir rede.« Sie packte das Mädchen beim Kinn und bog seinen Kopf nach oben. Charlottes Augen zuckten hin und her; sie versuchte irgendwo anders hinzusehen, nur nicht auf Schwester Dixon. »Die Polizisten da drin sind nicht die, die böse Kinder bestrafen. Das sind andere, hast du kapiert? Gute, nette Polizisten.« Bei jedem Wort, das sie mit besonderer Betonung aussprach, drückte Dixon Charlottes Kinn noch fester. »Also hörst du jetzt auf, so ein Theater zu machen, und tust ihnen ihre Fragen beantworten. Hast du kapiert?«

Charlotte brannten von der Anstrengung, Dixons stechendem Blick auszuweichen, die Augen.

»Ob du das kapiert hast, hab ich gefragt.«

Charlotte nickte, und Dixon ließ sie los.

Als sie das Zimmer wieder betraten, nahm Dixon nicht mehr wie vorher schräg, sondern direkt gegenüber von dem jungen Polizisten Platz, und Charlotte setzte sich auf einen Stuhl neben ihr.

»Nun, Miss Charlotte, stört es Sie, wenn wir Sie noch einmal befragen? Haben Sie gestern Teresa Kelly gesehen? Oder irgendwelche Fremden?«

Mit flehendem Blick sah Charlotte erst zu dem Kindermädchen hoch und dann zu den beiden Männern.

»Nun sprich doch, Charlotte, Liebes.« Schwester Dixon legte einen Arm um das Mädchen, strich ihr das Haar hinters Ohr und streichelte es. »Ich bin ja bei dir, da brauchst du keine Angst zu haben. Sag den netten Herren nur, was du gestern und vorgestern gesehen hast.«

Charlotte sackte zusammen, stierte vor sich hin und sagte kein Wort. Das Schweigen dehnte sich, und das Ticken der Wanduhr wurde immer aufdringlicher, doch Charlotte schwieg.

Schwester Dixon ließ die Hand von Charlottes Schultern gleiten, zog dem Mädchen den linken Arm auf den Rücken, hielt ihn wie mit dem Schraubstock gepackt und grub die Fingernägel hinein. Auf Charlottes Gesicht zeigte sich Angst, aber sie schrie nicht auf.

Ein Diener trat, ohne anzuklopfen, ein und teilte den Polizeibeamten mit, dass Ihre Ladyschaft sie sogleich erwarte.

Dixon ließ Charlottes Arm los, und das Kind sprang auf und rannte aus dem Zimmer. Schwester Dixon blickte Declan Doyle in die Augen (›Da sehen Sie, womit ich mich herumschlagen muss‹), lächelte engelsgleich und verließ den Raum mit einem leichten Wiegen ihrer Hüften.

Innerhalb von nur zwei Minuten explodierte Lady Blackshaw vor Wut auf die Polizeibeamten, weil sie ihr nicht schon früher mitgeteilt hatten, was das Stubenmädchen Peachy ausgesagt hatte. Sie ordnete an, dass Teresas Beschreibung an alle Kasernen der Polizei und des Militärs im Land weitergegeben werde, und bat persönlich ihre nächsten Nachbarn, mit ihrem neuen Automobil nach Queenstown zu fahren und sich zu erkundigen, ob die Näherin von dort aufgebrochen war.

»Wir haben über zwölf Stunden verloren«, wütete sie. »Ich hätte gleich die Armee hinzuziehen sollen.«

»Es ist noch nicht zu spät, Ma'am«, sagte Constable Doyle mit gekünstelt milder Stimme. Er mochte die Lady nicht und verübelte ihr, dass sie ihn wie einen angestellten Privatdetektiv behandelte. Ihre Aussprache knirschte ihm in den Ohren, und er fand es kalt und unnatürlich, wie sie auf den Verlust ihrer Tochter reagierte, von der sie offenbar nicht einmal wusste, wann sie zur Welt gekommen war. Wäre ein prämiertes Hengstfohlen entführt worden, hätte sie sich vermutlich mehr aufgeregt als jetzt. Vor allem aber konnte er nicht seine Empörung vergessen, als er zum ersten Mal die prächtige Burg mit ihrem Turm erblickte, umgeben von bestem Ackerland, das sich, so weit das Auge reichte, in alle Himmelsrichtungen erstreckte, und er begriff, dass dies alles einem einzigen Mann gehörte und dieser Mann ein Kolonisator war. Er hatte von solchen Häusern in seinen Geschichtsbüchern gelesen, aber noch nie eines mit eigenen Augen gesehen, da sie stets von Mauern und Bäumen umgeben waren und zu weit entfernt von öffentlichen Straßen standen, als dass der Blick gewöhnlicher Menschen auf sie fallen konnte.

Der Inspector gab beruhigende Laute von sich. Fragte man ihn, so war Lady Blackshaw als Mutter, die ein Kind verloren hatte, von jeglichen Regeln des guten Benehmens befreit. Sie konnte so viel wüten und ihn herunterputzen, wie sie wollte – das war ihr gutes Recht –, ohne dass er auch nur mit der Wimper zuckte.

»Was glauben Sie, weshalb stürzt sie sich so eilig auf Teresa Kelly als Schuldige?«, fragte der Constable später den Inspector und gab im nächsten Atemzug selbst die Antwort. »Weil ihr der Gedanke unerträglich ist, dass man sie verspottet, weil sie ihr eigenes Kind verbummelt hat, als sie zum ersten Mal selbst darauf aufpasste – deshalb. Überlegen Sie doch einmal, wie unfassbar dumm man sein muss, ein zweijähriges Mädchen an einem über die Ufer getretenen Fluss unbeaufsichtigt zu lassen, während die Tür sperrangelweit offen steht. Aber natürlich gibt sie nicht zu, dass sie dafür verantwortlich ist. Wenn sie nicht Teresa Kelly hätte, würde sie irgendeinen anderen Unglücksraben finden, auf den sie die Schuld abwälzen könnte.«

»Vielleicht haben Sie recht«, sagte Inspector Barry.

Schwester Dixon schloss hinter sich die Tür der Kinderstube, und Charlotte wich vor ihr zurück.

»Bist du jetzt zufrieden? Ja? Weil du mich vor den netten Männern bis auf die Knochen blamiert hast?«

Charlotte zog sich rückwärtsgehend noch weiter zurück, bis sie gegen das Fußende ihres eisernen Bettgestells stieß.

»Sag was. Sag irgendwas.« Schwester Dixon hob den Arm. »Na los. Ich weiß genau, dass du nur markierst. Zu Teresa hattest du immer viel zu sagen, wenn sie hier war, oder? Also, was bremst dich jetzt? Hm?«

Charlotte kauerte sich am Bett zusammen.

»Ich geb dir 'ne letzte Chance. Wenn du nicht redest, wenn ich bis drei gezählt hab, dann setzt es was.«

Charlotte duckte sich noch mehr.

»*Eins! Zwei! Drei!*«

Dixon legte Charlotte die Hände auf die Schultern und drückte das Kind mit solcher Kraft nach hinten übers Bett, dass das schmiedeeiserne Fußteil sich ihm in den Rücken grub. Als Dixon losließ, rutschte Charlotte zu Boden.

»Lass dir das 'ne Lehre sein«, sagte sie. »Nur weil du mit 'nem silbernen Löffel im Mund geboren wurdest, hast du noch lange nicht das Recht, andere Menschen wie Dreck zu behandeln! Du blamierst mich nie wieder vor anderen Leuten, ist das klar?«

Schwer atmend begab sie sich nach nebenan in ihr Zimmer, ohne noch einmal zurückzublicken, und knallte die Tür zu. Aus ihrem Nachttisch nahm sie eine Porzellanpuppe mit gelbem Haar und einem saphirblauen Satinkleid. Charlottes teure, wunderschöne Puppe. Am liebsten hätte sie ihr das gelbe Haar ausgerissen, das Gesicht am Bettpfosten aus Messing zerschmettert und zugesehen, wie die Glasaugen über den Boden kullerten – das geschähe Charlotte nur recht, die sich vor der Polizei weigerte, ihr zu gehorchen, und sie dumm dastehen ließ. Sie hätte die Puppe kaputtgemacht, ganz sicher, wäre sie nicht ein Geschenk der Großeltern mütterlicherseits gewesen. Dixon musste jederzeit befürchten, dass Lady Blackshaw nach der Puppe fragte, und sei es nur, um den Polizisten zu zeigen, wie Victorias dazu passende rothaarige Puppe aussah. Bislang hatte Ihre Ladyschaft sie nicht erwähnt – vielleicht war ihr sogar entfallen, dass Charlotte so etwas je besessen hatte –, aber dennoch musste Dixon die Puppe für alle Fälle am Leben lassen.

Mehr als ein Jahr lag es zurück, dass sie die Puppe konfisziert hatte, als Bestrafung dafür, dass Charlotte sie nicht hergegeben hatte, obwohl es ihr befohlen wurde. Dixon hatte sich gezwungen gesehen, sie den Armen des unverbesserlichen Mädchens zu entwinden. Ihre Laune hatte sich auch nicht gebessert, als sie ein entsetztes Hausmädchen entdeckte, das aus der Ferne beobachtete, wie Charlotte völlig aufgelöst schrie: »Gib sie zurück! Sie gehört mir!«, und dann mit sich überschlagender Stimme kreischte: »Das ist ungerecht!« Nachdem Dixon sie ins Kinderzimmer geschafft hatte, um sie unbeobachtet zum Schweigen zu bringen und ihr eine Lektion in Gerechtigkeit zu erteilen, verkündete sie, dass Charlotte nach noch so einer Szene die Puppe niemals wiedersehen würde, und wenn Dixon von ihr noch ein einziges Wimmern hörte, würde sie die Puppe in hundert Stücke zerschlagen; sollte Charlotte auch nur einmal Victorias Puppe anrühren, könnte sie die Hölle auf Erden erleben.

Dixon stieg auf einen Stuhl und verstaute die Puppe ganz hinten auf dem obersten Regalbrett ihres Kleiderschranks, das auch die durchtriebene Charlotte nicht erreichen konnte, sollte sie es wagen, in ihr Zimmer zu schleichen, wenn niemand in der Nähe war.

Charlotte würde nicht über sie triumphieren. So ein Getue um eine Puppe, wo doch das ganze Haus mit altem Spielzeug vollgestopft war, während arme Waisenkinder überhaupt nie etwas ihr Eigen nennen durften, nicht einmal eine Lumpenpuppe mit Wollfäden als Haare.

6

Als der zweite Tag sich dem Ende neigte, schickte der Inspector den Constable nach Hause und kümmerte sich selbst um den schriftlichen Bericht. Der junge Mann war zu hitzköpfig und unerfahren, um zu wissen, was er hineinschreiben und was er weglassen musste. Daher war es unkomplizierter, das Protokoll selbst aufzusetzen – auf keinen Fall wollte Barry, dass, weil Lord Waldron so wichtig und bekannt war, ein hohes Tier aus Dublin hinzugezogen wurde, die Ermittlung übernahm und schlafende Hunde weckte.

In seinem Bericht tauchte Manus, der Sohn eines Freundes, nicht auf. Am besten war es, Dublin Castle gar nicht erst auf den Namen aufmerksam werden zu lassen, denn die britische Verwaltung stürzte sich nur zu gern auf jede Gelegenheit, mutmaßliche Mitglieder der Irischen Republikanischen Bruderschaft in Misskredit zu bringen. Wie viele seiner Landsleute arbeitete Barry für die Krone – er wünschte, es wäre anders, aber von etwas musste er leben und seine Familie ernähren. Er war jedoch stolz darauf, sich gegenüber seinem eigenen Volk, das unter der Last der Kolonialherrschaft litt, so ehrenhaft wie nur möglich zu verhalten. Wenn er je zu seiner Auslassung befragt werden sollte, konnte er anführen, dass Manus und Lady Blackshaw beisammen waren, als das Kind verschwand, und daher sei es ihm nicht sinnvoll erschienen, ihre Aussage noch einmal zu wiederholen.

Sosehr es ihm gegen den Strich ging, er musste in den Bericht schreiben, dass das kleine Stubenmädchen am fraglichen Tag Teresa Kelly gesehen hatte, denn Lady Blackshaw machte kein Geheimnis daraus, dass sie aus diesem Sachverhalt eine finstere Verschwörung zu konstruieren gedachte. Immer wieder musste er sich ins Gedächtnis rufen, dass Ihre Ladyschaft vom Schmerz überwältigt war (auch wenn das niemand, der ihre trockenen Augen sah, vermutet hätte, so gut kaschierte sie ihre Empfindungen – die Frucht eines jahrhundertealten Lebensstils) und sich an Strohhalme klammern musste. Oder das Gesicht wahren, erklang in seiner Erinnerung die Stimme des unbeeindruckten jungen Constables. Ein kleiner Trost blieb: Am anderen Ende der Welt müsste Teresa nie erfahren, dass ihr Name in den Schmutz gezogen wurde. Ihrem Bruder oder jemand anderem hatte sie, soweit Barry wusste, keine Adresse hinterlassen, und wenn sie sich entschied, jeglichen Kontakt einzustellen, was wahrscheinlich erschien, dann konnte sie auch schlichtweg nichts davon hören – Gott sei Dank.

Nachdem er Lady Blackshaws Schilderung vom Verschwinden ihrer Tochter niedergeschrieben, auf den Vortag, den 7. Juli 1917, datiert, unterzeichnet und gestempelt hatte, las er alle Vernehmungsprotokolle noch einmal und empfand als ihr Nachbar im Dorf Stolz auf das hohe Ansehen, in dem Teresa Kelly gestanden hatte.

Niemand hatte auch nur ein schlechtes Wort über sie gesagt. Bedachte man, wie kurz sie auf Tyringham Park beschäftigt gewesen war, musste sie einen guten Eindruck hinterlassen haben. Was den Inspector besonders interessierte und was er nicht in den Bericht aufnahm, war der Umstand, dass jeder Dienstbote mehr oder weniger das Gleiche ausgesagt hatte: dass der einzige Mensch, der Victoria wirklich sehr vermissen würde, Teresa Kelly war. Weder Lady Blackshaw, die ihre Tochter kaum zu Gesicht bekam, noch der abwesende Lord Waldron, der sie erst ein Mal kurz gesehen hatte, noch Schwester Dixon, die nach etlichen Aussagen nicht besonders nett zu den Mädchen war, wenn sie glaubte, dass niemand hinsah.

Die letzte Beobachtung wurde von dem jungen Constable angezweifelt, der sofort zur Verteidigung des Kindermädchens ansetzte. Diese Beschuldigungen entsprängen der Eifersucht auf das gute Aussehen Dixons, führte er an. Als sie vernommen wurde, habe sie so große Geduld mit der unkooperativen Charlotte bewiesen und sie so freundlich behandelt, dass sie einfach aufrichtig gewesen sein müsse. Niemand könne so überzeugend schauspielern, wenn es ihm nicht ernst wäre, sagte Doyle, und der Inspector vermerkte dies in seinem Bericht.

Edwinas Nachbarn meldeten sich aus Queenstown zurück. Nur ein einziges Passagierschiff hatte dort in den letzten vier Tagen abgelegt, und in der kommenden Woche sollte überhaupt keines auslaufen. Wegen des Krieges fuhren nicht viele Schiffe. Als sie nach Passagierlisten fragten, wurde ihnen mitgeteilt, dass die Behörden nicht das Recht hätten, Auskünfte über Reisende zu erteilen. Und nein, sie hätten keine Dame mittleren Alters mit Kind oder allein am oder nach dem 7. Juli in der Nähe des Hafens gesehen.

Die Suche wurde fortgesetzt. Ganze Familien verbrachten ihre Sonntage nach der Messe damit, die Ufer des Flusses oder die Kaimauern an der Südküste abzugehen, wo sie auf den Atlantik starrten. Badende siebten den Sand am Strand. Fischer musterten argwöhnisch den Inhalt ihrer Netze. Sid Cooper konzentrierte sich auf die Nebengebäude des Anwesens. Manus suchte weiter am frühen Morgen und späten Abend den sieben Meilen langen Fluss ab, dessen Fluten wieder zurückgegangen waren, und kümmerte sich in der Zwischenzeit um die Pferde.

Man fand nichts – kein einziges Fitzelchen Fleisch, Knochen, Haare oder weißes Leinen, auch kein Stückchen von der Porzellanpuppe mit rotem Haar und keinen Fetzen ihres smaragdgrünen Kleides.

Wer Teresa Kelly kannte, empörte sich über Edwinas Entführungstheorie, doch im Laufe der Zeit schlossen sich ihr immer mehr an, allerdings eher aus Hoffnung denn aus Überzeugung.

Drei Tage nach Victorias Verschwinden hatte Edwina ihrem Mann geschrieben. Waldron antwortete aus London, er sei darüber entsetzlich traurig, doch im Moment stehe es völlig außer Frage, das Kriegsministerium um Urlaub zu bitten, nicht einmal für wenige Tage. Als Angehörige einer Soldatenfamilie mit langer, stolzer Vergangenheit müsse sie hinnehmen, dass der Verlust eines kleinen Mädchens, so wichtig es einem persönlich auch gewesen sein mag, gegenüber dem Wohlergehen der Million Mann, für die er zuständig sei, von nur geringer Bedeutung sein könne.

Genau diese Antwort hatte Edwina erwartet.

Allein rätselte sie weiter über die Absonderlichkeiten in der Sache mit Teresa Kelly.

Jeden Tag setzte sie sich mit dem Inspector in Verbindung, um zu hören, ob es eine Reaktion auf die in Umlauf gebrachte

Beschreibung Teresas gebe, und jedes Mal wurde ihr mit Bedauern mitgeteilt, dass dem nicht so sei.

Für Edwina ergab sich daraus ein neues Dilemma. Konnte sie der Polizei, der Hafenbehörde, den Dorfbewohnern, ja selbst Manus vertrauen – würden sie etwas, das Teresa, eine von ihnen, belastete, an sie, den Eindringling, weitergeben? Ihre Nachbarin und mütterliche Freundin, Lady Beatrice, eine Frau Mitte sechzig, hatte über das Erstaunen in Edwinas Miene gelacht, als sie ihr sagte, dass die Familie Blackshaw vielleicht seit vierhundert Jahren auf Tyringham Park leben mochte, aber dennoch niemals als rechtmäßiger Eigentümer betrachtet würde. Wer zum Broterwerb auf dem Grund und Boden der Großen Häuser überall im Land als Pächter arbeiten musste, betrachtete den Acker, den er bewirtschaftete, als sein Eigentum – er hatte seinen Vorfahren gehört, und eines Tages würde man die Imperialisten aus dem Land jagen und es wieder in Besitz nehmen.

»Das solltest du dir immer vor Augen halten, besonders angesichts Waldrons Position in diesen schweren Zeiten«, hatte Lady Beatrice gewarnt.

Edwina nahm an, sie meine seine Position in der britischen Armee.

Sie gelangte zu dem Schluss, dass die Sorge um das vermisste Kind genauso aufrichtig sei wie der Mangel an Kenntnis über Teresas Aufenthalt vorsätzlich. Wenn sie mehr wissen wollte, musste sie es selbst herausfinden.

Der Verwalter begleitete sie und eine Zofe nach Dublin, um bei der Hafenbehörde nachzufragen, doch wie in Queenstown wurde ihr beschieden, dass die Passagierlisten der Geheimhaltung unterlägen, und was Edwina auch vorbrachte, sie bekam sie nicht zu sehen. Die Beamten waren mitfühlend, doch seit dem Osteraufstand im vergangenen Jahr mussten sie auch besonders wachsam sein. Die Fahrt nach Belfast verlief aus demselben Grund ergebnislos, und Edwina kehrte enttäuscht und niedergeschlagen nach Cork zurück.

Die Suche wurde offiziell eingestellt.

7

Miss East hielt die Augen nach Charlotte offen. Normalerweise konnte man nach ihr die Uhr stellen. Punkt fünf nach zwei ging sie auf dem Weg zum Stall am Fenster vorbei, manchmal allein, oft von Schwester Dixon begleitet, die ihr durchaus hätte erlauben können, ohne Aufpasser zu gehen, aber den Vorwand nutzte, Manus schöne Augen zu machen. Seit acht Jahren bezirzte sie ihn, ohne in dieser Hinsicht die geringsten Fortschritte zu erzielen. Mit ihrem unverhohlenen Flirten hatte sie sich ein wenig zum Gespött der anderen Dienstboten gemacht.

Von beiden hatte man seit zwei Wochen nichts mehr gesehen. Miss East regte das auf – Charlotte hatte nicht nur die Schwester verloren, sondern mit Teresa Kelly auch eine Erwachsene, die sie gerngehabt und der sie vertraut hatte. Mit einer beschäftigten Mutter und niemand anderem als Schwester Dixon zur Gesellschaft gab es niemanden, der sah, wie es ihr ging. Miss East befragte die Köchin, die ihr berichtete, dass die Mahlzeiten von einem Küchenmädchen wie gewöhnlich zum Treppenabsatz vor der Kinderstube gebracht und von Schwester Dixon persönlich hereingeholt wurden, die dann später die leeren Tabletts auf den Flur stellte, damit sie vom gleichen Küchenmädchen wieder nach unten getragen werden konnten. Mit keinem Tablett kamen jemals irgendwelche Reste zurück, sagte die Köchin stolz, in all den Jahren nicht.

Miss Easts Beklommenheit stieg, als sie erfuhr, dass dem Stubenmädchen, das im Kinderzimmer einmal in der Woche Staub wischen und saubermachen sollte, von Dixon mitgeteilt worden war, sie würde bis auf Weiteres das Putzen selbst übernehmen.

»Warum hast du mir das nicht gemeldet?«, fragte Miss East sie.

»Ich hielt es nicht für wichtig«, antwortete das Stubenmädchen. »Dixon sagt, Miss Charlotte braucht Ruhe und Frieden, und sie lässt mich wieder kommen, sobald es ihr besser geht.«

Miss East nahm den Gang zum Kinderzimmer auf sich, obwohl dieser Flügel des Hauses nicht ihrer Zuständigkeit unterstand, eine Regelung, die Lady Blackshaw, wie die Wirtschafterin genau wusste, eigens eingeführt hatte, um ihre Autorität zu untergraben und sie zu demütigen. Es hätte keinen Sinn, Lady Blackshaw anzusprechen und über Schwester Dixons Kopf hinweg um Erlaubnis zu bitten, Charlotte besuchen zu dürfen – die Bitte würde abgewiesen.

»Was machen Sie denn hier?«, fragte Dixon, nachdem sie die Tür ein paar Zoll weit geöffnet und gesehen hatte, wer vor ihr stand.

»Ich möchte gern Charlotte sehen.« Miss East bemühte sich um einen selbstsicheren, ruhigen Ton. Dixons aggressives Auftreten verunsicherte sie. Sie wollte sich gar nicht ausmalen, wie es auf die Kinder in ihrer Obhut wirkte.

»Wozu?«

»Nur um zu erfahren, wie es ihr geht. Ich habe sie längere Zeit nicht mehr gesehen.«

»Sie schläft. Sie brauchen nicht nach ihr zu sehen. Dafür bin ich da, Lily, falls Sie das nicht wissen sollten.«

»Unter diesen Umständen...« Miss East stieß die Tür auf,

und ehe Schwester Dixon sie packen, vortreten und hinter sich zuziehen konnte, hatte die Wirtschafterin ein schmales weißes Gesichtchen entdeckt, das sie vom Bett her anstarrte.

Nun standen die beiden Frauen einander auf dem Flur gegenüber. Miss East wich einen Schritt zurück.

»Was fehlt ihr?«, fragte sie.

»Hat Lady Blackshaw Sie geschickt?«

»Nein, das hat sie nicht.«

»Dann haben Sie in diesem Flügel auch nicht herumzuschnüffeln und Fragen zu stellen. Sie wissen, dass ich hier das Sagen habe, nicht Sie. Also verschwinden Sie gefälligst, und stecken Sie Ihre Nase nicht in Dinge, die Sie nichts angehen.« Sie wandte sich ab, als wäre zwischen ihnen alles gesagt.

»Charlotte sieht gar nicht gut aus«, beharrte Miss East, obwohl sie sich immer schwächer fühlte. »Soll ich den Arzt verständigen?«

»Sie braucht keinen Doktor. Und wenn ihn einer ruft, dann bin ich das. So, jetzt hauen Sie ab. Los!«

Auf dem ersten Treppenabsatz blieb Miss East stehen.

»Sagen Sie ihr nur, dass ich nach ihr gefragt habe!«, rief sie hinauf.

»*Sagen Sie ihr nur, dass ich nach ihr gefragt habe*«, äffte Dixon sie höhnisch nach und sagte, als sie wieder ins Zimmer trat, laut: »Die alte Hexe glaubt, du bist krank. Da siehst du, wie wenig sie weiß. Jetzt auf der Stelle raus aus dem Bett, und räum die Malstifte weg!« Kurzes Schweigen. »Hast du nicht gehört?«

Miss East hielt sich die Ohren zu und eilte die Treppe hinunter.

Am nächsten Tag informierte Lady Blackshaw Miss East darüber, dass sie nach London fahre, um ihren Mann in einer dringenden Angelegenheit aufzusuchen, und sie in ihrer Abwesenheit ihr das Haus anvertraue. Sie bleibe einen Monat lang fort.

»Setzen Sie sich nur mit mir in Verbindung, wenn es Neuigkeiten über Victoria gibt. Senden Sie in diesem Fall ein Telegramm an Lord Waldrons Dienststelle. Um alles andere kümmern Sie sich selbst.«

»Um alles?«

»Ja, um alles. Was auf dem Anwesen vorgeht, ist für mich im Augenblick nicht vordringlich.«

Nur wenige Minuten, nachdem Lady Blackshaw zum Bahnhof abgefahren war, rief Miss East den Arzt, Dr. John Finn, an und bat ihn, zu kommen und sich Charlotte anzusehen. Danach ging sie zum Haus des Verwalters und eröffnete ihm, dass Schwester Dixon noch am gleichen Tag den Dienst auf Tyringham Park verlassen werde. Sie bat ihn auszurechnen, was das Anwesen ihr an Lohn und gegebenenfalls an Abgeltung wegen Nichteinhaltung der Kündigungsfrist schuldig sei.

»Schlimme Sache, so was«, sagte er mitfühlend.

Miss East antwortete nichts und ließ ihn in dem Glauben, das Kindermädchen kündige aus Kummer über den Verlust Victorias.

»Ich mache mich sofort daran, Miss East, und schicke Ihnen die Abrechnung hoch. Lady Blackshaws Abreise ging ohne Komplikationen vonstatten?«

Miss East sandte ein Stubenmädchen zu Schwester Dixon, um sie zu informieren, dass Dr. Finn sie in Kürze aufsuchen würde. Als Dixon Einwände zu erheben begann, sagte das

Mädchen, so wie es ihr aufgetragen worden war: »Lady Blackshaws Anordnung.«

Während Miss East auf Dr. Finn wartete, konnte sie sich auf nichts konzentrieren. Der Tag, auf den sie sich seit acht Jahren freute, war endlich gekommen.

8

Dem Arzt graute vor dem Anblick von Victorias Bettchen, das nun seit siebzehn Tagen unbenutzt war. Im Flur blieb er stehen, um sich zu wappnen und Atem zu schöpfen, nachdem er drei Treppen hinaufgerannt war. Für einen Sechzigjährigen war er gut in Form, fand er, doch die Treppen waren steiler als in seiner Erinnerung, und er hätte so vernünftig sein sollen, sie in gemächlicherem Tempo anzugehen.

Nach der Dunkelheit im Treppenhaus blendete ihn das grelle Licht im Kinderzimmer, als er eintrat. Er griff automatisch zur Seite, und es war ausgerechnet das Kinderbettchen, an dem er sich festhielt, bis er sich an die Helligkeit gewöhnt hatte. Er hielt den Kopf nach vorn gerichtet, während er die Sicht wiedererlangte, stellte aber fest, dass es seinen Blick zum Inhalt des Bettes zog: eine zerknüllte rote Decke und ein weißes Leinenlaken, das am Rand glatt und zur Mitte hin immer stärker zerknittert war.

Vom anderen Ende des weiten Zimmers starrte das kleine Mädchen ihn aus seinem Bett heraus an.

»Mir wurde befohlen, es genau so zu lassen, wie es war. Nichts sollte ich anrühren, kriegte ich gesagt«, behauptete das Kindermädchen, das neben dem Bett mit Charlotte stand.

»Das haben Sie gut gemacht, Schwester Dixon.« Dr. Finn lächelte in Richtung der jungen Frau, die er immer als nervös eingeschätzt hatte, obwohl sie nun gerade und mit vor dem Schoß gefalteten Händen vor ihm stand – ein Sinnbild der

Gelassenheit. Vielleicht war es ihre hastige Sprechweise oder das unablässige Blinzeln, die auf ihre unter der Oberfläche verborgene Unsicherheit hinwiesen.

Er fragte sich, ob die Anweisung, das Kinderbett genau so zu lassen, wie es war, von der Mutter oder von der Polizei stammte. Wer immer dies gewesen war, hatte versäumt, dafür zu sorgen, dass die kleine Charlotte in ein anderes Zimmer kam, wo sie nicht tagtäglich auf die Leere hinter den Gitterstäben des Bettchens schauen musste.

Das Mädchen im Bett hielt die glanzlosen Augen auf den Arzt gerichtet und lächelte weder, noch sprach es, als er den Raum durchquerte. Er hoffte, dass seine Sorge beim Anblick Charlottes, sie könne krank sein, sich nicht in seinem Gesicht zeigte.

»Nun, wie geht es meinem Lieblingsmädchen?«, fragte er sie. Dann schüttelte er dem Kindermädchen die Hand und tauschte höfliche Floskeln mit ihr aus. Sofort danach stand sie wieder gerade da, mit niedergeschlagenem Blick und vor sich gefalteten Händen. »Nun will ich Sie mir einmal ansehen, Miss Charlotte, dann wissen wir, was Ihnen fehlt.« Er setzte sich auf die Bettkante. »Erzählen Sie Ihrem alten Freund, wo der Schuh drückt.«

»Sie spricht nicht, Herr Doktor«, sagte das Kindermädchen. »Kein einziges Wort, seit das Baby verschwand. Und sie isst auch nicht. Ich sag ihr immer, wenn du nicht isst, dann verlierst du deine Kraft. Ich sag es ihr andauernd.« Wie zur Betonung schloss sie die Augen.

»Danke, Schwester«, sagte er. »Wie lange liegt sie schon im Bett?«

»Vier Tage, aber vorher ging es ihr auch schon schlecht. Seit ... Sie wissen schon. Steht nur auf, um austreten zu gehen, und kriecht gleich wieder rein. Lässt sich auch von mir nicht helfen.«

Er prüfte Charlottes Puls, Temperatur, Kehle, Augen, Herzschlag und Unterleib und nannte sie dabei die ganze Zeit sein Schätzchen und sein tapferes Mädchen. »Jetzt die Lunge«, sagte er und half ihr, sich aufzusetzen. Dabei bemerkte er, wie viel Gewicht sie verloren hatte, seit er sie zum letzten Mal gesehen hatte.

»Atmen Sie tief ein und halten Sie die Luft an, ja, so ist's brav.« Er hob ihr Nachthemd und entdeckte auf ihrem Rücken eine Kette großer verblassender Prellungen.

»Meine Güte, das sieht hässlich aus. Ich dachte, Sie hätten es sich abgewöhnt, vom Pferd zu fallen.«

Das Kindermädchen senkte den Kopf. »Ein Pferd war das nicht – sondern Unfug im Bett. Sie weiß oft nicht, wann man aufhören muss.«

»Haben Sie Ihren gebrochenen Arm schon vergessen, wegen dem Sie letztes Jahr zehn Wochen lang nicht reiten konnten? Das hat aber doch gar keinen Spaß gemacht, oder?«

Charlotte sah den Arzt an, dann das Kindermädchen und schließlich, indem sie den Kopf wieder aufs Kissen zurücksinken ließ, an die Zimmerdecke.

Dem Arzt fiel auf, dass das Kindermädchen den Blick stets niederschlug, wenn er sie ansprach, aber ihn genau beobachtete, wenn sie glaubte, er sehe sie nicht. Aus dem Augenwinkel bemerkte Dr. Finn den wackelnden Kopf und die blinzelnden Augen allerdings sehr wohl.

»Soll ich Manus bitten, Ihnen ein braveres Pony zu suchen?«, fragte der Arzt und war erfreut, Charlotte lächeln zu sehen, als sie den Kopf schüttelte. »Ich habe auf dem Weg hierher gesehen, wie er Ihren Mandrake ritt. Was für ein großes Pferd für ein kleines Mädchen von acht Jahren. Mir würde er ja richtig Angst einjagen.« Das Lächeln wurde breiter. »Manus hat mir schon vor Monaten gesagt, dass Sie gut mit Mandrake umzugehen wissen. Er sagt, Sie besitzen ein besonderes Talent und sind schon fast eine Meisterreiterin. Ja, wenn ich Ihnen alles erzählen würde, was er an guten Dingen über Sie sagt, dann würden Sie vor Stolz bestimmt platzen.«

Charlotte sah ihn voller Freude an, doch als der Arzt begann, die schwarze Tasche zu packen, verdrängte Unbehagen das Lächeln aus ihrem Gesicht.

»Und was muss ich hören? Dass Sie nichts essen? Habe ich das richtig verstanden?« Aus dem Augenwinkel merkte Dr. Finn, dass Dixon den Kopf hob. Charlotte sah sie an, dann erst richtete sie den Blick wieder auf den Arzt und nickte.

»Da müssen wir etwas tun, sonst ist die Köchin traurig, nicht wahr? Und wie ist es mit dem Schlaf? Schlafen Sie denn viel?«

Charlotte schüttelte den Kopf.

»Sie ist die halbe Nacht wach, und wenn sie dann mal schläft, wirft und wälzt sie sich rum und reißt ganz komisch den Mund auf«, sagte das Kindermädchen.

»Das geht nicht«, sagte der Arzt. »Das ist für Sie beide anstrengend. Sind es denn Albträume, Miss Charlotte? Plagen Sie Albträume?«

Nicken.

Der Arzt saß lange da, ehe er fragte: »Träumen Sie von der kleinen Victoria?«

Er sah, dass ihre Lippen bebten, als sie nickte.

»Ich glaube, wir träumen alle schlecht von ihr«, sagte er und nahm sie bei der Hand. »Das ist nur natürlich. Man denkt ja kaum an etwas anderes. Selbstverständlich haben Sie ungute Träume. Wie könnte es anders sein?« Mit der anderen Hand tätschelte er ihren Arm. »Wer weiß, vielleicht wird sie noch gefunden. Wir können nur hoffen und beten.« Er wandte sich Schwester Dixon zu. »Es ist wichtig, dass Charlotte in der Nacht keine Minute lang alleingelassen wird.«

»Das brauchen Sie mir nicht extra zu sagen, Herr Doktor.«

»Natürlich, Schwester. Ich wollte auch nicht andeuten, dass man es Ihnen eigens sagen müsste, sondern ich dachte daran, wie abgeschieden Sie hier oben sind – niemand ist auch nur in Hörweite. So hoch oben und so weit entfernt vom Rest des Hauses. Vielleicht sollten Sie noch jemanden vom Personal bitten, zu Ihnen zu ziehen.«

»Ich würde keinem hier trauen, jetzt schon gar nicht. Ich komm zurecht, Herr Doktor.«

»Das bezweifle ich nicht, aber mir gefällt es nicht, wie Sie sich durch den ständigen Schlafentzug und die mangelnde Freizeit aufreiben. Hier oben muss Ihnen doch sehr einsam zumute sein. Und Sie müssen Teresa Kelly vermissen.« Er blickte sie über seine Halbbrille hinweg an. »Haben Sie schon etwas von ihr gehört?«

»Nein, sie ist erst seit drei Wochen weg. Sie kann noch nicht angekommen sein.«

»Nun, ich hoffe, ihr ergeht es gut in ihrem neuen Leben. Sie ist eine großartige Person und hätte es verdient.«

Der Arzt stand auf und ging durch den Raum zu einem der Fenster. Die eisernen Gitterstäbe davor waren hoch genug, um ein Kind am versehentlichen Herausfallen zu hindern. »Ein spektakulärer Ausblick«, sagte er und schaute bewundernd auf die grünen Felder, die sich bis zum Wald aus Eichen und Buchen in der Ferne erstreckten. »Wie schade, dass Sie nichts vom Sonnenschein haben, meine Damen. Wir bekommen weiß Gott wenig genug davon ab.« Er drehte sich um. »Wir müssen zusehen, dass wir Sie so bald wie möglich aus diesem Bett herausbekommen, Miss Charlotte, und dann können Sie wieder beide an die frische Luft. Ich werde mit Miss East sprechen, und wir werden sehen, was wir tun können.« Er lächelte Charlotte zu. »Wie schade, dass ich Sie nicht mit zu mir nach Hause nehmen kann. Mrs Finn hätte so gern ein entzückendes kleines Mädchen wie Sie, um es zu verwöhnen. Aber wir können Sie ja Schwester Dixon nicht wegnehmen, oder?« Er blickte zu dem Kindermädchen hoch. »Sie wären ohne Miss Charlotte doch verloren, nicht wahr, Schwester?«

Charlotte packte seine Hand, noch bevor er darauf eine Antwort erhielt, und er sah, dass sie weinte und mit dem Mund Wörter formte, ohne dass etwas zu hören war.

»Was ist denn, Liebes?«, fragte er und setzte sich wieder. Er versuchte, ihre Lippen zu lesen, doch sie stellte ihre Bemühungen ein, ehe er die Zeit hatte, auch nur ein Wort zu erkennen.

»Können Sie es aufschreiben?«, fragte der Arzt und nahm seinen Stift und ein Notizbuch aus der Tasche.

»Sie kann nicht schreiben«, sagte das Kindermädchen. »Sie hat noch keine Gouvernante.«

»Beruhige dich ein bisschen, Kleine«, sagte er, »und ich schaue, ob ich dich verstehe.«

Charlotte blickte über seine Schulter das Kindermädchen an, schüttelte den Kopf, seufzte, schloss die Augen und lag reglos da.

Der Arzt blieb noch ein wenig und sprach über Manus, Mandrake, den Besuch Lady Blackshaws bei Lord Waldron in London, von wo sie gewiss ein wunderbares Geschenk mitbringen würde, die Biskuittorten der Köchin, sein neues Enkelkind, bis er meinte, er störe sie eher, als dass er sie tröste, und dass es Zeit zum Gehen sei.

»Nun versuchen Sie, sich nicht zu quälen«, sagte er. »Ich melde mich auf dem Weg hinaus bei Miss East und komme morgen früh als Allererstes wieder hierher. Sie dürfen sich nicht aufregen. Sie werden sehen, wir haben Sie im Nu wieder auf den Beinen.« Er beugte sich über sie. »Sie vertrauen doch Ihrem alten Freund, dem Doktor, oder?«

Charlotte hielt die Augen geschlossen und drehte den Kopf zur Wand. Ihre Miene war so verzweifelt, dass der Arzt wünschte, er könnte das Einzige sagen, das wieder Leben in ihr Gesicht brächte – dass Victoria wohlbehalten aufgefunden worden sei und schon bald wiederkomme –, doch genau das konnte er nicht sagen, und er fragte sich, ob es jemals gesagt werden könnte.

»Vor all den Jahren haben Sie und Ihr Vater mir das Leben gerettet, Dr. Finn. Jetzt bitte ich Sie, mir zu helfen, auch Charlotte das Leben zu retten.«

Hätte Dr. Finn keine so hohe Meinung von Miss East gehabt und wäre er von dem, was er gerade im Kinderzimmer beobachtet hatte, nicht so verstört gewesen, hätte er sie zurechtweisen müssen, sie sei übertrieben dramatisch.

»Was geht da vor, Lily?«, fragte er nur, reichte ihr seinen Hut, seinen Rock und seine Gladstone-Tasche und nahm ein Gläschen Whiskey an, ehe er sich auf den Sessel links vom Torffeuer setzte. »Erklären Sie es mir. Das kleine Mädchen dort oben sieht aus, als stürbe es an gebrochenem Herzen.«

»Vielleicht ist es ein gebrochenes Herz, vielleicht aber auch etwas anderes, etwas, das mit Schwester Dixon zu tun hat.«

Wir alle wurden auf diese Erde geschickt, um einmal etwas Großes zu tun, hatte ihre Mutter oft gesagt, und Miss East, die daran glaubte, spürte die gewaltige Last ihrer Verantwortung, da sie nun Anstalten machte, dieses eine »Große« zu vollbringen, das ihre Existenz rechtfertigte.

Dr. Finns grimmige Miene verdüsterte sich noch, als Miss East ihre Argumente für die Entlassung Schwester Dixons und die Übergabe Charlottes in ihre Obhut vorbrachte.

Nicht das, was sie und die Dienstboten gesehen und gehört hatten, auch wenn dies beunruhigend gewesen war, sondern Charlottes Verhalten war es, was sie überzeugt hatte, dass Schwester Dixon sich nicht eigne, ein Kind zu erziehen.

»Mit Ihrer beruflichen Erfahrung können Sie doch beurteilen, dass sie zur Kinderschwester nicht besser geeignet ist als eine Katze. Sie hat sich den Titel selbst verliehen, wissen Sie.«

»Das könnte ich so nicht sagen«, entgegnete der Arzt. »Ich habe sie nie anders erlebt, als dass sie mit vor dem Schoß gefalteten Händen ruhig dasteht. Ich glaube, ich mache sie nervös, denn sie blinzelt die ganze Zeit.«

»Sie hat allen Grund, nervös zu sein«, fuhr Miss East fort, und dann berichtete sie ihm alles, was sie gesehen hatte und was sie vermutete.

Dr. Finn hatte Miss Easts Antipathie gegenüber Schwester Dixon lange erkannt, ohne dass ihm bewusst gewesen wäre, wie stark diese Abneigung war und wie tief sie ging.

»Sie hat Lady Blackshaw komplett eingewickelt, was nicht schwierig war, weil Ihre Ladyschaft sich sowieso nicht für die eigene Tochter interessiert. Aber ich lasse mich von Dixon nicht für dumm verkaufen.«

In der Gesellschaft Schwester Dixons wirkte Charlotte immer mutlos und verdrießlich, bei einem Kind deutliche Hinweise auf Verzweiflung. Miss East erkannte die Anzeichen, weil es ihr einmal ähnlich ergangen war, und Schwester Dixons

Lächeln, ihre Umsicht und Fürsorge, die sie, besonders vor Manus und Lady Blackshaw, an den Tag legte, konnten die Wirtschafterin nicht nur nicht täuschen, sondern steigerten noch ihren Abscheu.

Miss East war auf die Mithilfe des Arztes angewiesen, und zwar nicht nur, damit seine physische Präsenz die große, kräftige, junge Dixon einschüchterte, sondern auch wegen seiner Gravität und seiner Reputation, die dem, was Miss East plante, Autorität verleihen sollten.

Dr. Finn tat Schwester Dixon leid. Ein Mensch ihres Alters sollte zum Tanzen und Flirten ausgehen, statt ein trostloses isoliertes Leben zu führen, und er mischte sich nicht gern in die Angelegenheiten des Anwesens ein, doch als Miss East sagte: »Wir können nicht zulassen, dass sich vor unseren Augen eine zweite Tragödie abspielt, schon gar nicht, während die Herrin fort ist«, da spürte er die Wahrheit ihrer Worte und sagte ihr seine Unterstützung zu.

9

»Ich dachte, Sie kommen vor morgen nicht zurück«, sagte Schwester Dixon. Sie stand in der halb geöffneten Kinderzimmertür. Ihr Blick zuckte vom einen zum anderen, und die rotzfreche Miene, die sie vor Miss East stets aufsetzte, geriet kurz ins Wanken, als sie die Entschlossenheit in ihren Gesichtern bemerkte. »Was sucht die hier?«, fragte sie den Arzt, während sie die Wirtschafterin anfunkelte. »Die hat hier überhaupt nicht raufzukommen.«

»Ich dachte, sie könnte auf Charlotte aufpassen, während wir uns unterhalten. Dürfen wir hereinkommen?«

»Ich bin nicht vorbereitet«, sagte sie und deutete mit einer Handbewegung auf ihre bestrumpften Füße.

»Das ist nicht wichtig. Ich möchte nur kurz über Charlotte sprechen.«

Der Arzt trat einen Schritt vor, Dixon wich zurück, und Miss East folgte dem Arzt ins Zimmer. »Könnten wir woanders reden, während Miss East hierbleibt?«

Dixon schnaubte verbittert. »Nein. Ich bleibe genau da, wo ich zu sein habe, vielen Dank.«

Der Arzt und die Wirtschafterin wechselten einen Blick, der Schwester Dixon nicht entging.

»Würden Sie wenigstens auf den Flur heraustreten?«, bat der Arzt.

»Ich tue keinen Schritt hier weg. Wüsste nicht, wieso ich sollte.«

»Nun gut, in diesem Fall werde ich hier sagen, was ich zu sagen habe. Ich bin aus medizinischen Gründen der Ansicht, dass das Ihnen anvertraute Kind unverzüglich aus diesem Raum entfernt werden sollte, und zwar wegen der Assoziationen«, sagte er mit einem Nicken zum Kinderbett. Er ging davon aus, dass Charlotte nicht wusste, was »Assoziationen« waren.

»Ist das alles? Ich brauch keinen Arzt dafür, dass er mir das sagt. Das seh ich selber. Wir hätten jederzeit ins Zimmer nebenan ziehen können, wenn Ihre Ladyschaft nur etwas gesagt hätte.«

»Ich dachte nicht ans Nebenzimmer. Ich dachte an unten im Hauptteil des Hauses, und ich dachte daran, Charlotte in Miss Easts Obhut zu geben.«

Lily fürchtete, sie würde gleich vor Angst ohnmächtig werden.

Im Bett regte sich etwas.

Dixon riss den Mund auf und stieß ein Jaulen hervor. »Du Schlange!«, keifte sie Lily East an. »Noch tiefer geht es ja wohl nicht mehr. Endlich zeigst du dein wahres Gesicht!« Mit empörter Miene wandte sie sich Dr. Finn zu. »Das plant sie schon seit Jahren. Jeder weiß, dass sie kindstoll ist! Angefleht hat sie Lord Waldron, dass sie meine Arbeit kriegt, aber er sagte zu ihr, dass sie zu alt ist, und da ist sie nie drüber hinweggekommen. Das können Sie mir glauben. Von Anfang an wollte sie immer nur die Mädchen in die Hände bekommen.« In ihren Mundwinkeln schäumte der Geifer. »'ne vertrocknete alte Kuh – das ist sie!«

»Sie sollten Ihre Zunge hüten, junge Dame«, sagte Dr. Finn.

Unter dem Bettzeug bebte es.

»Warum denn? Warum sollte ich mir überhaupt anhören,

was Sie sagen? Sie gehören ja nicht mal hierher. Lady Blackshaw hätte Sie nicht kommen lassen – das ist meine Aufgabe. Komisch, dass Sie gleich an dem Tag kommen, an dem sie abreist, was? Ich möchte wirklich wissen, wer die Idee hatte.«

»Ich denke nicht, dass wir darüber vor Charlotte sprechen sollten. Ich nehme sie jetzt mit in mein Zimmer, und wir reden später weiter.« Miss East machte einen Schritt auf das Bett zu.

»Nein, das tust du nicht.« Dixon stieß sie beiseite, nahm auf dem Bett Platz und ließ sich mit ihrem ganzen Gewicht auf Charlotte sinken.

Miss East blieb stehen, wohin sie nach dem Stoß getaumelt war, ein paar Schritt vom Bett entfernt.

»Acht Jahre hab ich mich um Charlotte gekümmert, und nie gab es Beschwerden«, sagte Dixon leidenschaftlich zu dem Arzt. »Ich bin doch nicht schuld, wenn sie jetzt krank ist. Das kommt vom Schock, weil Victoria verschwunden ist, das hat sie umgehauen. Mit mir hat das nichts zu tun. Ich ziehe ja in ein anderes Zimmer, aber sie bleibt bei mir. Glauben Sie etwa, Sie würden sich als Einzige um sie Sorgen machen?«

Charlotte versuchte sich wegzuschieben, weil Dixon zu fest gegen sie drückte. Daraufhin presste Dixon noch stärker, bis das Kind stillhielt.

»Ich kann im Moment nicht mehr sagen, Schwester Dixon«, erwiderte Dr. Finn, »aber ich muss darauf bestehen, dass Charlotte noch heute diesen Raum verlässt. Auf der Stelle sogar.«

Dixon lief puterrot an, und es war, als dehnte sie sich aus. Um sie herum schien die Luft zu knistern.

»Was geht Sie das überhaupt an?«, fragte sie und betonte jede einzelne Silbe. »Sie haben hier nichts zu sagen. Warum sollte ich Sie überhaupt beachten?«

»Weil ich Arzt bin. Ich lege Ihnen nicht meine persönliche

Ansicht dar, sondern mein medizinisches Urteil, und dagegen können Sie nichts vorbringen.«

Dixon öffnete den Mund, schloss ihn, dachte einige Sekunden lang nach und öffnete ihn wieder. »Die East hat Sie aufgehetzt, oder?« Sie kniff die Augen zusammen. »Die hat Sie getäuscht, genau wie sie jeden hier täuscht mit ihrer feinen Aussprache und ihren Büchern und ihrem affigen Getue.« Sie wandte sich wieder Miss East zu. »Du hast es weit gebracht, was, du emporgekommenes Küchenmädchen? Ganz groß und mächtig. Deine alten Nachbarn könnten dich für 'ne Dame halten, wenn sie nicht schon alle an Altersschwäche gestorben wären, du runzlige Vettel!« Sie schloss ihre Rede mit einem gezwungenen Lachen ab und setzte eine zufriedene Miene auf.

»Darauf habe ich nur eine Antwort.« Miss East reichte ihr einen Umschlag.

Dixon nahm ihn an, ehe sie begriff, was vorging. »Was ist das?«

»Ihre Kündigung. Ich entlasse Sie.«

»Du ... was?« Ein Ausdruck der Panik zog über Dixons Gesicht, und sie wandte sich wieder an den Arzt. »Ich sage ja, dass die verschrumpelte alte Jungfer *alles* tun würde, um die Mädchen in die Hände zu bekommen! Das steckt dahinter. Es ist so offensichtlich, dass sie kindstoll ist, ich kapiere gar nicht, wie Sie das übersehen können. Welchen Beweis brauchen Sie denn noch? Seit ich hier ankam, ist sie neidisch auf mein Aussehen und darauf, dass ich die Mädchen hab. Das *müssen* Sie mir einfach glauben!«

Dixon sah Dr. Finn beschwörend in die Augen.

Er erwiderte den Blick ungerührt.

Sie schleuderte den Umschlag nach Miss East und traf diese

am Kopf. Dann sprang sie vom Bett, baute sich vor der kleineren Frau auf und verfluchte sie, dass der Wirtschafterin Dixons Speichel ins Gesicht sprühte.

Mit einem Satz war Dr. Finn neben dem Bett. Er riss die Decke zurück und nahm Charlotte hoch, die sich an ihn klammerte, ihm die Beine um die Hüften schlang und ihren Kopf an seiner Schulter vergrub. Dann wollte er zwischen die beiden Frauen treten. Dixon drehte sich um und entdeckte Charlotte in den Armen des Arztes. Sie versuchte sie ihm zu entreißen, doch der Arzt wandte ihr den Rücken zu und Charlotte hielt sich, obwohl Dixon ihre Beine von ihm lösen konnte, mit den Armen weiter fest, und als sie die Arme lösen wollte, waren die Beine des Kindes wieder an seinen Hüften und drückten noch fester.

Dixon wurde gewahr, dass man es darauf anlegte, sie töricht erscheinen zu lassen. Sie rannte zur Tür, schloss sie ab und steckte den großen Messingschlüssel in ihre Schürzentasche. »Jetzt wollen wir doch mal sehen, wer hier das Sagen hat. Ich bin noch nicht fertig! Und ich habe noch viel zu sagen, und es ist gut, wenn Charlotte es hört. Je eher sie erfährt, wie es auf der großen bösen Welt zugeht, desto besser. Als wüsste sie nicht so schon zu viel.« Mit ihren zusammengekniffenen Augen und dem verzerrten Mund bot sie einen entsetzlichen Anblick.

Charlotte grub den Kopf noch tiefer in die Kuhle zwischen Hals und Schulter des Arztes.

»Um Gottes willen, Schwester Dixon«, sagte Dr. Finn, »bringen wir Charlotte hier heraus – lassen wir sie bei der Köchin –, und dann können Sie so lange reden, wie Sie wollen, und sagen, was Sie wollen.«

»Du hast gepetzt, du kleines Luder, stimmt's? Ich *rede* mit dir, Charlotte. Stimmt's?«

Charlotte schüttelte heftig den Kopf. Ihr Gesicht hielt sie weiter versteckt.

»Und du weißt, was passiert, jetzt, wo du gepetzt hast, oder?« Sie stellte sich in den Rücken des Arztes und verdrehte Charlotte das Ohr. »Ich leg einen Fluch auf Mandrake, und er wird sterben –«

»Nein!«, schrie Miss East auf.

»Und ich leg einen Fluch auf dich, und du wirst bald sehen, welchen, wenn es dir widerfährt.«

»Nicht, Charlotte! Hör ihr nicht zu!«, rief Miss East.

»Ach, hau ab, du alte Schachtel! Na los, *verschwinde*!« Dixon brauchte sich nicht anzustrengen, um Miss East zu Boden zu stoßen, sie wandte ihr dabei nicht einmal das Gesicht zu.

Der Arzt redete flüsternd auf Charlotte ein, die zitterte und den Kopf schüttelte. Er sprach weiter, und sie lockerte ihre Umklammerung ein wenig. Dann ging er zu Miss East und half ihr hoch, und als sie wieder stand, gab er Charlotte in ihre Arme.

Dixon heulte auf, als sie sah, was geschehen war, und versuchte Miss East das Kind wieder zu entreißen. Sie bekam Charlotte nur an den Haaren zu packen und zerrte so fest, dass es aussah, als würde sie dem Mädchen den schlanken Hals brechen. Charlotte verzog in höllischem Schmerz das Gesicht und riss den Mund zu einem lautlosen Schrei auf. Als Miss East sich abwandte, ließ Dixon jedoch nicht los, sondern drehte sich mit ihr. Der Arzt packte Dixons linken Arm und quetschte ihn so fest und so lange, bis sie Charlottes Haare losließ. Dann drehte er ihr den Arm auf den Rücken und trat ihr die Beine unter dem Leib weg. Sie landete auf der Brust, das Knie des Arztes im Kreuz, den Arm auf den Rücken gedreht, und trat nutzlos mit den Beinen aus.

»Charlotte würde bestimmt gerne wissen, wie Miss Easts Stiefvater kleine Mädchen beschützt hat!«, stieß Dixon hervor. »Das hättest du wohl nicht gedacht, dass ich das weiß, hä?«

Dr. Finn, der mit seiner freien Hand nach dem Schlüssel gesucht hatte, legte ihr diese Hand nun auf den Mund und wurde prompt so fest in den Finger gebissen, dass er ihn nicht freibekam. Er veränderte seine Position, bis er rittlings auf der Kinderschwester saß und ihren linken Arm mit seinem Gewicht fixierte, dann befreite er seine Hand, indem er mit der anderen hart ihren Unterkiefer hinunterdrückte. »Wenn Sie den Mund nicht halten, sehe ich mich gezwungen, etwas Drastisches zu tun, und so wahr mir Gott helfe, das werde ich!« Er drehte ihr den Kopf nach unten und presste ihn auf die Bodenbretter, damit sie nicht reden konnte, dann suchte er rasch und grob nach dem Schlüssel. Als er ihn gefunden hatte, reichte er ihn der zitternden Miss East, die keine Zeit verlor, die Tür aufsperrte und floh.

So groß war ihre Angst, dass Miss East trotz ihrer zierlichen Statur und ihren achtundvierzig Jahre alten Beinen Charlotte tragen und dabei immer wieder sagen konnte: »Du bist in Sicherheit. Du wirst Schwester Dixon nie wiedersehen« und »Ich bin keine Hexe, ich bin deine gute Fee«, bis sie die drei Treppen und die langen Korridore zurückgelegt hatte, die Küche erreichte und das Mädchen der erschrockenen Köchin in die Arme schob.

»Sehen Sie einen Augenblick nach ihr«, sagte Miss East atemlos. »Ich habe etwas zu erledigen.«

Sie eilte in die Spülküche und befahl dem Küchenjungen, zum Kinderzimmer hochzurennen, so schnell seine Beine ihn trügen, und nachzusehen, ob Dr. Finn, der Schwierigkeiten haben könne, wohlauf sei. Sie musste ihm den Weg beschreiben, weil er noch nie in jenem Flügel des Hauses gewesen war.

»Meine Güte, ist es nicht wunderbar, die kleine Charlotte endlich wiederzusehen?«, fragte die Köchin, als Miss East in die Küche zurückkam. »Es ist so schön, dich endlich wiederzusehen, Charlotte. Wir hatten uns schon alle gefragt, wann du wieder runterkommst und uns besuchst.«

Charlotte löste sich von der Köchin, rannte zu Miss East und umschlang ihre Taille. Ihr Blick heftete sich auf einen Laib Sodabrot, der zum Abkühlen auf dem Kuchengitter lag, und sie deutete darauf.

»Sie hat Hunger, das arme Ding«, sagte die Köchin. Sie ging hin und schnitt eine Ecke von dem Laib ab, bestrich sie mit Butter und Brombeermarmelade und halbierte sie.

Charlotte packte das Brot und stopfte sich davon so viel in den Mund, dass ihr das Kauen schwerfiel.

Die beiden Frauen tauschten einen Blick, und die Köchin formte über den Kopf des Kindes hinweg die Worte: ›Ausgehungert.‹

Charlotte wies wieder auf das Brot, um zu zeigen, dass sie mehr wollte, doch Miss East sagte: »Wir warten mit der nächsten Scheibe noch ein bisschen, bis dein Bauch sich wieder beruhigt hat.«

»Kommst du wieder zu mir, Charlotte?«, fragte die Köchin. »Ich warte schon so lange, dass du wieder mit mir schmust.«

Charlotte kam auf den üppig gepolsterten Schoß der Köchin, und zum Erstaunen beider Frauen war sie in null Komma nichts eingeschlafen.

Miss East konnte nicht anders, sie musste ihre guten Neuigkeiten teilen. »Ich kümmere mich um Charlotte, bis Lady Blackshaw zurückkehrt. Jetzt muss ich wieder zu Dr. Finn und schauen, was er zu sagen hat. Danach erkläre ich alles.«

Sie entschied sich, am unteren Ende der Treppe zum Kinderzimmer auf Dr. Finn zu warten, und zwar ein gutes Stück abseits für den Fall, dass Dixon oder der Küchenjunge als Erste herunterkamen.

Es ist vollbracht!, frohlockte sie in Gedanken zu ihrer Mutter. Freu dich mit mir. Die eine große Sache ist gelungen. Acht Jahre zu spät, aber doch gelungen. Dixon ist entlassen. Ich danke Gott dem Herrn, dass ich diesen Tag erleben durfte.

10

Einer wäre schon wach, das wusste Schwester Dixon genau, und zwar Manus, und sie wollte ohnehin niemand anderen sehen. Beim ersten Morgenlicht verließ sie ihr Bett und ging zum Stall, wo er gerade Mandrake sattelte, voller Ungeduld, auch am achtzehnten Tag in Folge in der Morgendämmerung nach Victoria zu suchen. Kaum sah er Dixons tränenüberströmtes Gesicht, führte er sie in die Sattelkammer an der Südseite des Stalls, wo sie sprechen konnten, ohne befürchten zu müssen, dass sie die Stallburschen störten, die in dem Raum über dem Nordende schliefen.

Sie berichtete ihm, dass Miss East sie aus Eifersucht hinter dem Rücken Ihrer Ladyschaft abschob. Sie müsse einen Monat warten, bis Lady Blackshaw wiederkäme und ihr ihre Stellung zurückgäbe, was diese tun werde, weil sie bei ihr in hohem Ansehen stehe. Miss East habe Charlotte am Abend zuvor aus dem Kinderzimmer verschleppt und denke sich nun zweifellos hässliche, unwahre Geschichten aus, die sie später verbreiten wolle, um ihr Tun zu rechtfertigen, und als Wirtschafterin werde ihr jeder glauben.

»Ich kann nicht hier an diesem Ort bleiben, wo man mit dem Finger auf mich zeigt und über mich flüstert.«

»Niemand wird mit dem Finger auf dich zeigen oder über dich flüstern.« Manus war die Erleichterung, dass nichts Schlimmeres passiert war, anzusehen. Er nahm Dixon bei der Hand und versicherte ihr, sie müsse Lily East missverstanden haben, die doch die Güte in Person sei. Wenn Dixon wolle, werde er mit Lily sprechen und den Irrtum aufklären.

»Nein, sprich nicht mit ihr. Das wäre das Letzte, was ich wollen würde. Glaub mir, das war kein Irrtum. Du kennst sie nicht, wie ich sie kenne. Sie ist kindstoll und würde alles tun, um die Mädchen in die Finger zu kriegen. Das Mädchen. Und jetzt hatte sie ihre Gelegenheit. Sie sagt, Ihre Ladyschaft hat sie dazu ermächtigt.«

»Ich kann diese plötzliche Entwicklung gar nicht verstehen. Und du bist so gut zu den Mädchen. Lily muss irgendetwas in den falschen Hals bekommen haben. Ich möchte nur wissen, was in sie gefahren ist.« Er schüttelte ungläubig den Kopf. »Du musst mir erlauben, mit ihr zu reden.«

»Nein.«

»Irgendwas muss ich doch für dich tun können.«

»Es gibt da was. Ich hatte gehofft, du würdest selber davon anfangen.« Dixon hielt inne, um sicherzugehen, dass sie die Worte richtig wählte. »Ich dachte, weil...« Sie holte tief Luft. »Kann ich bei dir bleiben?«

»Bei mir?« Manus war verdutzt. »Du meinst, bis Lady Blackshaw wiederkommt?«

»Nein, so meinte ich das nicht. Ich meinte, ob ich für immer bei dir bleiben kann.«

»Ich glaube kaum, dass der Anstand das erlaubt. Auch wenn mein Vater hier ist.«

»Ich meine, als deine Frau.«

»Meine Frau?« Manus stieß einen Laut der Ungläubigkeit aus, der in Dixons Ohren wie höhnisches Gelächter klang.

Dixon lief vom Hals bis zum Haaransatz puterrot an und ließ den Kopf hängen. »Ich dachte, du magst mich.«

»Tut mir leid, ich wollte nicht so reagieren. Du hast mich

völlig überrascht. Ich mag dich auch.« Er nahm die Hand weg. »Sehr sogar. Aber nicht so.«

»Hast du einen Schatz im Dorf?«

»Nein.«

»Was ist es dann?«

»Es tut mir leid. Ich helfe dir bei Miss East und Lady Blackshaw auf jede erdenkliche Weise, aber ich kann dich nicht heiraten.«

Er wollte wieder ihre Hand nehmen.

Sie zog sie weg, hielt den Blick abgewandt und stolperte aus der Sattelkammer.

Mit trockenen Augen und fester Entschlossenheit kehrte Dixon zum Haus zurück und ging durch die stillen Korridore, stieg Treppen hoch und folgte weiteren Gängen zu Lady Blackshaws Schlafzimmer im Südflügel. Alles war still. Bis der erste Dienstbote mit der frühmorgendlichen Arbeit begann, verging noch eine Stunde.

Sie dachte zurück an einen Tag vor nicht allzu langer Zeit, an dem sie und die Mädchen Teresa in Edwinas Zimmer begleitet hatten, um eine abgenutzte Tagesdecke zu holen, die geflickt werden musste. Während sie dort waren, zeigte Teresa auf eine nicht weiter außergewöhnliche Schatulle auf der Frisierkommode, die miteinander verhedderte Halsketten mit Brillanten, Rubinen und Smaragden und dazu die passenden Ringe und Armbänder enthielt. Dixon hatte kaum glauben können, dass jemand so etwas Schönes einfach in eine Schatulle warf, und hätte am liebsten alles herausgenommen, entflochten und geordnet. Noch bevor sie auch nur ein einziges Schmuckstück hatte berühren können, sagte Teresa mit Nachdruck, sie müssten nun gehen. Sie hatte die Tagesdecke an sich genommen und alle hinausgeführt.

Dixon erinnerte sich, dass sie verstimmt gewesen war, weil Teresa von den Juwelen wusste und sich in Edwinas Schlafzimmer auskannte, während sie, die zwar nicht an Lebens-, aber an Dienstjahren die Ältere war, bis dahin den Raum noch nie betreten, geschweige denn den Schmuck zu Gesicht bekommen hatte.

Auch an diesem Morgen stand die hölzerne Schatulle an ihrem gewohnten Platz. Die Schmuckstücke darin waren im gleichen Zustand wie an dem Tag, an dem Dixon sie zuletzt gesehen hatte. Vorsichtig nahm sie ein Brillantcollier heraus und den zugehörigen Fingerreif, dann ein Saphirarmband und den passenden Ring. Sie steckte sich den Schmuck in die Tasche, verließ den Raum und kehrte ins Kinderzimmer zurück, wo sie den Schock vom Vorabend noch einmal durchlebte.

Nachdem Miss East und Charlotte entkommen waren, hatte Dixon die Beherrschung verloren und geheult und gerast in einer Wut, die ihr schier tödlich erschien, und sie hatte sich auch gewünscht, sie ginge daran zugrunde. Ein Küchenjunge, den Miss East offenbar heraufgeschickt hatte, war vor Angst vor ihr zurückgeschreckt, hatte aber gewartet, bis Dr. Finn ihm versicherte, er habe alles unter Kontrolle und der Bursche könne reinen Gewissens gehen.

Und wieder durchlebte Dixon all die Demütigungen im Waisenhaus, wo man sie keiner Bildung für wert befunden und nur zum Hüten von Kleinkindern eingesetzt hatte. Doch das war nichts verglichen damit, von einer Frau, die aus dem gleichen Teil der Welt und den gleichen Verhältnissen stammte wie sie, selbst für diese Aufgabe öffentlich als unfähig erklärt zu werden. Dr. Finn – dessen freundlicher, aufmerksamer Blick sie verunsicherte, weil er ihr den Eindruck vermittelte, er könne ihre Maske durchschauen und ihre Gedanken lesen und dächte dennoch gut von ihr – blieb über eine Stunde, um sicherzugehen, dass sie sich ausreichend beruhigt hatte, um alleingelassen werden zu können, ohne dass sie sich etwas antat. Er bat sie um Entschuldigung für die grobe Behandlung, die sie durch seine Hände erfahren hatte, und bot an, jemanden zu holen, der bei ihr bleiben könne. Doch sie entgegnete, sie brauche seine Hilfe nicht, sie werde Tyringham Park am frühen Morgen verlassen und hege nicht die Absicht, jemals zurückzukehren. Wäre es nicht dunkel, fügte sie hinzu, so bräche sie auf der Stelle auf.

Sämtliche Demütigungen im Waisenhaus und am letzten Abend im Kinderzimmer zusammengenommen, waren jedoch nichts im Vergleich dazu, dass Manus sie ausgelacht hatte, als sie ihm ihre Hand anbot. Wenn sie daran dachte, spürte sie einen Stich in der Brust, und sie dachte alle paar Sekunden daran.

Um sich abzulenken, nahm sie den Umschlag, den sie von Lily East erhalten und ihr ins Gesicht geschleudert hatte, und öffnete ihn. Darin lag ein Brief auf Blackshaw-Briefpapier wie der, den Teresa Kelly erhalten hatte, ehe sie ging. Oben standen das Familienwappen der Blackshaws und die Adresse, und unten hatte der Verwalter im Namen Lord Waldrons unterzeichnet. »Das ist ein Zeugnis«, hatte Teresa erklärt. »Für jemanden von uns ist so was ein Vermögen wert.« Laut hatte sie Wörter wie »ehrlich«, »vertrauenswürdig« und »fleißig« vorgelesen. Besonders gefreut hatte sie, dass der Verwalter die langen Jahre erwähnte, in denen sie ihren Vater gepflegt hatte, um die Zeit ohne Anstellung zu erklären, denn sie hatte schließlich nur zwanzig Monate auf Tyringham Park gearbeitet. »So ein zuvorkommender Mann!«, hatte sie ausgerufen.

Dixon musste abwarten, bis sie jemanden fand, der ihr das Zeugnis vorlas. Aber nach dem großzügigen Geldbetrag zu schließen, den der Verwalter beigelegt hatte, war er auch zu ihr zuvorkommend gewesen.

Manus zu heiraten war stets ihr großer Traum gewesen. Sie hätte nicht acht der besten Jahre ihres Lebens in diesem Leichenschauhaus vergeudet, wenn sie nicht geglaubt hätte, sie würde Manus' Ehrfurcht vor ihr überwinden und ihn am Ende doch bekommen. Dieser Ausdruck der Freude, den er jedes Mal zeigte, besonders aber in den letzten beiden Jahren, wenn er sie und die Mädchen näher kommen sah, hatte ihre Hoffnung genährt und ihre Ungeduld in den vielen entsetzlichen Monaten besänftigt.

Sie konnte die Zeichen der Liebe nicht falsch verstanden haben.

Der Zeitpunkt ihres Antrags hatte ihre Pläne zunichtegemacht. Manus empfand eine so tiefe Schuld, weil Victoria verschwunden war, obwohl er sich in der Nähe aufgehalten hatte, und war so erschöpft von seinen Suchritten, dass er nicht mehr er selbst war. Er schien nicht zu wissen, wovon sie sprach, und hatte sie angesehen, als machte sie Scherze, als sie ihm die Heirat vorschlug.

Und jetzt war die Zeit abgelaufen. Von Charlotte verraten, von Miss East übertölpelt und ausmanövriert. Wer hätte gedacht, dass sie am Ende von einem kleinen Mädchen und einer alten Frau besiegt würde?

Bald wären alle wach, und die Nachricht von ihrer Entlassung würde sich rasch verbreiten. Würde sich jemand auf ihre Seite stellen? Unwahrscheinlich, nicht bei dem Einfluss, den Miss East auf alle hatte. Würde Manus für sich behalten, was zwischen ihnen gesprochen worden war?

Sie hatte herzlich wenig zu packen. Den Schmuck und das Geld versteckte sie im Saum ihres Mantels. Dann trampelte sie in einer letzten Geste auf der Tracht herum, die sie auf den Boden geworfen hatte.

Ein letzter Blick durch das große Zimmer, dann drei Treppen hinunter. Der Chor der Morgendämmerung begleitete sie auf ihrem Weg an der Rückseite des Hauses entlang, vorbei an Miss Easts Tür, dann um das Haus herum und die Allee hinunter, am Stall vorüber, wo sie starr nach vorn blickte aus Angst, sie könnte Manus sehen.

Doch niemand sah, wie sie quer durch Ballybrian zum Bahnhof schritt und auf der Bank auf den ersten Zug nach Dublin wartete. Als er kam, empfand sie Erleichterung, weil er sie von hier, der Kulisse ihrer peinlichen Fehleinschätzungen, fortbringen würde.

Wenn der junge Constable Doyle, der sich so offensichtlich in sie verguckt hatte, hörte, dass sie fort war, bedauerte er dann, dass er die Gelegenheit nicht beim Schopf ergriffen hatte?

Vor allem aber, würde es Manus leidtun, dass er sie hatte gehen lassen, wenn er wieder zu sich kam und begriff, wie sehr er sie geliebt hatte?

Ihr schossen Szenen durch den Kopf, wie sie triumphierend nach Tyringham Park zurückkehrte und sich an all denen rächte, die ihr etwas angetan hatten. Doch im Moment musste sie diese Wunschvorstellung unterdrücken und sich konzentrieren. Eine allein reisende junge Frau benötigte einen Beschützer. Sie musste ihre fünf Sinne beisammen haben und sich einen Gentleman suchen, einen Begleiter oder eine Familie, dem oder der sie sich anschließen konnte.

Vor allem aber brauchte sie einen neuen Namen. Sie hatte sich bereits für Elizabeth entschieden. Nie mehr Cry Baby oder Baby oder Schwester. Wegen des Zeugnisses konnte sie Dixon nicht ändern, doch das war ihr egal – das war wenigstens ein echter Name. »Elizabeth« hatte etwas Aufrichtiges, Seriöses, das zu dem neuen Bild passte, das sie von sich zu schaffen gedachte.

Elizabeth Dixon. Nicht Eliza oder Betty oder Lizzie oder Beth Dixon. Elizabeth Dixon. Sie fand den Namen ganz wunderbar. Niemand hatte es für nötig befunden, ihr einen richtigen Vornamen zu geben, und wenn sie sich nun schon selbst einen gab, dann durfte er ruhig königlich anmuten.

Als eine Stunde später der Zug nach Dublin einfuhr, malte sich Elizabeth Dixon noch immer ihre Rückkehr nach Tyringham Park aus, nicht in ihrer gegenwärtigen Position als davongejagtes Kindermädchen, sondern als etwas ganz anderes. Was genau das sein sollte, wusste sie noch nicht, aber es würde etwas sein, das ihres neuen Namens würdig wäre. Etwas, bei dem Manus und Lily East aufmerken würden, etwas, das Charlotte einen Schauder über den Rücken jagte, dieser reichen verwöhnten Göre, die dann älter wäre und sich nicht mehr hinter Lily Easts Autorität und Schutz verstecken könnte.

11

*London
1917*

In der Hauptstadt des Empires angekommen, ließ Edwina ihre Kammerzofe und ihr Gepäck in der Offiziersunterkunft zurück und traf sich mit ihrem Mann. Er hatte ihr zehn Minuten zugebilligt, danach musste er zurück ins Kriegsministerium.

Ihr Stuhl war zu niedrig. Dankbar für den Abstand zwischen ihrem Mann und sich selbst, konzentrierte sie sich auf die Messingknöpfe und die Orden auf seiner Uniform, damit sie ihm nicht direkt ins Gesicht zu sehen brauchte.

»Zu schade, dass du herreisen musstest, meine Beste. Aber ich konnte mich absolut nicht freimachen. Das weißt du. Hast du meinen Brief erhalten?« Waldron legte seine Pfeife in den Aschenbecher und betrachtete sie, während er redete, und kreiste dabei vage mit der Hand.

»Ja. Mir war schon vor Erhalt deines Briefes klar, dass du die Dienststelle unmöglich verlassen könntest.«

»Allerdings. Nun, was führt dich her? Hat sich etwas Neues ergeben?« Er nahm einen Füllhalter, prüfte den Tintenstand und begann mit Kritzeleien.

»Nein, leider nichts.« Edwina gelang es, sich zu zügeln, und sie streckte nicht den Arm vor und schlug ihm den Füllhalter nicht aus der Hand. »Ich benötige deine Hilfe.«

»Meine Hilfe?« Er hätte sie fast angesehen, hob die Augen jedoch nur, bis sein Blick ihren Hals traf. »Ich hatte nicht angenommen, dass ich aus der Ferne etwas tun könnte. Anderenfalls hätte ich es selbstverständlich getan.«

Edwinas Gesicht verspannte sich vor Anstrengung, als sie sich eine sarkastische Replik verkniff. Um Zeit zu gewinnen, die Fassung wiederzuerlangen, legte sie den Mantel ab, drehte sich um und hängte ihn über die Lehne ihres Stuhles. Dabei schärfte sie sich ein, dass sie keinesfalls schon am ersten Gatter scheitern dürfe.

»Da bin ich mir sicher«, sagte sie schließlich und lehnte sich zurück. Sie wartete.

Er konzentrierte sich darauf, mit dem Füllhalter kurze Bewegungen zu wiederholen, ohne auf sie zu achten, deshalb wartete sie weiter.

»Ach, verzeih«, sagte er endlich. »Wo waren wir?« Er hielt die Hände still. »Du wolltest meine Hilfe. Was genau kann ich tun?«

»Ich möchte, dass du Teresa Kelly für mich suchst.«

»Kann nicht sagen, dass mir zu dem Namen jemand einfällt. Wer ist das?«

»Eine Dienstbotin. Eine Frau aus dem Dorf –«

»Du weißt, dass wir niemals Einheimische beschäftigen. Diese Papisten sind imstande und erschießen uns beim ersten Anzeichen eines Aufstands in unseren Betten. Ich dachte, ich hätte dir gesagt –«

»Das hast du, aber gib mir nicht die Schuld. Wenn du jemandem die Schuld geben musst, dann Miss East. Sie hat Teresa Kelly ins Haus geholt, während ich zur Geburt Victorias in Dublin weilte, und ich war nicht informiert.«

»Oje.« Waldron hielt den Füllhalter hoch und setzte eine starr-aufmerksame Miene auf, damit er diese Neuigkeit nicht zu kommentieren brauchte. Vor Anstrengung brannten ihm die Augen. »Wieso möchtest du gerade diese Person finden?«

»Ich glaube, sie hat Victoria entführt.«

Er gab einen Laut von sich, als wolle er etwas erwidern, doch Edwina fuhr ihm über den Mund.

»Ich bin mir sogar sicher, dass sie es getan hat. Ich habe keinerlei Beweis, doch ich weiß es einfach. Nenn es den Instinkt einer Mutter.«

Waldron machte ein Geräusch, das wie ein Schnauben klang und in Husten überging. Er klopfte sich auf die Brust, hob die Pfeife aus dem Aschenbecher und nahm einen Zug. Das Husten hörte auf. »Das funktioniert immer«, sagte er und wischte sich den Mund.

Edwina hatte vorhin bemerkt, wie die Pfeife zur Seite kippte, und beobachtet, wie ein abstoßender brauner Schleim aus dem Mundstück sickerte. Als sie nun sah, wie er ihn in den Mund bekam, war sie froh, ihn nicht darauf hingewiesen zu haben.

»Was sagt die Polizei?« Waldron verzog das Gesicht, trank aus dem Glas neben ihm und machte Räusperlaute.

»Sie geht davon aus, dass Victoria in den Fluss gefallen ist und aufs Meer hinausgespült wurde. Meine Theorie haben die Beamten als mütterliches Wunschdenken abgetan.« Ihre Stimme war tonlos, als sie es sagte. »Aber niemand weiß etwas Sicheres. Niemand hat etwas gesehen, und nichts war –«

»Durchaus. Ich verstehe, was du meinst. Wieso verdächtigst du dann die besagte Dienstbotin?« Seine Hand hatte den Füllhalter wiedergefunden. Er zog damit so winzige Striche, dass er glaubte, sie würde es nicht bemerken.

»Te-re-sa Kel-ly«, sagte sie, indem sie die Silben des Namens trennte, als spreche sie mit jemandem von begrenzter Auffassungsgabe, »verließ das Anwesen an genau dem Tag, an dem

Victoria verschwand. Allein das weist auf sie als Entführerin hin.«

»Könnte reiner Zufall sein.«

»Ein zu großer Zufall. Wie hoch ist denn die Wahrscheinlichkeit, dass diese beiden Dinge gleichzeitig geschehen?«

»Das macht ja gerade den Zufall aus.« Sein Füller bewegte sich, als male er damit Kringel.

Edwina atmete zweimal tief ein und fuhr fort mit dem, was sie auf der Reise einstudiert hatte: Teresa sei vierzig, habe die Hoffnung auf eigene Kinder aufgegeben, sei vernarrt in Victoria und habe den Dienst auf Tyringham Park angetreten, als Victoria geboren wurde.

»Noch ein Zufall?« Er malte sein Gekritzel mit einem roten Stift aus, wobei er nach jedem Strich die Spitze ableckte, und achtete sorgfältig darauf, innerhalb des Tintenumrisses zu bleiben. »Was denkt Miss East? Eine tüchtige Frau. Sie weiß immer, was Sache ist.«

»Sie zu fragen hat keinen Sinn. Sie trägt Scheuklappen. Gibt Dixon die Schuld an allem und hielt Teresa Kelly für eine Heilige. Natürlich hatten sie vieles gemeinsam: zwei alte Jungfern, die Karten spielten und sich nach eigenen Kindern sehnten.«

»Ich würde ihre Meinung nicht einfach von der Hand weisen. Ein Hort der Vernunft, die Frau.« Er streckte nun den Arm aus, um die rechte obere Ecke seiner Zeichnung zu erreichen, ohne sich vorbeugen zu müssen.

»Du hast immer –«

»Herein«, sagte er auf ein Klopfen an der Tür.

Edwina zuckte zusammen – sie war ganz in ihren Gedanken versunken gewesen und hatte das Klopfen nicht gehört. Waldron setzte sich gerade, klopfte auf die langen Haarsträhnen, die er über seine kahle Stelle gekämmt hatte, damit sie richtig lagen, glättete den Schnauzbart und legte einen Arm lässig über die Rückenlehne.

Ein junger Soldat trat ein, salutierte, reichte Waldron ein Briefkuvert, salutierte, machte kehrt, blickte Edwina eine Sekunde lang an und verließ den Raum, ohne ein Wort zu sagen.

»Hübscher Junge«, sagte Edwina geistesabwesend. »Er sieht aus wie vierzehn.«

»Das stimmt. Thatcher. Talentierter Bursche. Nicht nur als Offiziersbursche, meine ich. Bin froh, ihn zu haben. Hat Asthma – nicht fronttauglich. Aber mehr Mann als Junge. Er ist fünfundzwanzig.« Waldron wählte mit umständlicher Bewegung einen grünen Stift aus und leckte die Spitze ab. »Leider allergisch gegen Pferde. Wird wohl nie reiten können.«

»Wieso verschwenden wir unsere Zeit damit, über ihn zu reden?«, fragte Edwina.

Waldron warf den Kopf zurück. »Nur Konversation. Du hast das Thema aufgebracht.« Mit dem Farbstift stichelte er auf das Papier. »Was kann ich deiner Ansicht nach tun, was du nicht schon getan hast?«

»Ich möchte, dass du deine Verbindungen bei der Army, der Fischereiwirtschaft und den zivilen Behörden benutzt...«

Waldrons Brust wölbte sich, und die Orden hoben sich um zwei Zoll.

»...und dir von ihnen die Passagierlisten von Schiffen und Fähren vorlegen lässt. Ich möchte, dass du herausfindest, ob eine Frau mittleren Alters und ein Kleinkind am 7. Juli oder an den Tagen danach Irland verlassen haben. Egal ob zur Mutterinsel oder sonst wohin.«

»Das ist eine beträchtliche Liste.«

»Gewiss ist das für einen Mann von deiner Macht und deinem Einfluss eine Kleinigkeit.«

Waldron freute sich über das Kompliment. »Ich werde tun, was ich kann, mit Sicherheit. Ist drüben sonst alles beim Alten?«

»Mehr oder weniger. Es ist durchaus ruhig, aber seit dem Aufstand in Dublin im vergangenen Jahr rumort es immer wieder. Hast du davon hier viel mitbekommen?«

Zum ersten Mal, seit sie sich gesetzt hatten, sah er sie direkt an und lächelte. »Ob ich viel davon höre, fragst du? Ob ich viel davon höre?« Er wandte sich einem imaginären Publikum zu, die Arme erhoben, als beschwichtige er Applaus, dann drehte er sich wieder zu ihr und schwieg, um die Wirkung seiner Worte zu verstärken. »Die Zeitungen schrieben wochenlang über nichts anderes, doch mein Name wurde nicht erwähnt, was recht ärgerlich ist, da ich eine Schlüsselrolle spielte.« Wieder hielt er inne, um sicherzustellen, dass sie zuhörte. »Ich war einer der Berater, die empfahlen, die Rädelsführer zu füsilieren.«

Edwina saß mit steinernem Gesicht vor ihm und applaudierte nicht.

Er lehnte sich zurück. »Ich habe mein Leben nicht umsonst dem Empire verschrieben. Solchen Unruhestiftern muss man schon gleich zu Anfang zeigen, wer der Herr ist. Und das ist ihnen gezeigt worden. Unmissverständlich.« Die letzten Worte betonte er mit drei heftigen Stößen seines Farbstifts, wobei er die Mine abbrach. »Eine Lektion für den Rest. Dieses Mittel versagt nie.«

Edwina erhob sich. Ihre Handtasche fiel zu Boden. »Weiß in Irland jemand, dass du daran beteiligt warst?«

»Kann ich ehrlich gesagt nicht beantworten.« Waldron stand auf, zog den Uniformrock straff, kam um den Schreibtisch herum, hob die Handtasche auf und half Edwina in den Mantel.

»Ich sehe aber keinen Grund, weshalb nicht. Habe nie ein Geheimnis daraus gemacht. Bin vielmehr stolz darauf.«

Sie rückte von ihm ab unter dem Vorwand, auf das große Stück Papier auf seinem Schreibtisch zu blicken, und entdeckte dort zu ihrem Erstaunen keine Kritzeleien, sondern die ausgearbeitete Skizze einer Schlachtszene. Die Mähnen und Schweife der Pferde bestanden aus stilisierten Kringeln, Kavalleristen mit Helmen, Kinnriemen, roten Uniformröcken, schwarzen Stiefeln und Sporen saßen hoch zu Ross. Im Hintergrund sah sie Kanonen und Berge, am Boden ein Gewirr von Leichen.

»Was ist das?«

»Der Krimkrieg. Mein Lieblingsthema.«

»Darf ich das haben?«

»Sicher. Ich verschenke sie immer.« Lächelnd signierte er es in der rechten unteren Ecke. »Mache mir einen gewissen Namen.« Er rollte das Blatt auf und reichte es ihr. »Was deine Teresa Soundso angeht: Ich setze auf der Stelle die Räder in Bewegung, auch wenn ich bis über beide Ohren in Arbeit stecke. Schade, dass du nicht schon früher etwas gesagt hast.« Er öffnete ihr die Tür.

Thatcher, der in Habachtstellung auf dem Korridor stand, salutierte.

»Thatcher bringt dich in mein Quartier, meine Beste«, sagte Waldron.

Während Thatcher ihr vorausging, drehte Edwina halb den Kopf, um etwas zu ihrem Mann zu sagen, doch sie hielt inne, als sie sah, wie er mit dem jungen Soldaten einen Blick wechselte. Irrte sie sich, oder hatte sie wirklich gesehen, wie Waldron ihm zublinzelte?

12

Edwina hegte den Verdacht, ihr Mann gebe sich keine Mühe, Teresa Kelly zu finden. Sie sah ihn vor sich, wie er, ein Glas Whiskey in der Hand, einen Ellbogen auf den Kaminsims des Kasinos gelegt, seinen Untergebenen einen Vortrag über die bedeutungslosen Problemchen hielt, die die hübschen kleinen Köpfe der Frauen füllten – sei es nicht gut, dass Männer die Welt beherrschten und dafür sorgten, dass Kriege geführt wurden, wie sie geführt werden mussten?

Doch ihr Besuch war kein vollständiger Fehlschlag gewesen. Edwina hatte sich ausreichend stählen können, um ihre ehelichen Pflichten zweimal erfüllen zu können.

Während ihre Kammerzofe ihr half, sich in dem Eisenbahnwaggon für den ersten Teil der Rückreise nach Cork einzurichten, spürte Edwina, wie ihr eine Last von der Seele fiel. Von nun an müsste sie nie wieder Waldrons eheliche Pflichtübungen über sich ergehen lassen. Dieser Teil ihres Lebens mit ihm war vorüber. Zur Feier des Moments zerriss sie seine Zeichnung vom Krimkrieg und warf die kleinen Fetzen aus dem Fenster.

Nach diesem Monat mit ihm, in dem sie mit ansehen musste, wie er an wenigstens vier Abenden in der Woche von zwei nur geringfügig weniger betrunkenen jungen Soldaten sternhagelvoll nach Hause gebracht wurde – einer davon immer der junge Thatcher –, fragte sie sich nicht zum ersten Mal, welcher Teufel sie geritten hatte, diesen Mann zu heiraten.

Vermutlich ging man allgemein davon aus, dass sie ihren Mann wegen seines Titels, seines Geldes und seines Standes geheiratet habe, doch das stimmte nicht: Seine Frau war sie in gutem Glauben geworden. Einem Glauben, den er enttäuscht hatte – zwei Monate nach der Hochzeit hatte er sie allein gelassen und war nach Indien gegangen. Edwina war davon ausgegangen, dass er sie entweder in jenes Land mitnahm, um Verwendung in Großbritannien ersuchte oder seinen Dienst quittierte, doch er hatte nur erwidert, er wisse nicht, wie sie auf diese Idee komme. Er habe immer nach Indien zurückkehren wollen. Zu schade, dass es kein Land für eine Frau sei, die das heiße Klima nicht kenne, doch dort befinde sich sein Lebenswerk, nicht auf dem Anwesen und ganz gewiss nicht bei einer Einheit in der Heimat, in provinzieller Umgebung, wo er sich zu Tode langweilen müsste.

Ihren Erwartungen zum Trotz hatten sich Einsamkeit in der Gesellschaft von Dienstboten als ihr Los und die Rituale eines großen Landguts, das langsam zugrunde ging, weil der stets abwesende Grundherr sich nicht darum kümmerte, als ihr Lebensinhalt erwiesen.

Wie wäre es gewesen, hätte sie Dirk geheiratet? Sie quälte sich oft mit dieser Frage und ließ die alten Szenen Revue passieren, um eine Ahnung zu erhalten. Während die Jahre verstrichen, wurde die Antwort immer klarer.

Im Alter von neunzehn Jahren hatte Edwina der Verdacht beschlichen, sie unterscheide sich von anderen jungen Mädchen. Als sie drei Jahre hintereinander vor aller Augen keinen Ehemann abbekam, während sämtliche Gleichaltrigen sich ohne Anstrengung verheirateten, hatte sich ihr Verdacht bestätigt.

Nicht dass sie keine Verehrer gehabt hätte. Im Gegenteil, viele heiratsfähige junge Männer fühlten sich von ihrer Schönheit und ihrem gesellschaftlichen Status angezogen, aber jeder Annäherungsversuch bereitete ihr Unbehagen, denn sie wusste, dass jeder neue Verehrer schon bald die Leere und Freudlosigkeit spürte, die ihre Gefährten gewesen waren, solange sie zurückdenken konnte, und sich von ihr abwendete, um sich eine wesensverwandtere Partnerin zu suchen.

Wenn sie sich einmal zu einem jungen Mann ihres Alters hingezogen fühlte, so hielt diese Empfindung nicht lange an. Bald schon störte sie etwas an Sprechweise, Stimmlage, Haaransatz, Gestik, Händen, Kleidung, Ohrform, Nase, Kinn, Hinterkopf, Halslänge, Haltung, Größe, Zähnen, Lachen, Haut, Konversation oder Gebaren ihres Verehrers; wenn sie sich die Zeit nahm, störte er sie sogar in allen Punkten dieser Liste, und sobald er die Tiefe ihrer Ablehnung spürte, wandte er sich von ihr ab.

Als Edwina von ihrer dritten erfolglosen Londoner Saison nach Hause zurückkehrte, war ihr Vater in ungewöhnlich aufgeräumter Stimmung und machte nicht eine Bemerkung dazu, dass er nun zwei Töchter habe, die nicht an den Mann zu bringen seien, und das trotz der großzügigen Mitgift, mit der er sie ausstattete.

»Kommt, seht euch das an«, sagte er zu seiner Frau und seiner Tochter, ehe sie noch Zeit hatten, Hüte und Mäntel abzulegen.

Er führte sie ins Schulzimmer, das während ihrer Abwesenheit in ein Atelier umgewandelt worden war. Zwei große Porträts, eines von ihrer älteren Schwester Verity und eines von ihrem Vater, schlugen Edwina in ihren Bann, kaum dass sie zur

Tür hereingekommen waren. Weder Mutter noch Tochter hatten Zeit anzumerken, nichts von Kunst zu verstehen, um sich von vornherein dafür zu entschuldigen, falls man das Falsche sagte, denn die Ausstrahlung der beiden Gemälde verschlug ihnen die Sprache.

»Hat meinen Charakter eingefangen, meint ihr nicht?«, strahlte Edwinas Vater und weidete sich an der Wirkung, die sein Porträt auf die beiden Damen hatte. »Und seht nur, wie die Augen einem durch den Raum folgen. Prudence, geh dorthinüber und schau.«

»Das ist noch nicht alles«, sagte seine Frau. »Es leuchtet geradezu, Algernon.«

»Wie erzielt er diese Wirkung? Schaut nur, dieser Glanz der Orden und der Goldlitze.« Edwina beugte sich vor. »Die Farbe ist an einigen Stellen ganz dick«, sagte sie.

»Nicht anfassen!«, rief ihr Vater, als sie die Hand vorstreckte. »Es ist noch feucht!«

»Das sehe ich selbst.« Doch sie hatte das Porträt berühren wollen. Sie zog die Hand zurück und nahm sich vor, später, wenn niemand zugegen war, noch einmal ins Zimmer zu schlüpfen.

»Und seht nur, wie gut Verity getroffen ist. Wer hätte das gedacht? Nun, meine Liebe« – er nahm seine Frau bei den Händen –, »du kannst morgen schon beginnen, Modell zu sitzen, wenn du nicht zu erschöpft bist von deinen Pflichten als Anstandsdame. Das Sitzen ist eine überraschend schwere Arbeit. Und wir müssen Verity davon abhalten, das junge Genie abzulenken. Ich glaube, sie hat sich in ihn verguckt. Folgt ihm auf Schritt und Tritt, immer den Mund offen. Das ist wirklich recht amüsant.« Er legte die Arme um die beiden Damen, was gar nicht recht zu ihm passte, aber ebenfalls auf seine aufgeräumte

Stimmung hinwies. »Wir haben furchtbares Glück, uns seiner Dienste versichert zu haben, ehe er allzu gefragt ist«, lachte er, »oder zu teuer!« Er drückte die Damen noch einmal. »Ihr lernt ihn heute Abend kennen.«

»Er speist doch nicht etwa mit uns, oder?«, fragte Edwina. Die Aussicht, nach drei Londoner Saisons vergeudeter Mühe mit noch einem weiteren fremden Mann Konversation pflegen zu müssen, entsetzte sie.

»Aber natürlich. Er gehört mittlerweile beinahe zur Familie. Keine Sorge, du wirst ihn mögen. Er ist weit gereist und umfassend gebildet, hat breitgestreute Interessen und zahlreiche Geschichten zu erzählen. Kam mit besten Empfehlungen von keinem Geringeren als dem Earl of Hereford.«

Edwina ächzte innerlich bei der Aussicht, einen ermüdenden Alleswisser ertragen zu müssen, der es während der endlosen Mahlzeiten darauf anlegte, ihren Vater zu beeindrucken.

»Künstler leben nicht in der gleichen Welt wie wir«, sagte ihr Vater, als die Uhr fünf Minuten nach acht zeigte und der Stuhl des Malers noch immer leer war.

Woher will er das wissen?, fragte sich Edwina mürrisch. Er kennt doch nur einen.

»Der alte Earl konnte haarsträubende Geschichten erzählen. Nicht über unseren jungen Mann, muss ich hinzufügen. Andere Künstler. Ältere. Er sammelt sie.«

Sie saß mit dem Rücken zur Tür. Sie sah, wie ihr Vater den Kopf hob und dorthin blickte, und dann nahm sein Gesicht den Ausdruck eines Mannes an, der beim Derby sein Pferd in die Siegerkoppel führt. »Aha, da sind Sie ja!«

Fehler Numero eins, dachte Edwina. Zu spät zum Essen.

Verity sah aus, als sei ihr Blick von den Sterblichen zu den Himmlischen gewechselt.

»Lord Byron«, sagte Prudence. Sie war dem Blick ihres Mannes gefolgt, der nun aufstand. Die Stimme zu senken war noch nie ihre Sache gewesen.

»Dirk Armstrong«, verkündete Algernon, bereit, seine Frau und seine jüngere Tochter vorzustellen.

»Ist das wirklich sein Name?«, wisperte Edwina ihrer Schwester zu. Sie wusste, dass der Künstler in ihrer Nähe war und hörte, was sie Verity fragte. Sie war erschöpft und niedergeschlagen, und es scherte sie nicht, ob sie grob wirkte.

Dirk dankte dem Diener, der ihm den Stuhl zurechtgerückt hatte, und machte eine humorvolle Bemerkung ihm gegenüber.

Fehler Numero zwei: in einem fremden Haus am Esstisch einen Diener ansprechen. Edwina sah Verity bedeutungsschwanger an, doch ihre Schwester entschied, den Blick zu übergehen. Gästen zuzusehen, wie sie ins Fettnäpfchen traten, war ein altes Spiel zwischen ihnen, dessen oberste Regel lautete, dass der Betreffende sich seines Fauxpas nicht gewahr werden durfte, während die Mädchen vielsagende Blicke wechselten.

Dirk replizierte auf die Vorstellungen und setzte sich.

»Ja, das ist wirklich mein Name«, sagte er lächelnd zu Edwina. »Wieso fragen Sie?«

»Nun ja, Sie wissen schon ... Dirk ... das ist ein Wort für Dolch ... und dann ein starker Arm ...«

»Was soll das?«, fragte Algernon, der Edwinas Frage nicht gehört hatte.

»Nichts Wichtiges, Vater.«

Beim Spiel nicht ertappt zu werden, schon gar nicht vom

Vater, dessen Missbilligung sie fürchtete, war eine weitere Regel.

Während des Essens schwieg Prudence, weil sie Schwierigkeiten mit ihrem schlecht sitzenden neuen Gebiss hatte, das sie daran hinderte, sich am Tischgespräch zu beteiligen. Verity war durch Dirks Nähe mit Stummheit geschlagen, und Edwina raubte die Mutlosigkeit jede Tatkraft. Daher beschäftigte Algernon seinen Gast mit Gesprächen über Dämme, Wasserkraftprojekte, Automobile und den ersten Flug mit Maschinen, die schwerer waren als Luft, der vor einigen Jahren stattgefunden hatte.

Was war aus den Jagdgeschichten geworden? Ihr ganzes Leben lang, bis heute, war bei Tisch stets die Jagd das einzige Gesprächsthema gewesen.

Einmal wandte sich Dirk an Prudence und fragte sie, ob sie sich vorstellen könne, eine Spritztour in einem Automobil zu unternehmen.

Fehler Numero drei: die Dame des Hauses direkt anzusprechen, ohne vorher selbst angesprochen worden zu sein. Edwina setzte eine übertrieben entsetzte Miene auf, doch wieder weigerte sich Verity, darauf einzugehen.

Fehler Numero vier: nicht mit ihr zu sprechen. Er hatte sie nur einmal angesehen und mit dem nachsichtigen Lächeln bedacht, das man sich für dumme Kinder und senile Großmütter aufspart.

Als sie den Tisch verließ, fühlte sie sich eigentümlich verstört und einsam.

Nachdem das Porträt ihrer Mutter vier Wochen später fertiggestellt worden war, fiel Edwina auf, dass die Apathie, die ihr

Leben bis dahin jeglicher Farbe beraubt hatte, verflogen war, ohne dass sie davon etwas bemerkt hätte.

An dem Morgen, an dem sie an die Reihe kommen sollte, war ihr übel, und sie fragte bittend ihren Vater, ob sie das Modellsitzen verschieben könne.

»Auf gar keinen Fall«, brauste der Vater auf. »Sein Ruf verbreitet sich wie ein Lauffeuer, sagt der Earl, und wenn wir ihn jetzt gehen lassen, kommt er vielleicht nie wieder. Hör also auf mit dem Unsinn. Falls nötig, lasse ich ein Bett herunterschaffen, auf das du dich legen kannst.«

Wie üblich beugte sie sich seinem starken Willen. »Das wird nicht nötig sein, Vater. Ich fühle mich schon wieder ein wenig besser.«

Mit der Hilfe ihrer Zofe legte Edwina ihr Debütantinnenkleid an, türmte ihr Haar zu einer komplizierten Skulptur und begab sich ins Schulzimmer. Erleichtert sank sie dort auf den vergoldeten hochlehnigen Stuhl, den Dirk Armstrong wegen dessen Konturen und Bequemlichkeit ausgewählt hatte.

Als sie hörte, wie sich die Tür öffnete, schien die Luft im Raum zu erstrahlen, und alles wurde in Glanz getaucht.

Nach der Begrüßung musterte Dirk sie volle zehn Minuten lang, dann bewegte er sich schweigend durch den Raum, um sie aus verschiedenen Winkeln zu betrachten. Er stellte sich auf eine Leiter und besah sie sich von oben, dann setzte er sich auf einen niedrigen Schemel und blickte zu ihr hoch. Er schloss einen Vorhang, dann zwei. Öffnete sie wieder. Schloss einen halb. Bat sie aufzustehen, während er den Winkel änderte, in dem der Sessel stand, und den Oberarm hochzuhalten. Dreimal, aus drei verschiedenen Winkeln. Trug den Sessel aufs Podium. Führte sie an der Hand. Trat zurück.

Seine Musterung mochte für ihn eine Routineangelegenheit

sein, doch Edwina empfand sie als unangenehm intim. Sie war noch nie ohne Anstandsdame mit einem jungen Mann allein gewesen.

Er kam näher – sie konnte in seinem Atem den Honig riechen – und bewegte ihren Kopf ein klein wenig nach links, richtete ihre Arme neu aus, nahm die Finger ihrer rechten Hand einen nach dem anderen und positionierte sie mit einer Lücke zwischen Zeige- und Mittelfinger auf ihrem Oberschenkel. Nach jeder Korrektur trat er zurück und begutachtete die Wirkung.

Sowie er zufrieden war, begann er zu skizzieren. Sein Blick blieb unpersönlich.

Nach einer Woche neigte Edwina bei Beginn jeder Sitzung den Kopf anders oder legte die rechte Hand in einem etwas anderen Winkel auf den Oberschenkel, als Dirk es ihr am ersten Tag gezeigt hatte, damit er sie korrigieren musste. Ihr Kinn oder ihre Finger berührte er dabei keine Sekunde länger als nötig. Einmal, als er ihr Kleid zurechtzupfte, strichen seine Finger über ihre Brüste, verweilten dort aber nicht. Edwina konnte nicht sagen, ob das, was er getan hatte, sich schickte oder nicht, und suchte nach Hinweisen, als er wieder an die Staffelei ging. Seine Miene war wie gewöhnlich distanziert und in die Arbeit versunken, und sie schloss daraus, dass es in Ordnung gewesen sein musste. Wie ihr Vater schon gesagt hatte: »Künstler sind anders.«

Damit ihre Schliche nicht auffielen, wartete sie drei Tage, ehe sie absichtlich den Halsausschnitt links etwas weiter herunterzog als rechts. Als er den Unterschied offenbar nicht bemerkte, empfand sie einen Stich der Enttäuschung.

»Sie können die Augen schließen, wenn Sie möchten, solange ich sie noch nicht male«, sagte er oft, und sie war traurig, wenn der Vorwand, ihn anzublicken, ihr für so lange Zeit verwehrt blieb.

Nach jeder Sitzung sprach er freundlich mit ihr. Manchmal bemerkten sie nicht, wie die Zeit verging, und kamen zu spät zum Mittagessen.

Als sie am Winkel seines Blickes sah, dass er ihre Lippen malte und dann den Umriss ihrer Brüste unter der Seide, war ihr unbehaglich, fühlte sie sich durcheinander und fragte sich, was mit ihr geschah.

Nach der dritten Woche machte er weniger Pinselstriche, doch das Denken und Einschätzen dauerte länger. Morgens hatte er es nicht mehr so eilig, zu beginnen. Er nahm endlich den angebotenen Tee an, und sie führten gemeinsam das Ritual aus, bei dem er sie ermutigte, von der Jagd zu erzählen, und zum ersten Mal fasste sie ihre Begeisterung in Worte.

Sie saß nun seit fünf Wochen Modell, eine Woche länger als die anderen, und begann seine Abreise zu fürchten, die bald bevorstehen musste.

»Ich nehme den letzten Schliff vor. Sie brauchen die Position nicht mehr zu halten. Entspannen Sie sich, aber bleiben Sie sitzen. Könnten Sie sich vorstellen, ohne die Jagd zu leben?«

Die Frage überraschte Edwina. »Darüber habe ich noch nie nachgedacht«, gab sie zur Antwort, doch wäre sie aufrichtig gewesen, hätte sie verneinen müssen.

»Könnten Sie sich vorstellen, sich mit einem armen umherziehenden Künstler zusammenzutun?«

Den Pinsel erhoben, stand er reglos da und hielt den Atem an.

»Wie meinen Sie das?«

»Ich kann es mit meinem Gewissen nicht vereinbaren, dieses Porträt noch weiter in die Länge zu ziehen, nur damit ich Sie jeden Tag sehen darf. Ich brauche einen Hinweis auf Ihre Gefühle.« Meinte er das, was sie glaubte, dass er meinte? »Sie müssen doch eine Vorstellung haben, was ich für Sie empfinde.«

Sie hatte keine.

»Verzeihen Sie, ich hätte Sie vorwarnen sollen. Wollen Sie sich im vollendeten Stadium sehen, während Sie sich wieder fassen?«

Er legte ihr die Hand vor die Augen und führte sie nach vorn an die Staffelei. Er beobachtete sie in dem Wissen, dass sie nicht verbergen könnte, wie sie auf den ersten Anblick reagierte. Sie brach in Tränen aus. Er lachte, nahm sie in die Arme und hielt sie beruhigend fest.

»Gar nicht so schlecht, was?«

Er roch nach Leinöl, Terpentin, Seife und nach sich selbst. Sie wollte zu ihm in sein Hemd kriechen.

»Kommen Sie, ich mache mir Sorgen um Sie.«

Sie wollte das Gesicht nicht heben. Sein Kinn ruhte auf ihrem Scheitel, seine Arme verstärkten den Druck, und sie dachte, sie müsste vor Verlangen ohnmächtig werden.

»Es ist wunderschön«, sagte sie schließlich. »Sie schmeicheln mir.«

»Was Sie sehen, ist das, was ich sah. Sie wollen mir doch nicht erzählen, Sie wüssten nicht, wie schön Sie sind?«

Später drehte Dirk die Staffelei, sodass sie zum Fenster zeigte, und fluchte, als er merkte, dass die linke Hand etwas unproportioniert war und kleiner aussah als die rechte. Laut schimpfend nahm er ein Palettmesser und kratzte die Hand mit einem Streich von der Leinwand, dass nur noch die Grundierung aus gebranntem Siena zu sehen war. »Ich habe zu sehr auf Ihr Gesicht geachtet«, sagte er zu Edwina, ohne sich für seinen Ausbruch zu entschuldigen.

Dann muss er noch länger bleiben, dachte Edwina erleichtert, und sie konnte das befürchtete Gespräch mit ihrem Vater, der von ihr erwartete, dass sie einen Earl heiratete, noch hinauszögern.

Am nächsten Tag erhielt Dirk ein Telegramm. Seine Mutter sei krank, seine Anwesenheit zu Hause unerlässlich.

»Lassen Sie Ihre Sachen hier und holen Sie sie ab, wenn es Ihrer Mutter wieder besser geht«, flehte sie, während sie innerlich wütete wegen des denkbar ungünstigsten Zeitpunkts.

Er hielt es für vernünftiger, alles mitzunehmen.

»Können Sie nicht noch warten und vorher mit meinem Vater sprechen?«

Er sah sie seltsam an, trug ihr auf, sich für ihn von der Familie zu verabschieden, küsste sie lange und innig, manövrierte eine schwere Tasche auf seinen Rücken und die andere über die Schulter, lehnte ihr Angebot eines Wagens ab und ging zu Fuß zum Bahnhof, der zwei Meilen entfernt im Dorf lag. Als er fort war, wünschte Edwina, sie hätte ihn wenigstens bis zum Ende der Allee begleitet. Das war alles viel zu schnell gegangen.

13

Der merkwürdige Blick, mit dem Dirk sie am Tag seiner Abreise bedachte, verfolgte Edwina jahrelang. Hatte er am Vorabend mit ihrem Vater gesprochen und war ihm der Unterschied zwischen einem geschätzten Künstler und einem Schwiegersohn in spe dargelegt worden? Mit seinen schneidenden Bemerkungen fügte ihr Vater anderen tiefere Wunden zu als jeder, den sie kannte, und sie war entsetzt bei dem Gedanken, Dirk könnte das Ziel einer ungezügelten Zurechtweisung geworden sein. Oder hatte er den Umstand, dass sie nicht augenblicklich begeistert zugestimmt hatte, als Nein aufgefasst, ohne zu bedenken, wie kompliziert die Rituale der Eheschließung in der Oberschicht waren?

Während seines Aufenthaltes hatte Dirk elf Telegramme erhalten, die allesamt Arbeitsaufträge enthielten – Edwina wusste das, weil sie sie gelesen hatte. Die Telegramme hatte er achtlos auf den Tisch neben der Staffelei geworfen, das letzte jedoch hatte er zusammengefaltet und in die Jacketttasche gesteckt. War seine Mutter wirklich krank, oder hatte er die Geschichte erfunden, um einen Vorwand für seine Abreise zu haben?

Als zwei Wochen vergangen waren, befand sie, dass es nicht allzu aufdringlich wäre, wenn sie ihm an seine Heimatadresse schrieb – immerhin wären sie mittlerweile verlobt, wenn sie seinen Antrag mit einem offenen Ja beantwortet hätte. Den Brief hielt sie in freundlichem Ton – sie hatte ihren Stolz und erwähnte weder ihre Liebe noch die Zukunft, aber sie erkundigte sich mit Bedacht ausdrücklich nach dem Befinden seiner Mutter.

Sie geisterte durch die Eingangshalle und wartete auf eine Antwort, doch es kam keine.

Ihr Vater erwähnte die abgekratzte Hand mit keinem Wort. Bedeutete dies, dass Dirk mit ihm vereinbart hatte, zurückzukehren und sie neu zu malen? Edwina fragte nicht nach. Ihr Porträt blieb an die Wand gelehnt stehen, während die anderen drei aufgehängt wurden.

Edwina verbrachte viel Zeit in ihrem Zimmer und weinte, oder sie ritt aus und trieb ihr Pferd dabei zu ungestüm und zu hart an.

Dirk hatte entweder das Interesse an ihr verloren, sagte sie sich, oder die Missbilligung ihres Vaters gespürt und sich um ihretwillen zurückgezogen. Oder hatte er sich zu Recht beleidigt gefühlt und entschieden, dass es den Ärger nicht wert war? Ihm mangelte es nicht an Bewunderern, und wieso sollte er irgendwohin gehen, wo er unerwünscht war? Am schlimmsten von allem war die Möglichkeit – an die sie jedoch nicht glaubte –, dass sie für ihn nur eine Zerstreuung während seines Aufenthaltes im Haus gewesen war. Machte er all seinen jungen Modellen Avancen? Dafür hatte er zu aufrichtig gewirkt. Doch wie sollte sie sicher sein, sie, die so wenig über die Männer ihres eigenen Standes wusste, geschweige denn über die eines anderen?

Nichts, was in dem darauffolgenden Jahr geschah, konnte ihre Stimmung heben. Immer wieder ging sie im Geiste durch, was während der Sitzungen gesagt worden war, versuchte die Dinge aus Dirks Perspektive zu betrachten und geißelte sich für ihr Verhalten. Hätte sie dieses sagen oder jenes tun sollen, oder jenes lieber nicht sagen und dieses nicht tun? Sollte sie etwas unternehmen?

»Ich habe genau den richtigen Mann für dich gefunden«, sagte ihr Vater im folgenden Herbst eine Woche nach ihrem zwanzigsten Geburtstag hinter seiner Zeitung. »Er ist ideal. Er hat neunzehntausend Morgen Land, ein Herrenhaus, einen Stall voller Pferde und einen Titel, und er ist ein Verwandter. Er ist mein Cousin zweiten Grades, daher ist er dein Onkel dritten Grades.«

Die Wörter »Cousin« und »Pferde« kräuselten auf dem dunklen See des Jammers in ihrem Kopf die Oberfläche.

»Er hat uns gestern besucht, als du ausgeritten warst, und hat sich in dich verliebt oder, um genauer zu sein, in dein Porträt.«

Er fuhr fort, dass Major-General Lord Waldron Blackshaw jüngst seines Vaters Titel und Land geerbt habe und nun vor der Aufgabe stehe, eine Frau zu finden, die ihm einen Erben schenkte. Bis zum Tod seines Vaters war er in Indien stationiert gewesen, und er sei so karrierebewusst, dass er nie das Bedürfnis verspürt habe, sich eine Braut zu suchen. Von Rechts wegen hätte Verity als die Ältere erwählt werden müssen, doch Waldron habe sich nicht von Edwina abbringen lassen, nachdem er einmal ihr Porträt gesehen hatte. Er habe sich nicht einmal Gedanken darüber gemacht, dass die fehlende Hand der Wirklichkeit entsprechen könnte.

»Ich habe ihn eingeladen, ab der nächsten Woche einen Monat bei uns zu bleiben, damit er und ich uns über die alten Zeiten in Indien unterhalten können und du ihn dir gut ansehen und dir eine Meinung bilden kannst. Der Fairness halber möchte ich dich warnen, dass er glaubt, es gebe zwei Dinge, die du unannehmbar finden könntest, wenn ich persönlich auch keinen Grund dafür sehe – beide sind recht geringfügig im Vergleich zu dem, was er zu bieten hat. So unwichtig, dass sie kaum erwähnenswert sind, aber ich dachte, ich schaffe diese Dinge aus dem Weg, ehe du ihn kennenlernst.«

Wahrscheinlich ist er ein hässlicher Langweiler, dachte Edwina. »Was sind das für Dinge?«, fragte sie.

»Du könntest meinen, er sei ein wenig alt für dich.«

Schlimmer als ein hässlicher Langweiler, sagte sich Edwina und dachte an Dirks herrliche Jugend. »Wie alt ist er?«

»In meinem Alter.«

Abstoßend. »Was ist das andere?«

»Sein Gut liegt in Irland.«

»In *Irland*?«

»Jawohl, in Irland. Nun schau nicht so entsetzt drein. Das ist gleich nebenan. Sie sprechen da drüben Englisch, weißt du – na ja, mittlerweile die meisten.«

Redete er da von einer arrangierten Ehe? »Muss ich ihn heiraten?«, fragte sie mit schwacher Stimme.

Zum ersten Mal während des Gesprächs ließ ihr Vater die Zeitung sinken und sah sie direkt an. »Selbstverständlich nicht. Ist nur die Hoffnung, dass ihr euch vielleicht versteht. Ein Vermögen hält man am besten durch eine Heirat in der Familie. Und hier ist deine Chance – ihr seid beide Blackshaws, also brauchst du nicht einmal deinen Namen zu ändern. Mein Vater hat als zweiter Sohn keinen Titel abbekommen, und daher wäre es schön, wenn das Rad sich wieder in die andere Richtung dreht. Ihr habt einen gemeinsamen Ururgroßvater, doch obwohl ihr den gleichen Namen tragt und aus der gleichen Familie stammt, hält seine Seite den Löwenanteil des Vermögens.«

Die Vorstellung hatte einiges Verlockendes an sich. Ein Verwandter wäre toleranter gegenüber ihren Defiziten, da er sie vermutlich ebenfalls besaß. Sie würde den Vater zufriedenstellen. Und ein Stall voller Pferde ...

Nur, sie wollte keinen anderen als Dirk.

Ehe ihr Onkel dritten Grades um ihre Hand anhielt, musste sie herausfinden, ob Dirk etwas zugestoßen war, das ihn daran hinderte, ihre Briefe zu beantworten. Vielleicht hatte sein anhaltendes Schweigen nicht zu bedeuten, dass er das Interesse an ihr verloren hatte, sondern einen völlig anderen Grund, etwas vollkommen Unschuldiges und Verständliches, das sich aufklärte, wenn sie sich persönlich gegenüberstanden. Vielleicht verlieh es ihr die Kraft, ihrem Vater zu trotzen und ihren Onkel dritten Grades abzuweisen, ohne ihn je gesehen zu haben.

Mit der Eisenbahn fuhr sie zu Dirks Heimatdorf Burnstaple und ging dort, bemüht, nach außen hin ungerührt zu erscheinen, in eine Teestube gegenüber dem Armstrong & Son Emporium, dem großen Geschäft, an das sie ihre Briefe adressiert hatte.

»Ich bin auf der Durchreise«, sagte sie zu der freundlichen Frau mittleren Alters, die sie bediente, und fragte auf so beiläufige Weise, wie sie nur konnte, nach Dirk. Wohne hier nicht ein Freund ihres Bruders und habe die Frau vielleicht von ihm oder seiner Familie gehört? Den Armstrongs?

Die Frau lächelte. »Sie meinen den hübschen Burschen? Den Maler? Dem Vater gehört der Laden gegenüber?«

»Oh, das war mir gar nicht aufgefallen. Ja, den meine ich.«

»Ich habe das Vergnügen. Er ging 'nem Grashüpfer bloß bis ans Knie, als mein verstorbener Mann und ich dieses Haus kauften, und ich habe zugesehen, wie er aufwuchs. Kenne seine

Mutter gut. Eine echte Dame. Bringt oft ihre Schwestern mit hierher. Letztes Jahr ging es ihr richtig schlecht...«

Also war es die Wahrheit.

»... aber jetzt ist alles wieder gut, und sie ist richtig stolz, einen Künstler in der Familie zu haben. Aber erst musste sie über den Schock hinweg, dass er mit dem Geschäft nichts zu tun haben will und trotzdem gutes Geld verdient.«

»Also geht es ihm gut?« Edwina zog den Stuhl neben sich vor. »Es würde mich freuen, wenn Sie sich zu mir setzten.«

Von der Autorität beeindruckt, die Edwina zwar nicht durch ihre Jahre, aber ihre Redeweise ausstrahlte, sagte die Frau: »Wenn es Ihnen recht ist.« Sie holte sich eine Tasse Tee und setzte sich Edwina gegenüber. »Schön, die Füße auszuruhen, ehe der Nachmittagsansturm losgeht. Ich habe die Kellnerin gerade frische Wäsche holen geschickt. Also, wo waren wir? Der Freund Ihres Bruders, sagen Sie. Ob es Dirk gutgeht, fragen Sie? Ich kann Ihnen sagen, ihm ginge es noch viel besser, wenn bestimmte Leute so anständig wären und ihn für seine Arbeit auch bezahlen würden!«

»Ihn bezahlen?«

Die Frau beugte sich über den Tisch und senkte die Stimme. »Na, seine Mutter weiß ja nicht alles, und Dirk redet nicht gern über seine Kunden, aber sein Vater hat es aus ihm rausgekriegt. Na ja, es war ja offensichtlich, als er nach sechs Monaten mit kaum Geld in der Tasche zurückkam, und ein Spieler ist er nicht und auch kein Trinker. Offenbar hat ein alter General sich geweigert, ihm auch nur einen Penny zu zahlen, weil er sagte, seine Nase ist nicht so groß und so purpurn. Trotzdem hat er das Bild behalten. Und irgend so ein verwöhntes Töchterchen hatte 'ne Hand zu wenig. Nicht in Wirklichkeit natürlich, aber auf dem Bild, und der Vater zahlte für die ganze Familie nicht, weil der Vertrag nicht erfüllt wäre, und hätte Dirk nicht fünf Monate lang wie ein Fürst auf seine Kosten gelebt? Was nur wieder beweist, dass solche Leute wissen, wie sie behalten, was sie haben.«

Edwina schüttete den Tee über ihre Hand.

Die Frau sprang auf und holte ein Tuch und ein Glas Wasser.

»Hier, Liebes.« Sie tupfte den roten Fleck mit dem feuchten Tuch ab. »An so heißem Tee kann man sich fies verbrühen.«

Zwei Damen kamen herein, und sie ging, um sie zu bedienen. Nachdem sie ihre Bestellung aufgenommen und ihnen ihren Tee mit Cremetörtchen gebracht hatte, kehrte sie zu Edwina zurück und untersuchte die Hand.

»Das ist nicht so schlimm. Kein dauerhafter Schaden, wie es aussieht. Sie haben Glück, dass der Tee schon abgekühlt war, sonst wären Sie am Ende noch fürs Leben gezeichnet.« Sie beugte sich vertraulich näher. »Um meine Geschichte abzuschließen: Dirk hatte vorgehabt, zurückzukehren und die Hand zu malen, aber nachdem er den Brief bekommen hatte, war er so angeekelt, dass er lieber den Verlust abschrieb, als noch mal da hinzufahren. Er hat seinen Stolz. Sie haben Glück, dass Sie ihn nicht kennen, denn wenn Sie ihn gesehen hätten, würden Sie keinen anderen Mann mehr angucken, und dafür sind Sie zu jung. Es ist ja auch nicht so, dass er nur gut aussieht, er ist auch gut zu seiner Familie, und ein Mann ist er auch. Er hat ein Mädchen in Schwierigkeiten gebracht...«

Edwina schnürte es die Kehle zu.

»... und ich plaudere hier nicht aus dem Nähkästchen, denn das weiß jeder. Sie haben geheiratet, und jetzt sind sie drüben in Irland und er malt einen Herzog mit irgendeinem irischen Namen, an den ich mich nicht erinnern kann, und könnte ich's, dann wüsste ich nicht, wie ich ihn aussprechen soll. Ich hoffe, er hat diesmal mehr Glück, denn jetzt hat er ja Pflichten. Wollen Sie Ihren Namen hinterlassen, dann sage ich seiner Mutter, dass Ihr Bruder nach ihm fragen ließ?«

»Ach ja.« Edwina gelang es endlich, den Tee im Mund hinunterzuschlucken. »Das ist nicht nötig. Mein Bruder wird sich mit ihm in Verbindung setzen. Wie gesagt, ich bin zufällig durch den Ort gekommen und dachte, ich frage nach ihm. Meine Tante wollte ein Porträt in Auftrag geben, doch wie es aussieht, muss sie warten. Es war sehr nett, mit Ihnen zu plaudern.«

»Ganz meinerseits. Ich wünsche Ihnen alles Gute, und hoffentlich kommen Sie einmal wieder.«

Hatte sie einen wissenden Ausdruck in den Augen? Hält sie mich für ein anderes Mädchen, das in Schwierigkeiten geraten ist? Außer Fassung verabschiedete Edwina sich mit so viel Würde, wie sie aufbrachte.

Später wünschte sie, sie hätte die Inhaberin der Teestube nach dem Datum der Hochzeit gefragt. Beantwortete Dirk ihre Briefe nicht, weil er schon mit einer anderen verlobt war, als sie den ersten schrieb? Hatte er sich auf seine spätere Frau bald nach seiner Abreise eingelassen, weil er glaubte, sie liebe ihn nicht? Hatte die glückliche Frau nur auf ihre Gelegenheit gewartet und es darauf angelegt, so schnell wie möglich ein »Malheur« zu erleiden? Hatte er um beide gleichzeitig geworben?

Hatte die Weigerung ihres Vaters, die Porträts zu bezahlen, irgendwie einen Einfluss darauf gehabt, wie Dirk sich nach seiner Rückkehr nach Burnstaple verhielt?

Wenn Waldron halbwegs präsentabel war, würde sie ihn heiraten. Er könnte sie nicht einschüchtern, schließlich waren sie verwandt, und ihr Vater wäre stolz, ihn als Schwiegersohn in die Familie aufzunehmen. Außerdem lief sie in Irland vielleicht Dirk über den Weg – Irland war ja so klein – und konnte aus ihrer Position als verheiratete Adlige heraus die Gründe erfahren, aus denen er sie sitzengelassen hatte.

Bei ihrer ersten Begegnung gab sich Waldron würdevoll, gereift, interessiert, still und respektvoll. Edwinas Eltern benahmen sich, als hätten sie ein einzigartiges Kunstwerk entdeckt.

»Das wird dich amüsieren«, sagte ihr Vater, nachdem die Verlobung geschlossen war. »Als er dein Porträt zum ersten Mal sah, sagte er, er hoffe, dass er nicht um die falsche Hand bitte. Ist das nicht gut?«

Edwina lachte zufrieden darüber, dass ihr Vater Genugtuung empfand, weil er mit einer einzigen Entscheidung die Verwandlung seiner Tochter von einer schrulligen alten Jungfer in eine Frau von Bedeutung bewerkstelligt hatte.

Hätte sie damals nur geahnt, was sie jetzt wusste. Neun Jahre später nahm sie die Eigenschaften, die sie an Waldron zuerst beeindruckt hatten, völlig anders wahr und hatte ihn als arroganten, trunksüchtigen Narzissten erkannt. Hatte sie damals eine so schlechte Menschenkenntnis besessen, oder war er ein so guter Schauspieler gewesen? Um ihres Selbstrespekts willen klammerte sie sich an die Überzeugung, dass er sich absichtlich so lange verstellt habe, bis er ihre Einwilligung zur Heirat erhalten hatte.

14

Tyringham Park
1917

Die lange Reise war zu Ende. Als Edwina aus dem Zug stieg, richtete sie all ihre Gedanken auf die Aufgabe, die vor ihr lag. Nicht mehr lange, und sie konnte Schwester Dixon zur Rede stellen, und diesmal ließe sie das Kindermädchen nicht gehen, ehe sie Teresa Kellys Adresse aus ihr herausgeholt hatte. Sie war mittlerweile überzeugt, dass Dixon die Anschrift kannte, sie aber aus Treue zu ihrer Freundin verschwieg.

Sid Cooper erwartete sie am Bahnhof. Edwina sammelte sich, damit sich nicht allzu offensichtlich zeigte, wie erleichtert sie war, endlich auf dem letzten Wegstück nach Hause zu sein.

Nach einem Monat Abwesenheit war Edwina entsetzt, wie sehr Manus sich verändert hatte. Er war abgemagert und hatte Gewicht verloren, das zu verlieren er sich kaum leisten konnte, und er wirkte älter als dreiunddreißig. Kaum dass er sie aus der Ferne erblickte, hob er grüßend den Arm, aber er lächelte nicht.

»Dem Mann hat's das Herz gebrochen«, sagte Sid, als er am Stall vorbeifuhr. »Ich glaube nicht, dass er die Suche nach dem Kind je aufgibt. Das bringt ihn um.«

Jetzt verlässt er Tyringham Park auf keinen Fall, dachte Edwina, und dieser Gedanke tröstete sie. Lord Prothero, ein

Pferdezüchter aus Tipperary, der das Derby gewinnen wollte und von Manus' Ausbildungsmethoden beeindruckt war, versuchte schon seit Jahren, ihn abzuwerben. Manus hatte seine Stellung nicht aufgegeben, obwohl Waldron ihn wegen seines Rufs verachtete und Edwina ihn zu ihren eigenen Methoden überreden wollte. Stets hatte sie befürchten müssen, dass er eines Tages genug von ihnen hatte oder ein Angebot erhielt, das er nicht ablehnen konnte. Damit war es vorbei. Schuld band sie beide auf ewig aneinander. Sie würden immerzu suchen und immerzu bereuen.

Sie erinnerte sich, wie sie einander erst entsetzt und dann resigniert angeblickt hatten, nachdem eine erste Suche fruchtlos geblieben war und beide angenommen hatten, dass es vorbei wäre. Dann sein Ritt an den Ufern entlang, ohne dass er eine kleine Kinderleiche fand; die Hoffnung, dass das Mädchen noch lebte, die sie empfunden hatten, als sie am nächsten Tag zusammen auf der Brücke standen und zusahen, wie das braune Wasser Äste mit solcher Geschwindigkeit davontrug, dass es mitten im Fluss keinerlei Wirbel gab, sondern nur eine starke, schnelle Strömung; die Erkenntnis, dass für ein Kind, das dort hineingeriet, keinerlei Hoffnung bestand.

Das war sieben Wochen her, und sie waren noch kein bisschen klüger als an jenem Tag.

Am Haupteingang lud Sid das Gepäck aus.

»Bringen Sie das in meine Räume, seien Sie so gut, und dann gehen Sie bitte ins Kinderzimmer und schicken Dixon zu mir herunter.«

Sid zögerte. »Wollen Sie nicht vorher ruhen, Milady?«

»Nein, ich bin in der Bibliothek. Mir geht zu viel im Kopf herum, als dass ich mich entspannen könnte. Bevor ich Dixon nicht gesprochen habe, werde ich keine Ruhe finden.«

Egal welche Drohung oder Bestechung nötig war, ganz gleich, wie extrem sie sein müsste, sie würde sie anwenden, um Dixon die Adresse Teresa Kellys zu entreißen, nun, da alle anderen Möglichkeiten ausgeschöpft waren. Sie würde nicht mehr so zimperlich mit dem Kindermädchen umgehen wie bisher.

Sid schien von einem Fuß auf den anderen zu treten und zögerte noch immer.

»Ist noch etwas?«, fragte sie schließlich und wandte sich ihm zu, doch da war er fort.

Miss East wartete darauf, gerufen zu werden. Sie hatte gesehen, wie Lady Blackshaw und ihre Kammerzofe eintrafen, und wie Sid, den sie gebeten hatte, nichts zu sagen, das Gepäck ins Haus schaffte. Falls sie Unannehmlichkeiten bekam, wollte sie, dass es schnell vorbei war. Einen Tadel, eine Degradierung oder einen Gehaltsabzug nahm sie gern in Kauf; ihr war alles recht, solange man ihr Charlotte nicht wegnahm.

Sich um das Mädchen zu kümmern war schwierig und ermüdend gewesen, doch sie hatte auch nicht damit gerechnet, dass es leicht sein würde. In den ersten beiden Wochen in Miss Easts Obhut war Charlotte nachts oft aus dem Schlaf hochgeschreckt, hatte sich an die Kehle gefasst und gekeucht, als bekomme sie keine Luft. Ein paarmal war sie aus ihrem Einzelbett in Miss Easts Doppelbett gehüpft, als sei sie auf der Flucht. Wenn das Licht im Zimmer gelöscht wurde, schüttelte sie Miss East, bis sie die Lampe erneut anzündete.

Um Charlotte von ihren Ängsten abzulenken, wiederholte Miss East im Singsang alles, was sie am Morgen zu tun hatten: die Hausdienstboten beaufsichtigen, die Staub wischten und polierten, wuschen und flickten, stickten und strickten, putzten und wischten, karrten und schleppten, dazu die Küchendienstboten, die unter der Aufsicht der Köchin schnitten und buken, dämpften und kneteten, einweckten, rösteten und einmachten. Sobald die Litanei vorüber war, hatte sich Charlotte normalerweise beruhigt und sank wieder in Schlaf.

Beim Essen hatte es von vornherein keine Schwierigkeiten gegeben – Charlotte vom Essen abzuhalten war das Knifflige. Für Miss East ließ dies nur den Schluss zu, dass Dixon das Mädchen ausgehungert hatte, aber wozu? Um sie zum Sprechen zu bringen oder um ihr Schweigen sicherzustellen? Was hätte sie sich noch alles einfallen lassen, wäre Charlotte ihrer Obhut nicht entzogen worden?

Gerade, als sie zu der Überzeugung gelangt war, Lady Blackshaw verschiebe das Gespräch auf den Morgen, klopfte es.

»Sie ist nicht hinter dir her, sondern hinter Schwester Dixon«, sagte Sid. »Ich habe getan, was ich konnte, um es hinauszuzögern, aber sie sagt, dass sie Dixon noch heute sprechen will.«

»Du hast nichts gesagt?«

»Kein Sterbenswörtchen.«

»Danke, Sid. Ich wusste, ich kann mich auf dich verlassen.« Sie lächelten einander an. Zwischen ihnen tanzte noch immer ein Funke, auch wenn Sid glücklich verheiratet war und sechs Söhne hatte. »In was für einer Stimmung war sie denn?«

»Recht gut, wenn man die Umstände bedenkt.«

»Ich bin nur ungern die, die ihr die Stimmung ruiniert, aber es muss sein.« Sie atmete tief ein. »Wünsch mir Glück.«

Edwina stand in der Bibliothek und blätterte eine Ausgabe von *Pferd und Hund* durch. Sie prahlte oft damit, dass sie in ihrem ganzen Leben noch kein Buch gelesen habe.

»Ich dachte, ich hätte Sid befohlen, Schwester Dixon zu mir zu schicken, nicht Sie«, sagte sie, als Miss East den Raum betrat.

»Das hat er mir auch gesagt, Milady. Ich bin gekommen, um Sie zu informieren, dass Dixon nicht kommen kann, weil sie nicht mehr da ist, Milady.« Bringen wir es rasch hinter uns, dachte sie.

»Sie ist nicht mehr da? Wo ist sie denn?«

»Das weiß ich nicht. Sie hat sich geweigert, irgendjemandem zu sagen, wohin sie geht.« Nicht dass jemand gefragt hätte.

Edwina setzte sich langsam. »Was ist passiert?«

»Ich habe ihr gesagt, dass sie gehen soll.«

»Sie haben *was*? Wer hat Ihnen das Recht dazu gegeben?«

»Sie, Milady. Sie haben mir die Leitung übertragen, ehe Sie abfuhren.«

»Ich kann es nicht fassen. Wollen Sie mir wirklich sagen, dass Sie Dixon entlassen haben? Dass sie sich im Moment nicht auf Tyringham Park befindet?«

»Jawohl, Milady, genau das sage ich. Sie hat das Gut verlassen.«

»Sie haben Ihre Kompetenzen überschritten. Sie sollten das Haus leiten, wie Sie es normalerweise tun, und für mich Nachrichten in Empfang nehmen, nicht aber eine Autorität ausüben, die Sie nicht innehaben. Wann ist sie gegangen?«

»Am Tag Ihrer Abreise nach London.«

»Einen ganzen Monat ist das her? Sie könnte auf halbem Wege nach Australien sein, um sich Teresa Kelly und Victoria anzuschließen, und wir stehen hier ohne Adresse und ohne Fingerzeig. Wir wüssten nicht einmal, wo wir mit der Suche nach ihnen anfangen sollten. Ist Ihnen bewusst, was für eine Katastrophe Sie da angerichtet haben? Nun?«

Miss East gab keine Antwort.

»Die ganze Zeit in London habe ich mich damit beruhigt, besonders nachdem mein Mann so gar keine Hilfe war, dass wenigstens Dixon die Adresse Teresa Kellys kennt und ich sie auf die eine oder andere Weise aus ihr herausbekommen würde. Doch was soll ich nun tun? Sie war die letzte Verbindung, und nun werden wir Victoria nie finden.« Edwina sprang auf. »Ich hätte Sie niemals mit dem Haushalt betreuen dürfen, Sie dummes, dummes Weib! Machen Sie sich überhaupt eine Vorstellung, was Sie angerichtet haben? Wieso haben Sie nicht auf mich gewartet? Was war so dringend, dass es nicht einen Monat warten konnte?«

»Charlotte aß nicht und schien gleichzeitig dahinzuschwinden. Ich glaubte, Schwester Dixon verweigerte ihr als Bestrafung das Essen.«

Edwina prustete. »Ist das alles? Deswegen haben Sie Dixon entlassen?«

»Jawohl, Milady.«

»Und Sie haben nicht angenommen, dass Dixon ihre Gründe hatte und dass Charlotte ein paar Pfund weniger vielleicht guttäten? Da werden Sie mir schon eine bessere Erklärung liefern müssen.«

»Ich habe die Lage als ernst eingestuft und tat, was ich für das Richtige hielt.«

»Haben Sie das? Das Richtige für wen?« Ein hässlicher Ausdruck trat in Edwinas Augen. »Dixon sprach immer davon, dass Sie ihr die Kinder wegnehmen wollten. Sie sagte, Sie wären

›kindstoll‹. Wie sie darüber sprach, hätte man glauben können, es handele sich um einen krankhaften Zustand. Wie es aussieht, haben Sie es am Ende geschafft, eines der Mädchen in Ihre Hände zu bekommen, indem Sie warteten, bis ich Ihnen den Rücken zuwandte.«

»Ich dachte nur an das Wohlergehen des Mädchens. Dr. Finn ist ebenfalls der Ansicht, dass mit Charlotte etwas ernsthaft nicht stimmte, und er war ihretwegen sehr besorgt.«

»Natürlich haben Sie das. Natürlich war er das«, höhnte Edwina. »Was für ein Expertengespann, das über das Schicksal meiner Tochter entscheidet und sich in die Abläufe auf dem Gut einmischt! Ein unwissender Landarzt und eine frustrierte alte Jungfer. Natürlich hat der Quacksalber Ihnen den Rücken gestärkt, nachdem Sie ihm so lange mit Ihren böswilligen Geschichten in den Ohren lagen. Ihnen scheint nicht klar zu sein, welchen entsetzlichen Schlag Sie beide mir in Ihrer Ignoranz versetzt haben.« In den Augen Edwinas funkelte der Hass. »Und wo wir schon bei Ihren Kompetenzüberschreitungen sind, wo haben Sie eigentlich diese affektierte Redeweise aufgeschnappt? Man könnte geradezu meinen, *Sie* wären die Herrin auf Tyringham Park, dabei gehören Sie nur zu den Lakaien.«

Miss East trat einen Schritt nach hinten, als wäre sie von der Macht der Boshaftigkeit in Edwinas Ton zurückgestoßen worden.

»Ich denke, ich sollte gehen«, sagte sie in so mildem Ton, wie sie konnte.

»Sie bleiben, wo Sie sind. Ich sage Ihnen, wann Sie gehen dürfen, nur für den Fall, dass Sie das während meiner Abwesenheit vergessen haben sollten.«

Hinter Miss East war etwas zu hören. Charlotte stürzte

durch die Tür, erstarrte kurz, als sie ihrer Mutter ansichtig wurde, doch dann schob sie sich auf Miss East zu und legte den Arm um die Wirtschafterin. Ihr Gesicht vergrub sie in den Schürzenfalten.

Edwina beobachtete es mit Abscheu.

Miss East beugte sich zu Charlotte hinunter und flüsterte ihr etwas zu. Charlotte schüttelte den Kopf und klammerte sich fester.

»Hör auf, dich wie ein Kleinkind zu benehmen, komm her und schüttele deiner Mutter die Hand wie ein zivilisiertes menschliches Wesen«, sagte Edwina.

Niemand rührte sich. Miss East bückte sich erneut und flüsterte auf Charlotte ein, die immer entschiedener den Kopf schüttelte.

»Sie ist schüchtern«, sagte Miss East, um das tosende Schweigen zu füllen.

»Sie ist *was*?« Edwinas Entgegnung kam leise und abgehackt, und das S am Ende von *was* klang wie ein Spucken. »Schüchtern der eigenen Mutter gegenüber? Miss East, wenn ich je eine Meinung zu *meiner Tochter* hören möchte, so frage ich danach, aber bis es so weit ist, wäre ich Ihnen verbunden, wenn Sie Ihren Mund geschlossen hielten. Denn mit diesem Mund haben Sie mehr Schaden angerichtet als andere in ihrem ganzen Leben.« Sie trat auf Charlotte zu, griff nach ihrem Arm und verfehlte ihn, als das Mädchen hinter Miss East zurückwich. »Dieses Betragen ist nicht hinnehmbar«, sagte sie und machte einen Schritt nach hinten. Den Mund verzog sie zu einem hässlichen Gebilde. »Dixon hätte ihr solchen Trotz niemals durchgehen lassen.«

»Nein, Milady.«

Edwina starrte beide nachdenklich an.

»Also schön«, sagte sie schließlich. »Da ich sehe, wie gut ihr zwei miteinander auskommt, wäre es eine Schande, euch zu trennen.« Ihr Lächeln war bar jeder Freundlichkeit. »Wir haben fast September, und bei all der Unruhe ...«

Victorias Verschwinden ist für sie eine Unruhe?, dachte Miss East.

»... habe ich vergessen, eine Gouvernante anzustellen oder Charlotte für dieses Jahr an einer Schule anzumelden. Daher können Sie sich in den kommenden zwölf Monaten weiter um sie kümmern, Miss East, und zwar zusätzlich zu Ihren anderen Pflichten. Ich rate Ihnen und ihr, mir im kommenden Jahr am besten gar nicht erst unter die Augen zu kommen.«

Er habe Schwester Dixon ein so leuchtendes Zeugnis ausgestellt, dass es ihr eine Stellung bei der königlichen Familie einbringen könnte, sagte der Verwalter, als Edwina ihn zu seiner Rolle bei der Entlassung des Kindermädchens befragte. Das sei der einzige praktikable Weg gewesen, der armen Frau über den Verlust Charlottes hinwegzuhelfen. Da er nie etwas Schlechtes über sie gehört habe und Miss East, der Fels der Vernunft, ihr so wohlwollend gesinnt gewesen sei, habe er angenommen, er tue damit in Abwesenheit Ihrer Ladyschaft das Richtige; sie billige es doch? Natürlich billige sie es, erwiderte Edwina, doch eigentlich wolle sie erfahren, ob Dixon eine Nachsendeadresse hinterlassen oder Andeutungen gemacht habe, wohin sie wolle. Er musste einräumen, dass er sie vor ihrer Abreise nicht mehr persönlich gesprochen und Miss East sich um alle Einzelheiten gekümmert habe.

Wie zu erwarten, entgegnete Edwina bitter. Wisse er zufällig, wie Dixons Vorname laute? Nein, er habe ihn nie gehört, und in seinen Unterlagen tauche er nicht auf. Er habe nur den Titel »Schwester« benutzt und hoffe, das sei für mögliche Arbeitgeber ausreichend.

In der Annahme, dass Dixon, die nur auf einem einzigen Gebiet Kenntnisse besaß, gezwungen sein müsse, sich eine ähnliche Stelle zu suchen, annoncierte Edwina zu beträchtlichen Kosten in der *Irish Times*, der englischen *Times* und diversen Zeitschriften, die »Jagd« im Titel trugen, nach Informationen über den Aufenthalt von Schwester Dixon.

Sie befragte einige ausgewählte Dienstboten, die allesamt sagten, sie wüssten nicht, weshalb Dixon gekündigt habe und gegangen sei. Am einen Tag sei sie noch da und am nächsten verschwunden gewesen, und das ohne Ankündigung oder auch nur ein Wort zum Abschied, ein seltsames Benehmen selbst für sie, die sich immer abseits gehalten habe. Sie wussten nur, dass Dixon ihre einzige Freundin Teresa Kelly nach Australien begleitet hätte, wäre sie nicht in Manus verliebt gewesen, auf dessen Antrag sie gewartet habe. Teresa Kelly habe es ihnen selbst gesagt, daher müsse es wahr sein. Sie wussten nicht, was zwischen Dixon und Manus vorgefallen war, doch ihnen war immer klar gewesen, dass er an ihr nicht besonders interessiert gewesen war, das habe jeder sehen können.

Wissende Blicke gingen zwischen ihnen hin und her. Ein keckes Stubenmädchen hob den Blick zu Edwinas Gesicht, um herauszufinden, wie sie diese Information aufnahm, entdeckte aber keinerlei Regung.

Unterm Strich konnten die Dienstboten nichts weiter sagen, als dass Dixon nur drei Wochen nach Teresa verschwunden war. Daher hatte Edwina mit der Befragung nur Zeit verschwendet.

Auch ein Besuch beim Dorfpfarrer erwies sich als fruchtlos.

Father O'Flaherty sagte, er habe Teresa Kelly die Adresse des alten Farmers aufgeschrieben, aber sie sich nicht für seine Unterlagen notiert, da ihm dies sinnlos erschien. An die Adresse könne er sich nicht mehr erinnern, da sie aus mehreren langen Eingeborenenwörtern bestehe, die sich aufgrund ihrer Fremdartigkeit nicht in seinem Gedächtnis verankert hätten. Teresa Kelly wisse, wie sie ihn erreichte, falls sie Hilfe benötigte, was vermutlich nicht der Fall sein würde, da sie über das Arrangement sehr glücklich gewesen sei. Daher tue es ihm leid, aber es sehe so aus, als könne er Ihrer Ladyschaft nicht weiterhelfen. Er bot nicht an, sollte Teresa Kelly sich doch an ihn wenden, Edwina deren Adresse mitzuteilen.

Auf die Annoncen in den Zeitungen und Zeitschriften kam keine Reaktion.

Bald darauf schrieb Edwina an die australische Botschaft in London. Sie schilderte alle Einzelheiten der Entführung und erkundigte sich, welche Maßnahmen sie ergreifen sollte, um die Rückkehr ihres Kindes zu bewirken.

Sehr geehrte Lady Blackshaw, kam einen Monat später die Antwort, *mit großem Interesse und Mitgefühl haben wir Ihren Brief gelesen und ihn in allen Einzelheiten diskutiert. Wir sind zu folgendem Schluss gekommen: Egal, ob Sie den Fall als Schwerverbrechen oder Vermisstensache verfolgen, ob Sie eine Belohnung anbieten oder mit dem Gefängnis drohen, Sie stehen vor einem beinahe unüberwindlichen Problem.*

In der Annahme, dass die Entführer falsche Identitäten angenommen haben werden, würde ihre Identifizierung auf der Verbreitung von Fotografien (die Sie Ihrer Angabe nach zur Verfügung stellen könnten) über Zeitungen und Plakate be-

ruhen. In einem weiten Land wie dem unsrigen wäre solch eine Verbreitung jedoch lückenhaft und unsicher. Darüber hinaus können wir ebenso sicher annehmen, dass die Entführer sich alle Mühe gegeben haben werden, ihr Äußeres zu verändern, sodass einer solchen Suche allenfalls zufällig Erfolg beschieden sein dürfte. Und wenn sie gefunden werden, wer sollte sie identifizieren? Ohne Identifikation könnte aber keine Festnahme erfolgen.

Ganz informell und als Australier kann ich Sie nur auf folgende Tatsache hinweisen: Wenn in Australien jemand nicht gefunden werden will, wird er nicht gefunden. Selbst wenn die Einreise der Person ins Land aktenkundig ist, was dank des Durcheinanders aufgrund des Krieges nicht unbedingt der Fall sein muss, so könnte sie sich doch in eine Stadt oder die gewaltigen Weiten des Outbacks begeben und, wie erwähnt, eine falsche Identität annehmen. Hier kommt noch ein anderer Aspekt ins Spiel. Bei den Australiern stehen zu Unrecht Verfolgte und Unterprivilegierte in hohem Ansehen, und sie würden alleinstehende Frauen und Kinder sofort, und ohne Fragen zu stellen, mit einem schützenden Wall umgeben und nicht im Entferntesten daran denken, sie zu »verpfeifen«, wie man hier sagt, weder für Geld noch für ein Gefühl der Rechtschaffenheit.

Mein Rat wäre, dass Sie selbst oder jemand in Ihrem Auftrag nach Australien reist, persönlich eine polizeiliche oder private Suchaktion veranlasst und zur Verfügung steht, um die Täter zu identifizieren, sollten sie gefunden werden, was, wenn Sie meine persönliche Meinung interessiert, höchst unwahrscheinlich wäre.

Nein, deine persönliche Meinung interessiert mich nicht, herzlichen Dank, dachte Edwina und las den Brief nicht zu Ende. Ich fahre selbst nach Australien. Beatrice kommt mit. Wir finden sie. Wartet nur. Sobald das Baby geboren ist und ich mich ausreichend erholt habe, um dem Bezirk zu zeigen, wozu ich auf Sandstorm in der Lage bin. Danach reise ich ab.

15

Tyringham Park
1883

Als Waldron ein junger Mann von sechsundzwanzig Jahren war, brauchte seine Mutter, die nicht wegen ihrer Lebenssituation, sondern wegen ihres Buckels nur die »Witwe« genannt wurde, eine neue Kammerzofe. Die Tradition auf Tyringham Park beachtend, keine Dienstboten aus der Umgebung einzustellen, setzte sie sich wie üblich mit ihrem Cousin in Verbindung, der Pfarrer in Yorkshire war, und bat ihn, für sie jemanden zu suchen. Im Laufe der Jahre hatte er regelmäßig Dienstboten, in der Regel Waisenkinder, nach Tyringham Park geschickt, und mit jedem einzelnen davon war man auf dem Gut zufrieden gewesen. Der letzte Neuankömmling, der junge Sid Cooper, hatte sich geradezu als Geschenk des Himmels erwiesen.

Die Witwe stellte gern Waisen ein, nicht nur, weil sie damit ihren Ruf als Philanthropin festigte, sondern auch, weil diese niemanden hatten, der für sie eintrat, wenn der Lohn zu niedrig oder die Arbeit zu schwer war. Dazu kam, dass das Dienstverhältnis nicht dadurch gestört werden konnte, dass eine Dienerin nach Hause geholt wurde, damit sie einen erkrankten Elternteil pflegte und danach blieb, um sich um den Hinterbliebenen zu kümmern.

Wie das Schicksal es wollte, war der Witwe zufolge, die in späteren Jahren niemals müde wurde, sich über die »dankenswerte zeitliche Koinzidenz« zu ergehen, sobald Miss Easts

Name fiel, die Mutter der vierzehnjährigen Lily kürzlich gestorben und hatte eine Waise hinterlassen, die eine Stellung brauchte. Gewiss, am Tag der Beerdigung ging es Lily East so schlecht, dass sie aussah, als würde sie ihrer Mutter bald ins Grab folgen: Sie war mager und blass, und ihre Hand zitterte, als sie dem Pfarrer, dem besagten Cousin der Witwe, eine Tasse Tee reichte. Er sah ihre abgekauten Nägel, das dünne Haar, die fleckige Haut, das zwanghafte Zucken und ihre Unfähigkeit, lange zu stehen. Er merkte auch, dass der Stiefvater Lily nicht aus den Augen ließ und verhinderte, dass jemand ausführlicher mit ihr sprach.

Als sie drei Tage später auf Tyringham Park ankam, befand Lily sich in noch schlimmerer Verfassung. Als die Witwe ihrer ansichtig wurde, rief sie mit ihrer durchdringenden Stimme der Wirtschafterin zu: »Perfekt!« Sie klatschte sogar in die Hände. »Sie ist ganz hervorragend geeignet. Mein unbeschriebenes Blatt.«

Miss Timmins, die Wirtschafterin, vermochte Lily nicht aufzufangen, als sie bewusstlos auf dem türkischen Teppich unter dem Kristalllüster von Waterford zusammenbrach.

»Ich war der Meinung, ich hätte ausdrücklich von gesund gesprochen«, sagte die Witwe, raffte die Röcke und begab sich zur Tür, wobei sie die leblose Gestalt im Halbkreis umschritt. »Kümmern Sie sich darum, Miss Timmins.« Sie verließ den Raum und überdachte noch einmal ihre Gewohnheit, englische Waisen einzustellen, die keine Angehörigen hatten, von denen sie abgeholt und gepflegt werden konnten, und die vielleicht lange Zeit zu krank waren, um die Rückreise übers Meer anzutreten.

Miss Timmins war froh, dass die Witwe nicht im Raum war, als sie sich bückte, um Lily East zu untersuchen, und feststellte, dass ihr Rock und der Teppich blutgetränkt waren. Mit dem schwarzen Umhängetuch des Mädchens saugte sie den größten Teil des Blutes aus dem dunkelroten Teppich auf. Danach läutete sie und befahl dem Hausmädchen, Sid zu benachrichtigen; er solle Pferd und Wagen an den Dienstboteneingang bringen – das neue Mädchen sei schwerkrank. Sie hob sie auf – Lily wog kaum etwas, sie war nur ein Strich in der Landschaft –, trug sie auf ihr Zimmer, wickelte sie eng in eine dunkle Decke und eilte an die Hintertür, wo Sid bereits wartete.

»Das war schnell, Gott segne dich«, sagte sie.

»Hier, geben Sie sie mir«, sagte Sid. »Was für ein winzig kleines Ding!« Er schaute Lily ins Gesicht und liebte, was er dort sah. »Sind Sie sicher, dass sie noch nicht tot ist?«

»Hör sofort auf mit dem Gerede!« Miss Timmins setzte sich neben ihn. »Vielleicht hört sie dich. Gib sie jetzt wieder mir. Fahr zum Arzt und hoffe, wie du noch nie etwas gehofft hast, dass er zu Hause ist.«

»Was hat sie denn?«, fragte Sid.

»Blutarmut.«

»Ich hab noch nie gesehen, dass jemand so blass war.«

»Versuch den Schlaglöchern auszuweichen – sie sieht aus, als könnte sie entzweibrechen.«

Sid war erst sechzehn, doch er lenkte Pferd und Wagen akkurat und selbstsicher.

Ein junger Mann empfing sie an der Tür und brauchte ein wenig, um sie zu überzeugen, dass er in der Tat Dr. Finn sei, der Sohn der älteren Ausgabe, die sie anzutreffen erwartet hatten. Sid wollte dabeibleiben, doch Miss Timmins schickte ihn heim.

Fünf Minuten später traf der alte Dr. Niall Finn außer Atem ein und ging sofort weiter zu seinem Sohn in den Anbau mit dem Operationsraum.

Sie blieben sehr lange dort.

Der ältere Arzt erklärte Miss Timmins später, dass es auf Messers Schneide gestanden habe, nun aber so aussehe, als würde das junge Mädchen durchkommen. Ob sie die Eltern benachrichtigen könne.

»Sie hat keine.«

»Offensichtlich ist sie minderjährig, wer also ist ihr Vormund?«

»Die Witwe, denke ich. Sie hat sie als neue Kammerzofe eingestellt.«

»Nun, wenn das so ist, spreche ich mit Ihnen, dann brauchen wir die Witwe nicht zu behelligen. Sind Sie damit einverstanden?«

»Ich fühle mich für die Kleine ohnehin verantwortlich. Als Wirtschafterin habe ich mich um alle Dienstboten des Hauses zu kümmern, und auf jemanden so Junges und Krankes achte ich besonders.«

Ganz wie von Miss Timmins vermutet, hatte Lily eine Fehlgeburt erlitten und viel Blut verloren. Es war besser, sie nicht nach Cork oder Dublin ins Krankenhaus zu schaffen, denn sie war zum Reisen zu schwach. Die Frau des jungen Dr. John Finn, die Krankenschwester war, würde sie pflegen, bis es ihr wieder so gut ginge, dass sie nach The Park zurückkehren könnte. Lily hatte eine Infektion gehabt und wäre nun beinahe sicher unfruchtbar – die Einzelheiten würde er ihr ersparen. Lily würde es erfahren, wenn sie wieder bei Kräften war, doch es sei nicht nötig, dass irgendjemand sonst etwas davon wusste.

»Ich habe behauptet, dass sie blutarm ist.«

»Das reicht als Erklärung völlig aus.«

Sechs Wochen später stand Miss Timmins auf dem türkischen Teppich (den sie persönlich insgeheim gereinigt hatte, ehe irgendjemand die Verschmutzung bemerkte) und stellte Lily der Witwe erneut vor. Der Herrin auf Tyringham Park erschien das junge Mädchen kaum identisch mit dem kranken Geschöpf, das sie bereits kennengelernt hatte, so sehr hatten sich Gesundheit und Erscheinungsbild der Waisen verbessert. Statt sie aufs Gut zurückzusenden, nachdem die erste Gefahr vorüber war, hatte die Frau des Arztes darauf bestanden, sie bei sich zu behalten, bis sie wieder ganz bei Kräften war. Lily hatte sie mit ihrer Persönlichkeit ebenso sehr in Bann geschlagen, wie sie von ihrer Vorgeschichte berührt war.

Die meisten Menschen gingen der Witwe aus dem Weg, weil sie unablässig redete – es war ein Rätsel, wie sie so viel Tratsch aufnahm, obwohl sie in ihrem Redefluss nie lange genug innehielt, dass jemand etwas sagen konnte, ohne ihr ins Wort zu fallen. Mit Sätzen wie »Habe ich Ihnen je davon erzählt, wie ich Lady Crombie zufällig auf der Sackville Street begegnet bin?« oder »Das müssen Sie hören. Es wird Sie amüsieren, ich war in London und ging an der Saint Paul's Cathedral vorüber, als...« vermochte sie einen weiten freien Raum rund um sich zu schaffen. Selbst ihr wachsendes Repertoire an falsch benutzten Wörtern, die von denen, die es merkten, hochgeschätzt und gern weitergegeben wurden, genügte nicht, um den allmählichen Rückzug von immer mehr Gästen zu stoppen. Doch mit der Ankunft ihrer neuen Kammerzofe bemerkte die Witwe eine Veränderung. Wenn alle gegangen waren, hing Lily noch immer an ihren Lippen und ließ sich kein einziges Wort entgehen. Ein einköpfiges Publikum, das zudem aus einer Dienerin bestand. Die Witwe konnte kaum glauben, wie sehr die Bewunderung des jungen Dings ihrem Bedürfnis nach Aufmerksamkeit schmeichelte. Lily hatte etwas an sich, das sie anprach –

ihre Gesellschaft war angenehm und tröstlich und wurde im Laufe der Jahre unverzichtbar.

Das viele fröhliche Geplauder war für Lily der reinste Balsam, denn sie kam aus einem Haus, in dem seit dem Einzug ihres Stiefvaters vier Jahre zuvor feindseliges Schweigen geherrscht hatte, das zum Teil mit einem Knebel in ihrem Mund erwirkt worden war. Zur Belustigung des Personals übernahm Lily nach stundenlangem gebanntem Zuhören bald Vokabular und Sprachrhythmus ihrer Herrin.

Timmins sorgte dafür, dass Lily regelmäßig in der Dienstbotenküche aß, und kam oft hoch, um sie abzuholen. Wer darauf wartete, dass die Witwe bei ihren Monologen eine Pause einlegte, konnte hungers sterben. Der junge Sid freute sich immer auf Lilys Erscheinen und sorgte dafür, dass sie nicht an einem zugigen Platz sitzen musste.

Als man entdeckte, dass Lily lesen konnte – ihr Vater hatte es ihr beigebracht –, erhielt sie die Erlaubnis, sich Bücher aus der Bibliothek auszuleihen, und sie wählte Wilkie Collins und Arthur Conan Doyle wie auch Schilderungen echter Morde, die sie Miss Timmins vorlas. Da Lily vier Jahre lang davon fantasiert hatte, ihren Stiefvater zu beseitigen, fand sie, sie habe mit denen, die solch eine Tat tatsächlich begangen hatten, etwas gemeinsam.

Ihr größter Wunsch war es, dass Waldron, der zwölf Jahre älter war als sie, heiraten und Kinder zeugen und man sie zum Kindermädchen machen würde, doch nach den Worten der Witwe galt Waldrons ganze Liebe der Armee, und er hatte in Indien ohnehin keine Gelegenheit, eine passende junge Frau kennenzulernen.

Lily East war vier Zoll größer, vierzehn Pfund schwerer und zehn Jahre älter als die Witwe, die nicht wirklich eine Witwe war, weil ihr Mann noch lebte, an einem Herzanfall starb, und nicht an Kieferermüdung, wie ihre Nachbarinnen prophezeit hatten. Seine Lordschaft dankte Lily persönlich dafür, dass sie so gut zu seiner Gattin gewesen war, und beförderte sie zur Gehilfin von Miss Timmins, da die freundliche alte Wirtschafterin in die Jahre kam und ihren Pflichten nicht mehr ganz gewachsen war. Beide Frauen waren darüber mehr als zufrieden, auch wenn hin und wieder ihre Tüchtigkeit ein wenig litt, weil sie sich allzu intensiv über ein Blatt beim Kartenspiel oder die neueste Erzählung um Sherlock Holmes unterhielten.

Als Lily dreißig wurde, kurz vor Anbruch des zwanzigsten Jahrhunderts, starb Miss Timmins, und sie wurde zur Wirtschafterin ernannt. Die Dienerschaft des Hauses war froh, dass die Herrschaft niemanden von außen auf diese Position setzte – die Leute waren an Miss East, wie sie nun angesprochen wurde, gewöhnt und arbeiteten gern für sie.

Jahre zuvor hatte Sid sie heiraten wollen, doch sie hatte seinen Antrag abgelehnt und gesagt, sie ziehe es vor, frei und alleinstehend zu bleiben. Sie sagte ihm nicht, dass sie ihn zuückwies, weil sie keine Kinder bekommen konnte – er war solch ein guter Mann, dass er sie dennoch zur Frau genommen hätte, und sie wollte mit diesem Opfer nicht ihr Gewissen beladen. Am Ende hatte er Kate geheiratet, eines der jüngeren Hausmädchen, und sie zogen in ein Häuschen auf dem Gut. Miss East wurde gebeten, die Patin ihres ersten Kindes zu sein, und als sie Sid am Taufbecken in die Augen blickte und seinen Stolz sah, wusste sie, dass sie richtig gehandelt hatte, als sie ihn abwies.

Waldron war fünfzig, als sein Vater starb und er Titel und Gut erbte. Innerhalb eines Jahres hatte er eine zwanzigjährige entfernte Verwandte, Lady Blackshaw, als seine Braut nach Tyringham Park gebracht. Miss East freute sich darauf, dass das gesellschaftliche Leben auf dem Gut seinen Fortgang nahm – Jagdgesellschaften, Bälle, Wochenendgäste, Tennis- und Schießturniere, doch zur Überraschung und Enttäuschung aller ließ Waldron seine schwangere junge Frau allein, sagte, sie sei bei Miss East in besten Händen, und kehrte, von seiner Pflicht gegenüber dem Empire sprechend, nach Indien zurück.

16

Tyringham Park
1917

»Kommt sie wieder?«, fragte Charlotte. Es war mitten in der Nacht, und sie stand zitternd neben Miss Easts Bett. Miss East, die zu schläfrig war, um zu merken, dass Charlotte zum ersten Mal seit Victorias Verschwinden sprach, hob die Bettdecke, ließ das Mädchen hineinhüpfen und sich an sie kuscheln. »Hast du schlecht geträumt?«

Charlotte nickte. In der fast vollständigen Dunkelheit glänzten ihre großen Augen.

»Hast du geträumt, dass sie zurückkommt?«

Charlotte nickte.

»Willst du mir davon erzählen?«

Charlotte schüttelte den Kopf.

»Ich glaube nicht, dass wir sie je wiedersehen«, sagte Miss East, als Charlotte eine Zeit lang geschwiegen hatte. »Und das ist auch gut so. So eine Unverschämtheit, zu behaupten, du hättest über sie geredet, obwohl ich genau wusste, dass du das nicht getan hast. Und dich so an den Haaren zu reißen. Das war abscheulich. Es besteht nur eine winzige Möglichkeit, dass sie doch zurückkehrt, um mit deiner Mutter zu reden, aber sie kommt nicht mehr in deine Nähe, das verspreche ich dir. Du musst nie wieder mit ihr in einem Raum sein. Jetzt mach die Augen zu und denk an Mandrake, der in seiner Box schläft.«

Charlotte entspannte sich, und wenige Minuten später wurde ihr Atem langsam und gleichmäßig. Miss East wartete noch, dann zog sie ihren Arm zurück und rückte von Charlotte ab, damit dem kleinen Mädchen nicht zu warm wurde und es wieder aufwachte.

»Dein Vater wäre entzückt, wenn er diese Zeichnung sehen könnte«, sagte Miss East am nächsten Tag, als sie Charlottes neueste verworfene Skizze eines Pferdes aufhob. »Genauso etwas zeichnet er selbst auch. Er wird sich freuen, dass du ihm nachschlägst. Wir müssen hoch ins Kinderzimmer und alles holen, was du dort gemalt hast, und es ihm schicken.«
»Da gibt's nichts mehr. Schwester Dixon hat alles verbrannt.«
»Oje. Ach, wie schade.«
Charlotte zuckte mit den Schultern als Zeichen, dass ihr das egal sei. »Ich kann noch viele mehr machen«, sagte sie und nahm sich ein neues Blatt.
Miss East saß am Tisch und stellte den Dienstplan für den kommenden Monat auf, während Charlotte neben ihr stand und das Blatt mit Studien von Pferden füllte, die sie aus unterschiedlichen Winkeln zeichnete. Hin und wieder sahen beide von ihrer Beschäftigung auf und lächelten einander zu.
Als Charlotte eines Tages fragte, ob sie für immer bei Miss East bleiben und ihre Tochter werden könne, erhielt die kinderlose Frau einen kurzen Blick auf die Freuden, die ihr versagt geblieben waren. Sie verfluchte ihren Stiefvater. Wenn der liebe Gott ihm vergeben wollte, so war das seine Sache, doch sie würde ihm nicht verzeihen.

»Du weißt aber, dass es so etwas wie Hexen nicht gibt«, sagte Miss East an diesem Abend, nachdem sie eine Geschichte erzählt hatte, in der Charlotte die Heldin war und eine böse Hexe übertölpelte, ein Thema, das sich leicht variiert jeden Abend wiederholte. »Egal, was Schwester Dixon dir eingeredet hat. Sie werden erfunden, um Kindern Angst einzujagen, damit sie tun, was man ihnen sagt, und um Geschichten spannender zu machen.«

Charlotte dachte eine Weile darüber nach und hauchte: »Und was ist mit Flüchen?«

Miss East horchte sofort auf. Sie bereitete sich seit einiger Zeit darauf vor, dass Charlotte diese Frage ansprach.

»Niemand kann dich verfluchen, weil das unmöglich ist.« Sie wählte ihre Worte vorsichtig. »Merk dir, was ich sage. Schwester Dixon kann nicht bewirken, dass Mandrake etwas Schlimmes zustößt, nur indem sie etwas sagt. Das ist nicht möglich, weil sie keine besonderen Kräfte besitzt. Mir wird nichts Schlimmes passieren, und dir wird nichts Schlimmes passieren, und daher darfst du nicht mehr an Dixons Fluch denken und dir deswegen keine Sorgen mehr machen. Sie hat mit ihrem Gerede nur versucht, dir Angst zu machen, damit du nicht erzählst, was sie dir antut.«

Charlottes arglose Miene verwandelte sich sofort in einen Ausdruck des Misstrauens, und sie rückte von Miss East ab.

»Worauf du dich konzentrieren musst«, fuhr Miss East fort, als wäre ihr die Reaktion des Mädchens nicht aufgefallen, »ist die eine große Sache, für die du auf die Welt gekommen bist, und wie ich dich kenne, wird das etwas Wunderbares und Bemerkenswertes sein.«

Später, als das Kind schlief, kam Lily East ein beunruhigender Gedanke. Als Charlotte in der Nacht zuvor fragte »Kommt sie wieder?« –, war es möglich, dass sie da gar nicht Schwester Dixon gemeint hatte, sondern Victoria?

17

Überfahrt nach Australien
1917

Auf der Fähre hatte Elizabeth Dixon einen Geistlichen ins Visier genommen, der sie innerhalb von zwei Wochen unter den Schutz einer Wohltäterin stellte, die nach Australien reiste. Kaum hörte Dixon das Wort »Australien«, hatte sie das Gefühl, das Schicksal habe sich eingeschaltet und meine es ausnahmsweise einmal gnädig mit ihr. Hier bot sich ihr die Gelegenheit, wieder mit ihrer einzigen Freundin vereint zu werden, mit Teresa Kelly.

Mrs Sinclair, jüngst verwitwet, wanderte aus, um bei ihrer Tochter Norma, die sie seit elf Jahren nicht mehr gesehen hatte, und deren Ehemann Jim zu leben. »Er schwimmt in Geld, sagt mir meine Tochter. Bald kann ich es mit eigenen Augen sehen.«

Obwohl Dixon geschworen hatte, niemals wieder eine Rolle einzunehmen, bei der sie sich um Fremde kümmern musste, machte sie für Mrs Sinclair wegen des reichen Schwiegersohnes und ihrer Rüstigkeit eine Ausnahme. Sehr wahrscheinlich erschien es nicht, dass sie während der zweimonatigen Reise zu einer Belastung würde. Dass die alte Dame sich als Teil der Vereinbarung um Dixons Reisedokumente kümmerte und ihre Passage bezahlte (auf Kosten des reichen Schwiegersohnes), weckte in Dixon die Hoffnung, ihr Geschick werde sich nun endlich zum Guten wenden.

»Nicht dass ich eine Gesellschafterin bräuchte«, sagte Mrs

Sinclair, »doch es ist vereinbart, dass ich mir entweder jemanden suche oder Norma mich abholen kommt. So wie meine Tochter sich benimmt, könnte man meinen, ich wäre schon im Greisenalter. Bis dahin ist es noch lange, das kann ich Ihnen versichern, aber sie bestand darauf, und ich habe um des lieben Friedens willen nachgegeben. Ich glaube, sie befürchtet, ich könnte mich verirren und auf Nimmerwiedersehen verschwinden. Aber sehen Sie sich an. Eine hübsche junge Frau wie Sie sollte viel interessantere Angebote haben als das meine. Wenn meine Tochter sich einen reichen Mann angeln konnte, besteht auch kein Grund, weshalb Sie dazu nicht in der Lage sein sollten.« Wie kann ich nur so taktlos sein, dachte sie im nächsten Moment, als ihr klar wurde, dass Elizabeth Dixon eine der Millionen Frauen sein könnte, die wegen des Krieges einer Zukunft ohne Männer entgegensahen.

Was würde sie von mir halten, wenn sie wüsste, dass ich mir nicht einmal einen Armen schnappen konnte?, fragte sich Dixon. In einer Gebärde der Trauer hob sie die Hand mit dem Brillantring an die Stirn. »Mein Verlobter ist gefallen«, sagte sie und presste eine echte Träne hervor, indem sie an Manus dachte. »Seine Familie hielt mich nicht für gut genug für ihn«, fügte sie hinzu, weil sie spürte, dass ihr Schmuck und ihre neue gute Kleidung nicht zu ihrer Aussprache und ihrem begrenzten Wortschatz passten. »Deshalb haben sie mich auf die Straße gesetzt, kaum dass sie es erfahren taten, und seitdem hab ich von denen keinen mehr gesehen.«

»Oje«, sagte Mrs Sinclair sowohl als Kommentar zu Dixons Grammatik als auch zu dem Elend, das hinter ihrer Erklärung sichtbar wurde.

»Aber zum Glück kann ich 'n neues Leben anfangen und gleichzeitig 'ne Freundin von mir besuchen.«

»Und zu meinem Glück reisen Sie gleichzeitig mit mir. Wo hat sich Ihre Freundin niedergelassen?«

»In Putharra. Das ist im Outback. Wo genau, weiß ich nicht.«

»Das finden wir heraus, sobald wir dort sind.« Mrs Sinclair reichte ihr das Zeugnis zurück, das der Gutsverwalter auf das Briefpapier von Tyringham Park geschrieben hatte, und fragte: »War es der Sohn auf Tyringham Park, der gefallen ist?«

Dixon nickte. Sie schien zu überwältigt, um etwas sagen zu können.

Als sie zwei Tage unterwegs waren, bat Mrs Sinclair ihre Gesellschafterin, ihr vorzulesen, da sie ihren Augen Erholung von dem grellen Licht gönnen müsse, das das Meer zurückwarf. Sie nahm ein schlankes Bändchen aus den Seiten eines dicken Buches, reichte es Dixon mit einem Grinsen und legte den Wälzer so auf ihren Schoß, dass der Titel zu sehen war.

»Nicht dass ich mich schäme, Groschenromane zu lesen«, flüsterte sie verschwörerisch, »mir ist nur lieber, wenn die Leute denken, ich läse *Krieg und Frieden.*«

»Ich kann Ihnen nicht vorlesen«, sagte Dixon. »Ich kann nämlich gar nicht lesen.«

So, nun hatte sie es ausgesprochen. Zum ersten Mal hatte sie zugegeben, dass sie nicht lesen konnte, ehe es jemand von allein merkte. Sie bezweifelte, ob sie die Energie hätte, sich zwei Monate lang Entschuldigungen auszudenken, weshalb sie zu einem gegebenen Zeitpunkt nicht vorlesen konnte.

»Ach. Na, nicht schlimm. Dann spielen wir eben Karten, um uns die Zeit zu vertreiben.«

Karten spielen konnte Dixon ebenfalls nicht.

Mrs Sinclair lachte, und die Lautstärke ihres Gelächters schwoll noch weiter an, als Dixon auf ihre Fragen hin gestehen musste, dass sie nicht zeichnen, singen, häkeln, nähen, sticken, reiten, schwimmen, tanzen oder Schach und auch kein Musikinstrument spielen konnte.

»Sie sind mir ja eine schöne Gesellschafterin«, rief die alte Dame unter Zuckungen, als die Liste immer länger wurde. »Sie sind gewiss die ungebildetste junge Frau, der ich je begegnet bin.«

Dixon war anzusehen, dass sie es nicht schätzte, zur Zielscheibe des Spotts zu werden.

»Verzeihen Sie«, sagte Mrs Sinclair schließlich und wischte sich die Tränen ab. »Wenigstens sind Sie hübsch anzusehen und wissen sich zu kleiden. Das ist viel wichtiger.« Sie blickte über das Deck. »Besonders für die Männer, die sich ausgerechnet diese Stelle ausgesucht haben, um den ganzen Tag lang auf und ab zu gehen. An mir oder an *Krieg und Frieden* werden sie nicht interessiert sein.«

Dixon schüttelte sich. »Die sind so eklig. Allen fehlt irgendwas, Arme, Beine, was weiß ich. Ich wünschte, sie würden weggehen und woanders rumhinken.«

Mrs Sinclair war über Dixons Kommentar entsetzt, sagte sich aber, Dixon habe jedes Recht, verbittert zu sein, und schalt sie nicht für ihr mangelndes Mitgefühl. Diese Männer fuhren wenigstens in die Heimat, während sie, das arme Kind, nie wieder das Gesicht des Mannes erblicken würde, den sie geliebt hatte.

Blind für Mrs Sinclairs Reaktion, musterte Dixon das Deck. Sie sah Männer in Rollstühlen, die von Krankenschwestern umhergefahren wurden. Zum Glück verbargen Decken ihre Verstümmelungen. Es hieß, es gebe noch schlimmere Fälle, bei deren Anblick Frauen ohnmächtig wurden; zu schrecklich anzusehen, um in die Öffentlichkeit zu treten, versorgte man sie in der Abgeschiedenheit ihrer Kabinen. Dixon war klar, dass sie, wenn sie aus eigener Kraft nach Australien hätte reisen wollen und nicht das Glück gehabt hätte, Mrs Sinclair kennenzulernen, für ihre Passage damit beschäftigt wäre, Verbände zu wechseln und Krüppel mit dem Löffel zu füttern. Mein Geschick hat sich wirklich gewandelt, dachte sie, während sie die gebeugten Soldaten betrachtete, die versuchten, sie nicht anzustarren, während sie vorüberhinkten. Sie hatte schon Glück gehabt, überhaupt einen Platz an Bord zu bekommen. Auf dem Rückweg gebe es überhaupt keine Fahrkarten für Passagiere, hatte sie gehört. Sämtliche Kojen wurden von frischen Freiwilligen belegt, die gerade achtzehn geworden waren, und Veteranen, die man so weit zusammengeflickt hatte, dass man sie wieder aufs Schlachtfeld schicken zu können glaubte.

Am nächsten Morgen verkündete Mrs Sinclair der kleinlauten Dixon, dass sie persönlich ihr das Lesen, Schreiben und Rechnen beibringen werde.

Dixon sah sie wie gelähmt an. »Warum wollen Sie das für mich tun?«

»Um Ihren tapferen Verlobten zu ehren, der sein Leben für unser Land gegeben hat. Ich betrachte es als meine patriotische Pflicht.«

»Sie sind zu freundlich«, erwiderte Dixon; sie benutzte eine Phrase Lady Blackshaws, doch sie meinte es ehrlich.

»Keineswegs. Wenn er überlebt hätte, wären Sie nicht so haltlos wie jetzt, gezwungen, sich mit so wenig Vorbereitung ihren Lebensunterhalt selbst zu verdienen. Sie würden im Luxus leben. Außerdem liebe ich die Herausforderung. Sie wird die Reise verkürzen. Ich weiß einfach, dass Sie es ganz schnell begreifen werden. Ich werde Ihr Pygmalion sein, und als erste Lektion will ich Ihnen erklären, was das bedeutet.«

Als die achtwöchige Reise dem Ende entgegenging, verschlang Dixon die Liebesromane schneller, als die bewundernde Mrs Sinclair sie ihr zur Verfügung stellen konnte.

Die Geschichte der mausgrauen Heldin mit dem guten Herzen und den schäbigen Möbeln, die glaubte, der starke, falkenäugige Held – hochgewachsen, reich, gebieterisch, von einer schönen hellhaarigen Erbin mit gesellschaftlichen Verbindungen verfolgt – halte nicht viel von ihr (wie sie dem freundlichen, sie verehrenden Jungen von nebenan anvertraute), und dann entdecken durfte, dass er ihren wahren Wert von Anfang an erkannt hatte und ihre schäbigen Möbel als Zeichen der Redlichkeit und der gefestigten Moral betrachtete.

Sie dachte an Teresa, als sie von dem Stadtmädchen las, das nach Afrika reiste, wo der reiche Farmer mit dem kantigen Kinn sie wegen ihrer städtischen Manieren verachtete, bis er ihren wahren Wert erkannte, als sie ihn, vom Hochwasser abgeschnitten, pflegen musste, nachdem er sich ein Bein gebrochen hatte.

All diesen Geschichten haftete etwas Beunruhigendes an, aber sie vermochte nicht den Finger daraufzulegen. Sie las weiter.

Norma und Jim Rossiter brauchten nicht lange, um Elizabeth Dixon zu überzeugen, als Gesellschafterin Mrs Sinclairs bei ihnen zu bleiben. Ihr Lesen verbesserte sich mit solch atemberaubender Geschwindigkeit, dass sie gar nicht aufhören wollte.

Das Wiedersehen mit Teresa Kelly konnte ein paar Monate warten.

»Wissen Sie, Putharra ist noch hinter Bourke«, sagte Jim. »Da draußen fliegen die Krähen rückwärts.«

Norma wartete nicht ab, bis er den matten Scherz erklärte. »Genauer gesagt«, warf sie ein, darauf bedacht, dass ihre Mutter ihr nicht den täglichen Ablauf durcheinanderbrachte, so sehr sie sie auch liebte, »Sie sehen nicht aus wie jemand, der dort in der Hitze verschrumpeln möchte. Sie würden Ihre Lieblichkeit an die Wüstenluft verschwenden, wie es im Gedicht heißt. Außerdem kommen Sie nie so weit, es gibt keine direkte Zugverbindung, und Benzin ist streng rationiert, das stimmt doch, oder, Jim?«

Jim bestätigte, dass dem so sei.

»Schreiben Sie ihr doch und teilen Sie ihr mit, dass Sie gut versorgt sind und hoffen, dass sie Sie besuchen kann. Wahrscheinlich sehnt sie sich nach einem Grund, in die Stadt zu fahren. Wer würde das nicht, wenn er dort draußen mitten im Nirgendwo lebt und nur Staub und Fliegen als Gesellschaft hat? Klingt das nicht wie eine gute Idee?«

Für Dixon klang es perfekt.

»Es gibt nur eine Schwierigkeit. Jim und ich arbeiten lange und essen meist auswärts, entweder im Hotel oder bei gesellschaftlichen Anlässen. Wir müssen zu jedem Hundekampf in der Stadt und Kontakte knüpfen. Können Sie kochen?«

»Nein, das habe ich nie gelernt«, sagte Dixon.

Mrs Sinclair brach in Gelächter aus. »Habe ganz vergessen, Sie danach zu fragen, Elizabeth!«

»Was ist daran so komisch?«, fragte Norma.

»Nichts Wichtiges«, sagte Mrs Sinclair und blinzelte Dixon ganz leicht zu. »Uns wird schon etwas einfallen.«

Die Antwort hatte sie, ehe der Tag vorüber war. Außer einigem erstklassigen Land an der Nordküste von Sydney hatte Jim zwei große Hotels in der Innenstadt geerbt und gerade ein drittes hinzugekauft, das Waratah. Es war heruntergekommen und lag weiter außerhalb als die beiden anderen, aber in der Nähe einer Eisenbahnstation. Mrs Sinclair bot an, dort zu arbeiten und sich um die Buchhaltung zu kümmern – sie wäre vor Langeweile gestorben, hätte sie die große Dame in einem leeren Haus spielen müssen – und zugleich Dixon auszubilden. Ihr ganzes Eheleben lang hatte sie für ihren Mann die Bücher geführt, und sie wusste, dass sie mit Zahlen umgehen konnte.

»Fürs Gnadenbrot bin ich noch zu alt. Ich mag zweiundsechzig sein, aber ich fühle mich munter wie ein Frühlingsküken.«

Jim und Norma gefiel die Idee. Sie konnten ihr hektisches Leben weiterführen wie bisher, und Mrs Sinclair wurde anstatt einer Belastung, mit der sie gerechnet hatten, eine Bereicherung.

»Eine kleine Bedingung«, sagte Jim. »Ich hätte es gern, wenn Elizabeth am Empfang sitzt und als Rezeptionistin fungiert. In das Hotel kommen viele Geschäftsreisende.«

Mrs Sinclair nahm Dixon mit zur Bank. Zu ihrer Freude waren Zahlungen aus England eingetroffen. Eigenes Geld zu haben verlieh ihr ein Gefühl der Unabhängigkeit. Sobald auch der Erlös aus dem Verkauf ihres Hauses ankam, konnte sie sich wohlhabend fühlen, und falls sie es auf Dauer mit Norma und Jim nicht aushielt, konnte sie auf eigenen Beinen stehen. Während sie dort waren, eröffnete sie ein Konto für Dixon.

»Zum Anfang eine Guinee, nur, um den Bankkassierer zu

beeindrucken. Mein Geschenk an Sie, weil Sie mich so oft zum Lachen bringen.«

Aber nicht absichtlich, dachte Dixon mürrisch, doch sie lächelte und tat so, als machte es ihr nichts aus.

Sie unterschrieb mit ihrem vollen neuen Namen, Elizabeth Dixon, und spürte, wie ihr Selbstbild sich zum Positiven veränderte.

»Jede Woche zahlen Sie einen Teil Ihres Gehalts auf dieses Konto ein«, wies Mrs Sinclair sie an. »Man nennt so etwas eine ›Von-zu-Hause-abhau-Kasse‹, doch da Sie ja schon fortgelaufen sind, können Sie es auch eine ›Nach-Hause-zurückkehr-Kasse‹ nennen.«

»Gute Idee«, sagte Dixon. »Das mache ich.« Ein »Manus-wiederseh-und-mich-an-meinen-Feinden-räch-Konto« wäre ein treffenderer Name, dachte sie und steckte den Einzahlungsbeleg in ihre Handtasche.

Mrs Sinclairs erster Eindruck vom Hotel Waratah bestand in der Feststellung, dass die Männerbar mit ihren Blechstühlen, den gekachelten Wänden und dem gefliesten Boden keine angemessene Umgebung für eine Dame sei, und mit Jims Einverständnis nahm sie neben dem Büro eine große Fläche mit Teppich und bequemen Sesseln in Beschlag.

Mrs Sinclair kümmerte sich um jede Frau, die sich im Hotel einquartierte, besonders aber um jene, die zum ersten Mal in Sydney waren und sich vor den Taschendieben und Trickbetrügern fürchteten, von denen es, wie es hieß, in der Stadt nur so wimmelte. Sie gab ihnen so viel Hilfe und Informationen, dass sie bald zuversichtlich waren, allein zurechtzukommen. Gattinnen von Geschäftsleuten, Besucherinnen der Royal Easter

Show, der jährlichen Landwirtschaftsausstellung in Sydney, Alleinreisende und Frauen, die Fachärzte konsultieren wollten – Mrs Sinclair behandelte sie allesamt wie alte Freundinnen. Dixon beobachtete alles, hörte genau zu und lernte.

Im Damensalon legten die Frauen ihre schmerzenden Füße hoch, tranken Tee oder Sherry, besprachen die Diagnosen der Spezialisten, zeigten ihre Einkäufe herum, lasen, tauschten Adressen aus, schmiedeten Freundschaften und tuschelten über das Privatleben der freundlichen Engländerin und ihrer gutaussehenden Assistentin, die einen brillantbesetzten Verlobungsring trug. Voll des Lobes für das Waratah und die Stadt, in der sie keinem einzigen Taschendieb oder Trickbetrüger begegneten, kehrten sie schließlich nach Hause zurück.

»Noch etwas«, sagte Mrs Sinclair und führte Dixon in eine Buchhandlung. In der Klassikerabteilung nahm sie jeweils ein Exemplar von *Middlemarch* und *Große Erwartungen* aus dem Regal und schätzte ihre Größe ab. »Das ist perfekt«, sagte sie, wählte *Middlemarch* aus, ging mit dem Buch und einem Dutzend Groschenheften zur Kasse und bezahlte alles.

Vor der Tür riss sie die mittleren zweihundert Seiten aus *Middlemarch* heraus und schob einen der Liebesromane an die freie Stelle. Er passte genau hinein.

»Das merkt keiner«, sagte sie grinsend. »Und Ihrem Ansehen wird es guttun, auch wenn es eigentlich nicht nötig ist. Jetzt sollten wir Zeit finden, jeder einen davon zu lesen...« – sie musterte *Geliebte des Teufels* und *Aufgewühltes Herz*, wählte einen Liebesroman aus und reichte Dixon den anderen –, »...ehe wir uns wieder um langweilige Zahlen kümmern müssen. Und blamieren Sie mich bloß nicht wieder, indem Sie schneller fertig sind als ich.« Sie lächelte Dixon warmherzig an. »Stimmt es wirklich, dass Sie vorher nicht ein Wort lesen konnten?«

Dixons Schreibkenntnisse waren hinter ihrer Lesefähigkeit zurückgeblieben, und nach zwei Monaten half ihr Mrs Sinclair deshalb, einen Brief an Teresa Kelly aufzusetzen, den sie an die Adresse schicken wollte, die sie im Kopf hatte. Von Tyringham Park war keine Rede – Dixon würde zu allem schweigen, was dort vorgefallen war, bis sie sich eine Version überlegt hatte, in der das, was Teresa nicht hören sollte, nicht vorkam; insbesondere von der Entlassung durch Miss East und der Zurückweisung ihres Heiratsantrags durch Manus durfte sie nie erfahren. Nach einer Woche blickte Dixon jeden Morgen gespannt in die Post, neugierig, wie sehr es Teresa überrascht hatte, von ihr zu hören, wie sie mit ihrem alten Ehemann und der greisen Schwiegermutter zurechtkam und ob ein Baby unterwegs war.

Als die Antwort eintraf, entsprach sie Dixons Erwartungen in keinster Weise. Ihr Brief kam zurück, und oben auf dem Umschlag stand *Zurück an Absender. Nie unter dieser Anschrift.* Das Wort *nie* war dreimal so kräftig unterstrichen worden, dass die Feder das Papier verkratzt hatte. Die Stelle, wo *Mrs* gestanden hatte, war so heftig durchgestrichen worden, dass dort ein Loch klaffte, welches von Tintenklecksen umgeben war.

»Dahinter steckt eine Geschichte«, sagte Mrs Sinclair, als sie das Kuvert sah, »und ich glaube nicht, dass sie für Ihre Freundin glücklich ausgegangen ist. Eine sehr wütende Hand hat das getan. War Ihre Freundin besonders hässlich?«

»Keineswegs. Wie kommen Sie darauf? Sie ist für ihr Alter sehr attraktiv, mit ihrer feinen Haut sieht sie zehn Jahre jünger aus, als sie ist. Jeder alte Farmer könnte sich glücklich schätzen, sie zu bekommen.«

»Na, dieser jedenfalls nicht, aus welchem Grund auch immer«, sagte Mrs Sinclair und musterte das Kuvert genauer, als könnte sie irgendwo darauf eine Erklärung entdecken.

Wie sollte man es angehen, in einem so weiten Land wie Australien jemanden ohne bekannte Adresse zu finden? Dixon verfluchte sich, dass sie nicht auch die Adresse von Teresas Freundin auswendig gelernt hatte, doch damals hatten sie beide nicht angenommen, dass dies nötig sein könnte, so erpicht waren sie darauf, den ursprünglichen Plan auszuführen.

»Vielleicht hat sie es sich anders überlegt, nachdem sie Sie verlassen hatte, und ist in Irland geblieben«, sagte Mrs Sinclair. »Manchmal ist die einfachste Erklärung auch die richtige.«

18

Tyringham Park 1918

Als ihr jüngster Sohn zwölf war, starb Sids Frau Kate im Alter von vierundvierzig Jahren bei der Geburt ihres siebten Kindes, der ersten Tochter. Vorher war viel darüber gescherzt worden, was die Menschen alles auf sich nähmen, um einen siebten Sohn zu bekommen – zumal Sid selbst ein siebter Sohn sei. In Irland glaubt man, der siebte Sohn eines siebten Sohnes habe wunderheilende oder hellseherische Gaben, und das Dorf hatte sich schon ausgemalt, wie nicht zu bändigende Menschenmassen nach Tyringham Park strömten, sobald die Talente des Jungen sich zeigten.

Kate war allein gewesen, als das Baby vier Wochen zu früh kam. Sid hatte in der Werkstatt ein Kutschenrad repariert, das gegen einen Stein geschlagen war. Die anderen Söhne wohnten nicht mehr bei ihren Eltern: Zwei waren nach Amerika ausgewandert, einer war im Krieg, und zwei arbeiteten als Lehrjungen in Dublin. Damit blieb nur Keith, der Jüngste, und er war auf den Feldern und schoss Kaninchen, als es passierte.

Als Sid nach Hause kam, fand er seine Kate leblos auf dem Küchenboden. In ihren Armen hielt sie das ersehnte Töchterchen, in eine Decke gewickelt; es weinte, aber es war warm und gesund. Sich trotz des entsetzlichen Zustands, in dem sie sich befunden haben musste, um das Baby zu kümmern, sah ihr ähnlich. Kate hatte sich zu spät entschieden, es alleinzulassen und Hilfe zu suchen. Neben der Hintertür lag ein eingedellter Topf aus Kupfer mit verbogenem Griff. Auf die Schläge hatte niemand reagiert. Sid quälte sich mit der Erinnerung, dass er geglaubt hatte, ein merkwürdiges Echo zu hören, als er das Rad wieder geradehämmerte, und wie er die Vorstellung als absurd abgetan hatte. Ihm brach der Gedanke das Herz, dass ihm die Bedeutung dieser Geräusche klargeworden wäre, wenn er nur kurz innegehalten und hingehört hätte.

Eine Frau aus dem Dorf, die selbst einen sieben Tage alten Sohn hatte, nahm das Mädchen auf, das nach seiner Mutter Catherine getauft wurde, und kümmerte sich in ihrem eigenen Haus um sie.

Lily East suchte Sid auf, um ihm ihr Beileid auszusprechen, und nahm an der Trauerfeier in der Kapelle auf Tyringham Park teil. Es kamen so viele Bewohner des Gutes und des Dorfes, dass eine große Anzahl von ihnen während des Gottesdienstes draußen auf dem Hof stehen musste.

Als Sid wieder an die Arbeit zurückkehrte, besuchte Lily ihn oft zur morgendlichen Teepause in seiner Werkstatt, jedoch nie in seinem Häuschen, denn sie wollte keinen Skandal heraufbeschwören.

»Was für eine ulkige Vorstellung«, sagte Sid, als sie erklärte, wieso sie nicht in die Nähe des Häuschens gehen wollte. »Wer achtet schon auf zwei alte Leute wie uns?«

»Man kann nicht vorsichtig genug sein. Ich möchte das Andenken der lieben Kate schützen.« Sie fragte sich, ob noch jemand wusste, dass Sid und sie die fünf Jahre nach ihrer Ankunft auf Tyringham Park ineinander verliebt gewesen waren. Vermutlich nicht. Damals waren Sid und sie die jüngsten Dienstboten gewesen, heute waren sie die ältesten.

»Es ist schön, dass du dir die Zeit nimmst. Ich spreche gern über Kate, und du bist eine gute Zuhörerin. Mit dir ist es so friedlich.«

Lily lachte laut auf. »Nicht immer. Manchmal kann ich mich auch ärgern.«

»Das stimmt. Wie letztes Jahr, als du Schwester Dixon den Marschbefehl gegeben hast, kaum dass Ihre Ladyschaft euch den Rücken zugekehrt hatte.«

»Ach herrje. War das so offensichtlich?«

»Nur für mich, und ich habe nie ein Wort darüber verloren. Ich hab mit eigenen Augen gesehen, wie sie Charlotte triezte, und deshalb war ich froh, dass du es getan hast. Meine Kate hat sich große Sorgen um Charlotte gemacht, weil sie immer so traurig aussah. Seit du dich um sie kümmerst, ist sie ein ganz anderes Mädchen geworden.«

»Ich bin froh, dass du das sagst. Ich finde auch, sie blüht auf. Aber nur langsam.«

»Alles braucht seine Zeit.« Sid versagte die Stimme, und als der Tee auf die Untertasse schwappte, nahm ihm Miss East die Tasse aus der zitternden Hand.

»Du hast nie etwas Wahreres gesagt«, sagte sie.

Ein halbes Jahr nach Kates Tod bat Lily Sid zum Nachmittagstee in ihre Wohnung, und er fragte sich, was ernst genug sein könne, um solch eine ungewöhnliche Einladung zu rechtfertigen, wo Lily doch sonst so viel Wert auf Anstand legte.

Statt des erwarteten Tees reichte Lily ihm einen Whiskey und schenkte sich selbst einen Sherry ein.

Sid sah sich im Zimmer um. »Sehr hübsch«, sagte er. »Richtig wohnlich.«

»Wenn das Angebot noch gilt, Sid, nehme ich es an.«

Sid sah sie verdutzt an. »Welches Angebot meinst du denn, Lily?«

»Das der Heirat natürlich. Andere Angebote hast du mir nie gemacht.«

»Das ist lange her, und ich war sehr traurig, als du mich damals abgewiesen hast.«

»Ich auch. Aber es hat sich doch alles zum Besten gewendet, oder?«

»Für dich nicht, glaube ich, so ohne Mann und ohne eigenes Kind.«

»Ich hatte eine Beschäftigung, meinen Seelenfrieden und Freundschaften. Da gibt es nichts zu klagen. Es ist mehr, als viele Menschen haben. Dich brauche ich gar nicht zu fragen.«

»Kate war die beste Frau, die ein Mann sich wünschen kann, und die Jungen machen ihrer Mutter alle Ehre.«

»Und ihrem Vater.«

»Vor allem ihrer Mutter. Ich hab ja immer gearbeitet. Ich sehe so wenig von Catherine, dass ich kaum glauben kann, dass sie von mir ist. Und jedes Mal, wenn ich sie angucke, seh ich ihre Mutter.« Er trank einen großen Schluck Whiskey. »Das ist nicht ganz wahr. Aber allein mit Keith im Haus frage ich mich manchmal, ob das alles wirklich passiert ist. Alles verblasst, fast so wie ein Traum. Manchmal glaub ich, ich verlier noch den Verstand.« Er nahm einen tieferen Zug aus dem Glas. »Ich würde dich liebend gern heiraten, Lily. Ich hab dich vom ersten Augenblick an damals geliebt, als ich dich zum Doktor gefahren hab und Angst hatte, du bist tot. Und du warst erst vierzehn. Aber warum willst du mich jetzt heiraten, wo du mich doch damals nicht heiraten wolltest? Tue ich dir etwa leid?« Er sah auf. »Oder ist es wegen Catherine? Jeder weiß, dass du Kinder liebst und immer Kindermädchen werden wolltest.«

»Nein, wegen Catherine frage ich dich nicht, auch wenn ich

weiß, dass du sie bei dir haben kannst, wenn wir heiraten. Und Mitleid ist auch nicht der Grund. Ich wollte dich damals von ganzem Herzen heiraten.«

»Aber du hast gesagt, du würdest niemals heiraten.«

»Das habe ich ja auch nicht.«

»Warum fragst du mich dann jetzt ...«

»Weil ich schon sehr früh wusste, dass ich wegen einer Krankheit nie Kinder bekommen könnte, und ich wollte nicht, dass du meinetwegen auf Kinder verzichtest.«

»Das hättest du mir sagen sollen. Ich hätte dich trotzdem geheiratet.«

»Das wusste ich, und genau deshalb habe ich dir nichts davon erzählt. Und ich bin froh darüber. Sieh dich doch jetzt an, sechs starke Söhne und eine Tochter, ohne die du nicht leben wolltest.«

Er nickte bedächtig. »Das würde ich wirklich nicht. Und so sehr ich dich damals auch geliebt habe, auf die Jahre mit Kate möchte ich nicht verzichten.«

»Dann habe ich damals richtig entschieden.«

»Wer kann das schon sagen? Ich habe dich all die Jahre aus meinem Kopf vertrieben, aber ich war froh, dass du in der Nähe warst. Ich frage mich langsam, ob ich euch beide gleichzeitig geliebt habe.«

Sie beschlossen, aus Respekt vor Kates Andenken zunächst das Trauerjahr verstreichen zu lassen.

»Was ist mit Charlotte? Sie wird dich furchtbar vermissen, wenn du sie jetzt verlässt.«

»Ich habe lange und angestrengt darüber nachgedacht, aber tatsächlich wird sie mich verlassen, nicht umgekehrt. Nächsten Monat, wenn sie zehn wird, geht sie ins Internat, und Internatsschüler kommen nur als Gäste nach Hause. Die Ferien wird sie im Haus in Dublin verbringen oder mit Freundinnen von der Schule. Wenn sie mich bräuchte, würde ich sie niemals im Stich lassen, aber meine Verpflichtungen ihr gegenüber sind so gut wie beendet. Und ich verlasse das Gut ja auch nicht – sie kann nach wie vor zu mir kommen und mich in deinem Häuschen besuchen, Sid, jetzt, wo ich weiß, dass das Angebot noch gilt.«

»Als hätte da je ein Zweifel bestehen können, Lily«, sagte Sid, »auch wenn ich denke, dass du es für die kleine Catherine tust.«

»Glaub mir, Sid: Ich tue es allein für dich und mich«, sagte Lily, und als er ihr ins Gesicht blickte, wusste er, dass sie die Wahrheit sprach.

19

Lady Beatrice hatte Waldron in all den Jahren, in denen sie auf benachbarten Gütern aufwuchsen, nicht leiden können und oft gesagt, sie bedaure die arme Frau, die einmal das Pech habe, diesen trunksüchtigen Laffen zu heiraten. Nachdem er seine junge englische Braut nach Tyringham Park gebracht hatte, entschied Beatrice, sich mit Edwina anzufreunden, und als Waldron nach Indien zurückkehrte, legte sie großen Wert darauf, die verlassene Fremde im mütterlichen Auge zu behalten.

Als Victoria verschwand, waren Beatrice und ihr Mann, der Bertie hieß, in England gewesen und hatten die Lazarette nach einem ihrer Söhne abgesucht. Sie waren nicht offiziell verständigt worden, doch es hatte sie ein Gerücht erreicht, jemand habe den jungen Mann auf einem Schiff erkannt, das Verwundete von Frankreich nach England brachte, und er habe unter Gedächtnisverlust gelitten. Gefunden hatten sie ihren vermissten Sohn nicht. Einer seiner Brüder war gefallen, der dritte noch an der Front. Sie waren zurückgekehrt, um zu sehen, ob sie von ihrer Seite der Irischen See mehr erfahren konnten, ehe sie wieder nach England fuhren und dort die Suche fortsetzten.

Kaum hörte Beatrice von Victorias Verschwinden, schob sie ihre Sorgen beiseite und fuhr nach Tyringham Park, um dort Edwina Gesellschaft zu leisten. Edwina hatte bei ihr etwas gut, weil sie nicht zur Stelle gewesen war, als sie gebraucht wurde. Ihre Freundschaft vertiefte sich durch die gemeinsame Erfahrung, im Schatten eines vermissten Kindes zu leben.

Edwina hieß Beatrices' erholsame Gesellschaft willkommen und wollte mit niemand anderem sprechen. Sie bat Beatrice, sich mit den Leuten zu befassen, die Tyringham Park aufsuchten, um sich nach ihrer Gesundheit zu erkundigen. Edwina ging dann ins Nebenzimmer und manchmal noch weiter weg, manchmal hörte sie auch zu.

Der Tag, an dem Lady Wentworth zu Besuch kam, war einer der Tage, an denen Edwina zu lauschen beschloss; daher ließ sie die Verbindungstür einen Spalt weit offen stehen.

»Sie beabsichtigt nicht, das Haus zu verlassen, solange sie in anderen Umständen ist. Wenn doch, fährt sie weder am Stall vorbei, noch geht sie auch nur in die Nähe des Flusses.«

Beatrice sprach in einer Lautstärke, die sie für Wispern hielt, doch ihre gebieterische Stimme trug bis ins Nebenzimmer. Lady Wentworth hingegen war jenseits von drei Fuß Abstand nicht mehr zu verstehen und saß ohnehin mit dem Rücken zur Tür. Das Gespräch, das Edwina hörte, war infolgedessen recht einseitig.

»Völlig verständlich«, fuhr Beatrice fort. Ihre Stimme floss über vor Mitgefühl. »Ja, unter den gegebenen Umständen ... Recht verhalten ... Die arme kleine Victoria, natürlich ... Vielleicht wird es diesmal ein Junge ... Das Leben geht weiter ... Richtig, richtig ... Genau. Vorzügliche Reiterin ... einfach *wunderbar* ... Ja, Bertie ist der gleichen Ansicht. Perfekte Hände, perfekter Sitz ... Das hätte ich besser nicht sagen können. Wir sollten uns geehrt fühlen, dass sie in unserem Land lebt. Oft sieht man solche Spitzenleistungen nicht.«

Edwina errötete vor Freude, als sie hörte, wie sie von Menschen beschrieben wurde, deren Meinung sie respektierte. Eine vorzügliche Reiterin. So gesehen zu werden war ihr höchster Ehrgeiz im Leben. Hingen Beatrice und ihr Mann Bertie jener

Denkschule an, die Lob als schädlich für die Charakterbildung verwarf? Wie schade, denn es hätte ihr so viel bedeutet, es von ihnen selbst zu hören. Sie bekam eine Gänsehaut, wenn sie daran dachte, dass sie es nicht gehört hätte, wäre sie nicht in der Nähe der Tür geblieben.

»Wir sehen uns am Donnerstag, dann weiß ich weitere Einzelheiten«, schloss Beatrice das Gespräch ab. »Jawohl, ich gebe sie an sie weiter. Vielen Dank für Ihren Besuch. Ich bin sicher, Edwina meldet sich bei Ihnen, sobald es ihr besser geht ... Ja, ich werde es ihr ganz gewiss ausrichten. Auf Wiedersehen, meine Liebe.«

Edwina zog sich in ein drittes Zimmer zurück, damit Beatrice nicht bemerkte, dass sie gelauscht hatte.

»Sie sendet dir ihre besten Wünsche. Schreibt einen Brief«, sagte Beatrice, als sie Edwina gefunden hatte, dann nahm sie Hut und Handschuhe – den Mantel hatte sie nicht abgelegt, weil es im Raum kalt war. »Bertie wird sich fragen, wo ich bleibe. Wenn ich noch etwas für dich tun kann ...«

»Du hast mehr als genug getan«, sagte Edwina bewegt.

Als Beatrice fort war, fühlte sich Edwina noch leerer als zuvor, und das hätte sie nicht für möglich gehalten. Nach der anfänglichen Freude über das Kompliment wegen ihres ausgezeichneten Reitstils machte sich in ihr bei dem Gedanken, dass noch ein ganzes Jahr vergehen würde, ehe sie das Land mit einer Darbietung ihres Könnens bezaubern würde, Niedergeschlagenheit breit – und womit um alles in der Welt sollte sie die langen Tage bis dahin füllen?

20

Edwina schlenderte von einem Zimmer zum anderen, ohne sich etwas genauer anzusehen. Sie schlug die Zeit tot. Noch sieben Stunden, ehe sie früh zu Bett gehen konnte, nur um lange vor Sonnenaufgang aufzuwachen, unfähig, sich dem Strudel der Reue zu widersetzen, dem sie standhalten konnte, solange es hell war.

Ohne ihre täglichen Abstecher in den Stall blieb ihr nur etwas, das ironischerweise, bedachte man ihren Zustand, ein Gefühl der Leere war. Man sagte, eine Frau in diesem Abschnitt ihres Lebens sehe Mutterfreuden entgegen, doch Edwina freute sich vor allem auf die Entbindung, die das Ende ihrer Gebundenheit ans Haus bedeutete.

Sie fand sich in dem Korridor wieder, der zum Billardzimmer führte, einem den Männern vorbehaltenen Bereich, den sie nur nach ihrer Ankunft als Braut bei ihrer Führung durchs Haus einmal gesehen hatte. Erneut hineinzugehen hatte sie nie beabsichtigt, doch nun folgte sie dem Korridor. An der inneren Wand hingen Ölgemälde mit viel Obst, besonders Trauben mit Blüten rings um silberne Kelche, Wildkeulen und tote Tiere. Sie wirkten so real, dass sie glaubte, sie könnte die Trauben schmecken und die Haut, das Fell, die Federn und die Schuppen der Füchse, Kaninchen, Fasane und Fische ertasten. Edwina hatte die Bilder bisher nie bemerkt und wünschte, es wäre dabei geblieben, denn der Anblick von so viel Essbarem verstärkte ihre morgendliche Übelkeit.

Zwanzig Yards vor dem Billardzimmer befand sich eine reich geschnitzte Eichentür, der Eingang zum Turm, den sie ebenfalls nur während der Führung einmal betreten hatte. Damals hielt sie ihn, neben den Pferden, für das entscheidende Zeichen, dass ihr der große Wurf gelungen sei. Doch er hatte seinen Reiz mit dem gleichen Tempo eingebüßt, in dem sich die Ehe verschlechterte. Nun beschloss Edwina, ihn erneut hochzusteigen, um ein paar Minuten dieses endlosen Tages totzuschlagen. Die Dicke der Tür, die knarrenden Angeln, die Spinnweben, das trübe Licht und die enge Treppe erinnerten Edwina an die Illustration in einem Märchenbuch, die ihr als Kind Zauberei und Geheimnisse verheißen hatte. Sie merkte, wie ihre Stimmung sich leicht aufhellte, und stieg die Stufen hoch.

Bis auf einen Stapel Bücher, einen zerbrochenen Tisch, eine zusammengeknüllte Zeitung, eine Teekiste und ein Fernrohr auf einem Kapitänsstuhl war das obere Zimmer leer. Alles bedeckte dick der Staub, mit Ausnahme der letzten beiden Gegenstände, die nur eine dünne Schicht aufwiesen.

Edwina schaute aus dem schmalen Fenster. Zur Linken sah sie die Allee, wie sie zwischen den Buchen hervorkam und sich zum Haus hochschwang, und in der Ferne erblickte sie den Stall. Auf dem Reitplatz dahinter hatte sich eine kleine Menschenmenge versammelt. Mandrake und Manus erkannte Edwina an ihren Umrissen, aber wer die anderen beiden Gestalten waren, konnte sie nicht sagen.

Sie nahm das Fernrohr. Ob Waldron es hiergelassen hat, fragte sie sich. Er war kein Vogelbeobachter, soweit sie wusste, und sie konnte sich nicht vorstellen, zu welchem anderen Interessengebiet er es bräuchte. Sie riss einige Seiten aus den ledergebundenen Büchern auf dem Boden und wischte damit den

Staub vom Stuhl, ehe sie sich setzte. Ihre Ellbogen stützte sie auf die Fensterbank, damit ihre Arme nicht zitterten, stellte das Fernrohr auf die Gruppe auf dem Reitplatz scharf und beobachtete sie lange Zeit.

»Das begreife ich einfach nicht«, sagte sie schließlich laut. »Wann hat sie das gelernt?«

Charlotte zeigte auf Mandrake ein vollendetes Können, von dem Edwina nicht geglaubt hätte, dass ihre Tochter es besitzen könnte. Manus beaufsichtigte sie, Miss East sah zu und klatschte immer wieder in die Hände.

Edwinas Herzschlag beschleunigte sich, während sie das Tun der kleinen Gruppe beobachtete.

Sie hatte Manus ausdrücklich befohlen, Charlotte von einem der Stallburschen ausbilden zu lassen und nicht seine Zeit damit zu verschwenden, dass er es selbst tat. Hatte er sie all die Jahre lang täglich in der einen Stunde trainiert, in der Edwina zu Mittag speiste? Hatte er diese Stunde sogar noch ausgedehnt? Was tat Miss East dort? Sie vernachlässigte ihre Pflichten! Als sie im Zorn des Augenblicks ihre Tochter in die Obhut der Wirtschafterin gegeben hatte, war es ihr nicht ernst damit gewesen, dass Miss East sich um Charlotte kümmern sollte; sie hatte damit gerechnet, dass die Göre ihr den ganzen Tag jammernd und nörgelnd am Rockzipfel hinge, bis Miss East es nicht mehr ertragen konnte und sie abgab.

Am nächsten Tag benötigte Edwina nicht die üblichen zwei Stunden, um die Energie aufzubringen, in die Gänge zu kommen, sondern stand unmittelbar nach dem Aufwachen auf und befand sich binnen dreißig Minuten auf ihrem Posten im Turm.

Gegen zehn kam Manus auf Sandstorm auf den Reitplatz. Archie, der älteste Stallbursche, legte alle Hindernisse höher, und Manus setzte leicht und ruhig mit Sandstorm darüber. Sie hatte Manus ausdrücklich befohlen, Sandstorm nicht auszubilden, während sie ans Haus gebunden war. Er sollte nur in Form gehalten und gefüttert werden, und damit hatte sie Les beauftragt, den zweiten Stallburschen, und nicht Manus, weil sie wusste, dass dieser ihre Wünsche ignorieren und tun würde, was er für richtig hielt. Hier sah sie nun mit eigenen Augen den Beweis.

Wenn jemand wie Beatrice sich ein Jagdpferd von Manus ausbilden ließ, so war das nur vernünftig, denn in ihrem Alter brauchte sie ein folgsames Pferd. Edwina hingegen zählte nur die Hälfte an Jahren und wünschte Wildheit und Unberechenbarkeit.

Was die Ausbildungsmethoden anging, konnten Manus und sie sich nie einigen, doch dass er ihre Befehle so unverhohlen missachtete, fand sie unerträglich. Angst sei der beste Lehrer, lautete ihre Überzeugung. »Bricht man den Willen eines Pferdes, gehorcht es einem sein Leben lang!«, hatte sie Manus einmal angebrüllt, als sie die Geduld verloren hatte. Manus hatte den Blick abgewendet und traurig den Kopf geschüttelt.

Am liebsten wäre sie auf der Stelle zum Stall marschiert und hätte ihm den Kopf zurechtgerückt mit Befehlen, die er nicht absichtlich missverstehen oder missachten konnte.

Oft war Edwina drauf und dran, wegen Manus etwas zu unternehmen – ihm zu zeigen, wo sein Platz war. Aber wo war sein Platz? Oder ihm zu zeigen, wer das Sagen hatte. Doch wer hatte das Sagen, sobald die Schwelle des Stalls überschritten war?

Als sie ihn zum ersten Mal sah, strahlte er so viel stille Autorität aus, dass sie ihn für Waldrons jüngeren Bruder Charles gehalten hatte, bis er sprach und sie den weichen, melodischen Dialekt von Cork hörte. Er hatte sie angesprochen, weil sie eine Stute mit der Reitpeitsche zwischen die Ohren geschlagen hatte, damit sie aufhörte, dauernd den Kopf zu heben.

»So etwas gibt es hier nicht, Milady«, hatte er gesagt, die Hand gehoben und ihr die Peitsche abgenommen, als wäre sie ein gewöhnlicher Mensch und nicht die neue Herrin auf Tyringham Park, und sein Selbstvertrauen war dabei so groß, dass sie ihm gehorchte. Damals war sie erst zwanzig und er fünfundzwanzig, und sie hatte noch nicht gewusst, wie sie ihre Autorität zur Geltung brachte.

Bewegung auf dem Reitplatz. Charlotte auf Mandrake. Manus, der mit ihr sprach und mit Handbewegungen etwas erklärte. Die beiden lachten *(lachten?)*, dann wurden sie ernst, und Charlotte begann ihre Runde. Manus betrachtete konzentriert jede Einzelheit.

Die Vorzüglichkeit des Könnens ihrer Tochter verursachte Edwina einen Stich in der Brust. Sie konnte den Blick nicht von Charlotte wenden, die sich trotz ihrer aufkeimenden Rundlichkeit allmählich in eine graziöse Gestalt verwandelte. Erst neun Jahre alt (War sie noch neun? Oder war sie schon zehn?), ritt sie fehlerfrei, mit tadellosem Urteil und präziser Zeiteinteilung.

Wenn Edwina daran dachte, wie anders sie selbst mit dem Reiten bekannt gemacht worden war: Im Alter von vier Jahren wurde sie von einer älteren Schülerin unter einen tiefhängenden Ast geführt, der sie aus dem Sattel riss, und als sie am Boden aufschlug, skandierten die Schülerin und ihre Freunde: »Aufsteigen! Aufsteigen!«, und als sie weglief, sangen sie ihr hinterher: »Angsthase! Pfeffernase! Morgen kommt der Osterhase!«

Doch am Ende hatte sie es allen gezeigt. Heute war sie als furchtloseste Reiterin im ganzen Jagdsport anerkannt. »Sie reitet wie ein Mann«, wurde über sie gesagt, und dieses Kompliment schätzte sie höher als alle anderen, noch mehr als »vorzügliche Reiterin«, die Worte, mit denen Beatrice sie beschrieben hatte. Vorausgesetzt, Manus ruinierte Sandstorm nicht vorher, würde sie ihnen zeigen, dass sie nicht nur genauso gut, sondern besser ritt als jeder Mann. Was ihr an roher männlicher Körperkraft fehlte, glich sie durch Training, List und Wagemut aus.

Charlotte sprang noch immer im Parcours – sie schien ihre ganze Zeit im Stall zu verbringen, seit Dixon nicht mehr da war und dafür sorgte, dass sie nach nur einer Stunde ins Kinderzimmer zurückkehrte –, und da waren auch Beatrice und Bertie. Sie lehnten am Geländer und sahen Charlotte zu.

Als die Vorführung zu Ende war, hob Manus Charlotte aus dem Sattel, obwohl sie sehr gut allein absteigen konnte. Edwina starrte auf seine schönen, sonnengebräunten Hände und sein ebensolches Antlitz (sie wusste, dass die Damen im Bezirk ihn den »göttlichen Manus« nannten – Beatrice hatte es ihr erzählt) und Charlottes rundes lebhaftes Gesicht, während er sie umarmte, umherwirbelte und auf den Boden stellte. Er klopfte ihr lobend auf die Schulter, und sie führte Mandrake in den Stall zurück.

Nach drei Jahren Ehe, die sich als keine richtige Ehe erwiesen hatte, hatte sie Manus beobachtet, wie er mit einem gerade entwöhnten Hengstfohlen arbeitete, zugehört, wie er es, halb abgewandt in nicht bedrohlicher Haltung, mit dem Klang seiner Stimme verführte, Laute machte, die vielleicht gälisch waren oder Wörter ohne jeden Sinn, und das Fohlen die ganze Zeit mit seinen schönen Händen beruhigend streichelte. Das Hengstfohlen neigte sich ihm zu und stupste mit dem Maul gegen seinen Arm, während Edwina wie gebannt daneben stand, unbeachtet, sehnsuchtsvoll und traurig zugleich. Ohne zu überlegen, ergriff sie seine Hand mitten im Streich, hob sie an ihre Wange und hielt sie dort fest. Manus wandte sich ihr zu und sah sie an, versuchte zu erkennen, was sie beabsichtigte. Als er ihre Qual bemerkte, legte er ihr die andere Hand auf den Rücken. »Na, na«, sagte er. »Seien Sie nicht traurig, Milady. Alles wird gut.« Sie sank an ihn, und sie wusste noch, wie das Fohlen den Kopf zwischen sie geschoben und versucht hatte, sie aus dem Weg zu drängen, und wie es ihr gelungen war, es zu ignorieren.

Am besten dachte sie nicht mehr an diese Zeit.

Als Beatrice endlich zu ihr kam, entschuldigte sie sich tausendmal für ihre Verspätung. Bertie und sie hätten die Zeit vergessen, während sie Charlotte zusahen, die für ein Mädchen ihres Alters oder sogar jedes Alters erstaunlich begabt erscheine. Edwina müsse stolz sein, doch andererseits sei gewiss auch einiges ihr und Waldron zu verdanken, denn der Apfel falle nicht weit vom Stamm. »Bertie und ich halten sie beide für eine vorzügliche Reiterin. Einfach *vorzüglich*. Perfekter Sitz, perfekte Handhaltung.«

Edwina kannte diese Worte auswendig, denn sie hatte sie oft im Kopf wiederholt, um ihre schlechte Stimmung zu vertreiben. Jetzt wandte sie ihr glühend heißes Gesicht ab, damit die Freundin ihr Entsetzen nicht sah.

Närrin! Närrin! Nicht nur hatte Beatrice im Gespräch mit Lady Wentworth anders als angenommen nicht sie, sondern Charlotte gelobt, sie hatte auch noch deren Reitkunst auf eine Stufe mit Waldrons Können gestellt. Wie sollte sie diese doppelte Schmach ertragen?

21

Bertie begleitete Beatrice weiterhin nach Tyringham Park, um das Zusammenspiel von Manus, Mandrake und Charlotte zu beobachten. Er gesellte sich jedoch nie zu den beiden Damen, damit sie ihre Schwätzchen unter vier Augen führen konnten.

»Er versucht, die Formel herauszubekommen«, sagte Beatrice lachend. »Würden wir es nicht alle gern? Lord Prothero ist nicht der Einzige, der dir Manus abspenstig machen möchte. Hast du gesehen – ja, natürlich hast du –, wie er es schafft, die Fohlen von ihren Muttertieren zu entwöhnen und dazu zu bringen, dass sie ihm folgen? Bertie sagt, das stehe im Widerspruch zur Natur, und er habe so etwas noch nie gesehen. Er wüsste nur zu gern, wie ...«

Das hätte auch Edwina gern gewusst, doch sie wäre eher gestorben, als Manus zu fragen. In den neun Jahren, die sie auf The Park war, hatte Manus nicht ein einziges Mal ihr überlegenes reiterliches Können anerkannt oder sie um einen Rat gebeten.

»... aber Manus weiß es offenbar selbst nicht. Zumindest kann er es nicht in Worte fassen.«

Der Herbsttag war kalt und strahlend. Die Freundinnen saßen in Sessel zurückgelehnt vor einem Kaminfeuer. Edwina hatte die Füße untergeschlagen, obwohl Beatrice angeboten hatte, ihr eine Fußbank zu holen, weil sie sich so die Blutzirkulation abschneiden könne, und fragte sich verdrießlich, wieso überhaupt jemand sein großes Geheimnis wissen wollte. Angst beeinträchtige das Urteilsvermögen, glaubte Manus. Ein Tier könne sich nicht auf seine Aufgabe konzentrieren, wenn es jeden Augenblick damit rechnen müsse, bestraft zu werden. Seine Nervosität mache es unzuverlässig. Manus' Ansichten unterschieden sich eklatant von Edwinas Denken, und wenn er Sandstorm nur in Ruhe ließe, würde sie ihm in den nächsten zwei Jahren beweisen, dass sie recht und er unrecht hatte. Wegen der Furcht, die sie Sandstorm eingeflößt hatte, galoppierte das Tier schneller und sprang höher als irgendeiner von Manus' sanft aufgezogenen Schützlingen.

»Ich halte Manus für überschätzt«, sagte Edwina. »Immerhin kenne ich mich mit Pferden besser aus und bin ich es, die die Stammbäume studiert und entscheidet, welche Stuten gekauft und von welchen Hengsten gedeckt werden, und dann kommt er mit ein paar Trainingstricks und bekommt die ganze Anerkennung. Das erscheint mir nicht gerecht.«

»Ich sehe, worauf du hinauswillst, Liebes«, sagte Beatrice rasch, um sie zu besänftigen. »Die Sache ist nur die, dass deine Kenntnisse für uns eine Selbstverständlichkeit geworden sind. Dein Gedächtnis ist ein Weltwunder unserer Zeit und dein Urteil untrüglich.«

»Ich danke dir«, sagte Edwina und versuchte zu verbergen, wie sehr sie sich im Lob ihrer Freundin sonnte. »Dieses ganze Gerede bringt mich auf etwas, wonach ich dich schon seit Ewigkeiten fragen möchte.«

Beatrice horchte auf.

»Verrate mir eins, Bea. Ist Manus ein illegitimer Sohn von Tyringham Park?«

Beatrice zögerte, dann antwortete sie halb schockiert, halb belustigt: »*Damit* hätte ich nun nicht gerechnet.«

»Dass so etwas vorkommt, ist bekannt. Ungewöhnlich ist es nicht.«

»In welcher Hinsicht soll er ein Sohn von Tyringham Park sein?«

»Ich habe es mir überlegt. Er könnte von Waldrons Vater gezeugt worden sein, oder von Waldron, such es dir aus. Er ist vierunddreißig. Das passt zu allen.«

Beatrice schüttelte den Kopf. »Was bringt dich denn auf solch einen Gedanken?«

»Die Art, wie er selbst bestimmt, was ihn betrifft. Sein Selbstvertrauen. Dass er so jung schon so viel Autorität verliehen bekam. Es fügt sich alles zusammen.«

»Nein, Liebes. Ich fürchte, die Antwort ist viel alltäglicher. Waldrons Vater hat Gefallen an Manus gefunden, als der noch ein Junge war und er ihn auf dem hiesigen Pferdemarkt sah. Ihn hat beeindruckt, wie der Junge mit den Tieren umging, und er mochte sein Aussehen. Darum hat er Manus überredet, auf The Park zu arbeiten. Leicht war das nicht. Manus' Vater ist ein überzeugter Republikaner, der sagte, er würde eher hungers sterben, als auf einem Gut zu arbeiten, doch er gab um seines Sohnes willen nach, der damals erst vierzehn war, aber ganz vernarrt in Pferde. Dem Vater war klar, dass Manus nur auf dem Gut Zugang zu Pferden hätte. Mehr steckt nicht dahinter, fürchte ich. Tut mir leid, wenn ich dich enttäusche, falls du einen saftigen kleinen Skandal erwartet hast.«

»Erinnerst du dich, ob seine Mutter je hier gearbeitet hat?«

»Ich kann mit ziemlicher Sicherheit sagen, dass sie es nicht tat, denn The Park stellt für gewöhnlich keine Leute aus der Gegend ein. Außer Manus natürlich, der eine Ausnahme darstellt.«

War nicht genau dies der Grund für das Gespräch, wollte Edwina fragen, entschied sich jedoch, das Thema zu wechseln, da eindeutig zu erkennen war, dass Beatrice selbst dann, wenn sie etwas wusste, nichts offenbart hätte. »Ich habe zu viel Zeit, das ist mein Problem, und dann denke ich mir solche fantastischen Geschichten aus.« Sie reckte sich. »Lange dauert es nicht mehr.«

Beatrice benötigte keinen weiteren Anlass, um von den Vorbereitungen für das Baby zu sprechen, doch schon bald kehrte sie zu dem heißen Thema zurück.

»Charlotte ist sehr glücklich.« Sie beugte sich vor und stocherte mit einem Schürhaken in der Asche. Funken stoben auf, und es wurde wärmer. »Ich tue das gern. Hoffe, es stört dich nicht. Manus hat ihr gesagt, dass sie gut genug sei, um bei der nächsten Jagdgesellschaft mit den Erwachsenen zu reiten. Du bist sicher schon gespannt. Wir auch. Es ist immer etwas Besonderes zuzusehen, wie ein beeindruckender neuer Reiter zum ersten Mal in die Öffentlichkeit tritt. Bertie spricht von nichts anderem und sagt voraus, dass –«

»Angeber mag kein Mensch«, unterbrach Edwina. »Sie wird es mit ihrer Reizlosigkeit und Bösartigkeit ohnehin schwer genug haben, einen Mann zu finden. Da muss sie ihren Nachteilen nicht noch Prahlerei hinzufügen.«

»Reden wir vom selben Mädchen?« Beatrice war entsetzt, und sie widersprach energisch. »Ich denke, dass Charlotte sehr nett aussieht, wenn sie lächelt, und Bösartigkeit habe ich bei ihr noch nie bemerkt. Wenn ich sie sehe, ist sie stets sehr freundlich und liebenswert.«

»Sei mir nicht böse, Beatrice, aber ich glaube, ich kann meine Tochter besser beurteilen als du. Doppelzüngigkeit gehört nun auch noch auf die Liste ihrer Minuspunkte. Du siehst sie nur, wenn sie vor Manus buckelt, damit er sie weiterhin schamlos verwöhnt und den ganzen Tag im Stall bleiben lässt.«

Beatrice lief rot an. »Ich finde, es ist ein bisschen harsch, Charlotte eine Angeberin zu nennen, liebste Edwina. Sie hat das Glück, ein Naturtalent zu sein, doch sie scheint nicht zu ahnen, wie herausragend sie ist. Wenn ich sehe, wie bereitwillig sie von Manus Anweisungen entgegennimmt und sie ganz gewissenhaft in die Praxis umsetzt, immer begierig, dazuzulernen, ist es offensichtlich, dass sie kein überzogenes Selbstbild hat.« Trotz der Kühle, mit der ihre Beobachtungen aufgenommen wurden, fuhr Beatrice fort: »Ist es nicht ein wenig früh, Charlotte als reizlos abzutun, wo sie erst neun ist? Sie hat noch viel Zeit, sich in einen Schwan zu verwandeln.«

»Wenn sie weiter ihrem Vater nachschlägt, wird es nie so weit kommen. Ich sehe in ihr die weibliche Ausgabe von ihm. Mit so einem Gesicht wird sie mehr brauchen als nur Vermögen, um einen Mann zur Heirat zu bewegen.«

»Du wirst eine große Veränderung zum Besseren beobachten, sobald sie ihren Babyspeck verliert, liebste Edwina. Sie hat darunter einen guten Knochenbau.«

Edwina verlor langsam die Geduld. »Ich bin froh, dass du solch eine Expertin für meine Tochter bist«, sagte sie bissig. »Wäre es zu viel verlangt, wenn wir das Thema wechselten und über etwas Interessantes sprächen, ehe ich vor Langeweile eingehe?«

22

Während des letzten Kriegsjahres vollzogen sich im Hause Blackshaw so viele Veränderungen, dass die Erinnerung an die vermisste Victoria in weniger tiefgreifenden, aber unmittelbareren Belangen unterging.

Sechs Wochen vor dem berechneten Termin ihrer Niederkunft reiste Edwina in das voll mit Personal ausgestattete Stadthaus der Blackshaws in Dublin, um dort die Geburt ihres Kindes zu erwarten. Ihre frühe Abreise erklärte sie damit, nach dem tragischen Schicksal Kate Coopers keine Risiken eingehen zu wollen. Beatrice hätte sie gern begleitet, doch sie und ihr Mann beabsichtigten, wieder nach England zu fahren, um die Suche nach dem verschollenen Sohn fortzusetzen.

Edwina brachte einen Jungen zur Welt und nannte ihn Harcourt, was der Familienname ihrer Großmutter väterlicherseits gewesen war, und registrierte den Namen offiziell, noch bevor Waldron schrieb, dass der Junge in Einklang mit der fünfhundertjährigen Tradition nach ihm benannt werden solle. In Kriegszeiten sei die Post oft unvorhersehbar lange unterwegs, erläuterte sie ihm später.

Sie blieb drei Monate in Dublin.

Als Ersatz für Schwester Dixon empfahl Beatrice' Nichte, die alles und jeden kannte, Holly Stoddard, eine ausgebildete Kinderschwester aus guter Familie, keine streunende, ungeschulte Waise wie Dixon. Jeder, den sie kenne, so sagte die Nichte, erwärme sich sofort für Holly mit ihrem weichen, runden, freundlichen Gesicht, ihrer aufrechten Haltung und ihrem weißblonden Haar, das ihr zu einem dicken Zopf gebunden den Rücken hinunterhänge. Edwina erwiderte, das Aussehen sei ihr völlig gleichgültig, solange sie tüchtig sei und sich vom Tag der Geburt an um das Baby kümmere.

Im September wurde Charlotte nach England auf die alte Schule ihrer Mutter geschickt, damit sie gesellschaftlich passende Freundschaften schloss, von Miss East und Manus, die sie verwöhnten, getrennt wurde und den Huddersfielder Einschlag loswurde, den sie von Dixon aufgeschnappt hatte. Dass sie in den Weihnachtsferien auf ihrer ersten Jagd reiten würde, half ihr über die ersten Schulmonate hinweg. An der Schule wurde ein Pony für sie bereitgestellt, da Mandrake als zu wertvoll erachtet wurde, um ihn auf eine Reise zu schicken.

Miss East hatte Charlotte nichts von ihrer bevorstehenden Hochzeit mit Sid Cooper gesagt, die auf den nächsten August angesetzt war, ein Jahr und einen Monat nach dem Tod Kates. Bis dahin hätte Charlotte ihr erstes Schuljahr hinter sich gebracht und Freundschaften geschlossen und könnte die Trennung eher mit Fassung ertragen, beschwichtigte Miss East sich.

Waldron blieb in London, um seine Aufgaben im Kriegsministerium abzuschließen. Er kündigte an, rechtzeitig zur Neujahrsjagd nach Tyringham Park zu kommen. Ein Held kehre nach Hause zurück, bemerkte Edwina zu ihrer Schwester Verity, als sie den Brief las. Waldrons lange Abwesenheiten waren ein Affront gegen sie, aber seinen kurzen Aufenthalten, die ihr nichts als Ärger bereiteten, noch immer vorzuziehen. Sie fragte sich, ob er in Betracht zog, seinen Abschied von der Armee zu nehmen, denn immerhin war er nun zweiundsechzig Jahre alt.

Im Oktober reklamierte sie Sandstorm für sich, der, ganz wie von ihr vorausgesehen, sein Feuer verloren hatte. Mit Les, dem mittleren Stallburschen, trainierte sie das Pferd viele Stunden lang heimlich auf einem Feld außer Sicht von Manus' misstrauischem Auge. Die Neujahrsjagd wäre die erste Jagd seit ihrer Schwangerschaft, Waldrons erste Jagd seit dem Krieg und Charlottes erste Jagd überhaupt. Edwina spürte, wie auf dem Gut wieder Lebendigkeit einkehrte.

Die Dienstboten waren froh, dass The Park zu neuem Leben erwachte, und begannen schon Monate vor der Jahreswende mit den Vorbereitungen. In den fünfundzwanzig Gästezimmern mussten Feuer gemacht werden, und jeder Raum wurde gelüftet, gefegt, gewienert und abgestaubt. Miss East beaufsichtigte die Verwandlung.

Drei Tage vor Weihnachten kam Waldron in voller Uniform zur Mittagszeit zurück. Der junge Soldat Thatcher folgte ihm in zwei Schritt Abstand. Das Personal stellte sich vor dem Haus in einer Reihe auf und bejubelte die Heimkehr seiner Lordschaft.

Edwina empfing ihn in der Eingangshalle.

»Als Erstes möchte ich meinen Sohn und Erben sehen«, sagte er strahlend, nachdem sie einander mit einem Kuss auf die Wange begrüßt hatten. »Lass ihn sofort herunterbringen. Und als Zweites: Ich habe beschlossen, uns im neuen Jahr porträtieren zu lassen, und zwar von dem Kerl, der dich gemalt hat, als du jünger warst, nur diesmal« – er lachte Edwina an – »sorge ich dafür, dass dir keine Hand fehlt, damit du die Familienerbstücke vorführen kannst.«

23

Tyringham Park
1919

Anderthalb Jahre lang hatte sich Edwina auf den Neujahrstag gefreut. Zum Anlass ihrer Rückkehr ins normale Leben nach Victorias Verschwinden und Harcourts Geburt wies sie ihre Kammerzofe an, ihr schwarzes Taftkleid und den dazugehörigen Diamantschmuck herauszulegen. Sie wollte auf der abendlichen Gesellschaft glänzen und Komplimente für ihre reiterische Leistung während der Jagd entgegennehmen. »Besser als ein Mann« lautete die Beschreibung, mit der sie dieses Jahr fest rechnete. Sandstorm war gut vorbereitet, und sie ebenfalls. Von Beatrice und Bertie erwartete sie, dass sie in ihrem Lob über sie überschwänglicher wären als in ihren Begeisterungsstürmen für Charlotte.

Die Kammerzofe kehrte zurück und sagte, das Kleid liege bereit, doch das Diamantkollier und der Ring seien nicht in der Schatulle.

»Das ist absurd. Hast du zweimal nachgesehen?«

»Jawohl, Milady.«

»Sag Miss East, sie möchte sofort in mein Zimmer kommen, ich treffe sie dort.«

Als Edwina selbst in die Schatulle blickte, bemerkte sie, dass ein Satz Saphirschmuck ebenfalls fehlte. Nach ihrem Eintreffen bestätigte Miss East, was Edwina bereits vermutet hatte. Teresa Kelly hatte Zugang zu diesem Zimmer gehabt – sie war oft hineingeschickt worden, um Dinge zu holen, die geändert oder repariert werden mussten. Miss East erinnerte sich, sie kurz vor ihrer Abreise von Tyringham Park beauftragt zu haben, einen alten Kissenbezug auszubessern, der an der Naht ausfranste.

»Und nun werden Sie wohl sagen, dass Schwester Dixon ebenfalls Zugang hatte.« Edwina sprach mit zusammengebissenen Zähnen und blickte nicht in Richtung der Dienerin.

»Nein, das kann ich nicht behaupten«, entgegnete Miss East. »Sie hatte keine Veranlassung, je in diesen Teil des Hauses zu kommen.«

»Das wäre alles.« Edwina wandte sich ab.

Nachdem Miss East gegangen war, verfluchte Edwina die nicht vertrauenswürdige Teresa Kelly, die nicht nur ein Kind entführt, sondern auch Schmuck gestohlen hatte. Ausnahmsweise hatte Waldron recht. Solchen Leuten konnte man, wenn man nur wusste, wo man sie fand, allein auf eine Weise begegnen: mit Gewalt.

Am Tag vor der Jagd suchte sich Charlotte im Reitzimmer ein Jackett aus. Damit es in der Taille passte, musste sie eines nehmen, das zwei Nummern größer war als ihr altes. Sie hoffte, niemand würde die zu langen Ärmel oder die vier Mottenlöcher links an der Taille bemerken.

Der Reitplatz war voller fremder Stallburschen, als sie früh zum Aufsatteln kam. Zur Enttäuschung der Besucher und Gäste hielt sich Manus fern. Viele hatten zum ersten Mal seit Kriegsausbruch wieder die lange Reise nach Cork auf sich genommen und wollten die lebende Legende mit eigenen Augen sehen.

Les führte Sandstorm herum, um ihn für Lady Blackshaw aufzuwärmen.

Obwohl fast Mittag, war der Atem der Pferde, Hunde und Reiter noch immer in der eisigen Luft sichtbar.

»Es ist kein Rennen und auch kein Turnier«, waren am Vortag Manus' letzte ermutigende Worte an Charlotte gewesen. »Geh es ruhig an. Mandrake wird keinen Fehler begehen, und du auch nicht. Es tut mir leid, dass ich morgen nicht dabei sein werde, aber ich versuche am Nachmittag vorbeizuschauen, damit ich weiß, wie es dir ergangen ist. Ich weiß, dass du großartig sein wirst, also keine Sorge. Du bist ein Champion und hast nichts zu befürchten.«

Charlotte kam überhaupt nicht auf den Gedanken, Manus zu fragen, weshalb er trotz seiner herausragenden Reitkunst nie an der Jagd teilnahm.

Edwina hatte ihren Auftritt, als die meisten Reiter sich bereits vor dem Haus versammelt hatten, wo Waldron die vorjagdlichen Rituale abhielt. Lady Beatrice, die zu kurzsichtig war, um zu erkennen, in welch aufgewühlter Stimmung ihre Freundin war, rief ihr zu, dass alles wunderprächtig sei. Edwina quittierte die Bemerkung mit einem Nicken, und nach einem kurzen Blick auf Lucifer – Beatrice hatte ihr von Manus ausgebildetes Pferd endlich erhalten – bedauerte sie es, sich von dem Wallach getrennt zu haben.

Charlotte ließ Mandrake weiter still in Kreisen gehen und achtete kaum auf das Geschehen ringsum.

Über das ganze Gesicht lächelnd, kam Archie, der Stallbursche, auf den Reitplatz und erzählte Charlotte von den vielen Leuten vor dem Haus, die einen Blick auf das »Wunderkind« werfen wollten. Wann werde sie sich zeigen?

Im Vorübergehen hörte Edwina das Kompliment, und als sie zu Charlotte hochschaute, traf es sie, wie sehr ihre Tochter bereits aussah wie eine weibliche Ausgabe von Waldron, bis hin zu dem reizlosen Gesicht mit dem selbstgefälligen Ausdruck und der hochmütigen Art. Sie *ist* eine Angeberin, dachte sie.

»Steig ab«, hörte sie sich sagen.

Charlotte blickte verdutzt zu ihr herunter.

»Na los, steig ab, du tauschst mit mir das Pferd«, befahl Edwina mit größerer Schärfe. »Du hast mich gehört. *Steig ab!* Ich sage es nicht noch einmal.« Noch während sie dies aussprach, wünschte sie, sie würde nicht solch einen ungeheuerlichen Befehl erteilen, doch nachdem die Sätze ihr einmal über die Lippen gekommen waren, gab es kein Zurück mehr.

»Nein. Nein.« Binnen einer Sekunde wich Charlottes Selbstvertrauen der Panik. »Ich bin doch nur Mandrake gewöhnt. Manus hat gesagt –«

»Manus hat gesagt! Manus hat gesagt! Etwas anderes hört man hier schon nicht mehr!« Edwina packte den Zügel. »Ich habe hier zu bestimmen, nicht Manus, nur falls du es nicht wissen solltest, und ich befehle dir, auf der Stelle abzusteigen.«

Sie packte Charlotte beim Stiefel.

Instinktiv wendete Charlotte Mandrake nach rechts. Edwina verlor das Gleichgewicht und musste mehrere Schritte hinterherstolpern, was ihre Wut nur weiter anfachte.

»Alles starrt dich an«, zischte Edwina und versuchte, leise zu bleiben. »Was machst du hier eine Szene.«

Fünf fremde Stallburschen waren zusammen mit den dreien von The Park die einzigen Zuschauer. Sie lehnten mit verschränkten Armen an den Boxen und sahen schweigend zu. Les hörte auf, Sandstorm zu führen, und blieb mitten auf dem Platz stehen. Edwina kam der Gedanke, dass sie einen von ihnen um Hilfe bitten könnte, aber was, wenn Les sich nicht rührte und die anderen, als Besucher, die sie waren, seinem Beispiel Folge leisteten? Wie lächerlich würde sie dann erst wirken?

»Ich sagte, *steig ab.*« Diesmal beging sie keinen Fehler. Sie packte fest zu, drehte Charlottes linken Fuß aus dem Steigbügel und zerrte mit ganzer Kraft, bis ihre Tochter vom Sattel in ihre Arme rutschte. Ihr rechter Fuß steckte noch immer im Steigbügel, und ihre Hände hielten die Zügel. Im Stillen dankte Edwina Manus für seine gute Schule, denn Mandrake stand dabei völlig ruhig. Sie hielt Charlotte fest und wand ihr die Zügel aus den Fingern. Les konnte sich nicht mehr zurückhalten, rannte herbei und holte Charlottes rechten Fuß aus dem Steigbügel – ihr Bein war hindurchgerutscht –, dann entband er Edwina von ihrem vollen Gewicht und stellte sie auf den Boden.

Edwina blieb neben Mandrake stehen. »Du reitest Sandstorm«, sagte sie und befahl Les, ohne ihm in die Augen zu sehen, die Sättel zu tauschen, was er mit einer Haltung tat, die Charlotte Angst einflößte.

»Ich möchte Sandstorm nicht, ich bin nicht an ihn gewöhnt«, schluchzte Charlotte. Sie wünschte, Manus wäre da und sagte ihr, was sie tun solle.

»Dann bleib zu Hause. Du hast die Wahl«, erwiderte Edwina, die nun auf Mandrake saß, über die Schulter. »Wenn du mitkommen möchtest, dann beeil dich. Wir sind spät dran.«

Unsicher, was er tun sollte, legte Les den Arm um Charlotte. Wenn Manus nur hier wäre, dachte er.

Für Charlotte kam zurückzubleiben nicht in Frage, doch Sandstorm zu reiten erschien ihr ein Ding der Unmöglichkeit.

»Vielleicht riskieren Sie's besser nicht, Miss Charlotte«, sagte Les schließlich. »'s kommen ja noch mehr Jagden.«

»Aber dann bin ich auf der Schule«, brachte sie zwischen Schluchzern hervor. »Und ich will auf dieser Jagd reiten, nicht auf anderen. Wenn ich sie verpasse, muss ich ein ganzes Jahr warten.«

Les hätte am liebsten erwidert, dass es keineswegs das Ende der Welt bedeutete, wenn sie nicht mitritt, doch er unterließ es, weil er spürte, dass es Charlotte genau so vorkam. »Ich weiß ja nicht, ob ich Sie gehen lassen soll«, sagte er schließlich.

»Mutter sagte, ich darf, also darf ich. Ich reite nur ein kleines Stück mit und halte mich hinten.«

»Das klingt vernünftig«, hörte Les sich sagen. »Kommen Sie, dann geben Sie mir mal den Fuß. Sie sollten sich lieber beeilen.« Er half ihr in den Sattel, stellte die Steigbügel auf die richtige Höhe, prüfte den Sitz des Sattelgurts und reichte ihr die Zügel. Ihr Gesicht war starr vor Kälte oder Angst. »Viel Glück, Miss Charlotte. Alles wird prima, keine Sorge«, sagte er zu ihrem sich entfernenden Rücken, als Sandstorm, die Ohren aufgestellt, sich in Bewegung setzte, noch ehe er ein Zeichen bekam.

24

Als sie vom Haus aufbrachen, stachelten das Hufgetrappel von über hundert Pferden und das Gewimmel der Hunde Sandstorm an vorzupreschen. Charlotte zog die Zügel straff, um ihn zu bremsen, denn sie wollte hinter allen anderen zurückbleiben, doch er beachtete sie nicht. Sie zog am linken Zügel, damit er die Richtung änderte, und das ignorierte er ebenfalls.

Scharen von Menschen – Dienstboten und Gäste, die zu alt oder zu jung waren, um an der Jagd teilzunehmen – wimmelten umher und tranken, nachdem die Hauptmeute verabschiedet worden war.

»Ist sie *das*?«, fragte eine junge durchdringende Stimme. »Ich dachte, sie sieht aus wie eine Prinzessin. Dabei sieht sie überhaupt nicht aus wie eine Prinzessin, sondern...«

Ehe die Besitzerin der Stimme zum Verstummen gebracht werden konnte, hielt die Gruppe, die gerade aufbrechen wollte, an und musterte Charlotte.

Ein geflüsterter Kommentar »Wenigstens hat sie einen guten Sitz« erreichte sie, ehe sie von dem ungeduldigen Sandstorm weggetragen wurde. »Das ist ja auch etwas.«

Charlotte gab die Hoffnung auf, das Pferd bändigen zu können, blickte weder nach links noch nach rechts und konzentrierte sich darauf, im Sattel zu bleiben und auf Hindernisse zu achten, damit sie nicht überrascht wurde.

Der erste Sprung brachte sie leicht aus dem Gleichgewicht, da Sandstorm sich anders verhielt als Mandrake – er sprang früher ab –, aber er war trittsicher, und das beruhigte sie ein wenig.

Das Eis an der Westseite der Mauern und Hecken war noch nicht getaut, obwohl es mittlerweile Nachmittag war. Die Sonne stand tief und schien nur schwach.

Während sie im kurzen Galopp über die Felder ausfächerten, wusste Charlotte nicht, wo ihre Mutter war, und sie hielt auch nicht nach ihr Ausschau. Durch Gespräche, die sie im Stall mit angehört hatte, wusste sie, in welchem Ruf Edwina stand. Die Stallburschen redeten ständig über ihre eigene Reitkunst und die ihrer Arbeitgeber und verglichen sie mit dem Können jener von anderen Gütern. »Niemand legt sich mit Lady Blackshaw an«, hörte sie oft. »Sie ist zäh.« Edwina rempelte absichtlich gegen andere Jäger, wenn es eng wurde, und ging für gewöhnlich als vorderste Reiterin aus dem Gerangel hervor. »Ihre Pferde versuchen von ihr wegzukommen – deshalb sind sie so schnell«, hatte Les einmal gesagt, ohne zu ahnen, dass Charlotte zuhörte. »Sie versuchen sie abzuschütteln. Und das ganze Gesäge mit der Stange – damit ruiniert sie den Tieren das Maul.« Charlotte war die schlechte Zeiteinteilung ihrer Mutter schon aufgefallen, ihre Gewohnheit, sich zu früh aus dem Sattel zu heben oder zu spät zurückzusetzen, und ihr grober Umgang mit der Kandare auch. Allein der Anblick hatte ihr Zartgefühl verletzt.

Nach zwanzig Minuten war Sandstorm so fehlerfrei über eine Anzahl Zäune, Gräben und Hecken gesprungen, dass Charlotte zu hoffen begann, sie könnte bis zum Ende durchhalten. Zu ihrer Erleichterung blieb er in einer Gruppe weit hinten. Einmal stieß er gegen einen anderen Reiter, der leicht aus dem Gleichgewicht geriet und ihr eine Schimpfkanonade hinterhersandte, nachdem er sich wieder gefangen hatte. Charlotte wünschte, sie könnte sich umdrehen und sich entschuldigen, doch sie durfte es nicht wagen, den Blick auch nur eine Sekunde lang vom Weg zu nehmen.

Ein wenig später überholte Lord Crombie sie und rief: »So ist es richtig, Charlotte, weiter so!« Er war bekannt dafür, dass er die Geschwindigkeit der Ausdauer vorzog, das behauptete wenigstens Les, und Charlotte ging davon aus, dass sie ihn im weiteren Verlauf der Jagd wieder überholen könnte. Ein reiterloser Brauner überholte sie links – sie erkannte das Pferd nicht und fragte sich, wer aus dem Sattel geworfen worden war. Von ihrer Mutter sah sie weiterhin keine Spur.

Kinder auf Ponys ritten die Wege entlang oder passierten Öffnungen in den Hecken und Mauern. Die meisten von ihnen waren älter als Charlotte, und keiner von ihnen hatte mit ihr beim Start gesprochen – vielleicht hätten sie es getan, wenn Sandstorm nicht an ihnen vorbeigestürmt wäre wie ein ungehobelter Gastgeber.

Sandstorms Schrittrhythmus beruhigte Charlotte ein wenig, und sie begann zu verstehen, wieso ihre Mutter so oft den Wunsch aussprach, jeden Tag der Woche zu jagen, wenn es nur möglich wäre.

Waldron ließ das Horn ertönen, das Zeichen, dass die Hunde die Witterung der Beute aufgenommen hatten, einen Fuchs, der zur rechten Zeit am rechten Ort ausgesetzt worden war. Sandstorm schoss los und warf dabei Charlotte fast aus dem Sattel. Sie fürchtete schon, das Pferd wäre mit ihr durchgegangen, doch da sah sie, dass alle anderen ringsum vom Kanter in den schnellen Galopp gewechselt hatten. Um der Sicherheit willen wollte sie sich zurückfallen lassen, doch sie musste schnell akzeptieren, dass ihr keine andere Wahl blieb, als Sandstorm auf der ganzen Länge von Langan Field seinen eigenen Kopf zu lassen.

Als Charlotte die Kraft des in vollem Tempo galoppierenden Tieres unter sich spürte und von überallher das Trommeln der Hufe auf der vibrierenden Erde hörte, empfand sie den Drang, die Zügel fallenzulassen, aus vollem Hals zu jubeln, sich mit ausgestreckten Armen im Sattel zurückzulehnen und die Welt zu umarmen, die an ihr vorbeiflog, und sich der Ekstase der Jagd zu ergeben – und nicht nur für diesen Moment, sondern für immer.

»*Zur Seite!*«, hörte sie ihre Mutter brüllen, und Charlotte, in die Wirklichkeit zurückgerissen, fragte sich, ob Edwina die ganze Zeit hinter ihr gewesen war und nicht wie angenommen weiter vorn.

Ein weiteres reiterloses Pferd, diesmal ein Mausfalbe, tauchte links von Sandstorm auf, gerade als Mandrake rechts von ihm heranzog.

Die Lücke in der Weißdornhecke etwa hundert Yards voraus war zu schmal, als dass alle drei sie gleichzeitig durchspringen konnten.

Charlotte versuchte hastig, die Richtung zu ändern.

»Nach hinten mit dir!«, kreischte ihre Mutter. Die Stimme kam aus größerer Nähe und klang drängender.

Der umherschlagende Steigbügel am Sattel des Falben traf Sandstorm in die Flanke, und er sprang mit einer Bewegung in die Luft, die eine Kreuzung zwischen Scheuen und Bocken war und ihn direkt vor Mandrake trug. Der Wallach, den ihre Mutter ihr weggenommen hatte, bekam keine Zeit zum Stoppen, und Sandstorm schlug ihm gegen die Vorderläufe.

Sandstorm setzte in so einem spitzen Winkel über die Hecke, dass er nach dem Aufsetzen in eine andere Richtung als die übrigen Jäger blickte, die scharf abgebogen waren, nachdem sie eine der drei anderen Lücken im Weißdorn weiter links durchsprungen hatten. Sandstorm setzte den Weg nach rechts fort und folgte den hohen Hecken, die das Feld auf drei Seiten fast ganz einsäumten, ehe er wieder auf die Spur der anderen kam, die nun weit vorausgeprescht waren.

Charlotte hielt die Augen nach Mandrake und dem Falben offen, doch sie entdeckte nichts von ihnen.

Mit ihrer ganzen Kraft zerrte sie am linken Zügel, um Sandstorm zu wenden, doch der Hengst wich nicht von seinem eigensinnigen Weg ab. Charlotte weinte und rief, aber niemand hörte sie. Wo blieben die Nachzügler? Ein paar langsame Reiter mussten dem Pulk doch folgen. Selbst die Kinder auf den Ponys waren nirgendwo zu sehen. Hatten sie nach der ersten Stunde kehrtgemacht?

Vielleicht war Edwina einfach nur vom Pferd gefallen und hatte sich beschämt entschlossen, lieber auf dem gleichen Weg zurückzukehren, als sich nicht nur wie die anderen mit Schlamm bespritzt zu präsentieren, sondern von Kopf bis Fuß besudelt, einem sicheren Zeichen für den Sturz vom Pferd. Man hätte sie freundlich damit aufgezogen – so etwas konnte jedem passieren –, doch für Edwina wäre es unerträglich gewesen, so stolz war sie auf ihr Können. Ja, das wird sie getan haben, dachte Charlotte. Sie ist nach Hause geritten und wird später allen erzählen, Mandrake hätte zu lahmen begonnen.

Oder vielleicht war es ganz anders gekommen, und Mandrake und ihre Mutter waren tot oder schwerverletzt und lagen dort hilflos am Boden, und *alles war ihre Schuld*.

Charlotte stand unter einer entsetzlichen Vorahnung. Sie hatte niemals jemandem erzählt, was Schwester Dixon Victoria angetan hatte, aber die Kinderfrau hatte geglaubt, sie hätte gepetzt. Was die Aktivierung eines Fluchs betraf, war es genau so, als hätte sie es getan, und hier sah Charlotte das Ergebnis. Mandrake war tot, ganz wie Dixon es vorausgesagt hatte.

Charlotte wünschte, sie selbst wäre tot. Alles, nur nicht ihrer Mutter gegenübertreten müssen – falls sie noch lebte –, sobald sie nach Hause kam. »Und du nennst dich eine Reiterin?«, würde sie Charlotte mit sengendem Hohn anherrschen. »Du kannst Mandrake nur reiten, weil er so gut ausgebildet ist – jeder Anfänger könnte es dir gleichtun. Man sieht ja, was passiert, wenn man dich einmal auf ein anderes Pferd setzt. Den ganzen Tag lang bei Manus einschmeicheln, dazu bist du gut, aber zu mehr nicht. In deiner Angeberei schlägst du ganz deinem Vater nach.«

Charlotte erschreckten ihre eigenen Gedanken. Hatte sie ihre Mutter je so sprechen hören, verfolgten sie Schwester Dixons immer gleiche Ausdrücke, oder erfand sie dies alles nur?

Ihr blieb keine Zeit mehr, darüber nachzudenken, denn sie kam an das Ende der Jagd, wo sich die Reiter in einen Kreis stellten. Sandstorm wurde aus eigenem Antrieb langsamer. Charlotte weinte noch heftiger, aber nun ohne jeden Laut.

Charlottes Vater kehrte seiner Tochter den Rücken zu, als er sah, wie sie sich mit dem herunterbaumelnden Ärmelzipfel ihres schlecht sitzenden Jacketts die Nase wischte, aber erst, nachdem sie seine Miene des Abscheus gesehen hatte.

Lady Beatrice, die im Damensitz auf Lucifer saß, löste sich aus der Gruppe, die zusah, wie die Hunde den Fuchs zerrissen, und stellte sich neben Charlotte. »Was hast du denn, Liebes?«, fragte sie. Sie fand die Bestürzung des Mädchens ein wenig extrem dafür, dass sie zum ersten Mal einen erlegten

Fuchs sah. »Und wieso reitest du auf dem Pferd deiner Mutter?«

Ihr Vater wandte sich wieder um, als er dies hörte, und sah, dass Sandstorm still am Rand der Gruppe stand, Charlotte schniefend im Sattel. Wie merkwürdig, dass er das nicht schon längst bemerkt hatte, denn gewöhnlich sah er das Pferd vor dem Reiter.

»Da kannst du dich geehrt fühlen«, sagte er. Er sprach langsam und betont, um seine Trunkenheit zu verbergen. »Nicht jeder erhält dieses Vorrecht. Wo ist sie eigentlich?«

Charlotte öffnete den Mund, um zu antworten, doch man hörte keinen Ton.

»Nicht wieder diesen verdammten Zirkus!«, rief Waldron und wandte sich an Beatrice. »Einer ihrer kleinen Tricks. Verliert die Stimme, behauptet sie wenigstens. Sehr praktisch.«

Charlotte wies den Weg zurück, den sie gekommen waren.

»Hat's nicht geschafft, was? Da wird sie ganz schön fuchsig sein.« Zu Beatrice, die sich wunderte, wieso er seine Frau nie beim Namen nannte, sagte er mit einer Genugtuung, die gar nicht gentlemanlike war: »Das zeigt nur wieder, dass Hochmut vor dem Fall kommt. Sie ist wahrscheinlich zurückgeritten, um sich die Wunden zu lecken. Heute Abend wird man mit ihr nicht reden können.« Er nahm einen Schluck aus einem Flachmann, einem von vieren, den Ausbeulungen seiner Jacke nach zu urteilen, beugte sich zu Beatrice vor und sagte in einem Ton, den er wohl für kokett hielt: »Und wie haben Sie es geschafft, Lucifer vor meiner Nase herauszuschmuggeln, Beatrice? Darüber müssen wir uns später noch unterhalten.«

Beatrice lachte. »Ich war zu raffiniert für Sie. Aber Sie wissen schließlich, wir Damen benötigen alle ein von Manus ausgebildetes Jagdpferd.«

Waldrons wohlwollender Gesichtsausdruck verschwand. »So habe ich es gehört. Ich habe nur gescherzt. Sie dürfen ihn gern haben.« Er nahm einen langen Schluck. »Brigadier hat noch ein paar gute Jahre vor sich, also genügt er mir.« Er drehte sich um. »Zeit, unserer Spur zurück zu folgen. Komm mit, Freddie, und jeder, der auf dem Rückweg gern ein Schlückchen im Rafferty's trinken möchte.«

Nur der Mann, den er Freddie genannt hatte – einer seiner Offizierskameraden – folgte ihm. Der Rest der Gruppe, ausgekühlt, müde und hungrig, zog es vor, den kurzen Weg nach Hause zu nehmen, um rascher zum Essen und heißen Whiskey zu kommen, der dort auf sie wartete.

Waldron und Freddie verschwanden in die Richtung, aus der sie gekommen waren, seine Lordschaft in der überkorrekten Haltung von jemandem, der nüchtern zu wirken versucht. Auf dem Pferderücken hatte er keine Schwierigkeiten, sich aufrecht zu halten. Erst wenn er abstieg, zeigte er eine Neigung, das Gleichgewicht zu verlieren und zu stürzen.

Was Waldron am Rafferty's am meisten schätzte, war die Art, wie die Einheimischen, über ihre großen Gläser mit Guinness gebeugt, zur Tür blickten, wenn er eintrat, und ihre Bewunderung nicht verhehlen konnten, wenn sie ihn in seiner ganzen Pracht sahen. Gegen ihre dunkle Kleidung wirkten sein roter Uniformrock mit den glänzenden Messingknöpfen, sein glänzendes Gurtzeug und seine glänzenden Stiefel, seine glänzende Pistolentasche mit dem polierten Dienstrevolver noch strahlender. Außerdem schätzte er die Vorstellung, wie er selbst sich über den Tresen beugte, die kleinen Freuden des kleinen Mannes teilte und diesem trotzdem nicht das Gefühl gab, fehl am Platz zu sein. Seine Leutseligkeit verlieh jeder Behauptung, die er über seine Pächter machte, Autorität. »Ich weiß, was sie denken«, sagte er gern, »denn ich trinke mit ihnen.« In diesem Jahr hätte er eine zusätzliche Freude. Es wäre das erste Mal, dass Thatcher, der nie in seinem Leben auf einem Pferd gesessen hatte, im Rafferty's anwesend wäre, um aus erster Hand zu erfahren, was die Pächter von ihrem blendenden Gutsherrn hielten.

»Bleib bei mir, Liebes«, sagte Beatrice zu Charlotte. »Wir warten, bis die Luft rein ist, und dann machen wir es ganz ruhig.« Während sie still warteten, bis beide Gruppen außer Sicht waren, empfand Beatrice, der an Charlotte Verstörtheit auffiel, wo eigentlich Triumph hätte sein müssen, eine aufwallende Wut auf Edwina und fühlte sich genötigt zu sagen: »Es war sehr hässlich von deiner Mutter, dich auf Sandstorm zu setzen. Unterwegs habe ich mehrmals bemerkt, wie du Schwierigkeiten hattest, ihn zu bändigen. Er wäre auch für einen Mann von zweihundert Pfund eine Herausforderung, welche Chance also sollte ein Mädchen wie du haben? Nicht dass deine Mutter zweihundert Pfund wöge, aber sie hat ihre eigenen Methoden, und Sandstorm weiß, woran er bei ihr ist. Allein dass du dich im Sattel halten konntest, ist schon eine Leistung. Und du bist ins Ziel gekommen. Das hast du gut gemacht.«

Charlotte fand nicht, dass sie das Kompliment verdient habe. Sie hatte sich im Sattel gehalten, mehr nicht. Sie fühlte sich schwach. Die Ärmel ihres Jacketts wollten nicht aufgerollt bleiben und erschwerten es ihr, die Zügel zu halten, die von der Kälte immer steifer wurden. Ihre Füße spürte sie nicht mehr, und als sie nach unten blickte, um zu sehen, ob sie richtig in den Steigbügeln saßen, musste sie den Kopf schütteln, um die Tränen zu lösen, die ihr noch immer die Sicht verschleierten.

»Also gut, Charlotte, wir brechen jetzt lieber auf. Wir nehmen den langen Weg, damit wir nicht in die Menge geraten.« Beatrice wollte auf dem Weg zurückkehren, den sie gekommen waren, weil sie herauszufinden hoffte, was mit Edwina geschehen war, doch das sagte sie Charlotte nicht. »Wir gehen es ganz langsam an.«

Doch kaum drehte Charlotte Sandstorm Richtung Heimat, stürmte er in so einem Tempo los, als hätte man ihn gerade erst aus der Box gelassen. Da er nun wusste, wohin es ging, war sein Eigensinn noch gewachsen.

Schneeregen setzte ein. Die beiden sprachen nicht.

Sie überholten Waldron und Freddie, die abgestiegen waren und mit gesenkten Köpfen auf dem gleichen Weg zurückgingen; sie suchten offenbar nach etwas, das sie verloren hatten. Die Männer schauten hoch, sahen, wer vorüberritt, und blickten grußlos wieder nach unten.

Wahrscheinlich vermisst er eine Halfcrown, dachte Beatrice verdrossen und ritt weiter neben Charlotte her.

Als Charlotte die Hecke von Langan's Field mit ihrem wilden Weißdorn und den vier Lücken näher kommen sah, war ihr so übel, dass sie glaubte, sie müsse ohnmächtig werden. Sandstorm hielt auf die nächste Lücke zu, nicht die vierte, durch die er auf dem Hinweg gesprungen war. Charlotte huschten lebhafte, fragmentarische Bilder durch den Kopf.

Beatrice sprang als Erste. Als Charlotte an der Reihe war, drehte sie den Kopf, um in den freien Raum zu blicken, und fand keinerlei Hinweise, dass etwas geschehen war, aber an der Mauer scharten sich Pferde und Menschen. War das Mandrake, der dort so krumm stand? Seinen Umriss hätte sie überall erkannt. Eines seiner Beine sah nicht richtig aus.

»Offenbar ein Unfall«, rief Beatrice und wendete Lucifer bereits. »Ich muss zurück.« Sie wusste, dass Charlotte nicht hoffen konnte, Sandstorm zu einer Richtungsänderung zu bewegen. »Du reitest weiter. Ab hier sollte nichts passieren können.« Sie rief noch etwas, doch der Abstand zwischen ihnen hatte sich vergrößert, und Charlotte konnte nicht mehr verstehen, was sie sagte.

25

Miss East hob den Deckel von einem der großen Töpfe und roch an dem Irish Stew. »Köstlich«, sagte sie zu der Köchin mit dem verschwitzten roten Gesicht. »Jedes Jahr wird es besser.«

»Setzen Sie den Kessel auf, wenn Sie so gut sind«, entgegnete die Köchin, »und wir trinken eine schöne Tasse Tee, ehe es losgeht. Ich habe mir ein Pfeifchen und ein wenig Sitzen verdient. Meine Beine bringen mich um. Alles ist bereit. Wie spät haben wir?«

»Kurz nach vier. Sie müssten bald alle wieder da sein. Ein paar habe ich schon vor einer Weile gehört, aber das waren wahrscheinlich nur die Kinder.« Miss East goss kochendes Wasser in die Teekanne. »Es ist ein gutes Zeichen, dass Charlotte noch nicht zurück ist – sie muss die Strecke bis zum Ende durchgehalten haben. Ich habe den ganzen Nachmittag so viel an sie gedacht, dass man meinen könnte, ich wäre neben ihr hergeritten.«

»Sie sind eine richtige Glucke, wenn es um Charlotte geht«, sagte die Köchin und ließ sich auf den Stuhl am Herd sinken. »Man könnte glauben, sie wäre Ihr eigen Fleisch und Blut.«

Die Witwe hatte die Tradition begründet, den Jägern bei ihrer Rückkehr noch vor dem Umziehen einen warmen Imbiss zu servieren. Der mit Steinen gefliste Flur ließ sich leicht reinigen, und so konnten sie schmutzig hereinkommen, ohne sich die Stiefel auszuziehen. Die Witwe hatte gesagt, sie wolle sich ihre Geschichten in aller Unmittelbarkeit anhören. Wenn die

Gäste fortgingen, um ihre Pferde abzureiben und sich danach umzuziehen, tauschten sie dabei unweigerlich Erlebnisse aus, und wenn sie danach zum Essen kamen, hatte sich die Lebhaftigkeit ihrer Schilderungen schon verflüchtigt. In der Eingangshalle mit der geschwungenen Doppeltreppe, den goldgerahmten Porträts, ausgestopften Tierköpfen und, am besten von allem, zwei riesigen Kaminen, in denen große Scheite loderten und manchmal so laut knisterten, dass es klang, als redeten sie miteinander, bewirkten das Licht und die Wärme, was sie bewirken sollten: Sie boten einen Kontrast zur Kälte und Finsternis vor der Tür und dem willkommen heißenden Inneren, das eine Umarmung und ein Ansturm auf die Sinne zugleich war. Auf den Klapptischen mit den Leinentischtüchern lagen schon das frische Brot, der Pudding, die Mince Pies, Käse und Sahne, und in Kürze, sobald die Menge eintraf, kämen gebratenes Rindfleisch, Truthahn, Schinken, Wildbret und das Lamm-Stew hinzu.

Aus der Ferne drang Hundegebell in die Küche. Das Klappern zahlreicher Pferdehufe auf Kopfsteinen lockte Miss East zur Tür, ehe sie nachdenken konnte. Fast rannte sie die Prozession der Dienstboten um, die kamen, um die warmen Speisen für den Imbiss abzuholen. Die Köchin sprang auf, als sie es hörte, und unwillig, weil sie den Augenblick des Triumphs verpasste, beaufsichtigte sie den Abtransport des Festmahls.

26

Endlich fand Waldron die silberne Verschlusskappe seines Lieblings-Flachmanns, aus dem ein Angehöriger des Königshauses einmal getrunken hatte und den er daher als seinen wertvollsten beweglichen Besitz betrachtete. Er hatte Glück, sie zu finden, denn eine halbe Stunde später wäre das Licht bereits zu schlecht gewesen. Mit Freddies Hilfe stieg er wieder auf, und sie ritten weiter. Mit den Gedanken bei Thatcher, der im Rafferty's wartete und sich über seine Verspätung wunderte, wollte Waldron keine weitere Zeit verlieren.

Als Freddie durch die zweite Lücke in der Weißdornhecke auf Langan's Field sprang, sah er mehrere berittene Gestalten, die sich nahe der vierten Lücke zusammenscharten, und ein reiterloses Pferd, das mit herunterhängenden Zügeln abseits stand. Er rief Waldron an, der nach einem sauberen Sprung durch die erste Lücke weitergeritten wäre, ohne etwas wahrzunehmen, hätte Freddie ihn nicht darauf aufmerksam gemacht.

Waldron wendete in einem weiten Bogen und erkannte das reiterlose Pferd als Mandrake. Hatte nicht jemand etwas von einem Pferdetausch in letzter Sekunde erwähnt? Er ritt näher, hob den Arm und trank einen Schluck aus dem vierten Flachmann, damit er sich besser konzentrieren konnte. Mandrake trat erschrocken zur Seite. Waldron entdeckte die Schwellung, wo ein gebrochener Knochen gegen die Haut drückte. Da musste etwas getan werden, und er war der richtige Mann dafür. Er hatte dabei, was er dazu benötigte, und würde es tun, sobald er bereit war.

Er bemerkte eine vierte Person. Sie stützte sich an der Wand ab, beugte sich vor und erbrach sich. Es war Beatrice.

Freddie ging zu den beiden berittenen Mädchen und einem Jungen und fragte sie, welcher Reiter in den Unfall verwickelt sei; er ging davon aus, dass es einen der Blackshaws getroffen habe, der zu Gast war und den er nicht kannte.

Das ältere Mädchen beugte sich vor und flüsterte, damit Waldron es nicht hörte: »Lady Blackshaw.«

»Es war Edwina!«, rief Freddie zu Waldron hinüber. »Deine Frau!«

»Ich weiß, wer das ist.«

»Ist sie ernsthaft verletzt?«, fragte Freddie die anderen.

»Es sah nicht gut aus. Sie war bewusstlos, und ihre Füße zeigten in die falsche Richtung«, wisperte das gleiche Mädchen. »Sie haben sie erst vorhin weggebracht.«

»Ihre Füße zeigten in die falsche Richtung!«, rief Freddie.

»Das wird ihr nicht gefallen!«, rief Waldron zurück.

»Sie haben sie gerade erst weggebracht, wer immer ›sie‹ sind. Komm gefälligst hierher, damit ich nicht mehr den Papagei spielen muss!«

Letchworth, ein älterer Bruder der drei jungen Leute, sei zur Kaserne geritten, um dort Hilfe zu holen, fuhr das Mädchen fort. Hoffentlich gab es einen Lastwagen, mit dem man Ihre Ladyschaft ins Krankenhaus von Cork fahren konnte. Unterwegs musste er Alarm geschlagen haben, denn eine Anzahl Pächter und ihre Söhne waren wie aus dem Nichts erschienen und gerade wieder aufgebrochen. Ihre Ladyschaft hatten sie auf einer behelfsmäßigen Trage mitgenommen und marschierten nun die vier Meilen zur Landstraße in der Hoffnung, dort den Militärlaster zu treffen, falls einer kam. Falls nicht, wollten sie die zwanzig Meilen zu Fuß zurücklegen und sich an der Trage abwechseln, bis sie die Stadt erreichten. Letchworth versuchte sich außerdem eine Schusswaffe auszuleihen, damit er Mandrake so schnell wie möglich von seinen Qualen erlösen konnte.

»Nicht nötig«, sagte Freddie. »Lord Waldron ist bewaffnet.«

Der Schneeregen fiel weiter, und das Tageslicht war beinahe ganz verschwunden.

Beatrice wischte sich den Mund ab und gesellte sich mit verstörter Miene zu der Gruppe. Obwohl sie leise näher trat, erschreckte sie Mandrake, der zurücktänzelte und wankte, ehe er sein Gewicht auf die drei gesunden Beine verlegte und das gebrochene leicht am Boden ruhen ließ. Sie hoffte, dass ihr nicht noch einmal übel wurde.

»Halt ihn da fest, Freddie«, befahl Waldron.

Freddie war ein kurzes Stück weggeritten, um sich zu erleichtern, und hörte ihn nicht. Die beiden Mädchen drehten die Gesichter weg und blieben, wo sie waren. Der Junge, der etwa sieben war, ließ den Kopf hängen.

»Ich halte ihn, wenn Sie wollen«, sagte Beatrice, »aber ich glaube, es wäre besser, wenn wir alle ganz ruhig wären. Er wird sich nicht rühren, solange Sie keine rasche Bewegung machen.«

»Mir braucht keine Frau zu sagen, was zu tun ist, Beatrice, und Sie schon gar nicht«, erwiderte Waldron und prüfte die Patronen im Revolver. »Wissen Sie überhaupt, mit wem Sie reden? Mit einem Reitchampion und Meisterschützen in der Kavallerie der British Army seit dreißig Jahren!«

»Warten Sie auf Freddie. Er muss jeden Augenblick zurückkommen.«

»Wollen Sie andeuten, dass ich der Aufgabe nicht gewachsen wäre? Sie aufdringliche Person – haben Sie auch nur ein Wort gehört, das ich sagte?« Er begann abzusteigen. »Ich tue es selbst.«

Er schwang das rechte Bein zu energisch über den Sattel und nahm den linken Fuß zu hastig aus dem Steigbügel, verlor das Gleichgewicht und stürzte zu Boden. Der Revolver flog ihm aus der Hand und landete im Gras. Die drei Kinder duckten sich. Beatrice wappnete sich für den Schuss, doch er kam nicht. Sie ging zu Waldron, um dem Idioten, wie sie ihn bei sich nannte, aufzuhelfen. Mandrake hatte auf die Unruhe reagiert, indem er zwei Schritte zurück machte, und der gebrochene Knochen trat nun in einem noch spitzeren Winkel hervor.

Beatrice hielt sich an Brigadiers Mähne fest, damit Waldron sie nicht nach unten zog, dann streckte sie ihm die Hand hin. Nach einigen Fehlversuchen richtete Waldron sich in eine aufrechte Haltung auf. Beatrice war versucht, den Revolver selbst zu benutzen, doch aus einer tiefsitzenden Ehrerbietung heraus drückte sie ihm die Waffe in die schlammbeschmutzte Hand, dann trat sie hinter ihn aus der Schusslinie.

Eine große Gestalt erschien neben ihr.

»Was ist mit Charlotte passiert?« Manus stieg von Neseen ab, dem Ackergaul seines Vaters.

»Nichts. Charlotte geht es gut. Lady Blackshaw ritt auf Mandrake. Es war –«

Ein lauter Knall, dann ein Echo. Ein Mädchen schrie auf.

Manus hatte Waldrons Absicht nicht bemerkt, weil der alte Soldat ihm den Rücken zukehrte.

Eine Fontäne von Blut schoss aus einem von Mandrakes Nüstern. Am Rand seiner Blesse war ein Loch, etwa sechs Zoll unter dem linken Auge. Wer ihn ansah, glaubte, der Wallach sei verwirrt und traurig, schüttele den Kopf und zittere. Er machte einen ruckartigen Schritt zur Seite.

Manus stürzte sich auf Waldron, entwand ihm den Revolver und stieß ihn zur Seite. Waldron schwankte nach hinten, brummte, dass er sich von einem Diener so nicht behandeln lasse und Manus ein Donnerwetter erwarte, ehe der Tag zu Ende gehe. Niemand beachtete ihn.

Manus waren die Tränen gekommen, doch niemand merkte es, weil er keinen Hut trug und ihm das tropfnasse Haar an der Stirn klebte.

Er sprach leise zu Mandrake, und Beatrice glaubte, ihn sagen zu hören: »Leb wohl, alter Freund.« Mandrake rührte sich nicht, als Manus auf ihn zutrat und ihm die Revolvermündung zwischen die Augen setzte, ohne den Blick von ihm zu nehmen. Seine linke Hand zitterte sichtlich, als er sich damit das Haar aus den Augen schob und diese dann vor dem Regen schützte, während er mit der rechten den Revolver spannte. Er feuerte und blieb in der Haltung, während Mandrake eine Sekunde lang reglos dastand und seinem Stallmeister in die Augen sah, dann brach er zusammen und sank auf die Seite. Man hörte ein Seufzen, und sein gebrochenes Bein kam als Letztes auf dem Boden zur Ruhe.

Die beiden Mädchen schluchzten laut.

Manus gab Waldron den Revolver zurück.

»Wir sind noch nicht miteinander fertig, noch lange nicht«, sagte Waldron. Er wankte und musste sich an Brigadier festhalten. »Und Sie halten gefälligst die Klappe über die Sache, Beatrice. Ihr auch«, befahl er den Kindern.

»Ich sage kein Wort«, entgegnete das ältere Mädchen, das es kaum abwarten konnte, zum Haus zurückzukehren und ihren

Freundinnen zu erzählen, wie sehr sich Lord Waldron blamiert hatte.

Freddie kehrte zurück. Er führte sein Pferd. »Alles erledigt, wie ich sehe«, sagte er mit einem Blick auf den zusammengebrochenen Mandrake. Manus, der an seiner Kleidung als Domestik zu erkennen war, beachtete er gar nicht. »Habe die Nesseln nicht bemerkt und saß in ihnen fest und konnte keine Ampferblätter finden.« Er half Waldron aufs Pferd und stieg vorsichtig selbst wieder auf.

»Ob wir bei all diesen verdammten Unterbrechungen doch irgendwann im Rafferty's ankommen?«, fragte Waldron. Absichtlich drehte er Brigadiers Hinterteil zu Beatrice und Manus, ehe er mit prahlerischem Gehabe davonritt.

Beatrice nahm Manus bei den bebenden Händen. »Machen Sie sich keine Sorgen wegen Waldron.«

»Seinetwegen mache ich mir keine Sorgen.«

»Ich werde dafür sorgen, dass Sie Ihre Stellung nicht verlieren. Ich besitze Einfluss.«

»Ich danke Ihnen, Milady, aber im Moment mache ich mir keine Gedanken wegen Seiner Lordschaft.«

»Ich schon.« Der trunksüchtige Laffe sollte lieber ein wenig Sorge um seine Frau zeigen und Manus in Ruhe lassen, dachte Beatrice voller Verachtung.

Manus holte Lucifer, den Beatrice in einiger Entfernung angebunden hatte, und half ihr, während das Mädchen den Kopf des Pferdes hielt, wieder in den Damensattel.

Sie wollte so schnell wie möglich zum Haus. Nicht nur musste Charlotte erfahren, was geschehen war, und getröstet werden, sondern sie wollte auch ihren Mann beruhigen, der sich mittlerweile gewiss Sorgen um sie machte. Manus gab ihr ein Zeichen, dass er hierbleiben werde.

Sie schloss sich den drei jungen Leuten an, und sie brachen als traurige Prozession zum Haus auf. Als Beatrice über die Schulter zurückblickte, sah sie durch den Schneeregen im letzten Tageslicht die Silhouette von Manus, wie er sich über Mandrake beugte.

27

Miss East blickte auf. Sie hatte eine geleerte Servierplatte durch eine volle ersetzt, als sie sah, wie Les sich einen Weg durch die Menge bahnte. Das war höchst merkwürdig – höchstwahrscheinlich hatte er in seinem ganzen Leben die Eingangshalle des Hauses noch kein einziges Mal betreten. Er musterte eindringlich jedes Gesicht und ahnte offenbar überhaupt nicht, wie fehl am Platz er hier war. Wen suchte er? Vielleicht spielte ein Pferd verrückt oder war verletzt, und er suchte den Eigentümer. Das musste es sein. Lieber Gott, hoffentlich sucht er nicht nach mir.

Als er sie endlich entdeckte und näher kam, wurde ihr weich in den Knien, und sie wünschte, sie könnte sich irgendwo hinsetzen. »Ist etwas mit Charlotte?«

»Ja. Sie ist nicht verletzt, aber sie ist weggelaufen. Ich hab versucht, sie aufzuhalten. Ihr geht es richtig dreckig. Ich hätte sie nicht gehen lassen dürfen.«

Sie eilten zur Tür.

»Ich mach mir Vorwürfe«, sagte Les. »Ich konnte einfach nicht nein zu ihr sagen.«

Alle waren beim letzten Drink, ehe man nach oben ging und sich umzog, als es an der Tür einen leichten Tumult gab. Bertie sah, wie seine Frau in die Halle kam, und scheuchte mit einem unwürdigen Schrei die Leute zur Seite, damit er zu ihr eilen konnte.

»Es hat einen schlimmen Unfall gegeben«, verkündete Beatrice. »Edwina ist etwas zugestoßen.«

Jemand sagte mit leiser Stimme: »Dem Himmel sei Dank, nicht Beatrice«, worauf er die Antwort erhielt: »Das können Sie laut sagen. In der Familie gab es schon Unglück genug«, gefolgt von: »Von den Blackshaws ganz zu schweigen. Wie viel Unglück haben sie zu erdulden?«

Eine weitere Stimme fragte: »Wo ist sie?«

»Schwer zu sagen. Sie befindet sich in guten Händen. Unterwegs zum Krankenhaus. Der junge Letchworth ist der Held der Stunde. Wartete auf der Landstraße mit einem Lastwagen und vier Soldaten. Sie übernahmen sie, als die Helfer dort mit ihr ankamen.«

Erleichtertes Seufzen und fast so etwas wie Applaus stieg von der Menge auf, und Frobisher Letchworth' Eltern empfanden Stolz auf ihren Sohn, weil er richtig gehandelt hatte.

»Wo ist der General?«, fragte ein untergebener Offizier, der zum ersten Mal an der Jagd teilgenommen hatte. »Er muss sich entsetzliche Sorgen machen.«

»Wohl kaum. Er ist im Rafferty's. Heute Abend bekommen Sie kein vernünftiges Wort mehr aus ihm heraus«, entgegnete ein Gast.

»Und auch sonst nur selten«, wisperte jemand.

Pssst!

»Weiß jemand, wo Charlotte ist?«, fragte Beatrice. Niemand hatte gesehen, wie sie zurückkehrte.

»Ein Stallbursche war hier und hat die Wirtschafterin geholt. Sie sahen besorgt aus. Ich werde sie fragen. Wenn jemand es weiß, dann Miss East.«

»Wo ist Sandstorm?«, fragte jemand aus der Menge, die sich mittlerweile um Beatrice geschart hatte.

»Lady Edwina hat nicht Sandstorm geritten«, sagte eine andere Stimme. »Sie war auf Mandrake.«

»Wie merkwürdig. Warum hat sie nicht Sandstorm geritten?«

»Wie geht es Mandrake, Beatrice?« Schweigen. »Ich frage ja nur. Sie brauchen mich nicht so anzusehen.«

»Deswegen muss ich Charlotte ja sehen – ich habe Manus versprochen, persönlich mit ihr zu sprechen. Mandrake musste erschossen werden.«

Die Menge stöhnte unisono auf, und hier und da ertönten ungläubige und mitleidige Rufe.

Beatrice fiel das Sprechen schwer. »Noch schlimmer, Manus musste es tun, nachdem Waldron es vermasselt hatte.« Noch mehr ungläubige Laute, diesmal durchsetzt mit Missbilligung. »Ich muss weiter, Charlotte finden und ihr die Angelegenheit beibringen. Falls jemand von Ihnen sie vorher sieht, so sagen Sie bitte nichts, ehe sie es von mir erfahren hat.« Sie verschwand wieder in der Dunkelheit im Graupelschauer, der sich in Schnee zu verwandeln begann.

Miss East und Les fanden Charlotte nach langem Suchen im alten Kinderzimmer, wo sie sich in Victorias Bettchen zusammengerollt hatte. Sie saugte an dem Satinbesatz einer roten Decke und stierte vor sich hin in die Finsternis.

Les hob sie heraus und kauerte neben Miss East nieder, die auf den Boden gesunken war. Das Mädchen barg er in den Armen.

»Gab es einen Unfall?«, fragte Miss East sanft, aus der Vermutung heraus.

Charlotte nickte, dann warf sie sich Miss East in die Arme und vergrub den Kopf an ihrer Schulter.

»Na, na«, machte Miss East. »Du bist gesund, das ist das Entscheidende. Jetzt gehen wir nach unten ... Na, na, klammere dich nicht so fest ... Du musst aus den nassen Sachen raus, und dann bekommst du etwas Leckeres zu essen, das dich aufwärmt, und dann finden wir heraus, was passiert ist. Vielleicht ist es ja gar nicht so schlimm, wie du denkst.«

Der Blick, den sie Les über Charlottes Kopf hinweg zuwarf, war voller Bestürzung und strafte ihre begütigenden Worte Lügen.

Beatrice verwickelte die Dienstboten nicht in die Suche – sie wollte Charlotte die Neuigkeit so sanft wie möglich mitteilen, um den Schock zu minimieren. Sie mochte das einfache, reizlose Mädchen mit dem guten Sitz und den empfindsamen Händen, das vor allem eine meisterhafte Reiterin werden wollte, um die Anerkennung ihrer Mutter zu gewinnen – ein unschuldiges Kind, dessen Tag des Triumphs von einer neidischen Mutter zerstört worden war, die ihr niemals Anerkennung schenken würde, und einem betrunkenen Vater, der nicht einmal geradeaus schießen konnte.

In der heißen dunstigen Küche, wo die Dienstboten über den gefliesten Boden huschten, entdeckte sie keine vertraute Gestalt, die in der Ecke saß.

Holly, die im neuen Kinderzimmer neben Miss Easts Räumen im Erdgeschoss Wache hielt, öffnete die Tür erst, als sie wusste, wer anklopfte. Edwina hatte strikte Anweisung erteilt, dass Harcourt das Kinderzimmer an diesem Abend nicht zu verlassen habe. Sie fürchtete, dass Waldron in seinem Stolz, endlich einen Sohn und Erben gezeugt zu haben, befehlen könnte, Harcourt in den Salon zu bringen, um ihn den Gästen vorzuführen, und in trunkener Begeisterung den Säugling aufnahm, ihn hoch in die Luft hob und auf den harten Boden fallenließ. So lebhaft hatte Edwina dem Kindermädchen die albtraumhafte Abfolge der Ereignisse ausgemalt, dass Holly kein Risiko eingehen wollte. Nein, seit dem Morgen habe sie Charlotte nicht gesehen. Sei alles in Ordnung?

»Ich möchte nur über die Jagd mit ihr sprechen«, sagte Beatrice und ging davon.

Gewohnheit und nicht Logik war es, die sie zu dem Korridor leitete, welcher zum alten Kinderzimmer führte, und über seine ganze Länge hinweg sah sie Charlotte zwischen Miss East und Les auf sich zukommen.

In diesen Augenblicken, ummittelbar bevor sie Charlottes junges Leben zerstörte, fragte sie sich, was für das Mädchen schwerer zu verkraften wäre – der Unfall ihrer Mutter oder der Tod Mandrakes?

28

»Hast du Manus schon gesprochen?«, fragte Miss East.

Charlotte ließ den Kopf hängen und verneinte kleinlaut. Sie hatte ihn seit dem Tag vor der Jagd, die nun Wochen zurücklag, nicht gesehen.

»Er fragt ständig nach dir und möchte dich sehen. Er ist im Moment sehr traurig.«

Charlotte gab keine Antwort.

»Die Zeit wird knapp. Du musst bald wieder auf die Schule.« Ihre Rückkehr war nach dem Unfall verschoben worden, bis sie ihre Stimme wiedererlangt hatte.

»Jetzt los mit dir. Dein Vater möchte dich sprechen. Er sagt elf Uhr, und er mag es nicht, wenn man ihn warten lässt.«

Es war das allererste Mal, dass Charlotte zu einem ernsten Gespräch mit ihrem Vater bestellt wurde. Sie erwartete, dass er ihr die Schuld am Unfall ihrer Mutter gab und sie als schlechte Reiterin verhöhnte. Vermutlich würde er sie verprügeln oder ihr sagen, dass sie nie wieder reiten dürfte, oder er schickte sie zu den Zigeunern oder ins Waisenhaus, oder er ließ sie ins Gefängnis sperren.

Waldron eröffnete Charlotte, dass die Familie The Park verlassen und augenblicklich und dauerhaft in das Dubliner Haus umziehen werde. Ihre Mutter wünsche es so, und er erkenne den Sinn darin. Seine Frau könne nie wieder gehen, geschweige denn reiten, und müsse medizinische Einrichtungen in der Nähe haben. Dafür sei Dublin – und später vielleicht London –

erheblich besser geeignet. In dem Zustand, in dem sie sich befinde, sei es nicht mehr praktikabel, mitten auf dem Land zu leben.

Charlotte begriff kaum die Auswirkungen dessen, was ihr Vater ihr darlegte, denn ihre Erleichterung, nicht die Schuld für das Geschehene zugeschoben zu bekommen, verdrängte im Augenblick alle anderen Überlegungen.

»Dein Onkel Charles möchte Tyringham Park gern mieten, bis Harcourt volljährig ist, daher können wir hierherkommen, um zu jagen, wann immer wir wünschen. Ich werde nach Indien zurückkehren und bis zu meiner Pensionierung dort bleiben. Deine Tante Verity wird dauerhaft bei dir wohnen, daher bist du in guten Händen. Außer Holly, die gebraucht wird, um sich um Harcourt zu kümmern, kommen keine Dienstboten mit nach Dublin.«

»Was ist mit Miss East?«

»Mit Miss East? Wusstest du es nicht? Lily East wird uns demnächst verlassen.« Waldron konzentrierte sich auf eine seiner Militärzeichnungen, während er sprach. »Sie möchte nicht, dass das Personal schon davon weiß, daher behalten wir es bis Juni für uns.« Mit einer übertriebenen Geste schlug er sich auf die Stirn. »Da fällt mir ein, sie wollte auch nicht, dass du davon erfährst, also verrätst du ihr lieber nicht, dass du es von mir weißt. Verdammt, das hatte ich ganz vergessen. Na, lässt sich nicht ändern. Nach Ende dieses Monats wird sie nicht mehr für die Familie arbeiten. Schwer, sich das Haus ohne sie vorzustellen, nach all den Jahren. Sie wird diesen Sid heiraten und seine mutterlose Tochter aufziehen. Sie wird sowieso nicht gebraucht, da deine Tante Verity das Haus leiten wird, bis deine Mutter aus dem Krankenhaus kommt. Nicht dass irgendetwas davon dir Kopfzerbrechen bereiten sollte. Du kehrst ohnehin in Kürze auf deine Schule zurück.« Er signierte die Zeichnung und drehte sich mit dem Stuhl zu ihr herum. »Ist das alles klar?«

»Jawohl, Vater.«

»Wenigstens sprichst du wieder. Wir müssen darüber nachdenken, dir ein neues Pferd zu beschaffen. Jetzt kannst du gehen.«

Waldron war zufrieden, wie das Gespräch verlaufen war. Edwina hatte ihn aufgefordert, Charlotte persönlich von den veränderten Umständen zu erzählen und es nicht Miss East zu überlassen, und er hatte getan, worum man ihn gebeten hatte. In den Wochen, ehe er das Land und ihre Gesellschaft hinter sich ließ, empfand er stets den starken Drang, Edwina zufriedenzustellen.

Weniger erfreulich fand er, dass er gezwungen war, Manus als Stallmeister zu behalten. Beatrice hatte mit ihm am Tag nach der Jagd unter vier Augen gesprochen und gedroht, falls Manus entlassen würde, in allen Einzelheiten zu verbreiten, wie ein Meisterschütze im Dienste Seiner Majestät ein verletztes, regloses Pferd aus vier Schritt Entfernung verfehlen konnte und wie ein Untergebener ohne jede militärische Ausbildung herbeikommen und die Aufgabe für ihn zu Ende bringen musste.

29

Charlotte, die Arme voller Kleider und Bilderbücher, bedachte Miss East mit einem hasserfüllten Blick und stapfte an ihr vorbei durch die Tür des Schlafzimmers, das sie noch immer teilten.

Was hat Lord Waldron ihr gesagt, dass sie sich so verhält?, fragte Miss East sich besorgt und rief dem Mädchen die Bitte hinterher, auf sie zu warten.

Charlotte gab keine Antwort und entfernte sich mit entschlossenen Schritten durch den Korridor. Miss East folgte ihr. Charlotte ging schneller. Miss East holte sie ein und legte ihr eine Hand auf die Schulter. Charlotte schüttelte die Hand mit einem heftigen Zucken ihres Körpers ab und hielt weder inne, noch blickte sie zurück.

»Was ist denn los, Charlotte, Liebes? Du musst es mir sagen, damit ich es wiedergutmachen kann.«

Charlotte ging weiter, bis sie die Tür zum neuen Kinderzimmer erreichte. Dort ließ sie ihre Sachen auf den Boden fallen und klopfte. Als niemand gleich öffnete, blickte sie hinter sich, sah Miss East näher kommen, öffnete die Tür selbst, schlüpfte hindurch, knallte sie wieder zu und schloss von innen ab. Miss East stand hilflos, getroffen und besorgt davor und lauschte. Charlottes Stimme war laut und tränenerstickt zugleich, Holly sprach leise und besänftigend.

Nachdem der Wortwechsel verstummt war, klopfte Miss East tiefbetrübt an die Tür und rief nach Holly.

»Lass sie nicht rein!«, schrie Charlotte so laut, dass Miss East es hörte.

Ein fünfminütiges Streitgespräch entbrannte, dann öffnete sich die Tür, und Holly schob sich heraus. Sie bedeutete Miss East, ein Stück den Korridor entlangzugehen, wo sie unbelauscht reden konnten.

»Ich muss mich beeilen«, sagte Holly. »Ich habe Harcourt in Charlottes Obhut gelassen, und sie ist das nicht gewohnt. Es gibt keine guten Neuigkeiten. Wussten Sie, dass die Familie dauerhaft nach Dublin zieht und Lord Waldrons Bruder Tyringham Park übernimmt?«

»Nein, das war mir nicht bekannt.« Sie atmete auf, dass es keine schlimmeren Neuigkeiten gab. »Das ist sicher schwer für Charlotte, aber wieso wendet sie sich deswegen von mir ab? Ich habe damit doch überhaupt nichts zu tun.«

»Sie sagte, Sie würden nicht nach Dublin mitkommen und sich um sie kümmern, weil Sie lieber Sids Tochter aufziehen wollen. Es tut mir leid, Miss East, aber sie sagt, sie möchte Sie nicht mehr sehen und will stattdessen bei mir bleiben.«

»Lord Waldron hätte nicht ausplaudern dürfen, dass ich gekündigt habe. Ich habe es ihm im Vertrauen gesagt. Ich wollte ihr schonend beibringen, dass ich Sid heirate. Zu schade, dass sie alle schlechten Neuigkeiten auf einmal hören musste. Kein Wunder, dass das arme kleine Ding es so schwer nimmt.« Miss Easts Stimme schwankte, und sie hielt inne, bis sie weitersprechen konnte. »Sie glaubt wahrscheinlich, es läge alles an ihr. Sie nimmt sich alles so zu Herzen und gibt sich an allem die Schuld. Wenn ich es ihr nur erklären könnte.«

»Ich glaube nicht, dass sie im Moment in der Lage wäre zuzuhören. Lassen Sie sie eine Weile bei mir, und ich werde zusehen, dass ich sie besänftige.«

Als Abschiedsgeschenk an Charlotte hatte Miss East von einem Teil ihrer Ersparnisse eine Goldbrosche mit einem gläsernen Klappdeckel gekauft. Hinter das Glas hatte sie ein gepresstes und getrocknetes vierblättriges Kleeblatt gelegt, das sie beide auf einem ihrer vielen Spaziergänge auf dem Anwesen gefunden hatten. Miss East erinnerte sich, wie zufrieden sie gewesen waren und wie Charlotte in ihrer Unschuld immer wieder gefragt hatte, ob sie für immer und ewig bei ihr bleiben könne.

Charlotte und Harcourt mit Holly, seinem Kindermädchen, standen bereit, um zum Bahnhof gefahren zu werden. Ihr Gepäck war vorausgeschickt worden. Miss East wartete, und als sie Sids Stiefel auf dem Kies hörte, dachte sie, es sei das Geräusch, mit dem ihr Herz brach. Sie nahm den Blick nicht von Charlotte, die trotz all ihrer Versuche kein Wort mit ihr gesprochen hatte.

In letzter Minute beugte sich Miss East mit der Brosche vor, schloss Charlottes schlaffe Finger darum und sagte: »Sie wird dir Glück bringen und dich erinnern, dass ich mein Lieblingsmädchen nie vergessen werde. Ich werde jeden Tag zählen, bis du im Sommer wieder hierherkommst.«

Charlotte starrte die Brosche an, sah, was sie enthielt, blickte Miss East an und schleuderte ihr die Brosche ins Gesicht, wo sie ihr die Wange aufschnitt. »*Ich will sie nicht!*«, brüllte sie.

Holly zuckte vor Schreck zusammen, und Harcourt fing zu weinen an.

Sid sprang vom Kutschbock, öffnete Charlottes Tür und zog sie am Arm heraus.

»Heben Sie die Brosche auf«, sagte Sid.

Charlotte zögerte nur einen Augenblick, dann gehorchte sie.

»Entschuldigen Sie sich«, verlangte er. »Sehen Sie, was Sie angerichtet haben?«

Miss East achtete nicht auf das Blut in ihrem Gesicht und sagte, nur keine Umstände, Charlotte habe es nicht absichtlich getan, sie rege sich auf, weil sie The Park verlassen müsse, sie wolle bleiben, sie sei außer sich.

Sid beachtete sie nicht. »Entschuldigen Sie sich.«

Charlotte bebte. Sie hielt den Kopf gesenkt und sagte kein Wort.

»Haben Sie mich gehört?«, fuhr Sid sie an.

Charlotte rührte sich nicht.

Miss East stellte sich zwischen die beiden und winkte Sid, er möge nachgeben.

»Du brauchst nichts zu sagen. Ich weiß, dass es dir leidtut und du aber nicht in der Lage bist, es auszusprechen«, sagte sie zu Charlotte und legte den Arm um sie.

Charlotte schüttelte den Arm grob ab.

»Es tut mir nicht leid«, murmelte sie.

Miss East blickte Sid flehentlich an, damit er nichts dazu sagte. Die drei standen wartend da, bis das Schweigen unangenehm wurde. Sid war der Erste, der nachgab, denn er konnte den traurigen Ausdruck im Gesicht seiner Lily nicht länger ertragen.

»Sagen Sie trotzdem danke«, forderte er Charlotte bitter auf. »Nach allem, was sie für Sie getan hat. Und den Zug verpassen wollen wir auch nicht.«

»Danke«, sagte Charlotte.

Sid blickte Miss East an, und sie nickte.

»Na, dann los jetzt, einsteigen, dann fahren wir los«, sagte er. »Mehr ist wohl nicht drin.«

»Alles Gute für die Schule.« Miss East streckte die Arme aus, doch Charlotte ging an ihr vorbei, setzte sich auf ihren Platz und drehte den Kopf weg. Sid schloss die Tür hinter sich und kletterte wieder auf den Kutschbock. Als sie wegfuhren, sah Miss East, wie sich aus Charlottes Fenster ein Arm mit geschlossener Faust streckte und an der Außenseite der Tür herunterhing. Langsam öffneten sich die Finger, und die Brosche fiel funkelnd und geräuschlos in den Morast am Rand der gekiesten Auffahrt.

Zweiter Teil

Die Stadt

30

Dublin
1919

Fünf Wochen nach dem Unfall suchten lebhaft und unverändert zwei Gesichter Edwina heim, sobald ihr Schlaftrunk nachließ und sie in der Finsternis der frühen Morgenstunden erwachte.

Das eine gehörte Charlotte in dem Moment, in dem sie den Befehl erhielt, Mandrake gegen Sandstorm zu tauschen, und Unglauben und Angst eine Sekunde lang ihre Zuversicht verdrängten. Auf diese Miene folgte der Ausdruck der Panik, als sie begriff, dass sie Sandstorm nicht daran hindern konnte, vor Mandrake zu springen und dessen Vorderläufe zu treffen.

Das andere war der Gesichtsausdruck von Manus, als er sich nach dem Sturz über sie beugte. Hinter der vordergründigen Besorgnis standen blanke Verachtung, die Überzeugung, dass nicht Mandrake das Pferd sei, das sich das Bein hätte brechen sollen, und seine Schlussfolgerungen. Obwohl sie genau wusste, dass er keineswegs zugegen gewesen war und sie nicht gesehen hatte, wich die falsche Erinnerung, klar wie eine Fotografie, nicht von ihr.

Über eine Woche lang hatte sie nichts gesehen und gehört. Beim Aufwachen hatte sie sich in einem Dubliner Krankenhaus wiedergefunden, in das sie von Cork verlegt worden war, und kaum hatte sie begriffen, was ihre Verletzungen bedeuteten, wünschte sie schon, sie wäre überhaupt nicht mehr zu sich gekommen. Sie war einunddreißig Jahre alt, und ihr Leben war zu Ende.

Keine Jagd mehr. Was war ein Leben ohne die Jagd? Und keine Reise nach Australien, um Victoria zu suchen. Die alte Beatrice konnte nicht allein fahren, und wen sonst konnte sie schicken? Verity hatte Teresa, Dixon oder Victoria nie zu Gesicht bekommen und war deshalb nicht von Nutzen, doch selbst wenn sie alle gekannt hätte, wäre sie nicht zu gebrauchen gewesen. Sonst gab es niemanden. Alles war schier zum Verzweifeln.

Wenn sie nachts aus den ständig wiederkehrenden Fallträumen aufwachte, war sie nicht erleichtert, sondern fand die Wirklichkeit schlimmer als ihre Träume.

Wie dachte die Jagdgesellschaft über den Unfall? Was hatte Charlotte gesagt? Hatte Manus von Les über ihre Abrichtmethoden gehört? Was konnte sie als plausiblen Grund anführen, wieso sie Charlotte gezwungen hatte, auf Sandstorm zu reiten?

Waldron kam herein. Er brachte viele Neuigkeiten mit, einige waren brandaktuell, andere von gestern und einige von vorgestern. Edwina konnte den Kopf nicht drehen. Sie lag da wie eine Leiche, während er ihr ungerührtes Gesicht von der Seite ansprach.

Sein Bruder Charles wünsche, dass er zu einer letzten Jagd nach Tyringham Park kam, ehe er nach Indien zurückkehrte. Brigadier sei in guter Verfassung. Charles habe Schwierigkeiten mit Sandstorm und könne kaum fassen, dass Charlotte sich während der gesamten Jagd im Sattel dieser abscheulichen Kreatur habe halten können.

Edwinas Arzt war mit ihren Fortschritten zufrieden. Sie könne, schneller als sie denke, aufstehen und sich bewegen. Im Rollstuhl natürlich – Wunder wirken könne er nicht.

Charles hatte Charlotte für die Sommerferien nach Tyringham Park eingeladen, damit sie ihren Biss nicht verlor. Beatrice und Bertie erzählten so oft von ihrem Können, dass er es gern mit eigenen Augen sehen wollte.

Charlotte war am Vortag von ihrem Internat in Begleitung einer Lehrerin nach Hause geschickt worden. Man hatte sie wegen Gewalttätigkeit der Schule verwiesen. Keine der Schülerinnen, Charlotte eingeschlossen, wollte Licht in die Angelegenheit bringen, und daher wisse die Schulleitung nicht, was Charlotte veranlasst hatte, ein älteres Mädchen, eine Musterschülerin, krankenhausreif zu prügeln, doch solch unannehmbares Verhalten könne unter keinen Umständen geduldet werden.

Edwina zeigte auf diese Nachricht genauso wenig Regung wie auf die anderen.

Vetchworth School an den Dublin Mountains habe eingewilligt, Charlotte aufzunehmen, was Waldrons Einfluss und dem Verständnis der Schulleitung für die tragische Familiensituation zu verdanken sei.

»Ich bringe sie nächste Woche persönlich hin, sobald Verity ihr die Schuluniform beschafft hat«, sagte er in einem Ton, als erwarte er Lob für solch eine Großtat. »Ach ja, fast vergessen«, fügte er hinzu. »Habe eine Antwort von diesem Künstler, der deine Hand nicht zu Ende gemalt hat.«

Edwina hielt den Atem an.

»Fürchte, da haben wir Pech. Für die nähere Zukunft nimmt er keine Aufträge an. Schlägt vor, wir suchen uns jemand anderen. Klingt, als wäre er größenwahnsinnig geworden, wenn du mich fragst.«

Edwina atmete zweimal durch, ehe sie es wagte zu antworten. »Hast du mein unvollendetes Porträt erwähnt, als du ihm schriebst?«

»Aber sicher. Ich habe sogar vorgeschlagen, dass er es als Teil des Auftrags zu Ende malen soll.«

Edwina musste sich beherrschen, sonst hätte sie ihn angefahren, dass er wohl kaum auf eine zustimmende Antwort hoffen dürfe, wenn er solch einen Vorschlag mache, und wie er überhaupt dazu komme, die Sache zu erwähnen. Das Recht dazu besaß allein ihr Vater, auch wenn er die Bilder nicht bezahlt hatte, denn niemand anderer als er hatte sie in Auftrag gegeben. Es gelang ihr, in mildem Ton zu antworten. »Ist er in seinem Schreiben auf die Frage eingegangen?«

»Mit keinem Wort, aber was erwartest du von so einem Kerl, dem es zu gut geht, um einen prestigeträchtigen Auftrag anzunehmen? Nicht jeder erhält Gelegenheit, einen Blackshaw zu malen. Ich soll wohl noch dankbar sein, dass er sich herabließ, meinen Brief zu beantworten. Nicht dass er es persönlich tat, könnte ich hinzufügen. Er hat ihn von irgendeinem Untergebenen schreiben lassen.«

»Noch etwas?«

»Beatrice lässt fragen, ob sie über Nacht im Haus bleiben kann, denn sie möchte mit dir reden, vor allem über Charlotte.«

Edwina versuchte, nicht beunruhigt auszusehen.

»Beatrice sagt, ab dem nächsten Jahr dürfen Frauen an der Horse Show teilnehmen«, fuhr Waldron fort. »Zu schade, dass das für dich zu spät ist.«

Er traf sich mit jemandem zum Mittagessen auf der Kildare Street und musste aufbrechen.

»Wahrscheinlich laufe ich unterwegs Beatrice über den Weg, es sei denn, ich sehe sie zuerst und kann noch in Deckung gehen.« Er beugte sich vor und machte sechs Zoll über ihrem Gesicht Kusslaute. »Kopf hoch, altes Mädchen.«

213

Edwina war erleichtert, ihn von hinten zu sehen. So verletzend Dirks Antwort erschien, sie wollte sie in Gedanken noch einmal durchgehen, falls sich darin eine geheime Nachricht von ihm an sie verbarg. Sie hatte seine Karriere in *Village and County* verfolgt; die Zeitschrift erwähnte hin und wieder Adlige, deren Porträts er gemalt hatte, und bezeichnete ihn jedes Mal als würdigen Nachfolger von John Singer Sargent, dessen Arbeiten Edwina nicht kannte. Gelegentlich war ein irischer Peer genannt worden, und der Gedanke, dass Dirk in der Nähe sein und sie ihm vielleicht vor dem Stadthaus auf der Straße begegnen könnte, hatte sie in Erregung versetzt. Wenn in seiner Antwort an Waldron keine geheime Botschaft steckte und die Absage so endgültig war, wie sie klang, dann brauchte sie ihrem Traum nie wieder nachzuhängen: Da Dirk nun ihre Adresse kannte, konnte er bei seinen Aufenthalten in Dublin dafür sorgen, dass er niemals in die Nähe des Blackshaw'schen Stadthauses kam.

Als Beatrice den Kopf zur Tür hereinstreckte, hatte Edwina beschlossen, den einfachsten Ausweg einzuschlagen und zu behaupten, sie könne sich nicht erinnern, was am Tag des Unfalls geschehen sei. Zum Teil entsprach das der Wahrheit – sie besaß keinerlei Erinnerung an den Aufprall, während ihr alles, was dazu geführt hatte, nur allzu klar vor Augen stand. Beatrice verfügte über ein großes Talent, anderen Menschen Dinge zu entlocken, sich zu erinnern, was man früher zu einem Thema gesagt hatte, und die Gesetze der Logik darauf anzuwenden. Daher verstrickte man sich leicht in Widersprüche, wenn man mit ihr redete. Eine Gedächtnislücke vorzuschützen war der sicherste Weg, sie zu täuschen.

Nachdem Beatrice, die »um Charlottes willen« Einzelheiten hatte erfahren wollen, unverrichteter Dinge wieder abgezogen war und Edwina in der Obhut ihrer Pflegerin zurückgelassen hatte, erinnerte diese sich deutlich, dass sie am Tag der Jagd eine besondere Reitpeitsche benutzt hatte. Sie wies Stahlstacheln auf, die sie durch die weichen Lederenden gedrückt hatte. Damit hatte sie Sandstorm immer gut antreiben können, wenn er zu träge wurde. Doch als sie, Charlotte und der reiterlose Falbe auf die gleiche Öffnung zuhielten und von diesen dreien nur Mandrake zu lenken war, hatte sie dem Tier einen unmissverständlichen Schlag mit der Peitsche versetzt – in der Annahme, der Hieb würde ihn zusätzlich antreiben und er könnte sicher vor den anderen beiden über das Hindernis setzen. Stattdessen hatte er gescheut und war halb auf die Hinterhand gegangen, und in diesem Moment war Sandstorm vor ihm vorbeigeprescht und hatte ihm seine Hinterhufe gegen die Vorderläufe geschlagen. Edwina allein wusste, was geschehen war. Charlotte konnte nicht ahnen, wieso Mandrake sich so uncharakteristisch verhalten hatte, und zweifellos gab sie sich die Schuld, weil sie sich nicht, wie ihre Mutter es ihr befohlen hatte, zurückfallen gelassen hatte. Niemand hatte in dem Schneeregen und der Dunkelheit daran gedacht, die Reitpeitsche zu suchen. Mit etwas Glück war sie in den Weißdornbüschen gelandet, außer Sicht, und würde dort allmählich verrotten.

31

Charlottes Schuluniform lag bereit, ihr Koffer stand fertig gepackt und wartete auf die einstündige Fahrt zur Vetchworth Preparatory School in der Nähe der Dublin Mountains. Dort freuten sich Rektorin und Hausmutter schon darauf, das berüchtigte Mädchen zu läutern, doch noch mehr waren sie gespannt zu erfahren, wegen welcher Vorfälle sie der exklusiven Schule in England verwiesen worden war.

Charlotte weigerte sich, die Uniform anzuziehen, und wechselte zwischen Schlaffheit und Muskelstarre, als zwei Dienstmädchen sich damit abmühten, sie anzukleiden. Sie weigerte sich, zum Wagen zu gehen. Ein Diener trug sie über der Schulter hinaus, und als er sie auf dem Rücksitz absetzte, ließ sie sich in den Fußraum gleiten, und er konnte sie nicht wieder hochheben, da ihr massiger Körper den engen Raum ausfüllte und er keinen Punkt fand, an dem er ansetzen konnte.

In der Annahme, dass sie sich vor Fremden benehmen würde, wie es sich gehörte, begleitete Waldron sie optimistisch zur Schule, doch Charlotte machte keine Anstalten, sich aus ihrer Position zu erheben. Ihr Vater sah sich gezwungen, allein zu den beiden Damen zu gehen, ihnen die Hände zu schütteln und zu erklären, seiner Tochter sei nicht wohl, sie sei sogar ohnmächtig, sodass er es für besser halte, sie vorerst zu Hause zu behalten. Es tue ihm leid, ihnen Umstände bereitet zu haben, er werde sich melden. Als er wieder ging, wechselten die Damen enttäuschte Blicke.

Nach einer Stunde schweigender Fahrt sprach Waldron seine Tochter an. »Wir werden deiner Mutter nichts erzählen. Sie hat Sorgen genug. Ich habe beschlossen, einen Privatlehrer für dich einzustellen, und wie es der Zufall will, kenne ich genau den richtigen Mann für diese Aufgabe.«

Waldron war mit dieser Entscheidung, die aus dem Nichts zu kommen schien, zufrieden und rief sich ins Gedächtnis, dass Rückzug eine zulässige Form des Angriffs sei.

Er setzte sich mit dem »richtigen Mann für diese Aufgabe« in Verbindung, kaum dass sie wieder zu Hause waren. Dort erlangte Charlotte augenblicklich die Gewalt über ihre Beine wieder, rannte ins Haus und stürmte die Treppe hinauf, ehe noch jemand mit ihr sprechen konnte. Waldron wollte Edwina nicht mit der gescheiterten Schulaufnahme gegenübertreten, ohne eine Alternative bereitzuhalten, eine Option, die er, wie er behaupten würde, wegen Charlottes Unvermögen, mit anderen Kindern auszukommen, schon die ganze Zeit erwogen habe.

Die dringende Notwendigkeit, jemanden zu engagieren, der nicht kündigen würde, und sein Desinteresse an allem, was nach der Einstellung geschah, veranlassten ihn eingedenk der Atmosphäre im Haus, die kaum jemanden verlocken konnte, sich auf Dauer zu verpflichten, Cormac Delaney ein fürstliches Angebot zu machen. Der junge Offizier aus Galway hatte Waldrons Aufmerksamkeit erregt, als er sich lobend über dessen Militärgemälde äußerte und bekundete, den Beruf des Künstlers ergreifen zu wollen, da seine Laufbahn im Heer durch den Verlust eines Teils seiner linken Hand vorzeitig beendet war.

Während Charlotte in ihrem Zimmer die Schuluniform unter das Bett stopfte, schrieb Waldron an Delaney und bot ihm eine großzügige Entlohnung für fünf Stunden Unterricht an fünf Tagen in der Woche über den Zeitraum von sechs Jahren an. Der junge Mann dürfe das Dubliner Stadthaus als sein Zuhause betrachten, wo er außerhalb der Unterrichtszeit kommen und gehen könne, wie er wolle. Darüber hinaus dürfe er sich ein leerstehendes Zimmer aussuchen, das ausschließlich ihm als Atelier zur Verfügung stehen werde, wo er seinem Interesse an der Kunst nachgehen könne. Außerdem werde bei Wilkinsons ein Konto für ihn eröffnet, wo er nach Herzenslust Leinwand, Farben und Pinsel erwerben dürfe.

Das Mädchen sei störrisch, sagte er sich, während er schrieb, daher mussten die Bedingungen eine Versuchung darstellen.

Cormac Delaney schrieb zurück, er nehme das Angebot an.

Holly war erfreut, als sie gebeten wurde, Charlotte von zwei Uhr nachmittags, dem Ende des Unterrichts, bis zur Schlafenszeit zusammen mit Harcourt zu beaufsichtigen. Sie hielt es für gut, dass Bruder und Schwester einander besser kennenlernten, und auf ihre herzensgute Art wollte sie das einsame Mädchen für all die Unbill entschädigen, die Charlotte in ihrem Leben schon erlitten hatte. Bis Lord Waldron sie darum bat, hatte sie schon befürchtet, dass diese Aufgabe Charlottes Tante, Verity Blackshaw, zufallen würde.

Als Cormac voller Enthusiasmus eintraf, sah er eine dicke kleine Melancholikerin, die ihre Schulhefte zerriss und die Papierfetzen auf den Boden schleuderte. Als er sie ansprach, blickte Charlotte mit stumpfen Augen zu ihm hoch.

Das ist kein leicht verdientes Geld, dachte er.

Erst nachdem er die Stelle angenommen hatte, informierte Waldron ihn über Charlottes Relegation von dem englischen Internat und ihre Weigerung, Vetchworth zu besuchen.

»Aber dafür zeichnet sie gut. In dieser Hinsicht schlägt sie mir nach. Dachte, das könnte Sie interessieren. Sonst fällt mir nichts ein. Fragen Sie Schwester Holly, wenn Sie Näheres erfahren möchten. Lady Blackshaw kann man im Moment mit solchen Dingen nicht behelligen.« Waldron schien innerlich zu leuchten. »Guter Mann. Guter Mann. Ich wusste, ich kann auf Sie zählen. Nun kann ich die Vorbereitungen für die Übernahme meines neuen Kommandos treffen.«

»Tu, was du willst«, lautete Edwinas Reaktion, als Waldron ihr mit uncharakteristischem Überschwang im Lob für den neu engagierten Hauslehrer seinen Beschluss mitteilte.

»Er spricht Französisch wie ein Einheimischer«, sagte Waldron. »Allein das empfiehlt ihn. Verstümmelte linke Hand hat seine Offizierskarriere beendet. Zu seinem Glück hat er etwas, worauf er ausweichen kann, und damit meine ich nicht das Unterrichten. In seiner Freizeit ist er Künstler.«

»*Künstler?*«

»Habe ich das nicht erwähnt? Er mochte meine Zeichnungen. Dadurch bin ich auf ihn aufmerksam geworden.«

Eine Schwester kam herein und drehte Edwina auf die linke Seite. Waldron ging in den Park, um eine Pfeife zu rauchen.

Was war das nur immer mit den Künstlern, die die Blackshaws zu sich ins Haus holten, damit sie bei ihnen wohnten, überlegte Edwina, als sie allein war. Und mit den Händen? Entweder lief eine ununterdrückbare künstlerische Ader durch beide Zweige der Familie Blackshaw, die hin und wieder hervorbrach und ernst genommen werden sollte, oder Edwina verlor den Verstand und alte Erinnerungen kehrten wieder, um sie zu quälen.

In der Nacht träumte sie von körperlosen Händen und Künstlern ohne Gesicht, denen hässliche Menschen Modell saßen, die so aufwühlend aussahen, dass sie ausnahmsweise erleichtert war, als das Geschwätz der Krankenschwestern beim Schichtwechsel sie aufweckte.

32

Charlotte erwachte und blickte zum Bettchen ihrer kleinen Schwester, ob Victoria noch schlief. An den Rändern der geschlossenen Vorhänge traten nur schmale Lichtstreifen in den dunklen Raum. Da war kein Bettchen. Charlotte fuhr auf und starrte an die gegenüberliegende Wand.

Keine Victoria, kein Bettchen. Sie wollte Miss East aus dem Nebenzimmer herbeirufen. Sie wollte, dass Miss East hereinstürmte, sie in die Arme nahm und tröstete.

Sie wollte zurück nach Tyringham Park, wo Victoria in ihrem Bettchen schlief, Miss East nebenan lag und Mandrake unten im Stall stand. Sie wollte, dass Schwester Dixon ihren Fluch zurücknahm.

Das energische Hausmädchen Queenie kam herein und holte Charlotte in die Gegenwart zurück. Sie sagte, es wäre Zeit für ihren ersten Tag mit dem »Unterricht vom netten Mister Delaney« und ob sie sich nicht darauf freue.

»Nein«, sagte Charlotte.

»Geht es Ihnen nicht gut?«

»Nein.«

»Na, dann aus den Federn mit Ihnen. Morgenstund hat Gold im Mund.«

»Nein.«

Das Hausmädchen zögerte kurz und verließ das Zimmer.

Der Klang des Wortes »Unterricht« allein genügte, um Charlotte in höchste Aufregung zu stürzen. Die wenigen Monate, die sie im Internat verbracht hatte, war sie der Lächerlichkeit preisgegeben gewesen, denn sie war die Einzige in der Klasse gewesen, die weder lesen noch schreiben konnte. Deklinationen, Bruchrechnen, schriftliches Dividieren, Aufsätze, Satzbau, Zeichensetzung und Rechtschreibung blieben ihr vollkommen unverständlich. Jeden Tag war sie sich dumm vorgekommen und hatte sich gedemütigt gefühlt.

Sie würde im Bett bleiben.

Nachdem Cormac aus Hollys Mund einen Teil von Charlottes Geschichte gehört hatte, hielt er es für das Beste, wenn er mit der Ausbildung des Kindes ganz bei null begann. Wenn er sie eher wie eine Fünfjährige behandelte denn wie ein Mädchen von zehn.

Lord Waldron hatte durchblicken lassen, dass er mehr als glücklich wäre, wenn seine Tochter das Lesen und Schreiben erlernte, das Addieren und Subtrahieren, ein bisschen Französisch und ein wenig Aquarellieren. Latein und Griechisch wären an sie verschwendet, da sie ein Mädchen sei. Wenn Cormac den Großteil des Schultags mit Flohhüpfen verbringen wolle, so sei ihm das auch recht, hatte er ihm zu verstehen gegeben.

Als Cormac am ersten Tag ins Schulzimmer kam, erwartete ihn Queenie, ein Hausmädchen, und informierte ihn, dass Charlotte noch im Bett liege und sich sogar weigere aufzustehen, obwohl sie nicht krank sei.

Cormac hatte mit einem gewissen Widerstand von seinem jungen Schützling gerechnet. »Wenn die Schülerin nicht zum Lehrer kommen will, dann muss der Lehrer eben zur Schülerin gehen, also tut er das. Führ mich zu ihr.«

Queenie zögerte. »Ich weiß nicht, ob ich das darf«, sagte sie. »Da muss ich erst Miss Blackshaw fragen.«

»Nicht nötig. Ich muss Lord Waldrons Anweisungen befolgen. Ich bin hier, um zu unterrichten, also unterrichte ich, und ich muss jemanden unterrichten, sonst spiegele ich falsche Tatsachen vor. Du siehst, in welcher Zwickmühle ich stecke. Also bitte zeig mir den Weg und kündige mein Kommen an, damit dem armen Kind nicht vor Schreck das Herz stehen bleibt.«

Cormacs zweiter Blick auf Charlotte entmutigte ihn noch mehr als der erste. Sie lag zu einer Kugel zusammengerollt im Bett, als wäre ihr jegliche Lebendigkeit ausgesaugt worden.

Ihm bleibe nur eine Wahl, entschied er: Geschichten zu erzählen. Er würde seinen Teil der Abmachung einhalten, indem er etwas tat, und sie würde mit geschlossenen Augen weiter daliegen, bis sie beschloss, Interesse zu zeigen. Er konnte drohen, im Schulzimmer zu warten, bis sie bereit wäre, sich etwas beibringen zu lassen, aber was, wenn sie ihn beim Wort nahm und nie hinaufkam – wie stände er dann da? Gab er ihr jedoch nie einen Befehl, konnte sie ihm gar keinen Ungehorsam zeigen. Er brauchte dringend das Dach über dem Kopf und die Materialien, die ihm der Vertrag zugestand, bis er sich in der Welt der Kunst einen Namen gemacht hatte und von seiner Arbeit leben konnte. In einer zugigen Pariser Mansarde zu hungern war der Qualität seiner Arbeiten nicht förderlich – das hatte er bereits festgestellt. Außerdem wollte er wirklich sein Bestes tun für das unglückliche Mädchen, ohne es in eine Situation zu bringen, aus der es nur mit einem Gesichtsverlust herauskam. Und er war sich nur zu deutlich bewusst, dass er selbst das Gesicht nicht verlieren durfte, wenn er Charlottes Respekt erringen wollte.

Geschichten waren eine Sache, um die er nie verlegen war.

Er ging das Risiko ein, dass ihr »Rotkäppchen« und »Aschenputtel« zu kindlich waren, und erzählte die beiden Märchen als Erstes. Dabei spielte er alle Rollen in einer übertriebenen Art vor. In der ersten Stunde lief er ums Bett herum, wenn Charlotte den Kopf abwendete, um ihren Blick wieder einzufangen, und wenn sie sich erneut herumwarf, eilte er zurück. Als sie aufschaute, beugte er sich drohend über sie (da war er der Wolf), und als sie den Blick senkte, kniete er am Boden (was wunderbar zu der Szene passte, in der der Prinz den goldenen Pantoffel bei Aschenputtel anprobierte). Während er die eitle Stiefmutter beschrieb, die neidisch auf Schneewittchens Schönheit war und ihr einen vergifteten Apfel brachte, um sie zu töten, gab Charlotte es auf, so zu tun, als interessiere sie die Geschichte nicht.

»Obwohl es ihr verboten war, öffnete Schneewittchen die Tür...«

Cormac riss die Zimmertür auf und fand Tante Verity Blackshaw mit einem Wasserglas am Ohr vor, erstarrt in der vorgebeugten Haltung einer Lauscherin. Er nahm ihr das Glas aus der Hand und hob es hoch.

»...und stand vor der bösen Stiefmutter in ihrer Verkleidung als alte Bäurin, die Schneewittchen den süßesten Apfel im ganzen Königreich anbot und sie drängte, ihn zu essen. Und jetzt, fürchte ich, ist es Zeit für das Mittagessen.« Er hatte Queenie entdeckt, die mit einem Tablett für Charlotte den Korridor entlangkam. »Würden Sie gern später wieder zu uns stoßen, Miss Blackshaw, um zu erfahren, was aus Schneewittchen wurde?«

»Vielen Dank, Mr Delaney, doch ich fürchte, ich habe mich um meine eigenen Aufgaben zu kümmern. Mir ist nicht der Luxus vergönnt, den ganzen Tag herumzusitzen und meine

Zeit damit zu vergeuden, mir erfundene Geschichten anzuhören.« Dafür, dass sie in einer kompromittierenden Situation ertappt worden war, hatte sie immer noch reichlich Farbe im Gesicht. »Das ist nicht meine Vorstellung von Erziehung. Aber mich zieht ja nie jemand zurate.«

Als Cormac nach dem Mittagessen zurückkehrte, ließ er »Schneewittchen« absichtlich unbeendet und begann mit »Hänsel und Gretel«, beschrieb in allen Einzelheiten die verschiedenen Leckereien, die die Wände des Lebkuchenhauses zierten; aus Charlottes Leibesfülle schloss er, dass Essen zu ihren Hauptinteressen gehörte. Sie hatte noch immer kein einziges Wort zu ihm gesprochen, doch an ihrer Reaktion auf die dramatischen Szenen merkte er, dass die alten Märchen, die sie zum ersten Mal hörte, sie in Bann schlugen. Er stellte ihr keine Fragen, denn er wollte nicht zulassen, dass sie die Oberhand gewann, indem sie die Antwort verweigerte.

»Die Kinder Lirs wurden von ihrer eifersüchtigen Stiefmutter in Schwäne verwandelt.«

Was geht denn hier vor?, fragte sich Cormac. Er war gerade auf keltische Legenden umgeschwenkt, und wieder trat eine böse Stiefmutter auf. Diese Stiefmutter, Aoife mit Namen, empfand immerhin so viel Anstand, die Wirkung des Zauberspruchs auf neunhundert Jahre zu begrenzen – kein großer Trost für Fionnuala, Aed, Conor und Fiachra, die auf dem Wasser bleiben mussten, getrennt von ihrem Vater und dem Land, das sie liebten. Und als sie zurückverwandelt wurden, waren sie keine Kinder mehr, sondern uralte Menschen an der Schwelle des Todes.

»Nicht besonders gerecht, was?«

Trotz ihrer Bemühungen, ihre Gefühle zu verbergen, war Charlottes Gesicht für Cormac ein offenes Buch.

Zur Abwechslung von der durch Stiefmütter heraufbeschworenen Tragik stellte er ihr Sétanta vor, den siebenjährigen Athleten und Krieger, der es mit hundertfünfzig Gegnern allein aufnehmen und sie besiegen konnte.

Charlottes Augenbrauen fragten: ›Das soll ich Ihnen abnehmen?‹, doch sie schien die Schilderungen von Sétantas Kampfrausch und den Blutbädern, die daraus folgten, zu genießen. Seine Taten als Junge und dann mit seinem neuen Namen als Cúchulainn, der Hund von Ulster, beschäftigten sie bis zwei Uhr.

»Ich muss gehen«, sagte Cormac und wäre beinahe aus dem Raum geflohen. Sein Kopf schwirrte vor Ideen, und seine Finger konnten es kaum erwarten, seinen bevorzugten Borstenpinsel zu ergreifen, den er schon mit Farbe beladen in der Hand spürte. Vor ihm lagen acht Stunden Arbeit. Sétantas Kampfrausch konnte nicht stärker sein als das Fieber, in dem er die Bilder, die ihm vor Augen standen, auf die Leinwand bannte.

Am nächsten Morgen war Charlotte hingerissen, als Cúchulainn sich gegen den Rat seines Gefolges mit der zauberkräftigen Königin Medb anlegte und damit die Omen und Prophezeiungen missachtete, die ihn vor dem Kampf warnten. Als sein treues Pferd, der Graue von Macha, Tränen aus dunklem Blut über den bevorstehenden Tod seines Herrn vergoss, begannen Charlottes Lippen und ihr Kinn zu zittern.

Cormac hielt sofort inne und gab die Pose des Geschichtenerzählers auf. »Ist alles in Ordnung, Charlotte?«, fragte er und setzte sich an ihr Bett.

Charlotte zog sich die Bettdecke über den Kopf und begann laut zu schluchzen, schlug die Fersen in die Matratze und trat gegen das Fußende aus Messing.

Cormac beugte sich über sie, um sie zu trösten.

Wie der Blitz war Tante Verity zur Stelle. Sie fragte nicht, was geschehen war – sie musste wieder an der Tür gelauscht haben. Sie schob Cormac zur Seite und zog Charlotte mit Gewalt die Bettdecke vom Gesicht. Charlotte heulte noch lauter auf, riss die Decke an sich und bedeckte wieder den Kopf.

Cormac empfand den starken Drang, Verity von den Füßen zu heben, zur Tür hinauszuschieben und den Schlüssel im Schloss umzudrehen, doch er beherrschte sich, klingelte nach Queenie und bat sie, Holly zu holen. »Und du kümmerst dich um Harcourt, bis Holly wieder da ist«, befahl er ruhig.

Queenie hatte die um sich schlagende Gestalt im Bett gemustert. Das immer lauter werdende Geheul im Ohr, setzte sie sich über die Hausregel hinweg, sich stets gemessen zu bewegen, und rannte, so schnell sie nur konnte, zum Kinderzimmer.

»Reiß dich zusammen«, sagte Verity, schlug Charlotte mit der flachen Hand auf die Arme und versuchte ihr die Bettdecke zu entwinden. Als Charlotte diese weiter festhielt, schlug Verity fester zu. »Lass los, du boshaftes Kind! Loslassen, sage ich!«

Holly kam atemlos in den Raum.

»Holly übernimmt nun, Miss Blackshaw«, sagte Cormac und umfasste den Arm, mit dem Verity zuschlug, mit seiner gesunden Hand.

»Nehmen Sie die Finger weg, Sie ungehobelter Lakai! Ich bin ihre Tante!« Verity entriss ihm den Arm. »Sie sind nur ein Hausangestellter, falls Sie es vergessen haben sollten.«

»Lord Waldrons Befehle, fürchte ich, Miss Blackshaw. Da müssten Sie sich mit ihm auseinandersetzen«, sagte er in dem Wissen, dass sie es nicht tun würde, und geleitete sie zur Tür. »Danke für Ihre Besorgnis. Wir rufen Sie, wenn wir Sie brauchen, aber ich bin sicher, Holly ist der Situation gewachsen. Einen guten Tag, Miss Blackshaw.«

Knallrot vor Wut sagte Verity, als sie ging: »Sie werden ihr ihre Mutwilligkeit nie austreiben, so, wie Sie sie verwöhnen. Wer am Stock spart, verdirbt das Kind – so sagt es die Bibel, und nirgendwo findet sich größere Weisheit. Das letzte Wort ist noch nicht gesprochen.«

Als er sich wieder umdrehte, schluchzte Charlotte noch immer laut, hatte aber die Bettdecke losgelassen und lag in Hollys Armen. Diese bedeutete Cormac über Charlottes Kopf hinweg, dass sie bleiben würde und Cormac gehen könne.

An diesem Abend suchte er Holly auf, nachdem sie die Kinder zu Bett gebracht hatte. Den ganzen Nachmittag lang war er zu sehr abgelenkt gewesen, um zu malen. Immer wieder hatte er an Charlottes Verzweiflung denken müssen und sich gefragt, womit er sie wohl verursacht hatte. Holly setzte ihn ins Bild, wie sehr Charlotte an Mandrake gehangen hatte, und berichtete, unter welch entsetzlichen Umständen das Tier zu Tode gekommen war.

»Also keine traurigen Geschichten über Pferde mehr. Ich danke Ihnen für Ihre Hilfe. Mir wäre nichts anderes eingefallen, als Tante Verity zu erwürgen. Zum Glück habe ich nur eine Hand.« Still vor sich hinlachend, ging er fort.

»Wo ist sie?«, fragte Cormac am nächsten Morgen, als er im Schlafzimmer keine Spur von Charlotte sah.

»Richtig angezogen ist sie, und sie wartet im Schulzimmer auf Sie. Heute Morgen ist sie kreuzfidel aufgestanden.« Queenie lächelte ihn breit an.

Mit langen Schritten eilte Cormac die Treppe hoch.

Charlotte saß, um Nonchalance bemüht, an ihrem Tisch. Cormac betrat den Raum, als wäre ihre Anwesenheit darin ganz natürlich und nicht anders zu erwarten. Keine düsteren Geschichten mehr, ermahnte er sich. Womit fangen wir an?

»Hat Schneewittchen den Apfel gegessen?«, fragte Charlotte schüchtern. Es war das erste Mal in den acht Tagen, die sie einander kannten, dass sie gesprochen hatte.

»Das hat sie«, antwortete Cormac. Er erzählte das Märchen zu Ende und war froh, zum Schluss sagen zu können: »Und sie lebten glücklich und in Frieden, und wenn sie nicht gestorben sind, dann leben sie noch heute. Übrigens weiß ich, wo das Haus der sieben Zwerge steht, das aus dem Märchen, und wenn es Ihnen besser geht, fahren wir hin und sehen es uns an.«

»Ich möchte es gern sehen.« Sie lächelte, doch ihre Augenbrauen fragten: ›Glaubt er wirklich, dass er mich damit beeindruckt?‹

Sie begannen, eine Lesetafel anzulegen. »Ich schreibe die Buchstaben, Sie malen die Bilder«, schlug Cormac vor. Er freute sich darauf, Charlottes Zeichenkünste mit eigenen Augen zu sehen. Er nahm Papier, Bleistifte, Schere und Klebstoff aus der Schublade.

»Sie sind eine ganz tolle Zeichnerin!«, lobte er sie, nachdem Charlotte einen Apfel, einen Bären, einen Clown, einen Delfin, einen Elefanten, einen Fisch und eine Giraffe gemalt hatte. Als sie zum P kamen, wollte Charlotte ein Pferd malen. Cormac meinte, das wäre sicher ein wenig schwierig und sie solle lieber eine Pfeife malen, doch sie sagte, sie würde es schaffen.

Während sie das Zaumzeug an den korrekten Umriss eines Pferdes malte, schaute sie auf und fragte: »Was wurde aus dem Grauen, der die Tränen aus Blut weinte?«

Cormac zögerte. »Möchten Sie das wirklich wissen?«

Sie nickte.

Er war versucht, das Ende der Sage zu ändern, aber da er die

Omen und Prophezeiungen schon beschrieben hatte, hätte Charlotte kaum eine falsche Auflösung akzeptiert.

Charlotte nickte wieder.

Am Ende der Sage waren sie beide bewegt – Charlotte von den Taten des tapferen Grauen von Macha, der tödlich verletzt wurde, als er seinen Herrn zu verteidigen versuchte, und Cormac von dem dramatischen Bild des Raben auf der Schulter des verwundeten Helden, der sich an einem Pfeiler festgebunden hatte, damit er im Sterben aufrecht vor seinen Feinden stehen konnte.

»Was ist mit Ihrer Hand passiert?«, fragte sie später. »Ist sie in der Schlacht verletzt worden?«

Zeigefinger, Mittelfinger und Ringfinger fehlten bis zu den Knöcheln, Daumen und Mittelfinger sogar bis zum Handgelenk. Die Reste seiner Hand und der Unterarm waren mit tiefen Narben bedeckt.

»Das könnte man so sagen.« Cormac schilderte in einer bereinigten Fassung, wie er verwundet worden war, und sie wollte mehr über den Krieg erfahren. Je mehr er ihr erzählte, desto mehr wollte sie hören. Wie bei Cúchulainns Geschichte interessierten sie die Tiere mehr als die Soldaten. Er achtete sorgfältig darauf, das Leid der Pferde auf dem Schlachtfeld auszusparen, besonders von einem, das eine Ewigkeit lang um sich geschlagen und geschrien hatte, ehe jemand nahe genug herankam, um es von seinen Qualen zu erlösen.

33

Wer (wie seine meisten Offizierskameraden) behaupte, das Familienleben sei erdrückend langweilig, müsse es falsch angehen, sagte Waldron zu Verity, die ihm durchs Haus folgte, weil sie ihn etwas fragen wollte. Nachdem er eine Aufstellung der Personen unter seinem Kommando angefertigt hatte, schrieb er eine kurze Liste von Anweisungen, die er mit seinem Testament zurückzulassen gedachte. Sollte ihm etwas zustoßen, sollte öffentlich bekanntwerden, dass er sich um seine familiären Pflichten genauso ernsthaft gekümmert hatte wie um seine militärischen.

Blackshaw'sches Stadthaus
Dublin, 27. Februar 1919

1. *Edwina Blackshaw (Ehefrau). Im Erdgeschoss sind zu ihrer Bequemlichkeit Rampen anzubringen, drei Zimmer vorzubereiten, zwei im Haus wohnende Krankenschwestern einzustellen. Verity kann halbtags einspringen, um eine dritte Schwester einzusparen.*
2. *Verity Blackshaw (Schwägerin). Herrin im Haus, bis Edwina das Krankenhaus verlässt, danach ihre Gesellschafterin. Erteilt Charlotte wöchentliche Übungen in gehobener Aussprache, damit sie Einflüsse von Huddersfield und Dublin loswird. Keinerlei Weisungsbefugnis gegenüber dem Hauslehrer, der seine Befehle von mir allein erhält. Kann das Stadthaus für die Dauer ihres Lebens als ihr Zuhause betrachten.*

3. *Charlotte (Tochter).* Erhält bis zu ihrem sechzehnten Geburtstag Privatunterricht und besucht daraufhin ein Jahr lang ein Mädchenpensionat in Paris.
4. *Harcourt (Sohn).* Wird nach seinem siebten Geburtstag meine alte Schule besuchen.
5. *Holly Stoddard (Harcourts Kindermädchen).* Als eine von einer Million jungen Frauen, die wegen des Krieges zweifellos keine Aussicht auf Heirat haben, wird sie den Rest ihres natürlichen Lebens im Haus verbringen. Wird, sobald Harcourt zur Schule geht, Lady Blackshaw als Gesellschafterin dienen. Dies ist mein Beitrag zur Kriegswitwenstiftung, auch wenn Holly tatsächlich eine unverheiratete Frau ist und keine Witwe.
6. *Cormac Delaney.* Für Cormac Delaney ist bei Wilkinsons ein Konto eröffnet worden, um ihn mit Leinwand, Pinseln und Farben zu versorgen, wie und wann er sie benötigt. Seinen Ausgaben wird keine Obergrenze gesetzt. Ich wünsche schon seit langem, die Kunst zu fördern, und habe mich entschieden, auf diese Weise zum Mäzen zu werden. Mein Vertrauen in Cormac Delaney ist so groß, dass ihm gestattet ist, Charlotte auf jede Weise zu unterrichten, die ihm angebracht erscheint.

Waldron las noch einmal, was er geschrieben hatte, war damit zufrieden und unterzeichnete. Nicht zum ersten Mal empfand er Dankbarkeit gegenüber seinen Vorfahren, die mit dem Sklavenhandel nach Westindien ein Vermögen verdient und es klug in Londoner Immobilien investiert hatten, welche heute Einkünfte erbrachten, von denen er in Indien wie ein König leben konnte. Tyringham Park allein konnte solche Extravaganz nicht tragen, zumal noch die Kosten für die Häuser in Dublin und Cork hinzukamen.

»Was willst du, Verity?«, fragte er. Sein gewohnter enervierter Ton wich der Belustigung, da er ihre Autorität beschnitten hatte und bald aufbrechen würde, um seinen rechtmäßigen Platz fast ganz oben in der Hierarchie des Empires einzunehmen. Wie Verity sich benahm, hätte man glauben können, sie vergreise, statt in die besten Jahre zu kommen, falls man von frömmlerischen Frauen überhaupt sagen konnte, dass sie beste Jahre hatten, so eingeschränkt wie ihr Leben war.

»Es geht um den Hauslehrer.« Wie sie neben seinem Schreibtisch stand, wirkte sie eingeschüchtert, dennoch trieb sie ihr Pflichtbewusstsein. Er bot ihr keinen Platz an, damit sie sich nur nicht auf ein langes Gespräch einrichtete. »Kennst du ihn schon lange?«

»Lange genug. Wieso fragst du?«

»Er wirkt ein wenig...« Sie verstummte. Sie hatte »geistesgestört« sagen wollen, doch sie war nicht bereit zuzugeben, dass sie durchs Schlüsselloch ins Schulzimmer geblickt und Cormac Delaneys Kapriolen beobachtet hatte. »... ein wenig *gewöhnlich*. Er könnte Charlotte allerlei inakzeptable Ideen in den Kopf setzen, ohne dass wir etwas davon ahnen.« Wie Cormac sie am Arm gepackt hatte, erwähnte sie nicht, da sie fürchtete, dass Waldron den Vorfall herunterspielen würde, statt ihm die ernste Beachtung zu widmen, die er verdiente.

»›Gewöhnlich‹ ist er ganz gewiss nicht, liebste Schwägerin, und ahnungslos wird Charlotte sein, wenn sie nicht sehr bald ein wenig Bildung erhält. Zehn Jahre alt und kann nicht lesen und schreiben. Sie ist offensichtlich in guten Händen – einer guten Hand –, und ich verbiete dir ausdrücklich, dich einzumischen. Habe ich mich deutlich genug ausgedrückt?«

Ein hasserfüllter Ausdruck schoss über Veritys Gesicht, ehe sie ihn noch verbergen konnte, doch Waldron bemerkte ihn gar nicht. Er überflog seine Anweisungen noch einmal. Ihn rührte seine Großzügigkeit, die aus jedem Satz schimmerte, und er bewunderte seine Klugheit, alles schriftlich niederzulegen.

»Habe ich das?«, fragte er.

»Ja, Waldron«, sagte Verity und wandte sich zum Gehen.

»Ich habe nicht den Dienstgrad eines Major General des Heeres erreicht, ohne dabei ein guter Menschenkenner zu werden«, rief er ihrem sich entfernenden Rücken hinterher.

Waldron reiste nach Tyringham Park und verbrachte ein Wochenende mit seinem Bruder Charles und dessen Frau Harriet, ihren vier erwachsenen Kindern samt Gatten und drei Enkelkindern. Zwei Dinge fielen ihm dabei auf. Das Haus war erfüllt von Energie und Fröhlichkeit wie zu Lebzeiten seines Vaters, und Manus war von Charles nicht wie erwartet degradiert worden, sondern nach wie vor Stallmeister und stand in höchstem Ansehen.

Im Anschluss brach Waldron nach viereinhalbjähriger Abwesenheit mit reinem Gewissen nach Indien auf.

Verity andererseits war von Unbehagen wegen des neuen Hauslehrers erfüllt und beschloss, ihn genau im Auge zu behalten und ihre Sorgen in die Hände des Herrn zu legen. Manchmal war es verwirrend, dass Waldron Blackshaw und Jesus Christus sich diesen Titel teilten.

Um die Monotonie des Ablaufs im Schulzimmer zu brechen und Charlotte von ihrer überflüssigen Körperfülle zu befreien, ohne dass sie es merkte, veranstaltete Cormac Märsche durch die ganze Stadt. Unterwegs erzählte er noch mehr Geschichten, rezitierte Gedichte und sprach Französisch. Sie besuchten das Haus in Stephen's Green, wo die sieben Zwerge einmal gewohnt hatten, Kilmainham, wo Rapunzel eingesperrt gewesen war, Herbert Park, das noch zu Dornröschens Lebzeiten von den Dornenhecken befreit worden war, die Brücke über den Dodder, wo der Troll lauerte, ehe Billy Goat Gruff sich um ihn kümmerte, den Hafen, wo Ali Baba anlegte, und die Iveagh Gardens, wo einstmals der selbstsüchtige Riese herrschte.

Jeden Tag wartete Tante Verity an einem Fenster des Obergeschosses auf ihre Rückkehr. Sie beobachtete genau, wie eng die beiden nebeneinander hergingen, wie Charlotte bewundernd zu ihrem Lehrer hochsah und wie Mr Delaneys Gebaren die gleiche Wertschätzung ihr gegenüber ausdrückte. Der Anblick von solcher Freundschaftlichkeit zwischen Lehrer und Schülerin bereitete ihr ein sehr ungutes Gefühl.

Als Cormac seinen Märchenschatz erschöpft hatte und zu erwachseneren Geschichten überging, war Charlotte, die mit jedem Tag schlanker wurde, morgens stets als Erste auf den Beinen und konnte meilenweit marschieren, ohne dass es sie anstrengte.

Sogar als sie längst in der Lage war, allein Bücher zu lesen, bat sie Cormac immer wieder, ihr von bösen Stiefmüttern zu erzählen, von Zaubersprüchen und Flüchen und davon, wie die Zauber gebrochen und die Flüche abgewendet wurden.

34

»Kann ich das auch?«

Cormac entging völlig, dass Charlotte ihn ansprach. Er hatte ein Bild, an dem er gerade arbeitete, aufgestellt, um es zu betrachten und zu analysieren, während sie *Kleine Frauen* laut vorlas. In weniger als einem Jahr hatte sie gelernt, so flüssig zu lesen (auch wenn sie noch immer mit dem Finger die Zeile verfolgte), dass man ihr nichts mehr vorzusagen brauchte. Cormacs Gedanken schweiften leicht von der Geschichte ab, was gut war, weil er Charlotte nicht mit Schnauben oder zynischen Kommentaren das Lesevergnügen verderben wollte.

Er hatte nicht anders gekonnt. Mitten im Satz war er nach nebenan in sein Atelier gerannt und mit einem Pinsel voll Farbe zurückgekehrt, die er auf das Glanzlicht an der linken Schulter des sitzenden blauen weiblichen Akts setzte. Er trat einige Schritte zurück, ohne den Blick von der Stelle zu nehmen, dann eilte er nach vorne, tat etwas an der frischen Farbe, wich wieder zurück und betrachtete die Stelle lange. Das wiederholte er, bis er mit dem Ergebnis zufrieden war.

Charlotte hatte aufgehört vorzulesen und sah ihm zu.

»Kann ich das auch?«, wiederholte sie.

Im gleichen Moment wurden sie und Cormac sich der Anwesenheit Tante Veritys im Zimmer bewusst.

»In der Tür geirrt«, sagte Tante Verity und starrte auf die blaue Nackte. Charlottes Beine hatten rote Flecken, und ihr Gesicht war gerötet, weil sie zu nahe am Kamin gesessen hatte.

Die Tür, die meist offen stand, war geschlossen gewesen, damit die Wärme im Zimmer blieb. Draußen herrschte typisches Januarwetter – der Tag war kalt und finster, und es regnete.

Cormac fluchte im Stillen. Natürlich hatte Verity sich nicht in der Tür geirrt. Normalerweise hatte sie in diesem Teil des Hauses überhaupt nichts verloren, doch er vermutete, dass sie ihn beobachtete – er hatte oft bemerkt, wie während des Unterrichts jemand auf dem Korridor vorbeiging, aber jetzt hatte sie ihn ertappt, wie er in den Schulstunden an seinen Gemälden arbeitete, und er konnte keine Entschuldigung anbieten außer seinem Abscheu vor *Kleine Frauen.* Zum Teufel noch mal.

»Kann ich etwas für Sie tun, Miss Blackshaw?«, fragte er. Er würde keine Ausflüchte machen.

Tante Verity, den Blick noch immer starr auf dem Akt, wich rückwärts aus dem Raum zurück.

»Nein, danke.« Mehr sagte sie nicht. Sie sprach ihn niemals mit Namen an, und wenn sie ihn überhaupt einmal anblickte, was selten vorkam, richtete sie die Augen auf seine verstümmelte Hand und nicht auf sein Gesicht.

»Ja, Charlotte«, sagte Cormac, als Verity seiner Einschätzung nach nicht mehr in Hörweite war, »*vielleicht* können Sie das auch. *Ob* Sie es können oder nicht, bleibt abzuwarten. Ich bin ja kein Pedant, eine Bedingung stelle ich aber. Wenn wir malen, reden wir Französisch. Einverstanden?«

Ganz so kam es jedoch nicht. Schon bald malten Cormac und sein »Lehrmädchen«, wie er sie nun nannte, stundenlang Seite an Seite, und dann redeten sie sehr lange Zeit in gar keiner Sprache miteinander.

35

Dublin
1923

Beatrice schrieb Edwina und berichtete, dass ihr zweitältester Sohn durch Zufall von einem Regimentskameraden in einem englischen Irrenhaus erkannt worden war. Sie sei mit Bertie dorthin gereist und habe ihn nach Hause geholt. Sie fanden ihn in schlechter körperlicher Verfassung ohne Erinnerung vor; seine geistigen Fähigkeiten waren eingeschränkt, und er neigte zu Gewaltausbrüchen. Sie seien aber froh, ihn wiederzuhaben, und hofften, dass er in der altvertrauten Umgebung schon bald wieder zu Kräften und zu Verstand käme.

Ihr nächster Nachbar auf der anderen Seite habe sein Haus verloren, als die Rebellen es niederbrannten, weil er britische Soldaten aufgenommen habe, nachdem ihre Kaserne gestürmt worden sei, fuhr sie fort.

Unser Gut und Tyringham Park sind noch unversehrt (bis auf euer Pförtnerhaus, das aber wie üblich unbewohnt war, sodass es mehr wie eine Geste aussieht, dass man es niederbrannte), was ohne Zweifel am Einfluss von jemandem hoch oben in der Organisation liegt, den wir beide kennen, ohne dass sein Name fallen müsste. Man kann heutzutage nicht vorsichtig genug sein.

Wie jedes Mal deutete sie an, dass sie über die inneren Angelegenheiten der irischen Nationalisten Bescheid wisse. Anders als auf Tyringham Park, wo keine Einheimischen beschäftigt wurden, rekrutierten Beatrice und Bertie auf ihren zwölftausend Morgen ausschließlich Leute aus der Gegend, und sie unterstützten die irische Selbstverwaltung. Besonders Beatrice setzte sich lautstark dafür ein, Irland aus der britischen Kolonialherrschaft zu entlassen. Waldron nannte sie dafür eine Verräterin an ihrer Klasse.

In letzter Zeit sind wir recht oft auf Tyringham Park. Bertie war in jüngeren Jahren mit Deinem Schwager befreundet, und sie haben ihre Freundschaft zu beiderseitigem Nutzen neu belebt – sie haben so viel gemeinsam. Charles' Frau Harriet und ich kamen auch sofort sehr gut miteinander aus. Das Haus ist so voller Leben, seit drei Generationen hier zusammenleben, dass Du es kaum wiedererkennen würdest.

Rieb Beatrice ihr absichtlich Salz in die Wunden? Edwina war eher empört als traurig, als sie diese Möglichkeit in Betracht zog.

Bei meinem letzten Besuch bin ich zufällig Miss East begegnet (ihr Ehename will mir einfach nie einfallen), und Manus, der gerade zum ersten Mal Vater geworden ist; er hat einen Sohn. Ich glaube, ich habe Dir schon in meinem letzten Brief mitgeteilt, dass er ein Mädchen aus dem Dorf geheiratet hat. Du weißt ja, wie schüchtern und bescheiden er immer war.

O Gott, wie soll ich das ertragen? Beatrice spielt sich als Expertin für Manus auf und weiß dabei doch so wenig über ihn. Zum ersten Mal sei er Vater geworden. Zum *ersten* Mal? Wie wenig sie weiß! Und Manus muss doch, wenn er die Leere seiner Verbindung mit einem Mädchen aus dem Dorf entdeckt, trauern um das, was er mit mir hatte – eine Beziehung, die enger war als eine Ehe. Jeder Tag in jenen Jahren war erfüllt mit den Dingen, die uns interessierten, gewürzt von unserer Rivalität, unseren unterschiedlichen Philosophien des Abrichtens, über die wir uns mit beglückender Intensität stritten. Wie sollte Beatrice davon etwas ahnen, wenn Bertie und sie nur Manus' oberflächliche Fertigkeiten sahen, wenn sie vorbeikamen, um ihn auszufragen?

Beide fragten nach Charlotte. Miss East sagte, sie denke jeden Tag an sie, und auch die kleine Catherine (ihre Stieftochter, falls Du den Namen vergessen haben solltest) kann sie nicht in dem Winkel ihres Herzens berühren, der für Charlotte reserviert ist. Hat sie das nicht hübsch formuliert? Manus bildet ein Hengstfohlen namens Bryony aus, das den gleichen Stammbaum hat wie Mandrake, und Charlotte würde das Pferd sicher gern sehen und vielleicht sogar übernehmen. Beide hoffen, dass sie ihre Cousins und Cousinen bald besucht und zu ihnen kommt, wenn sie hier ist. Man merkt, wie beide an Charlotte hängen. Ich versprach, ihre Nachricht weiterzugeben, damit Du sie Charlotte ausrichten kannst.

Charlotte. Charlotte. Immer nur Charlotte.

Beatrice beendete den Brief mit überschwänglichen Gesundheits- und Glückwünschen an Edwina.

Kein Wort davon, sie zu besuchen, sollte Beatrice einmal nach Dublin kommen. Vier Jahre und vier Horse Shows waren vergangen, seit sie einander von Angesicht zu Angesicht gesehen hatten. Begriff Beatrice nicht, wie sehr Edwina nach Neuigkeiten hungerte, besonders jetzt, wo Frauen an der Show teilnehmen durften? Die *Irish Times* druckte die Ergebnisse, doch sie wollte die Geschichten hinter jedem Ereignis mit eigenen Ohren hören.

Edwina sah, wie Charlotte sich ihr mit der üblichen Nervosität näherte.

»Sag mir, Charlotte, hast du je von Miss East gehört, seit wir Tyringham Park verließen?«

»Nein, Mutter.«

»Oder von Manus?«

»Nein, Mutter.«

»Das ist ein bisschen enttäuschend, findest du nicht?«

Charlotte wand sich und verlagerte das Gewicht von einem Bein aufs andere.

»Nun, findest du nicht?«

»Ja, Mutter.«

Charlotte war nun vierzehn und bereits hochgewachsen für ihr Alter. Sie nahm die Mappe mit ihren Bildern, die sie gebracht hatte, um sie der Mutter zu zeigen, unter dem linken Arm hervor und klemmte sie unter den rechten, unsicher, was sie als Nächstes tun sollte.

»Hast du mir etwas gebracht, das ich mir ansehen soll?«

Charlotte nickte, und Stolz zuckte ihr kurz übers Gesicht.

»Leg es dort auf den Tisch, ich schaue es mir an, wenn ich die Zeit finde.«

»Nun, was hat Ihre Mutter gesagt?«, fragte Cormac.

»Sie hat nichts gesagt, weil sie sie sich nicht angesehen hat. Sie sagte, sie schaut sie später an.«

»Keine Bange.« Cormac spürte Charlottes Enttäuschung. Er richtete mit zwei festen Tritten gegen das Gestell seine Staffelei. »Vielleicht war sie beschäftigt.«

»Womit denn? Sie beschäftigt sich nur mit Bridge, und das schafft sogar sie nicht den ganzen Tag lang!«

Lady Blackshaw hatte nicht das geringste Interesse an Charlottes Erziehung gezeigt, seit Cormac im Haus wohnte, und es fiel ihm schwer, von ihr nicht in abwertendem Ton zu sprechen.

»Vielleicht möchte sie sich die Bilder ansehen, wenn sie allein ist. Vermutlich betrachtet sie sie sogar in diesem Augenblick.«

»Sehr wahrscheinlich«, sagte Charlotte mit einer Stimme, die vor Sarkasmus triefte. Sie nahm ihren Pinsel und zog mehrere Striche über die Leinwand, als wolle sie sie aufschlitzen.

»So ist es richtig!«, rief Cormac fröhlich. »Nur keine Hemmungen.«

Fünf Tage später sah er Charlotte mit der Mappe, die ihre Bilder enthielt.

»Nun, was hat Ihre Mutter gesagt?«, fragte er und hielt den Atem an.

»Sie hat nicht einen Blick darauf geworfen. Sie waren genau da, wo ...« Charlotte brachte den Satz nicht zu Ende. Sie warf die Mappe auf den Boden, trat sie heftig durchs Zimmer und rannte hinaus.

Cormac bückte sich, nahm die Mappe auf und öffnete sie. »Gott helfe mir, ich könnte diese Frau prügeln«, sagte er und breitete die Arbeiten aus, die er so sehr bewunderte.

36

Dublin
1926

Im Alter von sieben Jahren kam Harcourt ins Internat. Holly lehnte Waldrons Angebot ab, als Edwinas Gesellschafterin zu bleiben, und zog in die Grafschaft Down, wo sie eine neue Anstellung gefunden hatte. Charlotte blieb gleich zweier Menschen beraubt, die sie mochte, zurück. Sie hatte an Holly gehangen, und deren Abreise weckte Erinnerungen an den Schock der Trennung von Miss East. Als Harcourt in Begleitung eines Lehrers, der die neuen Schüler nach England brachte, das Haus verließ, ging sie auf ihr Zimmer und weinte, ohne dass jemand es sah, um Holly und Harcourt und um die kleine Victoria.

Zwei Jahre zuvor hatte Tante Verity, entweder aus Faulheit oder aus Angst vor Waldron, Charlotte mitgeteilt, dass sie nun alt genug sei, um unbeaufsichtigt zu bleiben, wenn Cormac um zwei Uhr in sein Atelier ging.

Während Cormac also im Verborgenen arbeitete, tat Charlotte das Gleiche im leeren Schulzimmer und versteckte ihre Arbeiten am Ende jedes Tages in einem der vielen leeren Schränke. Dublin war vergessen, das Leben auf Tyringham Park wurde ihr großes Thema. Sie verwarf Cormacs Ansicht, die Erzählung sei ein überholtes und gewöhnlich moralistisches Hilfsmittel, und malte die Geschichte ihres frühen Lebens. Er würde sie nie zu Gesicht bekommen, daher brauchte sie die Gemälde auch nicht vor ihm zu verteidigen. Außerdem nannte Charlotte sie nicht Erzählungen, sondern eingefrorene Momente. Ob sie die Bilder insgeheim behalten oder später zerstören würde, war ihr zunächst einmal unwichtig.

Sie experimentierte mit unterschiedlichen Maltechniken und war nach zwei Jahren bei einer Methode angelangt, die das Ergebnis erbrachte, das sie wünschte. Sie ließ drei Wochen lang die Rohfassung eines Gemäldes trocknen, damit sie die letzten flüssigen Pinselstriche, falls sie ihr nicht gefallen sollten, abkratzen und wiederholen konnte, ohne dass sie die darunterliegenden Farbschichten verletzte. Manchmal wiederholte Charlotte dies bis zu zehn Mal, bis sie genau die gewünschte unmittelbare und spontane Wirkung erzielte.

»Das nennst du Glanzlichter?«, neckte Cormac sie oft.

Die gedämpften Pigmente, die Charlotte bevorzugte – Schwarz, Weiß und Grau als Grundlage mit schieren Andeutungen von Siena- und Ocker- sowie schmutzigen Türkistönen –, standen in schroffem Gegensatz zu seiner Methode, reine Farben direkt aus der Tube zu verwenden.

»Du wärst geblendet, wenn du dir deine Glanzlichter ansehen würdest, ohne die Augen halb zuzukneifen«, gab sie dann mit gespielter Verachtung zurück.

Momente wie diese waren es, in denen Cormac das Gefühl bekam, sein Unterricht sei ein Erfolg gewesen. In der ersten Zeit hatte er sie angeleitet, doch nun ging sie ihren eigenen Weg, der Cormacs Einfluss in den üppigen Pinselstrichen und dem Impasto zeigte, welche sie beide bevorzugten, aber unterschiedlich einsetzten.

Wenn sie mit Cormac malte, ließ sie Tyringham Park als Thema beiseite und konzentrierte sich auf städtische Motive – Straßenbilder, Brücken, Schleusen, Fassaden, Geländer, Lagerhäuser, Grabsteine, Kirchen, Innenansichten, Wohnhäuser –, kam in der Perspektive dem Sujet jedoch so nahe, dass es schwerfiel, genau zu identifizieren, was eigentlich dargestellt wurde. Ihre Gemälde ähnelten eher abstrakten Rätseln als gegenständlichen Formen, denen die engen Tonabstufungen der begrenzten Palette eine stille Harmonie einflößten.

»Da«, sagte sie, seufzte, stellte den Pinsel in Terpentin und betrachtete das Gemälde mit Abstand, den Kopf zur Seite geneigt. »Würdest du auch sagen, dass es vollendet ist?«

»Das würde ich, und zwar meisterlich vollendet. Ein anderes Wort wäre keine passende Beschreibung. Meisterlich. Die Fläche links ist ein Geniestreich.«

Charlotte konnte ihre Freude nicht verhehlen.

Er musterte das Gemälde weiter, und Charlotte freute sich, als sie sah, dass sein Gesicht unverhohlene Bewunderung ausdrückte. Er war ein harter Kritiker, und seine Meinung bedeutete ihr viel.

»Was für ein begabtes kleines Ding du bist!« Seine Stimme war ganz ernst geworden. »Man muss sich das einmal überlegen. Du bist eine ausgezeichnete Reiterin, habe ich gehört. Das ist das eine. Du bist ein Sprachgenie – du sprichst Französisch wie eine Einheimische. Das sind schon zwei. Und jetzt, zu allem Überfluss, überflügelst du mich in der Kunst. Sind dir deine vielen Begabungen denn nicht peinlich?«

»Du vergisst zu erwähnen, dass ich in Mathematik ein hoffnungsloser Fall bin und im englischen Satzbau auch, dass ich zwei linke Füße habe und kein musikalisches Gehör.«

»Akzeptiere einfach, dass du Talente besitzt, sei dankbar dafür und hör auf, dich kleinzureden. Das ist meine Lektion für den heutigen Tag. Und nun habe ich eine Überraschung für dich.«

»Wieder ein ausländisches Schiff im Hafen, das wir besuchen müssen?«

»Nichts dergleichen. Etwas ganz anderes. Wie wäre es, wenn du mir vier deiner düsteren, langweiligen Stadtansichten geben würdest –«

»… die nicht mit deinen verzerrten, grellen, zerhackten Akten verwechselt werden sollten …«

Cormac lachte. Er ermutigte sie zu ungeschminkten Äußerungen, stachelte sie geradezu dazu an, und genoss es, wenn sie ihm den Kopf wusch, auch wenn er sie immer wieder warnte, dass dies nur im Schulzimmer akzeptabel sei. Außerhalb des Raums wäre sie gut beraten, Zurückhaltung und Schicklichkeit an den Tag zu legen und so zu sprechen, wie Tante Verity es ihr beibrachte.

»… um sie auszustellen. Zur Feier deines sechzehnten Geburtstags.«

»Ausstellen? Mich? Ist das dein Ernst? Wie soll das gehen?«

Cormac sagte, die Gesellschaft angehender Künstler habe in diesem Jahr für ihre jährliche Ausstellung einen zusätzlichen Raum angemietet.

Charlotte war die Gesellschaft ein Begriff, denn Cormac war Mitglied und hatte in den vergangenen sechs Jahren dort ausgestellt, doch sie begriff nicht, was diese Neuigkeit mit ihr zu tun haben sollte.

Um den zusätzlichen Raum zu füllen, erklärte Cormac, konnte jedes Mitglied einen jungen vielversprechenden Aspiranten von echtem Können einladen, an der Ausstellung teilzunehmen und einem bereits beliebten Ereignis noch größere Popularität zu verschaffen.

»Natürlich habe ich an dich gedacht. An wen sonst? Ein Abschiedsgeschenk, ehe du nach Paris gehst. Also, was hältst du davon?«

»Ich weiß nicht.« Charlotte schwankte zwischen erfreut und

beklommen. »Ich glaube schon, dass ich das gern machen würde. Was hätte ich denn zu tun?«

»Du hättest gar nichts zu tun, außer die Bilder zu malen. Für alles andere sorge ich.«

»Was, wenn ich nicht gut genug bin und jeder mich auslacht?«

»Glaub mir, mein kleines Lehrmädchen, niemand wird über dich lachen. Wahnsinnig vor Neid wird man sein.«

Charlotte runzelte die Stirn. »Ich glaube nicht, dass meine Mutter es erlauben würde.«

»Sie braucht nichts davon zu wissen. Ich kümmere mich um alles. Schließlich bist du ja kein Kind mehr – in ein paar Jahren bist du verheiratet, um Himmels willen! Dein Vater gibt uns sicher die Erlaubnis, jetzt, wo er wieder hier ist.«

»Mein Vater?« Sie war so daran gewöhnt, nicht an ihn zu denken, dass es ihr nun geradezu schwerfiel.

»Ich habe dir doch erzählt, wie wir Bekanntschaft geschlossen haben?«, fuhr Cormac fort. »Im Kriegsministerium. Überall hingen seine Zeichnungen. Wir kamen ins Gespräch. Später bat er mich, dein Hauslehrer zu werden, weil er nicht wollte, dass dein künstlerisches Talent verödet.«

»So war das? Das hast du mir noch nie erzählt. Ich wusste nicht, dass er irgendeines meiner Bilder gesehen hat.«

»Offenbar hat eure alte Wirtschafterin alles aufgehoben, was du gemalt hast, und es ihm gezeigt.«

»Aber da war ich doch noch ein Kind!«

»Er sagte, das Talent sei selbst damals schon zu erkennen gewesen.«

»Nun stell dir vor, das habe ich nicht gewusst, aber ich möchte trotzdem nicht, dass er kommt, weil dann auch Mutter und Tante Verity kämen, und das könnte ich nicht ertragen.«

»Wenn das deine Ansicht ist, lassen wir alles beim Alten. Offiziell stelle nur ich aus, wie gewöhnlich. Sie haben sich nie für meine Arbeit interessiert und ignorieren jedes Jahr meine Einladung, daher kann dir nichts geschehen. Schade ist es trotzdem. Deinem Vater würde es gefallen.« Er lächelte sie an. »Kann ich es dir dann überlassen, noch drei mit einem ähnlichen Thema zu malen wie das, was du gerade vollendet hast, und in acht Wochen damit fertig zu sein?«

Charlotte blickte Cormac mit offener Dankbarkeit an.

Er war gerührt, und aus einem Impuls heraus legte er ihr, so wie er seine jüngeren Geschwister stets begrüßte, den rechten Arm um die Schultern und drückte ihr einen Kuss auf den Scheitel. »Gut, dass ich bald fortgehe«, sagte er, »ehe mein kleines Lehrmädchen mich überflügelt, zu meiner Lehrerin wird und in mir Groll weckt. Nun auf – zurück an die Arbeit. Gütiger Himmel, es ist schon zwei. Ich verschwinde. Wir sehen uns morgen früh.«

Als er in seinem Atelier war, überlegte er sich, welches Glück es bedeutete, dass er vor sechs Jahren diese Stellung erhalten hatte, durch die es ihm ermöglicht worden war, einen unverwechselbaren Stil zu entwickeln und mehr als zweihundert Werke zu schaffen, die von unschätzbarem Wert wären, sobald er nach Paris zurückkehrte.

Wie gut, dass Charlotte ein Naturtalent war und ihre Persönlichkeiten so gut zueinander passten: Dadurch hatten sich die Jahre als Lehrer für ihn angenehm gestaltet.

Er konnte kaum glauben, dass sie der gleiche Mensch war wie die dicke kleine Melancholikerin, die er an seinem ersten Tag im Haus kennengelernt hatte. Man würde sie niemals schön oder auch nur hübsch nennen, doch nachdem die Reife eine angenehme Balance in ihre Züge gebracht hatte, war ihr etwas Wichtigeres als Schönheit oder Hübschheit zuteilgeworden: eine bemerkenswerte, faszinierende Originalität, die in jedem, der sie sah, Bewunderung wecken musste.

37

»Was soll ich tragen?«, fragte Charlotte am Tag der Ausstellungseröffnung.

»Was du möchtest«, antwortete Cormac. »Du bist jetzt eine Künstlerin, vergiss das nicht, und daher kommst du mit allem durch. Falls es dir eine Hilfe ist – einige Malerinnen, die ich kenne, scheinen bunte wallende Gewänder zu bevorzugen, die wahrscheinlich zu ihren Gemälden passen sollen. Insofern solltest du wohl eine schwarz-graue Rüstung tragen.«

»Sehr komisch. Ich sehe die klassischen Kleider in den vielen Truhen oben durch und schaue, was ich finde. Bist du sicher, dass niemand etwas weiß?«

»Ziemlich sicher. Ich sagte deiner Tante, dass es eine Gruppenausstellung sei wie jedes Jahr, und gab mir große Mühe, es so langweilig klingen zu lassen wie möglich. Ich habe sie nicht belogen – ich habe nur etwas nicht erwähnt. Ich sagte nicht, dass Charlotte nicht ausstelle oder etwas dergleichen.«

Sie verlor den Faden des Gesprächs, weil sie zu nervös war.

»Es wäre sicherer gewesen, keine Einladungen zu verteilen«, fuhr er fort, »doch wie es der Teufel will, hätten sie in dieser kleinen Stadt ganz gewiss davon erfahren, und dann hätte es Scherereien gegeben. Besser so. Wenn sie –«

»Ich renne hoch und ziehe mich um«, fuhr sie ihm über den Mund, obwohl es erst vier Uhr nachmittags war.

Um halb sechs war sie fertig. Sie trug Schwarz, Weiß und Grau. Das sei reiner Zufall, sagte sie.

»Du siehst großartig aus. Wirklich großartig. Du hast um Erlaubnis gebeten, mich zu begleiten, oder?«

»Ja, ich habe Tante Verity gefragt, und sie sagte, sie sehe zu dieser Stunde keine Gefahr, da es nur drei Straßen entfernt sei, aber sie sah mich dabei merkwürdig an.«

»Also nichts Neues. Na los, worauf warten wir noch?«

»Ich bin so nervös.« Unterwegs stolperte Charlotte immer wieder über den Saum ihres Umhangs. »Was, wenn jeder seine Gemälde verkauft, nur ich nicht?«

»Das wird nicht geschehen, aber selbst, wenn es so sein sollte, weiß niemand, wer du bist, also tust du einfach so, als ginge es dich nichts an.«

»Was, wenn die Leute davor stehen und lachen?« Sie sah zu ihm hoch. »Wieso grinst du so breit? Weißt du etwas, das du mir nicht sagst?«

»Nur die Nerven«, antwortete er. »Weißt du, das wird nie leichter. Es ist zwar meine siebte Ausstellung, aber ich sitze genauso auf glühenden Kohlen wie du. Warte ab, bis du eine Einzelausstellung bekommst, dann erfährst du, was nervös zu sein wirklich bedeutet.«

Als sie eintrafen, blickten sie durch das georgianische Fenster an der Straßenseite.

»Viele sind da nicht drin«, sagte Charlotte. Ihr fiel das Sprechen schwer, so trocken war ihr der Mund geworden.

»Gib dem Ganzen Zeit. Wir haben erst Viertel nach sechs, und die Ausstellung ist bis acht geöffnet. Viele Leute versäumen die Eröffnungsansprache mit Absicht, weil sie eine weitschweifige Rede befürchten. Komm nur. Atme tief durch.« Er drückte die Tür auf.

Drinnen herrschten grelles Licht und Stimmengewirr, obwohl nur ungefähr zwanzig Personen anwesend waren.

»Wo sind deine?«, fragte Charlotte und suchte nach ihren Bildern.

»Oben – ich habe eine ganze Wand für mich. Ich habe heute Nachmittag nachgesehen. Aber schauen wir uns erst einmal hier um.«

Charlotte tat so, als betrachte sie die anderen Gemälde, doch sie verschmolzen zu einem einzigen verschwommenen Fleck. Sie konnte nicht den ganzen Saal überblicken, weil es viele Nischen und Trennwände gab, und mittlerweile waren vierzig Personen im Raum.

»Da bist du ja, Cormac«, sagte eine Stimme hinter ihm.

Sie gehörte David Slane, dem diesjährigen Vorsitzenden der Gesellschaft, und in dieser Eigenschaft Kurator und Leiter der Ausstellung. »Hast du schon ein Glas Wein?«

»Nein, noch nicht. Wir dachten, wir blicken uns zunächst um. David, das ist Charlotte Blackshaw mit den grauen Stadtansichten. Charlotte, David Slane, Vorsitzender der Gesellschaft.«

Davids Gesicht leuchtete auf. »Eine Ehre, Sie kennenzulernen. Sie schlagen ja einige Wogen. Alle verkauft. Kommen Sie, sehen Sie selbst.«

»Meint er wirklich mich?«, flüsterte sie Cormac zu.

Cormac lächelte »Natürlich meint er dich. Guck nicht so überrascht.«

David führte sie zu der Wand rechts, wo Charlottes vier Gemälde hingen, zu einem Quadrat gruppiert. Auf den weißen Kärtchen neben jedem befand sich ein roter Punkt.

»Heute Nachmittag kam ein Käufer, der mich umzubringen drohte, wenn ich ihm nicht alle vier schon vor der Eröffnung verkaufte, solche Angst hatte er, dass sie ihm entgingen. Seither musste ich drei Käufer enttäuschen, die mir das Versprechen abnahmen, sie zu benachrichtigen, sobald Sie wieder ausstellen.

Meinen Glückwunsch, gut gemacht. Kaum zu fassen, dass Sie erst sechzehn sind – die Leute glauben mir nicht, wenn ich es ihnen sage. Sie sind aber in guter Gesellschaft. Denken Sie nur an den umwerfenden Turner, der schon mit fünfzehn in der Royal Academy ausstellte.«

»Verdammt!«, sagte Cormac. »Wenn ich das gewusst hätte, dann hätte ich dich früher angemeldet.«

»Ganz zu schweigen von Velázquez, der *Alte Frau beim Eierbraten* malte, als er neunzehn war. Fallen dir noch andere Frühreife ein, Cormac?«

»Im Moment nicht«, sagte Cormac. »Ich habe nie Kunstgeschichte studiert. Ich musste die Brocken nebenher aufschnappen.«

»Mit den Brocken weißt du aber einiges anzufangen, wenn man deine Schülerin betrachtet – oder deine eigenen Arbeiten natürlich.« David wandte sich wieder an Charlotte. »Überlegen Sie nur, was Sie im Leben erreichen können, wenn Sie in ihre Fußstapfen treten. Nun muss ich Sie verlassen, um unseren Gastredner zu empfangen. Meinen Glückwunsch an euch beide. Einen schönen Abend wünsche ich.« Er verschwand in die Menge, die nun sechzig Köpfe zählte.

Charlotte konnte nicht aufhören zu lächeln und blieb vor ihren Gemälden stehen, bis ihr Mund wieder auf normale Breite geschrumpft war.

»Hast du das gehört? Mit Turner und Velázquez hat er dich verglichen.« Cormac strahlte sie an. »Glaubst du mir jetzt, dass du Talent hast?«

»Er sprach vom Alter, nicht vom Können, also komm mal wieder auf den Teppich. Von den Verkäufen hast du gewusst, richtig?«

»Ja. Ich war heute Nachmittag zufällig hier, als das Geschäft abgeschlossen wurde. Dein Käufer ist offenbar ein berühmter Sammler, der die Verhandlungen von einem Agenten führen ließ, damit er unerkannt blieb. Selbst David Slane weiß nicht, wer es ist, und wenn, so sagt er es nicht.«

»Stell dir vor, ich werde den Rest meines Lebens damit verbringen, mich zu fragen, wer das gewesen ist. Und was ist mit deinen?« Charlotte interessierte aufrichtig, wie Cormacs Bilder liefen, jetzt, wo sie wusste, wie es um ihre eigenen Gemälde stand. »Ich nehme an, das weißt du auch schon?«

»Von meinen hat er keines gekauft, wenn du das meinst. Komm, schauen wir nach.«

»Warum hast du es mir nicht früher gesagt und mich aus meinem Elend erlöst?«, fragte Charlotte, als sie die Treppe ins Obergeschoss hochstiegen, während ihnen andere Leute entgegenkamen, die sich die Rede anhören wollten.

»Und den Augenblick verderben? Hättest du das wirklich gewollt?«

Charlotte fragte sich, weshalb sie sich überhaupt Sorgen gemacht hatte. »Wahrscheinlich nicht.«

Cormacs acht Werke, weit größer als ihre, hatten die Giebelwand für sich allein.

»Nur sieben verkauft«, neckte Charlotte ihn. »Ach herrje.« Sie bemerkte, dass eines seiner Gemälde so viel kostete wie vier von ihren.

Während sie die Bilder betrachtete, bat ein Mitglied der Gesellschaft um Verzeihung, trat vor sie und brachte einen roten Punkt neben dem achten an. »Gut gemacht, Cormac«, sagte er, als er sich umdrehte. »Volles Haus.«

Cormac grinste Charlotte an. »Jetzt sind wir schon zwei.«

Es wurde um Ruhe gebeten, damit die Ansprache beginnen konnte. Die meisten Zuhörer standen wie im Gebet mit gesenktem Kopf da, bis sie vorüber war. Nach höflichem Applaus schwoll das Stimmengewirr wieder an.

»Gehen wir nach unten und holen uns ein Glas Wein«, sagte Cormac.

Sie brauchten eine Weile, um die Treppe hinunterzukommen, weil so viele Menschen hinaufwollten. Auf der zweitletzten Stufe blieb Charlotte mit dem Absatz im Kleidersaum hängen, und Cormac ergriff sie am Arm, um sie zu stützen. Die Menge, die nun den Raum füllte, drängte sie gegen ihn.

An der Tür war eine Bewegung, die die Aufmerksamkeit auf sich zog.

»Ist das zu glauben?«, fragte Charlotte. Sie verschwand hinter einem Wandschirm und zog Cormac hinter sich her. »Was machen wir denn jetzt?«

Tante Verity hatte sie entdeckt, da war sie sich sicher. Ihr Vater war damit beschäftigt, den Rollstuhl durch die Menge zu lenken, und hatte noch nicht aufgeblickt. Ihre Mutter konnte nicht zwischen den Menschen hindurchsehen. Mit Mühe wurde Platz für sie und ihren Rollstuhl geschaffen.

»Gibt es hier eine Hintertür?«, fragte Charlotte.

Cormac betrübte es, Charlotte so verunsichert zu erleben. »Sie wissen, dass wir hier sind, Charlotte, daher hat es keinen Sinn, sich zu verstecken. Deine Tante Verity muss ihre Bluthunde losgelassen haben. Komm schon. Weswegen solltest du dich schuldig fühlen?« Cormac bahnte sich einen Weg durch die Menge, und Charlotte folgte ihm widerwillig.

»Ah, da sind Sie, Cormac!«, rief Lord Waldron. »Wir fragten uns schon, ob wir Sie in dem Getümmel überhaupt finden. Abend, Charlotte. Gefällt dir die Ausstellung?«

Ringsum wurden Bemerkungen und Begrüßungen ausgetauscht.

»Wo nur all die Leute herkommen? Wer hätte gedacht, dass Kunst so beliebt sein kann?«

»In wenigen Minuten wird sich die Menge ausdünnen, Euer Lordschaft, denn das Geschäftliche ist erledigt.«

»Mr Delaneys Bilder hängen oben«, sagte Charlotte. Sie blieb an der Seite der Gruppe, um die Sicht auf die rechte Wand zu verstellen, wo ihre Bilder hingen. »Und er hat sie alle verkauft. Er hat eine ganze Wand für sich. Ihr müsst sie euch einfach ansehen.«

»Dann bahnen Sie uns den Weg, Cormac.«

»Das bedeutet, dass ich sie nicht sehen kann«, wandte Edwina ein.

»Unsinn«, erwiderte Waldron. »Cormac, holen Sie noch ein Paar Hände.«

Cormac suchte den Blick eines Helfers, winkte ihn herbei und bedeutete ihm mit Gesten, was er tun sollte.

»Halt dich gut fest, altes Mädchen«, sagte Waldron. Er hielt die Griffe des Rollstuhls, damit er weder nach vorn noch nach hinten kippen konnte, während Cormac mit seiner Hand ein Rad ergriff und der Helfer das andere nahm. Auf der Treppe wichen die Menschen zurück, um Platz zu machen.

»So!«, sagten die drei Männer, als sie das Obergeschoss erreicht und Edwina sanft abgesetzt hatten.

»Ich mag die Blackshaws ...«

Waldron und Verity wandten sich dem Sprecher zu, doch sie entdeckten ihn nicht in dem Menschengewimmel.

»Hat da jemand über uns gesprochen?«, fragte Verity.

»Das dachte ich, aber ich erkenne niemanden«, antwortete Waldron.

»Ich habe nichts gehört«, sagte Edwina.

»Der eigene Name sticht immer heraus, daher ist es verwunderlich, dass du ihn nicht vernommen hast«, erwiderte Waldron. »Nun, dann zeigen Sie uns mal Ihre Arbeiten, Cormac.«

Cormacs Gemälde hingen ihnen nun genau gegenüber: allesamt Akte, fünf weiblich und drei männlich, in unverdünntem Purpur, Orange, Grün, Rot, Gelb und Blau, Farben, die nur dort abgetönt waren, wo sie sich überlagerten oder ineinanderflossen. Auf die abgewandten Köpfe und die Anonymität der Körper, die sich bei zeitgenössischen Malern großer Beliebtheit erfreute, hatte er verzichtet. Jedes Modell blickte mit einem Ausdruck intensiver Verbindung zum Betrachter von der Leinwand. Cormac hatte ein Minimum an Pinselstrichen eingesetzt und zwang den Betrachter, die Andeutungen des Künstlers zu interpretieren, statt einfach dessen Aussagen in sich aufzunehmen.

»Diese Delaneys haben es in sich«, sagte ein Mann in Abendkleidung neben ihnen zu seinem Begleiter. »Alle verkauft. Schade. Ich hatte gehofft, ich könnte meine Sammlung noch um einen erweitern.«

Waldron überlegte, ob der Mann scherzte. Für sein Teil wusste er nicht, was er sagen sollte. Er mochte anatomisch korrekte Gemälde von Pferden und Landschaften, die aussahen wie Fotografien, aber sonst nicht sehr viel. Seine Untergebenen lobten seine Schlachtszenen so überschwänglich, dass er sich insgeheim für einen wahren Künstler hielt, und eigentlich hätte er das Selbstvertrauen empfinden müssen, Cormacs Arbeiten als unsauber, unrealistisch und unvollendet abzukanzeln. Ihn hielt jedoch die Furcht zurück, in einer Welt uninformiert zu erscheinen, in der er nicht der Herr war. Um die Zeit zu überbrücken, in der er sich etwas Sagenswertes überlegte, murmelte er: »Interessant, sehr interessant«, und nickte mit halb geschlossenen Augen.

Cormac suchte Charlottes Blick und blinzelte ihr zu.

Die kleine Gruppe um den Rollstuhl hörte wieder den Namen Blackshaw und ergab sich schamlos dem Lauschen.

»Stellt zum ersten Mal aus, habe ich gehört. Muss man im Auge behalten, eindeutig.«

»Ich möchte wissen, wer das ist.«

»Ich habe keine Ahnung. Nie von ihm gehört.«

»Kommen Sie, wir schauen sie uns auf dem Weg hinaus noch einmal an.« Die zehnköpfige Gruppe ging davon.

»Wie es sich anhörte, haben Sie wohl ernsthafte Konkurrenz, Cormac«, sagte Waldron.

»Das ist nur gut so. Je höher das allgemeine Niveau, desto besser ist es für den Ruf der Gesellschaft und ihrer Mitglieder, auch wenn ich sagen muss, dass ich solch eine Reaktion auf einen Debütanten noch nie erlebt habe.«

»Nun, sehen wir uns zuerst Ihre Arbeiten in Ruhe an. Charlotte, du bist sehr unruhig. Beherrsch dich und steh still. Verity, was hältst du von den Akten?«

Sofort schluckte sie den Köder. »Das soll Kunst sein?«, fragte sie verächtlich. »Wäre das abstoßende Thema nicht, könnte ein Kind so etwas malen. Seht euch nur dieses lange Gesicht an. Habt ihr je ein Gesicht gesehen, das so aussieht?«

Charlotte stieß sie in die Rippen, und als sie zu ihr blickte, legte sie einen Finger auf die Lippen.

»Und glaub nur nicht, dass ich mich von dir zum Schweigen bringen lasse! Wenn es das ist, dem du all die Jahre ausgesetzt warst, so wage ich mir die Folgen kaum auszumalen.«

Hinter Veritys Rücken wechselten Cormac und Charlotte einen Blick.

Eine neue Woge von Menschen strömte herbei, und wieder fiel der Name Blackshaw.

Cormac sah Charlotte an und zeigte ihr den erhobenen Daumen. Als Reaktion legte sie die Hand aufs Herz. Verity bemerkte das stumme Gespräch.

»Hoffen wir, dass der Blackshaw, über den alles spricht, ein Verwandter ist«, sagte Waldron. »Wir vereinnahmen ihn sowieso.«

Er war sehr aufgeräumter Stimmung und schien damit selbst Edwina anzustecken; sie blickte sich interessiert um und musterte jedes Gesicht im Raum.

»Ich hoffe, Sie erteilen mir die eine oder andere Privatstunde, Cormac, da Ihre Zeit mit Charlotte nun zu Ende geht. Ich habe viel Zeit zur Verfügung«, sagte Waldron und dachte insgeheim, dass er Cormac das eine oder andere beibringen könne. »Habe mein ganzes Leben lang gezeichnet, aber ich würde doch gern die Grundbegriffe der Malerei erlernen. Suchen Sie mich morgen auf, und wir verabreden eine Zeit.«

»Ich freue mich darauf«, sagte Cormac.

»Wo ist Charlotte?«, fragte Verity.

»Ich glaube, sie ist ... nach draußen gegangen. Sie wollte frische Luft schnappen, nehme ich an.« Cormac hatte bemerkt, dass Charlotte immer blasser und aufgeregter geworden war, als der Name Blackshaw fiel, und gesehen, wie sie sich absetzte. Er ging davon aus, dass sie eine Weile unauffindbar blieb.

»Verity, geh und such die Gemälde, von denen alles spricht. Wir warten hier eine Weile, bis die Menge kleiner wird.«

»Das dürfte nicht mehr lange dauern«, sagte Cormac.

»Und Sie zeigen hier ständig Ihre Arbeiten?«, fragte Waldron.

»In den letzten sechs Jahren. Hatte Glück, in die Gesellschaft aufgenommen zu werden. Vor zwei Jahren hatte ich meine erste Einzelausstellung.«

»Sie hätten uns etwas davon sagen sollen. Ich hätte sie gern gesehen.«

»Sie waren im Ausland, Sir.«

»Und, war sie ein Erfolg?«

»O ja, danke der Nachfrage.«

»Wirklich?«, fragte Waldron überrascht. »Das überrascht mich nicht.«

Verity kehrte schweratmend zurück. »Fast alle sind gegangen«, sagte sie.

»Das hören wir«, sagte Edwina.

Das Gemälde, neben dem er stand, zog Waldrons Blick auf sich, ein Stillleben auf naive Art in schrillen Farben. »Kein Wunder, dass das sich nicht verkauft hat. Wenn ich nach einer Woche nichts Besseres zustande bringe, erschieße ich mich. Nun, Delaney, holen Sie wieder diesen Assistenten, dann sehen wir uns die Blackshaw-Gemälde einmal mit eigenen Augen an. Wo ist Charlotte? Sie sollte das nicht verpassen.«

Pflichtschuldig blickten sie sich um, doch sie war nicht zurückgekehrt.

»Es hat keinen Sinn, noch länger zu warten«, sagte Waldron.

Wieder wurde die Treppe von den drei Männern bewältigt, und Edwina saß vor den grauen Gemälden, von denen sie über die Köpfe der Menschen vor ihr hinweg nur die beiden obersten sehen konnte.

»Sie sind wunderschön«, sagte sie spontan.

David Slane winkte Cormac und bedeutete ihm, dass er sich in Kürze zu ihnen gesellen würde.

Cormac war noch nie in der unangenehmen Lage gewesen, seine Lohnherren vorstellen zu müssen. Wie um alles in der Welt tat man das richtig? Folgte man nur der Regel von Geschlecht und Alter, oder existieren weitere Vorgaben, die einem Uneingeweihten nicht klar waren? Oder stellte man sie grundsätzlich nicht vor und überließ es ihnen, sich bekannt zu machen, falls sie es wünschten?

Als David näher kam, wandte Cormac sich ihm zu und deutete ein Kopfschütteln an, während er auf Charlottes Bilder zeigte; er hoffte, dass David geistesgegenwärtig genug wäre, die Warnung zu verstehen und Vorsicht walten zu lassen.

»Lady Blackshaw, Lady Verity, Lord Waldron«, sagte Cormac und ging das Risiko ein. Es klang nicht richtig, aber es musste reichen. »Ich würde Ihnen gern David Slane, den Vorsitzenden der Gesellschaft, vorstellen.«

»Wie geht es Ihnen?«, fragten Waldron und Edwina.

Verity äußerte ihre Missbilligung, nicht mit dem richtigen Titel vorgestellt worden zu sein, indem sie schwieg.

»Herzlich willkommen«, sagte David. »Ich hoffe, Sie finden Vergnügen an der Ausstellung.« Von Cormac gewarnt, verzichtete er auf jede Frage. »Der Abend der Eröffnung sorgt immer für Aufregung bei den Käufern. Jeder, der Geld besitzt, kann sich einen etablierten Namen kaufen«, fuhr er fort, »aber für einen echten Sammler ist es am reizvollsten, ein neues Talent vor allen anderen zu erkennen. Damit zeigt er, dass er ein Auge für Qualität besitzt. Geschmack. Urteilsvermögen. Deshalb herrscht heute Abend so viel Unmut darüber, einen Blackshaw verpasst zu haben.«

»Durch einen merkwürdigen Zufall«, sagte Waldron, »ist das unser Familienname, und wir sind neugierig, wer er ist und ob er vielleicht ein Verwandter sein könnte. Sonderlich häufig ist der Name nicht.«

Erstaunt und ratsuchend sah David zu Cormac und wurde mit einem Blick zum Schweigen aufgefordert.

»Nun, sehen wir es uns an«, sagte Waldron. Er ließ den Rollstuhl hinter einer Gruppe stehen und stellte sich vor sie, um den Namenszug auf den Gemälden zu betrachten, die sie sich ansahen.

»Mit ›C. Blackshaw‹ signiert«, sagte er, als er zurückkehrte. »Das sagt mir auch nichts. Wenn ich wieder zu Hause bin, werfe ich einen Blick auf den Stammbaum.«

Davids Gesichtsausdruck flehte um Hilfe. Cormac hatte erwähnt, dass es in der Familie vielleicht ein wenig Animosität auslösen könnte, wenn Charlotte öffentlich ausstellte, aber er hatte nicht gewusst, dass niemand davon wusste. »Bitte entschuldigen Sie mich«, sagte er mit einem vielsagenden Blick auf Cormac. »Ich muss mich um etwas Dringendes kümmern, das ich beinahe vergessen hätte.« Er eilte zu einer Tür am anderen Ende des Raumes, die die Aufschrift »Privat« trug.

Den sehen wir so schnell nicht wieder, dachte Cormac.

Nun stand niemand zwischen den Blackshaws und den Gemälden, daher schob Waldron rasch den Rollstuhl nach vorn, und Verity folgte. Still nahmen sie die zwanzig Töne sinnlichen Graus in sich auf, die nicht aus Schwarz und Weiß, sondern aus Komplementärfarben entstanden waren, aber mit Schwarz und Weiß akzentuiert wurden und zarte Farbandeutungen enthielten.

»Das hier heißt *Der Fischmarkt*«, sagte Waldron schließlich, nachdem er das Kärtchen daneben gelesen hatte. »Öl auf Leinwand, vierundzwanzig mal vierundzwanzig Zoll.«

»O ja, ich sehe es«, sagte Verity, als die abstrakten Formen zu Fischen, Kisten, Regalen und Stapeln wurden, die zu einem fernen Fenster zurückwichen.

»Ich erkenne es nicht«, sagte Edwina.

Waldron vermochte es auch nicht, doch er hatte nicht vor,

sich von Verity irgendetwas erklären zu lassen. »Gehen wir ein Stück zurück. Aus der Entfernung ist es bestimmt leichter zu erkennen.« Er zog Edwina rückwärts in die Mitte des Raumes. »So!«

»Sie sind wunderbar«, flüsterte Edwina.

»Dieser Sinn für Entwurf und Komposition«, sagte Cormac. »Perfekt. Welch ein Auge! Und die Tiefe. Es ist, als wäre eine andere Welt hinter der, die wir sehen.« Dass er seine Dienstherren anredete, ohne zuvor angesprochen worden zu sein, wäre normalerweise undenkbar gewesen, doch in diesem Raum und an diesem Abend blieb seine Anmaßung unkommentiert.

»Recht ambitioniert und verhalten«, sagte Verity, die seit ihrer Ankunft auf eine Gelegenheit gewartet hatte, diese Wörter zu benutzen. »Nicht wie einige andere, die wir heute Abend gesehen haben«, fügte sie mit einem vielsagenden Blick auf Cormac hinzu.

»Die Struktur und die Farbabstufungen sind es, die ich so mag«, sagte Cormac. Er wollte Charlotte, solange es noch ging, so viel loben, wie er konnte.

Er sah sie am anderen Ende des Raumes stehen. Sie hob die Augenbrauen. Er schloss Daumen und Zeigefinger zu einem Kreis, was ihr zeigen sollte, dass die Bilder gut aufgenommen worden waren. Dann schüttelte er den Kopf, damit sie erfuhr, dass ihre Verwandten noch nichts wussten. Langsam kam sie näher.

»Charlotte, da bist du ja«, sagte Waldron. »Du warst ja lange genug weg. Komm her und sieh dir das an.«

»Ich glaube, *Die Schleuse* ist mir von den vieren am liebsten«, sagte Verity.

»Was ist mit dir, Mutter? Was hältst du von ihnen?«, fragte Charlotte zögernd.

»Ich mag sie alle gleich und hätte sie zu gern in unserem Studierzimmer hängen. Sie besitzen eine merkwürdige Kraft. Mir ist, als könnte ich in diese Formen hineingehen und wieder hervortreten.«

Die vier starrten sie an, denn sie hatten noch nie erlebt, dass sie irgendein Interesse an der Kunst zeigte, und die Wörter »gehen« und »treten« berührten mit ihrer doppelten Bedeutung alle.

Waldron wünschte, er könnte etwas Originelles erwidern, doch ihm fiel nichts ein. An den Arbeiten war nichts, was er identifizieren konnte – keine Person und kein Tier war zu sehen –, aber in Gegenwart all dieser roten Punkte hielt er es für vernünftig, weise dreinzublicken und zu schweigen.

Charlotte blickte Cormac hilflos an. »Soll ich etwas sagen?«, flüsterte sie.

»Es ist unhöflich, in Gesellschaft zu flüstern«, rügte Verity sie.

»Wir werden C. Blackshaw ganz gewiss als einen von uns ausgeben«, sagte Waldron lächelnd. »Ich möchte wissen, wofür das C steht. Cameron? Christian? Erinnere mich nicht, dass in der Familie solche Vornamen üblich wären.«

Cormac erhielt von Charlotte ein Zeichen.

»Wie wäre es mit Charlotte?«, fragte er.

38

Während des ganzen Abendessens erfüllte die Realität ihres Triumphs der kühlen Atmosphäre zum Trotz, die am Tisch herrschte, Charlotte mit Wärme. Hin und wieder lächelte sie still vor sich hin.

»Was soll die hochnäsige Miene?«, fragte Edwina, die Augen zusammengekniffen, vom Ende des Tisches, als der Hauptgang abgetragen wurde.

Die Temperatur sank um einige Grad mehr.

Charlotte saß still, während der Diener ihren Teller abräumte, und tat, als hätte sie die Frage ihrer Mutter nicht gehört.

»Ich frage, junge Dame, was deine hochnäsige Miene zu bedeuten hat?«

»Ach, sprichst du mit mir? Es tut mir leid. Der Frage war es nicht zu entnehmen, und du hast mich nicht mit Namen angesprochen.« Charlottes Ton war milde, ihr Ausdruck friedfertig. Cormacs Ermutigung und Rat schirmten sie wie eine Rüstung.

»Schlag nicht diesen Unschuldston bei mir an. Ein kleiner Erfolg, und du benimmst dich schon, als –«

»Warte mal einen Moment, altes Mädchen.«

»Ich werde nicht warten. Die Herablassung, mit der das Künstlervolk vor einem paradiert, verursacht mir Übelkeit. Warte nur, bis ich dir sage, was ich von Künstlern halte, da niemand es für nötig hielt, mich zu fragen, während meine Tochter sich hinter meinem Rücken zu einer von ihnen wandelte.«

Ein Diener eilte herbei, um Waldrons Glas nachzufüllen, das er mit zwei Schlucken geleert hatte, und bekam mitgeteilt, dass er und die anderen Dienstboten sich für den Abend zurückziehen könnten.

»Wir nehmen uns Käse und Portwein selbst. Stellen Sie uns nur die geöffnete Flasche Roten hin, ehe Sie gehen.«

»Künstler halten sich für etwas Besseres«, fuhr Edwina fort, ehe die Tür sich hinter den Dienstboten geschlossen hatte. »Sie glauben, die üblichen Benimmregeln gälten nicht für sie. Sie ruinieren das Leben anderer Menschen, ohne auch nur einmal darüber nachzudenken. Sie beugen sich Höhergestellten nicht, weil sie glauben, es gäbe niemanden, der höher gestellt ist als sie. Sie behaupten, ihre Autorität käme aus ihrem Talent, und sind völlig unbeeindruckt von jeder anderen – nur weil ihre Werke sie überleben und ihnen Unsterblichkeit verleihen...«

Verity wurde unruhig.

»...denken sie, ihre Berufung steht über dem Gesetz, der Kirche, dem Militär, der Politik, dem öffentlichen Dienst, dem diplomatischen Korps, sogar über der Monarchie. Woher nur nehmen sie diese idiotische Überzeugung?«

»Ich weiß nicht, woher das kommt«, sagte Verity. Sie holte tief Luft, um Mut zu fassen. »Ich glaube aber, es ist wahr. Ich glaube, sie sind tatsächlich überlegen.«

»Es sieht dir ähnlich, das zu glauben, denn du warst schließlich über beide Ohren in einen Künstler verliebt.«

Verity lief scharlachrot an. »Du auch.«

»Jetzt kommen wir langsam zu des Pudels Kern«, sagte Waldron befriedigt. »Sprechen wir am Ende über den Burschen, der seine Arbeit nicht beendet hat? Wie hieß er gleich?«

Charlotte blickte vom einen Gesicht zum anderen – für sie

war es alles neu – und blieb reglos sitzen. Sie hoffte, sie würden vergessen, dass sie anwesend war.

»Es ist überflüssig, Namen zu erwähnen, denn ich spreche nicht von einem Künstler im Besonderen«, erwiderte Edwina. »Ich spreche von Künstlern im Allgemeinen. Trotz ihres überzogenen Selbstbilds sind sie doch nur Händler.«

»Niemals!« Waldron sah aus, als sei er persönlich beleidigt.

»Unsinn.« Ein starrer Ausdruck trat in Veritys Augen.

»Zwischen einem Künstler und einem Händler besteht kein Unterschied – beide bieten sie eine Ware feil, und der Kunde entscheidet sich, ob er sie kaufen möchte oder nicht. Wie sollte man einen Krämer noch klarer definieren als dadurch?«

»Deine Argumentation ist nicht schlüssig«, sagte Waldron, »aber ich komme nicht darauf, wo es hakt. Lass mich kurz nachdenken.«

»Wir haben keine Zeit. Charlottes Bilder müssen abgehängt werden, ehe diese Ausstellung morgen wieder öffnet. Ich kann sie nicht ihre Waren in der Öffentlichkeit feilbieten und den Namen Blackshaw in den Schmutz ziehen lassen. Und Mr Delaney sollte die Tür gewiesen werden, da er die Grenzen überschritten hat – er besaß keinerlei Autorität –, indem er sie auf solch hinterlistige Art noch ermutigte. Mehr habe ich zu dieser Angelegenheit nicht zu sagen.«

Waldron sprang auf. »Ich will sehr hoffen, dass das alles ist – denn in meinem ganzen Leben habe ich noch nie solch einen Unsinn gehört! Charlotte, geh hinaus und lausche nicht an der Tür. Ich habe etwas mit deiner Mutter zu bereden, und es duldet keinen Aufschub.«

Verity machte ebenfalls Anstalten zu gehen, doch Edwina befahl ihr zu bleiben, da sie, Waldrons Ton zufolge, vielleicht eine Zeugin brauche.

Charlotte schlich sich in die dunkle Abstellkammer nebenan und versicherte sich, dass das, was sie nun hören werde, nicht schlimmer sein könne als das, was sie im Laufe der Jahre bereits über sich gehört hatte.

Die falsche Tochter sei verschwunden, so lautete nach zu viel Portwein Edwinas oft wiederholte Klage gegenüber Verity. »Es ist so schade, dass du Victoria nie gesehen hast. Du wärst von ihr bezaubert gewesen. So ein schönes Kind mit weichen dunklen Locken und blauen Augen. Du hättest nie gedacht, dass sie Charlottes Schwester wäre. Und sie hatte so ein süßes Wesen. Ja, diese Teresa Kelly wusste schon, was sie tat, als sie Victoria entführte und mir die falsche Tochter zurückließ.«

Diesen Satz nahm Verity als Stichwort und gluckste jedes Mal mitfühlend. »Charlotte war seit jeher eine einzige Enttäuschung.«

Wie es ihre Gewohnheit war, lehnte Charlotte den Kopf gegen die Wand, wo das Loch, das sie vor Jahren gebohrt hatte, auf der Esszimmerseite von einem großen goldgerahmten Porträt verdeckt wurde. Praktischerweise hing es ein wenig geneigt und schluckte daher nur wenig Schall. Zum ersten Mal hatte sie nun Gelegenheit, ihren Vater zu belauschen.

Waldron untersagte seiner Frau gerade, Cormac zu entlassen oder die Ausstellung erneut aufzusuchen und darauf zu bestehen, dass Charlottes Bilder entfernt wurden. Edwina verlangte zu wissen, wieso ausgerechnet sie in die Rolle der Bösen gedrängt werde und welches Recht Waldron überhaupt habe, Befehle zu geben, wo er als Ehemann, Vater und Gutsherr nie anwesend gewesen sei und sich jetzt, im Ruhestand, immer noch rarmache.

»Nicht das schon wieder!«, stöhnte er.

Und wenn er zugegen sei, befinde er sich gewöhnlich in den

verschiedensten Stadien der Trunkenheit und sei daher auch keine große Hilfe. Sie seien alle sehr gut ohne ihn ausgekommen. Und wie habe er es wagen können, sie mitten in einem Satz an diesen David Slane geradewegs aus der Galerie hinauszuschieben.

Waldron fragte, ob sie ihm erlaube, auf ihre Anschuldigungen zu antworten, und sie erwiderte, es sei gewiss interessant zu beobachten, wie rasch er sich Ausflüchte ausdenken könne, um sich zu rechtfertigen. Sie sei ganz Ohr, er habe das Wort, also nur zu.

Cormac Delaney habe er als Hauslehrer ausgesucht, sagte Waldron, weil dieser ein Künstler sei und er gewusst habe, dass Charlotte schon als Kind gut Pferde zeichnen konnte; er gehe davon aus, dass sie das Talent von ihm geerbt habe, und wenn sie schon malen könne, dann sei das besser als zu sticken.

Charlotte war dankbar über den zwanzig Fuß langen Esstisch – sie verpasste kein einziges Wort, weil ihre Eltern wegen der Entfernung mit erhobener Stimme sprechen mussten.

Wie er es betrachte, fuhr Waldron fort, habe Cormac an dem Mädchen wahre Wunder vollbracht. Jeder könne sehen, wie schlank, glücklich und reif sie in seiner Obhut geworden sei. An diesem Abend sei er sehr stolz auf Charlottes Erfolg und Auftreten gewesen, und zum Glück habe Cormac nicht um Erlaubnis gebeten, denn hätte er das getan, wäre sie ihm nicht gewährt worden und sie hätten vielleicht nie von Charlottes Begabung erfahren.

»Fertig?«, fragte Edwina.

»Selbstverständlich bin ich nicht fertig«, entgegnete Waldron und füllte sein Weinglas nach. »Ich komme gerade erst in Fahrt.«

»Was Mr Delaney angeht, so muss ich etwas erwähnen«,

sagte Tante Verity kleinlaut. Sie saß am anderen Ende des Tisches, Charlottes Platz gegenüber, und musste ihren Hals hin und her verdrehen, um dem Streitgespräch zu folgen.

»Ist es wichtig?«

»Ich halte es für sehr wichtig.«

»Was ist es also?«, fragte Waldron enerviert.

»Ich bin neulich zufällig am Schulzimmer vorbeigekommen –«

»Ich dachte, ich hätte angeordnet, dass du dich von dort fernhältst.«

»Ach, halt einen Augenblick den Mund, Waldron, und lass Verity sprechen. Was hast du beobachtet, Verity?«

»Die Tür stand zufällig offen. Ich sah, wie er sie küsste. Und auf ihren Exkursionen gehen sie dicht nebeneinander.«

Waldron lachte auf. »Ist das alles?«

»Das ist nicht die Antwort, die ich von einem Vater erwarte.«

»Welche Antwort sollte ich denn deiner Meinung nach geben?«

»Wenn das deine Haltung dazu ist, behalte ich den Rest für mich.«

»Nein, sprich weiter. Es tut mir leid. Ich kann es kaum erwarten, mehr zu hören.«

Selbst Charlotte bemerkte seinen neckenden Unterton. Er genoss die Auseinandersetzung.

Schweigen setzte ein.

»Nun«, fuhr Verity widerstrebend fort, »bei der Ausstellung hatte er den Arm um sie gelegt, und als sie uns gewahrte, rückte sie von ihm ab. Später sah sie ihn ganz eigentümlich an, die Hand auf dem Herzen. Sie nahm die Hand weg, als sie meinen Blick bemerkte. Wenn das kein Zeichen für Schuld ist, weiß ich nicht, was dann.«

»Und das soll beweisen, dass Cormac mit Charlotte schändliche Pläne schmiedet?« Waldron lachte.

»Ich weiß, was du daran so komisch findest«, erwiderte Verity mit einer Stimme, die zitterte, als würde sie gleich weinen.

»Meine Entschuldigung, liebste Schwägerin und Nichte.«

»Warum sprichst du Verity nicht mit ihrem Namen an?«, fragte Edwina. »Es würde Zeit sparen und wäre weniger ärgerlich.«

»Auf der Welt gibt es viele Veritys, aber ich habe nur eine Schwägerin und Nichte, das ist der Grund. Tut mir leid, dass ich gelacht habe. Natürlich hast du recht, wenn du dir Gedanken um Charlottes Tugend machst, liebe Nichte. Wo hat Cormac denn Charlotte geküsst, vorausgesetzt, deine Sehkraft reicht aus, um es präzise zu schildern?«

»Mein Augenlicht ist perfekt, herzlichen Dank. Es war im Schulzimmer.«

»Ich meine, auf welchen Teil ihres Leibes hat er sie geküsst?«

»Auf den Scheitel, ganz sicher.«

Ein Ausbruch war zu hören, eine Mischung aus Niesen und Prusten, gefolgt von Husten.

»Klingele nach einem Diener, Vee, der diese Bescherung beseitigt.«

»Bleib sitzen«, sagte Waldron mit Mühe. »Das können sie später tun.«

»Vielleicht solltest du auf das Trinken verzichten, bis wir dieses Gespräch beendet haben. Rotwein bekommt offenbar weder deiner Argumentation noch der Tischplatte.«

Waldron hatte seine Stimme wieder unter Kontrolle. »Mit meiner Argumentation ist alles in bester Ordnung. Und nicht das Trinken hat den Zwischenfall verursacht, sondern die Bonmots deiner Schwester.«

Charlotte hörte einen Stuhl scharren. »Ich weiß, wann man sich über mich lustig macht«, sagte Verity mit tränenerstickter Stimme.

»Setz dich, Vee, und du benimm dich, Waldron«, fuhr Edwina auf. »Allerdings begreife ich nicht, wieso wir uns überhaupt der Mühe dieses Gesprächs unterziehen, wo doch absehbar ist, dass wir auf keinen Fall zu einer Einigung finden werden. Ich denke, Mr Delaney sollte gehen, Waldron denkt, er sollte bleiben. Ich denke, die Gemälde sollten entfernt werden, Waldron denkt, sie sollten bleiben.«

»Ich suche nach keiner Einigung«, entgegnete Waldron. »Und wieso redest du mit deiner Schwester, als wäre ich nicht im Raum? Ich befehle es – Cormac Delaney bleibt, und die Gemälde bleiben. Ich verbiete dir, zur Galerie zurückzukehren und den armen Mann zu drangsalieren, der nur seine Arbeit tut.«

Charlotte hörte, wie er große Schlucke einer Flüssigkeit herunterstürzte. Den Ausdruck im Gesicht ihrer Mutter konnte sie sich nicht vorstellen, denn sie hatte noch nie erlebt, wie jemand so mit ihr sprach.

»Wieso kannst du es nicht zulassen, dass das arme Mädchen ein wenig Freude hat? Bemüh dich nicht um eine Antwort. Ich antworte für dich. Weil du auf sie eifersüchtig bist, das ist der Grund. Du lässt keine Gelegenheit aus, gegen sie zu sticheln. Du bist seit jeher eifersüchtig auf sie gewesen.«

Edwina schnaubte. »Das ist absurd. Was gibt es denn, worauf ich eifersüchtig sein könnte?«

»Zum Beispiel ihre Reitkunst. Bertie konnte sie nicht hoch genug preisen, und jeder, der sie auf der Jagd sah, war von ihrem

Können beeindruckt. Dieses ganze Gerede von Überheblichkeit und Händlern – das ist alles Geschwätz; alberne Argumente, mit denen du deinen Neid kaschierst. Und du nutzt jede Gelegenheit, abfällig über sie zu reden. Vergiss nicht, wenn du nicht wärst, würde sie immer noch auf Tyringham Park wohnen, Mandrake reiten und auf Wolke sieben schweben.«

Charlottes Herz machte einen Satz.

»Das wollen wir klarstellen.« Edwina sprach langsam und in bedrohlichem Ton. Charlotte erschauerte, als sie ihn hörte. »Behauptest du etwa, dass ich die Schuld an meinem Unfall trage?«

»Nun, selbstverständlich sage ich das. Ganz genau davon spreche ich.«

»Ich glaube, ich höre nicht richtig. Charlotte war es, die vor mich sprang und Mandrake die Beine unter dem Leib wegschlug.«

»Sie war erst neun, Gott verdammt noch mal! Wer hat ihr denn befohlen, diesen tückischen, verbohrten, halb irren Bastard von einem Gaul zu reiten, obwohl sie ein vollkommen sicheres eigenes Pferd hatte?«

»Halb irrer Bastard? Wie kannst du es wagen! Ich habe Sandstorm persönlich abgerichtet.«

»Genau. Ruiniert hast du ihn, sei ehrlich.«

»Das also ist es. Jetzt kommt alles ans Licht. Jetzt bekennst du Farbe. Gib es zu. Du bist es, der immer eifersüchtig war. Auf mich und meine Reitkunst!«

»Eifersüchtig auf dich? Dass ich nicht lache. Wann wärst denn du jemals als gute Reiterin bezeichnet worden?«

»Ich habe viele Komplimente erhalten.«

»Ja, die habe ich gehört. Furchtlos, zäh, stark, aber niemals *gut*. Man bezeichnete dich als alles Mögliche, aber nie als *gut*.«

Verity ergriff das Wort. »Von ihr wurde gesagt, sie reite so gut wie ein Mann.«

»Aber wie welcher Mann?«, entgegnete Waldron verächtlich. »Wie der verrückte Major, der wie ein Sack Kartoffeln im Sattel sitzt? Oder wie Marcheson, der regelmäßig seine Pferde verschlissen hat, ehe sie acht werden? Oder wie Partridge, der sein preisgekröntes Stutfohlen zuschanden geritten hat? Der Neid ist nicht bei mir zu suchen, sondern bei dir. Du bist neidisch auf Charlotte. Warum sonst setzt du sie auf ein unbeherrschbares Pferd und gibst ihr dann die Schuld, wenn sie es nicht beherrscht? Unterbrich mich nicht. Ich bin noch nicht fertig. Charlotte besitzt eine seltene Gabe, die dir abgeht, und deinetwegen ist sie verschwendet. Jawohl, *verschwendet*. Es bestand nie die Notwendigkeit, dass Harcourt oder sie hierherzieht. Es ist ja nicht so, dass du dich je um deine Kinder kümmern würdest. Sie hätten auf Tyringham Park bleiben sollen. Das ist ihr Geburtsrecht. Charles sagte immer, er hätte sie gern bei sich. Gehässigkeit war die Triebfeder deines Handelns. Nichts als Gehässigkeit.«

»Das ist ja wohl die Höhe!«, kreischte Edwina. »Als Nächstes gibst du mir wohl auch die Schuld an Victorias Verschwinden.«

»Wo du es erwähnst. Drücken wir es so aus – in der Army wärst du vors Kriegsgericht gekommen. Es ist während deiner Wache geschehen. Nichts, was du anführen kannst, vermag daran etwas zu ändern. *Deine* Wache. *Deine* Verantwortung.«

»Nun bist du zu weit gegangen. Vee, macht es dir etwas aus? Ich kann hier keinen Augenblick länger bleiben. Uns ginge es allen besser, wenn du in Indien geblieben wärst. All die Jahre haben wir ohne dich alles wunderbar bewältigt. Komm, Vee.«

»Wunderbar bewältigt? So sieht es aus. Harcourt ist noch ein Kind, und mit ihm ist bisher alles in Ordnung«, sagte Waldron mit verächtlicher Langsamkeit. »Aber abwarten. Dir fällt schon noch etwas ein.«

Die Tür knallte, und die Frauen waren im Korridor. »Dieser betrunkene Schwätzer. Dieser boshafte Lügenbold. Wenn er denkt, er könnte mir sagen, was ich zu tun habe, dann gebe ich ihm etwas zum Nachdenken«, sagte Edwina. Jede Silbe triefte vor Gift. »Charlotte, Charlotte, immer nur Charlotte!«

»Er ist vielleicht ein Lord, aber er ist nicht dein Herr, Edwina. Es gibt eine höhere Macht als ihn, und du brauchst nicht...«

Charlotte lauschte angestrengt, doch die Räder des Rollstuhls überdeckten mit ihrem Schleifen die sich entfernenden Stimmen.

Also war es nicht meine Schuld? Kann das möglich sein? Ihr Vater hatte die schönsten Worte ausgesprochen, die sie je zu hören gehofft hatte, und er klang, als wisse er, wovon er sprach.

Bis zum Alter von zwölf Jahren hatte sie geglaubt, Schwester Dixon habe Mandrakes Unfall verursacht, indem sie ihn verfluchte, doch nachdem Charlotte aus ihrer Begeisterung für Märchen herausgewachsen war und mit Trauer akzeptiert hatte, dass sie alle nur erfunden waren, hatte sie den Schluss ziehen müssen, dass Flüche in die gleiche Kategorie fielen und keine Macht besaßen, ganz wie Miss East und Cormac ihr wiederholt versichert hatten. Wenn es also nicht an einem Fluch lag, musste die Ursache für den Unfall in ihrem Versagen als Reiterin zu suchen sein, welches zu dem Zusammenstoß geführt hatte. Bis sie heute Abend die Erklärung ihres Vaters durch die Wand hörte, hatte in all den Jahren nichts ihre Überzeugung ins Wanken gebracht, dass sie an allem schuld sei.

Sie hörte nebenan einen dumpfen Aufprall und das Klirren eines zerbrechenden Glases, dann noch mehr Gepolter und Geklirre.

Schritte kamen ins Esszimmer, und Charlotte erkannte die Stimmen zweier Diener.

»So, Vorsicht, Milord, ganz langsam«, sagte der eine. »Legen Sie einfach den Arm um meine Schulter.«

»So ist es gut, Milord«, sagte der andere.

Um nicht abwarten zu müssen, bis sie ihn langsam den Gang entlanggeführt hatten, schlüpfte Charlotte aus der Abstellkammer, schloss geräuschlos die Tür und verschwand um die Ecke. Sie wusste schon jetzt, dass sie die ganze Nacht wach liegen würde – sie hatte über so vieles nachzudenken und Cormac am Morgen so viel zu erzählen, wenn er von seiner Feier zurückgekehrt war. Er wäre froh zu hören, dass ihr Vater ihrer Mutter die Stirn geboten hatte, was die Ausstellung betraf. Von Mandrake würde sie kein Wort sagen.

39

Erst um fünf Uhr nachmittags kehrte Cormac vom Feiern zurück. Charlotte erwartete ihn im Schulzimmer.

»Sie hat es getan, meine kleine Kollegin«, sagte er. »Sie hat es getan. Nach gestern Abend kann ich dich ja nicht mehr ›Lehrmädchen‹ nennen. Sie hat es wirklich getan. Sie soll zur Hölle fahren. Tut mir leid.«

»Sie?«

»Deine Mutter. Ich fürchte, die Gemälde sind weg. Ich muss mich erst einmal setzen, dann ich erzähle dir die Geschichte, und danach muss ich lange ins Bett.«

David Slane zufolge hatten Edwina und Verity vor der Tür gewartet, als er am Morgen öffnete. Edwina bestand darauf, dass die Gemälde Charlottes entfernt würden, da ihre Tochter minderjährig sei und keine Erlaubnis zur Teilnahme erhalten habe. Einige andere Mitglieder der Gesellschaft versuchten ihr die Entscheidung auszureden und sagten, dass sie, wenn sie nur wüsste, welche Sensation die Gemälde hervorriefen, noch weitere hinbrächte, anstatt sie herunterzunehmen. Da sie keine Künstlerin sei, hätte sie keinerlei Maßstab dafür, wie schwer es sei, auch nur ein Stück zu verkaufen, geschweige denn vier, wenn man kein etablierter Name sei und noch nicht als Investition betrachtet werde. Charlotte sei bereits Stadtgespräch, weil sie in so jugendlichem Alter solch ein Talent zeige, und wenn sich dies herumspreche, würden noch mehr Menschen kommen und müssten enttäuscht wieder gehen. Ob sie überhaupt wisse, dass die Gesellschaft in Erwägung ziehe, ihrer Tochter bei der nächsten Sitzung die Vollmitgliedschaft anzubieten, was sie zum jüngsten Mitglied aller Zeiten machen würde, und was für eine Ehre dies sei?

»Also kein Glück?«, fragte Charlotte.

»Kein bisschen. Je mehr Argumente sie ins Feld führten, desto halsstarriger wurde deine Mutter. David musste jedoch fest bleiben und konnte den Verkauf nicht für null und nichtig erklären – er sagte, das liege nicht mehr in seiner Hand. Dieser Sammler wird sein Glück nicht fassen können. David meinte am Ende, es sei der Rollstuhl, durch den sie gesiegt habe – man könne mit einer behinderten Frau nicht streiten –, und er erklärte sich bereit, die Gemälde abzuhängen. Er war jedoch tief empört. Jetzt muss er sich mit allen herumschlagen, die nicht das Glück haben, am Abend der Eröffnung da gewesen zu sein. Sie kommen, um einen Blick auf das Werk einer bestimmten Künstlerin zu werfen, und alles, was sie sehen, ist eine nackte Wand. Er wird sich eine Geschichte ausdenken, um sie zu besänftigen, aber leicht wird es nicht, und er freut sich kein bisschen darauf. Deine vier Meisterwerke sind in seinem Büro versteckt, wo sie drei Wochen bleiben müssen, bis die Ausstellung offiziell geschlossen wird und der Agent des neuen Eigentümers sie abholt. So funktioniert das System. David hat mich angefleht zu versuchen, deine Mutter umzustimmen.«

»Das brauchst du nicht zu versuchen«, sagte Charlotte und berichtete, was sie in ihrem Versteck am vergangenen Abend gehört hatte.

»Ich werde versuchen, das in ein positives Licht zu tauchen, denn dir bleibt wohl keine andere Wahl. Auf merkwürdige Weise hat sie dir vielleicht sogar einen Gefallen getan. Ehe die Woche vorüber ist, bist du Stadtgespräch, und die Nachfrage nach deinen Bildern wächst über alle Maßen. Du kannst dir das zunutze machen, kannst hart arbeiten und dir ein Portfolio anlegen, und wenn du volljährig bist, kannst du wieder ins Rampenlicht treten, ohne dass deine Mutter das Geringste dagegen tun kann.«

»Aber das sind noch fünf Jahre.«

»Die vergehen schnell.« Er beugte sich vor und legte ihr die unversehrte Hand auf den Kopf, als wolle er sie segnen. »Versprich mir, dass du nicht dein Leben mit Belanglosigkeiten vergeudest wie die meisten deines Standes. Versprich mir, dass du diese Jahre zum Experimentieren nutzt. Probiere neue Wege.«

»Ich muss nichts versprechen«, entgegnete Charlotte.

»Nein, das musst du nicht. Ich weiß, dass ich auf dich zählen kann. Gutes Mädchen.« Er nahm die Hand weg und reckte sich gähnend. »Jetzt muss ich wirklich gehen, damit ich bewusstlos werden kann. Tolle Nacht – schade, dass du zu jung bist, um mitzumachen.«

»Ist wahrscheinlich sogar besser. Gestern Abend habe ich auch gehört, dass Tante Verity deinen Umgang mit mir zu formlos findet und du nicht ihren Vorstellungen von einem Schulmeister entsprichst.« Unschuldiger konnte sie Veritys Anschuldigungen nicht umschreiben.

Cormac lachte aufrichtig entzückt auf. »Das findet sie? Und sie ist natürlich die Expertin? Du solltest sie aufklären, dass ich nie behauptet habe, Lehrer zu sein. Ich war ein Soldat, der den Befehl seines Vorgesetzten befolgte.« Er salutierte spöttisch vor ihr. »Aber wir sind ganz gut klargekommen, was?«

»Besser als das.« Charlotte lächelte.

»So sieht es also aus. Glückwünsche wegen gestern Abend. Du warst großartig, wirklich großartig. Jetzt geh zu deiner

Tante Verity und sag ihr, dass ich davon ausginge, dich im nächsten halben Jahr kaum zu Gesicht zu bekommen, da ich erwartete, dass dein Vater sich als harter Arbeitgeber erweist. Sie könne sich also beruhigen.« Er stand auf und brauchte ein paar Sekunden, um sein Gleichgewicht zu finden. »Und danach sehe ich dich gar nicht mehr, es sei denn, du besuchst mich in meinem Bohemien-Viertel in Paris. Dann allerdings hätte deine Tante wirklich Grund zum Beten.«

40

In den sechs Monaten, in denen sich Waldron jedem Versuch Cormacs, seine rigiden Ansichten über Kunst zu ändern, standhaft widersetzte, malte Charlotte gewissenhaft weiter. Cormac schaute nachmittags immer vorbei, um ihre Fortschritte zu verfolgen und ihr zu sagen, wie großartig sie war. »Du bist nun auf dich gestellt«, sagte er. »Ich kann dir nichts mehr beibringen. Wenn ich in ein paar Jahren wiederkomme, um nach dir zu sehen, erwarte ich, von deiner persönlichen Vision noch stärker geblendet zu werden als jetzt schon.«

Nachdem Cormac endgültig das Haus verlassen hatte und nach Paris abgefahren war, wurde auf einmal Charlotte von furchtbarer Einsamkeit ergriffen. Seines Überschwangs und seiner Unterstützung beraubt, glitt sie in einen Zustand der Trägheit. Das altbekannte Gefühl, wertlos zu sein, kehrte zurück, als wäre es nie verschwunden gewesen. Woche um Woche bröckelten die Mauern der sicheren Dubliner Welt, die Cormac um sie errichtet hatte, immer mehr und fielen schließlich in sich zusammen. Zunehmend kam es ihr vor, als wäre sie in einem Keller eingesperrt, von jeder Lichtquelle abgeschnitten. Die Geschwindigkeit, mit der sie den Halt verlor, erfüllte sie mit der gleichen Hilflosigkeit und Angst, die sie als Kind empfunden hatte, als sie Schwester Dixon ausgeliefert war.

Mit der Einsamkeit verbunden war der perverse Trost, dass

sie in einen Zustand zurücksank, der ihr so vertraut war. Lange hatte sie in der Vergangenheit in einem dunklen Keller gehaust, und jetzt kehrte sie dorthin zurück. So einfach war das. Cormacs hohe Meinung von ihr, die sie sechs Jahre lang über Wasser gehalten hatte, rührte von seiner optimistischen Weltsicht her und stand in keinem Verhältnis zu ihrer Wertlosigkeit, die ihr nur allzu deutlich bewusst war.

In einem Traum erschien ihr Victoria mit schmerzverzerrtem Gesicht und streckte ihr hilfesuchend die Hände entgegen. Charlotte versuchte zu rennen, um sie zu retten, aber ihre Beine funktionierten nicht, und sie konnte nur zusehen, wie Schwester Dixon Victoria packte und sie gegen die Wand des Kinderzimmers knallte, um sie dafür zu bestrafen, dass sie so eine Heulsuse sei. Charlotte erwachte orientierungslos und von Übelkeit und Abscheu erfüllt, weil es ihr nicht gelungen war, ihre kleine Schwester zu beschützen.

Warum musstest du dich, nachdem du dich so lange versteckt hast, fragte Charlotte, ausgerechnet jetzt zeigen, Victoria, wo mir die Kraft fehlt, dir zu helfen?

Charlotte stand vor einem vollendeten Gemälde und war durchdrungen von Hass auf dieses und ihre ganze Arbeit. Cormac hatte ihr geraten, ihr Leben nicht auf Belanglosigkeiten zu verschwenden, doch was konnte trivialer sein als dieses nutzlose Objekt, wenn man es mit der Tatsache einer verlorenen Schwester verglich? Farbtupfer auf die Leinwand, so und so angeordnet und dann gerahmt und an die Wand gehängt. Das bewirkte nichts. War Dekoration. Nichts als Dekoration. Wie konnte sie sich ernst nehmen? Zwei ihrer Lieblingspinsel lagen auf der Ablage der Staffelei, steif von Farbe, weil Charlotte vergessen hatte, sie in Terpentin auszuspülen, und ihr war es egal. All diese verschiedenen Grautöne waren in ihrer Leblosigkeit erbärmlich. Sie nahm eine Tube Zinnober, drückte sie auf die Leinwand aus und verrieb die Farbe mit dem Handballen, doch ihre Frustration ließ nicht nach.

Wenn sie nicht bald Schlaf bekam, wurde sie krank – so sie nicht schon krank war. Victorias bittende Hände schwebten am Rande ihres Bewusstseins, und noch ehe Charlotte in tiefen Schlummer gefallen war, schoben sie sich schon wieder hilfeheischend in den Vordergrund.

»Ich will eine Abmachung mit dir treffen, Victoria«, sagte Charlotte unter Tränen. Sie saß aufrecht in ihrem Sessel, mied den Schlaf, um ihren Albträumen zu entgehen, und der Hals schmerzte ihr vom Hochfahren, wenn sie doch einmal einnickte. »An der Vergangenheit ändert das auch nichts, denn ich kann nur versuchen, etwas wiedergutzumachen.«

Sie würde ihr Leben nicht, wie sie es Cormac versprochen hatte, der Kunst widmen. Stattdessen ginge sie ein Jahr auf das Pariser Pensionat und würde sich in der Zeit dort ernsthaft bemühen, damit sie geschliffen und damenhaft zurückkam, bereit, den ersten Mann zu heiraten, der sie um ihre Hand bat. Sie würde sofort ein Baby haben und diesem ihr Leben widmen. Sie würde dafür sorgen, dass ihm nie etwas zustieß, würde sich selbst um das Kleine kümmern, ohne dass ein Kindermädchen ihr half, würde es nicht nach aristokratischer Tradition auf ein Internat schicken, damit es dort gesellschaftliche Vorteile erlangte, sondern in eine öffentliche Schule, damit sie jeden Abend ihrem Kind ins Gesicht sehen und feststellen konnte, ob es Sorgen hatte, und wenn ja, würde sie herausfinden, um welches Problem es sich handelte, und es aus der Welt schaffen. Das war ihr Ziel – Victoria durch ein Kind, vorzugsweise eine Tochter, zu ersetzen, die dank Charlottes unermüdlicher Wachsamkeit überleben und furchtlos und glücklich ins Erwachsenenalter eintreten würde.

Victoria musste der Abmachung zugestimmt haben, denn sie trat jahrelang nicht mehr in Charlottes Träume.

41

Sydney
1925

Zwei Jahre, nachdem das Waratah neu eingerichtet worden war, hatte sich Norma Rossiter entschieden, Kinder in die Welt zu setzen, ehe es zu spät war – ihr Mann hatte sie bestärkt in der Frage, welchen Sinn es hatte, bis in die Nacht hinein zu arbeiten und ein Imperium aufzubauen, wenn es keine kleinen Rossiters gab, die es erben konnten. Mrs Sinclair hatte das Waratah verlassen, um ihrer Tochter im Haus zu helfen, zuversichtlich, dass Elizabeth Dixon, nunmehr Empfangschefin und Chefbuchhalterin, alles gelernt hatte, was sie ihr beibringen konnte.

Bei einem anderen Bankhaus, einen Block entfernt von dem Kreditinstitut, in das sie von Mrs Sinclair eingeführt worden war und wo sie die Tageseinnahmen des Hotels einzahlte, hatte Dixon ein zweites Konto unter dem Namen »Beth Hall« eröffnet, damit es zu keinen Verwechslungen kam.

In dem Zeitraum, in dem die Rossiters drei Kinder zur Welt gebracht hatten, waren Dixon sechsunddreißig Heiratsanträge gemacht worden: zehn von Trinkern, sieben von Witwern jenseits der achtzig, fünf von verheirateten Männern, deren Gattinnen sie nicht verstanden, sechs von einsamen Männern, die am nächsten Tag einen Rückzieher machten, sechs von Einfaltspinseln und zwei von minderjährigen Jungen. Ein begehrenswerter geeigneter Mann ihres Alters mit vollkommen intaktem Körper und Geist war solch eine Seltenheit, dass sie noch keinen erblickt hatte, und selbst wenn, hätte sie ihn nicht akzeptiert, weil er ohnehin nicht neben dem göttlichen Manus ihrer Erinnerung hätte bestehen können.

Ihre Abneigung gegen die Kinder anderer Leute verstärkte sich noch an jedem ersten Sonntag im Monat, wenn sie bei den Rossiters zu Gast war. Jedes Mal fühlte sie sich von den Bälgern abgestoßen, die mit zunehmendem Alter schlimmer wurden, sich an die Mutter klammerten, Forderungen stellten und das Tischgespräch unterbrachen. Wenn Dixon sie nur eine Woche hätte erziehen können, hätte sie ihnen all das schon ausgetrieben. So aber musste sie sich beherrschen, um sich nicht vorzubeugen und sie herzhaft zu ohrfeigen, wenn ihre Mutter nicht hinsah. Sie plagten sogar Mrs Sinclair, während Norma, mit rotem Gesicht und außer Atem, sich in der Küche um die Bedürfnisse des Nachwuchses kümmerte und dabei von dem mittleren Kind zur Närrin gemacht wurde. Mrs Sinclair war genauso schlimm wie ihre Tochter, was das Verzärteln anging, und verausgabte sich, obwohl sie den Bälgern gar nicht mehr gewachsen war. Ganz offensichtlich büßte sie ihre Kräfte ein, doch die Kinder nahmen darauf keine Rücksicht. Warum bezahlten die Rossiters niemanden, damit er sich um die Bälger kümmerte? An Geld mangelte es ihnen doch nun wirklich nicht.

Sie hielt die klebrige Hand des Jüngsten auf Abstand, damit es nicht ihr neues Kleid berührte, und hoffte, das Kind ginge weg, ehe sie die Geduld verlor und die kleinen Finger mit größerer Kraft zurückbog, als nötig war, um ihm eine Lektion zu erteilen.

An manchen dieser Tage dachte Dixon, wenn sie vom Haus der Rossiters zurückkam, darüber nach, welches Glück sie habe, von Leuten, die sie so sehr bewunderte, wie ein Mitglied der Familie behandelt zu werden; was für ein Glück es sei, dass sie dem ganzen Lärm und dem Durcheinander entkommen konnte, wenn es ihr zu viel wurde, und in ihr aufgeräumtes Büro im Waratah zurückkehren durfte. An anderen Tagen rannte sie in ihr Schlafzimmer hoch und heulte in ihr Kissen ob der Ungerechtigkeit, dass Norma eine wunderbare Mutter hatte, einen begehrenswerten Ehemann (wenn auch nicht so begehrenswert wie Manus) und drei Kinder (die sich erheblich besser benommen hätten, wenn sie ihre gewesen wären), und dazu ein schönes Haus, während Dixon niemanden und nichts hatte außer einem wachsenden Bankguthaben. War der Schmerz, den sie empfand, der Schmerz, unter dem die alte Lily East und die nicht ganz so alte Teresa Kelly gelitten hatten? Hatte die Kindstollheit, die sie so sehr verhöhnt hatte, als sie jung und in Manus verliebt gewesen war, auch von ihr Besitz ergriffen?

42

Paris
1927

In ihrem achtzehnten Lebensjahr besuchte Charlotte das Mädchenpensionat und kam in eine Klasse mit vierzehn anderen Adelstöchtern, die sich alle kannten und gesellschaftlich gewandt waren. Sie versuchte, ein Interesse am Blumenstecken zu entwickeln, an Etikette, an Tischdekoration, an Körperpflege, an Mode, an Haltung, an Knicksen, Tanzen, Zeichnen, dem Gebrauch von Aquarellfarben und der französischen Sprache, Fertigkeiten, die halfen, sich einen adligen Ehemann zu angeln, vorausgesetzt, man brachte Geld mit. Während all dieser Stunden sah sie Cormacs spöttisches Lächeln vor sich, besonders, als sie Blümchenmuster auf steife, damenhafte Art malte und seine Stimme hörte, die sie drängte: »Halt dich nicht zurück. Lass es mit dir durchgehen. Versenke dich«, und genau wusste, wie inakzeptabel solche Worte in diesem Institut wären. Die Mädchen verübelten Charlotte ihr fließendes Französisch, und daher zögerte sie bald, ehe sie etwas sagte, und benutzte hin und wieder das falsche Wort, um sie zu besänftigen.

Sie war zunehmend isoliert und unglücklich und tröstete sich mit größeren Essensportionen. Ihre Wangenknochen und ihre Kinnpartie verloren allmählich wieder die definierten Linien. All das ertrug sie, weil sie wusste, dass das Jahr bald vorüber wäre und es für ihren Plan erforderlich war. Doch die Erinnerung, dass sie unklugerweise ihre Zimmergenossin ins

Vertrauen gezogen hatte und nun die Folgen erdulden musste, war unerträglich. Da sie in Büchern gelesen hatte, das Sichanvertrauen sei ein unverzichtbarer Bestandteil einer Freundschaft, aber nie eine Freundin gehabt hatte, sodass sie nicht wusste, ob es stimmte oder nicht, hatte sie sich auf die Theorie des Vertrauens verlassen und ihrer Zimmergenossin erzählt, dass sie beabsichtige, den ersten Mann zu heiraten, der sie um ihre Hand bat, damit sie so schnell wie möglich ein Kind bekam, um ihre verlorene Schwester zu ersetzen und damit ihrer Mutter zu gefallen, die durch ihre Schuld im Rollstuhl sitze. Statt ihre Selbstlosigkeit zu loben, kreischte das Mädchen, sie könne nicht bei jemandem bleiben, den das Pech derart verfolge, nannte sie eine Verrückte, packte ihre Sachen und verlangte von der Schulleitung, in ein anderes Zimmer verlegt zu werden.

Während ihre ehemalige Zimmergenossin sich zu den anderen Mädchen gesellte, lag Charlotte auf ihrem Bett, starrte an die Decke und malte sich aus, um wie viel lauter das Gekreisch ausgefallen wäre, wenn sie die Geschichte vollständig erzählt hätte.

Am nächsten Tag trat ein anderes Mädchen zu ihr und sagte: »Ich weiß, wer du bist. Ich dachte mir gleich, dass ich den Namen schon einmal gehört habe. Jeder weiß von der verschwundenen Blackshaw, aber sie haben die Verbindung nicht hergestellt. Du bist ihre Schwester, nicht wahr? Und du bist in England einer Schule verwiesen worden, weil du eine Mitschülerin so geprügelt hast, dass sie ins Krankenhaus musste.«

Weil sie mich verhöhnt hat. Weil sie mich beschuldigte, meine Mutter zum Krüppel gemacht zu haben und eine so schlechte Reiterin zu sein, dass mein Pferd erschossen werden musste. Diese Schülerin hatte verdient, was sie bekam, davon war Charlotte überzeugt. Sie starrte stumm ihre Anklägerin an.

»Jemanden wie dich wollen wir hier nicht. Geh doch zurück in die Sümpfe, wo du hingehörst«, fügte das Mädchen hinzu und kehrte zu ihrer Gruppe zurück.

Um das Risiko auszuschließen, dass sie ihr früheres Verhalten wiederholte, packte Charlotte ihre Sachen und kehrte nach Hause zurück. Ihrer Mutter sagte sie, dass der Kurs sie langweile und sie nicht die Absicht habe zurückzukehren. Edwina wusste aus Erfahrung, dass es keinen Zweck hatte zu versuchen, sie zu einem Sinneswandel zu zwingen.

Charlotte hatte ihre Lektion gelernt. Von nun an würde sie sich nie wieder jemandem anvertrauen. Sie würde die Vergangenheit aus ihren Gedanken verbannen und ihre alten Geheimnisse so tief in ihrem Inneren verbergen, dass sie selbst sie nicht mehr erreichen könnte.

Als die Reihe an ihr war, beim traditionellen Ball in die Gesellschaft eingeführt zu werden, wusste sie nicht, wie man sich Männern gegenüber benahm. Die scherzhafte Formlosigkeit, die sie aus ihren Gesprächen mit Cormac gewohnt war, veranlasste die Gentlemen der Oberschicht, sie irritiert anzublicken, daher wechselte sie zu den abgehackten Kadenzen, wie ihre Mutter sie bevorzugte. Ehe sie Zeit hatte zu beobachten, ob sie damit größeren Erfolg hatte, bemerkte sie drei Mädchen aus ihrem Pensionat, die sich mühelos unter die Menge der Etablierten mischten, und wusste, dass jede Chance, in dieser Gesellschaft einen Mann zu finden, dahin war. Sie sah, wie die Mädchen zu ihr hinüberblickten und flüsterten, und die entsetzten Blicke auf den Gesichtern derer, die ihnen zuhörten.

Nachdem sie während des ganzen Balls kein einziges Mal zum Tanz aufgefordert worden war, gestand sie sich ihre Niederlage ein und zog sich vom gesellschaftlichen Parkett zurück.

43

Dublin
1934

An ihrem fünfundzwanzigsten Geburtstag erhielt Charlotte das Vermögen, das ihre Großmutter väterlicherseits, die »Witwe«, ihr hinterlassen hatte. Sie wünschte, die alte Dame hätte die Vernunft besessen, das Alter des Erbantritts auf achtzehn festzusetzen statt auf fünfundzwanzig; auf diese Weise hätten ihre Bemühungen, einen Mann zu finden, eine gewisse Chance besessen, ehe sie zur Witzfigur wurde. Mittlerweile war sie das einzige noch unverheiratete Mädchen ihres Alters und gesellschaftlichen Ranges.

Washington Square von Henry James, dessen Handlung ihr Tante Verity als warnendes Beispiel ans Herz gelegt hatte, wurde zu Charlottes Leitfaden. Die Heldin wäre besser beraten gewesen, das Risiko einzugehen und den Glücksritter zu heiraten, den sie liebte, so glaubte Tante Verity, als sich für das farblose, langweilige Leben einer alten Jungfer zu entscheiden, ihr Leben dienstbeflissen mit Pflichten zu füllen und unter dem Auge des höhnischen Vaters Erfahrungen aus zweiter Hand zu machen. Man brauchte sich nur das sinnlose Leben der armen Tante Verity anzusehen, und schon gelangte man zu dem gleichen Schluss.

Jeder Verehrer, der sich Charlotte jetzt, wo sie reich war, näherte, musste per Definition ein Glücksritter sein. Wenn solch ein Mann auf sie zukäme, wollte sie ihn akzeptieren. Sie brauchte nur abzuwarten, bis die Nachricht von ihrem neuen gewaltigen Reichtum die empfänglichen Ohren eines geeigneten Mannes erreichte.

Sie musste nicht lange warten.

Peregrine Poolstaff hatte dank seines Mangels an Zielstrebigkeit und Witz das Alter von achtunddreißig Jahren erreicht, ohne verheiratet zu sein. Wäre die große Ausbeulung an seiner Stirn mit Hirn gefüllt gewesen, wäre er ein Genie gewesen, doch da er dies offenkundig nicht war, betrachtete man sie allgemein als Beispiel für den Hang der Natur zur Ironie. Sein Gut in der Grafschaft Donegal war in arger Geldnot – wenn nicht bald etwas geschah, musste er noch mehr Land und Kunstobjekte verkaufen und stand am Ende nur noch mit dem Haus da, und selbst das war nicht sicher. Seine jüngeren verheirateten Freunde überzeugten ihn, dass eine Ehe seinen Lebensstil nicht verändern müsse – er könnte noch immer das Leben eines Junggesellen führen, ganz wie sie es täten. Sie wollten ihn in den Feinheiten des Werbens schulen und in die Geheimnisse einführen, die einen Mann für eine Frau unwiderstehlich machten. Er war kein Ölgemälde, doch das war Charlotte in ihrem gegenwärtigen aufgedunsenen Zustand auch nicht.

Alles verlief nach Plan. Peregrine wurde zu einem regelmäßigen und gern gesehenen Gast im Dubliner Haus. Charlotte fragte sich, wieso jeder so abfällig von ihm gesprochen hatte, denn als sie ihn einmal näher kennengelernt hatte, merkte sie, dass er unterhaltsam und klarsichtig war. Er bezauberte sogar Edwina, die sagte, dass Aussehen nicht alles sei und Charlotte ohnehin kein Recht habe, wählerisch zu sein. Waldron war von seinem Stammbaum beeindruckt.

Eine Verlobung schien unmittelbar bevorzustehen, und der Abend des Jagdballs in der Royal Dublin Society bot die ideale Gelegenheit, die Verbindung bekanntzugeben.

Das Paar einigte sich, getrennt zu kommen und sich im Saal zu treffen. Charlotte ging in Begleitung ihrer Cousins und Cousinen aus Cork und ihres Bruders Harcourt, der siebzehn Jahre alt, sechs Fuß groß und kräftig gebaut war.

Peregrine traf in einer Pause zwischen den Tänzen in Gesellschaft zweier junger, gutaussehender, heiterer Männer und einer dünnen, hübschen, unbekannten Frau ein, die nicht die Gattin eines der beiden war und die er zum nächsten Tanz führte. Sie muss eine Cousine auf Besuch sein, dachte Charlotte, und er benimmt sich gut und tut seine Pflicht. Das Kleid der Frau, in Stil und Stoff den seidigen Kreationen ähnlich, die die anderen Frauen auf dem Ball trugen, war ärmellos, am Rücken tief ausgeschnitten und fiel elegant. Ihr eigenes unmodisches Kleid aus steifem grauem Satin, von einer achtzigjährigen Schneiderin angefertigt, die sehr wenig Geld verlangte, war am Hals hochgeschlossen und vergleichsweise unvorteilhaft. Warum ging sie davon aus, dass sie wusste, was sie tragen konnte, wenn sie niemanden danach fragte? Warum hatte sie keine Freundin im gleichen Alter, die ihr Ratschläge erteilte? Wo sie nun doch reich war, wieso suchte sie sich nicht eine moderne Schneiderin, die teure Stoffe und schmeichelnde Muster verwendete? Drei Tänze lang wartete sie unter Todesqualen darauf, dass Peregrine das Mädchen loswurde und sie aufforderte, doch er tanzte weiterhin mit der Fremden und sah kein einziges Mal in ihre Richtung. Er war der Einzige, der sie nicht anblickte. Die anderen – Charlotte erkannte zwei Mitschülerinnen vom Pensionat, die irische Peers geheiratet hatten – beobachteten genau, wie sie es aufnahm. Sie versuchte ihren Blicken zu entgehen, indem sie sich an die Rückseite einer Säule stellte. Harcourt und die Verwandten tanzten aus Solidarität nicht mit und bildeten einen engen schützenden Kreis um sie.

Als der vierte Tanz begann, fühlte sich Charlotte sterbenselend und sagte, dass sie aufbrechen wolle. Sie ging nicht einmal in die Garderobe, um ihre Stola zu holen. Schweigen folgte der kleinen Gruppe, als sie den Ballsaal verließ.

»Der Flegel verdient eine gute Abreibung«, sagte Harcourt.

»Nein, nein. Es ist nicht seine Schuld. Ich muss die Signale missverstanden haben.« Charlotte krümmte sich, als hätte sie heftige Schmerzen. Ihr Plan, Victoria zu ersetzen, käme nie zur Reife. Sie war eine Versagerin. Selbst ihre Mutter konnte sie nicht lieben, weshalb sollte es da einem Mann anders ergehen?

An der Haustür dankte sie Harcourt und ihren Cousins und Cousinen für ihre Unterstützung und drängte sie, auf den Ball zurückzukehren, denn sie wollte ihnen nicht den ganzen Abend verderben. Sie schloss vor ihnen die Tür, ging in ihre Räume und klingelte nach Queenie, damit sie ihr aus dem Kleid half. Als sie nicht sofort Antwort erhielt, klingelte sie lange Zeit immer wieder und weinte vor Hilflosigkeit, weil sie glaubte, dass Queenie die Klingel sehr wohl hörte, aber absichtlich und aus Selbstsucht nicht darauf reagierte. Am Ende packte sie den Klingelzug und zog ihn unter Einsatz ihres gesamten Gewichts aus der Wand. Charlotte hörte, wie etwas riss und Metall brach, dann landete sie mit dem Hinterteil auf dem Boden und hielt den Klingelzug in den Händen. Sie rappelte sich auf, griff nach hinten und zerrte an ihrem Kleid, bis die Knopfschleifen am Rücken aufrissen und sie aus dem Monstrum treten konnte. Sie nahm die Schere und zerteilte das Kleid in Fetzen. Die Schere noch in der Hand, ließ sie ihr langes braunes Haar herunter und schnitt es komplett ab.

Sie hörte nie, dass ein Rivale Peregrine nach dem fünften Tanz von seiner Partnerin getrennt hatte, er in den frühen Morgenstunden von einem unbekannten Angreifer verprügelt worden war und seine beiden Freunde ihn verachteten, weil er eine vorteilhafte Heirat ausgeschlagen hatte, nur weil er nicht Manns genug war, sich mit einer übergewichtigen Frau in einem unmodernen Kleid in der Öffentlichkeit zu zeigen.

Einer übergewichtigen Frau in einem unmodernen Kleid, die außerordentlich vermögend war.

Dritter Teil

Die Studenten

44

Dublin
1937

Charlotte war kein Mittagessen serviert worden. Zum vierten Mal öffnete sie die Tür ihres Wohnzimmers, um zu schauen, ob das Tablett an seinem üblichen Platz auf dem Beistelltisch im Vorraum stand, doch es fehlte noch immer.

Seit dem katastrophalen Jagdball vor drei Jahren hatte sie in selbstauferlegter Isolation gelebt, die Kammerzofe Queenie stellte ihren einzigen Kontakt mit dem Rest des Hauses dar. Heute war Queenies freier Tag, und Charlotte hatte keine Möglichkeit festzustellen, weshalb das Tablett nicht gebracht worden war. Ihre Klingel hatte sie nicht reparieren lassen, da sie den Gedanken nicht ertrug, dass ein Mann ins Zimmer kam, um sie wieder einzubauen. Sie war ganz und gar darauf angewiesen, dass Queenie sie zu festgelegten Zeiten aufsuchte.

Sechs Stunden bis zur nächsten Mahlzeit. Was würde geschehen, wenn die Köchin krank oder ausgegangen war und auch kein Abendessen serviert wurde? Wie sollte sie es ertragen, zwei Mahlzeiten in Folge zu versäumen? Ohne Queenie fehlte ihr jede Möglichkeit, in Erfahrung zu bringen, ob in der Küche etwas nicht stimmte. Natürlich konnte sie später auf der Hintertreppe zur Küche hinunterschleichen, doch sie achtete darauf, niemals tagsüber ihre Räume zu verlassen, damit sie ihrem Bruder nicht begegnete, der sich mit ihr den Gang teilte. Er hatte sie seit Monaten nicht mehr zu Gesicht bekommen, und Charlotte wollte, dass das so blieb.

Sie stellte sich vor, wie ihr Tablett von einem neuen Dienstmädchen an der falschen Tür abgeliefert wurde. Alle Türen an diesem Gang waren identisch, und die Obergeschosse des Hauses glichen einander sehr. Vielleicht stand das dienstägliche Mittagessen von geröstetem Lamm mit Rosmarin und Knoblauch, Zwiebelsoße und Kartoffelpüree, gefolgt von Brotpudding mit Vanillesoße, unbeansprucht im falschen Vorraum und verdarb.

Sie nahm die Zeitung der letzten Woche zur Hand, um das Kreuzworträtsel fertig zu lösen, doch sie wusste auf elf Fragen noch immer keine Antwort. Ein Artikel über den Krieg in Spanien fiel ihr ins Auge, aber sie war schon gelangweilt, als sie den vierten Satz zu lesen begann. *Die Gesandten* lag, wie den ganzen letzten Monat, an der Stelle neben ihrem Sessel – sie las eine willkürlich aufgeschlagene Seite, ohne ein einziges Wort in sich aufzunehmen. Weißer Rauch von ihrer vierzehnten Zigarette an diesem Tag mischte sich mit dem grauen Qualm von der, die bereits im Aschenbecher vor sich hin schwelte.

Konnte sie es wagen, kurz einen Abstecher in die Küche zu machen? Harcourt lernte für seine Prüfungen, aber tat er es im College oder bei einem Freund oder hier?

Charlotte öffnete die Wohnzimmertür und stand im Vorraum. Sie horchte auf Schritte. Stille. Jedes Mal, wenn sie die Hand auf den Türknauf legte, verließ sie der Mut, und sie blieb stehen und lauschte noch angestrengter. Nach einer Ewigkeit, wie ihr vorkam, hörte sie Harcourts vertraute Schritte.

Als sie leiser wurden, glaubte Charlotte sich sicher, öffnete die Tür und blickte in das hübscheste Gesicht, das sie je gesehen hatte.

Eine Sekunde lang ließ seine Schönheit sie ihre Angst vergessen, gesehen zu werden. Er sah ihr in die Augen und neigte den

Kopf freundlich, als setze er an, etwas zu sagen. Charlotte sah ihn deutlich, obwohl er vor einem hohen Fenster stand und das von hinten kommende Licht einen Hof um sein dunkles Haar schuf und einen weichen Schatten über sein Gesicht warf.

Ein zweites Gesicht, ähnlich beleuchtet, erschien neben ihm.

»Manus, was machst du hier?«, fragte sie in dem gleichen Moment, in dem das Gesicht ausrief: »Allmächtiger, Charlotte. Was hast du mit dir angestellt?«

Sie knallte die Tür zu und lehnte sich von innen dagegen.

»Charlotte, lass mich rein, ich muss mit dir reden«, rief eine Stimme leise von der anderen Seite. »Ich bin's, Harcourt.«

Harcourt, nicht Manus? Wie hatte sie solch einen Fehler begehen können? Drei Jahre der Isolation mussten ihr Gehirn verwirrt haben. Doch die Form des Kopfes und die Art, wie er auf den Schultern saß? Sie konnte sich nicht irren. Sie erinnerte sich so gut an die Silhouette.

»Nicht jetzt«, brachte sie hervor. »Ich bin nicht vorbereitet. Aber bald, ich verspreche es, bald.«

»Ich nehme dich beim Wort«, erwiderte Harcourt. »Komm...«

Den Namen seines Freundes verstand Charlotte nicht.

Sie hörte Stimmengemurmel, dann Schritte, die sich den Flur hinunter entfernten.

Als sie sich von der Tür abwandte, stieß sie sich das Schienbein an einem antiken Sessel und versetzte ihm einen Tritt, weil er im Weg stand, obwohl er seit Jahren nicht verrückt worden war.

Sechs hungrige Stunden später holte sich Charlotte das Tablett aus dem Vorzimmer, nachdem das Küchenmädchen an die innere Tür geklopft hatte, um anzukündigen, dass es nur Brote zum Abendessen gebe, weil die Köchin krank sei und die junge Florrie für sie habe einspringen müssen und nicht mehr zustande bekomme.

»Sag ihr, sie hat es gut gemacht«, sagte Charlotte, ohne zu wissen oder sich zu scheren, wer Florrie war: Sie konzentrierte sich ganz darauf, ihren Drang zu unterdrücken, dem Küchenmädchen das Tablett aus der Hand zu reißen. »Stell es dahin, vielen Dank, und mach die Tür hinter dir zu.«

Charlotte war so ausgehungert, nachdem sie kein Mittagessen bekommen hatte, dass sie, kaum war die Tür geschlossen, zwei Würste und eine Scheibe Speck verschlang, ehe sie auch nur das Tablett angehoben hatte. Mit der freien Hand beförderte sie das Rührei auf die dicken Toastscheiben, die bereits die köstlichen Säfte aufgesaugt hatten. Sie setzte sich und verschlang das Ei auf Toast. Fett rann ihr auf die Brust ihres Kleides. Ein Würstchen rollte vom Teller auf den Boden. Charlotte blickte ihm mit Bedauern nach, aber sie versuchte nicht, es aufzuheben, denn das Bücken fiel ihr zu schwer – Queenie konnte sich am nächsten Morgen darum kümmern.

Nachdem sie die Mahlzeit mit einer Tasse Tee und ihrer zweiunddreißigsten Zigarette an diesem Tag abgeschlossen hatte, streckte sie sich auf der Couch aus, um ein wenig zu schlummern. Gewöhnlich träumte sie von Banketten, doch heute erlebte sie die Angst, ganz langsam von einer Klippe zu stürzen. Ein Erzengel mit dunklem Haar und gewaltigen Schwingen sauste herab und wollte sie in seinen kräftigen Armen auffangen, aber er konnte ihr Gewicht nicht halten, und sie glitt ihm aus den Händen. Er flog davon, ohne einen zweiten Versuch zu ihrer Rettung zu unternehmen, und es waren nur noch Sekunden bis zu ihrem Aufprall am Boden, als sie erwachte.

45

Queenie sah drein, als wolle sie gleich schnurren. »Jemand möchte Sie sprechen, Miss.«

»Wer?«, fragte Charlotte.

»Er hat mir gesagt, ich soll Ihnen seinen Namen nicht sagen.«

»Dann sag mir, wie er aussieht.«

»Er hat mich gebeten, gar nichts zu sagen.«

Konnte es Harcourts Freund sein, der sie nach ihrem wortlosen Zusammentreffen am Vortag kennenlernen wollte?

»Bitte ihn, kurz zu warten, ja, Queenie?«

»Soll ich die Vorhänge öffnen, Miss?«

»Nein, lass sie zu. Ich komme gut ohne grelles Licht zurecht.«

Sie versuchte, ihrem Haar mittels Kamm so etwas wie Form zu verleihen. Seit der Nacht des Jagdballs trug sie es kurz und schnippte alles ab, was ihr missfiel, ohne einen Gedanken darauf zu verschwenden, wie es aussah. Jetzt versuchte sie die Lücken und verschnittenen Strähnen unter einem Band zu verbergen, doch sie guckten heraus, ganz egal, wie Charlotte sie auch zurechtzuschieben versuchte.

Am Ende überstieg die Ungeduld, Harcourts Freund wiederzusehen, ihren Wunsch, präsentabel auszuschauen. »Du kannst ihn jetzt hereinschicken, Queenie«, sagte sie.

Charlotte legte ihre Arme so, dass ihre noch immer schlanken Hände möglichst vorteilhaft zur Geltung kamen.

Doch nicht Harcourts Freund trat ein, sondern ein älterer, grauer gewordener Cormac kam durch die Tür.

Charlotte blickte ihn mit leerem Gesicht an, während Queenie lächelnd hinausschlüpfte.

»Guten Tag, Miss«, sagte er zu Charlotte. »Ein schöner Tag. Wie es aussieht, hat der Regen aufgehört.«

Wieso redet er so zu mir? »Ja, aber es wird nicht lange so bleiben. Bitte.« Sie wies auf einen Sessel.

»Ich warte, bis Miss Charlotte kommt, Miss, wenn es Ihnen nichts ausmacht.« Er wies auf die große Leinwand an der Wand gegenüber. »Inzwischen würde ich mir das gern ansehen, wenn es Ihnen nichts ausmacht.«

»Bitte sehr.«

So tun, als wären wir uns noch nie begegnet, das kann man auch zu zweit spielen, dachte sie.

Cormac stand vor einem abstrakten Arrangement kräftiger Grautöne, einer frühen Arbeit, vom Konzept her ähnlich wie das Quartett, das sie mit sechzehn ausgestellt hatte.

»Dilettantisch, nicht wahr?«, fragte Charlotte. »Man sollte meinen, sie könnte etwas Interessantes malen, ein schönes Pferd auf einer Sommerweide, aber doch nicht diese schrecklichen farblosen Kleckse.«

»Ich würde sagen, wenn Sie ein wenig Licht hereinlassen, könnten Sie besser sehen und ein treffenderes Urteil fällen.«

»Ich habe es in hellem Tageslicht gesehen, da sieht es noch schlimmer aus. Sind Sie ein enger Freund von ihr, dass Sie so tun, als würde es Ihnen gefallen?«

»Ihr Freund bin ich, und ich verstelle mich nicht. Ich war ihr Hauslehrer, bis ich vor zwölf Jahren ging, und ich habe ihr die Grundlagen beigebracht, aber sie hat mich schon bald überflügelt.« Sein Gesicht war nur wenige Zoll von der Leinwand entfernt. »Meisterlich. Meisterlich. Ich habe vergessen, wie gut sie war. Braucht sie noch lange? Ich bin ungeduldig, sie wiederzusehen, wirklich.«

»Ihre Ungeduld muss sich leicht bezwingen lassen, wenn Sie zwölf Jahre gebraucht haben, um sie zu besuchen.«

Cormac blickte über die Schulter und sah sie eine Sekunde lang direkt an. »Sie müssen verwandt sein. Sie sehen ihr ähnlich, und Ihre Stimme gleicht der ihren.«

»Uns wurde gesagt, wir ähnelten uns mehr wie Schwestern denn wie Cousinen, doch da endet die Ähnlichkeit schon. Vom Wesen her sind wir sehr verschieden.«

»Ist mir schon aufgefallen.« Cormac wandte sich wieder ab und musterte weiter das Gemälde.

»Ich erinnere mich, dass ich Sie bedauerte, als ich hörte, dass Charlotte Ihnen aufgehalst wurde, denn sie war für ihr Selbstmitleid bekannt und galt außerdem als recht begriffsstutzig. Ich nehme an, Sie hatten es nicht leicht mit ihr.«

Cormac errötete. Wie spielte man ein Erröten? »Sie irrten sich. Charlotte war nichts von alldem. Sie war klug, freundlich, mutig und schlagfertig, und es war mir eine einzige Freude, sie zu unterrichten.«

Charlotte berührten seine Worte, obwohl sie wusste, dass sie nur Teil eines Spiels waren.

»Wahrlich hohes Lob. Das würde man nie vermuten, wenn man sie so sieht.«

»Wenn Sie in irgendeiner Weise aufmerksam wären, wäre es Ihnen schon nach kurzer Bekanntschaft klar. Ich mochte sie von Anfang an und hätte mir keine bessere Schülerin wünschen können. Ich hatte großes Glück. Und sie ist so begabt. Man trifft nicht oft auf solch ein Talent, und ich hatte das große Glück, es aus der Nähe zu beobachten.«

»So viel Bewunderung muss ihr zu Kopf gestiegen sein.«

»Nicht im Geringsten. Ich musste ständig ihr Selbstvertrauen stärken. Sie machte sich keine Vorstellung, wie gut sie war.«

»Ich glaube, Sie erfinden das alles nur, um ein wenig Eifersucht zwischen Cousinen zu stiften.«

»Warum sollte ich meinen Atem damit verschwenden?« Er blickte auf die Armbanduhr. »Wie lange wird sie noch brauchen? In zehn Minuten habe ich einen Termin bei ihrem Vater.«

»Er wird nichts dagegen haben zu warten. Es ist nicht so, als hätte er etwas anderes zu tun. Dies hier ist meine einzige Gelegenheit, etwas über Charlotte zu erfahren, da ich bald nach Belgien zurückkehre und es Jahre dauern wird, bis ich sie wiedersehe. Wo leben Sie derzeit?«

»In Paris.«

»In Paris? Wie praktisch. Vielleicht kann ich hinfahren und Sie besuchen, und Sie geben mir Stunden. Ich habe gehört, ein malerisches Talent liege oft in der Familie.«

»Ich gebe keine Stunden mehr.« Cormac blickte besorgt drein. »Und vielleicht bin ich auch nicht mehr lange in Paris.« Als ob sein Leben davon abhinge, beugte er sich vor und betrachtete zwei kleine Gemälde neben dem großen.

»Schade. Sie würden feststellen, dass ich eine sehr angenehme Schülerin wäre, anders als Charlotte mit ihrer Unbeherrschtheit und ihrer Schmollerei.«

»Sie haben mir offenbar nicht zugehört. Sie hatte keine schwerwiegenden Charakterschwächen. Wenn Sie auf einen saftigen Skandal aus sind, den Sie verbreiten können, dann kann ich Ihnen wohl nicht helfen. Mir fällt nichts ein, was ich gegen Charlotte sagen könnte, selbst wenn ich es versuchen würde.«

Tief von seinen Worten bewegt, stellte Charlotte zu ihrem Ärger fest, dass ihr die Tränen kamen, und sie riss die Augen weit auf, damit sie nicht zu sehen waren. »Die Sache ist die, kann ich Ihrem Wort trauen? Ich habe gehört, Sie hätten Charlotte vom rechten Weg abgebracht und den ganzen Tag lang ungestalte nackte Frauen gemalt.«

»Ach, haben Sie? Ich brauche nicht zu fragen, von wem diese Geschichte stammt. Gott schütze mich vor engstirnigen Bibelschwenkerinnen und den uninformierten Klatschtanten, die ihnen zuhören.« Cormac wandte sich Charlotte zum ersten Mal ganz zu und sprach mit wachsendem Zorn. »Sie waren in Belgien und bekamen Tratsch von einer Frau eingeimpft, die von Kunst so viel versteht wie ein Floh, während ich hier sechs Jahre in Charlottes Gesellschaft verbracht habe und Ihnen ohne Furcht vor Widerspruch sagen kann, dass Charlotte zu den bewundernswertesten und begabtesten Menschen zählt, die kennenzulernen ich je das Privileg hatte. Wäre ich nicht so versessen darauf, ihre jüngeren Arbeiten zu sehen, würde ich augenblicklich gehen und sie später noch einmal aufsuchen, wenn keine untreue Cousine in ihrem Sessel sitzt und Gift versprüht. Schämen sollten Sie sich!«

Charlotte empfand eine Aufwallung aus Liebe und Zuneigung für Cormac. Sie wollte etwas sagen, aber gab nur einen Laut von sich, der wie ein Hupen klang. Die Tränen quollen hervor und liefen ihr das Gesicht hinunter.

»Und versuchen Sie es bei mir bloß nicht mit Krokodilstränen. Wenn man mit Schmutz um sich wirft, kann man nicht erwarten, dafür mit Rosenbuketts bedacht zu werden.«

»Scherz«, weinte Charlotte und betete, dass es wirklich nur ein Scherz wäre. »Der Scherz ist zu Ende.«

»Welcher Scherz? Wovon reden Sie eigentlich?«

Charlotte wischte sich die Augen und sah Cormac ins Gesicht. Sie spürte, wie sich Kälte in ihr ausbreitete, und starrte ihn weiter an. Er erwiderte ihr Starren und wartete.

»Habe ich mich so sehr verändert?«

»Woher soll ich das wissen? Ich kannte Sie nicht, und nach unserem heutigen Gespräch hoffe ich, dass ich Sie niemals wiedersehe.«

»Cormac, ich bin keine Cousine. Ich bin Charlotte.«

»Und ich bin Brian Boru! Ich dachte, Sie hätten gesagt, der Scherz sei zu Ende, Miss.«

»Ich bin es«, sagte sie, versunken in einem unbeschreiblichen Schamgefühl. »Oder sollte ich vor meinem alten, teuren Lehrer lieber ›Ich bin ich‹ sagen? Dem Lehrer, der mir beibrachte, dass Künstler vor allen Dingen gute Beobachter sein müssen?«

Cormac lachte leise, dann hielt er unvermittelt inne und blickte sie an, als müsste er sich ihr Bild ins Gedächtnis einbrennen. Sein Mund klappte auf.

»Allmächtiger Himmel, Charlotte. Ach du lieber Gott, Charlotte, was hat sie dir angetan? Jesus, Maria und Josef, natürlich bist du das!« Er sah aus, als wäre er geschlagen worden. »Verflucht noch eins. Ich habe gar nicht richtig hingesehen. Das freche Schandmaul deiner Cousine hat mich abgelenkt. Und dieses düstere Zimmer. Ich konnte dich gar nicht richtig sehen.« Er eilte ans Fenster und riss die Vorhänge beiseite. »So. Jetzt kann dich niemand mehr verwechseln.«

»So kommst du da nicht raus, Cormac, aber danke, dass du es versuchst. Ich weiß selbst, dass ich abscheulich bin.«

»Nein, nein. Sag das nicht. Das matte Licht und das kurze Haar und der Umstand, dass ich dich gar nicht richtig angesehen habe, sind schuld an meinem Irrtum. Du siehst wunderbar aus. Du hast eine Rubensfigur.«

»Das ist eine Möglichkeit, es auszudrücken. Die vielen netten Dinge, die du über mich gesagt hast...« Ihre Augen füllten sich wieder mit Tränen.

Er zog sich einen Hocker heran, setzte sich neben sie und ergriff ihre Hand.

»Das habe ich nur gesagt, weil ich die ganze Zeit wusste, dass du es bist«, lachte er. »Möchtest du jetzt meine wahre Meinung hören?«

»Zu spät. Da redest du dich nicht mehr heraus. Ich habe nie geahnt, dass du so gut von mir denkst.«

Cormacs Gesicht wurde ernst. »Jedes Wort, das ich sagte, ist wahr. Du warst all das und noch mehr. Wir haben so viel zu reden, aber zuerst möchte ich deine Arbeiten sehen. Ich habe mir ausgemalt, in welche kreativen, originellen Richtungen du dich entwickeln könntest. Komm, gehen wir und sehen sie uns an.«

Charlotte begann richtig zu weinen. »Es hielt nicht an«, brachte sie heraus. »Es ist mir alles entglitten. Als du nicht mehr in der Nähe warst, hatte ich keinen Antrieb mehr. Alles kam mir so sinnlos vor.« Sie blickte ihn an und stieß einen tiefen Seufzer aus. »Tut mir leid, dass ich dich im Stich gelassen habe.«

»Du hast mich nicht im Stich gelassen. Denk doch so etwas nicht. Ich habe dich im Stich gelassen, im Nachhinein sehe ich das. Ich hätte nicht gehen sollen, ehe ich dich in die Gesellschaft eingeführt hatte – sie hätten sich um dich gekümmert, dich ermutigt und deiner Mutter die Stirn geboten.«

»Sie hätten es versuchen können, doch sie hätten nichts ausgerichtet.«

»Aber du bist nicht mehr erst sechzehn. Du bist eine junge –«

»So jung auch nicht mehr.«

»Glaub es mir einfach, du bist jung. Wieso kommst du nicht mit mir nach Paris und machst einen Neuanfang?«

»Nach Paris? Das könnte ich nicht.«

»Warum nicht. Was soll dich halten? Du bist über einundzwanzig und finanziell unabhängig. Hier vergeudest du ganz offensichtlich dein Leben.«

»Ich kann nicht nach Paris. Ich kann nicht einmal von hier zur Tür gehen, ohne dass mir die Luft ausgeht. Ich bin so lange in diesen Räumen gewesen, dass ich bezweifle, ob ich mit anderen Menschen noch zurechtkomme. Ich habe keine Energie und kein Ziel.«

»Vertrau deinem alten Lehrer. Er kümmert sich um dich. Du wirst die verlorene Zeit schon bald einholen. Du hast bereits den Vorteil, dass du die Sprache beherrschst.« Mit jedem Wort wurde er lebhafter. »Sitz nur nicht herum und denk darüber nach. Tu es einfach. Ich kann unermüdlich mit dir herumlaufen wie damals, als du noch ein Mädchen warst, und du wirst wieder zu Kräften kommen. Und wenn es dir nicht gefällt, kannst du jederzeit nach Hause fahren.«

»Mir fehlt der Mut. Du hast mich als mutig beschrieben, aber da irrst du dich. Ich bin feige. Es hat eine gewisse Tröstlichkeit an sich, hier zu verrotten – ich brauche nichts zu entscheiden.«

»Du wirst deine Haltung schon bald ändern, wenn du mit Gleichgesinnten zu tun hast. Es ist eine Sünde, das Leben aufzugeben, ehe man gelebt hat.«

Er war so vernünftig, sie musste ihn ablenken.

»Ich sage dir etwas, Cormac. Ich schließe eine Abmachung mit dir. Gib mir ein Jahr, dann mach mir das gleiche Angebot noch einmal. Ich kann mich im Augenblick einfach nicht darauf einlassen.«

»Ich hoffe, du sagst das nicht nur, um mich abzuwimmeln und mundtot zu machen.«

»Natürlich nicht.« Das Bild des Erzengels aus ihrem Traum in der Nacht zuvor zuckte ihr durch den Kopf.

»Also gut. Ich nehme dich beim Wort. In einem Jahr ab jetzt. Gib mir die Hand darauf.«

Sie schüttelten einander die Hände und tauschten ein Grinsen. »Also hast du auch nicht geheiratet?«

»Ich? Nein. Nie. Ich bin mit meiner Arbeit verheiratet. Ich fand schon immer, dass Kreativität und Familienleben nicht zusammenpassen.«

»Als ich noch ein Kind war, hoffte ich, dass Holly und du heiraten würden.«

»So, das hast du?« Cormac schien die Bemerkung zu genießen. »Wunderbare Frau, aber sogar sie brachte mich nicht in Versuchung. Du kennst es ja selbst. Kannst du dir vorstellen, in ein Meisterwerk vertieft zu sein und dann weggerufen zu werden, weil du einen tropfenden Wasserhahn in Ordnung bringen sollst oder ein Möbelstück verrücken? Gott schütze mich davor. Aber ich halte mich nicht zurück ... Mehr werde ich nicht sagen, sonst treibe ich noch die Röte in deine mädchenhaften Wangen. Ein Jahr also. Es war wunderbar, dich wiederzusehen. Von deiner fiesen Cousine kann ich das Gleiche nicht behaupten.« Er küsste sie auf den Scheitel, und sie fühlte sich augenblicklich einsam. »Jetzt will ich sehen, ob das nachlassende Augenlicht deines Vaters einen guten Einfluss auf seine Malkunst ausgeübt hat.«

46

Charlotte lauschte auf die Schritte zweier Personen, die an ihrer Tür vorbeigingen, wartete ein Weilchen und machte sich dann auf den Weg zu Harcourts Räumen. Sie ließ sich Zeit, damit sie nicht außer Atem war, wenn sie ankam. Hinunter bis ans Ende des Korridors und dann dem kurzen Gang folgen – das müsste sie schaffen. Ihr Anblick erfüllte sie mit Befangenheit – ihre Arme standen von den Seiten ab wie bei den Revolverhelden auf den Titelbildern der Wildwestromane, die ihr Vater überall im Haus herumliegen ließ. Die Haut an den Innenseiten ihrer Oberschenkel war schon wund und erzeugte bei jedem weiteren Schritt stärkere Beschwerden, und ihre Gelenke schmerzten. Um die Reibung an ihrem Fleisch zu minimieren, verlegte sie sich auf abrollende Bewegungen.

Sie hielt an, um wieder zu Atem zu kommen – dabei war sie nicht einmal an der Treppe. Um sich Mut einzuflößen, überlegte sie, was für ein Skandal es sei, dass sie ihren jüngeren Bruder jahrelang nicht mehr besucht hatte. Bis vor zwei Jahren hatte er sie immer wieder eingeladen, aber schließlich aufgegeben, nachdem sie die Freundschaft, die er ihr anbot, einmal zu oft zurückgewiesen hatte.

Die lange Pause, die sie vor seiner Tür einlegte, war erforderlich, damit ihr Herzschlag sich beruhigen und sie noch einmal durchgehen konnte, was sie sagen wollte.

Als sie klopfte, öffnete Harcourt die Tür. In dem Licht, das ihm direkt ins Gesicht schien, war die Ähnlichkeit zu Manus, die sie eine Woche zuvor im dunklen Korridor bemerkt hatte, nicht so ausgeprägt, aber vorhanden.

»Also war es dir ernst. Das freut mich. Komm herein.« Er wirkte erfreut, sie zu sehen. »Warte, ich hole dir einen Sessel.«

Der Sessel, den er heranzog, war zu klein. Charlotte wies auf einen großen ledernen Lehnstuhl.

»Darf ich diesen nehmen?«

»Aber sicher.« Harcourt begriff seinen Fehler augenblicklich.

»Danke.«

»Wie geht es dir?«, fragte er.

»Sehr gut, danke. Und dir?«

»Sehr gut, danke.«

»Sind die Prüfungen vorbei?«

»Nein, noch zwei Wochen.«

»Und fährst du wieder den Sommer über nach Tyringham Park?«

»Ja, Onkel Charles hat mir eine offene Einladung erteilt. Ich kann kommen, wann ich will. Er sagt, er mag es, wenn ich Giles Gesellschaft leiste.«

»Du kannst froh sein, einen Cousin in deinem Alter zu haben.«

»Das bin ich ganz bestimmt. Aber sie fragen ständig nach dir und möchten, dass du kommst und bleibst. Solange du möchtest.«

»Das ist sehr freundlich. Sie haben mich schon oft eingeladen, aber ich möchte lieber nicht dorthin.«

Sie hatte nie jemandem erzählt, welche Scham sie empfand, wann immer sie an The Park dachte. Sich auszudenken, dass sie mit der Brosche nach Miss East geworfen und sie an der Wange verletzt hatte. Miss East, die Frau, von der sie wünschte, sie wäre ihre Mutter, die Retterin, nach der sie sich so sehnte. Wenn sie über das nachdachte, was sie getan hatte, wurde ihr übel, und sie hasste die jüngere Charlotte dafür. Und dann Manus. Wie konnte sie ihm gegenübertreten, dem Mann, der Mandrake erschießen musste, weil sie unfähig gewesen war, Sandstorm zu zügeln? Er würde sie nicht schelten, doch seine freundlichen, traurigen Augen würden verraten, was er über sie dachte.

Ein langes Schweigen setzte ein. Charlotte betrachtete ihren Bruder, und sie mochte ihn. Wenn sie ihn nur besser kennte, dann müssten sie nicht in dieser gestelzten Art miteinander reden.

Hinter Charlotte öffnete sich eine Tür und wurde wieder geschlossen.

»Charlotte, das ist ein Freund von mir, Lochlann Carmody. Er ist im gleichen Semester wie ich, und wir halten uns zu unserer Schande gegenseitig von der Arbeit ab, bis uns kurz vor den Semesterabschlussprüfungen die Panik befällt und wir zu lernen anfangen. Lochlann, meine Schwester Charlotte.«

Charlotte drehte sich um und reichte ihrem erdgebundenen Erzengel die Hand – denn ihm gehörte das Gesicht, das ihr im Traum erschienen war. Sie konnte sich nicht vorstellen, dass er sich etwas durch die Hände gleiten und zu Boden fallen ließ.

Cormacs Besuch hatte Charlotte mit neuer Energie erfüllt. Wie konnte sie die vielen Jahre nach ihrem Scheitern auf dem Heiratsmarkt und dem Bruch ihrer Vereinbarung mit Victoria einfach so verschwenden? Sie musste David Slane kontaktieren – sie wusste, dass er ihre Arbeiten aufrichtig mochte und sie in die richtige Richtung weisen würde.

Sie war tief bestürzt, weil Cormac sie nicht erkannt hatte. Die Kuchen und Plätzchen, die die Köchin ihr jeden Abend hochsandte, waren seitdem unberührt geblieben, und Queenie hatte Anweisung, ihr aus den Läden nur Zigaretten mitzubringen. Wenn sie sich vor Hunger zusammenkrümmte, brauchte sie sich nur an Cormacs schockiertes Gesicht zu erinnern, und schon verlor sie jedes Bedürfnis nach übermäßigen Mahlzeiten.

Bei einem der folgenden Besuche in Harcourts Räumen sprachen sie über Manus, und Charlotte beobachtete das Gesicht ihres Bruders dabei genau. Erneut fiel ihr die Ähnlichkeit zwischen beiden Männern auf. Charlotte wollte wissen, ob Manus gut gealtert sei – er habe früher so gut ausgesehen, sagte sie. Schwer zu sagen, erwiderte Harcourt. Er habe so viel Haar im Gesicht, dass man es unmöglich erkennen könne. Charlotte entgegnete, sie könne sich Manus überhaupt nicht mit Bart vorstellen, denn als sie ihn kannte, sei er immer glattrasiert gewesen.

»Magst du ihn?«, fragte sie.

»Sehr. Er sorgt dafür, dass der Junge aus der Stadt im Urlaub trainiert wird, als wäre er der Sohn des Gutes.«

Am Ende war es Harcourt, der den Besuch zu einem Ende brachte, indem er sagte, er müsse sich auf die Prüfung in Physiologie vorbereiten und habe keine Zeit zu vertrödeln. Lochlann warf ihr ein besonderes Lächeln zu, als sie sich verabschiedete, und sagte, ihr Besuch sei gewiss keine Zeitverschwendung gewesen. Er habe ihre Gesellschaft genossen und hoffe, dass sie sich bald wiedersehen würden. Charlotte wartete, bis sich die Tür hinter ihr geschlossen hatte, ehe sie davonging – sie wollte nicht, dass die Studenten sahen, wie langsam sie watschelnd vorankam.

»Hat dein Freund eine Freundin?«

Charlotte wagte es nicht, den Namen »Lochlann« auszusprechen.

»Wer? Lochlann? Nein, aber er hätte gern eine, und er wird sie bekommen. Niamh McCarthy heißt sie.«

»Studiert sie auch Medizin?«

»Ja, sie ist eine von den drei Mädchen in unserem Semester.«

Sie muss sehr unfeminin sein, wenn sie so ein Fach studieren möchte, dachte Charlotte. Laut fragte sie: »Und wie ist sie so?«

»Der Liebreiz in Person. Lochlann ist nicht der Einzige bei uns, der ein Auge auf sie geworfen hat, aber wenn er in der Nähe ist, hat der Rest von uns keine Chance. Sie ziehen sich gegenseitig an wie Magneten.« Harcourt lächelte. »Du solltest sie sehen, wenn sie nebeneinander die Grafton Street hinuntergehen. Sie sehen aus wie Filmstars. Die Leute stolpern bei dem Versuch, einen besseren Blick auf sie zu erhaschen.«

Niamhs Freund in der Grafschaft Mayo habe die Hochschullaufbahn aufgegeben, um sich um seine fünf jüngeren Geschwister zu kümmern, fuhr Harcourt in seiner Erklärung fort. Niamh bewunderte ihn dafür, aber nach drei Jahren forderte die Trennung immer stärker ihren Tribut. Der Freund machte ständig Bemerkungen darüber, wie verstädtert sie geworden sei, und außerdem sei es für jeden offensichtlich, dass sie sich zu Lochlann hingezogen fühle.

»Es ist nur eine Frage der Zeit«, sagte Harcourt.

»Was macht ihr Vater?«

»Er ist Arzt, und Lochlanns Eltern sind beide Ärzte. Das ist bei den meisten im Semester so – es scheint in der Familie zu liegen. Ich bin in mehr als einer Hinsicht der Ungewöhnliche.«

»Wie habt ihr euch angefreundet?«

»Nun, zum einen sind wir im gleichen Semester, aber das weißt du ja. Dann haben wir den gleichen Heimweg. Uns ist unterwegs der Gesprächsstoff nie ausgegangen.«

»Wo wohnt er?«

»Zwei Straßen weiter. Bostobrick Road.«

»An welchem Ende?«

»Das wird ja langsam zum Verhör. Dem Ende mit den roten Doppelhäusern. Das Südende.«

»Ja, die kenne ich. Sie sind hübsch. Ziemlich großzügig.« Sie waren nur etwa ein Fünftel so groß wie das Stadthaus, aber sie galten dennoch als geräumig.

»Warum möchtest du das alles wissen?« Harcourt lächelte.

Charlotte erwiderte das Lächeln. »Pure Neugier.«

Die Sommerferien verbrachte Harcourt wie üblich auf Tyringham Park bei Giles. Lochlann reiste mit drei alten Schulfreunden nach Boston, wo sie in einem Country-Club arbeiteten.

Charlotte hatte vier Monate, um ihr neues Äußeres zu finden, ehe sie Lochlann wiedersah. Sie plante, viel Gewicht zu verlieren und auch das Rauchen aufzugeben.

Die Energie, die sie nach jahrelanger Erstarrung spürte, musste eine Manifestation der Liebe sein. Konnten diese merkwürdigen, unvertrauten Empfindungen von Glück und Optimismus eine andere Ursache besitzen? Die Liebesromane, die sie gelesen hatte, ließen keinen Raum für andere Gründe, und sie waren die einzige Basis ihrer Einschätzung.

Sie füllte ihre Tage mit Spazierengehen und Malen, konzentrierte sich aufs Fastverhungern und hielt sich ständig Lochlanns Gesicht vor Augen, um ihre Entschlossenheit zu stärken.

Im September konnte sie eine Meile weit gehen, ohne in Atemnot zu geraten, und passte in Kleider, die sie seit Jahren nicht mehr getragen hatte. Das Haar hatte sie sich professionell schneiden lassen und trug es in einer Frisur, die ihre wieder zum Vorschein kommenden Jochbeine und die Kinnpartie betonte.

Alle Liebesromanklischees waren wahr – sie kam sich vor, als liebe sie die Welt, und die Welt liebte sie. Essen und Schlaf waren Nebensache, das Leben fand auf einer höheren Ebene statt, und am Ende war Charlotte überzeugt, dass sie die Geheimnisse des Universums begriff.

Zwei Jahre. Die Studenten würden in zwei Jahren ihr Examen machen und sich auf Krankenhäuser in ganz Irland und in Übersee verteilen, um ihre Praktika abzuleisten. Bis dahin konnte sie Lochlanns regelmäßiger Gesellschaft entgegensehen. Sie war entschlossen, jede Sekunde davon zu genießen.

Von einem Sommer im Freien gebräunt, kehrte Lochlann aus den Vereinigten Staaten zurück und schien sich über ihr Wiedersehen zu freuen. Er versuchte, sich sein Erstaunen über ihre Veränderung nicht anmerken zu lassen, doch sie spürte, dass er beeindruckt war.

Lochlann kam vom Semesteranfang an in Harcourts Räume, auch wenn das ernsthafte Lernen erst nach Weihnachten beginnen würde. Viel Zeit verbrachten sie mit lebhaften und analytischen Gesprächen, die sich immer um medizinische Themen drehten. Manchmal stießen andere Studenten dazu. Charlotte, die bei ihren früheren Besuchen freundlich empfangen worden war, setzte als gegeben voraus, dass sie bei diesen Zusammenkünften dazugehörte. Die meiste Zeit war sie damit zufrieden, einfach dabeizusitzen und zuzuhören. Den Altersunterschied von acht Jahren zwischen ihr und ihnen versuchte sie als unwichtig abzutun.

Die fadenscheinigen Vorwände für ihre Besuche, die Länge ihres Aufenthalts und die Schliche, die sie anwandte, um Lochlann in ihre Räume zu locken, wurden Harcourt allmählich peinlich, doch sein Freund zeigte keinerlei Anflug von Ärger oder Ungeduld. Ihr Fenster klemmte, sie kam nicht an die Schachtel auf dem Schrank, in der Badewanne saß eine Spinne, sie musste eine Bronzestatue verrücken.

»Ich komme«, bot Harcourt mehr als einmal an. »Du brauchst nicht jedes Mal Lochlann zu behelligen, Charlotte.«

»Nein, ich gehe schon. Es ist keine Mühe und dauert nur einen Augenblick.«

»Sie sind zu gut zu ihr. Lassen Sie sich nicht von ihr ausnutzen«, sagte Harcourt oft zu ihm, wenn Charlotte wieder gegangen war, und erhielt grundsätzlich zur Antwort: »Es war solch eine Kleinigkeit, dass es nicht der Rede wert ist.«

47

Dublin
1938

Vier Jahre benötigte Peregrine Poolstaff, um seinen Mut zusammenzuraffen und das Stadthaus wieder aufzusuchen. Ohne die Nachricht Cormac Delaneys, die er überbrachte, als Vorwand für einen Besuch hätte er es niemals gewagt, Charlotte erneut unter die Augen zu treten.

Er reichte Queenie seine Karte und bat sie, so freundlich zu sein, Miss Charlotte mitzuteilen, dass er Cormac Delaneys Pariser Atelier besucht und ihm ein Gemälde abgekauft habe, das Miss Charlotte vielleicht sehen wolle. Er brauche Rat, wo er die Leinwand strecken und rahmen lassen sollte – er wisse nicht, wie er es angehen oder wen sonst er um Rat bitten sollte.

Queenies feindseliger Blick beunruhigte ihn, da er annahm, dass er die Haltung ihrer Herrin widerspiegelte, doch er brachte seine vorher geprobte Ansprache zu Ende. Er nahm sich vor, Charlotte bei einer anderen Gelegenheit vor allzu großer Vertraulichkeit mit Dienstboten zu warnen. Es verdross ihn, dass er Charlottes Zofe sein Anliegen in solcher Breite darlegen musste, doch ihm war klar, dass er ohne die verlockenden Neuigkeiten keinerlei Hoffnung hegen durfte, vorgelassen zu werden.

Ob Miss Charlotte ihm freundlicherweise einige Minuten ihrer Zeit schenken würde, damit er ihr – nun kam die Kleinigkeit, der sie auf keinen Fall widerstehen konnte – eine persönliche Mitteilung ihres früheren Hauslehrers überbringen könne?

Queenie bat ihn zum Warten nicht hinein, sondern schloss die Haustür vor seiner Nase und ließ ihn auf der Straße stehen, das Gesicht zum Platz gewandt, während sie seine Worte an Charlotte weitergab. Peregrine musste die Unverschämtheit der Kammerzofe dulden, doch er beschloss in diesen Minuten, als Allererstes Queenie aus dem Haus zu jagen, wenn seine Pläne Früchte trugen – und es bestand kein Grund, weshalb sie scheitern sollten, denn auf dem Heiratsmarkt galt Charlotte wegen ihres Alters und Vorlebens als chancenlos.

Nach einer halben Stunde, in der Peregrine die neugierigen Blicke der Passanten ertragen musste, öffnete Queenie die Tür und meldete, dass ihre Herrin ihn in drei Tagen um vier Uhr nachmittags empfangen werde. Ein alternativer Termin für den Fall, dass er verhindert wäre, wurde nicht vorgeschlagen.

»Mehr als großzügig«, sagte Peregrine. Die Erniedrigung, die das Dienstmädchen ihm zufügte, brachte die Ausbeulung an seiner Stirn zum Pochen. Ob sie Miss Charlotte ausrichten könne, dass er sich geehrt fühle, sie als ihr gehorsamster Diener zur genannten Zeit aufzusuchen?

Queenie grinste schief und gönnte sich die Genugtuung, ihm noch einmal und mit noch mehr Schwung als beim ersten Mal die Tür vor der Nase zuzuknallen.

Als der Tag gekommen war, empfing Charlotte ihn durchaus höflich. Mit einer Gravität, die er früher noch nicht besessen hatte, schilderte Peregrine seine Reise in Begleitung von Tante und Onkel nach Paris. Während einer Besichtigungstour durch die Künstlerateliers sei er zufällig auf Cormac Delaney gestoßen, dessen Arbeiten ihm so gut gefallen hätten, dass er sich veranlasst gesehen habe, ein Gemälde zu kaufen. Ob Charlotte es gern sehen wolle?

»Sogar sehr gern.« Natürlich wollte sie es sehen. Weshalb sonst hätte sie ihm erlauben sollen, sie aufzusuchen.

Als er das Gemälde aus dem Vorzimmer geholt hatte, wo es mit seinem Hut und seinem Mantel deponiert gewesen war, musste sich Charlotte beherrschen, um es ihm nicht aus der Hand zu reißen. Sie stellte sich etwas abseits, während Peregrine es auf dem Tisch ausrollte, dann beugte sie sich vor.

»Ich habe es gewusst«, sagte sie, »ich habe es gewusst«, ohne Peregrine mitzuteilen, was sie denn gewusst habe.

Cormacs Stil hatte sich geändert und zeigte kubistische Einflüsse. Sechs Jahre lang hatte er sich im Dubliner Haus der Blackshaws von der Pariser Szene ferngehalten, um seinen ureigenen Stil zu entwickeln, aber dann hatte er ihrer Macht doch nicht widerstehen können. Die Andeutung einer Hand und der Umriss eines kleinen Kopfes, mehr war zwischen den geometrischen Formen von einer menschlichen Gestalt nicht übrig. Anstelle der Perspektive erzeugten Farbe und Überlagerungen Raum und Tiefe. Das Gemälde vibrierte unter seinen kalten Farben im Kontrast zu den warmen, Licht gegen Dunkelheit, und offenbarte seine ganze Bedeutung keineswegs auf den ersten Blick.

»Ein guter Kauf«, sagte sie und bewunderte Cormacs Händchen für Details.

Das Gemälde war wunderbar, aber sie wünschte, er wäre weiter seinem eigenen Weg gefolgt, der ihn von Braque und Picasso gelöst hätte, den Giganten, die jeden überschatteten, der sich ihnen anschloss.

Wie groß Cormacs Atelier sei, fragte sie. Wie viele abgeschlossene Arbeiten er anzubieten habe?

Erfreut, dass ihm Fragen gestellt wurden, die er beantworten konnte, wandte Peregrine seine Aufmerksamkeit Charlotte zu und gab Auskunft. Weitere Fragen folgten. Welche Formate bevorzuge Cormac? Waren all seine Gemälde in einem ähnlichen Stil gehalten? Er stockte. Nein, es gebe auch einige Akte in kräftigen Farben ...

»Ah-h.«

Und andere, doch er kenne nicht die nötigen Fachausdrücke, um sie zu beschreiben. Er mache sich Gedanken, dass er vielleicht nicht die richtige Entscheidung getroffen habe. Im Atelier hätten er und seine Tante und sein Onkel sich nicht einigen können, und am Ende habe er Cormac die Entscheidung treffen lassen. Der Künstler könne schließlich nicht irren.

Ob er gut aussehe? Wie die Botschaft laute?

Peregrine plusterte sich auf. »Er bat mich, dafür zu sorgen, dass Sie Ihr Versprechen nicht vergessen. Das Jahr sei beinahe vorüber. Er sagte, Sie wüssten, was er meine.«

Sie wusste es und lächelte in der Vorfreude auf Cormacs nächsten Besuch. Ob ihr alter Lehrer glauben könnte, dass sie in weniger als einem Jahr ihr Aussehen und ihre innere Haltung so sehr verändert hatte? Ob er sich gern ihre neuen Gemälde ansah, die sich im alten Schulzimmer stapelten?

Queenie brachte das Tablett für den Tee herein und maß Peregrine mit einem verächtlichen Blick. Er sah zu Charlotte hinüber, um herauszufinden, ob sie es bemerkt hatte, und hoffte, dass sie die Kammerzofe vor ihm zurechtweisen würde, doch sie beäugte nur die Küchlein und wurde nicht Zeugin von Queenies unverhohlenem Ausdruck der Missbilligung.

Die Dinge haben sich geändert, dachte Peregrine, als Charlotte sich mit einem dünnen Gurkensandwich begnügte und die kleinen Kuchen ihm überließ. Bei seinen früheren Besuchen hatte sie keinerlei Hemmung an den Tag gelegt, alles in sich hineinzustopfen, was man ihr vorsetzte.

Peregrine hielt Charlottes Aufmerksamkeit, indem er von den Arbeiten anderer Künstler sprach, die er in Paris gesehen hatte. Schnell wurde offenbar, dass er sich mit großer Mühe auf den Besuch vorbereitet hatte. Man brauchte keine tiefblickende Menschenkenntnis, um zu merken, dass er seine Verzweiflung zu verbergen suchte, während er sich als ernsthafter Bewerber darstellte. Eine Entschuldigung für sein unerträgliches Benehmen beim Jagdball steckte implizit in seinem Eifer, sich bei Charlotte beliebt zu machen, und ließ man das Prinzip walten, im Zweifel für den Angeklagten zu entscheiden, so hinderte ihn womöglich sein Feingefühl daran, die Sache zu erwähnen.

Der Besuch dauerte über eine Stunde, und obwohl sich niemals unbehagliches Schweigen einstellte und Charlotte sich immerfort freundlich zeigte, spürte Peregrine genau, dass sie nicht mehr an ihm interessiert war. Hätte er sich ihre Zuneigung zurückerobern können, indem er vor ihr auf die Knie fiel und sie um Vergebung anflehte für die öffentliche Demütigung, die er ihr auf dem Jagdball zugefügt hatte, so hätte er es getan. Hätte sie zur Entschädigung verlangt, dass er sie heiratete, so hätte er freudig eingewilligt, aber ein Wink nach dem anderen blieb ohne die erwartete Reaktion.

Mit Charlottes Vermögen hätte er das undichte Dach seines Stammsitzes erneuern, das bröckelnde Mauerwerk ausbessern, die verschimmelten Zimmer instand setzen, die klaffenden Fensterrahmen reparieren, die zerfallenden Gobelins restaurieren lassen können. Und sie hätte ihm einen Erben schenken können, eine große, gesunde Frau, wie sie es war. Was war er für ein Narr gewesen, als er sie sich entgehen ließ. Am schlimmsten war, dass er sie wirklich mochte und ihr nunmehr gutes Aussehen ihn aufrichtig beeindruckte. Könnte er nur die Zeit zurückdrehen!

Peregrine erwartete keine zweite Einladung, doch er war entschlossen sicherzustellen, dass ihm das Haus der Blackshaws nicht auf Dauer verschlossen blieb.

»Wenn es etwas gibt, das ich für Sie tun kann, *egal was*, so sagen Sie es mir nur und betrachten Sie es als ausgeführt«, sagte er mit bebender Aufrichtigkeit. »Ich stehe Ihnen jederzeit zur Verfügung. Versprechen Sie mir, dass Sie das nie vergessen.«

So ungern Charlotte sich auch von Cormacs Gemälde trennte, sie rollte es zusammen und reichte es Peregrine, damit er es nicht »vergessen« und damit einen Vorwand für einen weiteren Besuch schaffen konnte. Ihr ging durch den Sinn, dass er es ihr vielleicht als Geschenk angeboten hätte, doch nun war er in Verlegenheit und versuchte sich mit Würde zurückzuziehen, eine Fertigkeit, die er noch nie beherrscht hatte.

Ihren Eltern würde sie von Peregrines Besuch nichts erzählen. Sein Titel und sein Stammbaum waren so beeindruckend, dass sie Charlotte unter Druck setzen würden, ihm Hoffnungen zu machen, zumal es wenig wahrscheinlich war, dass ihr noch ein Antrag gemacht wurde. Doch es war zu spät. Unter normalen Umständen hätte sie ihm, weil sie so wenig Auswahl hatte, noch eine Chance gegeben, doch seit sie Lochlann gesehen hatte, interessierte sie das, was Peregrine zu bieten hatte, nicht mehr. Lebte sie erst isoliert auf seinem abgelegenen Gut in der Grafschaft Donegal, bekäme sie Lochlann womöglich nie wieder zu Gesicht.

48

Wenn Charlotte ihren Bruder besuchte, nahm sie immer den Sessel neben Lochlann, und im Laufe der folgenden Stunde berührte sie ihn »versehentlich« mit dem Knie oder Arm. Ihre Erregung bei jedem dieser Vorfälle war für Harcourt offensichtlich, doch Lochlann schien nie etwas zu bemerken. Manchmal legte Lochlann, wenn er sprach und etwas betonen wollte, die Hand für einen oder zwei Augenblicke auf Charlottes Unterarm, und Harcourt sah dann, wie ihr die Farbe ins Gesicht stieg und sie vor Glück strahlte. Sie wagte es sogar, Lochlanns Hand dabei mit der ihren zu berühren, aber überraschenderweise war sie so vernünftig, den Kontakt nicht zu lange auszudehnen.

Es war zur Tradition geworden, dass jeder, der freitagabends Harcourts Räume aufsuchte, am Ende zu viel getrunken hatte. Diese Abende wurden für Charlotte zum Höhepunkt der Woche. Die zwei Gläser Wein, die sie sich dann gestattete, lösten ihr die Zunge und hoben ihr Wohlbefinden. Lochlann, umgeben von seinen Freunden, bezog sie immer mit ein, und sie stand dicht neben ihm. Später, wenn die Besucher sich aus Höflichkeit zurückzogen, einige mit ungläubig hochgezogenen Augenbrauen und andere mit amüsiertem Grinsen, hatte sie ihn lange Zeit ganz für sich, während der Rest der Gesellschaft über Dinge sprach, die Charlotte nicht interessierten.

Es war befremdlich, dass Lochlann sich trotz ihrer Bemühungen, in ihren Gesprächen schlagfertig und liebenswürdig zu wirken, indem sie Dinge zitierte, die Cormac gesagt hatte, am nächsten Tag an kein Wort mehr erinnern konnte. Sie war gezwungen zu lernen, wie sie den Punkt der Trunkenheit erkannte, an dem er sein Gedächtnis verlor, damit sie sich die besten Sätze für den frühen Teil des nächsten Freitagabends aufsparen konnte; sonst wären sie verschwendet gewesen.

Die Samstage und Sonntage verbrachte Lochlann mit seiner Familie und mit Schulfreunden. Charlotte überlegte während dieser Stunden, was er tat, und wünschte, es wäre schon wieder Montag.

In diesem immer gleichen Ablauf ging ein akademisches Jahr ins nächste über.

Das letzte Jahr der Medizinstudenten verlief, abgesehen von einer Neuigkeit für Niamh McCarthy, ereignislos. Ihr Freund in der Heimat hatte beim Tanzen ein Mädchen kennengelernt und sich in sie verliebt. Er brauchte lange, bis er Niamh davon schrieb, weil er fürchtete, ihr Schmerz zu bereiten. Doch sie nahm es gut auf und verzieh ihm zu seiner Erleichterung auf der Stelle. Er hoffte, sie würde jemanden kennenlernen, der so gut zu ihr passte wie sein neues Mädchen zu ihm. Sie offenbarte ihm nicht, dass sie so jemanden längst kannte.

Harcourt berichtete Charlotte die Geschichte, während er in der *Irish Times* blätterte, damit es so aussah, als wäre die Neuigkeit von untergeordneter Bedeutung. Sie tat ihm leid, doch er war erleichtert, etwas Definitives in der Hand zu haben, womit er ihre unrealistischen Erwartungen dämpfen konnte. An den Freitagabenden flirtete sie immer unverhohlener mit Lochlann.

Niamh nahm nun manchmal ebenfalls an den Studiersitzungen von Harcourt und Lochlann teil. Als Charlotte ihrer Rivalin zum ersten Mal begegnete, analysierte sie ihr Aussehen, ihre Konversation und ihre Eigenarten, suchte nach Makeln und versuchte zu identifizieren, was sie für Männer so attraktiv machte. Sie fand Niamhs Lachen »gewöhnlich«, doch es schien zu den vielen Eigenschaften zu gehören, die Lochlann mochte. Ohne Zweifel war das Mädchen freundlich, doch sie sah bei weitem nicht so gut aus, wie Harcourt ihr weisgemacht hatte. Hatte sie nicht einen etwas langen Hals?

Niamh lud Charlotte zu einer Aufführung von Bachs h-Moll-Messe ein, bei der sie im Chor singen würde.

»Sie ist gut genug, um Solistin zu sein«, sagte Lochlann, »aber stattdessen studiert sie Medizin.«

Niamh ließ ihr kehliges, gewöhnliches Lachen erklingen. »Alter Schmeichler. Nein, Amateurin zu sein passt mir gut – ich habe den ganzen Spaß und keine Verantwortung. Außerdem wäre ich nicht gut genug dafür, also achten Sie nicht auf ihn.«

Während der Aufführung saß Charlotte zwischen Harcourt links und Lochlann auf der anderen Seite. Die Armlehne rechts, die sie sich mit Lochlann teilte, erfreute sich weitaus mehr ihrer Aufmerksamkeit als der Gesang, den sie langweilig fand; für sie klang alles gleich, und sie konnte keine Melodie heraushören. »Verzeihung«, sagte Lochlann, als der Druck an seinem Arm ihm den Eindruck machte, er nehme mehr als den ihm zustehenden Platz ein. Er verschränkte die Arme, und Charlotte fühlte sich beraubt. Als er sich wieder in der Musik verlor, kehrte sein Arm zurück, und diesmal achtete Charlotte darauf, dass der Körperkontakt so schwach ausfiel, dass er ihn nicht spürte, obwohl er genügte, um sie bis zum Ende der Messe in Bann zu schlagen. Im Halbdunkel konnte Harcourt sehen, was vorging, und er schämte sich entsetzlich für seine Schwester.

49

Dublin
1939

In den Monaten vor den Examensprüfungen lernten Harcourt, Lochlann und Niamh täglich miteinander. Charlotte versuchte Niamh nicht zu mögen, doch deren freundliches Gemüt und Arglosigkeit wirkten entwaffnend auf sie.

Cormac stattete Charlotte verspätet den versprochenen Besuch ab und brauchte sie nur einmal anzusehen, um zu wissen, dass sie nicht mit ihm nach Paris kommen würde. »Wie heißt der glückliche Mann?«, neckte er sie.

Charlotte malte mit neu erwachter Hingabe. Auf Vorschlag von David Slane war sie in die Gesellschaft aufgenommen worden, und man hatte ihr eine Einzelausstellung innerhalb von drei Jahren versprochen.

»Kommen Sie und sagen Sie mir, was Sie davon halten«, konnte sie nun jederzeit zu Lochlann sagen, nachdem ihr keine Vorwände mehr einfielen, um ihn in ihre Räume zu holen. Die Einladung galt auch für Harcourt und Niamh, damit es nicht so offensichtlich war, und wie sich erwies, besaß Niamh von den dreien den größten Kunstsinn. Charlotte verlegte sich daraufhin auf größere Formate, damit sie Lochlann bitten konnte, sie umzusetzen oder aufzuhängen, obwohl sie dazu sehr gut selbst in der Lage war. Er tat ihr die Gefallen, um die sie bat, stets, ohne zu zögern. Charlotte sah ihren Bruder und Niamh nicht an, wenn sie Lochlann aus Harcourts Räumen folgte, um ihm Anweisungen zu geben.

Das Abschlussexamen wurde mit einer informellen Party im Blackshaw'schen Haus gefeiert. Harcourt war der Einzige, der genügend Platz für das gesamte Semester hatte. Und alle kamen. Charlotte war die einzige Nichtmedizinerin.

»Das sieht dir nicht ähnlich«, sagte Harcourt, als er sah, wie sie ein drittes Glas Wein herunterstürzte. Normalerweise beließ sie es bei zweien. Bei ihrem Eintreffen hatte er sie recht kühl empfangen.

»Du hast recht. Es sieht mir nicht ähnlich. Doch andererseits ist dieser Abend anders als jeder andere.« Sie füllte das Glas zum vierten Mal und vermied es, in sein finsteres Gesicht zu blicken. »Das ist das Ende eines Kapitels.«

»Ade Büffeln, mehr fällt mir dazu nicht ein. Sei willkommen, nächstes Kapitel.«

Dir vielleicht, dachte Charlotte, aber für mich gibt es kein nächstes Kapitel. Für mich ist alles vorbei.

Nach diesem Abend zerstreuten sich die Studenten in alle Winde, und Charlotte würde nie wieder zu ihnen gehören. Im September zog Harcourt nach London, wo er sich auf Neurologie spezialisieren würde – hoffte er, Mutter die Gehfähigkeit zurückgeben zu können? –, während Lochlann und Niamh sich verloben würden, ehe sie nach Boston zogen und ins chirurgische Fach einstiegen. Wer wusste, wie viel Zeit verstrich, ehe sie einander wiedersahen?

Nach dem vierten Glas Wein fühlte sich Charlotte mutig genug, um sich der Menge anzuschließen, die sich um Lochlann und Niamh geschart hatte. Niamh zog sie in die Mitte und stellte Charlotte jeden vor, den sie noch nicht kannte, dann redete sie eine halbe Stunde lang nur mit ihr. Lochlann unterbrach sie, um sich zu entschuldigen; einige Kommilitonen müssten früh aufbrechen, und er wollte noch mit ihnen sprechen, ehe sie für immer aus seinem Leben schieden. Niamh entschuldigte sich ebenfalls und begleitete ihn. Charlotte stand neben einer Frau – einer von dreien im Raum außer ihr –, die sich alle Mühe gab, ein Gespräch mit einer Nichtmedizinerin zu führen. Charlotte verfolgte Lochlann und Niamh mit Blicken, als sie von einer Gruppe zur nächsten gingen. Die Frau neben ihr wurde bald in Beschlag genommen und verschwand in der Menge. Jeder hatte den anderen eine Menge zu sagen. Einiges war rührselig. Charlotte bahnte sich einen Weg durch die Feiernden und trank ihr fünftes Glas Wein auf einem Stuhl, der in die Ecke geschoben worden war.

Ein junger Mann stieß mit dem Rücken gegen sie, drehte sich um und sagte: »Verzeihung? Sind Sie wohlauf? Kann ich Ihnen etwas holen?« Als sie antwortete, ihr gehe es gut, er brauche nichts für sie zu tun, sie ruhe sich nur aus, wandte er sich wieder seinen Freunden zu, und sie hörte ihn flüstern: »Wer ist das? Ich habe sie noch nie gesehen.«

Gegen zwei Uhr morgens war Niamh auf der Couch eingeschlafen, Lochlann saß neben ihr. Sie hatte bis spät in die Nacht gelernt und nur ein paar Stunden Schlaf bekommen. Sie hatte wachbleiben wollen, da es für lange Zeit der letzte Abend in Lochlanns Gesellschaft sein würde. Sie und ihre Eltern würden zur Feier ihres Examens am nächsten Tag zu einer dreimonatigen Afrikareise aufbrechen.

Der Wein machte Charlotte keineswegs gelassener. Sie fand es schwierig, die Gedanken von den finsteren Tagen abzuwenden, die morgen begannen.

Als jemand den Platz links von Lochlann freimachte, glitt sie rasch dorthin, noch ehe ein anderer die Gelegenheit hatte, ihn einzunehmen. Lochlann begrüßte sie und legte den Arm um ihre Schultern. Er war bereits zu drei Vierteln betrunken und in bester Stimmung. Charlotte sah zu Harcourt hinüber und begegnete seinem stahlharten, missbilligenden Blick.

Gegen vier Uhr morgens war sie als Einzige im Raum noch wach. Die meisten hatten vor Stunden das Haus verlassen, doch ungefähr ein Dutzend war auf Sesseln zusammengesackt oder hatte sich auf dem Boden ausgestreckt. Charlotte war froh, dass Harcourts misstrauischer Blick nicht auf ihr ruhte, als sie Lochlann wachrüttelte, ihn mit Mühe auf die Füße zog und mit dem Hinweis, in ihren Räumen erfordere etwas seine Aufmerksamkeit, auf unsicheren Beinen durch den Korridor steuerte.

Nur eine Stunde mit ihm, mehr wollte sie nicht. Niamh konnte ihr eine Stunde nicht neiden, wenn sie ihn für den Rest seines Lebens bekam. Einfach neben ihm auf dem Bett liegen, nichts tun – nicht dass er zu irgendetwas in der Lage gewesen wäre –, sich eng an ihn schmiegen, das Haupt in die Mulde zwischen seiner Schulter und seinem Kopf legen und nur für eine Stunde vorgeben, er gehöre ihr. Das tat keinem weh, und niemand würde je davon erfahren. Lochlann würde sich, so wie immer, nicht einmal daran erinnern. Was war also schon dabei?

50

Lochlann erhielt einen Brief des Bostoner Lehrkrankenhauses, in dem ihm mitgeteilt wurde, seine Bewerbung sei zwei Tage zu spät eingegangen, weshalb er nicht aufgenommen werden könne und sich im nächsten Jahr neu bewerben müsse. Rechtsmittel seien ausgeschlossen, alle Plätze besetzt.

Verdammt. Verflixt und zugenäht.

Niamh hatte ihre Bewerbung am gleichen Tag abgeschickt, also musste diese ebenfalls zu spät eingetroffen sein.

Was die Folgen verspäteter Bewerbungen anging, so hätte er nach einem Italienurlaub seine Lektion gelernt haben müssen. Damals hatte er die Einschreibfrist für Earlsfort Terrace um eine Woche versäumt, das alle seine Freunde besuchten, und sich mit dem Royal College begnügen müssen, wo er niemanden gekannt hatte.

Was nun?

Niamh und er hatten darüber gesprochen, ihre weitere Ausbildung in Boston um ein Jahr zu verschieben und als missionierende Mediziner freiwillig nach Afrika zu gehen. Die Nonne, mit der sie darüber sprachen, hatte gesagt, sie könnten nicht in der gleichen Mission arbeiten, es sei denn, sie wären verheiratet, damit sie den Heiden, die die Kirche zu bekehren wünschte, keinen Skandal vorlebten. Da sie ohnehin in einem Jahr heiraten wollten, sahen sie diese Bedingung nicht als Hindernis. Im Gegenteil, sie verlieh der Möglichkeit einer Eheschließung sogar einen zusätzlichen Reiz.

Nun konnten sie diese Alternative nutzen. In Niamhs Abwesenheit informierte Lochlann die Mutter Oberin eigenmächtig, da er Niamh gut kannte und von ihrer Zustimmung ausging, dass sie nach Afrika gehen und vor der Abreise heiraten würden. Dann schrieb er Niamh und teilte ihr mit, was er getan hatte; den Brief sandte er postlagernd und hoffte, er käme nicht zu spät an. Gern hätte er darin den erotischen Traum geschildert, den er in der Nacht nach dem Examen über sie hatte. Das jedoch war zu intim, um es dem Papier anzuvertrauen, daher deutete er ihn nur an und schrieb, er werde ihn ihr in allen Einzelheiten erzählen, wenn sie wieder da war. Eigentlich hatte er ihn ihr schon am Morgen nach der Feier anvertrauen wollen, aber als er sie suchte, hatte sie das Haus bereits verlassen, und seitdem hatte er sie nicht mehr gesehen. Wie er in Charlottes Bett gelangt war, wusste er nicht, doch er nahm an, dass die Gewohnheit ihn zu einer Schlafstätte getragen hatte, als er schlafen musste. Zu seiner Erleichterung hatte er festgestellt, dass er allein im Bett war, als er am späten Vormittag erwachte.

Seine Arme erschienen ihm überflüssig, solange er Niamh nicht in sie schließen konnte. Noch vier Wochen bis zu ihrer Rückkehr. Was ihn betraf, so konnte ihre Hochzeitsnacht gar nicht bald genug kommen.

51

»Ihre Ladyschaft schickt mich, um Ihnen zu sagen, dass Sie heute Abend am Essen teilzunehmen haben, Miss, ob es Ihnen schlecht geht oder nicht. Das sind ihre genauen Worte.«

Charlotte würgte in ihr Taschentuch. Queenie nahm die Schale auf, die neben dem Bett stand, und hielt sie ihrer Herrin unters Kinn. Charlotte verkrampfte sich noch mehrmals, ohne dass etwas herauskam, und sank in die Kissen zurück.

»Völlig unmöglich. Bereits beim Gedanken an Essen wird mir schlecht. Sag ihr das.«

»Das hab ich ja schon. Sie sagt, wenn Sie nicht kommen, lässt sie einen Arzt rufen, weil Mister Harcourt nicht da ist und sich nicht um Sie kümmern kann.«

Charlotte heulte auf: »Das darf sie nicht!«, und weinte in ihr ohnehin schon durchnässtes Kissen.

Lady Blackshaw hatte Queenie über alle Einzelheiten von Charlottes Unwohlsein befragt, und die Kammerzofe hatte, weil sie beunruhigt war, dass ihre Herrin keinen Arzt sehen wollte, obwohl sich ihr Zustand seit drei Tagen nicht verbessert hatte, Ihrer Ladyschaft von dem Würgen und dem Weinen erzählt. Normalerweise hätte sie so etwas aus Loyalität zu Charlotte für sich behalten, doch nun war sie geradezu erleichtert gewesen, sich aussprechen zu können. Ob ein Gentleman Charlotte besucht habe, wollte Lady Blackshaw wissen. Lord Peregrine sei der Einzige gewesen, antwortete Queenie, und das sei über ein Jahr her. Ob sie sicher sei, dass sie in jüngerer

Zeit niemanden empfangen habe? So sicher sie nur sein könne, doch sie sei nicht ununterbrochen zugegen und daher nicht imstande, es zu beschwören.

Als Queenie die zusammengekrümmte Gestalt im Bett erblickte, war sie froh, dass sie die Verantwortung für Charlottes Gesundheit an Lady Blackshaw abgetreten hatte. Es sah ernst aus.

Lord Waldrons und Harcourts Plätze am Esstisch waren leer, da sie den Sommer auf Tyringham Park verbrachten. Harcourt war gleich am Tag nach der Abschlussfeier aufgebrochen, denn er wollte seinen letzten langen Urlaub nutzen, ehe er sein Praktikum in London antrat.

Neben Tante Verity saß Charlotte ihrer Mutter gegenüber. Kaum wurde die Suppe aufgetragen, als Charlotte sich das Taschentuch vor den Mund presste, ihren Stuhl zurückschob und aus dem Raum floh.

Charlotte kreischte auf, als sie Harcourt neben ihrem Bett stehen sah, und schlug die Hände vors Gesicht. »Was machst du hier?«

»Mutter hat mich kommen lassen. Sie glaubt, du hättest mit Peregrine Poolstaff Schande über dich gebracht, und ich soll es nachprüfen. Ich weiß nicht, wieso sie dich nicht einfach direkt fragt und mir die Reise erspart.« Harcourt stellte knallend einen Stuhl ans Bett, aber setzte sich nicht. »Also, hast du das getan?«

»Nein.«

»Das wäre also das. Sinnlose Reise. Aber gut so, darf ich hinzufügen. Letzte Woche stand in der *Times*, dass er geheiratet hat. Ganz im Stillen. Hat seine reiche Cousine zur Frau genommen. Ein Wunder, dass du es nicht wusstest. Sein Dach muss eingestürzt sein. Mutter weiß eindeutig nichts von der Hochzeit und hat alles falsch verstanden.«

Charlotte drehte das Gesicht zur Wand. »Nicht ganz. Ich habe nämlich Schande auf mich geladen, Harcourt. Ich bin froh, dass du gekommen bist. Du musst mir helfen. Was soll ich tun? Ich weiß nicht, was ich tun soll. Ich wünschte, ich wäre tot.«

Tiefes Schweigen. Harcourt starrte seine Schwester an und entgegnete gehässig: »Wenn du mir damit sagen willst, was ich glaube, kann ich mich dem Wunsch nur anschließen.«

Edwinas anfänglich wohlwollende Reaktion auf Harcourts Bericht schlug um, als sie hörte, dass der für Charlottes Zustand Verantwortliche keineswegs, wie angenommen, ein noch ungebundener Peregrine Poolstaff war, sondern ein gewisser Lochlann Carmody, von dem sie noch nie gehört hatte. Dass es sich um einen Freund Harcourts handelte, der fünf Jahre lang im Haus ein und aus gegangen war, milderte in keiner Weise die Abneigung, die sie empfand, wenn auch nur der Name einer Person fiel, die nicht zu ihren Kreisen gehörte. Sie nahm an, dass Lochlann ein emporgekommener Bauer war, der ein Auge auf das Blackshaw'sche Vermögen geworfen hatte, und Charlotte bei ihrer verzweifelten Suche nach einem Mann alle Schicklichkeit abhandengekommen war und die Familie zum Gespött wurde, sobald die Umstände sich herumsprachen. Andererseits geschah das nur, wenn die Umstände bekannt wurden.

Ein Hausdiener überbrachte Lochlann einen Brief von Lady Blackshaw, in dem sie um seinen Besuch bat, sobald es ihm möglich sei.

Obwohl Lochlann im Laufe der Jahre regelmäßig im Haus gewesen war, hatte es nur selten eine Begegnung mit Harcourts Mutter gegeben, die im Allgemeinen ihre Räume im Erdgeschoss nicht verließ. Er hatte sich oft gewundert, wie jedes Mitglied der Familie Blackshaw ein eigenes Leben führte und es auf Wunsch vermeiden konnte, einem anderen Familienmitglied zu begegnen, wie Charlottes bizarres dreijähriges selbstauferlegtes Eremitentum zeigte. Den gesamten ersten Stock nahmen Empfangssalons ein, Harcourt und Charlotte bewohnten jeweils die Hälfte des zweiten Stocks und teilten sich einen Korridor, Lord Waldron lebte im dritten Stock, wenn er anwesend war, und die Dienstboten waren entweder im Untergeschoss oder auf dem Dachboden untergebracht. Nun hatte Lady Blackshaw ihn in bestimmtem Ton zu sich zitiert, und er war zugleich verwundert und besorgt.

Charlotte stand es klar vor Augen. Sie würde die Beziehung zu ihrer Familie abbrechen, mit Queenie nach England reisen, eine neue Identität annehmen, das Kind dort zur Welt bringen, es behalten und aufziehen und niemals nach Irland zurückkehren oder mit jemandem Kontakt haben, der von dort kam. Was für ein Fehler es doch gewesen war, Harcourt einzuweihen. Er hatte mittlerweile ihre Mutter informiert, und diese würde es Vater sagen!

Während Charlotte darauf wartete, dass die nächste Welle der Übelkeit abflaute, malte sie sich aus, wie es wäre, mit Lochlann verheiratet zu sein. Sie würde im siebten Himmel schweben und bräuchte nie wieder zu fürchten, dass man sie verließ. Ihre Mutter hatte sie an Schwester Dixon weitergereicht, ihr Vater war nie zu Hause, wenn man ihn brauchte, Miss East hatte ihr Catherine und Sid vorgezogen, Holly hatte das Haus verlassen, als Harcourt auf die Schule kam, obwohl ihr eine andere Stellung angeboten worden war, Cormac lebte lieber in Paris und hatte zwölf Jahre lang nichts von sich hören lassen, und Manus hatte sie nie wiedergesehen. Wenn Lochlann gesetzlich an sie gebunden war, in guten wie in schlechten Zeiten, in Freud und Leid, bis dass der Tod sie schied, wäre aller Schmerz ausgeglichen, den sie in der Vergangenheit erdulden musste. Wie Cormac würde Lochlann sie in Wärme hüllen und vor allen Albträumen behüten.

Um Niamh brauchte sie sich keine Gedanken zu machen. Harcourt zufolge war die Hälfte aller jungen Männer im Semester in sie verliebt, er selbst eingeschlossen. Sie würde bald jemand anderen finden. Sie hatte eine große Auswahl, während Charlotte, Teil des schrumpfenden Adels, kaum wählen konnte. Niamh genoss zudem den Vorteil, dass sie noch Zeit hatte.

Ein wunderschöner Traum.

Wenn sie weit weg war und auf sich gestellt lebte, hätte sie viel Zeit für solche Fantasien. Charlotte griff zu einem Bleistift und begann eine Liste der Dinge, die sie mit nach England nehmen musste. Lang wurde sie nicht. Was sie brauchte, konnte sie dort kaufen. Zu wissen, dass sie niemals Geldsorgen haben würde, war ein gewisser Ausgleich.

52

Als Lochlann zu Lady Blackshaw geführt wurde, nachdem sie ihn zu sich bestellt hatte, fiel ihm sofort auf, wie sehr Harcourt ihr glich und wie wenig Charlotte ihr ähnelte.

Selbst auf die Entfernung spürte er ihre Eiseskälte.

Sie begrüßte ihn weder, noch sprach sie ihn mit Namen an, ehe sie ihn beschuldigte.

Lochlann kam es vor, als hätte eine Kanonenkugel, auf seine Brust abgefeuert, ihn geradewegs durchschlagen, seine inneren Organe mitgerissen und ein klaffendes Loch hinterlassen.

Keinerlei Erinnerung an die Tat, die ihm vorgeworfen wurde, trat ihm ins Gedächtnis, nur das vage Bild, irgendwann nach einem köstlichen erotischen Traum von Niamh nachts in einem Schlafzimmer zu sein. Erst nach dem Aufwachen war ihm klargeworden, dass es sich um Charlottes Zimmer handelte. Beim Gedanken an intime Beziehungen mit dieser vereinsamten Frau bestand seine erste Reaktion aus Abscheu, doch was konnte er zu seiner Verteidigung anführen? Alles, was am Abend der Party nach elf Uhr geschehen war, erinnerte er entweder nur verschwommen, als Traum oder gar nicht.

Harcourt überbrachte Charlotte die Neuigkeit, dass Lochlann eingewilligt habe, sie zu heiraten, sodass keine Notwendigkeit zu dramatischen Entscheidungen bestehe, da die Familienehre gewahrt sei. Er blickte sie an, als hasste er sie.

»Das habe ich nicht gewollt. Das musst du wissen.«

»Beleidige mich nicht, indem du mich anlügst. Außerdem bleibt dir keine andere Wahl. Alles ist schon arrangiert.«

»Was, wenn ich mich weigere zu heiraten?«

»Ich glaube nicht, dass dir diese Möglichkeit offensteht, es sei denn, du möchtest den Rest deiner Tage im Irrenhaus verbringen. Mutter hat bereits gedroht, dich einweisen zu lassen, und du weißt, dass man sie nicht unterschätzen darf.« Er wich rückwärts aus dem Zimmer. »Du wirst niemanden empfangen, damit niemand Druck auf dich ausüben kann, und du wirst das Haus nicht verlassen. So hat Mutter es befohlen. Erwarte nicht, dass ich von nun an noch einmal mit dir rede.«

Lochlanns Mutter weinte und betete drei Tage lang, sein Vater kam sich nicht wie ein Mann vor, weil er seinen Sohn nicht vor einem Leben in Elend zu bewahren vermochte, und seine Schwester Iseult fand es aus ihrer Perspektive einer Zwanzigjährigen widerlich, dass ihr dreiundzwanzigjähriger Bruder sich mit einer alten Frau von dreißig vermählen sollte. Seine Freunde glaubten, er mache einen geschmacklosen Scherz, als er ihnen eröffnete, dass er Charlotte heiraten werde.

»Du bist auf den ältesten Trick reingefallen, den es gibt«, sagte einer von ihnen bitter, als Lochlann die Umstände erklärte. »Armes unschuldiges Opferlamm.«

Edwina benötigte einen Gefallen. Mr Kilmartin, der Spezialist, der sich um sie kümmerte, seit sie nach ihrem Unfall nach Dublin gezogen war, fiel ihr als Einziger ein, an den sie sich wenden konnte. Würde er eine Stellung für ihren zukünftigen Schwiegersohn finden, dessen lebenslanger Wunsch es sei, ins australische Outback zu gehen und dort einige Jahre zu arbeiten? Die Fahrkarten sollten ein Überraschungsgeschenk von ihr sein – er sei mittellos –, und die Stellung müsste sofort arrangiert werden. Ob Dr. Kilmartin einem seiner vielen Kollegen, die dorthin emigriert seien (er hatte oft von ihnen gesprochen), telegrafieren – Briefe wären in diesem späten Stadium zu lange unterwegs – und sie auf dem Laufenden halten könne?

Dr. Kilmartin versicherte ihr, er würde ihr nur zu gerne helfen. Noch nie hatte er seine tapfere, resignierte Patientin so vital und lebendig erlebt. Sie musste viel von ihrem zukünftigen Schwiegersohn halten. Zu seiner Befriedigung konnte er sie noch vor Ablauf von zwei Wochen informieren, dass ein Freund auf eine Annonce in einem medizinischen Fachblatt gestoßen sei. Ein kleines Krankenhaus mit zwanzig Betten in einer Kleinstadt, vierhundert Meilen von Sydney entfernt, suche einen Arzt. Im Augenblick habe es keinen Mediziner, was wenig überraschend sei, da es abgeschieden in einer kalten, regnerischen Gegend auf einer Hochebene liege, die ganz anders sei als die sonnigeren Teile des Landes, welche die meisten Menschen vorzögen.

»Das klingt ideal«, sagte Edwina und bat Dr. Kilmartin, dem Hospital ein Telegramm zu senden und im Namen von Dr. Lochlann Carmody die Stellung anzunehmen.

Edwina bedrängte sodann den Gemeindepfarrer, dass er eine Hochzeit in drei Wochen ansetzte, eine rasche Lösung, wie jeder fand. Damit die Eheschließung rechtlich unanfechtbar und nach Lochlanns Maßstäben bindend wäre, schluckte Edwina ihre Vorurteile hinunter und entschied sich für eine katholische Hochzeit. Sollen sie doch versuchen, da wieder herauszukommen, dachte sie. Am Ende buchte sie zwei einfache Fahrkarten auf einem Frachtschiff, das von Southampton auslief. Da sie Lochlann als Arzt registrierte, brauchte sie für die Fahrkarten nichts zu bezahlen.

Zufriedenheit allüberall. Der Name Blackshaw gerettet, Charlotte aus dem Weg. Was interessierte es Edwina, ob Lochlann ein Glücksritter war und nicht ihrer Klasse angehörte, wenn das jung vermählte Paar zwölftausend Meilen entfernt lebte? Sie konnte jedem sagen, ein Kind sei fünf Monate später zur Welt gekommen als in Wirklichkeit, und niemand wäre in der Position, ihr zu widersprechen.

Lochlann unternahm keinen Versuch, sich mit Charlotte in Verbindung zu setzen – wenn er sie am Tag ihrer Hochzeit wiedersah, war das noch zu früh. Mit ihr verheiratet zu sein erschien ihm wie die Aussicht auf einen öden Winter ohne Sonne, der nie zu Ende ginge. Und in dem würde er stecken, ohne Schuhe oder Mantel, und in einer kahlen Landschaft auf dem Eis stehen.

Wenn nur Niamh von Afrika zurückkehrte, damit er sie noch einmal in die Arme nehmen konnte und sie ihm die geliebte Hand auf die Wunde in seiner Brust legte. Dann könnte er einen Augenblick lang den Albtraum vergessen, der ihm die Kraft aussaugte und seine Zukunft in Schattierungen von Schwarz tauchte.

Erleichtert verwarf Charlotte ihren Plan, nach England zu fliehen. In ihrem dehydrierten Zustand war sie zu schwach für eine Reise, und außerdem, wenn man es recht bedachte, hatte sie überhaupt ein Recht, ein Kind seines Vaters oder einen Mann seines eigen Fleisch und Bluts zu berauben?

Doch wohl nicht, und vielleicht entwickelte sich nicht alles zum Schlimmsten. Sie konnte die großzügigste Gönnerin sein und zudem die beste Frau und Mutter im ganzen Land, wenn sie es sich in den Kopf setzte. Ihr Vermögen würde es Lochlann ermöglichen, in den besten Krankenhäusern Europas und Amerikas zu praktizieren, wenn er das wollte. Mit der Zeit könnte er seine eigene Klinik einrichten, die es ihm gestattete, Forschungsarbeit zu leisten, die die Medizin weiterbrächte, und bei ihren Kontakten hätte er keinen Mangel an einflussreichen Gönnern und Patienten. Gut möglich, dass er eines Tages den Augenblick ihrer Begegnung segnete und öffentlich verkündete, welch glückliche Fügung es sei, sie geheiratet zu haben.

Dass Niamh McCarthys Leben durch Lochlanns Verrat vielleicht zerstört wurde, war etwas, an das Charlotte nicht denken wollte. Ihr ungeborenes Kind vor den Auswirkungen finsterer und deprimierender Gedanken zu schützen, musste von nun an ihr Hauptaugenmerk sein.

53

Sydney
1939

Dixon legte ihren Schlüsselbund neben das Exemplar von *Middlemarch* auf ihrem Palisanderschreibtisch. Ihr Büro lag hinter dem Empfang – durch die Glasscheiben in der Tür konnte sie im Auge behalten, was im Foyer vorging. Einige Gäste trugen sich ein, andere reisten ab. Dixon kannte sie alle mit Namen. Zwei handgemachte Paar Schuhe wurden an sie geliefert. Der wöchentliche Budgetplan des Küchenchefs lag für sie zur Begutachtung bereit. Vor ihrer Tür saßen fünf junge Mädchen und warteten auf ein Bewerbungsgespräch für die freie Stelle als Kellnerin.

Sie ging von ihrem Büro zum Empfang und warf einen Blick ins Gästebuch. Gäste und Personal, die an ihr vorbeikamen, grüßten sie ehrerbietig, und an wen sie speziell das Wort richtete, der fühlte sich geehrt, von ihr beachtet zu werden. Jetzt, wo sie die besten Jahre hinter sich hatte, war ihr Respekt ein zufriedenstellender Ersatz für Bewunderung. Wäre ihr Verlobter nicht im Krieg geblieben, wäre sie heute Herrin eines Gutes, hieß es. Seht euch nur diese Brillanten an. Die ganzen Jahre hat sie sein Andenken bewahrt, das musste man ihr lassen – heldenhaft und romantisch zugleich. Hat hart gearbeitet. Kann gut zuhören und behält Geheimnisse für sich. Eine echte Kämpferin, ein höheres Lob gibt es für sie gar nicht.

Sie erwartete eine Beförderung, die sie verdiente und die sie zur ersten Frau in New South Wales machen würde, die mit der

Direktion eines Hotels betraut wurde, ohne der Besitzerfamilie anzugehören. Während sie eine Aufgabe nach der anderen erledigte, probte sie im Stillen die Ansprache, die sie halten wollte, nachdem die Beförderung verkündet worden war.

Am Empfang wartete eine Besucherin auf Dixon, eine Journalistin von *Woman's Monthly*, die einen Artikel über sie schreiben wollte. Einen Artikel darüber, wie sie das Waratah von einer einfachen Kneipe in ein komfortables Hotel verwandelt hatte und dabei selbst zur Legende geworden war, von der es hieß, sie werde demnächst Geschichte schreiben. Der tote adlige Verlobte und die Schmuckstücke, die er ihr geschenkt hatte, ehe er an die Front fuhr, würden der Story Glamour und Pathos verleihen.

Dixon stimmte zu, das Interview zu geben und sich fotografieren zu lassen, vorausgesetzt, die Beförderung, die noch nicht offiziell war, bliebe unerwähnt.

Wenn nur die Vorsteherin des Waisenhauses und Manus, Lily East und Teresa mich jetzt sehen könnten, dachte sie, als sie sich in Positur warf und der Kamera ihre beste Seite zu zeigen versuchte.

54

Dublin
1939

Edwina choreografierte die Eheschließung rasch und gründlich. Dafür, dass die Hochzeit so kurzfristig und in einer katholischen Kirche stattfand (wenn auch nur an einem Nebenaltar), und für das Versprechen, dass alle ihre Kinder katholisch erzogen würden – selbst Edwina vermochte den Pfarrer von dieser Bedingung nicht abzubringen –, nahm Lochlann die Stellung in Australien an. Da Niamh für ihn verloren war, hätte er auch eingewilligt, nach Sibirien oder an den Nordpol zu gehen.

In der Nacht vor der Hochzeit schrieb Lochlann einen langen Brief an Niamh und vertraute ihn Iseult an, die ihn ihr geben sollte, wenn sie drei Tage später aus Ägypten zurückkehrte. Iseult graute es vor dieser Pflicht beinahe so sehr wie vor der Hochzeit.

»Das ist das letzte Mal, dass wir uns so unterhalten werden«, sagte Lochlann zu seiner Schwester.

Wie er ohne Niamh leben sollte, wisse er nicht. So gut er konnte, nehme er an; ihm bleibe nun mal keine andere Wahl. Wenigstens habe er einen Beruf, den er liebe, und bald werde er Vater – viele Menschen seien schlimmer dran.

Seiner Eltern willen wolle er gute Miene zum bösen Spiel machen.

Die beiden umarmten sich kummervoll, ehe sie sich trennten, um sich für die Tortur fertig zu machen.

Am Morgen der Hochzeit war Iseult so übel, dass sie ihren Vater um ein Beruhigungsmittel bat, damit sie die Farce besser ertrug. Sie hätte alles gegeben, um nicht daran teilnehmen zu müssen.

Ihre Mutter wies jedes Medikament zurück für den Fall, dass sie gebraucht wurde.

Ihren Vater erfüllte angesichts der Tatsache, dass er die Zeremonie gezwungenermaßen wie eine normale Hochzeit hinnehmen musste, eine schreckliche Hoffnungslosigkeit. So sehr er es versuchte, er konnte Charlotte nicht verübeln, dass sie auf der Hochzeit bestand – es war ihr gutes Recht, ihrem Kind einen Vater und einen Namen zu verschaffen. Er konnte nur die unglückselige Vorgeschichte beklagen und die Rolle, die sein Sohn darin spielte.

Edwina informierte Waldron nicht einmal über die Hochzeit, und Verity schickte sie für die Woche nach Tyringham Park, damit sie aus dem Weg war. Nur die Carmodys saßen in den Kirchenbänken, Edwina auf dem Rollstuhl daneben, als ein stiller, ernster Harcourt eine wankende, geschwächte Charlotte in das kleine Seitenschiff führte. Charlotte hielt den Kopf gesenkt, als sie neben Lochlann trat. Es war zu hören, wie sie »Es tut mir leid« sagte. Lochlann wandte sich ihr nicht zu und erwiderte nichts auf die Entschuldigung.

Als sie einander das Jawort gaben, spürte Charlotte die Präsenz der abwesenden Niamh und erschauerte. Lochlann wandte sich der Tür zu und blickte sie an, als erwarte er einen verspäteten Gast.

Nach der Zeremonie winkte Edwina ihre Tochter Charlotte zu sich und bedeutete ihr zu warten, bis die anderen das Seitenschiff verlassen hatten. Charlotte setzte sich auf eine Bank neben dem Rollstuhl und wartete.

Sie wird mir sagen, dass ich gut aussehe und Lochlann für die Familie ein wertvoller Zugewinn ist, dachte sie.

Edwina trommelte mit den Fingern auf der Armlehne ihres Rollstuhls. »Ich möchte zwei Dinge klarstellen, ehe ich dir deine Fahrkarten gebe, also hör gut zu und behaupte nicht später, du hättest einen Fehler begangen, weil du mich nicht gehört hast. Konzentrierst du dich?«

Charlotte nickte.

»Unter keinen Umständen wirst du mir schreiben, wenn das Kind geboren wird. Lass vorher fünf Monate verstreichen.«

»Wie willst du dann davon erfahren?«

»Ich bin durchaus in der Lage, meine Neugier fünf Monate lang zu zügeln. Ich habe es so eingerichtet, dass du dich leicht erinnern kannst. Auf den Tag ein Jahr von heute – deinen ersten Hochzeitstag wirst du kaum vergessen. Ich möchte nicht riskieren, dass jemand das wahre Geburtsdatum erfährt und mich zum Gespött der Leute macht.«

»Aber Lochlanns ganze Familie weiß um die Umstände, und sie werden gewiss informiert sein.«

»Das ist kaum von Belang für mich, denn unsere Wege und die ihren werden sich kaum noch einmal kreuzen. Ich habe klargestellt, dass es von diesem Tag an keinen weiteren gesellschaftlichen Kontakt zwischen den beiden Familien geben wird.« Edwina verzog das Gesicht zu einer Fratze unheiligen Frohlockens. »Ich glaube, ich kann mit Sicherheit behaupten, dass keiner von ihnen das Wort an mich richten wird, nachdem ich ihnen die Meinung gesagt habe – nun, ihnen gedroht zu haben trifft es wahrscheinlich eher. Du brauchst die Einzelheiten nicht zu wissen. Du kannst mir danken, dass ich einen Weg ersonnen habe, die Familienehre zu retten.«

Charlotte war erfüllt von kalter Missbilligung über die Haltung ihrer Mutter und empfand keinerlei Neigung, ihr Dank auszusprechen.

»Du möchtest also nicht einmal, dass ich dir privat schreibe?«, fragte sie.

»Nein. Auf keinen Fall. Verity holt jeden Tag die Post, und ihr ist zuzutrauen, dass sie deine Briefe über heißem Wasserdampf öffnet, so verzweifelt möchte sie Dinge erfahren, die sie nichts angehen. Es hat Gerede gegeben. Die Klatschmäuler verdrießt es sehr, dass du ins Ausland gehst und sie nicht in der Lage sein werden, die Monate zu zählen. Verity würde nur zu gern ihren Moment des Ruhmes erleben, indem sie die Wahrheit über dich aufdeckt. Sie ist viel zu schwach, um ein Geheimnis zu bewahren, und bei deinem Vater kann man sich nicht darauf verlassen, dass er den Mund hält, wenn er etwas getrunken hat. Daher werden Harcourt und ich die Einzigen sein, die davon wissen. Es sei denn, du hättest geredet.«

»Natürlich habe ich nicht geredet. Warum sollte ich? Was ist der zweite Punkt?«

»Ich will, dass du deine Schwester suchst. Deshalb habe ich Australien für dein Exil ausgewählt. Ich würde es selbst tun, wäre ich nicht an diesen Rollstuhl gefesselt. Ohne den Unfall hätte ich mich bereits vor zwanzig Jahren auf diese Reise begeben – Beatrice und ich hatten schon alles vorbereitet. Wie du weißt, habe ich mehrmals in Australien annonciert – aber ohne Ergebnis – und auch einen Privatdetektiv engagiert, der nichts tat, als mein Geld einzustecken, wie ich vermute. Immerhin fand er heraus, dass eine Teresa Kelly in Australien eingetroffen war. Andererseits ist es ein verbreiteter Name. Dixons Ankunft konnte er nicht bestätigen, da ein Vorname fehlte. Allerdings sind mehrere Frauen dieses Nachnamens zur fraglichen Zeit ins Land gekommen. Daher muss ich auf dich zurückgreifen, damit du Teresa Kelly und Victoria für mich findest – oder, wenn dies nicht gelingt, Schwester Dixon. Ich bin fest davon überzeugt, dass sie zusammen sind.«

»Ich werde meine Zeit nicht verschwenden.« Charlottes Enttäuschung über die Haltung ihrer Mutter zu ihrem Kind erstickte die Vorsicht, die sie normalerweise walten ließ, wenn sie mit ihr sprach. »Ich habe nie geglaubt, dass Teresa Kelly es war, die Victoria entführte, und auch sonst niemand außer dir – sie wäre niemals so selbstsüchtig gewesen.«

»Ich wäre dir dankbar, wenn du mir gegenüber nicht diesen Ton anschlagen würdest. Woher solltest du diese Frau im Entferntesten einschätzen können? Als sie auf The Park diente, warst du noch ein Kind.«

Charlotte versteifte sich. »Ich muss gehen. Sie warten draußen. Harcourt bringt uns zum Zug. Wir können uns keine Verspätung erlauben, sonst könnten wir die Anschlüsse verpassen. Hast du mir noch etwas zu sagen, ehe ich aufbreche?«

»Vergiss nie, wer du bist und woher du kommst. Nun nimm das.«

Charlotte nahm die Fahrkarten entgegen, die ihre Mutter ihr reichte, und bedankte sich anstandshalber dafür, dass sie die Hochzeit so effizient organisiert hatte.

»Nicht der Rede wert. Gute Reise.« Edwina blieb starr, als

wollte sie Gefühlsbekundungen in letzter Minute abwehren. »Ich bleibe hier, bis du fort bist.«

»Auf Wiedersehen, Mutter.« Charlotte wollte etwas Bedeutsames sagen, doch ihr Kopf war leer. Um den Moment der Verlegenheit zu überbrücken, blätterte sie die Fahrkarten durch und blickte auf die Reiseroute – Cobh, Southampton, Kanarische Inseln, Kapstadt. »Hier steht, unser Ziel ist Kapstadt. Wieso Kapstadt?«

»So kurzfristig war es der nächstgelegene Zielhafen, den ich bekommen konnte. Bei Cooks versicherte man mir, dass du keine Schwierigkeiten haben wirst, von dort nach Sydney zu gelangen.«

Charlottes Blick fiel auf den letzten Eintrag: *Rückfahrt – ungültig.*

»Aber das sind ja nur einfache Schiffspassagen.« Ungläubig blickte sie ihre Mutter an.

»Ja?«

»Ich dachte, zwei Jahre – allerhöchstens drei – würden ausreichen.«

»Kennst du irgendjemanden, der von Australien zurückgekehrt ist? Jetzt auf mit dir, und beherzige, was ich dir gesagt habe. Deine Anweisungen sende ich dir auf postalischem Wege.«

Lochlann stand bei seiner Familie auf dem Kirchhof. Er schien nicht wahrzunehmen, dass Charlotte sich zu ihm stellte und allzu energisch seinen Arm ergriff. Seine ernste Miene ließ ihn noch besser aussehen als sonst, aber älter.

»Ich habe mich verabschiedet«, sagte er tonlos. »Ich sagte, wir wollten uns ohne Aufhebens davonmachen.« Die Blackshaws hatten keine Hochzeitsfeier arrangiert.

Das Paar folgte einem genauso ernsten Harcourt, der sein Wort gehalten hatte und kein Wort mehr mit Charlotte sprach. Lochlann blickte in letzter Sekunde noch einmal zurück und winkte seinen Eltern und Iseult zum Abschied, doch sie gingen bereits gesenkten Hauptes davon und sahen ihn nicht.

Vierter Teil

Das Exil

55

Australien
1939

Als Scottie Cunningham die Postsäcke abholte, erriet er sogleich, wer die beiden Fremden auf dem Bahnsteig waren. Er freute sich auf ihre Geschichte; ihrem Aussehen nach musste sie ungewöhnlich sein.

Die übertrieben gekleidete Frau war hochrot im Gesicht von der Hitze und schwitzte. Sie sah aus, als stehe sie vor einer Ohnmacht, und saß im Schatten an den Lattenzaun gelehnt, die Augen geschlossen. Ihr Begleiter, der ihr Mann sein musste, obwohl er für diese Rolle eigentlich zu jung wirkte, versuchte die Fliegen von ihrem Gesicht fernzuhalten, indem er heftig mit einer zusammengefalteten Zeitung fächelte. Hätten ihre Kleidung und ihr Gepäck sie nicht schon als Neuankömmlinge verraten, hätte es das Fächeln getan – nach ein paar Wochen hatte sich hier jeder an die Fliegen gewöhnt. Hätte die Frau ihre Tweedjacke abgelegt und die Knöpfe am hohen Kragen ihrer Bluse geöffnet, wäre die Hitze leichter zu ertragen gewesen. In seinen Shorts und seinem Unterhemd empfand Scottie allein durch ihren Anblick schon Unbehagen.

Der Fremde vergewisserte sich, dass die Frau neben ihm bequem saß, dann trat er mit ausgestreckter Hand zu dem Briefträger vor.

»Scottie Cunningham?«

»Das stimmt. Ich wollte mich gerade vorstellen. Sind Sie der neue Doktor?«

»Das bin ich. Lochlann Carmody. Wie kommen Sie darauf?«

»Wir haben Sie erwartet.« Er grinste. »Und Ihr Akzent.«

»Der Bahnhofsvorsteher meinte, Sie könnten uns vielleicht mitnehmen.«

»Aber immer gern. Die Lady fühlt sich angeknackst?«

Lochlann hatte »angeknackst« noch nie gehört, aber er erriet, was es bedeutete.

»Das stimmt. Sie leidet unter der Reisekrankheit. Die Fahrt mit dem Boot war für sie ein einziger Albtraum, und die zwölfstündige Eisenbahnfahrt hat es nicht besser gemacht. Konnte nicht schlafen.«

»Sie wird wieder putzmunter, wenn wir sie erst oben auf dem Berg haben, wo's kühler ist. Habe erst gestern mit der Oberschwester gesprochen. Sie sagt, sie hätte wen runtergeschickt, um Sie abzuholen, wenn sie auch nur ungefähr wüsste, wann Sie kommen.«

»Wir wussten es selbst nicht. Niemand scheint von Redmundo gehört zu haben und konnte es uns sagen.«

»Wir sind ein bisschen abseits vom Weg, ja sicher, aber so mögen wir es auch. Schönster kleiner Fleck auf Erden.«

Die Männer hörten ein Stöhnen. Als sie in die Richtung blickten, aus der es kam, sahen sie, wie Charlotte zur Seite rutschte. Lochlann war sofort bei ihr und richtete sie wieder in eine sitzende Haltung auf.

Als Scottie der Dame vorgestellt wurde und ihre hochgestochene Art zu reden hörte, war er überzeugt, dass ihre Geschichte nicht ganz einfach sein konnte. Seine Frau Jean würde unbedingt die Erste sein wollen, die sie erfuhr. Scottie bezweifelte nicht, dass er sie innerhalb der nächsten paar Stunden herausbekäme – es war immer wieder erstaunlich, wie viel Dinge, die sie unter normalen Umständen nie preisgegeben hätten, die Menschen einem in der engen Fahrerkabine seines Lasters erzählten.

»Hat Ihre Frau vielleicht etwas Leichteres dabei, das sie sich anziehen könnte, ehe wir losfahren?«, fragte Scottie leise Lochlann.

»Ich muss doch sehr bitten«, sagte Charlotte, die ihn gehört hatte, und zog die Jacke noch enger.

»Nicht bös gemeint, Mrs Carmody. Lassen Sie sich von 'nem alten Hasen 'nen Rat geben. Ich hab schon viele gesehen, die davon krank wurden, dass sie in diesem Klima Wollsachen getragen haben. Schwarze Wolle ist besonders schlecht – sie hält die Hitze richtig fest. Das kann ernste Folgen haben. Das wissen vielleicht nicht mal Sie, Doc, Sie sind ja auch neu hier. Wir können's uns hier nicht leisten, besonders aufs Protokoll zu achten.«

»Das sehe ich.« Charlotte, die von ihrem Vater gelernt hatte, wie wichtig es war, dass britische Kolonialherren selbst in den Tropen anständig gekleidet gingen, weil sie damit die Überlegenheit ihrer Zivilisation bewiesen, wollte seine Erwartungen nicht schon am ersten Tag enttäuschen. »Mir geht es wunderbar, vielen Dank.«

»Wie Sie meinen. Kommen Sie, ich helfe Ihnen.«

Die beiden Männer nahmen Charlotte zwischen sich und stützten sie. Scottie musste den Arm durchs Seitenfenster strecken, um die Beifahrertür zu öffnen, denn der äußere Griff war abgebrochen.

»Hinein mit Ihnen«, sagte er und stellte sich auf das Trittbrett, um einen besseren Hebel zu haben, als Lochlann sie hochhob. An Charlottes Miene sah er, dass es ihr nicht gefiel, von ihm angefasst zu werden, doch in ihrem Zustand hatte sie keine andere Wahl, als es zuzulassen.

»Haben Sie Goldbarren aus Irland mitgebracht?«, fragte Scottie, als er das eine Ende des Schiffskoffers angehoben hatte. »Das Ding wiegt ja 'ne Tonne.«

»Nein, leider nicht«, antwortete Lochlann und stemmte das andere Ende hoch. Gemeinsam wuchteten sie den Koffer an der Ladeklappe in den Lastwagen. »Fachbücher. Ich dachte, ich nehme alles mit, weil ich keine Kollegen haben werde, mit denen ich mich beraten kann.«

»Das können Sie laut sagen. In den letzten Monaten haben wir's nicht mal geschafft, einen Arzt im Ruhestand hierherzulocken.« Scottie wärmte sich für seine Lieblingsrolle auf – jemanden aus der Alten Welt auf die Entbehrungen der Neuen vorzubereiten. »Vierzig Meilen in die eine Richtung, sechzig in die andere, bis Sie 'nen anderen Doktor finden. Wenn Sie dann noch bedenken, wie die Straßen verlaufen, können Sie die Entfernung getrost verdoppeln. Was sind wir froh, Sie zu seh'n!« Er verschloss die Ladeklappe mit einem Haken auf der einen und einer Schlaufe aus Stacheldraht auf der anderen, schlug einmal mit der flachen Hand dagegen und strahlte Lochlann an. »Alles prima also! Wir können los!«

Charlotte war hochrot im Gesicht. Ihre schweißgetränkte Bluse zeigte schwarze Schmierflecke, Andenken an ihre Fahrt mit der Eisenbahn.

»Die Luftfeuchtigkeit setzt Ihnen so zu«, sagte Scottie und nahm auf dem Handtuch Platz, mit dem er verhinderte, dass der Sitz ihm die Unterseiten seiner nackten sonnengebräunten Beine verbrannte. Er beschleunigte so sanft, wie das alte Fahrzeug es gestattete.

Lochlann, der Charlotte hielt, während sie den Kopf an seine Schulter gelegt hatte, spürte die Hitze, die sie ausstrahlte, und begann ihr besorgt die Jacke abzustreifen.

»Nicht«, murmelte sie in ihrem halbwachen Zustand und schüttelte seine Hand ab.

»Tut mir leid, ärztliche Anweisung«, erwiderte er und setzte seine Arbeit fort, als wäre sie ein Kind. »So, ist das nicht besser?«

Während sich Scottie auf eine Rechtskurve konzentrierte, zupfte Charlotte ihre gesmokte Schwangerschaftsbluse zurecht.

In Kapstadt waren sie drei Monate aufgehalten worden. Am Tag ihrer Ankunft hatte England dem Großdeutschen Reich den Krieg erklärt, und sie mussten warten, bis sie eine Passage erhielten. Lochlann hatte Redmundo telegrafiert und seine Verspätung erklärt. Zu seinem Glück bot man ihm in Kapstadt eine Stellung als Vertretungsarzt an, sodass ihm die Peinlichkeit erspart blieb, sich von zu Hause Mittel überweisen zu lassen oder, was noch schlimmer gewesen wäre, Charlotte um Geld anzugehen, was niemals zu tun er sich geschworen hatte.

»Ich bin nur kurz weg.« Scottie hielt vor einem Gemüse- und Eisenwarengeschäft und ging hinein, um Waren abzuholen, die seine Kunden bestellt hatten.

Charlotte rührte sich.

»Wir sind fast da«, sagte Lochlann sanft. »Schlaf weiter.«

Charlotte drückte ihren Kopf tiefer in die Mulde zwischen seinem Hals und seiner Schulter und genoss die Nähe, die ihnen durch die Enge der Kabine aufgezwungen wurde, auch wenn ihr Körper dadurch nur noch umso mehr Hitze erzeugte. Selbst wenn die Reise noch Stunden so weiterginge, sie wäre zufrieden.

»Noch immer k. o. Das ist gut«, sagte Scottie, als er wieder auf seinen Sitz kletterte und die Tür hinter sich zuknallte. »Hab meine Frau angerufen, damit Sie Ihr Haus klarmacht. Nur noch zwei Zwischenstopps bis zum Berg.«

Nun, da Charlotte in tiefem Schlaf lag, wandte Lochlann seine Aufmerksamkeit der Landschaft zu. Alles war so scharf gezeichnet und das Licht so grell, dass er die Augen zusammenkneifen musste, um nicht geblendet zu werden. Der Himmel war von einem umwerfenden Blau. Er fragte sich, ob er bis zum heutigen Tag je einen wirklich blauen Himmel gesehen hatte.

»Father Daly wird sich freuen, dass er noch zwei Anwärter für seine Gemeinde bekommt«, sagte Scottie im Frageton.

»Nur einen. Meine Frau gehört der Kirche von Irland an. Sie ist Anglikanerin.«

»Ahh.«

»Und wo sind Sie ursprünglich her?«

»Aus Aberdeen. Wurde hergebracht, als ich zwei war. Ist dieses Jahr fünfzig Jahre her. Das Leben in den Bergen bekommt mir. Die Küstenhitze könnte ich nicht lange aushalten. Würde mal sagen, das gilt für Sie auch.« Er blickte Lochlann vielsagend zu lange an und glitt in den Straßengraben ab. Er lachte. »Keine Sorge, Doc.« Scottie machte rasch einen Schlenker zur Korrektur. »Sie sind in sicheren Händen. Die Strecke könnt ich mit verbundenen Augen fahren. Mein Leben wär nichts mehr wert, wenn ich den Doktor am ersten Tag verliere. Sie würden mich nach draußen bringen und abknallen. So, wo war ich stehen geblieben?« Zu Lochlanns Erleichterung blickte er nach vorn, als er weitersprach.

Auf einer langen Holzbrücke überquerten sie den Gillenben, den Fluss, der die flache Küstenregion vom Gebirge trennte.

»Warten Sie, bis Sie das richtig sehen«, sagte Scottie stolz. »Möchte wetten, zu Hause haben Sie so was noch nie zu Gesicht gekriegt. Auf der ganzen Welt mein liebstes Stück Straße. Nicht dass ich die Welt bereist hätte, aber wer würde das auch wollen, wenn er hier wohnen kann?«

Als der Anstieg steiler wurde, schaltete Scottie mit Zwischengas in einen niedrigeren Gang. »Wir gehen über sieben Meilen dreitausend Fuß in die Höhe. Muss ein echter Aussie-Rekord sein.«

Die Straße war aus einem Hang geschnitten worden, die von Regenwald bedeckt war. Felsen und Bäume schienen über ihnen durch einen Mechanismus an Ort und Stelle gehalten zu werden, der der Schwerkraft trotzte. Als Lochlann sich vorbeugte und zur anderen Seite blickte, sah er blaugrüne Eukalyptuswälder, die sich auf Stufen von jeweils einigen hundert Fuß Höhenunterschied in die blassblaue Ferne ausbreiteten, die irgendwann am Stillen Ozean endete.

Das Röhren des strapazierten Motors unterband jedes Gespräch. Scottie konzentrierte sich auf die Biegungen, von denen eine hufeisenförmig war, und alle waren sie wegen der hohen Böschung uneinsehbar. Einmal musste er in den Straßengraben ausweichen, um ein Ochsengespann vorbeizulassen, dass eine Ladung Zedernstämme schleppte.

Auf halber Höhe hielten sie an einem Wasserfall und gönnten dem Kühler eine Verschnaufpause. Lochlann entzog der noch immer fest schlafenden Charlotte den Arm. Er überquerte die Straße, um von der anderen Seite das obere Ende des Wasserfalls besser sehen zu können, doch es war so hoch, dass es aussah, als stürze das Wasser direkt vom Himmel herab. Sobald er sich eingerichtet hatte, würde er als Erstes eine Kamera kaufen, beschloss er. Nicht, dass eine Fotografie jemals dem Anblick, den er vor sich hatte, gerecht werden konnte, doch er hätte gern ein Bild, das die Erinnerung zurückbrachte, wenn er wieder zu Hause war.

Scottie füllte eine Konservendose mit Quellwasser, das zwischen den Steinen hervorsprudelte und in einen Steintrog neben der Straße lief. Lochlann ging zu ihm. Mit Interesse bemerkte er, dass der Überfluss aus dem Trog in das gleiche Rohr lief, welches das Straßenbett entwässerte.

»Probieren Sie das mal!«, rief Scottie ihm durch das Rauschen des Wasserfalls zu und machte eine Kopfbewegung zu der Quelle. »Reiner geht's nicht. Kommt direkt aus dem Bauch der Erde.«

Er ging wieder zum Lkw und drehte, die Hand mit einem Lappen geschützt, die Verschlusskappe des Kühlers vorsichtig ab, damit er keinen Spritzer von dem kochenden Rostwasser abbekam. Er leerte die Konservendose in die dampfende Öffnung und schraubte die Kappe wieder auf.

Lochlann schöpfte mit beiden Händen Wasser und trank aus der eiskalten Quelle, dann machte er zu Scottie eine anerkennende Handbewegung.

Feucht von der Gischt stiegen die Männer wieder in die Kabine. Sie saßen links und rechts von Charlotte. Scottie fuhr weiter, wechselte immer wieder mal mit Zwischengas in einen niedrigen Gang, um einen Kamm nach dem anderen zu überwinden, und kümmerte sich ein weiteres Mal um den kochenden Kühler. Die Temperatur fiel.

Die steile Steigung flachte sich ab, und endlich erreichten sie die Hochfläche des Plateaus, wo die Straße ganz eben wurde. Lochlanns erster Eindruck war der von Raum und Licht, von gerodeten Weiden bis zum Horizont, der zweite die unwirkliche Lebendigkeit der üppigen rot-ockernen Farbe des Erdreichs, das beidseits der Straße die Böschung bildete.

Der Motor, der jetzt im höchsten Gang arbeitete, war nun so leise, dass Scottie sprechen konnte, ohne zu brüllen.

»Fast geschafft.« Sie kamen an einer kleinen Holzkirche zur Linken vorbei. Scottie deutete darauf. »Ihre«, sagte er. »Wir kommen jetzt in die Stadt. Einwohnerzahl: eintausend. Wichtigste Industrien: Holz, Vieh, Kartoffeln, Milchprodukte. Butterfabrik und Speckfabrik. Und da ist Ihr Krankenhaus. Zweiundzwanzig Betten. Reicht für uns völlig aus. Die Oberschwester ist sehr gut – Salz der Erde und so weiter, hat aber ein bisschen was von 'nem Wowser.«

»Ich kann nicht behaupten, das Wort zu kennen.«

»Das kennen Sie schon bald. Sie gehört zu einem Haufen von erbärmlichen Frömmlern, die nicht trinken, rauchen, spielen, tanzen oder jemand anderem 'n bisschen Spaß gönnen. Die Oberschwester ist sehr streng. Wir haben alle was Angst vor ihr, aber ich sag Ihnen, sie ist sehr gut.«

Der Lkw beschleunigte auf dem steilen Hang vor der Stadt, die aus zwei breiten, einander kreuzenden Straßen mit einem Kriegerdenkmal im Zentrum bestand.

»Ich lade nur ab, dann fahr ich Sie zu Ihrem Haus. Vielleicht sollten Sie Ihre Frau jetzt wecken.«

Charlotte schauderte, als sie aufwachte. Lochlann half ihr in die Jacke.

»Angenehm, aus der Küstenhitze raus zu sein«, sagte Scottie und zog sich ein Baumwollhemd über, ehe er weiterfuhr. »Riechen Sie mal diese Luft. Frischer geht's nicht mehr. Wie für die Götter.«

An der Tür ihres holzverkleideten Hauses mit drei Schlafzimmern begrüßte sie Scotties Frau, die sich als Jean vorstellte. Sie hatte im Kamin ein Feuer entfacht, den Boiler befüllt – einen hohen Behälter aus Gusseisen mit einem Zapfhahn, der auf dem Rand des Herdes stand und das Wasser warm hielt –, Blumen auf den Tisch gestellt und einige Vorräte gebracht, dazu ihre Lamm-Schmorpfanne.

»Rufen Sie uns einfach, wenn Sie etwas brauchen, Doc«,

sagte Scottie, ehe er davonfuhr. »Wie die Faust aufs Auge«, sagte er zu seiner Frau, die neben ihm saß, und beantwortete ihre Frage, ehe sie sie stellen konnte.

Jean war nicht überrascht, als er weitergehende Fragen nicht beantworten konnte. Sie wusste, dass während der Fahrt ihr Mann am meisten geredet hatte.

»Hast du denn wenigstens herausgefunden, wann sie ihr Baby erwartet?«, fragte sie schließlich.

»Welches Baby?«, fragte Scottie.

56

Lochlann stützte Charlotte am Arm. Sie schwankte, als wäre sie noch an Bord des Schiffes oder in der Eisenbahn. Hin und wieder befiel auch ihn das Gefühl, in Bewegung zu sein, und brachte ihn aus der Fassung.

»Erst einmal legst du dich hin«, sagte er. »Möchtest du eine Tasse Tee oder etwas zu essen?«

Er führte sie zum frisch gemachten Bett. Sie rochen das Sonnenlicht an den Laken, als er die Decken zurückschlug. Er holte ihr Nachthemd aus dem Schiffskoffer und half ihr beim Ausziehen. Als er den Wasserhahn gefunden hatte und ihr ein Glas füllen konnte, schlief sie schon.

Ehe er die Schmorpfanne in Angriff nahm, ging er hinaus und sah sich um. Auf drei Seiten umgaben Veranden das Haus. Dahinter standen Bäume, links ein Wassertank auf einer hohen breiten Plattform, unter dem ein Buick geparkt war, rechts die Praxis, die an das Haus angebaut war, aber einen eigenen Eingang hatte, nach vorn hinaus war die Straße und oberhalb davon, auf einer Anhöhe, das Krankenhaus. Ein Schuppen im Hof war mit gehacktem Holz gefüllt, und daneben befand sich ein kleinerer offener Verschlag, der mit Maschendraht umgeben war, vermutlich ein Hühnerhaus ohne Hühner. Lochlann kannte weder die Vogelrufe noch die Büsche, weder die Pflanzen noch die Bäume. Bei aller Müdigkeit regte sich in seiner Brust ein Interesse an all dem Unbekannten, das ihn umgab.

Er kehrte in die Küche zurück und freute sich auf einen Teller Lammpfanne mit Brot, um die Soße aufzunehmen, und danach eine Tasse starken süßen Tee.

Im Flur ertönte ein schrillendes Geräusch. Er entdeckte das Telefon an der Wand und nahm den Hörer ab.

»Ist dort Redmundo eins vier fünf?«, fragte eine Frauenstimme.

»Da bin ich mir nicht sicher«, antwortete er vornübergebeugt in die Sprechmuschel an der Wand. »Ich bin gerade erst angekommen.«

»Sind Sie der neue Arzt?«

»Ja, das bin ich.«

»Ich stelle Sie durch. Bitte, Oberschwester.«

»Danke, Cheryl.«

Der Oberschwester tat es aufrichtig leid. Sie hatte beobachtet, wie Scottie sie absetzte, und ihr war klar, dass sie nach ihrer langen Reise erschöpft sein mussten, doch sie hatte einen Notfall, einen jungen Mann mit entsetzlichen Schmerzen im Blinddarm, der kurz vor dem Durchbruch stehen konnte. Um ihn in die nächste Stadt zu bringen, war keine Zeit, und sie konnte sonst niemanden rufen. Wenn es irgend möglich wäre, dass der Herr Doktor den Burschen behandelte ...

»Natürlich, ich komme sofort.«

»Wissen Sie, wohin Sie müssen?«

»Ja, Scottie hat mich darauf aufmerksam gemacht. Ich kann das Krankenhaus von hier sehen. Ich komme sofort herauf.«

Während er den Hang hinaufeilte, hoffte er, als Student bei den Demonstrationen genügend aufgepasst zu haben und der Aufgabe gewachsen zu sein. An einem Krankenhaus in einer irischen Stadt hätte er noch jahrelang keine chirurgischen Eingriffe unbeaufsichtigt vornehmen dürfen.

An diesem Tag und an allen, die folgten, hatte er allen Grund,

Oberschwester Grainger dankbar zu sein. Sie war pingelig, was Reinlichkeit und Vorschriften betraf, und eine Expertin in der Anwendung von Chloroform. Ihr Alter (Mitte dreißig) und ihre kühle Ernsthaftigkeit waren die einzigen Eindrücke von ihr, die er sammeln konnte, ehe er den OP-Kittel überzog.

»Danke, Oberschwester«, sagte er oft während der Operation, wenn sie vorausahnte, was er brauchte. »Wie oft haben Sie bei so etwas schon assistiert?«

»Ich weiß es nicht mehr. Über dreißig Mal auf jeden Fall.«

Er sagte nicht, dass er die Operation zum ersten Mal durchführte, und vielleicht erriet sie es nicht, denn alles verlief genau nach Lehrbuch. Die Unvertrautheit des Operationssaals hätte ihn Nerven gekostet, wenn sie nicht dabei gewesen wäre, ihn angeleitet und ihm Arbeit abgenommen hätte.

»Wenn man sich vorstellt«, sagte die Oberschwester beim Saubermachen und Aufräumen der Instrumente für den Sterilisator, während Lochlann die Wunde nähte, »wären Sie heute nicht eingetroffen, hätte der junge Billy Ericsson hier es nicht geschafft.«

»Ihm ist offenbar etwas Großes vorherbestimmt. Wir müssen seine Fortschritte von nun an verfolgen, um zu sehen, was er erreicht.«

Als Lochlann zu seinem Haus zurückkehrte, mit den Gedanken noch beim Ablauf der Operation, blickte er auf den Umriss im Bett und wusste, auch wenn sein Leben davon abgehangen hätte, einen Augenblick lang einfach nicht, wer dort unter der Decke liegen konnte. Desorientiert stand er da, schwankte, versuchte sich zu konzentrieren und seine Erschöpfung abzuschütteln. Ein Anflug von Übelkeit durchzuckte ihn, als ihm einfiel, dass es Charlotte war.

57

Nach drei Tagen fühlte sich Charlotte wohl genug, um das Bett zu verlassen, und ihre Entschlossenheit, eine wunderbare Ehefrau zu sein, kam wieder an die Oberfläche. Gemüse, Milch, Brot und Fleisch wurden an die Tür geliefert, daher brauchte sie sich keiner Begegnung mit einem der Stadtbewohner zu stellen. Lochlanns Vorschlag, eine Frau einzustellen, die ihr helfen sollte, lehnte sie ab.

»Es kann nicht allzu schwer sein, allein zurechtzukommen«, versicherte sie ihm. »Schließlich ist es ja nicht so, als hätte ich noch nie eine Küche von innen gesehen.«

Am Morgen zündete er das Holz im Herd an, ehe er zu seinen Hausbesuchen aufbrach. Als er gegen eins zurückkehrte, sah er am Gartentor einen besorgten Mann mit einem Eimer Wasser, der sich fragte, ob er ins Haus stürzen sollte. Lochlann fand Charlotte mitten in der Küche. Ihre Augen tränten vom Qualm, aber sie schluchzte, weil sie nicht wusste, was sie tun sollte. Das Wasser im Kartoffel- und im Gemüsetopf hatte nicht kochen wollen, und die Lammkoteletts lagen kalt in der Pfanne. Sie hatte vergessen, Holz nachzulegen, aber dann in letzter Minute zu viel davon in den Herd gestopft und der wenigen Glut, die verblieben war, die Luftzufuhr abgeschnitten.

»Es tut mir leid. Ich dachte, ich hätte der Köchin oft genug zugesehen, um zu wissen, was ich tun muss, aber ihr Herd wurde mit Kohle betrieben, und der hier ist ganz anders.«

»Macht nichts. Es dauert nur einen Augenblick.« Er fachte die Flamme mit Kleinholz neu an, ließ die Klappe offen, setzte das Holz besser und kam nur eine halbe Stunde zu spät in die Nachmittagssprechstunde.

Im Laufe der kommenden Woche verschrumpelte Charlotte ein Stück Roastbeef im überhitzten Ofen und ließ zwei Töpfe trocken kochen. Die Kartoffeln, die am Boden des einen festgebacken waren, ließen sich nicht mehr restlos entfernen, und der Topf musste weggeworfen werden. Sie verbrannte sich die Hand, als sie die Metallzange von der Herdplatte nahm, und ließ bei dem Versuch Brot zu toasten etliche Scheiben ins Feuer fallen. Als ihr dann eine gusseiserne Backform auf den Boden fiel und brühend heißes Fett auf ihre Beine spritzte, sagte sie Lochlann, sie habe es sich anders überlegt und sei bereit, Hilfe anzunehmen. Lochlann war allein schon aus Gründen des Brandschutzes erleichtert und stellte Mrs Parker ein, die für den früheren Arzt gearbeitet hatte und sich sehr über sein Angebot freute. Sie begann mit zwei Stunden am Tag, doch als Einkaufen, Kochen und Gärtnern zu ihren Putzaufgaben hinzukamen, war sie bald die ganze Woche beschäftigt.

Jeden Tag ging Charlotte nach dem Morgentee und einem kleinen Plausch erleichtert auf die hintere Veranda, setzte sich in einen Weidensessel und legte die Beine hoch. Manchmal las sie, doch meist starrte sie auf die Bäume und den blauen Himmel und dachte zufrieden an ihre bevorstehende Mutterschaft.

Mrs Parker fühlte sich geehrt, in die Geheimnisse des Hauses eingeweiht zu werden, und genoss besonders das gemeinsame Mittagessen mit dem jungen Paar.

Viele in der Stadt waren neugierig auf die Frau des neuen Arztes. Nur Scottie, der Postbote, und seine Frau Jean hatten seit ihrer Ankunft mit ihr gesprochen, und beide waren der Ansicht, dass sie nur auf fein mache. Mrs Parker konnte ihnen triumphierend versichern, dass des Doktors Frau keineswegs markierte. Ihr Akzent sei echt, erklärte sie. Sie sei die Tochter eines Lords. Dass sie niemanden empfange, geschehe nicht aus Snobismus, sondern aus Besorgnis wegen ihrer bevorstehenden Entbindung, zumal sie während der Überfahrt viele Wochen lang krank gewesen sei. Mrs Carmody, wie Mrs Parker sie nannte, denn sie könne die Tochter eines Lords nicht »Charlotte« nennen, sei die ideale Arbeitgeberin, da sie sich niemals einmische oder ihr etwas befehle. Mrs Parker verschwieg, dass Mrs Carmody offenbar so wenig vom Haushalt verstand, dass sie gar nicht wusste, welche Anweisungen sie geben musste – ihre Loyalität ihren Arbeitgebern gegenüber verbot ihr, dass sie negative Einzelheiten weitergab.

»Möchtest du vielleicht lieber meine Vorzimmerdame sein?«, fragte Lochlann, weil er glaubte, Charlotte könnte sich langweilen. »Auf diese Weise könntest du wunderbar die Leute aus der Stadt kennenlernen.« Als sie ihn erschrocken ansah, fügte er hinzu: »Es ist leichte Arbeit. Du sitzt an einem Schreibtisch am Telefon und bräuchtest nicht umherzugehen oder dich zur Schau zu stellen.«

»Ich wüsste gar nicht, was ich tun sollte. Ich habe keinerlei Erfahrung.« In ihren Augen sammelten sich die Tränen. »Es tut mir leid. Ich hätte nicht gedacht, dass so etwas von mir verlangt werden könnte.«

»Wird es ja nicht, wird es ja gar nicht«, beeilte er sich zu versichern. »Ich habe es nur zu deinem Besten vorgeschlagen, weil ich dachte, du wünschtest dir vielleicht ein wenig Ablenkung, nachdem das Malen außer Frage steht.« Ihre Farben und Pinsel waren gar nicht ausgepackt, da sie sagte, dass ihr in ihrem

Zustand allein der Gedanke an den Geruch von Terpentin und Leinöl schon Übelkeit bereite. »Ich habe bereits jemanden im Auge, falls du es nicht machen möchtest, also fühle dich bitte nicht unter Druck gesetzt.«

»Das ist schon gut. Ich möchte unser ungeborenes Kind, wenn es nicht unbedingt nötig ist, lieber keinen Infektionen aussetzen, die Ladenbesitzer und Farmer anschleppen.«

Lochlann erwiderte, sie solle sich keine weiteren Gedanken darüber machen – er verstehe ihre Bedenken. Die fragliche Stellung könne er nun Marie Dawson anbieten, einer freundlichen, klugen Witwe mit erwachsenen Kindern, deren warme Herzlichkeit bei den Patienten gut ankommen werde.

Charlotte entdeckte nach ihrer Weigerung Erleichterung in Lochlanns Gesicht, und als er am Nachmittag in die Praxis zurückkehrte, sah sie, wie er übers Gartentor hüpfte.

»Da ist aber jemand in guter Stimmung«, sagte Mrs Parker lächelnd, die es durchs Küchenfenster beobachtete. »Ach, die Energie der jungen Leute!«

58

Charlotte war froh, dass Mrs Parker zugegen war, als Wombat Churchill unaufgefordert in den Garten kam und das Brennholz zu spalten begann, das Billy Ericssons dankbarer Vater am frühen Morgen über den Zaun geworfen hatte.

Mrs Parker nahm eine Kanne Tee und einige Anzac-Kekse mit hinaus, die sie Wombat anbot, während sie im Schatten der Seitenveranda unter einer Passionsbaumranke saßen. Sein entstelltes Gesicht jagte Charlotte einen Schauer nach dem anderen über den Rücken, und als er lachte – wenigstens sah es so aus, als lachte er, weil er den Mund nur sehr begrenzt bewegen konnte und kein Laut hervordrang –, zeigte er einige geschwärzte Zahnruinen und sah aus, als hätte er nicht alle Tassen im Schrank. Immer wieder blickte er zum Küchenfenster.

Später fragte Mrs Parker, ob Charlotte die Zeit erübrigen und Wombat begrüßen könnte, da er zu schüchtern sei, um an die Tür zu kommen.

»Lieber nicht«, gab Charlotte zurück. »Was, wenn seine Krankheit ansteckend ist?«

»Er hat keine Krankheit«, erklärte Mrs Parker. Sie sprach leise, damit Wombat sie nicht hörte. »Er ist mit vier Jahren ins Feuer gefallen und hatte Glück, dass er sich nur das Gesicht verbrannt hat. Seit dem Tag hat er kein Wort mehr gesprochen.«

In Charlotte stieg eine Woge des Mitgefühls hoch.

»Niemand weiß, ob seine Stimmbänder geschädigt wurden

oder ob die nackte Angst ihn mit Stummheit geschlagen hat, die arme Seele. Er könnte keiner Fliege etwas zuleide tun.«

Widerstrebend ging Charlotte hinaus und reichte ihm die Hand. Wombat nahm sie nicht und verwies mit Gebärden auf seine schmutzigen Hände, dann machte er eine merkwürdige kleine Verbeugung.

Am nächsten Tag entdeckte sie ein Dutzend Küken im Geflügelgehege, und eine Woche später stand ein Käfig mit einem rosa-grauen Vogel darin, einem Galah oder Rosakakadu, auf der Veranda. Mrs Parker meinte, Wombat müsse Charlotte in sein Herz geschlossen haben.

»Ich wünschte, es wäre anders.«

Charlotte fühlte sich verletzlich. Sie war es gewöhnt, von Dienstboten umgeben zu sein, von dicken Außenmauern, Obergeschossen, Vorzimmern und eigenem Eingang. Sie konnte sich nicht daran gewöhnen, in einem Sechszimmerbungalow aus Holz zu leben, bei dem man von außen durch jedes Fenster blicken konnte und der nur hüfthohe Lattenzaun einen Garten umschloss, der vollkommen einsehbar war. »Schließlich wollen wir diese Tiere nicht.«

»Wombat ist der barmherzige Samariter der Stadt«, erklärte Mrs Parker. »Er hilft jedem, der mit dem Garten oder dem Holzhacken nicht nachkommt, in seiner Freizeit, wenn er schon einen ganzen Arbeitstag in der Butterfabrik hinter sich hat. Die Welt wäre ohne ihn ärmer.« Mrs Parkers Stimme hatte einen bittenden Ton angenommen. »Er wohnt noch zu Hause. Auch seine Eltern lassen sich beide nicht unterkriegen.«

Als Charlotte noch klein war, hatte Schwester Dixon sich nur selten die Mühe gemacht, ihr Geschichten zu erzählen, aber wenn, dann ging es immer um hässliche Menschen, die Kindern schlimme Dinge antaten. Wenn Charlotte Wombat ansah, kam die Angst, die sie damals empfunden hatte, unaufgefordert wieder und ließ kein vernünftiges Argument der mittlerweile Erwachsenen gelten.

In der Absicht, vor Lochlann zu rechtfertigen, dass sie Wombats Freundschaftsangebote zurückwies, behauptete sie, sich Sorgen zu machen, wie Wombats Gegenwart am Haus sich auf das Baby auswirken könnte. »Was, wenn es fehlgebildet zur Welt kommt?«, fragte sie.

»Das ist unmöglich. Pränatale Einflüsse haben andere Ursachen.« Er hielt allerdings ihre Nervosität für gefährlich, und daher fragte er Wombat, ob er ihm hinter der Praxis, vom Haus am weitesten entfernt, ein Stück Land abzäunen und darauf einen Gemüsegarten anlegen könnte. Einen Gemüsegarten habe er sich schon immer gewünscht, sagte Lochlann und hoffte, das werde den freundlichen Mann beschäftigt und aus Charlottes Augen halten, bis das Kind auf der Welt war. Wombat freute sich, als er darum gebeten wurde, und nahm nur widerstrebend eine Bezahlung an. Der rosa-graue Galah wurde von Mrs Parker entfernt, als Charlotte sich über den Lärm beschwerte.

Charlotte konnte nun ungestört dasitzen und sich das Gesicht ihrer Mutter ausmalen, wenn sie triumphal nach Hause zurückkehrte und sich in dem Respekt sonnte, den man ihr als Mutter schuldig war.

Mit ein wenig Abstand, damit sie nicht gesehen werden konnte, blickte Charlotte aus dem Fenster. Lochlann stand am Gartentor und sprach mit jemandem, den sie nicht kannte, was kaum verwunderlich war, da sie seit ihrer Ankunft erst vier Personen kennengelernt hatte. Lochlann redete, gestikulierte, hörte aufmerksam zu, und hin und wieder warf er den Kopf in den

Nacken und lachte. Seine Augen waren lebhaft, und er entspannte sich, an den Torpfosten gelehnt.

Charlottes Herz zog sich zusammen. Das war der alte Lochlann, den sie da sah, der unbeschwerte Lochlann, der angeregt mit Harcourt sprach, während sie ihn nicht aus den Augen ließ, in Bewunderung, Verlangen und Hoffnungslosigkeit versunken, ohne auch nur eine Minute zu glauben, dass er ihr eines Tages gehören könnte. Rechtmäßig. Und da war er, käme bald zur Tür hinein, und sie hätte ihn die ganze Nacht für sich.

Er verabschiedete sich von dem Mann, mit dem er gesprochen hatte, schloss, noch immer lächelnd, das Gartentor und kam den kurzen Weg entlang. Auf der Veranda blieb er stehen, und die Fröhlichkeit wich aus seinem Gesicht. Er atmete tief durch, den Blick auf der Tür.

Er verabscheut es, nach Hause zu kommen, gestand Charlotte sich traurig ein. Er wappnet sich, damit er mir gegenübertreten kann.

Sie entfernte sich weiter vom Fenster, damit er nicht merkte, dass sie ihn beobachtet hatte, dann hielt sie sich zu seiner Begrüßung bereit. Mir gehört nicht einmal ein Zehntel von ihm, dachte sie. Er ist für mich unerreichbar.

Er drehte sich um, sah zum Krankenhaus auf dem Berg und zu dem Berg rechts davon. Er benimmt sich wie ein Verurteilter, dachte sie, der einen letzten Blick auf die Welt wirft, ehe er wieder ins Gefängnis muss.

Wenn das Kind erst da ist, wird es anders, versicherte sie sich. Alles wird dann besser. Wir werden eine kleine Familie, die immer zusammenhält, abgeschnitten vom Rest der Welt. Sicher. Glücklich. Exklusiv.

59

Setze eine Belohnung aus, schrieb Edwina in ihrem ersten Brief an Charlotte. *Eine genügend hohe Belohnung, mit der jemand sein Leben lang ausgesorgt hat. Unter Dieben gibt es keine Ehre – die beiden Weiber aus der Unterschicht werden sich gegenseitig niedertrampeln, um als Erste das Geld zu beanspruchen, und sobald Du eine von ihnen hast, hast Du auch Victoria. Annonciere in jeder Zeitung, jedem Magazin und jedem Periodikum im ganzen Land. Mir ist bewusst, dass es Schwierigkeiten mit den Namen geben könnte, die allesamt geändert worden sein dürften, sei es durch Heirat oder durch Verschlagenheit. Dennoch werden sie ihre alten Namen wiedererkennen und sich beeilen, um ihre Belohnung zu kassieren. Die Namensänderungen sind nur eine Hürde. Ihretwegen ist es sinnlos, in die Wählerregister zu sehen, die jeden Erwachsenen über einundzwanzig im ganzen Land aufführen. Wenn es sich nur um Männer handelte, wäre es leicht, sie zu finden, weil in Australien Wahlpflicht herrscht. Ich habe meine Hausaufgaben gemacht. Es hat auch keinen Sinn, in den Akten des Einwanderungsministeriums nachzuschlagen oder die Aufzeichnungen der Hafenämter einzusehen, weil dort nicht verzeichnet steht, wohin sie gingen, nachdem sie sich ausschifften, und gerade dafür interessieren wir uns. Außerdem hat der Privatdetektiv, den ich engagiert hatte, dies bereits getan; er behauptet es zumindest. Nein, eine Belohnung ist die einzige Lösung, und ich nehme an, Dir ist klar, weshalb nur Du diese Möglichkeit aus-*

schöpfen kannst. Jede Betrügerin, Hochstaplerin und Glücksritterin im Land wird die Belohnung haben wollen und versuchen, sie an sich zu bringen. Nur Du weißt selbst nach all den Jahren, wie Kelly und Dixon aussehen, und Victoria würdest Du aufgrund der Familienähnlichkeit erkennen. Ich bin zuversichtlich, dass Du es schaffst. Sei nur nicht zu knausrig bei der Belohnung.

Dein Vater ist zum Hypochonder geworden, seit er vor zwei Monaten an Herzklopfen und Atemlosigkeit litt. Er gerät in Panik, wenn er irgendwelche Unregelmäßigkeiten in seinem Herzschlag spürt, was oft vorkommt, wie er sagt. Er fürchtet einen Herzanfall in der Nacht und hat deshalb Thatcher, seine alte Ordonnanz, eingestellt, damit er im gleichen Zimmer übernachtet. Welche Hilfe er leisten soll, ist mir ein Rätsel, denn bei den wenigen Gelegenheiten, zu denen ich ihn zu Gesicht bekam, war er genauso betrunken wie sein Herr.

Ich erwarte, dass Du Dich in nächster Zukunft mit Ergebnissen bei mir meldest.

Charlotte knüllte den Brief zusammen, öffnete das Türchen des Herdes und übergab die Papierkugel den Flammen.

60

Neugierig und erwartungsvoll hielten die Hogan-Kinder sich zurück, als Lochlann auf Spike zuging, eines ihrer größeren, kräftigeren Stockhorses. Als es ihm gelang, in den Sattel zu steigen, ohne auf der anderen Seite hinunterzufallen oder auf dem Genick des Wallachs zusammenzubrechen, schauten sie enttäuscht drein. Er lächelte sie an, und sie zogen schüchtern die Köpfe ein. Eines der kleineren Mädchen kicherte.

»Also sind Sie schon mal geritten«, sagte Dan Hogan.

»So kann man es kaum nennen. Schritt, langsamer und schneller Trab in einer Koppel mit acht anderen Kindern zwei Stunden jeden Samstag, vier Jahre lang. Meine Frau ist eine echte Reiterin.«

»Das hat Scottie schon erzählt.«

»Als sie zum ersten Mal auf die Jagd ritt, war sie acht oder neun.«

»So was verlernt man nicht, da können Sie sicher sein.«

»Das wäre gut. Ich hoffe, sie fängt nach der Entbindung wieder an.«

»Etwas, worauf man sich freuen kann. Ah, da kommt Scottie. Wo bleibst du denn so lange?«

»Ich bekam den verdammten Gaul nicht zum Laufen – der junge Mick musste mir erst einen Ersatz aussuchen. Die hier ist was ganz anderes.« Zur Untermauerung seiner Vorstellung gab er Dixie einen leichten Hieb, und sie sprang zur Seite und nach vorn.

»Kein Zusammentreiben heute«, sagte Dan. »Wir suchen nur nach einer Kuh, die kurz vor dem Kalben ist. Wahrscheinlich versteckt sie sich im Busch. Ein gemütlicher Tag wird das.«

Lochlann kannte Nell Hogan bereits – sie hatte in seiner Praxis über ihre siebte Schwangerschaft geweint, als sie ihr sechstes Kind zum Impfen brachte. »Nicht dass ich sie nicht liebhätte, Herr Doktor. Aber so viele Mäuler zu stopfen, das ist nicht einfach.« Ihr nächstes Kind sollte in etwa zur gleichen Zeit auf die Welt kommen wie Charlottes erstes, in sechs Wochen.

Charlotte war ebenfalls auf die Farm eingeladen, doch sie hatte ganz wie von Lochlann erwartet abgelehnt. Lochlann hatte sichergestellt, dass Oberschwester Grainger im Krankenhaus Dienst hatte und Mrs Parker den Tag bei Charlotte verbrachte. Wenn etwas passierte, was nicht wahrscheinlich war, würde man sich um sie kümmern.

Dan hielt beim Reiten die Zügel locker in der linken Hand, und Lochlann machte es ihm nach. Kevin, der älteste Sohn, ritt ohne Sattel und hielt sich ein wenig abseits von den drei Männern, sobald ihm langweilig wurde, wodurch sie noch mehr Fläche absuchen konnten. Lochlann erfuhr später, dass die Hogans nur vier Pferde und drei Sättel besaßen, sodass nicht alle Kinder auf einmal reiten konnten. Das würde sich von selbst lösen, da Kevin bald mit einem Stipendium auf ein Internat gehen würde; die anderen Kinder rückten dann nach, und der Dreijährige würde auf dem friedlichsten Pony beginnen.

Sie ritten hintereinander den Bach entlang und überquerten ihn auf einer Holzbrücke. An den Ufern lag die rote Erde blank von jahrelanger Erosion und den Hufen der Kühe, die täglich hier entlanggetrieben wurden. Das Wasser hatte eine grünbraune Farbe. Es war kein klares Forellengewässer über Kieseln, das man hin und wieder fand, sondern das Bachbett bestand aus Schlamm, den die Tiere aufwühlten, die zum Trinken an den Wasserlauf kamen.

Eine Steigung hochzureiten war einfacher als der Weg hinunter, entdeckte Lochlann. Er mochte das Gefühl nicht, das Pferd verschwinde vor ihm, während es ihn beruhigte, wenn er sich nach vorne beugte und der Kopf des Tieres näher und höher war.

Das Gras war grün, der Bach war voll, die Kühe, die man durch den Zaun auf einer anderen Koppel sah, wirkten wohlgenährt. Vier Zoll Regen war während der vergangenen drei Wochen gefallen, und alle waren guter Dinge.

»Unsere letzte Zeder«, sagte Dan und wies auf einen einsamen Baum neben einer Quelle auf der nächsten Erhebung. »Früher standen sie überall auf der Farm.«

Die drei Männer ritten nun nebeneinander und unterhielten sich. Kevin entfernte sich ein Stück und betrachtete die Liane, die zwischen dem Erdboden und den hohen Ästen schwang. Als er auf dem Rückweg zu den Männern war, entdeckte er die Kuh, die erst ein paar Minuten zuvor gekalbt hatte, wie es aussah. Kevin konnte seine Freude nicht verhehlen, dass er sie gefunden hatte.

Als die Männer ankamen, stand das Kalb schon auf seinen wackligen Beinen und saugte. Vom Lecken der Mutter war das Fell ganz struppig.

»Gute Mutter ist das. Hat sich gut allein geschlagen. Und ich dachte, ich bräuchte Ihre Hilfe, Doc, falls sie Schwierigkeiten bekommt!«

Der Himmel war kobaltblau und das Sonnenlicht so stark, dass alle Schatten tiefschwarz waren und harte Kanten hatten.

Bis auf das Summen der Insekten, den Gesang der Vögel und das Klatschen der Zweige, mit denen die Männer die Fliegen auf ihren Armen und Gesichtern verscheuchten, war es ruhig und still.

»Sohn, du kannst die Kühe reinholen.« Dan wandte sich Lochlann und Scottie zu. »Ist vielleicht noch was früh für sie, aber es erspart uns den zweiten Ritt.«

Kevin beugte sich vor und öffnete das Tor. Das war nicht einfach, weil eine Angel gebrochen war. Da Dan sie für selbstverständlich hielt, kommentierte er die Geschicklichkeit und das Gleichgewichtsgefühl seines Sohnes nicht, auch nicht das Training des Pferdes oder den schlechten Zustand des Tors, das mit Stacheldraht repariert war und schief hing, doch Lochlann nahm jedes einzelne Detail interessiert in sich auf.

Während Nell und die vier älteren Kinder die Kühe melkten, tranken die drei Männer den Whiskey, den Lochlann ihnen brachte.

»Gut, dass der Laster den Weg kennt, sonst kämen wir nicht mehr nach Hause«, sagte Scottie, als es Zeit zum Aufbruch war und sie einstiegen.

»Hier kann nichts passieren, aber pass in der Nähe der Stadt auf, nicht, dass die Polizei unterwegs ist«, sagte Dan.

»Die liegen dann doch schon alle im Bett«, entgegnete Scottie, »und dem Briefträger können sie ja schlecht den Führerschein wegnehmen. Wie sollen sie ohne mich auskommen?«

»Ich würde nicht drauf wetten.« Dan grinste Lochlann an. »Ihr Abendbrot essen Sie heute Abend aber vom Kaminsims, Doc.«

»Ich fühle mich kein bisschen wund.«

»Das kommt noch.«

Nachdem sie sich verabschiedet und einander versprochen hatten, es bald zu wiederholen, fuhren Scottie und Lochlann in einer Wolke aus Staub und Kies davon.

»Man könnte meinen, die Hogan-Kinder wären Ihre Brüder und Schwestern. Sie sehen Ihnen so ähnlich mit dem dunklen Haar und den blauen Augen«, sagte Scottie. »Sie müssen irgendwie verwandt sein.«

»O nein, das ist in Irland verbreitet – wir nennen es ›schwarze Iren‹. Aber vielleicht sind wir wirklich verwandt. Ich weiß, dass es in unserer Familie mal einen Hogan gegeben hat. Mein Vater sagt, er kümmert sich um unseren Stammbaum, wenn er in Ruhestand geht, aber es könnte schwierig werden. In den Zwanzigerjahren sind so viele Dokumente vernichtet worden. Und während der schlimmsten Phasen der Hungersnot hat niemand Aufzeichnungen gemacht.« Er sprach langsam und mit langen Pausen, denn er war recht angeheitert.

»Wäre das kein Zufall, wenn er einen gemeinsamen Vorfahren findet?«

»Eigentlich nicht. Irland ist klein. Wenn man's recht bedenkt, wäre es ein großer Zufall, wenn er keinen findet.«

Lochlann hätte es gefallen, direkt mit der Familie Hogan verwandt zu sein, denn er mochte sie alle. Dan war gastfreundlich und durchaus gesellig, aber im Großen und Ganzen stand die Familie bei ihm im Mittelpunkt, und er hielt Abstand zu Nachbarn und Verwandten. Nell war zurückhaltend. In ihrem Haus besaß sie Selbstbewusstsein, doch außerhalb davon trat sie schüchtern auf. Die sechs Kinder waren allesamt kräftig, intelligent, tüchtig und hübsch anzusehen.

»Wird Mrs Carmody mit Ihnen schimpfen, wenn Sie nach Hause kommen?«, fragte Scottie.

»Ich wüsste nicht, wieso. Ich habe seit Monaten zum ersten Mal etwas getrunken und bin länger weggeblieben.«

»So, da wären wir. Besser geht's nicht. Jean hatte ihre Mutter zu Besuch und war froh, dass ich fort war. Ich komme nicht mit rein. Grüßen Sie Ihre Frau von mir.«

61

Lochlann gelang es erst nach mehreren Versuchen, die Tür zu öffnen, und als er es geschafft hatte, torkelte er beinahe gegen Charlotte, die im Flur stand, als hätte sie auf ihn gewartet.

»Hast du etwa getrunken?«

»Aber sicher.« Er strahlte sie an und beugte sich vor, um sie zu küssen, verfehlte aber das Ziel. »Der beste Tag, den ich seit Ewigkeiten hatte. Scottie wollte nicht mit hereinkommen, aber er sendet seine Empfehlungen an dich. Fuhr noch ganz gut, wenn man's recht betrachtet. Ist nur zwei Mal in den Graben gerutscht.« Er manövrierte sich in seinen Sessel und grinste Charlotte an. »Das Landleben hat so einiges für sich. Vielleicht kaufen wir uns ein paar Morgen Land und halten uns zwei Pferde.«

»Spricht aus dir der Alkohol?«

»Nein, es ist mein Ernst.« Mit jedem Wort redete Lochlann langsamer. »Sie haben mir ein Pferd ihrer Kinder gegeben – kein Pony, hörst du –, und niemand hat mich ausgelacht. Einfach zu höflich, diese Leute. Kann kaum das nächste Mal abwarten.«

»Du gehst da wieder hin? Du lässt mich hier wieder ganz allein?«

»Du warst nicht allein. Mrs Parker war hier. Außerdem warst du auch eingeladen. Du hättest kommen können.«

»Ich rühre mich nicht aus dem Haus, bis das Kind auf der Welt ist. Das weißt du.«

»Das ist deine eigene Entscheidung. Einen medizinischen Grund dafür gibt es nicht.«

»Das sagst du immer, aber ich will kein Risiko eingehen. Und was sollte ich auch da draußen, wenn ihr ausreitet und Cowboy spielt? Mich mit der heiligen Mrs Hogan unterhalten und ihrer Million Kinder voller Bazillen?«

»Sechs, und ein siebtes ist unterwegs. Das ist kaum eine Million. Sie sind übrigens außergewöhnlich gesund.« Er musterte den abgedeckten Teller hinten auf dem Herd. »Dan sagte mir, ich würde heute vom Kaminsims essen, aber ich glaube, ich schaffe es am Tisch.«

Charlotte nahm den Teller mit der Mahlzeit, die Mrs Parker zubereitet hatte, hob ihn hoch und ließ ihn auf den Boden fallen. »Wie es scheint, irrt ihr euch beide.«

Lochlann betrachtete die Bescherung aus zerbrochenem Porzellan und verspritztem Essen, als hätte sie für sich genommen etwas Interessantes an sich.

»Ich glaube, darauf trinke ich noch einen«, sagte er schließlich, und ein zufriedener Ausdruck trat in sein Gesicht, als hätte er eine schwierige Mathematikaufgabe gelöst. Unsicher steuerte er durch das Zimmer und nahm ein Glas und die Whiskey-Flasche von der Anrichte.

Charlotte pochte der Puls wild im Hals. Sie stürmte aus dem Raum und knallte die Tür hinter sich zu. In voller Kleidung legte sie sich ins Bett und versuchte um ihres ungeborenen Kindes willen ruhig zu werden. Wieso hatte sie das getan, tadelte sie sich. Wieso konnte sie ihr Temperament nicht zügeln? Den Teller auf den Boden zu werfen hätte Schwester Dixon ähnlich gesehen, und Charlotte hatte sich schon vor langer Zeit geschworen, niemals ihrem Beispiel zu folgen.

Lochlann sang *Danny Boy* mit langen Pausen zwischen den

Versen. Musste er sein Gedächtnis nach dem Text durchforsten, oder stürzte er jedes Mal einen Schluck Whiskey hinunter, wenn Stille herrschte?

Während Charlotte sich beruhigte, erkannte sie, wie ungerecht ihr Ausbruch gewesen war. Seit ihrer Ankunft in Redmundo hatte er heute zum ersten Mal etwas getrunken, entweder weil er seine Verantwortung als einziger Arzt im Ort ernst nahm und vierundzwanzig Stunden am Tag abrufbereit sein wollte, oder weil sein letztes Gelage solch katastrophale Folgen nach sich gezogen hatte. Charlotte war nicht etwa gegen sein Trinken. Sie hatte es sogar immer gemocht, wenn er angeheitert war. Dann war er zugänglicher. Was ihr nicht gefiel, war der Hinweis, wie wunderbar er sich amüsieren konnte, wenn er nicht die Bürde ihrer Gesellschaft tragen musste.

»*Doch komm zurück, wenn es Sommer wird im Tal*«, sang Lochlann bewegt.

Unklare Laute und Summen folgten.

»*Denn dann neigst du dich zu mir und sagst, dass du mich liebst...*«

Der Gesang verklang.

Überwältigte ihn die Bedeutung der Worte? Weinte er in seinen Whiskey? Verlor er das Bewusstsein? Schenkte er sich noch ein Glas ein?

Nach langer Stille öffnete Charlotte zögernd die Küchentür. Lochlann schlief. Im weichen Licht der Petroleumlampe sah er so gut aus, dass sich tief in ihr alles verkrampfte. War es falsch, das Aussehen eines anderen Menschen derart zu lieben? Konnte die göttliche Harmonie seines Gesichts ausreichen, um sie zu befriedigen, was vielleicht nötig war, wenn Lochlann sein Prinzip des Verzichts auf alle Intimität fortsetzte? War er nur vorsichtig, bis das Kind zur Welt kam, und würde er sie danach als seine Frau lieben? Brannte er je im Bett neben ihr, so wie sie neben ihm brannte?

»Denn dann neigst du dich zu mir und sagst, dass du mich liebst...«

Wäre es möglich, hätte sie alles aufgegeben – ihre gesellschaftliche Stellung und ihr Vermögen –, wenn er sich je zu ihr neigte und ihr sagte, dass er sie liebe.

Sie nahm eine Daunendecke vom Ersatzbett und breitete sie über ihn. Sie kniete sich neben den Sessel, drehte sein Gesicht zu sich und küsste ihn sanft. Als er nicht aufwachte, küsste sie ihn tief und lange und drehte den Kopf so, dass sie atmen konnte, während sie seinen Mund mit einer Hemmungslosigkeit erkundete, die undenkbar gewesen wäre, solange er wach war. Der Geschmack nach Whiskey weckte die Erinnerung an ein anderes Mal und fachte Charlottes Verlangen noch mehr an.

Sie sammelte die Scherben des Tellers auf und säuberte den Boden von den Essensspritzern.

Am nächsten Morgen verstand Lochlann nicht, wieso er so hungrig war. Er bat um Entschuldigung, dass er sie den Tag über in ihrem Zustand allein gelassen hatte, ging nach nebenan in die Praxis und hoffte, dass nicht allzu viele Patienten ihn aufsuchten und seinen Kater verschlimmerten.

Wenn er nur mit ihr gestritten hätte. Seine Freundlichkeit bedeutete Gleichgültigkeit. Seine Vorsicht bedeutete Gleichgültigkeit. Seine Gleichgültigkeit war Gleichgültigkeit. Selbst wenn er betrunken war, vermochte sie seine Selbstbeherrschung nicht ins Wanken zu bringen.

Sie erinnerte sich an ihren verrückten Gedanken, ihre gesellschaftliche Stellung und ihren Reichtum für die Liebe zu opfern. Was für eine absurde Idee, dachte sie nur wenige Stunden, nachdem sie ihn gefasst hatte. Angesichts ihres Verlangens nach Lochlann musste ihr gesunder Menschenverstand sie vorübergehend verlassen haben, denn im kalten Licht der Vernunft erkannte sie, dass ohne ihren Stand und ihr Vermögen an ihr nur wenig liebenswert war.

62

Australien
1940

Charlotte war sich des Datums bewusst, doch sie hielt es für das Beste, keine Aufmerksamkeit darauf zu lenken. Ihr erster Hochzeitstag, der Tag, an dem ihr gestattet war, das Baby in einem Brief an ihre Mutter zu erwähnen. Die einzige Schwierigkeit bestand darin, dass sie das Bett verlassen musste, um Papier und Bleistift zu finden, und sie glaubte nicht, dass ihre Beine einem halbherzigen Befehl gehorchten. Keine Energie. Wenn sie die Klingel auf ihrem Nachttisch läutete, würde Mrs Parker kommen und sie fragen, was sie brauche; dann könnte Charlotte ihr sagen, sie solle ein Tablett mit Papier und einem Bleistift bringen – einen Bleistift, weil sie sich nicht aufsetzen müsste, um damit zu schreiben. Sie konnte sich gut den Abscheu vorstellen, den ihre Mutter empfand, wenn sie einen Brief erhielt, der mit Bleistift geschrieben war, aber es konnte nicht jedes Mal nach ihrem Kopf gehen. Entweder Bleistift oder gar nichts.

Vielleicht sollte sie noch darüber nachdenken. Ihre Mutter hatte gesagt, sie solle nicht vor diesem Tag schreiben, aber keinen Stichtag genannt, an dem sie schreiben musste. Welchen Unterschied machte eine Woche schon aus? Oder ein Monat? Schließlich wartete ihre Mutter nicht gerade auf heißen Kohlen auf Nachricht von ihr. Die einzige Neuigkeit, die sie interessiert hätte, wäre gewesen, dass eine der alten Dienerinnen sich gemeldet habe, um die Belohnung für Victorias Auffindung zu kassieren, doch da Charlotte keine Annoncen geschaltet hatte, die diese Belohnung anboten, war es unwahrscheinlich, dass es je dazu kam.

Um sieben, als Lochlann aufbrach, um vor der Praxis Hausbesuche zu machen, hatte sie sich schlafend gestellt. Sie hoffte, er erinnerte sich nicht an die Bedeutung des Datums. Sie würde ihn jedenfalls nicht daran erinnern.

Nach den letzten Wochen, die sie im Bett verbracht hatte, schmerzten ihr die Glieder, und ihre Hüften und Schultern waren empfindlich gegen jede Berührung. Jetzt, wo sie auf dem Rücken lag, um die Seiten zu schonen, protestierten ihre Fersen gegen den Druck.

Würde dieser Tag so lang sein wie gestern und vorgestern? Schlaf vertrieb die Zeit, doch von den letzten vierundzwanzig Stunden hatte Charlotte bereits achtzehn geschlafen, und sie müsste sich vielleicht damit begnügen, die Augen zu schließen. Sie musste Lochlann bitten, die dunklen Vorhänge die ganze Zeit geschlossen zu lassen, damit das verdammte Sonnenlicht nicht hereinkam. Wenn sie den Riesenseisvogel noch einmal vor ihrem Fenster lachen hörte, würde sie den Verstand verlieren. Als sie Mrs Parker gestern bat, etwas nach dem Tier zu werfen, hatte sie Charlotte nur entsetzt angesehen und nichts unternommen. Vielleicht konnte Charlotte ein Taschentuch zerschneiden und sich die Fetzen in die Ohren stopfen, vielleicht schützte sie das vor dem aufdringlichen Lärm. Wo war die Schere? Sie musste Mrs Parker danach fragen und sie dann auch gleich bitten, die Laken zu wechseln, denn sie fühlten sich klamm an, und in der Kuhle der Kapok-Matratze waren Krümel.

Charlotte blickte auf die Uhr, ob es schon Mittagszeit war. Fünf nach zehn. Sie musste stehen geblieben sein. Sie nahm die Uhr, kniff die Augen zusammen und sah, dass der Sekundenzeiger sich bewegte. Als sie sich vorbeugte, um die Uhr zurückzustellen, ließ sie sie zu früh los – eine Fehleinschätzung des Abstands – und hörte das Klirren von Glas.

Lochlann kam herein. Er roch nach Gesundheit, Desinfektionsmittel, Holzfeuerrauch und Sonnenschein.

»Hoch mit dir«, sagte er. »Anweisung des Arztes. Mrs Parker hat uns einen Picknickkorb gepackt.« Seine Stimme war voller Begeisterung, oder wenigstens tat er so. Er bückte sich, hob die Uhr auf und sagte nichts zu dem gesprungenen Glas auf dem Zifferblatt.

»Ich möchte nirgendwohin«, sagte Charlotte durch die Bettdecke.

»Ich fürchte, dir bleibt keine andere Wahl, falls du deinen Hochzeitstag mit mir feiern willst, und mit wem sonst könntest du ihn verbringen? Ich muss einen Hausbesuch bei der alten Mrs Humphries draußen am Ober Way machen, und dort gibt es einen Wasserfall, wie du ihn noch nie gesehen hast.« Er beugte sich vor, hob das Laken und küsste sie auf den Kopf. »Alles Gute zum Hochzeitstag.«

Wie konnte er so etwas nur sagen? Die Ironie war kaum erträglich.

Charlotte hielt die Augen geschlossen. »Ich habe nicht die Kraft«, sagte sie. »Geh allein. Ich bleibe hier.«

»Es ist ein so wunderschöner Tag, es wäre eine Schande, ihn nicht zu genießen. Komm schon. Du brauchst nicht zu reden, zu essen oder auch nur aus dem Auto zu steigen. Komm nur einfach mit, zur Feier des Tages. Ich kann dir helfen, dich anzuziehen, oder Mrs Parker darum bitten, falls dir das lieber ist.« Er ging zum Kleiderschrank.

»Fass ja nichts an«, sagte sie, dann fügte sie müde hinzu: »Ich komme mit. Ich ziehe mich selbst an.«

»So ist's recht.«

Sie rührte sich nicht.

»Ich warte in der Küche.«

Lieber würde er allein fahren, sie wusste es genau. Was konnte sie auch zu dem Ausflug beitragen?

Nichts.

Sie hörte die Stimmen der beiden, die sich leise im Garten unterhielten, wie sie es oft taten. »Wie geht es ihr heute?«, war die einleitende Frage – sie wartete darauf –, aber danach konnte sie keine Wörter mehr heraushören. Unweigerlich gingen sie ans hintere Ende des Gartens und kontrollierten scheinbar die selbst gezogenen Kartoffeln und Kürbisse, doch in Wirklichkeit wollten sie nur nicht, dass Charlotte sie belausche.

Die Energie, die aufgeflackert war, als Lochlann ins Zimmer trat, erstarb sofort, als er wieder ging. Vermutlich würde er ihr zehn Minuten zum Anziehen lassen, ehe er zurückkam, also war es nicht nötig, sich schon jetzt zu bewegen. Sie musste an diesem Ausflug nicht teilnehmen. Niemand würde es ihr verübeln – Lochlann war noch nicht mit der Geduld am Ende, Mrs Parker genoss ihre Rolle als Kindermädchen, und sonst wusste niemand über den Hochzeitstag Bescheid.

Nur alle in der Heimat natürlich, aber sie zählten nicht. Ihre Mutter würde Neuigkeiten erwarten, jetzt, nachdem der Tag gekommen war. Es hatte wirklich einiges für sich, wenn man so weit entfernt lebte. Sie konnte den ganzen Tag im Bett verbringen, ohne dass ihre Familie etwas erfuhr. Sie konnte schreiben, sie hätten den Tag mit einer Party begangen, einem feierlichen Abendessen oder einer Reise an die Küste, und niemand würde je die Wahrheit erfahren.

Wenn sie es recht bedachte, würde sie Lochlann bitten, den Brief zu schreiben. Er könnte besser erklären, wie das Kind gestorben war, denn er hatte die Entbindung vorgenommen, während Charlotte die letzten paar Minuten ohne Bewusstsein gewesen war. Doch selbst er konnte nicht sagen, wieso es gestorben war, denn er wusste es nicht, und wer sollte es wissen, wenn nicht er? Lochlann konnte ihnen die wesentlichen Fakten aufzählen: Es war ein Junge gewesen, und er hatte zehn Minuten lang gelebt. In dieser Zeit hatte Lochlann ihn getauft und Benedict genannt, hatte gehofft, dass der in diesem Namen enthaltene Segen den sterbenden Säugling veranlasste, sich zu erholen, doch es hatte nicht geholfen.

Nur Father Daly, der Priester, und Lochlann, der den weißen kleinen Sarg trug, hatten an der Beerdigung auf dem windigen Hügel über der Kirche teilgenommen. Charlotte hatte noch eine Woche im Krankenhaus gelegen, im Zimmer neben Mrs Hogan, die ihr siebtes Kind gesund zur Welt gebracht hatte, und sie wäre länger geblieben, hätte sie nicht Mrs Parker gehabt, die sich um sie kümmerte, als sie nach Hause zurückkehrte.

Sie wiegte sich vor und zurück, um genügend Schwung zum Aufsitzen zu sammeln. Mit Mühe wuchtete sie ihre Beine auf den Fußboden. Ihr war schwindlig, daher rührte sie sich nicht, ehe das Gefühl verging. Sie ließ sich Zeit, stand auf und wankte. Verlor sie ihre Gehfähigkeit? Sie hielt sich am Bettgestell aus Messing fest und rief nach Mrs Parker, die eilends hereinkam, als hätte sie vor der Tür gewartet, und fragte, ob sie helfen könne.

»Ja«, sagte Charlotte. »Ich habe beschlossen, mit meinem Mann picknicken zu gehen. Wenn Sie so freundlich wären, mir mein französischblaues Schwangerschaftskleid aus dem Schrank zu holen. Ich fürchte, ich habe sonst nichts, was mir passt.« Sie setzte sich schwerfällig auf die Bettkante, während Mrs Parker die Sachen zusammensuchte und dann begann, Charlotte anzukleiden, als wäre es eine große Ehre. Als Mrs Parker ihr die Pumps auf die Füße schob, war Charlotte erschöpft.

»Kommen Sie«, ermutigte die Wirtschafterin sie, nahm ihren Arm und führte sie in die Küche, wo sie Charlotte an Lochlann übergab. »Ein Tag im Busch wird Ihnen so guttun. Es geht nichts über ein bisschen frische Luft.«

»Auf der Veranda gibt es genug frische Luft«, sagte Charlotte. »Ich brauche nirgendwohin zu gehen, um die zu finden.«

»Dann eben ein Tapetenwechsel. Hier, bitte.« Sie reichte Lochlann den Picknickkorb. »Warten Sie nur, bis Sie sehen, was ich für Sie vorbereitet habe. Für die Tiere bleibt kein Krümel übrig.«

»Dem Gewicht nach zu urteilen haben Sie an nichts geknausert, Mrs Parker. Gut. Ich habe jetzt schon Hunger«, sagte Lochlann. »Komm, ganz vorsichtig.«

Charlotte glitt auf dem glänzenden Linoleum aus. »Ledersohlen«, sagte sie zu Mrs Parker.

»Soll ich sie dir aufrauen?«, fragte Lochlann.

»Ist die Mühe kaum wert. Ich bleibe im Auto, es ist also nicht nötig. Vielen Dank, Mrs Parker. Sie sind ein Schatz. Ich weiß nicht, was wir ohne Sie tun würden.«

»Die Iren und ihr Gesäusel«, sagte Mrs Parker, aber sie lächelte. »Wenn ich alles glauben würde, was Sie sagen, könnte ich den Kopf gar nicht hoch genug tragen.«

»Das ist kein Gesäusel«, erwiderte Lochlann. »Eher halten wir uns noch zurück. Wir kommen nicht spät nach Hause, aber trotzdem sehen wir uns erst morgen wieder. Ihnen alles Gute und noch einmal vielen Dank.«

Ich wette, sie denkt, dass er derjenige ist, der beste Wünsche nötig hat, sagte Charlotte, ohne den Boden aus den Augen zu lassen, während sie vorsichtig einen Fuß vor den anderen setzte.

»Guck dir das nur einmal an!«, rief Lochlann, als sie ein paar Meilen gefahren waren. »Diese blauen Berge. Und das da in der Ferne muss das Meer sein. Schwer zu glauben. Es muss vierzig Meilen weit weg liegen.«

Charlotte drehte höflich den Kopf nach links und versuchte sich auf das zu konzentrieren, was er gesagt hatte. Ja, die Berge waren blau, und bei dem verschwommenen Fleck in der Ferne konnte es sich in der Tat um das Meer handeln. Gab es hier noch mehr, das sie sich ansehen sollte? Im nächsten Moment stierte sie wieder vor sich hin, ohne gefragt oder eine Bemerkung geäußert zu haben. Wie üblich wandten ihre Gedanken sich ihrer Mutter zu und wie sie wohl reagieren würde, wenn sie vom Tod des kleinen Benedicts erfuhr.

»Sag nicht, dass ich bei dir bin«, bat Charlotte, als Lochlann in Mrs Humphries' Einfahrt bog, die aus Morast und Grasbüscheln bestand. »Park den Wagen hinter dem Baum dort, damit sie mich nicht sieht.«

»Das wollte ich sowieso, dort ist Schatten.«

Zwei Hunde rannten herbei und umtänzelten Lochlann bellend. Charlotte war erleichtert, als sie ihm zur Haustür folgten.

Ein Schwarm Papageien, so farbenfroh, dass sie aussahen, als wären sie fürs Paradies entworfen worden, zankte sich in den Bäumen. Der Himmel war coelinblau, das erfrorene Gras ockergelb. Wenn sie sich je entschloss, wieder zu malen, müsste sie die Grautöne aufgeben, die sie so geliebt hatte, als sie jünger war, denn vor dieser strahlenden Farbenpracht hätten sie nur tot gewirkt. Nicht dass sie die Absicht hätte zu malen, während sie an dieser knochenzermürbenden Abgeschlagenheit litt – das Heben eines Pinsels erschien ihr so fremd wie die Vorstellung, mit Hunden auf die Jagd zu reiten.

Sie mochte dieses Wetter – warme Tage, auf die kalte Nächte folgten, die dem Schlaf förderlich waren. Nach dem Schlaf sehnte sie sich, sowohl um die Zeit zu füllen als auch ihrem bewussten Ich zu entkommen. Wenn die Menschen nur Winterschlaf halten und an einem dunklen Ort monatelang schlummern könnten.

Nachdem er von der Hauptstraße abgebogen war, musste Lochlann sich konzentrieren, um den wassergefüllten Schlaglöchern und dem weichen Morast auszuweichen, auf dem man ins Schleudern geraten konnte.

»Ein wenig wie ein Hindernislauf«, sagte er. »Nicht überraschend bei all dem Regen heute Nacht.«

Er folgte dem Weg noch etwa eine Meile, dann wendete er den Wagen und parkte ihn an einem Hang für den Fall, dass Batterie oder Anlasser Ärger machten, wenn sie aufbrechen wollten. Passierte dies, wäre höchstwahrscheinlich niemand in der Nähe, der den Wagen anschieben konnte – Lochlann war hier noch nie einer Menschenseele begegnet. Angler bevorzugten die Teiche, die weiter oben am Fluss auf der anderen Seite der Hauptstraße lagen.

»Sieh dir das an«, hauchte Lochlann voll Bewunderung.

Charlotte betrachtete es bereits.

Der seichte Forellenbach war zu einem schäumenden, reißenden braun-weißen Fluss angeschwollen und riss Äste in der Mitte der Strömung mit, die immer wieder von Bäumen und Felsen geteilt wurde.

Charlotte erinnerte sich plötzlich an einen anderen angeschwollenen Fluss, der über die Ufer trat, als Victoria verschwand, doch sie schob das Bild rasch aus dem Sinn. Heute wollte sie einmal nicht an ihre verschwundene Schwester denken. So viel Verlust auf einmal ertrug sie nicht.

»Verflixt, ich habe die Kamera vergessen. Die Wasserfälle müssen heute ein spektakulärer Anblick sein.«

»Hast du nicht genug Fotografien von Wasserfällen? Du musst mittlerweile gut hundert Stück besitzen.«

»Das sind gar nicht viele, wenn man bedenkt, wie viele Wasserfälle es hier gibt und wie sehr sie sich voneinander unterscheiden und wie unterschiedlich sie zu verschiedenen Zeiten aussehen.«

Er riss die Tür mit übertriebenem Schwung auf. Als er an ihre Seite kam, sagte sie, sie wolle nicht aussteigen – das habe sie von Anfang an klar gesagt –, außerdem könne sie in ihren Schuhen nicht gehen. Er erwiderte: »Nun, im Auto kommen wir nicht näher heran«, öffnete die Tür, bückte sich, zog ihr die Schuhe aus und ritzte die Sohlen mit einem scharfen Stein ein. Charlotte war sich seiner Hand an ihren Fesseln deutlich bewusst, als er ihr die Schuhe wieder überstreifte.

»Komm mit. Wenn du es nicht tust, bereust du es später. Hier, gib mir deine Hand.« Er stand auf und lächelte sie zuversichtlich an. »Fühl dich nicht gedrängt. Ich fände es nur traurig, wenn du solch ein Wunder der Natur verpassen würdest.«

Mit gespieltem Widerstreben reichte sie ihm die Hand und heuchelte Nonchalance, als seine langen Finger sich um die ihren schlossen, doch bei seiner Berührung durchfuhr sie ein Schauder, den sie nicht einmal mit größter Willensanstrengung hätte missachten oder unterdrücken können. Für so lange Zeit hatte jede seiner Berührungen einem medizinischen Zweck gedient: wenn er ihr den Puls fühlte oder ihre Stirn, wenn er mit dem Ohr an ihrer Brust horchte – welche Freude, dass er dabei aufs Stethoskop verzichtete –, wenn er sich vorbeugte, um ihr ins Auge zu leuchten, eine Nähe, die sie schon fast als Umarmung empfand.

»Nun?« Er lächelte noch immer und drückte ihre Hand fester.

Für sie wurde ihr Hochzeitstag schon in diesem Moment angemessen gefeiert.

»Ich bin mir nicht sicher. Ich weiß es nicht.«

»Wir könnten dort an dem Baum picknicken, wenn du möchtest, und den Wasserfall auslassen. Wäre das ein Kompromiss?«

Charlotte willigte ein und stellte, sich gut an ihm festhaltend, beide Füße aufs Trittbrett. Als sie ausstieg, stützte sie sich schwer auf Lochlann.

»Keine Sorge, ich habe dich.«

Als sie den Baum erreichten, überraschte sie die Kraft, die sie empfand, und sie schlug vor, dem Tierpfad die vierhundert Yards weit zu folgen. Sie suchte sich ihren Weg unter einem Dach aus Eukalyptusbäumen. Am Boden lagen abgerissene Rinde, Äste und Zweige, die unter ihren Schuhen knackten. Die ganze Zeit auf Lochlann gestützt, ging sie weiter, und mit jedem Schritt hörte sie das Tosen des Wassers deutlicher.

Ehe sie den Aussichtspunkt erreichten, legte Lochlann ihr seine Hände vor die Augen und führte sie auf eine Lichtung. »Sieh zuerst nach links«, sagte er, nahm ihr Gesicht zwischen die Handflächen und lenkte es in die Richtung.

Der Boden fiel so steil ab, so tief, dass ihr Blick nicht bis ans Ende des Abgrunds reichte; nur in der Ferne war es auszumachen. Die Berge lagen so weit weg, dass Charlotte nicht erkennen konnte, wo die fernsten, blassesten mit dem Himmel verschmolzen.

»Wie eigenartig«, sagte sie und wollte in heidenhafter Verehrung der Schönheit, die sich ihr bot, auf die Knie sinken, doch die Unbeholfenheit ihrer Bewegung hätte, das wusste sie, die Wirkung aufgehoben, die sie darzustellen trachtete. »Die Berge sind tiefer als wir, und dennoch wirken sie so hoch.«

Direkt vor ihnen, jenseits des tiefen Abgrunds, erschienen hundert Fuß hohe Bäume keinen Zoll groß. Sie standen auf einer Klippe, die mit übereinandergeschichteten Steinformationen ihre geologische Geschichte offenlegte und wie eine Kathedrale aussah, die ein unbeherrschter Baumeister ungeschickt zusammengebaut hatte.

Trotz Lochlanns Händen, die wie Scheuklappen wirkten, sah sie an den Rändern ihres Blickfelds den weißen Schaum der Wasserfälle, doch als sie seine Hand nahm und sich endlich umdrehte und das Wasser direkt ansah, war sie dennoch nicht auf die Großartigkeit ihres Anblicks vorbereitet und brach unvermittelt in Tränen aus, so überwältigt war sie. Sie wandte sich Lochlann zu und sah, dass er über ihre Reaktion erfreut war. Sie erinnerte sich, wie er sagte: »Wenigstens eine Sache, die wir gemeinsam haben«, als sie sich zusammen an einem Gewitter erfreuten, und nun hatten sie eine zweite.

Den Ausdruck seines Gesichts hatte sie noch nie gesehen und wusste nicht, was er bedeutete. Einige Sekunden lang sahen sie einander in die Augen, bis er den Blickkontakt abbrach.

»Ich bin froh, dass ich mitgekommen bin«, sagte sie, als hätten sie keinen Blick getauscht.

Sie wandten sich beide um und bewunderten die Pracht der Fälle, die ihre Schönheit so großzügig nur für sie beide zeigten und, wenn sie wieder fort waren, für niemanden sonst. Zu denken, dass sie dies seit Jahrmillionen taten, unbeobachtet, außer womöglich von den Aborigines, die vielleicht nie an genau dieser Stelle gestanden hatten, während sie frei durch das Land zogen, bis der weiße Mann kam und sie enteignete.

An der Felsformation war zu erkennen, dass der Wasserfall eine Stufe aufwies, doch nach dem Regen strömte hier so viel Wasser, dass der hunderte Fuß hohe Katarakt wie ein durchgängiger Sturzbach wirkte. Charlotte wäre nur zu gern näher getreten, um die Gischt in ihrem Gesicht zu spüren. Da sie sich nicht vor der Höhe fürchtete, machte sie einen Schritt nach vorn, doch Lochlann hielt sie zurück.

»Geh nicht zu nah an den Rand«, sagte er mit erhobener Stimme, damit er in dem Tosen verständlich war.

Er benahm sich übervorsichtig, fand sie. Sie waren wenigstens zehn Fuß von der Kante entfernt. Lochlann hatte ihr von einem Jungen erzählt, der mit seinem Hund an den Klippen bei Tramore in der Grafschaft Waterford entlangging und den Metal Man aus der Nähe sehen wollte. Er war in den Tod gestürzt, als der Boden unter ihm nachgab. Das Meer hatte die Klippe unterspült, und der Boden, auf dem er gestanden hatte, war dem Auge solide erschienen, aber nur sechs Zoll dick gewesen und hatte sein Gewicht nicht tragen können.

»Setz dich dort drüben in die Sonne«, schlug Lochlann vor. »Ich hole den Picknickkorb. Du musst erschöpft sein.«

»Vermutlich klingt es erstaunlich, aber ich bin nicht erschöpft. Nur angenehm müde«, erwiderte sie, doch als er einen großen Ast herbeizog, war sie froh, sich hinsetzen und den Rücken an die warme Rinde des Baumes lehnen zu können.

»Ich bin nicht lange fort«, sagte Lochlann und kehrte auf dem Weg zurück, den sie gekommen waren. Sie versuchte ihm mit Blicken so lange wie möglich zu folgen, doch er verschwand bald zwischen den Bäumen. Als sie sich nach rechts lehnte, sah sie das Emblem an der Motorhaube des Wagens, das in der Sonne glitzerte, aber Lochlann entdeckte sie nicht.

Als sie meinte, dass Lochlann allmählich zurückkehren müsste, beugte sich Charlotte in beide Richtungen, so weit sie konnte, doch sie sah ihn nicht. Indem sie sich mit den Armen an dem Baum abstützte, konnte sie sich in eine stehende Haltung aufrichten und näher an die Kante gehen, wo weniger Bäume standen und die Sicht freier war. Sie entdeckte ihn, von Felsen umgeben, am Rand des Abgrunds neben dem Wasserfall, wo der Fluss sich aus seinem Bett löste. Er sah in die Wasserwand, dann blickte er zu ihr, doch als sie ihm winkte, winkte er nicht zurück, und Charlotte wurde klar, dass er nicht sie ansah, sondern die Klippe unterhalb von ihr betrachtete. Er kauerte sich hin, dann verlagerte er das Gewicht nach hinten und schob sich langsam weiter vor. Aus einem unerfindlichen Grund trat sie zurück, damit er sie nicht sah, wenn sein Blick zu ihr wanderte. Der Rand des Abgrunds zwischen ihnen war bogenförmig, sodass er sehen könnte, ob der Abhang neben ihr gerade war, nach innen zurückwich oder sich nach außen wölbte. Entsprechend konnte sie sehen, wie seine Felswand geformt war, vorausgesetzt, sie wagte sich weit genug vor, um über die Büsche zu blicken, die ihr die Sicht versperrten.

Lochlann bewegte sich näher an den Abgrund, aber er hielt alle paar Yards inne und prüfte den Untergrund. Selbst aus dieser Entfernung merkte sie ihm an der Haltung seines Kopfes seine Konzentration an.

Kurz abgelenkt, wandte sie sich um und betrachtete einen Adler, der auf der Thermik über der Schlucht segelte, und ihre Stimmung hob sich im Einklang mit dem Tier. Charlotte spürte, dass etwas geschehen würde. Die Dumpfheit der letzten fünf Monate (oder fünf Jahre?) hatte etwas weichen müssen, von dem sie noch nicht wusste, was es war. Ein Vorsatz? Konfrontation? Realität?

Würde ihr Ehemann, dem sie solches Unrecht angetan hatte, sie an diesem abgelegenen, wunderschönen, furchteinflößenden Ort endlich zur Rechenschaft ziehen? Hatte er sie deshalb hierhergebracht?

Lochlann stand wieder an der Stelle, an der sie ihn erblickt hatte, und starrte auf die Wasserwand zu seinen Füßen.

Sie hörte das Stottern eines Motors. Lochlann war entweder zu tief in seinen Gedanken versunken oder dem tosenden Wasser zu nahe, als dass er es mitbekam.

Nach kurzer Zeit näherte der Fahrer des Wagens sich Lochlann von hinten und wartete in einiger Entfernung. Offensichtlich wollte er jemanden, der so nahe am Abgrund stand, nicht erschrecken. Lochlann wandte sich schließlich um und entdeckte ihn, zeigte seine Überraschung, dann schritt er auf ihn zu. Sie gingen weg und verschwanden miteinander redend aus Charlottes Blickfeld.

Ihr war nicht klar gewesen, wie erwartungsvoll sie gewesen war, bis sie die Enttäuschung empfand, dass die Aktion durch die Ankunft des unbekannten Mannes vereitelt worden war. Als sie sich wieder auf den Ast setzte und an den warmen Baumstamm lehnte, fühlte sie sich, als hätte sie sich nicht nur erhoben und wieder hingesetzt, sondern wäre eine Meile weit gelaufen.

Fünfzehn Minuten später kehrte Lochlann mit dem Picknickkorb und einer quadratischen Plane zurück. Charlotte suchte in seinem Gesicht nach Hinweisen, doch seine Miene war wie immer unerforschlich.

»Ich bin gerade Wombat Churchill begegnet. Er war gekommen, um sich die Fälle von unten anzusehen. Will hinunterklettern.«

»Wie hat er dir das mitgeteilt? Er kann doch nicht sprechen.«

»Nicht schwierig.« Lochlann drückte die Worte mit übertriebener Zeichensprache aus, die sie zum Lachen gebracht hätte, wäre sie nicht so erschöpft gewesen.

»Ist das nicht ein bisschen gefährlich? Nach dem ganzen Regen? Und ganz allein? Was ist denn, wenn er abstürzt und sich ein Bein bricht? Niemand würde es je erfahren. Außer dir, aber dass du hier bist, ist ja reiner Zufall.«

»Nein. Er hat in der Wirtschaft erzählt, wohin er geht. Wenn er nicht zurückkommt, schicken sie einen Suchtrupp. Merkwürdiger Mann. Schade, dass du ihn nicht ausstehen kannst.«

Nachdem sie Mrs Parkers Köstlichkeiten verzehrt hatten – blutiges Roastbeef und Meerrettichsandwiches, Schweinerippchen in ihrer Soße geröstet, deren Rezept sie geheim hielt, und Rhabarberkuchen mit Sahne –, streckte sich Lochlann in der Sonne aus und schlief ein. Charlotte erhielt die Gelegenheit, sich offen und begierig an seinem Gesicht zu weiden.

Wie jung er aussieht, dachte sie. Und wie alt ich mich fühle.

Ein Blick, ausgetauscht in einem Korridor des Dubliner Hauses, hatte den Verlauf ihres Lebens verändert. Selbst jetzt sang dieser Blick, sowie sie an ihn dachte, in ihrem Bewusstsein, und sie wunderte sich über seine Macht. Tausende Blicke später wusste sie, dass sie nie wieder diesen offenen, vertrauensvollen Blick auf sich gerichtet sehen würde. Nicht dass er lauernd geworden wäre. Unergründlich traf es wohl eher. Sie hatte keine Gewalt über ihn, die stärker gewesen wäre als die

Gewalt, die irgendein Mensch über einen anderen haben konnte. Dieser Gedanke kehrte immer wieder und quälte sie. Er war durch die Konvention an sie gebunden, nicht durch ein Gefühl. Sie konnte sich über die Anteilnahme und Zuwendung nicht beklagen, die er ihr als Arzt während ihrer Schwangerschaft und vor allem während des auslaugenden Nachspiels hatte angedeihen lassen, jedoch hatte sie kein einziges Mal dabei den Eindruck, dass persönliche Gefühle im Spiel waren.

Mit einem Zweig schnippte Charlotte die Ameisen weg, die den Weg auf die Plane gefunden hatten. Mit der Hand verscheuchte sie Fliegen von Lochlanns Gesicht und genoss den Luxus, dicht neben ihrem Mann zu sitzen und die Wärme seines Unterarms durch ihren Rock an ihrem Schenkel zu spüren.

Sie musste überstimuliert gewesen sein. Hatte wohl Hirngespinste ersonnen. Ein Mann mit solch einem Antlitz und einem so unschuldigen Ausdruck darin konnte nicht mit einem Gedanken gespielt haben, den sie in ihrem Wahn herbeifantasiert hatte – sie zu ermorden, indem er sie zu einem Überhang führte, wo wie bei dem Jungen in Tramore der Boden unter ihren Füßen nachgab, oder, noch schlimmer, selbst zu springen, sie als Siegerin zurückzulassen, die frei war, jedwede Geschichte zu erzählen, die sie wollte.

War Wombat Churchill, der Mann, den sie so schändlich behandelt hatte, unwissentlich zu ihrem Retter geworden?

Sie musste sich an die Kandare nehmen, damit sie nicht endete wie andere Frauen, die nach dem Tod ihres Kindes den Verstand verloren.

Lochlann erwachte blinzelnd und desorientiert, und eine Sekunde lang blickte er Charlotte mit Vergnügen an und lächelte, doch dann verblasste das Lächeln. Nicht von ihr hatte er geträumt – das verschwindende Lächeln verriet das deutlicher als jedes geäußerte Wort.

Lochlann hielt sein trauriges Gesicht gesenkt, während er den Picknickkorb wieder packte. Er ließ sich Zeit und faltete die Plane gewissenhaft. Er richtete sich auf und warf einen letzten Blick in den Abgrund, wo die Nachmittagsschatten Muster auf den gegenüberliegenden Fels warfen und alles bis auf das obere Ende des Wasserfalls in Dunkel tauchten.

Auf dem Heimweg brach Charlotte das Schweigen als Erste. »Ich verstehe, was du meinst, wenn du sagst, dass dieser Ort dich aus dir selbst hervorholt. Er hat mir unfassbar gutgetan. Ich fühle mich so viel besser. Weniger niedergeschlagen. Energischer.«

»Gut. Das freut mich.« Lochlanns Stimme war stumpf und tonlos. »Denn ich möchte über unsere Heimkehr reden, sobald es dir gut genug für die Reise geht.«

Darauf war sie nicht vorbereitet. »So gut geht es mir wohl noch nicht«, sagte sie unruhig. »Es wird noch lange dauern, bis ich so eine lange Reise überstehe.«

»Du wärst überrascht, wie rasch du dich nun erholst, nachdem du die ersten Schritte gemacht hast. Wir sind lange genug weggeblieben, um den Ruf deiner Mutter zu retten. Darum ging es ja schließlich, erinnerst du dich? Außerdem möchte ich mich freiwillig melden.«

»Aber das kannst du doch gar nicht. Irland ist neutral«, kam ihr als erster Einwand in den Sinn.

»Tausende Iren dienen schon im britischen Militär. Hast du Harcourts Briefe nicht gelesen?«

Das hatte sie, doch die Abschnitte, die sich mit dem Krieg

befassten, überging sie immer und suchte lieber nach geheimen Botschaften Niamhs, die über Harcourt an Lochlann weitergegeben wurden.

Betrachtete er ihren ehelichen Anspruch auf ihn nun als null und nichtig, da es keinerlei gemeinsame Verantwortung für ein Kind gab? Betrachtete er seine Schwüre, sie zu lieben, zu ehren und zu behüten, bis dass der Tod sie scheide, als unter Zwang abgegeben und daher moralisch nicht bindend? Mochte er sie nicht? Hasste er sie gar?

Sie musste sich zusammenreißen. Sein ganzes Starren und Konzentrieren am Wasserfall – er dachte an die Evolution, nicht an Hass und Tod. Er hatte die Felsformationen betrachtet, die in der Schlucht freilagen, das war alles. Die Evolution und seine Mutmaßungen, wie weiße Europäer in diesem zum Großteil unerträglich heißen trockenen Land leben sollten, waren nicht nur sein aufrichtiges Interessengebiet, sondern bewahrten ihn auch davor, mit Charlotte über persönliche Angelegenheiten sprechen zu müssen.

Ein Wallaby hopste vor ihnen über die Straße. Lochlann bremste, und der Motor soff ab, während das Tier wartete, dass sein Weibchen ihm folgte.

Während sie warteten, dass die Beuteltiere die Straße freimachten, fand Charlotte den Mut zu sagen: »Ich muss noch ein Baby haben. Sonst wäre alles umsonst gewesen.«

Lochlann schwang sich vom Fahrersitz und ließ den Wagen mit unnötiger Wucht wieder an. Als er sich dann neben Charlotte setzte, erhaschte sie einen Blick auf seine finstere Miene und wünschte, sie hätte nicht hervorgestoßen, was in seinen Ohren wie ein Ultimatum klingen musste und ruiniert hatte, was oberflächlich betrachtet ein wunderschöner Tag gewesen war. Warum konnte sie nicht so vernünftig sein, eine günstigere Gelegenheit abzuwarten? Nachdem er ein paar Drinks getrunken hatte, zum Beispiel, und seinen Schild etwas gesenkt hatte?

Er drehte sich ihr zu. Ihr Flehen um Verständnis blieb unausgesprochen, als sie sich der ruhigen Feindseligkeit seines Blickes stellte.

»Es *war* alles umsonst«, sagte er. »Anders kann man es nicht betrachten, doch das ist keine Entschuldigung dafür, alles noch schlimmer zu machen.«

An diesem Abend wurde der neun Jahre alte Sandy Turner von einer Tigerotter gebissen, als er mit seinem Vater, einem umherziehenden Kaninchenjäger, das Lager aufschlug und die Hand nach Brennholz ausstreckte, aber die Schlange nicht sah, die zwischen den Stecken und im Gras gut getarnt war. Der Vater band den Oberarm des Jungen mit dem Allerersten ab, was er in die Hände bekam, dem Strick, den er als Gürtel benutzte. Das Pferd seines Jungen hobbelte er an und ließ es am Lagerplatz zurück. Den Jungen legte er vor sich auf sein eigenes Pferd und hielt ihn während des fünfzehn Meilen weiten Ritts zur Stadt in der Dunkelheit fest an sich gedrückt.

»Ich nehme ihn«, sagte Lochlann und hob die Arme, als die beiden an seine Tür kamen. Der Vater hatte ihn geweckt, als er nach ihm rief und mit dem Fuß am Tor rappelte.

Der Vater fand es schwierig, seinen Griff zu lösen, denn sein Arm war steif und taub geworden. Er reichte ihm den schlanken Jungen herunter, der barfuß, sonnengebräunt und goldhaarig war, und Lochlann trug ihn in die Praxis.

»Ich bin so schnell gekommen, wie ich konnte«, sagte der magere Mann mit dem ledrigen Gesicht und den knorrigen

Händen. Er nahm den Hut ab, der einen Abdruck an seiner Stirn hinterließ, und kam blinzelnd ins Licht.

Der Arzt hielt das Ohr an die Brust des Jungen und legte die Finger an dessen Hals. Er hatte die Aderpresse von dem blutleeren rechten Arm entfernt.

»Kommt er in Ordnung, Herr Doktor?«, fragte der Vater. »Hab ich das richtig gemacht?«

»Sie haben es großartig gemacht. Ich hätte es nicht besser gekonnt.«

»Kommt er in Ordnung?«, wiederholte der Vater.

Als der Arzt nicht antwortete, senkte der Mann den Blick und sah, dass dem Jungen Tränen auf die Brust tropften.

Rasch verbreitete sich, dass der neue Arzt, der gerade von einem Ausflug mit seiner Frau zu den Ober-Wasserfällen zurückgekehrt war, geweint hatte, als der junge mutterlose Sandy Turner von seinem Vater tot in seine Praxis gebracht wurde.

»Er muss an seinen eigenen Verlust erinnert worden sein, wenn er es so schwer aufnahm«, sagte der Weise der Stadt, der noch nie gehört hatte, dass der Tod eines Patienten einen Arzt so sehr getroffen hatte.

63

Jeder Hinweis darauf, dass sie nicht völlig wertlos war, kam zu spät, dachte Dixon, die im Hotelgarten unter einer Goldakazie saß und den Würgerkrähen und Rieseneisvögeln zuhörte. Wie anders hätte ihr Leben verlaufen können, wenn sie gewusst hätte, dass sie gutaussehend und clever war und keineswegs so hässlich und dumm, wie man es ihr eingeredet hatte.

Als sie sechzehn Jahre alt und noch in England war, hatte man sie beauftragt, ein zwölfjähriges Mädchen, dem ein Zahn gezogen werden musste, vom Waisenhaus zum Zahnarzt zu begleiten. Während des Gangs durch die belebten Straßen hatte sie bemerkt, dass sowohl Männer als auch Frauen sie anstarrten.

Als Kind hatte man sie überzeugt, dass ihr Gesicht eine abstoßende Ungleichmäßigkeit aufweisen würde. Im Waisenhaus gab es keine Spiegel, denn Eitelkeit wurde als schlimmere Sünde angesehen als Blasphemie, was immer das war, und sie kannte ihr Spiegelbild nur verzerrt von Glas mit Schnittdekor oder polierten Flächen. Wenn adoptionswillige Paare kamen, um sich ein Mädchen auszusuchen, versteckte die Heimleiterin Dixon, um ihr die Enttäuschung zu ersparen, nie ausgesucht zu werden, bis die Eltern mit einem hübscheren Kind gegangen waren. Bei ihren ersten Ausgängen aus dem Waisenhaus bemerkte sie, als sie ihr Bild in Schaufenstern und einmal kurz im Spiegel eines Arztes sah, dass sie eigentlich recht normal aussah, und wunderte sich, weshalb die Heimleiterin sie immer versteckte.

»Alle gucken dich an«, sagte das andere Mädchen.

»Das merke ich selbst.« Sie begriff es nicht. Sie senkte den Kopf und versteckte ihr Gesicht in den Falten ihres Schals.

Wenn ihre Schuhe die Blicke auf sich zogen, so konnte Dixon dies gut verstehen, denn die Heimleiterin hatte sich diesmal selbst übertroffen und für sie ein Paar Schuhe aus dem Spendenbestand ausgesucht, die noch hässlicher waren als sonst. An den Fersen spürte sie bereits den Schmerz, der Blasen ankündigte, wenn die schlecht sitzenden Schuhe auf und ab schlugen und ihr bei jedem Schritt über die Haut schabten.

»Ich wünschte, sie täten mich so anstarren«, fuhr das andere Mädchen fort. »Aber ich bin ja auch nicht so schön wie du.«

Dixon suchte in dieser Bemerkung nach Sarkasmus, fand jedoch keinen. Zum ersten Mal hörte sie, wie sie mit dem Wort »schön« verbunden wurde, und fragte sich, ob das Mädchen überhaupt wusste, wovon es sprach.

»Jeder würde gern so aussehen wie du. Sogar die Leiterin. Ich hab gehört, wie sie es sagte.«

Das Mädchen blutete nur wenig, als ihr Zahn gezogen wurde, denn er war schon lange locker gewesen. Der Zahnarzt sagte, sie möge kurz vor ihrer Hochzeit wiederkommen, dann würde er ihr die verbleibenden zwölf Zähne auch noch ziehen und ihr ein hübsches Gebiss anpassen, damit sie ihrem Mann nicht zur Last fiel und ihm auch keine Kosten verursachte.

»Wie kommt es, dass wir dich noch nie hier gesehen haben?«, fragte er Dixon. »Wenn du schon hier bist, setz dich mal auf den Stuhl.« Er untersuchte das Innere ihres Mundes. »Wunderbar«, sagte er. »Du musst gute Anlagen haben, dass deine Zähne das Essen im Waisenhaus so gut überstanden haben. Wenigstens etwas, das dir deine Mutter oder dein Vater geschenkt hat, auch wenn ich annehme, dass du ihnen sonst nicht viel zu danken hast.« Er hob ihr Kinn. »Selbst ein so schönes Gesicht wäre entstellt, wenn du Lücken im Mund hättest. Also gib gut acht auf deine Zähne.«

Sechzehn Jahre hatte es gedauert, bis sie entdeckte, dass sie schön war, und sechsundzwanzig, um herauszufinden, dass sie Verstand besaß. In ihrer Unwissenheit waren ihr während dieser Zeit Adoption, Bildung und Heirat entgangen. Kaum auszudenken, dass sie ein Zuhause mit Mutter und Vater hätte haben können, die sie liebten, wenn die Heimleiterin nicht verhindert hätte, dass sie adoptiert wurde. Sie hätte zur Schule gehen und Lehrerin oder Schriftstellerin werden können; sie hätte Manus heiraten können, wäre von allen Frauen in Ballybrian beneidet worden und hätte eigene wunderschöne Kinder haben können. Sie wäre vielleicht davor bewahrt worden, auf Tyringham Park zu arbeiten, wo sie von Charlotte gehasst und von Lily East gedemütigt wurde, die sie in die Welt hinausgejagt hatte, ohne dass sie irgendjemanden wusste, zu dem sie gehen konnte.

Die Frauenzeitschriften, die Dixon las, rieten den Menschen, Vergangenem nicht nachzutrauern, da so etwas Zeitverschwendung sei und nichts ändere. Dixon war anderer Ansicht. Das Bedauern war ihr ständiger und geschätzter Gefährte. Es konnte die Vergangenheit vielleicht nicht ändern, aber es konnte die Zukunft würzen, sie zur Rache anspornen, der Aussicht, die sie tröstete. Für den Fall, dass die Gelegenheit sich bot, bereitete sie sich mit gefüllten Bankkonten vor, die ihr die Freiheit und die Macht schenken würden, welche nötig waren, um die Verheerungen anzurichten, die sie so sehr ersehnte.

64

Vier Briefe. Ein dickerer Umschlag für Lochlann von seinem Freund, dem Anwalt Pearse. Charlotte erkannte die Handschrift. Wäre ihm die Verschlagenheit zuzutrauen, einen Brief Niamhs beizulegen? Sie würde es schon bald erfahren – Lochlann bewahrte seine Korrespondenz in seiner Schreibtischschublade auf, und Charlotte las sie, wenn er in der Praxis war. Bisher hatten Lochlann und Niamh einander nicht geschrieben – soweit sie wusste. Die einzige Neuigkeit über Niamh war über Harcourt eingetroffen. Ihr Bruder hatte geschrieben, nach zwei Monaten zu Hause in der Grafschaft Mayo habe sie die Missionsstelle in Uganda angetreten, wo sie wie vereinbart ein Jahr bleiben würde, ehe sie entschied, wie es weitergehen sollte.

Die Herzbeschwerden ihres Vaters, schrieb Charlottes Mutter, hätten aufgehört, seit Thatcher, sein alter Bursche, sich um ihn kümmere. Sie verliere allmählich die Geduld, darauf zu warten, dass sie endlich las, die angebotene Belohnung habe die beiden Gesuchten aus ihren Verstecken gelockt.

Charlotte zerknüllte den Brief, schob ihn in die Flammen und wollte ihn später beantworten, indem sie schrieb, weder Teresa Kelly noch Schwester Dixon hätten sich mit ihr in Verbindung gesetzt.

Am nächsten Vormittag öffnete sie Lochlanns Schreibtischschublade und las Pearse' Brief, der nur aus einer Seite bestand.

Ich habe die nötigen Recherchen angestellt, begann er, *und wie es aussieht, verfügen Sie über triftige Argumente.* Er legte die Vorgehensweise dar, um sowohl eine zivil- als auch eine kirchenrechtliche Annullierung zu erreichen, die beweisen würde, dass die Eheschließung von Anfang an nichtig gewesen sei. Charlottes Blick zuckte ängstlich über die Wörter *Vollzug der Ehe, Nötigung, erzwungenermaßen, sittliche Reife, Freiheit, Unzurechnungsfähigkeit.* In einem Sortierfach entdeckte sie ein zusammengefaltetes Blatt, das am Tag zuvor noch nicht dort gesteckt hatte. Sie nahm es heraus. Es handelte sich um ein Antragsformular für eine Eheauflösung. Das war es, was Pearse mit in den Umschlag gelegt hatte, keinen Brief von Niamh, auch wenn sich der Eindruck aufdrängte, dass da ein Zusammenhang bestand.

65

Das Rote Kreuz veranstaltete einen Ball, um Spenden für die Truppen in Übersee zu sammeln. Die Organisatoren entschieden sich für eine Vollmondnacht, damit die Stadtbewohner den Pavillon auf dem Ausstellungsgelände zu Fuß oder mit dem Fahrrad erreichen konnten. Die Menschen aus den umliegenden Gebieten ritten entweder, oder sie zwängten sich in Automobile. Wer kommen konnte, der kam.

Lochlann fand, der Abend würde Charlotte guttun. Der Geburts- und Todestag Benedicts lag nun acht Monate zurück, und seit ihrem Ausflug am Hochzeitstag, an dem sie aus ihrer Depression gefunden hatte, aber in eine andere Art Niedergeschlagenheit gesunken war, waren vier Wochen vergangen. »Noch nicht« lautete ihre Antwort auf jeden Vorschlag, mit dem Lochlann oder Mrs Parker sie aus dem Haus zu locken versuchten. Ein Tag am Strand ganz allein mit Lochlann war, was sie sich wünschte, doch das war nicht mehr möglich, da das Benzin für das Auto rationiert war und nur für offizielle Angelegenheiten verbraucht werden durfte. Niemand hätte der armen depressiven Frau einen Ausflug an die Küste missgönnt, doch Lochlann wollte für sich keine Vorrechte in Anspruch nehmen.

Er war entschlossen, nach Dublin aufzubrechen, sobald er einen Nachfolger gefunden hatte. Er beabsichtigte, Charlotte am Haus ihrer Familie abzusetzen und sich im Anschluss daran sofort freiwillig zu melden. Was danach geschah, darüber machte er sich keine Gedanken. Seine Hoffnungen kreisten derzeit um einen Arzt, der aus Patriotismus vielleicht seinen Ruhestand unterbrach. Ein praktizierender Mediziner Mitte achtzig mit schlechten Augen und zittriger Hand war immer noch besser als gar kein Arzt. Lochlann hatte seine Kündigung an die Ärztekammer in Sydney geschickt, angefragt, ob dort eventuell ein geeigneter Kandidat für die Nachfolge registriert sei, und eine Annonce ins *National Medical Journal* gesetzt.

In der Nacht der Benefizveranstaltung musste eine ausgebildete Schwester im Krankenhaus Dienst tun. Die jungen erwarteten, dass Oberschwester Grainger sich dafür freiwillig eintrug, als sie den Dienstplan erstellte, denn sie war fünfunddreißig, wenn nicht älter, und außerdem eine echte Spaßverderberin. Doch auf dem Anschlagbrett erschien der Name einer jüngeren Krankenschwester, und Grainger konnte zum Ball gehen.

»Das ist so ungerecht«, sagte die Unglückliche, die zum Dienst eingeteilt worden war. »Sie ist so ein Wowser und findet, Tanzen ist eine Einladung an den Teufel.«

Lochlann hatte Charlotte mitgeteilt, dass er auch allein den Ball besuche, um seine Unterstützung zu zeigen, wenn sie es sich nicht anders überlegte, aber so bald wieder ginge, wie er konnte, ohne taktlos zu sein. Er hatte nicht vor, etwas zu trinken, da er erwarte, dass seine Dienste gebraucht wurden, ehe der Abend vorbei war. Aber trotzdem brachte er, wie es Brauch war, eine Flasche Whiskey mit, die er herumgehen lassen konnte.

»Nur die eine«, sagte er, als er sich Dan Hogan und einer Gruppe von Männern vor dem Pavillon im Mondlicht anschloss. Dan ging hinein, um den Pride of Erin mit seiner Frau zu tanzen, dann kam er wieder heraus. Lochlann hoffte, dass das heute Nacht die einzige eheliche Aktivität der Hogans bliebe – er wollte Nell nicht in ein paar Wochen wieder weinend in der Praxis sitzen haben, das achte Kind unterwegs. Der Vollmond, der nun hoch über die Kiefern stieg, bot einen so atemberaubenden Anblick, dass er selbst dem eingefleischtesten Zyniker noch Milde einflößte. Lochlann musste seinen Nachfolger warnen, dass in neun Monaten eine ungewöhnlich hohe Geburtenrate zu erwarten stehe, und die meisten davon wären »Frühchen«.

Widerstrebend verabschiedete sich Lochlann von den Männern und ging in den Pavillon – ein Tanz mit Nell Hogan sollte genügen, und er hätte seine Pflicht erfüllt. Die Kapelle, die aus einer Fiedel, einem Klavier und Trommeln bestand, spielte den Schottisch. Im schwachen Licht, das die eine Glühbirne unter der Decke warf, sah er Frauen auf Bänken längs der Seitenwände sitzen und sich miteinander unterhalten, während sie die wenigen Männer im Auge behielten, die an der Tür standen. Er entdeckte Nell Hogan, als sie gerade in den Nebenraum gehen wollte, um bei der Zubereitung des Essens zu helfen, und forderte sie zum Tanz auf. Nachdem sie sich einige Male gedreht hatten, entdeckte Lochlann die Oberschwester – er musste zweimal hinsehen, um sich zu vergewissern, dass sie es wirklich war –, wie sie den Tanzboden überquerte und sich exakt dorthin stellte, wo Nell gestanden hatte. Er war überrascht, sie hier zu sehen, denn er wusste, dass sie das Tanzen missbilligte. Sie muss eine Ausnahme machen, damit sie auf einer Rotkreuzveranstaltung ihre Unterstützung für solch einen würdigen Zweck zeigen kann, dachte er. Mit ihr müsste er ebenfalls tanzen, dann hätte er seine Pflicht erfüllt und könnte gehen. Wenn sie sich dorthin stellte, brauchte er sie nicht zwischen den anderen Frauen zu suchen, die alle seine Patientinnen waren.

Unter den Männern an der Tür war auch Digger Flintoff vom Westhang des Plateaus. Seit er vor zwei Jahren ins Krankenhaus gekommen war, weil ihm ein umstürzender Baumstamm das rechte Bein gebrochen hatte, liebte er die Oberschwester. Wochenlang hatte sie ihn gepflegt, und er hatte ihre forsche Art und ihre sanften Berührungen bewundert und fand den Klang ihrer Stimme süßer als Eukalyptushonig. Doch sie kamen von unterschiedlichen Enden des Regenbogens – er fürchtete ihre Regeln und Prinzipien und glaubte keinen Augenblick lang, dass sie einen Trinker und Raufbold wie ihn in Betracht ziehen könnte. Daher stand er nur an der Tür und beobachtete Dr. Carmody, wie er Nell Hogan dorthin zurückbrachte, wo er sie gefunden hatte, und mit ihr sprach, bis die Musik wieder einsetzte.

Foxtrott. »Damenwahl.« Oberschwester Grainger stand genau richtig, um Lochlann aufzufordern, ehe der Zeremonienmeister die Ankündigung gemacht hatte, und Nell konnte in die Küche zurückkehren.

»Der schiebt nichts auf die lange Bank«, flüsterte jemand.

Zwei junge Schwestern stießen einander an, und einige ältere Damen tauschten wissende Blicke.

Digger beobachtete wie gebannt die Oberschwester. Sie tanzte anmutig und gekonnt, lachte zum Arzt hoch, ließ das Haar lose schwingen; der seidige Chiffonrock ihres Kleides schwebte im Rhythmus der Musik. Für Digger war der Anblick eine Offenbarung. Keine Spur von Wäschestärke. Vielleicht hatte er sie falsch eingeschätzt. Als die Damenwahl zu Ende ging, setzte er sich über den Tanzboden in Bewegung, damit er zur Stelle war, um sie um den nächsten Tanz zu bitten. Die ganze Zeit schwor er dem Herrn, dass er ein Heiliger würde, wenn sie ihm nur einmal den Blick schenkte, mit dem sie jetzt den jungen Arzt ansah.

Während er wartete, dass der nächste Tanz angekündigt

wurde, hielt er sich in der Nähe des Paares. Die Oberschwester, die den Arzt nicht aus den Augen ließ, bemerkte Digger überhaupt nicht, obwohl er nur ein winziges Stück außerhalb ihres unmittelbaren Blickfelds stand.

Als Nächstes kam ein Wiener Walzer. Digger bat um Verzeihung und wollte Oberschwester Grainger auffordern, doch Lochlann, der es für schlechtes Benehmen hielt, das Kompliment, bei der Damenwahl auserkoren zu werden, nicht zu erwidern, hatte sie bereits um den nächsten Tanz gebeten. Er erklärte sich sofort bereit zu verzichten, doch davon wollte Digger nichts hören, schon gar nicht, als er den besorgten Ausdruck in Oberschwester Graingers Gesicht sah. Sie versprach ihm den darauffolgenden Tanz, den letzten vor dem Essen, und damit war er zufrieden. Während der Arzt und die Oberschwester auf die Tanzfläche gingen, betrachtete manches Augenpaar Digger eindringlich, voll Hoffnung, dass er ihre Besitzerin aufforderte, doch er blieb stehen, wo er war, und starrte auf das tanzende Paar, das lachte, während seine Drehungen immer weiter und lebhafter wurden. Andere Tänzer stolperten über die eigenen Füße, während sie versuchten, etwas in sich aufzunehmen, was sie nie für möglich gehalten hätten – eine strahlende Oberschwester beim Tanzen mit dem bestaussehenden Mann im Pavillon, während der begehrteste Junggeselle am Rand darauf wartete, dass er sie übernehmen durfte.

Erleichtert, dass ihm mehr nicht abverlangt wurde, gesellte sich Lochlann wieder zu den Männern vor dem Eingang. Als nach dem Canadian Three Step zum Essen gerufen wurde, sagte er ihnen, er würde es auslassen und nach Hause gehen. Sie überredeten ihn, noch ein paar Schluck auf den Weg zu nehmen. Aus Taktgefühl fragte niemand nach seiner Frau. Dass sie nie ihr Gesicht zeigte und die Mutter eines toten Kindes war, grenzte sie als Thema ebenso sehr ein, wie es seine Antworten beschränkte, und daher gingen sie kein Risiko ein und sagten nichts.

Ihnen tat es leid, dass solch ein junger, geselliger Mann eine Frau am Hals hatte, die nach allem, was sie sahen und was Mrs Parker verschwieg, eine echte Niete sein musste.

Um zehn Uhr verabschiedete sich Lochlann widerstrebend von den Männern, und auf der gesamten Viertelmeile seines Nachhausewegs hoffte er inständig, dass Charlotte schon schlafend im Bett lag, wenn er zur Tür hereinkam.

»Du hast getrunken«, sagte Charlotte, ohne den Blick von dem Buch zu nehmen, das sie am Küchentisch las.

Lochlann schloss die Tür mit übertriebener Sorgfalt. »Natürlich habe ich das. Nüchtern konnte ich nicht hoffen, mich so gut zu fühlen wie jetzt. Ich bin aber nur halb blau. Offenbar konnte ich noch gehen, sonst wäre ich kaum den Hügel hochgekommen.«

Charlotte lachte gegen ihren Willen.

»Es ist schade, dass du nicht mitgekommen bist. Es hätte dir Spaß gemacht.« Er lehnte sich an den Tisch und versuchte auf scherzende Weise ihre Aufmerksamkeit zu erlangen. »Ich konnte nicht früher weg. Ich musste ein paar Pflichttänze absolvieren.«

Er richtete sich auf, kam um den Tisch und stellte sich neben sie. Sie starrte weiter in ihr Buch. Er begann *Danny Boy* zu summen, ganz wie früher, wenn er halb berauscht gewesen war. Er verbeugte sich, nahm ihre Hand, drehte das Buch um und sagte: »Noch ein Pflichttanz heute Abend. Darf ich bitten?«

Charlotte entschied sich, die Kränkung zu übersehen, die in dem Wort »Pflicht« mitschwang, und während sie sich vom Stuhl hochziehen ließ, versuchte sie, nicht zu erfreut auszusehen. Lochlann wankte nur ganz leicht, als er Tanzhaltung einnahm, und drückte sie eng an seine Brust.

»*Aber komm wieder...*« Er sang den Text, als nehme er sich ihn zu Herzen, »*denn dann neigst du dich zu mir und sagst, dass du mich liebst...*«

Er drehte den Kopf von ihr weg und sang die Decke an.

Die Enge der Küche und die wuchtigen Möbel engten ihre Bewegungen ein. Nachdem Charlotte sich die Hüfte an der Tischecke gestoßen hatte, kam sie näher, und als Lochlann zur Anrichte zurückwich und das Geschirr zum Klirren brachte, legte sie ihm beide Arme um den Hals. Sie verkürzten ihre Schritte, um weitere Kollisionen zu vermeiden, und bald bewegten sie ihre Füße kaum noch.

In den folgenden Wochen wurden die Nachwirkungen des Balls offenbar.

Nell Hogan suchte den Arzt weder auf, als sie merkte, dass sie mit ihrem achten Kind schwanger ging, noch in den darauffolgenden Monaten. Die Hogans hatten kein eigenes Auto, und sie erbat nur ungern Gefallen von den Nachbarn, wenn kein Notfall bestand.

Oberschwester Grainger und Digger heirateten gezwungenermaßen, als sie im zweiten Monat war. »Für mich braucht keiner als Alibi einen großen Brutschrank zu kaufen«, sagte sie lachend. »Jeder weiß Bescheid, und mir ist das egal.« Man hätte behaupten können, dass Digger sich die Hände an einem Feuer gewärmt habe, das ein anderer Mann entfacht hatte, doch wie immer es zu ihrer Verbindung gekommen war, beide betrachteten sich als glücklich.

Die dritte war eine junge Frau aus North Redmundo.

Charlotte war das vierte Opfer.

»Und ehe du irgendetwas sagst«, sagte sie zu Lochlann, obwohl er keinerlei Anstalten machte, sich zu äußern, »auf keinen Fall gehe ich in diesem Zustand auf Reisen. Ich bin mir sicher, dass meine wochenlange Seekrankheit auf dem Herweg Benedict geschadet hat. Mir ist egal, dass du als Arzt eine andere Meinung vertrittst. Ich gehe hier nicht weg, ehe das Kind auf der Welt ist, und das ist mein letztes Wort.«

»Ich bin gar nicht auf den Gedanken gekommen, dich darum zu bitten«, erwiderte Lochlann sanft. »Ich weiß, dass diesmal alles gutgeht. Wir können uns zusammen auf dieses Kind freuen.«

Dr. Merton, zweiundachtzig Jahre alt, hatte geschrieben, er würde gerne in der Stadt seiner Geburt noch einmal Forellen angeln, ehe er starb, und die Position ausfüllen, bis der Krieg zu Ende war, falls er so lange lebte und dieser sich nicht zu lange hinzöge.

Lochlann schrieb ihm zurück und dankte ihm für seine Bereitwilligkeit, doch leider sei die Stellung bereits besetzt. Dann schrieb er an die Ärztekammer und setzte sie von seiner Planänderung in Kenntnis.

66

Charlotte durchlitt eine angstvolle Schwangerschaft. Schon früh entwickelte sie die Theorie, dass mit ihr von Grund auf etwas nicht stimme, was von der Blutsverwandtschaft ihrer Eltern herrühre; nicht die See-, sondern eine Erbkrankheit habe den Tod Benedicts verursacht. Lochlanns Versicherungen des Gegenteils halfen nicht, da er noch immer nicht wusste, woran Benedict gestorben war, und nicht kategorisch behaupten konnte, das gleiche Unheil würde nie wieder geschehen. Er sagte nur, es sei höchst unwahrscheinlich. Er sagte ihr nicht, dass Mediziner Frauen, die zwei Totgeburten hatten, in der Regel rieten, es nicht noch einmal zu versuchen, da die Wahrscheinlichkeit, weitere zu erleiden, zu groß sei.

Charlotte bezog einen gewissen Trost daraus, dass ihre Eltern keine Verwandten ersten Grades waren, doch das genügte nicht, um sie zu beruhigen, wenn sie mitten in der Nacht wach lag und sich eine zweite katastrophale Entbindung ausmalte.

Obwohl sie nicht gern allein war, lehnte sie jede Gesellschaft außer der Lochlanns oder Mrs Parkers ab und hatte, als die Wehen schließlich einsetzten, die beiden und sich selbst ebenfalls zermürbt. Lochlann fuhr sie zum Krankenhaus, und sie flehte ihn an, sie nicht allein zu lassen, bevor sie das Kind zur Welt gebracht hatte.

Die Oberschwester hatte neun Tage vorher einen Sohn geboren und war bereits wieder zu Hause. Ihre Vertretung, Schwester Townsend, hatte die allgemeine Ausbildung abgeschlossen, aber noch keinen Hebammenkurs absolviert. Allerdings hatte sie bei vielen Geburten assistiert und wurde als erfahren betrachtet. Bei dem Personalmangel, der im ganzen Land herrschte, war es nicht ungewöhnlich, unterqualifizierte Mitarbeiter zu beschäftigen. Krankenhäuser, zumal kleine Einrichtungen wie in Redmundo, waren dankbar für jede Kraft, die sie bekamen.

Lochlann hatte angeboten, Charlotte ins große, besser ausgestattete Krankenhaus von Pumbilang zu bringen, das vierzig Meilen entfernt war, doch sie brach nur in Tränen aus und lehnte das ab. Sie wollte nicht unter Fremden sein, sie wollte auch nicht, dass jemand anderer als Lochlann das Kind zur Welt brachte, und wenn der Grund im Blut lag, nutzte die bessere Ausstattung ohnehin nichts.

Um fünf Uhr morgens traf Nell Hogan ohne Begleitung im Krankenhaus ein. Sie war vor ihrem erwarteten Geburtstermin in die Stadt gekommen und hatte bei Father Dalys Wirtschafterin im Pfarrhaus gewohnt. Ihre kleineren Kinder hatte sie auf die Verwandten verteilt, die älteren blieben auf der Farm und halfen Dan beim Melken und Viehfüttern. Nell war im Dunkeln ohne Mantel den eisigen Hang hinuntermarschiert und hatte ihre Tasche getragen. Ein einsamer Anblick, fand Lochlann. Er lockerte Charlottes festen Griff um seinen Arm, versprach, binnen Minuten wieder da zu sein, und ging zum Empfangsschalter. Er begrüßte Nell und trug sie ein, dann gab er sie an Schwester Townsend weiter.

Schwester Townsend hatte seit sechsunddreißig Stunden

nicht geschlafen und sah gegen acht Uhr mit Erleichterung, wie ihre Ablösung, Schwester Fullbright, zur Tagesschicht kam. Sie winkte ihr, aber blieb nicht, um sie wie üblich einzuweisen – das konnte Dr. Carmody tun, der schließlich im Haus war –, und brach auf, mit den Gedanken ganz bei ihrem Bett, einer heißen Wärmflasche und den zehn Stunden Schlaf, die vor ihr lagen.

»Guten Morgen, Pam, was ist denn mit Ihnen los?«, fragte Lochlann Schwester Fullbright, kaum dass er sie erblickte.

»Ich fühl mich ein bisschen schwach, wenn ich ehrlich bin, Herr Doktor. Ich krieg wohl 'ne Erkältung«, krächzte die Schwester. »Aber keine Sorge. Sobald ich einen heißen Tee getrunken hab, geht es mir wieder besser.«

»Ich fürchte, es erfordert eine Menge mehr als eine Tasse heißen Tee, um Sie wieder gesund zu machen.« Er besprach ihre Symptome mit ihr – Kopfweh, Gliederschmerzen, Mattigkeit, Schwitzen, Frösteln. »Und Fieber«, fügte er hinzu, kaum dass er ihre Stirn befühlt hatte. »Sie gehen auf der Stelle wieder nach Hause, legen sich ins Bett und bleiben dort, bis ich komme. Kein Zweifel, Sie haben eine ausgewachsene Influenza.«

Schwester Fullbright ließ ihn nur ungern mit einer Schwesternhelferin und einer Köchin zurück, zumal sie bereits wusste, dass sowohl Mrs Carmody als auch Mrs Hogan zur Entbindung aufgenommen waren. Lochlann sagte jedoch, sie wäre mehr eine Gefahr denn eine Hilfe, wenn sie die hochansteckende Influenza im Krankenhaus verbreitete – das sei das Letzte, was er wolle. Sie schlug vor, Schwester Townsend anzurufen und sie zu bitten wiederzukommen – es wäre nicht ihre erste Doppelschicht –, doch Lochlann entgegnete, sie hätte in den letzten beiden Tagen kein Auge zugemacht. In der Nacht wäre sie von größerem Nutzen, und er komme tagsüber schon zurecht. Die Patienten störten sich an einem bisschen Vernachlässigung nicht, wenn sie dafür eine frische und ausgeruhte Nachtschwester bekämen.

Schwester Fullbright war froh, dass der Arzt die Entscheidung für sie fällte – ihr hatte davor gegraut, den ganzen Tag auf den Beinen zu sein. Schade nur, dass sie deshalb die Geburt von Charlotte Carmodys zweitem Kind versäumte – die ganze Stadt und der ganze Bezirk schienen kollektiv die Luft anzuhalten und hofften auf einen glücklichen Ausgang für die arme depressive Eremitin und ihren geplagten Ehemann. Und von Mrs Hogans achtem. Sie bedauerte auch, diese Entbindung zu verpassen, denn sie dürfte ohne Komplikationen ablaufen. Doch sie fühlte sich so miserabel, dass sie erleichtert war, nach Hause geschickt zu werden.

Lochlann brachte Nell Hogan ins Entbindungszimmer, als ihre Zeit näher kam. Sie lag still leidend da, versuchte keine Umstände zu machen und entschuldigte sich, dass sie Lochlanns Zeit derart beanspruchte. Sie bat nur um eines: in den letzten Stadien chloroformiert zu werden. Bei all ihren Entbindungen habe sie Chloroform bekommen, und wenn er ihr das nicht versprechen würde, könnte sie am Ende den Mut verlieren. Die Schwesternhelferin sah nach ihr, wann immer sie sich nicht um die anderen Patienten kümmern musste.

Um vier Uhr fünfzehn und vier Uhr vierundzwanzig nachmittags brachte Nell zwei Mädchen zur Welt – eineiige Zwillinge. Lochlann wog sie – fünf Pfund zwei Unzen und fünf Pfund zwölf Unzen –, dann wickelte er sie in Krankenhausdecken aus Baumwolle und legte sie in die Wiegen des Kinderzimmers gleich neben dem Kreißsaal. Nell verabreichte er noch ein wenig Chloroform, während er auf die Nachgeburt wartete.

Charlotte Carmody brachte um sechs Uhr dreißig im Nachbarzimmer ein totes Mädchen zur Welt. Lochlann taufte es, reinigte es, wickelte es und legte es in eine Wiege neben die Hogan-Zwillinge. Seiner Frau verabreichte er noch eine Dosis Chloroform, um ihr Unwissen zu verlängern und es ihr nicht eröffnen zu müssen.

Die ganze Zeit war er völlig allein.

Als alles vorüber war, suchte er die Schwesternhelferin und bat sie, sich um die Bedürfnisse der Mütter zu kümmern, während er sich auf die Säuglinge konzentrierte, von denen einer langsam atmete und Sauerstoff benötigte.

Als Schwester Townsend um acht Uhr abends wieder ihren Dienst antrat, erfrischt von neun Stunden Schlaf, bemerkte sie als Erstes, wie entsetzlich Dr. Carmody aussah, und dachte sofort, seiner Frau sei etwas zugestoßen. Müde schilderte er ihr, was in ihrer Abwesenheit geschehen war. Er habe seine Frau gleich nach der Entbindung nach Hause gefahren, wo Mrs Parker sich um sie kümmere, sagte er, damit das durch Schwester Fullbrights Erkrankung unterbesetzte Personal entlastet werde.

Er nahm sie mit in sein Büro und bat sie, den Totenschein auszustellen, den er später unterschreiben werde. Der Arzt erschien der Schwester ausgelaugt und bedrückt. Sie hatte an dem Tag, an dem sein Sohn Benedict gestorben war, Dienst gehabt und gehofft, nie wieder solch ein schmerzvolles Geschehen mitzuerleben.

Sie schalt sich dafür – eine stellvertretende Oberschwester sollte auf solche Tage vorbereitet sein. Es sei nicht ihre Schuld, sagte Dr. Carmody. Ihm kamen die Worte nur schwer über die

Lippen. Woher sollte sie wissen, dass Schwester Fullbright krank war, zumal sie noch gesehen hatte, wie sie ihren Dienst antrat? Manchmal komme eben alles Schlechte zusammen, sagte er.

Als Erstes rief Schwester Townsend ihren Verlobten an, einen jungen Polizisten, der ebenfalls Nachtdienst hatte, und bat ihn, nach Taltarni zu fahren und Shirley Dudgeon, die weder Auto noch Telefon besaß, zu fragen, ob sie am Morgen kommen und helfen könne.

»Lass dich nicht abweisen«, sagte sie und berichtete ihm, was an diesem Tag geschehen war. Sie wollte nicht schlecht aussehen neben Oberschwester »Wowser« Grainger, die hier zehn Jahre lang so effizient geherrscht hatte. »Verhafte sie notfalls, oder schmier ihr Honig um den Mund – darauf verstehst du dich ja –, aber komm nicht ohne sie wieder. Sag ihr, sie kann bei mir wohnen. Danke, Liebling. Du auch.«

Charlotte saß aufrecht im Bett, den Kopf gesenkt, und himmelte den dunkelhaarigen Säugling in ihren Armen an.

Als Mrs Parker hereinkam, hob sie den Kopf und strahlte sie an. »Ich glaube, ich bin die glücklichste Frau auf der ganzen Welt.«

»Im Moment stimmt das wohl sogar«, pflichtete Mrs Parker ihr bei.

»Ich dachte, ich hätte nie das Glück, ein lebendiges, gesundes Baby zu bekommen. Das ist das Einzige, was ich je wirklich wollte. Ich kann nicht fassen, dass es endlich so weit ist. Womit habe ich solch ein Glück verdient?« Sie streichelte das winzige

Händchen, das durch die Luft strich. »Aber das sagt wahrscheinlich jede Mutter.«

»Nein, nicht jede. Ich muss sagen, Sie machen den Eindruck, als würden Sie sich auskennen, Mrs Carmody. Ein echtes Naturtalent.«

»Wirklich?« Charlotte sah sie erfreut an. »Das beruhigt mich. Ich hatte schon Angst, ich würde nicht wissen, was ich tun soll.«

»Das hätte ich nie gedacht. Sie sehen aus wie ein alter Hase. Haben Sie sich schon für einen Namen entschieden?«

»Ja, endlich. Dr. Carmody sagte, er wolle nicht irgend so einen affektierten langen Namen, und ich sagte, ich wolle keinen dieser irischen Namen, die kaum jemand aussprechen oder buchstabieren kann, und ich glaube, wir einigen uns auf etwas Einfaches und Simples wie Mary Anne, nach etlichen Vorfahrinnen, falls er damit einverstanden ist.« Sie hatte sie Victoria nennen wollen, aber sie fürchtete, ihre Mutter könnte feindselig darauf reagieren.

»Sehr hübsch«, sagte Mrs Parker. »Solche Namen kommen nie außer Mode.« Sie wusste nicht, ob ihr Mann ihr von Mrs Hogans bald nach der Geburt verstorbener Tochter erzählt hatte. Sie streckte ihre Fühler aus, indem sie sagte: »Ich frage mich, wie es Mrs Hogan geht«, und als Charlotte nicht reagierte, ging sie davon aus, dass die Frau des Doktors es nicht wusste.

Vielleicht war das einer der Gründe, weshalb Dr. Carmody seine Frau gleich nach Hause gebracht hatte – um sie vor einer Situation zu schützen, die nur böse Erinnerungen geweckt hätte. Fürs Erste würde sie sich an seine Vorgabe halten und schweigen. Sollte er es ihr sagen.

Mrs Hogan entschied sich, nicht zusammenzubrechen, als Schwester Townsend einen Stuhl ans Bett zog.

»Dr. Carmody hat sie getauft und Dolores genannt«, sagte sie nach vielen vergeblichen Anläufen zu sprechen.

»Das ist gut. Dann haben Sie einen kleinen Engel im Himmel«, sagte die Schwester. Sie benutzte einen Ausdruck, den sie oft gehört hatte.

Mrs Hogan fragte nicht, ob es einen Grund für den Tod des Babys gab – sie akzeptierte ihn als eine der Unergründlichkeiten des Lebens. Auf der Farm hatte sie dergleichen oft erlebt und sich nie daran gewöhnt. Nicht dass man Menschen und Tiere vergleichen konnte, doch wenn man eine Kuh nach dem Kalb brüllen hörte, das man ihr weggenommen hatte, fiel es schwer zu glauben, dass sie nicht das Gleiche empfanden wie Menschen. Manchmal fragte sie sich, ob sie nicht einen Fehler begangen hatte, als sie einen Farmer heiratete, so weichherzig und zart besaitet wie sie war.

»Ich bringe Ihnen Ihr kleines Mädchen«, sagte die Schwester. »Wie wollen Sie sie nennen?«

»Alison, nach meiner Lieblingstante.«

»Das ist schön. Ihre Tante wird sich freuen.«

»Das hoffe ich. Ihr geht es schlecht, der Armen. Ich glaube nicht, dass es eine heilige Alison gibt, daher gebe ich ihr vorsichtshalber Rose als zweiten Vornamen.«

»Wie schön. Wie viele haben Sie dann?«

»Fünf Jungen und vier Mädchen.« Nell Hogan begann zu weinen. »Drei Mädchen.«

Schwester Townsend ärgerte sich über sich selbst. Wie konnte sie nur so eine taktlose Frage stellen.

In der Abgeschiedenheit seines Büros schrieb Lochlann an den alten Arzt, der mittlerweile dreiundachtzig geworden war, das Angebot sei wieder offen, und wenn er noch zur Verfügung stehe, könne er Haus und Praxis noch im laufenden Monat übernehmen. Dann bewarb er sich um eine Stellung auf einem Truppentransportschiff – die nötigen Formulare besaß er noch. Während er in der Dunkelheit zum Postamt ging, um die beiden Briefe aufzugeben, fragte er sich, ob er je wieder eine friedliche Nacht erleben würde. Von diesem Tag an rechnete er nicht damit, noch einmal den Schlaf der Gerechten zu schlafen.

Später versicherte Lochlann einem besorgten Father Daly, er habe den Säugling korrekt und streng nach Vorschrift getauft, sodass die Hogans nicht zu befürchten brauchten, die Seele ihres kleinen Mädchens weile im Limbus. Er hielt es für besser zu verschweigen, dass der Säugling leblos gewesen war, als er ihm das Wasser auf die Stirn goss und die Worte sprach.

Hat es je solch einen Heuchler wie mich gegeben?, fragte sich Lochlann, erstaunt, wie leicht ihm die Lügen über die Lippen gingen.

Nell Hogan blieb die üblichen zwei Wochen im Krankenhaus. Lochlann besuchte sie täglich auf seinen Runden, und wenn er auf eine Erlösung gehofft hatte, wie etwa eine Bemerkung, es sei gar nicht schlimm, dass ein Zwilling gestorben sei, weil sie zwei weitere Kinder ohnehin nicht durchbringen könne, so wurde er enttäuscht. Nell trauerte um die kleine Dolores, als wäre sie ihr einziges Kind. Schlimmer noch, vor ihrer Entlassung erzählte sie ihm, dass ihre Schwägerin in Sydney angefragt habe, ob sie Alison adoptieren könne, denn nach sechs Fehlgeburten habe sie die Hoffnung auf ein eigenes Kind aufgegeben und überlege, ob die Hogans vielleicht einem von ihren acht gesunden Kindern einen gewaltigen finanziellen Vorteil und eine sichere Zukunft verschaffen wollten.

»Was haben Sie darauf gesagt?«

»Ich habe es nie erwogen. Keine Sekunde lang. Dan und ich sind uns einig, dass wir uns von unser eigen Fleisch und Blut nicht trennen können, und wenn Gott gewollt hat, dass wir so viele Kinder bekommen, dann sorgt er auch dafür, dass wir sie nähren und kleiden. Die arme Cat wird sich damit begnügen müssen, Patin zu sein. Nicht dass es ihr ein großer Trost sein wird, der armen unglücklichen Frau, aber mehr können wir nicht für sie tun. Gott kann manchmal sehr ungerecht sein, Herr Doktor.«

Die Schwägerin müsste sich wohl auf weitere Ungerechtigkeiten gefasst machen, überlegte Lochlann. Nell war erst dreiunddreißig und Alison wohl kaum ihre letzte Tochter. Auch diese Aussicht bot ihm keinerlei Trost.

Der alte Arzt schrieb zurück, er würde die Arbeit im Laufe des Monats aufnehmen und hoffe, dass Lochlann ihm diesmal nicht wieder absage, da er sich wirklich freue auf die Rückkehr in sein altes Revier.

Wenn Nell und Charlotte sich verhielten wie früher, würden die nächsten vier Wochen vergehen, ohne dass sie einander begegneten und ihre Babys vergleichen konnten, hoffte Lochlann. Nell, die ohne Transportmittel zwanzig Meilen weit entfernt wohnte, kam nur in Notfällen in die Stadt, und Charlotte verließ nie das Haus. Die Feststellung seiner Mutter, dass alle hübschen Babys sich ähnelten und alle hässlichen Babys einander glichen, vermochte ihn nicht zu trösten. Eineiige Zwillinge konnten nicht unter solch einen Gemeinplatz fallen.

67

Wie Charlotte sich Mary Anne widmete, erstaunte nicht nur Lochlann, der seine Frau seit ihrer Hochzeit nur mutlos und untätig erlebt hatte, sondern auch Mrs Parker, die sich darauf eingerichtet hatte, die Betreuung des Säuglings weitgehend allein zu übernehmen, nun aber feststellen musste, dass man sie überhaupt nie um einen Gefallen bat, was die Kleine anging.

Charlotte achtete aufmerksam auf jedes Signal, das Mary Anne von sich gab, und ließ sich auf jede Stimmungsänderung ein. Sie stellte fest, dass sie in einer Sprache zu der Kleinen sprach, von der sie zuerst glaubte, sie komme aus ihrem Innersten, bis sie begriff, dass sie die Art imitierte, wie Manus zu den Pferden sprach, und vor allem zu den Fohlen. Bei den Fohlen funktionierte sie, und auch auf Mary Anne verfehlte sie ihre Wirkung nicht, die sich als wunschlos und friedfertig erwies.

»Und warum auch nicht?«, sagte Mrs Parker zu ihren Freundinnen. »Mrs Carmody lässt überhaupt nicht zu, dass sie weint. Die Kleine kommt kaum je von der Brust und liegt immer in den Armen ihrer Mutter. Mrs Carmody ist ins kleine Zimmer gezogen, damit ihr Töchterchen neben ihr schlafen kann, ohne den Doktor zu stören.«

Lochlann bemühte sich sehr, nichts zu denken oder zu empfinden oder sich an das Kleine zu gewöhnen, denn jederzeit konnte ein allwissender Lenker herabfahren, ihnen Mary Anne wegnehmen und ihrer wahren Familie zurückgeben. Er wagte nicht zu glauben, dass er mit der Sache durchkam. Wenn nur die Zwillinge zweieiig gewesen wären statt eineiig – dann hätte er nicht in ständiger Angst leben müssen. Wenn sie nur gleich die Stadt verlassen hätten.

Zwei Tage vor ihrer Abreise rief Nell Hogan an und sagte, Alison habe einen Husten tief in der Brust und 39 Grad Fieber. Was solle sie tun? Einen Nachbarn bitten, sie in die Stadt zu fahren? War es so ernst?

»Ich sage Ihnen etwas«, sagte Lochlann. »Ich muss sowieso beim alten Chippie an der Mühle vorbeischauen und komme auch zu Ihnen. Ich fahre gleich los. Machen Sie sich keine Sorgen. Nein, das ist mein Ernst.«

Der alte Chippie war überrascht, als der Arzt ihn besuchte, weil er ihn nicht angerufen hatte und es ihm gutging.

»Trinken Sie einen mit mir, Herr Doktor?«, fragte er und spülte ein schmutziges Glas.

»Aber nur einen. Zum Abschied. In drei Tagen geht es wieder nach Hause, dann melde ich mich freiwillig.«

Chippie erfuhr es als Erster, die Hogans als Zweite.

Nachdem er Alison untersucht und Nell eine fiebersenkende Arznei gegeben hatte, eröffnete er den Hogans, dass er die Stadt verlasse. Sie ließen sich ihre Enttäuschung offen anmerken und sagten, sie müssten eine Abschiedsfeier für ihn organisieren. Keine Umstände, bat Lochlann, er habe ohnehin keine Zeit, denn er sei entsetzlich mit den Reisevorbereitungen beschäftigt – und seine Frau ebenfalls. Deshalb habe er bis zur letzten Minute niemandem etwas von seiner Abreise erzählt.

Er müsste Charlotte und den Säugling bewachen, bis sie abgereist waren, denn er hatte zu befürchten, dass Dan Hogan einen Abschiedsbesuch für angebracht hielt.

»Vielleicht kommen Sie ja nach dem Krieg wieder«, sagte Nell betroffen.

»Das gebe Gott«, sagte Dan.

Lochlann fragte, ob er ein paar Fotografien der Familie machen dürfe. Seine Bitte schmeichelte ihnen. Er sorgte dafür, dass Alison im Mittelpunkt stand. Unter Verschluss zu halten, dachte Lochlann.

Er wollte ihnen sagen, wie tief er in ihrer Schuld stehe, aber dann überlegte er, ob das nicht seltsam klänge. Die Tage, die er zu Pferd auf ihrer Farm verbracht hatte, wären für sie nichts Besonderes.

Er bot nicht an, Kontakt zu halten, und nannte ihnen nicht seine Heimatanschrift – damit hätten sie auch nicht gerechnet. Er ließ einen Karton mit Geschenken und Geld für die Kinder da, und die Ironie dieser Armseligkeit war ihm nur allzu bewusst. Hätte er nur viel mehr geben können. Hätte er mit ihnen alles geteilt, was ihm je gehören würde, hätte er nicht einmal annähernd ablösen können, was er ihnen schuldete.

68

Lochlann und Scottie packten das Gepäck auf die Pritsche des Postlasters.

»Übrigens, wenn Sie in Sydney ein Hotel suchen«, sagte der alte Dr. Merton, der am Vortag eingezogen war, »so habe ich eine vorbehaltlose Empfehlung. Meine liebe verstorbene Frau betrachtete es als ihr Zuhause in der Fremde, und ich kann mich dafür verbürgen. Das Waratah. Wird von zwei freundlichen Engländerinnen betrieben.«

»Vielen Dank«, sagte Lochlann, »aber ich glaube nicht, dass wir ein Hotel brauchen. Wir rechnen damit, uns gleich einschiffen zu können.«

»In diesen unsicheren Zeiten sollte man mit allem rechnen. Am Ende steht Ihnen doch eine lange Verzögerung bevor. Ich habe einen Zeitschriftenartikel mit allen Einzelheiten aufgehoben. Nun, was habe ich damit angefangen?« Er kramte in seiner schwarzen Tasche. »Die Jüngere war wirklich atemberaubend – sie machte einen Teil der Anziehungskraft des Hotels aus. Als ich sie zum letzten Mal sah, sah sie immer noch gut aus; allerdings meinte meine liebe verstorbene Frau dazu, ich bräuchte eine neue Brille. Ich glaube, sie war ein wenig eifersüchtig, obwohl sie dazu wirklich nie Anlass hatte.« Er fand ein Stück Papier und reichte es Lochlann. »Kann nicht schaden, wenn Sie es haben, nur für alle Fälle. Wir wollen schließlich nicht, dass Sie auf der Straße übernachten müssen. Das Waratah nimmt der Verzögerung den Stachel, sollte Ihr Schiff sich verspäten.«

»Danke sehr, aber ich hoffe, wir brauchen es gar nicht.« Lochlann schob sich die Seite in die Brusttasche seiner Jacke. »Ich lese den Artikel im Zug.«

Die wenigen Städter, die zu dieser frühen Stunde schon unterwegs waren, rissen die Köpfe herum, als sie ihren Aufbruch bemerkten. Lochlann hatte nur einigen in letzter Minute mitgeteilt, dass er ging, damit niemand auf die Idee kam, eine offizielle Verabschiedung zu inszenieren. Allein der Gedanke, dass Charlotte mit Mary Anne vor den Hogans herumstolzierte, die auf jeden Fall gekommen wären, weckte in Lochlann Übelkeit.

Wombat, der auf dem Weg zur Butterfabrik war, hielt an, als er die kleine Gruppe sah. Sein Gesicht verriet so viel Überraschung, wie es zu zeigen vermochte. Er trat zu ihnen und streckte die Arme nach Mary Anne aus. Lochlann, der sich an Charlottes Angst vor ihm erinnerte, wollte schon einschreiten, doch diese strahlte den Mann an, reichte ihm den Säugling und sagte: »Sie haben mir Glück gebracht, Wombat.« Sie zog den Schal beiseite, damit er das Baby richtig sehen konnte.

Lochlann fragte sich, wovon sie sprach.

Wombat betrachtete das Baby, blickte Charlotte und Lochlann an und dann wieder Mary Anne.

Sein Mund bildete lautlos das Wort *Zwilling*.

Lochlann wusste als Einziger, was er zu sagen versuchte.

»Ich habe gehört, du warst gestern draußen bei den Hogans und hast Dan geholfen«, sagte Mrs Parker in dem deutlichen Ton, der für die Behinderten reserviert war. Obwohl sie ihn mochte, blickte sie ihm nicht gern auf den Mund, und deshalb sah sie nicht, wie er seine Beobachtung äußerte. »Danach musst du ein Experte für Babys sein.« Sie lächelte in den kleinen Kreis.

Zwilling, wiederholte Wombat lautlos.

»Wind«, sagte Lochlann, nahm Mary Anne sanft Wombat ab und klopfte ihr leicht auf den Rücken, während er sich sie über die Schulter legte.

»Ich dachte, er hätte *Zwilling* gesagt«, sagte Charlotte.

»Nein, es war *Wind*. Ich rede viel mit ihm und bin ein Experte für das, was er sagt, nicht wahr, Wombat?« Ehe der stumme Mann zu einer Entgegnung kam, führte Lochlann ihn zu seinem Fahrzeug und dankte ihm dabei wortreich für die viele Arbeit, die er im Garten verrichtet hatte, versicherte ihm, dass er noch nie solches Gemüse gekostet habe, schüttelte den Kopf und versprach, ihn niemals zu vergessen, mimte ganz den guten Kerl, während es ihm so schien, als müsste er sich gleich übergeben, eine Hirnblutung erleiden und einen Herzanfall, und das alles gleichzeitig.

Charlotte erschien neben ihm. Sie nahm Wombats Hand und küsste ihn auf die narbige Wange. »Ich danke Ihnen für alles«, sagte sie. »Ich bin furchtbar froh, dass ich Sie noch einmal sehe, ehe ich gehe, damit ich Ihnen für das Glück danken kann, dass Sie mir gebracht haben.«

Wombat scharrte mit den Füßen und senkte den Kopf, um seine Freude zu verbergen, dann schwang er sich auf den Fahrersitz.

Was sollte das denn?, wunderte sich Lochlann, ohne nachfragen zu wollen. »Guter Mann«, sagte er mit rauer Stimme, wandte sich wieder der Gruppe zu und hoffte, dass niemand bemerkt hatte, in welcher Angst er den armen Mann so grob abgeschoben hatte. Es war keinem aufgefallen, und alle nahmen an, der Kloß in seiner Kehle komme vom Abschiedsschmerz.

Charlotte winkte Wombat hinterher, bis er außer Sicht war,

und sagte zu Mrs Parker: »Sie hatten recht. Er ist ein barmherziger Samariter.«

Mrs Parker verabschiedete sich, und Scottie verabredete sich mit Dr. Merton zu einem Angelausflug.

»Tut es Ihnen leid, dass Sie gehen, Doc?«, fragte Scottie, als sie ihre Plätze einnahmen. Sie winkten Mrs Parker und dem alten Arzt zu.

»Sehr.« Er senkte den Kopf und beschwor den Lastwagen, sich in Bewegung zu setzen, ehe noch jemand vorbeikam. Er hielt den Kopf gesenkt, bis der Lkw die Stadt hinter sich gelassen hatte. Er hoffte, Nell Hogan käme wenigstens ein Jahr lang nicht in die Stadt, damit Mrs Parkers Erinnerung an Mary Anne ausreichend verblasste und sie keine Verbindung zwischen den beiden Mädchen herstellte, die am gleichen Tag geboren waren und einander wie aus dem Gesicht geschnitten ähnlich sahen. Hoffentlich kämen Wombat immer mehr Zweifel an dem, was er gesehen hatte. Hoffentlich behandelten ihn die Stadtbewohner weiterhin mit herablassender Nachsicht, weil sie glaubten, nicht nur sein Gesicht, sondern auch sein Verstand wäre in dem Feuer geschädigt worden. Und wenn er irgendwann doch seine Stimme zurückerlangte, würden die Leute hoffentlich nichts auf seine Überzeugung geben, dass Charlotte Carmodys und Nell Hogans Babys Zwillingsschwestern waren.

»Ich kann kaum fassen, dass Sie bloß etwas mehr als zwei Jahre hier waren – mir kommt es länger vor«, sagte Scottie.

Eher wie zehn, dachte Lochlann, so viel wie geschehen ist.

»Erinnern Sie sich noch an Ihre erste Operation hier, an dem Tag, als Sie ankamen?«

»Der Blinddarm. Ja, daran erinnere ich mich gut – war halbtot und kannte mich im Operationsraum nicht aus. Ich hatte Glück, dass Oberschwester Grainger mir assistiert hat.«

»Sie haben gesagt, dass er für Großes bestimmt ist, der Billy Ericsson. Tja, war er nicht. Hab gestern Abend gehört, dass er gefallen ist. Was für eine verfluchte Verschwendung. Da hätten Sie sich die Mühe gar nicht machen brauchen.«

»Ich hoffe, dass dem nicht so war.«

Neben ihm saß Charlotte. Sie hielt die schlafende Mary Anne in den Armen und lächelte wie üblich auf sie herab.

»Wombat wollte eindeutig ›Zwillinge‹ sagen, Lochlann. Anscheinend hat er mich mit Nell Hogan verwechselt«, sagte sie. »Ich finde nicht, dass ich ihr ähnlich sehe, und du?«

»Kein bisschen. Soll ich Mary Anne ein wenig halten, damit du dich ausruhen kannst?«, fragte Lochlann. Er musste unbedingt das Thema wechseln.

»Vielleicht später. Ich möchte sie jetzt nicht wieder wecken.«

Scottie ergriff in ungewöhnlich ernstem Ton das Wort. »Im Namen der Stadt möchte ich Ihnen sagen, wo Sie ja keine Abschiedsveranstaltung wollten, dass wir Sie vermissen werden.«

»Danke«, sagte Lochlann. »Ich fand es hier wunderbar. Ich bin furchtbar gern hier gewesen und bedaure es, gehen zu müssen.«

Wenn sie wüssten, dachte er. Wenn sie wüssten, dass ich der schlimmste Heuchler auf der Welt bin, würden sie es glauben? Nein, nicht ohne Beweis, denn wenn sie mich ansehen würden, sähen sie nur das Spiegelbild ihrer eigenen Güte.

Von allen Menschen auf der Welt in einer Vertrauensstellung muss ich derjenige sein, der dieses Vertrauen am stärksten missbraucht hat.

Mildert es meine Schuld, dass ich aus Mitleid handelte, ohne Vorsatz, und dabei nur meine Fesseln enger gezogen habe?

Nein. Kein bisschen.

Welchen menschlichen oder göttlichen Trost habe ich zu erwarten?

Keinen. Kein Iota.

Wenn es einen Gott gibt, und ich hoffe, dass es nicht so ist, erwartet mich keine Vergebung, denn ich bin noch immer im Besitz des Schatzes, der meinem Nachbarn gehört, und habe nicht die Absicht, ihn zurückzugeben. Keine Wiedergutmachung, keine Absolution. So lautet das Gesetz.

An Lochlanns Schulter gekuschelt, fantasierte Charlotte, wie sie und Lochlann eines Tages mit ihren vier Kindern auf Tyringham Park ihre Silberne Hochzeit feiern würden, denn dort wollte sie wohnen, nachdem Harcourt geerbt hatte und wieder mit ihr sprach. Und sie würde Lochlann in genau dem richtigen heiteren Ton fragen, ob er sich an ihren ersten Hochzeitstag erinnere und ob es ihm in den Sinn gekommen sei, sie in die Schlucht zu stoßen, weil sie für ihn damals so ein Klotz am Bein war. Sie konnte sich vorstellen, wie er sie anblickte, als hätte sie den Verstand verloren, oder lachte und sagte: »Wie kommst du nur auf solche Ideen?« Dann durchforstete er sein Gedächtnis und fragte: »Warum hätte ich an so etwas denken sollen? Ich habe mich mit dem geologischen Aufbau des Planeten befasst und nicht so etwas Unbedeutendes wie einen Mord erwogen.« Sie könnte dann zurücklächeln, da bis dahin die Unbeschwertheit in ihre Beziehung Einzug gehalten hätte, und erwidern: »Ich weiß, dass du nicht daran gedacht hast. Ich war diejenige mit den schwarzen Gedanken. Stell dir nur vor, wenn das geschehen wäre, wäre Mary Anne nie geboren worden, und diesen Gedanken ertrage ich nicht. Wie hätte ich damals ahnen sollen, wie wunderbar sich am Ende alles fügt?«

Fünfter Teil

Die Heimkehrer

69

Dublin
1942

Tante Verity nahm es auf sich, das Postschiff zu empfangen, und teilte den heimgekehrten Auswanderern als Erstes mit, dass Harcourt verwundet sei; wie ernst, wisse die Familie nicht. Vor drei Wochen sei das Telegramm eingetroffen.

Lochlann streckte die Arme aus, um Mary Anne zu nehmen, sollte Charlotte einen Schwächeanfall erleiden, doch sie drückte das kleine Mädchen nur an sich und sagte, ihr gehe es gut.

»Das heißt doch, er kommt nach Hause, oder?«

Wenn ihr Bruder sah, was für eine gute Mutter aus ihr geworden und wie glücklich Lochlann über seine Heimkehr war, würde er ihr das Vergangene vergeben und einräumen, dass sich alles zum Besten entwickelt habe.

»Wir warten noch auf Nachricht. Ist das Kindermädchen auf einem anderen Deck gefahren?«

»Nein, wir sind ohne Kindermädchen ausgekommen.«

»Oh.«

Tante Verity war erleichtert, als Lochlann die zwei zum Wagen geleitete und auf dem Rücksitz unterbrachte, denn sie hatte Angst, dass jemand, den sie kannte, sie beobachten könnte. Für sie war der Anblick einer Frau ihrer Klasse, die ein Kind trug, so geschmacklos, als hätte sie eine schwere Last auf dem Kopf balanciert oder auf Knien den Boden geschrubbt.

»Sie sehen nicht allzu gut aus, Dr. Carmody«, stellte sie fest, während sie darauf warteten, dass der Chauffeur das Gepäck abholte und einlud.

»Gleich geht es mir wieder besser.« Er wandte das Gesicht ab. »Es war eine lange Reise.«

»Aber natürlich. Wie dumm von mir zu vergessen, dass Sie ein guter Freund Harcourts sind und die Sorgen der Familie teilen müssen. Wir können nur warten, hoffen und beten.«

»Wie haben Mutter und Vater es aufgenommen?«, fragte Charlotte.

»Stoisch, wie zu erwarten. Du wirst feststellen, dass sie sich kein bisschen geändert haben. Sie nehmen noch immer aus Prinzip gegensätzliche Standpunkte ein. Meine Rolle als Friedensstifterin ist recht zermürbend. So, und nun lass mich die Kleine einmal genau ansehen.«

Charlotte nahm Mary Anne das Mützchen ab, lockerte den Schal und drehte das Mädchen ihrer Tante zu.

»Meine Güte, was für eine kleine Schönheit! Ich muss sagen, Charlotte, sie ist Dr. Carmody wie aus dem Gesicht geschnitten.«

Charlotte blickte zu Lochlann, um zu sehen, ob ihm das Kompliment gefiel, doch er starrte weiter aus dem Fenster. Sie musste sich vor Augen führen, dass ihre Tante nie ihre Schwester Victoria zu Gesicht bekommen hatte und daher nicht zu erwarten stand, dass sie den Vergleich anstellte, den Charlotte so gern hören wollte.

»Wie gut, dass du sie selbst geboren hast, sonst würde jeder bezweifeln, dass du wirklich ihre Mutter bist!« Sie lachte über ihre Spitzzüngigkeit. »Wenn sie so weit ist, wird sie die Debütantin des Jahrzehnts, viele Herzen brechen und einen Earl heiraten.«

Im Gegensatz zu ihrer Mutter ist der unausgesprochene Abschluss dieser Feststellung, dachte Charlotte.

»Da bist du also wieder«, sagte Edwina mit zusammengepressten Lippen, »und hast das eine, was ich je von dir erbat, nicht zuwege gebracht. Das Einzige. Es ist ja nicht so, dass ich dich sonst je um etwas gebeten hätte. Hast du es überhaupt versucht?«

»Ich habe mir sehr große Mühe gegeben«, erwiderte Charlotte, »aber ich erhielt nie eine Antwort auf meine Annoncen.«

»Da hast du ein hübsches Fohlen zur Welt gebracht«, dröhnte Waldron und blinzelte durch seine Brille, »da braucht man keinen Preisrichter zu bemühen.«

Auf den ersten Blick hatte Charlotte ihre Mutter kaum erkannt, die mit dreiundfünfzig älter aussah als ihr Vater mit seinem fleckigen Gesicht, der zwar zweiundachtzig Jahre alt war, aber in guter Form und rüstig wirkte.

Nachdem zum Mittagessen gerufen worden war, übergab Charlotte, der Hausregel eingedenk, dass kein Kind unter zwölf während der Mahlzeiten im Esszimmer sein durfte, ihr Baby an Queenie mit der Anweisung, dass sie beim ersten Anzeichen von Unruhe sofort geholt werden müsse.

Edwina richtete den Blick zur Decke.

Charlotte fand, dass Mary Annes dunkles Haar und hübsches Gesicht ihrer Mutter einen Ausruf der Überraschung wegen der Ähnlichkeit zu Victoria entlocken müsste. Sie hatte sogar erwartet, dass ihrer Mutter eine gewisse Verwunderung anzumerken wäre, wenn sie das Kind sah, das eine Wiedergeburt ihrer Lieblingstochter hätte sein können, doch Edwina hatte das kleine Mädchen nur kurz angesehen und kein Wort gesagt.

Lochlann kam herein, das Haar feucht von dem Bad, das er gerade genommen hatte, und Charlotte dachte, sie müsse vor Stolz über seine Stattlichkeit platzen, seine Ungezwungenheit und seinen höflichen Mangel an Ehrerbietung. Er schüttelte seinen Schwiegereltern die Hand und sprach ihnen sein Bedauern über Harcourts Verwundung aus.

Edwina platzierte ihn neben Verity auf der Charlotte gegenüberliegenden Seite des Tisches. Charlotte fand, dass es trotz der schlechten Nachrichten über Harcourt vieles zu feiern gab. Zum ersten Mal speiste Lochlann als Teil der Familie mit den Blackshaws, Charlotte aß zum ersten Mal im Stadthaus in ihrer neuen Rolle als Mutter, und ihre Eltern hatten zum ersten Mal ihr erstes Enkelkind gesehen. Und außerdem war sie nach mehr als zwei Jahren in Übersee nach Hause zurückgekehrt.

»Ich habe überlegt, heute Abend in den Club zu gehen«, sagte Waldron, nachdem der erste Gang in Schweigen verzehrt und das Roastbeef serviert worden war.

»In der *Times* war ein Artikel über die Bedrohung von Darwin durch die Japaner«, sagte Verity zu Lochlann, der rechts von ihr saß.

»Reichst du mir bitte den Meerrettich, Verity?«, bat Edwina, ehe Lochlann antworten konnte. »Ich hoffe, er ist besser als beim letzten Mal. Die Köchin hat die Angewohnheit, es mit dem Essig ein wenig zu übertreiben.«

»Der Club ist auch nicht mehr, was er mal war. Heutzutage lässt man dort alles mögliche Gesindel eintreten.«

»Ich versuche mich zu erinnern, wie viele Krankenhäuser es hier im Umland von Dublin gibt«, sagte Charlotte, um Lochlann ins Gespräch einzubeziehen. »Lochlann war der einzige Arzt in vierzig Meilen Umkreis um das Krankenhaus, das er leitete.«

»Das hast du ja bereits in deinen Briefen geschrieben«, sagte Edwina. »Wärst du in der Lage, heute Abend mit uns Bridge zu spielen, Vee? Tilly behauptet, ihre Erkältung sei ihr in die Lunge gezogen.«

»Ich werde nach dem Essen in meinem Terminkalender nachsehen, ob ich frei bin. Haben Sie in Australien Schlangen gesehen, Dr. Carmody? Giftschlangen haben mich immer fasziniert, auch wenn ich nie eine gesehen habe.«

»Ich habe ein paar davon gesehen«, sagte Lochlann. »Eine war –«

»Ich nehme Thatcher mit für den Fall, dass mein Herzklopfen wiederkehrt«, sagte Waldron. »Er kann draußen warten, während ich nachsehe, wer im Club ist.«

»Ein Patient Lochlanns, ein kleiner mutterloser Junge, wurde mit einem Schlangenbiss zu ihm gebracht, aber er war schon tot«, sagte Charlotte und hoffte, dass Lochlann die Geschichte selbst erzählen könnte.

Waldron hörte nicht zu. »Letztes Mal habe ich weniger als ein Viertel der Mitglieder wiedererkannt.«

»Tilly hat wahrscheinlich nur einen Schnupfen«, sagte Edwina. »Sie ist eine entsetzliche Hypochonderin.«

Betont schalkhaft sagte Verity: »Ich glaube, wir hatten seit vierhundert Jahren keine australischen Katholiken in der Familie. Zwei Neuheiten mit einem Kind.«

Charlotte und Lochlann sahen gleichzeitig auf, aber ihre Blicke trafen sich nicht.

»Was sie ist, ist ohne Belang, da sie nicht erben kann«, verkündete Waldron.

»Was soll das heißen, sie kann nicht erben?«, feuerte Edwina zurück. »Wenn Harcourt nicht zurückkehrt, wird sie automatisch Erbe ... Erbin – nach Charlotte. Es besteht überhaupt kein Grund, weshalb sie ihren Namen nicht in Blackshaw ändern sollte.«

Charlotte wagte es nicht, Lochlann anzublicken.

»Das zeigt mal wieder, wie wenig du von der Gesetzeslage verstehst, die eine kleine Namensänderung nicht beeinflusst. Charlottes Tochter kann niemals erben.«

»Das war britisches Gesetz. Wieso sollte es noch gelten, wo wir nun in einem Freistaat leben?«

»Das Gesetz ist noch in Kraft. Wenn Harcourt nicht überleben sollte, gehen Land und Titel nach meinem Tod an meinen Bruder Charles, und sollte er vor mir sterben, an seinen ältesten Sohn. Das wäre Giles' Vater«, erklärte er Lochlann. »Mein Bruder war noch unter dreißig, als er heiratete.« Er wandte sich wieder Edwina zu, und seine Stimme nahm einen gereizten Ton an. »Wenn Charlottes Tochter auf Tyringham Park leben möchte, muss sie einen Verwandten heiraten, wie du es tatest, und ihren Namen ändern, was dir erspart blieb. Nur auf diese Weise kann sie eine echte Blackshaw werden.«

Charlotte redete zum Tischtuch. »Können wir das ein anderes Mal besprechen? Die Frage bedarf wohl kaum dringend einer Klärung.«

Waldron wandte sich ihr zu. »Da hast du recht, das ist sie nicht, aber deine Mutter lässt sie nicht ruhen. Du weißt, weshalb sie für die weibliche Linie eintritt, nicht wahr? Um Charles und Harriet eins auszuwischen, weil sie zu beliebt und erfolgreich sind – deshalb. Ihre Kinder und Enkelkinder gewinnen ständig Preise auf der Horse Show und bei Querfeldeinrennen im ganzen Land, während Harcourt kein einziges Mal ausgezeichnet wurde. Wie jemand von ihm erwarten kann zu siegen, obwohl er in der Stadt aufgewachsen ist, entzieht sich meinem Verständnis.«

»Das ist nicht der Grund«, sagte Verity. »Die Ungerechtigkeit ist es, die sie ärgert.«

»Ich kann für mich selbst sprechen, Vee. Charles ließ Harcourt auf schlechten Pferden reiten. Deshalb hat er nie einen Preis gewonnen. Bis zum heutigen Tag nagt das an mir. Er hatte ein größeres Talent als Giles, und Charles konnte es nicht ertragen.«

»Als wäre Charles so kleinlich oder heimtückisch!«, schnaufte Waldron verächtlich. »Das Aufwachsen in der Stadt hat Harcourt behindert, nicht mein Bruder, und im Übrigen hätte keine Anschuldigung gegen Charles, ob falsch oder nicht, in diesem Fall irgendetwas zu bedeuten. Lässt man private Querelen beiseite, so muss das Majorat fortbestehen. Ein anderes System wäre sinnlos. Wo wären der Name Blackshaw und das Oberhaus und das Britische Empire ohne das Majorat? Gebt mir darauf eine Antwort.«

»Gewiss wären sie nicht so mächtig, wie sie heute sind«, warf Verity ein.

»Ganz genau. Das Majorat ist die einzige Möglichkeit, Macht und Reichtum in den Händen derer zu halten, die dazu erzogen sind, sie zu handhaben, Katastrophen zu verhindern wie eine Frau, die einen mittellosen Mann heiratet...«

Charlotte blickte konzentriert auf ihren Teller, doch sie sah, dass Lochlann aufgehört hatte zu essen.

»... und ihn den Besitz innerhalb einer Generation verjubeln lässt!«

Diesen Streit hatten sie schon früher, begriff Charlotte. *Verity stachelt Vater an, damit er ihn vor uns wiederholt.*

»Wie auch immer, ich bin noch nicht tot, und Harcourt ist noch nicht tot, und Tyringham Park ist nicht mehr, was es war, jetzt, wo all das Land verkauft wurde. Dennoch gibt es für

Charlotte dank der Voraussicht meiner Vorväter noch genug, auch wenn sie das Gut nicht bekommt.« Er füllte sein Glas nach.

Lochlann legte leise Messer und Gabel nieder.

»Der ist gut – die Voraussicht meiner Vorväter!«, rief Waldron aus. »Fast Poesie. Auf das Haus, auf Westindien, Kensington und die City!« Er hob das Glas. »Dank an meine Vorväter – und nicht etwa meine Vormütter – gute, kluge Burschen, die sie waren!«

Lochlann schob den Stuhl zurück und erhob sich. Aller Köpfe wandten sich ihm zu, und sie warteten darauf, dass er das Glas erhob.

»Verzeihung«, sagte Lochlann. Sein Glas stand noch auf dem Tisch. »Da ich sehe, dass private Familienangelegenheiten besprochen werden, möchte ich nicht länger stören. Ich ergreife die Gelegenheit, meine Eltern zu besuchen und meine eigene Familie wiederzusehen.«

»Ich begleite dich«, sagte Charlotte. Sie war schon halb aufgestanden. Vorher hatten sie sich geeinigt, die Carmodys gemeinsam zu besuchen. »Auf den Nachtisch verzichte ich.«

»Nein, bleib hier. Es gibt noch Gelegenheiten genug, nachdem du dich zu dieser wichtigen Frage geäußert hast.« Er zeigte ihr keine Andeutung von Solidarität oder auch nur den Anflug eines Lächelns, um den sarkastischen Ton zu mildern – den sie bei ihm zum ersten Mal hörte –, ehe er den Raum verließ.

Lochlanns Abweisung tat ihr so weh, dass sie dreimal angesprochen werden musste, ehe sie merkte, dass Queenie neben ihr stand.

»Verzeihen Sie, Madam«, sagte die Kammerzofe, »das Kind muss gefüttert werden.«

Edwina winkte ab, als wolle sie Queenie verscheuchen. »Du

weißt, dass ich Unterbrechungen der Mahlzeiten nicht dulde. Du und die Köchin kümmern sich gefälligst darum.«

»Das können sie schlecht«, sagte Charlotte und verließ den Esstisch.

Als Lochlann nach zwei Stunden nicht zurückgekehrt war, sah Charlotte keinen Grund, weshalb sie nicht auf eigene Faust losgehen und die Carmodys aufsuchen sollte. Dann konnte sie sich in deren Bewunderung für Mary Anne und übertragen auch ihrer eigenen Person sonnen. Sie konnte sie sich vorstellen, wie sie feiernd redeten, tranken und lachten, während Lochlann und seine Schwester Iseult neckisch seine Tochter und ihren Sohn Matthew verglichen, der zwei Monate älter war als Mary Anne.

Sie bat Queenie, Harcourts alten Kinderwagen zu holen. »Du und ich, wir gehen mit Mary Anne spazieren«, erklärte sie der entzückten Kammerzofe.

»Er ist schon gereinigt und wartet nur«, sagte Queenie und eilte davon.

Als sie damit zurückkehrte, glitt Charlotte fast das Kind aus den Armen.

Das Erste, was sie sah, war die Schottendecke, dann das zerkratzte Eichelemblem, das halb abgeschabt war. Queenie konnte es nicht wissen – sie war nie auf Tyringham Park gewesen –, doch es war der Wagen, in dem Victoria geschlafen hatte, ehe sie verschwand.

»Das ist nicht Harcourts Kinderwagen«, brachte Charlotte mit Mühe hervor, aber ihre Stimme bebte nicht. »Wieso ist er hier?«

»Jemand hat Harcourts Wagen jahrelang hinter dem Gartenschuppen im Freien stehengelassen, und er ist völlig zerfallen und verrostet. Ihre Ladyschaft hat den hier vergangene Woche von Tyringham Park herschaffen lassen, damit er für Sie bereit ist.«

Geschwächt vor Wut ließ Charlotte sich in einen Sessel sinken. Wie bedauerlich, dass der Abscheu ihrer Eltern vor »neuem« Geld und ihr Zögern, altes Geld auszugeben, mit einer Vorliebe für Schäbigkeit einherging.

»Schaff ihn weg«, befahl sie der besorgten Queenie. »Dr. Carmody wird morgen einen neuen kaufen. Den Spaziergang verschieben wir bis dahin. Stattdessen ruhe ich mich mit Mary Anne aus.«

Sie beherrschte sich, bis Queenie ihr den Gegenstand des Anstoßes aus den Augen geschafft hatte.

Gegen acht Uhr abends rief Charlottes Schwiegermutter an. Dr. Grace Carmody begrüßte Charlotte in der Heimat und sprach ihr Bedauern aus, dass sie sie nicht mit Lochlann aufgesucht habe. Sie sagte, sie seien alle ganz ungeduldig, sie und die kleine Mary Anne zu sehen, doch Lochlann habe ihr erklärt, dass eine wichtige Familienangelegenheit sie gehindert habe, ihn zu begleiten. In ihrer Stimme war keinerlei Ironie. Hoffentlich würden sie Charlotte und Mary Anne am kommenden Tag sehen.

Wieso gestattet Lochlann seiner Mutter diesen Anruf?, fragte sich Charlotte. Ein vertrautes Gefühl der Zurückweisung überkam sie.

»Leider, meine Liebe, hat Lochlann es übertrieben und ist in seinem alten Zimmer eingeschlafen. Er war so aufgeregt, wieder zu Hause zu sein, dass er ganz die Gewalt über sich verloren hat. Ich sehe keinen Sinn darin, ihn zu stören. Er war so müde von der Reise, dass wir ihn wahrscheinlich gar nicht wach bekämen, und Sie wissen ja, wie er nach ein paar Gläsern ist.«

Auch da keine Ironie. »Es wäre vermutlich am einfachsten, ihn zu lassen, wo er ist, und bis morgen früh durchschlafen zu lassen. Ich wollte nur nicht, dass Sie sich Sorgen machen.«

Charlotte dankte ihr und sagte, sie würde Mary Anne in die Nummer 7 bringen, sobald Lochlann zurückkehrte, um sie zu begleiten. Mit gebrochenem Herzen legte sie auf. Schon am ersten Tag in Irland war eingetreten, was sie befürchtet hatte – Lochlanns altes Leben nahm ihn in Anspruch, und sie blieb außen vor. Morgen wäre es sein bester Freund Pearse, dann andere Schulfreunde, dann Studienfreunde, dann noch mehr Verwandte. Charlotte dachte an das kleine Haus in Redmundo, wo sie ihn meist ganz für sich allein hatte, und wünschte, sie hätten es nie verlassen.

70

Charlotte hatte sich von ganzem Herzen auf die Reise nach Tyringham Park gefreut, doch sie musste ausfallen, als Lochlann nach nur einer Woche seinen Gestellungsbefehl erhielt.

Ihre Zukunft auf dem Gut war bereits auf lange Sicht geplant. Charlotte hatte sich vorgestellt, wie Mary Anne unter Manus' Anleitung gedieh. Lochlann war sicher aus dem Krieg zurückgekehrt und praktizierte als Landarzt, nahm mit ihr an den Jagdbällen und anderen Zerstreuungen des Landadels teil, zwischen denen sie malte. Miss East wurde im hohen Alter behandelt wie eine Königin, um sie für die Jahre zu entschädigen, in denen Charlotte sie nicht besucht hatte.

Charlotte empfand Trauer, als Lochlanns Gebaren an dem Tag, an dem er sie verlassen musste, um in das Royal Army Medical Corps einzutreten, unterdrückte Begeisterung verriet. Sie versuchte, nicht allzu viel hineinzulesen. Die männliche Liebe zum Abenteuer war die am wenigsten schmerzhafte Deutung, die ihr einfiel, die schlimmste sein Wunsch, Niamh wiederzufinden – vielleicht hatte sie die Mission in Uganda verlassen, um ihren Teil zu den Kriegsanstrengungen beizutragen.

»Ich hätte gern eine Fotografie von dir mit Mary Anne«, sagte Charlotte wenige Minuten vor seinem Aufbruch. Zwischen den Worten schwebte ein »Für alle Fälle«. »Wo hast du die Brownie hingetan? Ich gehe sie holen.«

»Nein, ich mache das. Ich weiß genau, wo sie ist.«

Verdammt – er hatte vergessen, in dieser Hinsicht vorzusorgen.

Charlotte folgte ihm, Mary Anne auf dem Arm, ins Schlafzimmer. Die Kamera lag zusammen mit den unsortierten Briefen, Souvenirs und Dokumenten, die er von Australien mitgebracht hatte, in seinem Koffer. Nur vier Aufnahmen waren auf dem letzten Film, und zwar von der Familie Hogan mit Alison, Mary Annes Zwillingsschwester, als Motiv.

Er suchte im Koffer und nahm die Kamera heraus. »Genau ... hier ist sie ... mal sehen ...« Er gab vor, die Kamera zu untersuchen, dann sah er auf und lächelte das Baby an. »Schau mal, die Vögel, Mary Anne«, sagte er und zeigte aus dem Fenster. »Sie zwitschern nur für dich.«

»Vielleicht ist sie ja ein Genie, aber ich glaube nicht, dass sie schon versteht, was du sagst«, lachte Charlotte, trug Mary Anne zum Fenster und machte dabei eigene Vogellaute.

Lochlann wandte sich ab, spulte rasch den Film auf, nahm ihn aus der Kamera, ließ ihn in seine Brusttasche gleiten und nahm, als er dort zu seiner Erleichterung eine Ablenkung entdeckte, ein zusammengefaltetes Stück Papier heraus.

»Dr. Mertons freundliche Engländerinnen, die in Sydney ein Hotel betreiben«, sagte er und reichte ihr den Artikel. »Möchtest du über sie lesen?«

»Eigentlich nicht. Wozu? Schließlich werde ich nicht dorthin zurückkehren.«

»Das stimmt natürlich.« Er warf den Zeitungsausschnitt in den Koffer. »Wie schade, es ist kein Film in der Kamera. Ich werde mich damit begnügen müssen, dass du Schnappschüsse von Mary Anne machst und sie mir schickst, damit ich ihre Fortschritte verfolgen kann.«

Lochlann war zart, als er Mary Anne zum Abschied küsste,

und brüderlich, als er Charlotte umarmte und ihr sagte, sie solle auf sich aufpassen und gut auf die Kleine achten.

Zum letzten Mal, wie er hoffte, beschwor Lochlann auf dem Postboot, das die Irische See durchquerte, die drei kleinen Gesichter herauf, die ihn ständig heimsuchten. Er hatte versucht, sie in Australien zurückzulassen, doch sie hatten sich in seinem Kopf verankert und waren ihm über den Ozean gefolgt.

Wenn Nell Hogan an einem Winterabend Alison wiegte oder sie zum Kühemelken und Kälberfüttern mitnahm, würde sie sich dann jemals erlauben einzugestehen, welch ein Glück es war, dass Dolores nicht überlebt hatte, da es auch so schon schwierig genug war durchzukommen? Und wenn Kind Nummer neun und zehn kamen, wäre sie dann erleichtert, dass Dolores ihr und Dan die Sorge erspart hatte, noch einen Mund füttern zu müssen? Dass sie kein Geld für das Internat aufzutreiben brauchten, falls das Mädchen mit zwölf, wenn es die isolierte Dorfschule verließ, die nur eine einzige Lehrerin hatte, eine höhere Schulbildung wollte, aber kein Stipendium bekam?

Drei kleine Neugeborene in drei Wiegen. Zwei lebendig, eines tot. Konnte er auf Vergebung hoffen, weil das, was er getan hatte, ungeplant gewesen war? Weil seine Hände erstarrt waren, ehe er das lebendige Kind herausnahm, damit er nicht zum zweiten Mal Charlottes geschlagene Miene zu sehen brauchte?

Nein.

Würde er es unter den gleichen Umständen wieder tun?

Ja, das würde er.

Also bestand keine Hoffnung für ihn, denn er war nicht nur ein Sünder, er war sogar ein Sünder, der nicht bereute.

Nun erhielt er die Gelegenheit, ein wenig von dem wiedergutzumachen, was er getan hatte, und er beabsichtigte, sie zu nutzen. Ohne an sein eigenes Wohlergehen zu denken, würde er Risiken eingehen, bis zur Erschöpfung arbeiten und tapfer bis an den Rand der Tollkühnheit sein in dem Versuch, die drei kleinen Gesichter aus seinen Gedanken zu verbannen.

71

Dublin
1943

Wie hätte sie ahnen sollen, dass es so einfach war, ein Kind liebzuhaben und es zu umsorgen? Wieso hatte ihr niemand gesagt, wie erfüllend und befriedigend das sein konnte? Charlotte hatte befürchtet, sie erweise sich am Ende als so kalt und ablehnend wie ihre Mutter, als so missgünstig und grausam wie Dixon. Wo blieben die Wut, der Groll, die Gemeinheiten, das Geschrei, die Prügel? In welches Alter musste ein Kind kommen, ehe man sich gegen es wandte, es verängstigte und ihm Herz und Seele brach?

Hin und wieder dachte sie an Mrs Hogan im australischen Redmundo mit ihren sieben oder acht Kindern und fragte sich, wie sie mit ihnen allen zurechtkam und dazu noch das Haus und die Molkerei versorgte, wenn Charlotte schon bei einem einzigen Kind der Tag zu kurz erschien.

Während sie mit Sanftmut und Freude Mary Annes Bedürfnisse stillte, plagten Charlotte oft schlaglichtartige Erinnerungen. Dixon pflegte ihr mit einem Kamm am verfilzten Haar zu reißen, dass beinahe ihr Hals brach, und wenn ihr die Tränen kamen, beschimpfte sie Charlotte als Heulsuse. Das Baden war immer besonders schlimm gewesen. Als Victoria alt genug dazu war, kamen beide Mädchen zusammen in fast kaltes Badewasser. Dixon wusch ihnen grob die Gesichter und die Haare, und wenn Victoria aufschrie, weil sie Seife ins Auge bekam, schlug Dixon sie so fest, dass ein Händeabdruck auf der nassen nackten Haut zurückblieb. Am schlimmsten war das Abspülen – ein Eimer kaltes Wasser wurde über sie beide ausgegossen, und dann ließ Dixon sich Zeit, ehe sie die Schwestern mit kleinen, fadenscheinigen Handtüchern abtrocknete, die weder Wärme noch Behaglichkeit spendeten. Charlotte zog sich selbst an, doch Victoria blieb auch dabei Dixons grober Behandlung ausgesetzt: Ihr wurden die Arme verdreht, bis sie in irgendwelche Ärmel passten, der Kiefer malträtiert, wenn Dixon ihr einen Pullover mit zu engem Hals über den Kopf zog, und Fingernägel bohrten sich in Victorias Kopfhaut, wenn die Kinderschwester ihr das Haar trocknete.

Charlotte dachte oft an die bibbernde Victoria, wenn sie Mary Anne nach dem Bad in ein warmes Handtuch wickelte.

Die Nachricht von Harcourts Tod war ein Schock. Seit seiner Verwundung war so viel Zeit verstrichen, dass die Familie im Stadthaus zuversichtlich annahm, er würde sich erholen. Harcourts Vorgesetzter, Colonel Turncastle, der in Indien unter Waldron gedient hatte, machte auf einer Rekrutierungsreise zwei Wochen später einen Umweg, um seinem alten Kommandeur sein Beileid auszusprechen.

Harcourt sei nicht an seinen ursprünglichen Verletzungen gestorben, erklärte der Colonel der versammelten Familie. Der junge Arzt, noch nicht richtig genesen, habe sich freiwillig gemeldet, um einen wertvollen Agenten der Special Operations Executive zurückzuholen, der gefangen genommen, grausam gefoltert und als tot liegengelassen worden war. Wegen der drei anwesenden Damen umriss der Colonel die Umstände nur grob. Waldron wollte er später über die Einzelheiten in Kenntnis setzen, falls der alte Soldat Interesse daran äußerte.

Harcourt hatte sich um den Agenten gekümmert, bis es ihm seinem Ermessen nach gut genug ging, um nach England ausgeflogen zu werden, ohne dass ein Arzt ihn begleitete. Er war in Frankreich zurückgeblieben und hatte sich an einem Vorhaben beteiligt, an dem der Agent seinerzeit gearbeitet hatte. Er half einem Sprengstoffexperten der Résistance, eine Brücke in genau dem Augenblick in die Luft zu jagen, in dem ein mit deutschen Soldaten gefüllter Zug darüberfuhr. Mehr als hundert Mann kamen ums Leben. Die Deutschen setzten ein Kopfgeld auf die Täter aus. Harcourt und fünfzehn weitere Résistance-Kämpfer wurden verraten, festgenommen und erschossen.

»Sie verstehen also, weshalb ich Sie aufsuchen und es Ihnen persönlich mitteilen wollte. Das schlichte Wort ›gefallen‹ hätte Ihnen keine Vorstellung vom Ausmaß von Captain Blackshaws Tapferkeit gegeben.«

Colonel Turncastle blieb zum Abendessen und skizzierte dabei eine neue Entwicklung im Kriegsverlauf. Während er sprach, bekam Charlotte mehr und mehr das Gefühl, er wende sich direkt an sie.

Man habe entschieden, erläuterte er, ohne ihren Blick freizugeben, weibliche Agenten für die Arbeit in Frankreich anzuwerben, da so viele männliche Agenten in Gefangenschaft geraten seien oder den Tod gefunden hätten. Jeder Agent und jede Agentin müsse allein arbeiten: ohne Uniform, ohne Rückendeckung, ohne den Schutz der Genfer Konvention. Agenten, die gefasst wurden, betrachtete die Gegenseite als Spione und konnte sie töten, statt sie als Kriegsgefangene zu behandeln. Das waren die Regeln, falls man es Regeln nennen wollte, unter denen Harcourt hingerichtet worden war.

Doppelagenten bildeten die größte Gefahr. Man vermutete,

dass so jemand Harcourt verraten hatte. In letzter Zeit waren so viele Agenten der Special Operations Executive innerhalb der ersten Woche nach ihrer Ankunft verschwunden, dass angenommen wurde, wenigstens ein Doppelagent habe Einblick in das geheime Wirken der Organisation. Wenn die Deutschen ein Funkgerät erbeutet hatten, konnten sie den Agenten durch Folter Erkennungswörter und Kodes der SOE abpressen und Falschmeldungen nach Großbritannien senden.

Charlotte stellte sich vor, wie sie die Herausforderung meisterte, den Doppelagenten zu finden. Wie aufregend und wichtig das wäre. Damit konnte sie den Tod ihres Bruders rächen und vielleicht sogar den Kriegsverlauf beeinflussen. Wenn man nur überlegte, wie vielen Menschen sie das Leben retten, wie viele Falschmeldungen sie verhindern könnte. Der Colonel würde ihr gewiss Näheres mitteilen, und sie könnte sich gleich morgen verpflichten.

»Miss Charlotte wäre ideal für die Aufgabe geeignet«, sagte er, als lese er ihre Gedanken. »Wie ich höre, spricht sie Französisch wie eine Einheimische.«

»Das stimmt, dank des Unterrichts, den sie von Cormac Delaney erhielt, einem Protegé von mir ...«

»So nennst du ihn also?«, unterbrach Edwina mit triefendem Sarkasmus.

»... und der Zeit, die sie auf einem Pensionat in Paris verbrachte«, beendete Waldron seinen Satz, ohne auf den Einwurf seiner Frau einzugehen.

»Ich würde es wirklich gern tun. Lieber als alles auf der Welt«, sagte Charlotte, und es war ihr ernst. »Ich muss aber an meine Tochter denken. Ich kann sie nicht zurücklassen, ohne dass sich jemand um sie kümmert.«

»Was meinst du wohl, wofür es Kindermädchen gibt?«, entfuhr es Edwina. »Nur einfache Menschen kümmern sich selbst um ihre Kinder. Ich wurde mit vier Jahren von Indien aus auf die Schule geschickt und sah danach bis zu meinem achtzehnten Geburtstag meine Eltern nur zwei Mal. Davor wurde ich von einem Kindermädchen betreut – und es hat mir kein bisschen geschadet.«

»Mir auch nicht«, pflichtete Verity ihr mit heller Stimme bei.

»Wenn Hitler den Krieg gewinnt, hat Ihr Kind keine große Zukunft. Punkt.« Turncastle beugte sich zu Charlotte vor, als wolle er seine Worte unterstreichen. »Tausende Frauen haben ihre Kinder schon an so ferne Orte wie Kanada oder Australien geschickt, damit sie ihre ganze Kraft den Kriegsanstrengungen widmen können.«

»Jede Schwachsinnige kann sich um ein Kind kümmern«, sagte Waldron. »Meiner Ansicht nach geraten sie alle gleich, völlig egal, wie man sie behandelt. Auch wenn du nur eine Frau bist, stände es dir erheblich besser an, deinem König zu dienen, als dich im Kinderzimmer zu verkriechen, Charlotte. Jetzt, wo du die letzte Blackshaw bist, ruht ein Großteil der Familienehre auf deinen Schultern.«

»Was ist mit der Familie in Cork?«, warf Verity ein.

»Nicht das Gleiche. Ihr Blut ist verwässert. Nur bei Charlotte kommt es auf beiden Seiten von Blackshaws.«

Damit ihr Vater nicht ein noch beleidigenderes Wort als »verwässert« benutzte, erwiderte Charlotte nicht das Offensichtliche – dass im Moment Mary Anne die Letzte der Linie war.

»Wir müssen alle Opfer bringen, die nötig sind«, fuhr der Colonel fort und fixierte Charlotte mit seinem starren Blick. »Bedenken Sie Harcourts Beispiel.«

»Ich bin froh, dass Harcourt ein paar von ihnen mitgenommen hat«, brummte Waldron. »Dieses Zusammenflicken von Verwundeten ist ja schön und gut, aber ein paar tote Hunnen bringen uns unserem Ziel schneller näher.«

Sie halten mich alle für feige, dachte Charlotte verletzt. Sie glauben, ich benutze Mary Anne als Vorwand, damit ich zu Hause bleiben kann.

Die beiden Männer sprachen über die Mechanismen des Krieges, bis die Mahlzeit zu Ende war. Ehe er ging, hinterließ Colonel Turncastle bei Charlotte seine Adresse und sagte, falls sie es sich anders überlegte und ihn kontaktierte, werde er ihrer Herkunft wegen ihren Namen ganz oben auf die Liste setzen.

Charlotte entschloss sich, unbewegt zu bleiben und jede gegen sie gerichtete Missbilligung um Mary Annes willen zu ertragen.

Lochlanns Briefe waren zensiert, und er selbst war so vorsichtig, dass Charlotte ihnen mit Sicherheit nur entnehmen konnte, dass er noch lebte. So wunderbar es war, dies zu wissen, wollte Charlotte doch mehr erfahren – wo er war, wie es ihm ging, unter welchen Bedingungen er arbeitete und, vor allem, ob es auch Ärztinnen in der Umgebung gab. Alle Briefe aus Kriegsgebieten wurden gesammelt und nach London gebracht, wo man sie in die Post gab, und daher wusste sie nicht einmal, in welchem Land er diente. Jedes Mal, wenn sie sich erkundigte, ob er jemandem begegnet sei, den er kenne, blieb die Frage unbeantwortet.

Ausnahmslos jeden Tag schrieb sie ihm, und manchmal legte sie einen der vielen Schnappschüsse bei, die sie mit der Brownie aufnahm, wobei sie sich auf zwei Themen konzentrierte: Mary

Annes Fortschritte, die sie fotografisch dokumentierte, und die Freundschaft, die sich zwischen ihr und seiner Schwester Iseult entwickelte. Die beiden Frauen sahen einander fast jeden zweiten Tag und hatten im Gegensatz zu früher keinen Mangel an Gesprächsthemen. Der spielerische Ton, mit dem Charlotte beschrieb, wie viel klüger und weiter Mary Anne im Vergleich zu Iseults Matthew sei, der ihr immerhin zwei Monate voraushatte, verdeckte nur, wie ernst es ihr mit der Ansicht war, Mary Anne sei ihrem Cousin und allen anderen Kleinkindern, mit denen sie in Kontakt kam, in der Tat überlegen.

Charlottes Welt hatte sich verengt, doch in vielerlei Hinsicht schien es ihr, als wäre sie weiter geworden. Wenn Lochlann nach dem Krieg zu ihr zurückkehrte, nicht nur aus Liebe zu Mary Anne oder aus einem Pflichtgefühl ihr gegenüber, sondern mit der Sicherheit, die richtige Entscheidung getroffen zu haben, dann würde sie sich als die erfüllteste aller Frauen betrachten und Mary Anne mit Freuden ein Brüderchen oder Schwesterchen schenken.

72

Sydney
1943

Elizabeth Dixon erhielt einen Brief von Teresa Kelly, abgestempelt in Coogee, einer Vorstadt Syndeys.

Ich konnte es kaum fassen, als ich im Wartezimmer meines Arztes Deine Fotografie in einer alten Zeitschrift entdeckte. Ich hätte Dich überall wiedererkannt, schrieb Teresa. *Du hast Dich kein bisschen verändert. Wie schade, dass wir nichts über den Aufenthalt der anderen wussten und dabei über fünfundzwanzig Jahre lang so nahe beieinanderwohnten. Am Ende habe ich doch nicht den Farmer mit der kranken Mutter geheiratet. Das ist eine lange Geschichte. Ich werde sie Dir erzählen, wenn wir uns sehen, was hoffentlich bald ist. Jetzt, wo ich Dich gefunden habe, kann ich es nicht erwarten, Dich wiederzusehen. Ich hatte Dir meine neue Anschrift geschrieben, doch der Brief kam mit dem Vermerk »Empfänger unbekannt verzogen« zurück, und ich konnte mir nicht ausmalen, was aus Dir geworden war. Ich nahm an, dass Du Manus geheiratet hättest, wie Du es geplant hast, als ich ging. Ich schrieb an meinen Bruder, aber er beantwortete den Brief nicht. Seine Frau, diese Hexe, muss meinen Brief abgefangen haben, und ich schrieb kein zweites Mal; daher erfuhr ich überhaupt keine Neuigkeiten aus Ballybrian. In welchem Jahr hast Du aufgehört, auf The Park zu arbeiten, und welche Neuigkeiten hast Du über alle dort, falls Du noch Kontakt hältst?*

Dixon bebte vor Aufregung, als sie zu lesen aufgehört hatte.

Endlich würde sie ihre alte Freundin wiedersehen, nachdem sie so viele Jahre geglaubt hatte, sie wären auf immer füreinander verloren. Teresa hatte mit »Kelly« unterschrieben, also hatte sie keinen Ersatz für ihren alten Farmer gefunden. Wer hätte gedacht, dass sowohl sie als auch Teresa mit ihren glänzenden Aussichten im gleichen Boot enden würden wie die erbärmliche alte Lily East mit ihrer Altjüngferlichkeit und ihrer Kindstollheit?

Immerhin hätten sie fortan einander. Das entschädigte sie nicht für ihre verlorenen Gelegenheiten, aber es war etwas, worüber man froh sein konnte.

»Mit dir habe ich ein großes Hühnchen zu rupfen«, sagte Dixon als Erstes, als sie ihre alte Freundin wiedersah.

Teresa lachte. »Nach so vielen Jahren ist das ja eine tolle Begrüßung. Ich bin überrascht, dass du das noch weißt. Du siehst wunderbar aus. Die Fotografie in der Zeitschrift wurde dir überhaupt nicht gerecht. Und dieses Büro. Wie beeindruckend.«

Dixon konnte ihre Freude über so hohes Lob von jemandem, der zu ihrem alten Leben gehörte, nicht verbergen. Insgeheim fand sie, dass Teresas Gesicht wie ungegerbtes Leder aussehe und sie die Hände eines Schwerarbeiters habe, aber sie erwiderte dennoch ihre Komplimente. »Ehe ich das Hühnchen rupfe«, sagte sie, »wüsste ich zu gern, wieso du den armen alten Farmer auf dem Trockenen sitzengelassen hast, ohne jemanden, der sich um sein liebes altes krankes Mütterlein kümmert.«

»Spotte nicht. Ich habe mich dafür sehr geschämt. Und ich

habe mir jahrelang die Finger wundgeschuftet, um ihm das Geld zurückzuzahlen, das er mir für meine Fahrkarte geschickt hatte. Ich fand, unter den gegebenen Umständen wäre es das Mindeste. Er muss sich schrecklich dumm vorgekommen sein. Er hatte jedem gesagt, er erwarte eine respektable, fromme katholische Dame, und ich schrieb ihm von Sydney – weiter zu reisen habe ich nicht gewagt –, ich hätte es mir anders überlegt, ohne ihm einen Grund zu nennen. Ich hatte Angst, dass ihm das Herz stehen bleiben könnte, hätte er die Wahrheit erfahren. Nun hatte der arme Mann so viel Zeit und Geld vergeudet und am Ende doch keine Frau abbekommen.«

»Mir kannst du es sagen. Mein Herz ist in guter Verfassung.«

Eine Kellnerin kam in Dixons Büro und stellte ein Teetablett auf den niedrigen Tisch zwischen den beiden Frauen. Dixon sagte zu dem jungen Mädchen, sie schenke selbst ein, und schickte sie weg.

»Eins nach dem anderen«, erwiderte Teresa. Sie fiel in ihre alte Rolle als diejenige zurück, die ganz natürlich die Initiative übernahm. »Das kann warten. Immerhin ist es möglich, dass du mich rauswirfst, wenn du hörst, was ich getan habe. Ich möchte mir deine gute Meinung von mir so lange wie möglich erhalten. Sag mir also, was ich Schlimmes getan habe, dass du ein Hühnchen mit mir zu rupfen hast? Ich kann mir nicht vorstellen, was das sein soll.«

»Du bist am Tag deiner Abreise nach The Park gekommen«, sagte Dixon, »und hast mich nicht besucht, das hast du getan. Erinnerst du dich noch? Findest du nicht, dass ich ein Recht habe, verärgert zu sein?«

»Aber sicher erinnere ich mich, aber du wirst nicht mehr wütend sein, wenn du hörst, was los war. Ich hatte an dem

Nachmittag eigentlich gar keine Zeit, noch mal zum Gut zu gehen. Auf dem Hin- und auf dem Rückweg war ich ganz rappelig, solche Angst hatte ich, ich könnte den Zug verpassen und zu spät zum Hafen kommen. Ich dachte nur, es würde Pech bedeuten, wenn ich nicht das schöne ledergebundene Tagebuch abhole, für das ihr gesammelt hattet, und ich konnte nicht riskieren, Pech heraufzubeschwören, wo doch so eine lange Reise und ein neues Leben vor mir lagen.« Als sie sich erinnerte, zeigte ihr Gesicht ihre Angst. »Während ich die Treppe hocheilte, fürchtete ich die ganze Zeit, jemand hätte es entdeckt und weggelegt, weil er glaubte, dass es mir zu wenig bedeutete, um es mitzunehmen. Aber zum Glück lag es neben meinem Bett auf dem Nachttisch, und ich verspätete mich Gott sei Dank nicht.«

»Hast du überhaupt jemanden gesehen?«

»Nur Peachy. Das ängstliche kleine Stubenmädchen, wenn du dich erinnerst.«

»Das tue ich. Sie hat es uns erzählt. Dadurch wusste ich ja erst, dass du noch einmal zurückgekommen bist.«

»Ich habe sie gegrüßt, aber keine von uns ist stehen geblieben. Das war zu der Zeit, als alles in den ummauerten Garten ging, und ich habe nicht damit gerechnet, jemandem zu begegnen. Beantwortet das deine Frage zufriedenstellend?«

»Tut es. Tut es.« Mit bemüht ruhiger Stimme fragte sie: »Hast du zufällig Victoria gesehen?«

»Aber ja.«

»Wo?«

»Als ich am Stall vorbeifuhr.«

»Hat sie geschlafen?«

Teresas Stimme brach vor Bewegung, und sie schlug die Augen nieder. »Nein. Sie war hellwach, der kleine Schatz.«

Dixon beugte sich vor, konzentriert, und wartete ab, bis Teresa sich fasste. Vielleicht würde Teresa gleich das fehlende Puzzlestück zu Victorias Verschwinden liefern. Sie musste der letzte Mensch sein, der Victoria gesehen hatte, und was immer sie sagte, konnte von unschätzbarem Wert bei der Lösung eines Rätsels sein, das ein Vierteljahrhundert lang ungelöst geblieben war. Da Teresa nicht wissen konnte, was geschehen war, nachdem sie Tyringham Park verlassen hatte, wäre Dixon die Einzige, die alle Puzzlestücke sinnvoll zusammenzusetzen vermochte.

»Dank Victoria war mir klar, dass ich unbedingt ein eigenes Kind haben musste. Nur deshalb habe ich eingewilligt, den alten Farmer zu heiraten. Ich wollte ein Kind genau wie sie.«

»Aber du hast ihn nicht geheiratet. Hast du verzichtet?«

Teresa rutschte im Sessel hin und her und schaute verlegen drein.

»Sag mir nicht, es war noch ein Kind beteiligt«, sagte Dixon. »Ist das der Grund, weshalb du wusstest, dass der alte Farmer dich nicht nehmen würde?«

Teresa errötete. »Ja, so war es. Ich habe die ganze Zeit versucht, den Mut zu finden, es dir zu sagen. Wie hast du das erraten?«

Teresa war auf der Reise schwanger geworden, als sie einen verwundeten Soldaten tröstete, der eine Woche später glücklich starb. »So viel dazu, der Inbegriff tugendhafter katholischer Weiblichkeit zu sein«, lachte Teresa. »Hauptsächlich war ich wütend darüber, dass ich so viel verpasst habe, als ich noch jung war. Was für eine Vergeudung! Natürlich konnte ich meinem sittenstrengen angehenden Bräutigam in meinem Zustand nicht unter die Augen kommen. Ich schrieb ihm darum, ich hätte es mir anders überlegt, und ging zu meiner Freundin aus Cork. Ich wohnte bei ihr, bis mein Sohn auf die Welt kam.«

»Dein Sohn? Du hast einen Sohn?«

»Ja. Er heißt Joseph. Du musst kommen und ihn kennenlernen, wenn er aus dem Krieg heimkehrt. Ich habe mir einen Trauring gekauft und mich als Kriegswitwe ausgegeben, was ich in gewisser Weise wohl auch war, damit sie mich nicht zwingen konnten, ihn zur Adoption freizugeben. Das Schiff, auf dem ich ins Land kam, wurde auf der Rückfahrt versenkt, und sämtliche Akten gingen verloren. Daher hatte ich eine gute Ausrede, wieso ich keinen Trauschein vorlegen konnte. Ich erzählte jedem, ich hätte auf dem Schiff geheiratet, und alle fanden es furchtbar romantisch.«

»Aber eine Tochter hast du nicht?«

»Nein, leider. Joseph ist das Ergebnis meines einzigen Abenteuers, und ich hatte Glück, dass ich ihn in letzter Sekunde rausdrücken konnte. Daher bekam ich nie ein kleines Mädchen, dem ich die Zuneigung schenken konnte, die ich für Victoria Blackshaw empfunden habe. Ich versuche mir oft vorzustellen, wie sie heute aussieht.«

»Ich auch. Du sagst, Victoria lag hellwach im Kinderwagen, als du sie zuletzt gesehen hast. Du hast sie durch die offene Stalltür gesehen, als du vorbeigefahren bist?«

»Nein, nein – ich war schon auf dem Rückweg, als ich sie sah. Sie war hellwach, weil Charlotte sie auf den Armen trug. Sie hat mich nicht gesehen, was auch gut war. Charlotte bog mit ihr gerade um die Ecke des Stalls und ging ans Flussufer, als ich vorbeiradelte, und keiner von ihnen hat mich bemerkt. Dich habe ich nicht gesehen, aber ich wusste ja, dass sie dir folgen, auch wenn ich es ein bisschen merkwürdig fand, weil du ja sonst nie mit den Mädchen in die Nähe des Flusses gegangen bist.«

Dixon war, als hätte unversehens ein Riese im Zimmer Gestalt angenommen und ihr in den Magen geboxt.

Teresa lächelte erinnerungsselig und bemerkte den Umschwung in Dixons Gesicht nicht.

»Es war so süß, wie sich die ältere Schwester um die jüngere kümmerte. Ich musste an mich halten, sonst wäre ich nicht weitergefahren, sondern hätte ihnen noch einmal Lebewohl gesagt, und dir natürlich auch, aber ich war spät dran, und es ging nicht. Außerdem wollte ich den beiden nicht noch einen schmerzlichen Abschied zumuten. Am Tag vorher war es schlimm genug gewesen. Mir hat es fast das Herz gebrochen, und ihnen auch, wie es aussah.«

Dixon packte die Lehnen des Sessels, auf dem Teresa saß. »Charlotte trug Victoria, sagst du?«

Charlotte am Stall? Nicht hinter dem Ostflügel beim Bau einer Brücke?

»Ja, und sehr gekonnt.« Teresa lächelte verträumt, als ließe sie den Anblick noch einmal vor ihrem inneren Auge vorüberziehen. »Ich wünschte damals, ich hätte eine Kamera, um den Augenblick festzuhalten, in dem ich sie zum letzten Mal sah.«

»Am Stall entlang und dann um die Ecke zum Fluss? Bist du sicher, dass es am Tag deiner Abreise war?«

»Aber sicher. Wie könnte ich je vergessen, wie ich meine Lieblinge zum letzten Mal sah? Der Anblick hat sich in mein Herz gebrannt, aber trotzdem hätte ich gern ein Foto gehabt. Wieso fragst du?«

»Ich erinnere mich noch genau, wie traurig ich an diesem Tag war. Ich malte mir aus, wie du dich vorbereitest, die Heimat zu verlassen.« Dixon hatte das Gefühl, sie müsse reden, um die Verwirrung zu kaschieren, die ihr vermutlich anzusehen war. »Ich glaube, ich verwechsle da was. Ich war den ganzen Tag durcheinander, und die Mädchen auch. Wir hofften, du würdest es dir in letzter Sekunde anders überlegen und nicht gehen. Ich habe erwogen, deine Schwägerin zu vergiften oder etwas anderes Drastisches zu unternehmen, damit du bleibst. Der heftige Regen an den beiden Tagen besserte meine Stimmung auch nicht. Die Mädchen lauschten nach deinen Schritten auf der Treppe, also nahm ich sie mit an den Fluss, um zu schauen, ob der hohe Wasserpegel sie vielleicht ablenkt...« Sie konnte nicht mehr faseln, ihr Mund war trocken geworden, ihre Kehle fühlte sich eingeschnürt an. Dixon erhob sich, nahm das Tablett und verließ den Raum mit einem gekrächzten »Bitte entschuldige mich kurz«.

Teresas besorgte Erkundigung nach ihrer Gesundheit ging in dem Klirren von Porzellan und Geschirr unter, als Dixon das Tablett auf die Empfangstheke knallte.

Die junge Empfangsdame blickte beunruhigt hoch und stand von ihrem Stuhl auf. »Sind Sie wohlauf, Miss Dixon?«, fragte sie.

Dixon bedeutete ihr, sich wieder zu setzen, lächelte und nickte, um anzuzeigen, dass alles in Ordnung sei. Wie betäubt ging sie davon, bis sie außer Sicht des jungen Mädchens war, dann presste sie sich ihr Taschentuch vor den Mund und eilte die Treppe hinauf in ihr Zimmer.

73

Charlotte! Also war es Charlotte gewesen! Niemand hatte das vermutet. Selbst Dixon hatte es keinen Augenblick in Erwägung gezogen, und sie kannte Charlottes Heimtücke besser als jeder andere. Wie konnte sie nur so blind sein? Als sie Charlotte an jenem Tag fand, wie sie im Schlamm saß und aus Steinen und Ziegeln eine ihrer Brücken baute, war Dixon nicht in den Sinn gekommen, das Kind könnte innerhalb der vergangenen Stunde woanders gewesen sein. Ganz bestimmt nicht am Fluss, wo sie ihre Schwester hatte verschwinden lassen. Wahnsinnig vor Neid war sie gewesen, weil ihre Mutter ein Interesse an Victoria zeigte, während sie die ältere Tochter abwies. Es war so offensichtlich, dass Dixon sich treten konnte, nicht schon damals darauf gekommen zu sein. Hätte sie auch nur einen Augenblick lang angenommen, dass Charlotte sich ihr widersetzen und an den Fluss gehen könnte, und hätte sich Lady Blackshaw nicht von Anfang an auf Teresa als Entführerin fixiert, dann hätte sie die Lösung vielleicht gefunden. Doch sie hatte sich auf die falsche Spur lenken lassen und wäre dort noch immer, hätte Teresa nicht vor wenigen Minuten ihre Bombe platzen lassen.

Sie saß auf ihrem Bett und versuchte, ihre Gedanken unter Kontrolle zu bringen. Ihr Kopf fühlte sich an, als drehe er sich. All ihre bisherigen Annahmen veränderten sich in alarmierender Geschwindigkeit. Sie wollte sich hinlegen und versuchen, sie zu ordnen. Sollte sie Teresa ausrichten lassen, sie fühle sich unwohl und bitte darum, das Gespräch ein andermal fortzusetzen? Nein. Nein. Sie musste sich zusammenreißen und es durchstehen. Mit ihrem schauspielerischen Talent sollte sie das schaffen.

Ein Schlückchen Brandy würde ihr helfen. Für Notfälle bewahrte sie eine Flasche in ihrem Nachttisch auf. Das Vergessen der Trunkenheit hatte sie nie gereizt – sie zog es vor, stets hellwach zu sein und sich die Geheimnisse anzuhören, die Betrunkene ausplauderten, ohne jemals etwas von sich preiszugeben.

Teresa besaß keine Vorstellung von der Bedeutung dessen, was sie gesagt hatte, denn sie hatte Ballybrian verlassen, ehe Victorias Verschwinden bekannt wurde.

Wenn Charlotte nach all diesen Jahren jemanden überzeugt hatte, sie zu heiraten, ihre wahre Natur hinter ihrer gesellschaftlichen Stellung verbarg und ein Kind hatte, musste dann ihrem Ehemann nicht um der Sicherheit dieses Kindes willen mitgeteilt werden, was seine Frau getan hatte?

Nicht dass Charlotte jemals zugäbe, etwas Falsches getan zu haben. Die zerbrochene Vase, die verschüttete Milch, die beschmutzten Kleider, die verlorene Haarbürste hatten nie irgendetwas mit ihr zu tun. Dixon konnte sie hören, wie sie behauptete, Victorias Ertrinkungstod sei nicht ihre Schuld, sondern ein Unfall gewesen; Victoria sei ausgerutscht, und bei dem Versuch, ihr Schwesterchen zu retten, sei sie beinahe selbst in den Fluss gefallen.

Warum hatte sie dann keine Hilfe geholt? Ihre Mutter und Manus waren gleich um die Ecke. Wenn sie von Charlotte sofort alarmiert worden wären, hätte Victoria gerettet werden können, und Charlotte wäre die Heldin des Tages gewesen.

Es war kein Unfall, dachte Dixon. Deshalb hat sie keine Hilfe geholt.

Aus Schuldgefühl hat sie nichts gesagt.

Wie raffiniert von ihr, sich in den Morast zu setzen, eine Brücke zu bauen und eine Erklärung für ihre nassen, schlammverklebten Sachen zu liefern. Wie raffiniert, so zu tun, als hätte sie die Stimme verloren, sodass sie sich nicht verplappern konnte, als der nette Polizist sie befragte.

Der Brandy wirkte. Er befeuchtete ihr die Kehle und nahm der Wirklichkeit die Schärfe. Zwanzig Minuten waren vergangen, seit sie ihr Büro verlassen hatte. Teresa würde sich fragen, was ihr fehlte. Dixon erhob sich, atmete tief durch und ging, da sie sich nun wieder in der Gewalt hatte, nach unten zu ihrer alten Freundin.

»Bist du krank?«, fragte Teresa besorgt, als Dixon ins Büro kam. »Ich hatte schon überlegt, jemanden auf die Suche nach dir zu schicken.«

»Bitte entschuldige. Ich habe seit zwei Tagen Magenkrämpfe, aber jetzt geht es wieder besser.«

Eine Kellnerin servierte ein neues Tablett und blickte Dixon besorgt an, ehe sie ging. Dixon schenkte Teresa Tee ein.

Sie wies auf mit Schokolade überzogene und in Kokosraspeln gewälzte Biskuitstücke, die Lamingtons genannt wurden. »Bitte bedien dich«, sagte sie, »und erzähl weiter. Wo waren wir stehengeblieben, als ich dich so unhöflich unterbrach?«

»Du bist immer noch blass. Und sieh nur – du zitterst ja.«

»Wirklich, mir geht es gut. Erzähl weiter.«

»Wenn du sicher bist, dass dir nichts fehlt. Wo war ich? O ja.

Ich habe bedauert, dass ich mit den Mädchen nicht sprechen konnte. Ich musste weiter. Ich habe zurückgeblickt, als ich auf die Brücke abbog, aber da konnte ich wegen der Bäume keine von euch sehen. Ich hatte gehofft, Manus wäre bei dir. War er das? Sag mir doch, hat er dir je einen Antrag gemacht?«

»Das hat er«, sagte Dixon.

»Wusst ich's doch. Es war offensichtlich, dass er dich mochte, aber er hatte zu viel mit der Politik und den Pferden zu tun, um etwas zu unternehmen. Wieso hast du ihn denn abgewiesen?«

»Wegen der Religion«, führte Dixon ihre Lüge fort. »Er wollte mich nicht heiraten, wenn ich nicht konvertierte, und das habe ich abgelehnt.«

»Oh, oh. Hast du jemals geheiratet?«

»Nein, ich empfand nie das Bedürfnis.« Sie wechselte das Thema, damit Teresa nicht genauer nachfragte. »Zum Glück lernte ich Mrs Sinclair kennen...«

Die Geschichte der letzten fünfundzwanzig Jahre konnte sie erzählen, ohne von der Wahrheit abzuweichen.

Dixon fühlte sich wieder unwohl und wollte allein sein, um zu verarbeiten, was Teresa ihr offenbart hatte, doch diese redete weiter. »Würdest du nicht gern wissen, ob Manus je geheiratet hat, und würdest du nicht zu gern erfahren, wie sich Charlotte und Victoria entwickelt haben? Überleg nur, sie sind jetzt wahrscheinlich längst verheiratet. Ich möchte nur wissen, mit wem. Wenn wir nur einen Tag lang Mäuschen spielen könnten.«

Dixon verbarg ihre Empfindungen hinter einer Maske des Ernstes und ließ das Schweigen zwischen ihnen sich ausdehnen. Auf keinen Fall wollte sie Teresa mitteilen, was sie aus ihren Äußerungen geschlossen hatte.

»Ich fürchte, etwas kann ich dir sagen, aber es ist keine gute Neuigkeit.«

Teresa war ihre Beklommenheit sofort anzusehen.

»Die kleine Victoria ist keinen Monat nach deinem Aufbruch gestorben. An Lungenentzündung. Wir haben sie rund um die Uhr gepflegt. Alles, was für sie getan werden konnte, wurde auch getan, aber es hat nicht gereicht.« Um der Geschichte mehr Glaubwürdigkeit zu verleihen, fügte sie hinzu: »Dr. Finn hat sich halbtot gearbeitet, um sie zu retten. Ihm ging es deswegen ganz scheußlich. Uns allen.«

Teresa blickte sie an, als hätte sie Dixon noch nie zuvor gesehen. Tränen quollen ihr aus den Augen und rannen die Runzeln auf ihrem wettergegerbten Gesicht hinunter.

»Arme hübsche kleine Victoria«, sagte sie leise. »Der kleine Schatz. Ich habe das Kind so liebgehabt. Armes süßes kleines Ding.« Sie schüttelte fassungslos den Kopf und stellte ihre Tasse ab; Teresa gab sich Mühe, doch sie klapperte dennoch gegen die Untertasse. »Und armer, armer Manus«, fügte sie leise hinzu, als spreche sie nur mit sich selbst.

Als Teresa ihre erste Tränenwelle hinter sich hatte, stand die Empfangsdame hinter ihr, und Dixon war fort.

»Verzeihen Sie, aber Miss Dixon hat mir aufgetragen, Ihnen das Hotel zu zeigen, da sie in der kommenden halben Stunde etwas Wichtiges zu tun hat. Danach trifft sie Sie im Speisesaal.«

Bei Tisch erklärte Teresa, sie habe das Glück gehabt, eine Anstellung als Wirtschafterin bei einer freundlichen Familie zu finden, die ihr gestattete, ihren Sohn bei sich wohnen zu lassen, doch am Ende war es darauf hinausgelaufen, dass sie kein eigenes Haus besaß.

»Genau wie ich«, sagte Dixon.

»Nur dass du noch nicht im Ruhestand bist.«

»Nein, das stimmt. Und ich werde nie ohne Obdach sein. Die Rossiters, meine Arbeitgeber, halten große Stücke auf mich und behandeln mich wie ein Mitglied der Familie. Ich nehme an, sie kümmern sich um mich, bis ich den Löffel abgebe.« Dixon schenkte Teresa Wein nach und bot ihr mit einem Gefühl der Genugtuung eine Stellung im Hotel an. Nun, wo sie ihre Freundin wiedergefunden hatte, wollte sie sie in ihrer Nähe halten und sich in der Wärme ihrer Persönlichkeit sonnen, an die sie sich so gut erinnerte.

»Aber was würde ich hier tun? Töpfe schrubben?«

»Im Leben nicht. Keine Freundin von mir schrubbt Töpfe.«

»Aber ich habe keinerlei Erfahrung im Hotelfach.«

»Ich bringe dich schon irgendwo unter. Es wäre wunderbar, wieder zusammenzuarbeiten. Erinnerst du dich, wie gut wir auf The Park zurechtkamen?«

»Oh, ja, das tue ich, aber da waren auch die beiden Mädchen bei uns. Wir können diese Zeit nicht zurückholen, und wenn wir uns noch so sehr bemühen.« Teresas Stimme schwankte kurz, dann fasste sie sich wieder. »Du musst weit oben stehen, wenn du einer Frau ohne Ausbildung wie mir Arbeit anbieten kannst, ohne erst nachfragen zu müssen.«

Dixon konnte nicht anders, sie musste ein wenig prahlen. »Ich bin keine gewöhnliche Angestellte, ich bin seit Jahren Chefbuchhalterin und stellvertretende Direktorin und sollte eigentlich Direktorin sein, aber am Ende haben sie den Mut verloren. Sie wollten den Posten keiner Frau geben, obwohl ich die Arbeit mit links schaffen würde. Also, was meinst du?«

»Das Angebot ist verlockend, und es ist so nett von dir, dass du an mich denkst, aber ich fürchte, ich kann es nicht annehmen. Ich habe mich bereits verpflichtet, meiner Schwiegertochter und meinem Enkelsohn zu helfen, bis Joseph aus dem Krieg heimkehrt, und danach ziehe ich zu meiner irischen Freundin, deren Mann ihr ein hübsches Erbe hinterlassen hat. Sie ist erheblich älter als ich und braucht meine Hilfe und Gesellschaft.«

»Für mich klingt das, als wollte sie, dass du dich im Alter um sie kümmerst.« Dixon konnte nicht ganz verhindern, dass Bitterkeit ihre Stimme färbte.

»Vermutlich«, stimmte Teresa ohne Groll zu. »Das scheint meine Bestimmung zu sein. Erst mein Vater, jetzt meine Freundin. Aber ich beklage mich nicht. Es ist wunderbar, meine letzten Jahre nicht unter Fremden verbringen zu müssen.«

»Alles sehr gelegen und bequem«, sagte Dixon enttäuscht. »Egal. Es war auch nur ein Gedanke. Ich hätte nie angenommen, dass du frei sein könntest.«

»Vielleicht kommst du mich einmal besuchen, dann stelle ich dir meine Schwiegertochter und meinen Enkel vor.«

»Vielleicht tue ich das«, sagte Dixon, die keinerlei Absicht hatte, dies zu tun. Geh doch zu deiner geliebten Familie und deiner alten Freundin, habt doch alle eine wunderbare Zeit und denkt nicht eine Sekunde an mich, die niemanden hat außer der armen alten Mrs Sinclair, die nicht einmal mit mir verwandt ist und sowieso schon mit einem Bein im Grab steht und mir jetzt nicht mehr viel nutzt. Dann seht ihr ja, ob ich mich drum schere.

Dixon spürte, wie sie sich gegen Teresa verhärtete, die doch noch Mutter geworden war und Manus' Namen ins Gespräch gebracht hatte, ohne dass dazu ein Anlass bestand, nur um damit anzugeben, dass sie ihn kannte. Die Temperatur im Zimmer sank, als ginge Südwind, und eine vertraute Grauheit legte sich über das fröhliche Bild von zwei gleichgestellten Freundinnen, die bis ans Lebensende Seite an Seite arbeiteten, das Dixon sich ausgemalt hatte.

»Hast du es je bereut, Irland verlassen zu haben?«, fragte sie, um höfliche Konversation bemüht.

»Nein, nicht mit meiner Sehnsucht nach einem Kind und meinem Verhältnis zu meinem Bruder. Und dann wurde ich im letzten Moment tatsächlich mit einem kleinen Jungen gesegnet. Ich liebe dieses Land. Ich glaube, ich habe in meinem Leben sehr viel Glück gehabt.«

»Wie schön für dich«, sagte Dixon. In ihr brannte die Eifersucht. »Sag mir eines.« Sie beugte sich vertraulich über den Tisch vor. »Sag mir eines. Es gibt eine Sache, die ich immer wissen wollte, und jetzt kannst du es mir ja sagen, denn The Park ist für uns beide Vergangenheit und wir kehren nicht mehr dorthin zurück.«

»Aber sicher. Frag mich, was du willst.«

»Ich kann kaum fassen, dass ich damals nicht daran gedacht habe, aber als die Jahre verstrichen, wurde es offensichtlich. Jetzt kannst du es für mich klären. Hat Miss East dich mit der Anweisung eingestellt, mir nachzuspionieren?« Die Idee war ihr gerade erst in den letzten Minuten gekommen, doch nun, da Dixon sie in Worte fasste, hielt sie sie für die Wahrheit.

»Wie kommst du auf die Idee?« Teresa hob ihr Glas und nahm einen großen Schluck Wein. »Sie dachte, nach Victorias Geburt könntest du jemanden brauchen, der mit anfasst, das war alles.«

Dixon musterte Teresas Gesicht. Dessen tiefe Farbe und die gesenkten Lider überzeugten Dixon, dass sie log.

Eine halbe Stunde später bezahlte Dixon ein Taxi für Teresa, mit dem sie sie loswurde, und winkte ihr vom Straßenrand hinterher, fest entschlossen, sie niemals wiederzusehen. Dann ging sie auf ihr Zimmer. Dort heulte sie lange Zeit in ihr Kissen und riss dabei mit Zähnen, die noch immer makellos waren, am Bezug.

74

Dublin
1943

Mit der Post erhielt Charlotte ein Paket aus Ballybrian. Während sie den Brief las, der unter die zweite Schicht aus braunem Papier gesteckt gewesen war, erlaubte sie Mary Anne, die fest zusammengeknüllten Papierkugeln herauszunehmen, mit denen etwas in dem großen Pappkarton gepolstert worden war.

Hochverehrte Milady!

Mein Name ist Robyn Parsons. Sie erinnern sich wahrscheinlich nicht an mich, aber ich war Hausmädchen, als Sie auf Tyringham Park aufwuchsen, und ich habe damals vieles gesehen, war aber zu unerfahren, um deswegen was zu unternehmen, wie zum Beispiel, als Schwester Dixon nicht merkte, dass ich sie sah, wie sie Ihnen Ihre Puppe abnahm und Sie haute, als wären Sie so groß wie sie und kein kleines Mädchen. Als sie mich sah, zog sie Sie ins Zimmer, und ich hörte Sie schreien. Heute noch muss ich weinen, wenn ich daran denke, weil ich nicht versucht habe, Ihnen zu helfen, aber damals glaubte ich, ich kann das gar nicht, weil Dixon für Sie verantwortlich war und Sie von uns Dienstboten getrennt hielt. Ich bete jeden Tag für ...

Charlotte unterbrach ihre Lektüre.

Mary Anne quietschte vor Freude, als sie noch mehr Papierkugeln aus dem Karton geholt hatte und entdeckte, was sie umschlossen hatten.

Charlotte las weiter. Der letzte Absatz des Briefes lautete:

Im alten Kinderzimmer habe ich etwas gefunden, das Sie vielleicht gern zurückhaben möchten, besser spät als nie, wo Sie ja jetzt selber ein kleines Mädchen haben. Ich hoffe, ich habe das Richtige getan. Es ist so schwer zu wissen, was man am besten tut.

Charlotte blickte auf und schrie, als sie unter dem Arm ihrer zweiundzwanzig Monate alten Tochter mit ihrem hübschen Gesicht und den weichen dunklen Locken eine Porzellanpuppe mit gelben Haaren in einem saphirblauen Kleid entdeckte: die Puppe, die ihr einmal gehört hatte und von Dixon konfisziert worden war. Das Pendant zu Victorias rothaariger Puppe, die sie an dem Tag, an dem sie verschwand, an sich gedrückt hatte.

Charlotte ließ den Brief fallen.

Sie konnte nicht atmen. Ihr war, als müsste sie ersticken. Ihr Brustkasten hob sich, als sie krampfhaft versuchte, Luft in die Lunge zu bekommen.

Mary Anne hob den Kopf und begann ängstlich zu weinen, als sie das verzerrte Gesicht ihrer Mutter sah.

In Charlottes Ohren brauste es, und in der Brust hatte sie Schmerzen. Endlich gelang es ihr, rasselnd Atem zu holen, doch das Geräusch vergrößerte nur die Lautstärke, mit der Mary Anne weinte.

Fünf Minuten später kam Queenie herein und fand Charlotte dem Zusammenbruch nahe vor. Sie sagte ihrer Herrin, sie werde sofort zum Arzt eilen, sie solle sich nicht sorgen. Charlotte machte schwächliche Bewegungen mit den Armen, die Queenie bedeuteten, sie möge das Kind aus dem Raum schaffen.

»Ich bringe Miss Mary Anne für den Vormittag zu ihrer Tante«, sagte Queenie und wusste, dass sie die richtige Entscheidung getroffen hatte, als Charlotte nickte und zu lächeln versuchte. »Und auf dem Rückweg hole ich Doktor Grace. Keine Angst. Ich bin in null Komma nichts wieder hier.«

Queenie setzte das schluchzende Mädchen, das noch immer die gelbhaarige Puppe umklammerte, in den Kinderwagen, für den es zu groß geworden war, und schob ihn eilends fünf Straßen weiter zu Iseults Haus. Sie erklärte Charlottes Schwägerin, ihre Herrin leide an einer Halsentzündung und wolle nicht, dass Mary Anne sich anstecke. Auf dem Rückweg hielt sie drei Straßen weiter am Haus der Carmodys und klingelte am Praxisanbau. Als niemand öffnete, ging sie zur Vordertür und betätigte den Klopfer. Dr. Grace Carmody kam an die Tür, und kaum hatte sie erfasst, was die Kammerzofe völlig außer Atem sagte, versicherte sie ihr, sie käme sofort vorbei. Auf ihre Frage sagte Queenie, sie habe keine Ahnung, was zu dem Anfall geführt habe, aber es müsse etwas Schlimmes sein, wenn Madam so indisponiert sei, dass sie sich nicht mehr um Mary Anne kümmern konnte.

»Ist so etwas schon einmal passiert?«, fragte Dr. Grace. Sie nahm ihren Mantel und ihre Tasche, dann zog sie die Tür hinter ihnen ins Schloss.

»Nein, nicht dass ich wüsste.«

»Ist jemand bei ihr?«

»Nein, niemand.«

Queenie wäre am liebsten vorausgelaufen, aber sie musste auf die Ärztin warten, damit sie sie durch den Hintereingang zu Charlottes Räumen hochführen konnte, ohne dass Lady Blackshaw sie sah. Während sie die Straße entlangeilten, versuchte Queenie die Fragen der Ärztin so genau zu beantworten, wie sie konnte.

Stunden nachdem Dr. Grace ihr ein Schlafmittel verabreicht hatte, versuchte Charlotte aufzustehen, fand es aber schwierig, die Augen offenzuhalten. Im Sessel saß jemand und schlief, bemerkte sie, und die Vorhänge waren zugezogen, also musste es Nacht sein. Wo war sie? Was war geschehen? Wieso waren ihre Arme zu schwer, um sie zu heben?

Sie entdeckte ein Kind, das neben dem Bett stand. Es war Victoria. Nicht die verstörte Victoria aus ihren Träumen, die Charlotte nicht in Ruhe lassen wollte, ehe sie eine Abmachung mit ihr traf, sondern eine glückliche Victoria mit einer rothaarigen Puppe. Charlotte wandte sich freudig ihrer verlorenen kleinen Schwester in ihrem weißen Leinenkleidchen zu.

»Gott sei Dank, dass du lebst«, flüsterte Charlotte, um nicht die Person im Sessel zu wecken. »Ich wusste, dass du eines Tages zurückkommst und mich besuchst.«

Lächelnd und voll Selbstvertrauen streckte das Mädchen den freien Arm aus.

»Komm näher, mein kleiner Schatz, damit ich deine Hand nehmen kann«, sagte Charlotte lockend.

Victoria trat einen Schritt vor, zögerte und begann zu weinen.

»Weine nicht, mein hübscher Liebling«, flehte Charlotte und

merkte, wie eine entsetzliche Angst sie überkam. »Komm her, ich gebe dir einen Kuss, dann ist alles gut.« Sie versuchte sich zu bewegen und aus dem Bett zu steigen, um das Mädchen zu trösten, doch ihr Kopf hob sich nicht vom Kissen, und ihre Beine blieben schwer wie Blei. Ihre Arme schmerzten vor Verlangen, die kleine Gestalt zu umschließen, sie eng an sich zu ziehen und für immer und vor allem zu beschützen.

»Ich habe ein kleines Mädchen, das genauso aussieht wie du, mit Locken und einem hübschen Gesicht. Morgen früh, wenn sie aufwacht, darfst du mit ihr spielen.«

»Kann ich etwas für Sie tun, Madam?«, fragte die Gestalt im Sessel.

Charlotte riss die Augen auf, als sie Queenies Stimme hörte, und Victoria verschwand.

»Warum hast du das getan?«, heulte Charlotte auf. »Du hast sie verjagt. Victoria, komm zurück, achte nicht auf Queenie! Ich habe dir so viel zu sagen!« Ihre Stimme schwoll zu einem schrillen Kreischen an. »Komm zurück, und ich erkläre dir alles!«

Queenie eilte zu ihr. »Nehmen Sie davon noch was, Madam«, drängte sie, hob Charlottes Kopf an und goss ihr etwas Flüssiges in den Mund. »Doktor Grace sagt, es beruhigt sie.«

»Geh weg – geh weg!«, stieß Charlotte hervor und versuchte, die Medizin auszuspucken, verschluckte jedoch den größten Teil. Sie drehte den Kopf von der Kammerzofe weg, damit sie nicht noch eine weitere Dosis eingeflößt bekam, und sagte mit so großem Nachdruck, wie ihr möglich war: »Ich möchte nicht ruhig sein. Ich möchte mit Victoria sprechen. Wenn du weggehst, kommt sie vielleicht wieder. Na los, verschwinde auf der Stelle und wage es nicht zurückzukehren, ehe ich nach dir klingele. Tu, was ich dir sage. Na los!«

Queenie rannte aus dem Zimmer und hielt nicht inne, bis sie das Haus der Carmodys zum zweiten Mal an diesem Tag erreichte und die verschlafene Dr. Grace bat, rasch zu kommen, da Charlotte diesmal eindeutig den Verstand verloren habe.

Charlotte stierte auf die Stelle, wo Victoria gestanden hatte, und flehte das Kind laut an, doch wiederzukommen, doch sie erhielt nur Schweigen und Leere zur Antwort. Die Energie, die sie verspürt hatte, während sie mit Victoria sprach, verflüchtigte sich. Ihr Körper wurde immer schwerer. Die verdammte Arznei, die Queenie ihr eingeflößt hatte, versetzte sie wieder in Schlaf. Sie rief Miss East um Hilfe an, aber niemand antwortete ihr.

Jemand, den sie kannte, beugte sich über sie, und sie fühlte den Nadelstich im Arm, als man ihr eine Spritze setzte.

Als Charlotte das nächste Mal aufwachte, blieb sie still und sprach kein Wort, damit Queenie, die Wache hielt, nicht zu ihr eilte und ihr nicht wieder dieses Schlafmittel verabreichte.

Sie hatte ein merkwürdiges Gefühl im Kopf. Ihr war, als sei ihr Bewusstsein ein Herrenhaus mit hundert Zimmern, das zerfiel; jede einstürzende Wand offenbarte den anderen Räumen ihre ureigenen Geheimnisse, bis das Haus nur noch ein einziger Schutthaufen war, in dem sämtliche Möbel und Kunstwerke zu sehen waren.

Sie war wieder acht Jahre alt und auf Tyringham Park. Ihre Mutter schob den Kinderwagen mit Victoria zum Stall. Charlotte wollte sich anschließen, wie es ihre Gewohnheit bei den täglichen Spaziergängen mit Schwester Dixon war.

»Du nicht«, fuhr ihre Mutter sie an. »Ich kann mich nicht

erinnern, dich ebenfalls eingeladen zu haben. Schwester Dixon, bringen Sie sie weg.«

»Wie Sie wünschen, Milady.« Dixon hielt Charlotte die Hand hin. »Na komm, Charlotte, Schätzchen. Wir gehen ins Kinderzimmer und machen was Schönes.«

Kaum war ihre Mutter halb den Hügel hinunter und zu weit weg, um sie zu hören, wandte sich Dixon Charlotte zu. »Hau ab und verzieh dich, du hässliche Pute. Ich hab schon genug zu tun, ohne mich auch noch mit dir abzuplagen. Bau doch eine von deinen dämlichen Brücken, die du so magst. Und halt die Schultern gerade!«

Mit gesenktem Kopf ging Charlotte auf den ummauerten Garten zu, doch kaum waren die beiden Erwachsenen außer Sicht, drehte sie um und schlug erneut den Weg zum Stall ein.

Als sie dort ankam und einen Türflügel aufdrückte, stand der Kinderwagen an der Wand im Schatten, und der Hof war leer. Während sie sich an der Wand entlangschob, fiel ihr Blick auf die schlafende Victoria, und sie empfand einen Stich des Hasses auf das Schwesterchen, das sie doch so liebhatte, dann ging sie den Stimmen nach, die aus Manus' Büro drangen.

Sie legte das Ohr an die Tür, doch sie konnte nicht verstehen, was gesprochen wurde. Die Stimmen wurden immer leiser, bis das Gespräch ganz aufhörte. Die eingetretene Stille wurde von seltsamen Geräuschen immer wieder unterbrochen. Als Charlotte es wagte, durch das kleine Fenster neben der Tür ins Büro zu blicken, konnte sie nicht fassen, was sie sah.

Ihre Mutter und Manus trugen nicht alle Kleider, das Haar ihrer Mutter hing lose herab, und beide lagen sie auf einer Pferdedecke auf dem Boden und machten merkwürdige Dinge miteinander.

Charlotte sah einige Minuten lang mit der gleichen Faszination zu, die sie empfunden hatte, als sie Sid erwischte, wie er einen Wurf kleiner Kätzchen ins Wasserfass warf.

Charlotte hob die schlafende Victoria und ihre Puppe aus dem Kinderwagen und verließ den Stall durch die Tür, die sie offen gelassen hatte. Sie umging den Stall und folgte dem schmalen Weg, der an der Mauer entlangführte. Sie näherte sich dem Fluss. Der abschüssige Weg war vom Regen schlammig und glitschig. Sie rutschte aus. Der Satz, den sie machen musste, damit sie nicht stürzte, weckte ihre Schwester, die sofort hellwach war und um sich blickte, um die unbekannte Umgebung in sich aufzunehmen.

Kaum waren sie um die Ecke gebogen und ans Flussufer gelangt, als Victoria das dahinschießende Wasser sah und sich zu winden begann, das Zeichen, dass sie auf den Boden gestellt werden wollte. Charlotte setzte sie ab und nahm sie bei der Hand.

Beide Schwestern waren sich bewusst, dass sie zum allerersten Mal auf ein Abenteuer gingen, ohne dass irgendein Erwachsener sie beaufsichtigte. Ein verbotenes Abenteuer. Am Fluss entlanggehen, der ein tiefes dunkles Wasserloch hatte und dem sie sich niemals nähern durften.

Victoria war fast schüchtern ihrer großen Schwester gegenüber. Sie umklammerte Charlottes Hand und lächelte zu ihr hoch.

»Mamis Liebling«, sagte Charlotte traurig, ohne das Lächeln zu erwidern.

Victoria hatte ein weißes Kleidchen an. Sie trug ihre Puppe im Arm und schritt selbstbewusst aus. Für ihr Alter war sie weit, wie Schwester Dixon nicht müde wurde zu betonen – mit zehn Monaten hatte sie schon stehen können, während Charlotte, das dumme Ding, ihren ersten Schritt erst mit sechzehn Monaten gemacht hatte.

Sie gingen ein kleines Stück weiter zu einer Stelle, wo ein Teil des Ufers abgesackt war und den Weg zur Hälfte mitgenommen hatte. Victoria stolperte über einen großen Stein und wäre ins Wasser gefallen, wenn Charlotte sie nicht festgehalten hätte. Die Puppe flog Victoria aus der Hand und landete am Wassersaum. Ihr Haar hing ins Wasser und schlängelte sich im über die Ufer getretenen Fluss.

»Bleib zurück«, rief Charlotte, als sie sich gleichzeitig bückten, um sie aufzuheben. »Ich hole sie für dich.«

Victoria achtete nicht auf sie, riss mit einem erleichterten Quietschen die triefende Puppe hoch und drückte sie gegen die Brust ihres weißen Kleidchens.

»Guck, was du gemacht hast, jetzt bist du vorn ganz schmutzig. Gib mir die Puppe, damit ich sie abwaschen kann, sonst bekommen wir Ärger.«

»Nein«, sagte Victoria. Das schlammige Wasser tropfte ihr auch auf den Rock.

»Hast du nicht gehört? Gib mir die Puppe.«

»Nein.«

»Gib sie her.«

»Nein.«

»Ich gebe dir noch eine Chance. Gib mir die Puppe.«

Victoria sah sie verwirrt an und drückte die Puppe nur noch fester an sich. »Nein, nein, nein«, sagte sie und schüttelte nachdrücklich den Kopf.

»Her damit, oder es gibt Ärger. Teresa Kelly kann dir nicht mehr helfen. Sie ist weg. Für immer.«

Victoria wich zurück. Charlotte beugte sich vor, packte die Puppe beim Haar und entwand sie Victoria.

Victoria stolperte zurück und fiel nur wenige Zoll vom Wasser auf ihre vier Buchstaben. Charlotte zog sie wieder hoch. Victoria heulte auf und zerrte an Charlottes Rock.

»Hör auf mit dem Lärm.« Charlotte hob die Puppe über ihren Kopf und versuchte den Rock freizubekommen.

Victoria hielt sich noch stärker fest und heulte noch lauter.

»Sei still, sonst hören sie dich.«

Victorias Heulen schwoll zu einem ausgewachsenen Gekreische an.

Mamis hübscher kleiner Liebling sieht jetzt, wo ihm der Rotz das verkniffene Gesicht runterläuft, gar nicht mehr so hübsch aus.

Charlotte senkte die Puppe. Victoria ließ ihren Rock los und hob die Hände, um sie zu ergreifen. Charlotte hielt sie einen Zoll außerhalb der Reichweite von Victorias verzweifelt krallenden Fingern.

Wie leicht es jetzt wäre, ihr die Puppe zurückzugeben und zuzusehen, wie sie sie fest an sich drückt, mit dem Gezeter aufhört und ihre große Schwester wieder zufrieden ansieht, die sie bei der Hand nehmen, zum Stallhof zurückführen und das gefährliche Abenteuer sicher beenden könnte. Leicht, aber schlecht für Victoria. Sie sollte sich nicht daran gewöhnen, dass sie ihren Willen bekam, sobald sie Lärm schlug.

Während die Puppe weiterhin außer Reichweite baumelte, erhob Victoria ihre wütenden Schreie zu noch höherer Lautstärke, und ihre Verrenkungen wurden so extrem, dass sie aussah, als wollte sie sich von innen nach außen krempeln.

Ihr Gesicht hatte sich zu einer so teuflischen Fratze verzerrt, dass es ihr gar nicht mehr ähnlich sah. Ihre Stimme war so schrill und durchdringend, dass sie überhaupt nicht mehr nach einem Kind klang.

»Ich sagte, du sollst ruhig sein! Versteht du kein Englisch mehr? Möchtest du hier am Fluss erwischt werden und dafür eine Tracht Prügel kassieren? Halt den Mund! Halt doch den Mund!«

Charlotte versetzte Victoria einen Stoß mit dem ausgestreckten Arm vor die Brust, der deren kleinen Leib mit rudernden Armen nach hinten in den Fluss schleuderte.

Das weiße Kleidchen bauschte sich um das Kind auf, ehe das rauschende Wasser es langsam umdrehte und vom Ufer in die schnelle Strömung trug, wo der Fluss am tiefsten war. Entsetzen trat in Victorias Gesicht. Einmal kam sie weiter flussabwärts noch an die Oberfläche, Augen und Mund weit aufgerissen und mit den Armen um sich schlagend. Gleich darauf verschwand sie aus dem Blick, und Charlotte verfolgte den Lauf des Flusses mit solch starrer Konzentration, dass ihre Sicht ständig zwischen scharf und unscharf wechselte.

Es wäre so leicht gewesen, ihr die Puppe zurückzugeben.

Aber man darf Kindern nicht einfach so nachgeben. Das macht aus ihnen verzogene Gören, fraß sich Schwester Dixons Stimme in ihre Gedanken.

Aber Victoria ist keine verzogene Göre, begriff Charlotte zitternd. Sie bot ihrer kleinen Schwester die Puppe an, aber es war zu spät. Sie hielt sie in die Leere, wo der kleine hübsche Schatz gerade noch gestanden hatte.

Charlotte schmeckte in ihrem Mund Erbrochenes. Ihre überschäumende Wut war innerhalb eines Augenblicks abgekühlt, als wäre sie mit einem Eimer voll Eiswasser übergossen worden.

»Komm zurück, Victoria! Komm zurück!«, rief sie, während die Puppe sinnlos von ihrer vorgestreckten Hand baumelte. »Ich hab es nicht so gemeint!« Ihre Beinmuskeln hatten nachgegeben, aber sie zwang sie zur Bewegung und wiederholte die ganze Zeit: »Komm zurück, Victoria! Komm zurück. Bitte, Victoria, komm zurück! Mir macht es nichts, wenn du der Liebling bist. Du bist doch auch mein Liebling. Du kannst die Puppe ja haben. Hier, ich gebe sie dir!« Sie rannte flussabwärts an der Brücke vorbei und hoffte, dass sich Victorias Kleid im Ast eines überhängenden Baumes verfangen hatte und die Schwester die Arme ausstreckte und nach ihr schrie. Was hätte sie darum gegeben, die Arme ausstrecken und das Kleid lösen und Victoria in Sicherheit ziehen zu können. Was hätte sie nicht gegeben, um sie wieder neben sich am Ufer zu haben.

Sie würde ihre Eifersucht und ihre Trübsal bleibenlassen und versprechen, ihre Mutter und Schwester Dixon liebzuhaben und sogar aufzugeben, Mandrake zu reiten, und nie wieder zum Stall gehen oder Manus wiedersehen, wenn nur Victoria nicht ertrank. Sie würde ihr schönes Gesichtchen bewundern wie alle anderen und nicht erleichtert sein, wenn Schwester Dixon zu Victoria grausam war und nicht zu ihr.

Schon oft hatte sie zugesehen, wie ein Ball oder eine Blechdose vor dem Wehr auf dem schäumenden Wasser tanzte, und zu erraten versucht, wie lange sie dort blieben, ehe sie weiter fortgerissen wurden. Vielleicht fand sie Victoria am Ende des Sturzbachs, von widerstreitenden Kräften gehalten.

Doch es floss so viel Wasser durch das Wehr, dass der Sturzbach verschwunden war und der Fluss nach einer leichten Stufe einfach flach ablief.

Um Höhe zu gewinnen, stellte Charlotte sich auf die Brücke und blickte so weit flussabwärts, wie sie konnte. Alles, was sie entdeckte, war braunes Wasser und hier und da weiße Flecke, die ihr eine Sekunde lang Hoffnung gaben, bis sie begriff, dass sie nicht Victorias Kleid erblickt hatte, sondern Schaum, den die Gewalt des Flusses erzeugt hatte. Flussaufwärts war das tiefe dunkle Wasserloch, von dem Schwester Dixon gern erzählte und das kleine Kinder verschluckte. Vielleicht lag Victoria dort drin, unten festgehalten von merkwürdigen Geschöpfen, die unablässig die Augen nach bösen Kindern offen hielten, die ihrem Kindermädchen nicht gehorchten.

Von der entsetzlichen Angst erfüllt, von ihrer Mutter und Manus ertappt zu werden, die mittlerweile vielleicht schon bemerkt hatten, dass Victoria fort war, wankte sie am Fluss entlang. Geduckt versteckte sie sich hinter dem Buschwerk, bis sie außer Sicht aller Gebäude des Anwesens war, und kehrte im Bogen auf die Rückseite des Haupthauses zurück. Da sie wusste, dass Schwester Dixon im Kinderzimmer war, ging sie nur ins Erdgeschoss, wo sie Victorias Puppe unter der Treppe versteckte – sie würde sie später holen und an einer besseren Stelle verbergen. Dann ging sie wieder nach draußen, wo ihre Energie sie verließ und sie neben einem Kanal zu Boden stürzte, der Wasser vom Haus ableitete. Seit Wochen hatte sie dort eine Brücke errichtet. Während ein stiller, langgezogener Schrei ihr Bewusstsein erfüllte, arrangierte sie die Steine neu, die sie für ihr Bauwerk gesammelt hatte, und dort fand Schwester Dixon sie einige Zeit später im Schlamm sitzend und sagte ihr, dass Victoria vermisst und jeder für die Suche benötigt werde, sogar sie, Gott allein wisse, wieso, denn sie sei eh zu nichts zu gebrauchen.

75

Iseult behielt Mary Anne, bis Charlotte sich ausreichend erholt hatte, um sie zurückzunehmen. Tagsüber war Mary Anne immer fröhlich gewesen, doch in der Nacht hatte sie nach ihrer Mutter geweint.

»Bitte erzähl Lochlann nichts von dieser kleinen Episode«, flehte Charlotte ihre Schwägerin an. »Er wird sich nur Sorgen machen, und außerdem war es nichts. Ich glaube, ich habe mich überanstrengt und zu wenig geschlafen. Ich bin wieder vollkommen erholt.«

Dr. Grace, die zu Besuch war, murmelte mitfühlend etwas, als glaubte sie ihr, doch insgeheim sorgte sie sich über Charlottes nervlichen Zustand. Sie fragte sich, ob ihre Schwiegertochter an einer tiefsitzenden Störung leide, die jeden Moment ausbrechen konnte. Iseult fürchtete, Charlotte könnte eine Geisteskrankheit geerbt und auch an das Kind weitergegeben haben. Man brauchte sich nur ins Gedächtnis zu rufen, dass sie sich drei Jahre lang abgekapselt und dick und fett gefressen hatte, dann war jedem klar, dass sie ein wenig labil sein mochte. Mutter und Tochter tauschten ihre Befürchtungen aus, doch beide fassten den Entschluss, sehr gut aufzupassen auf die unglückliche Frau, die sie ins Herz geschlossen hatten und bewunderten.

Im Laufe der nächsten Wochen bemerkten sie beide, dass Charlotte das Selbstvertrauen und die Freude, mit denen sie sich zuvor um Mary Anne gekümmert hatte, nicht wiedererlangte. Sie war traurig und verzagt und immer wieder unkonzentriert und verlor sich in Gedanken, ohne auf ihre Umgebung zu achten.

Mary Anne wurde umso anhänglicher und zeigte Unbehagen, wenn Charlotte ihr nur ein kleines Stück von der Seite wich.

Charlotte schrieb Colonel Turncastle, sie habe seine Worte sorgsam überdacht, besonders das, was er über die Sicherung der Zukunft für alle Kinder gesagt habe, und bewerbe sich, um so rasch wie möglich in die Special Operations Executive einzutreten.

76

Sydney
1943

Es war halb sechs Uhr morgens, und die Hitze war bereits unerträglich.

»Elizabeth.«

Der geflüsterte Name weckte Dixon aus tiefem Schlaf. Im Zimmer herrschte Dunkelheit.

Sie reagierte nur langsam. In der Nacht und in vielen Nächten davor hatte sie stundenlang wach gelegen und sich den Kopf zerbrochen, was sie mit der explosiven Information, die Teresa ihr unwissentlich gegeben hatte, anstellen sollte. Sie wurde vollkommen beherrscht von den Überlegungen, wem sie zuerst schreiben, was sie aussprechen, was sie nur andeuten sollte und wie sie sich am besten an allen auf Tyringham Park rächte, die ihr Unrecht getan hatten, besonders aber an Charlotte, dieser kleinen Petze.

»Elizabeth!« Die Stimme war diesmal etwas lauter und wurde von Klopfen begleitet.

Lady Blackshaw wäre die Erste – das war nur gerecht. Dixon hatte bereits einen Brief an sie aufgesetzt und an Tyringham Park adressiert – im Laufe des Tages wollte sie ihn zur Post bringen. Charlotte, Miss East, Manus und Dr. Finn müssten warten, bis sie Antwort von Ihrer Ladyschaft hatte.

»*Elizabeth!*«, ertönte es zum dritten Mal, laut und ungeduldig. Das holte Dixon endlich aus dem Bett.

Die Stimme gehörte Jim Rossiter. Mrs Sinclair musste gestorben sein, und er wollte sie holen, um es ihr zu sagen und sie zum Haus zu bringen, damit sie sich an der Vorbereitung des Begräbnisses beteiligen konnte. Umsichtig wie immer.

Sie zog den Morgenmantel über und hielt ihn mit der einen Hand am Hals geschlossen, während sie mit der anderen die Tür öffnete. Sie hatte bereits eine mitfühlende Miene aufgesetzt – Jim mochte seine Schwiegermutter außerordentlich, und sie ihn.

»Ist es Mrs Sinclair?«

Jim drängte sich an ihr vorbei ins Zimmer, knipste das Licht an und schloss hinter sich die Tür.

»Nein. Um sie geht es nicht. Sie hält sich. Es geht um Sie. Ich möchte von Ihnen wissen, was Sie mit dem verdammten Geld angestellt haben.«

Hinterher konnte sich Dixon nicht erinnern, in welcher Reihenfolge Jim seine Anschuldigungen vorgebracht hatte, doch den Ausdruck »mich ausgenommen wie eine Weihnachtsgans« wiederholte er unablässig.

»Packen Sie Ihre Sachen. Sie werden weder das Hotel noch Norma oder ihre Mutter je wiedersehen. Dafür sorge ich.«

Dixon war es, als stände sie nicht in ihrem Schlafzimmer mit bloßen Füßen fest auf dem Teppich, sondern stürze rückwärts aus dem offenen Fenster und ihre Finger verlören den Halt am glitschigen Rahmen, während ein eiskalter Wind an den leichentuchartigen Vorhängen zerrte. Einen Augenblick lang war sie in den Moment zurückversetzt, als Lily East und Dr. Finn ins Kinderzimmer kamen und sie ihnen am Gesicht ansehen konnte, dass das Spiel aus war.

Jim drehte ihre Matratze um und leerte den Inhalt ihres Schranks auf den Fußboden. Er begleitete sie zum Badezimmer und wartete vor der Tür, während sie sich wusch und ankleidete. Einmal kam er ihr nahe, während er sie befragte, und sie hob den Arm, um sich vor dem Hieb zu schützen, mit dem sie rechnete, doch er entgegnete, er habe in seinem ganzen Leben noch keine Frau geschlagen und werde damit nun nicht anfangen. Er packte sie bei den Schultern, sah ihr ins Gesicht und beschwor sie, es würde ihm viel Mühe ersparen, wenn sie ihm einfach sagte, wo das Geld war. Der körperliche Kontakt tröstete sie, und sie entzog sich ihm nicht. Wenn solche Hände sie hielten, müsste sie nie fürchten, rückwärts aus einem offenen Fenster zu fallen.

Nach allem, was die Familie und besonders Mrs Sinclair für sie getan hätten, fuhr Jim fort, sei das Mindeste, was sie tun könne, ihm zu sagen, wo sie das Geld versteckt habe. Sie müsse einen Moment geistiger Umnachtung gehabt haben. So etwas könne jedem zustoßen, durch dessen Hände so viel Geld gehe – dass man in Versuchung gerate, ihr in einem schwachen Moment nachgebe und sich dann vor der Offenbarung fürchte und nicht wisse, wie man es rückgängig machen könne. Dafür habe er Verständnis. Es sei noch nicht zu spät, alles in Ordnung zu bringen.

Dixon trat das Bild Charlotte Blackshaws vor Augen, wie sie vor der Polizei trotzig den Mund verschloss. Sie würde genau das Gleiche tun. Wenn sie gar nichts sagte, konnte sie sich nicht verplappern. Man musste nur sehen, wie Charlotte allein durch ihr Schweigen davongekommen war.

Er wartete, doch sie verlor den Mut nicht. Sie hielt den Blick gesenkt, damit seine erwartungsvolle Miene sie nicht beeinflusste.

»Wir haben alle so viel von Ihnen gehalten, Elizabeth«, sagte er und ließ die Arme sinken. »Das zeigt nur, wie man sich in den Menschen täuschen kann. Ich werde das Geld finden, glauben

Sie mir, und wenn das bedeutet, die Böden aufzureißen und das Haus zu zerlegen und jeden Bankdirektor in ganz Sydney in den Schwitzkasten zu nehmen.«

Er entschuldigte sich, dass er in ihre Handtasche blicken müsse, nahm sie, leerte sie aus und fand unter Dixons persönlichen Dingen ein Bündel großer Banknoten, das in einem leeren Zigarettenetui steckte. Das Geld war für ihr Beth-Hall-Konto bestimmt. Sie hatte vorgehabt, es am Tag einzuzahlen, nachdem sie die Bankgeschäfte des Hotels erledigt hätte, doch das konnte sie ihm kaum sagen.

»Die Mutter Ihres Verlobten?«, fragte er, als er Lady Blackshaws Anschrift auf dem unfrankierten Kuvert mit dem Brief las, den sie geschrieben hatte. »Ich würde Ihnen anbieten, den Brief für Sie zur Post zu bringen, aber ich habe eine bessere Idee. Dazu kommen wir gleich.«

Er legte alles in die Handtasche zurück, auch das Geld. »Das werden Sie brauchen, wo Sie angespült werden«, sagte er. »Ich bin hinter den großen Summen her, nicht diesem lächerlichen Betrag. Ich möchte schließlich nicht, dass Sie auf der Straße enden. Immerhin weiß ich zu schätzen, was Sie für das Waratah getan haben, aber Sie müssen zugeben, dass Sie gut bezahlt wurden.« Seine Stimme klang eher traurig als wütend. »Sie brauchten Ihre klebrigen Finger wirklich nicht in die Kasse zu stecken.«

Er nahm den Koffer vom Schrank, öffnete ihn und tastete das Futter und die Taschen ab. Dort fand er das Collier, die Ringe und den Armreif, den sie Lady Blackshaw gestohlen hatte. »Mrs Sinclair hat davon gesprochen. Von Ihrem Verlobten, sagte sie.«

Dixon wollte sie an sich nehmen.

»Den behalte ich«, sagte Jim Rossiter, steckte den Schmuck

in die Tasche und ging an ihr vorbei. »Entschädigung. Weiter. Packen Sie. Ich lasse Sie nicht aus den Augen, bis wir fort sind.«

Dem neuen Hoteldirektor, Peter Molloy, sei aufgefallen, dass etwas nicht stimme, erklärte Jim. Nach einem halben Jahr habe er ihm geraten, die Bücher extern prüfen zu lassen. Etwas sei da faul.

Der junge Kerl hatte sie nie leiden können. Für ihn mussten Ostern und Weihnachten zusammengefallen sein, als der Revisor Fehlbeträge fand, die zwanzig Jahre zurückreichten.

Der Fehler, an dem sie gescheitert war, hatte darin bestanden, ihren Anteil zu erhöhen, nachdem Molloy, ein Hotelier mit wenig Erfahrung, über ihren Kopf hinweg zum Direktor ernannt worden war. Die Stellung hatte rechtmäßig ihr gehört, doch sie war übergangen worden, weil sie eine Frau und noch dazu unverheiratet war. Sie wusste, dass Jim nicht aus böser Absicht handelte – wie oft hatte er betont, dass sie und Mrs Sinclair Wunder gewirkt hätten, was die Gäste anging, und dass Dixon dies unvermindert fortgesetzt habe, nachdem ihre Gönnerin in den Ruhestand ging. Er fand jedoch, dass die Leitung eines Hotels, auch eines respektablen Hauses wie des Waratah, kein Job für eine Frau sei, und er hatte es für seine Pflicht als Gentleman gehalten, sie unter den Schutz eines männlichen Vorgesetzten zu stellen.

Um genau zehn Uhr werde sie sich am Hafen einschiffen, fuhr er fort. Entweder gehe sie freiwillig an Bord, oder er werde die Polizei verständigen. Er habe entschieden, sie nach England zurückzuschicken, von wo aus sie die Irische See überqueren und Lady Blackshaw ihren Brief persönlich übergeben könne; damit spare sie das Porto. Er würde sie persönlich in ihre Kabine bringen und an der Gangway warten, bis diese gehoben wurde und das Schiff ablegte, damit sie nicht in letzter Sekunde doch wieder von Bord ging.

»Sie sind dort ein blinder Passagier«, sagte er, »nur dass der Kapitän über Sie Bescheid weiß. Ihre Schweigemasche sollten Sie für die Dauer der Reise beibehalten.«

Er bringe es nicht über sich, Norma einzuweihen, solange die Untersuchung andauere, fuhr er fort, und er freue sich kein bisschen darauf, am nächsten ersten Sonntag im Monat Dixons Fehlen zu erklären. Was Mrs Sinclair angehe, so werde sie ins Grab gehen, ohne zu wissen, dass ihr Protegé Schimpf und Schande auf sich geladen hatte.

Rossiter erlaubte Dixon nicht, ihr Büro zu betreten, mit dem Nachtportier zu sprechen, schriftliche Nachrichten zu hinterlassen oder ein Telefonat zu führen, ehe sie das Hotel verließ.

Ein junger Seemann erwartete sie am Kai und führte sie zu einer Kabine von der Größe eines Küchenschranks, an deren Tür ein Schild mit der Aufschrift QUARANTÄNE hing.

»Ich habe Ihren Namen als ›Jane Brown‹ angegeben – nicht dass jemand mit Ihnen sprechen wird. Denken Sie daran, allen aus dem Weg zu gehen – ich möchte nicht, dass mein alter Freund den Tag verflucht, an dem er mir einen Gefallen tat. Sie werden ihn nicht zu Gesicht bekommen. Er hat Wichtigeres zu tun, als mit Leuten zu plaudern. Zum Beispiel muss er zusehen, dass er nicht von einem deutschen U-Boot versenkt wird.« Er legte ihren Koffer auf die Koje. »Sie sind tatsächlich ein eiskaltes Stück, was? Haben wir Sie je wirklich gekannt?«

Er steckte die Hand in die Tasche, nahm den Schmuck heraus, ergriff Dixons Hand und schloss ihre Finger darum. »Behalten Sie das«, sagte er. »Ich kann das Andenken Ihres Verlobten nicht entehren, der nicht wie ich das Glück hatte, aus

dem Großen Krieg mit heilen Knochen wiederzukommen. Sorgen Sie nur dafür, dass Sie sich hier nie wieder blicken lassen. Wenn doch, breche ich Ihnen persönlich den Hals.«
Damit ließ er sie allein.

77

Dublin
1943

Edwina stellte die Spieldose auf den niedrigen Tisch neben ihrem Sessel und hoffte, Charlotte entschiede sich, ihr im Laufe des Tages einen Höflichkeitsbesuch abzustatten. Bei den Spannungen, die zwischen ihnen herrschten, konnte sie ihre Tochter nicht einfach so zu sich bitten.

Gegen Mittag hörte sie die vertrauten Schritte, und ihr Herz schlug schneller. Charlotte kam mit dem üblichen sauren Gesicht herein, von Mary Anne gezerrt, die darauf aus war, die vielen vertrauten Dinge im Raum zu erkunden. Am liebsten hatte sie das Klavier, auf dessen Tasten sie nicht schlagen durfte. Sobald sie in die Nähe ging, hielt Charlotte den Deckel zu und sagte: »Verärgere deine Großmutter nicht« – ein Ausdruck, den sie andauernd benutzte. Edwina wollte dann immer sagen: ›Lass sie nur. Ich sehe gern zu, wenn sie sich vergnügt‹, aber die Wörter wollten sich in ihrer Kehle einfach nicht bilden, wenn sie sich den ungläubigen Zorn vorstellte, der über Charlottes Gesicht ziehen würde, sobald sie sie aussprach.

Bei einem Besuch vor drei Tagen war Charlotte durchs Lesen der Zeitung abgelenkt, und Mary Anne war, ganz vertrauensselig und voller Zuneigung, auf Edwinas Schoß geklettert und hatte mit ihrer Halskette gespielt. Edwina fand die Berührung der kleinen Finger einfach reizend, die nacheinander die bunten Perlen anhoben. Als Charlotte aufblickte und sah, was vorging, stieß sie einen bestürzten Schrei aus, eilte herbei, zog ihr das Mädchen vom Schoß und schalt es: »Verärgere nicht deine Großmutter«, dann brachte sie es ans andere Ende des Zimmers.

Edwina war verletzt und hatte gesagt: »Meine Arme kann ich noch gebrauchen, weißt du. Ich hätte sie schon nicht fallen lassen.« Sie hatte hinzufügen wollen: ›Lass sie ruhig. Sie ist keine Last. Ich habe sie gern um mich‹, doch auch da war es ihr unmöglich gewesen, die Wörter über die Lippen zu bringen.

Edwina genoss den Anblick von Mary Annes schlanken Gliedmaßen, ihrem hübschen Gesicht und den weichen dunklen Locken. Keine Spur von Waldron oder Charlotte war hier zu sehen. Vor allem aber gefiel ihr Mary Annes Mut: Sie fürchtete sich nicht vor einer alten Frau, die hässlich war und unbeweglich.

Sie hatte ihre Kammerzofe in die Stadt geschickt, um etwas zu kaufen, das einem kleinen Mädchen von fast zwei Jahren auf jeden Fall gefallen würde. Alles mit beweglichen Teilen, das ein Geräusch machte, sei einfach unwiderstehlich, hatte der Ladenbesitzer ihr versichert. Wenn die Spieldose ihre Wirkung nicht verfehlte, würde Edwina dort noch mehr kaufen lassen und sogar einen Spielzeugmacher beschäftigen, damit er Dinge für Mary Anne herstellte, die sie verlocken sollten, ihre Großmutter öfter zu besuchen und länger zu bleiben. Bei einem Holzschnitzer war bereits ein wunderbares Schaukelpferd in Auftrag gegeben. Zu Weihnachten sollte es fertig sein, und obwohl Schoßhunde ihr ein Gräuel waren, hatte Edwina als unwiderstehlichsten Anreiz einen Yorkshire-Terrier-Welpen bestellt. Im kommenden Jahr würde sie ein paar Morgen Land vor Dublin kaufen und dort einige Ponys halten, damit Mary Anne bald ihr Training beginnen konnte, um eines Tages besser zu reiten als ein Mann und Edwinas knappes Scheitern vor ihrem Unfall zu kompensieren. Manus konnte gewiss beredet werden, die Initiation zu beaufsichtigen, um der alten Zeiten willen. Wie konnte er eine Bitte aus ihrem Munde abschlagen, nach allem, was sie in der Vergangenheit geteilt hatten? Obendrein würde sie Sir Dirk Armstrong bitten, den mittlerweile berühmtesten und kostspieligsten Maler der Britischen Inseln, Mary Anne zu porträtieren. Ihr Brief an ihn würde nicht herablassend ausfallen wie Waldrons und einen negativen Bescheid herausfordern, sondern sie würde überzeugend die einstmalige Vertraulichkeit heraufbeschwören, jetzt, wo er zu alt wäre, um sich davon bedroht zu fühlen, und die Frage eines Preisnachlasses nicht einmal andeuten.

Edwina streckte die Hand aus und öffnete den Deckel der Spieldose. Mary Anne hörte das Klimpern von *Greensleeves* und folgte der Musik. Das Mädchen starrte gebannt auf die wirbelnde Figur im weißen Tutu, die sich in Spiegeln wiederfand, welche sie in einem Halbkreis umstanden. Musik und Tanz wurden langsamer und hielten ganz an, und Mary Anne zeigte auf die Spieldose und sah zu Edwina hoch.

»Wie interessiert sie ist«, sagte Edwina. »Wie ihr Konzentrationsvermögen sich entwickelt hat.«

Charlotte stand misstrauisch dabei, als Edwina die Spieldose hob, sie wieder aufzog, auf den Tisch zurückstellte und erneut den Deckel hochklappte und die wirbelnde Figur freisetzte. Mary Anne lachte und hüpfte und konnte ihre Aufregung nicht zügeln.

»Die Spieldose habe ich noch nie gesehen«, sagte Charlotte. »Woher stammt sie?«

»Ich habe sie gekauft«, sagte Edwina.

»Du hast etwas gekauft?« Charlotte nahm die Spieldose auf,

betrachtete sie von allen Seiten und entdeckte den Preis, der auf der Unterseite geschrieben stand.

Mary Anne bedeutete ihnen mit Gesten, dass sie die Musik noch einmal hören wollte. Charlotte stellte die Spieldose auf den Tisch, setzte sich und beobachtete das Zusammenspiel. Fünf Minuten lang zog ihre Mutter immer wieder die Spieluhr auf, und Mary Anne wurde das Zuschauen nicht langweilig. Einmal legte sie den Finger sanft auf die Figur der Ballerina, zuckte zurück, als sie sie spürte, und wiederholte die Bewegung. Charlotte bemerkte das Vergnügen im Gesicht ihrer Mutter. Sie nahm Mary Anne auf den Arm, sagte: »Ich bringe sie in den Garten, ehe sie sich langweilt und unruhig wird«, und ging.

An diesem Abend ließ sich Verity einmal mehr über Charlottes Fehler aus, vor allem darüber, dass sie übermäßige Vertrautheit mit den Dienstboten pflege, zu viel Zeit mit ihrer Schwägerin verbringe, um über Kleinkinder zu sabbern, und zu allem Überfluss selbst stille – der Begriff war gerade verhüllend genug, dass sie ihn über die Lippen brachte –, eine Praktik, die Königin Victoria verabscheut und ihren Schwiegertöchtern verboten habe, und wenn die große Königin nicht gewusst habe, was richtig und angemessen war, wer dann?

»Ich gebe diesem einarmigen kommunistischen, Französisch sprechenden Künstler Delaney die Schuld dafür, dass sie so geworden ist. Wenn sie statt dieses verrückten Iren eine gebildete Erzieherin gehabt hätte, hätte sie nicht ihre Klasse und deren militärische Traditionen mit Füßen getreten«, schloss sie.

Normalerweise konterte Edwina mit: »Ich gebe Waldron die Schuld. Er hätte sie zwingen müssen, jene Schule zu besuchen, und dann hätte kein Bedarf für irgendeine Art von Hauslehrer bestanden.« Doch sie hatte die Freude an derartigen Gesprächen verloren und blieb still. Sie empfand sogar den Drang, Charlotte zu verteidigen, und das nicht nur, um Verity zu ärgern.

Denn Edwina war vernarrt in ihre Enkelin. Sie begriff nicht, wie es so weit hatte kommen können, und nach Lage der Dinge zwischen ihr und Charlotte durfte sie das nicht zugeben. Eines aber stand fest: Wollte sie Zugang zur Tochter, musste sie die Mutter entwaffnen. Das anzustellen erforderte eine umfangreiche kluge Planung, und sie wollte nicht, dass Verity im Hintergrund schnatterte, während sie nachzudenken versuchte.

78

Dublin
1943

Bevor Elizabeth Dixon in die Grafschaft Cork reiste, eröffnete sie in Dublin unter zwei verschiedenen Namen bei zwei verschiedenen Banken Konten und unterzeichnete die Formulare, mit denen ihre beiden Konten aus Sydney übertragen werden sollten. Während sie das tat, bestaunte sie sich dafür, dass sie es zu tun vermochte. Wie weit sie gekommen war! So einflussreich Jim Rossiter und zuvor auch schon sein Vater sein mochten, so sehr er von sämtlichen Bankdirektoren in Sydney umworben wurde, Dixon war überzeugt, dass er ihr Geld nicht finden könnte. Doch er fand es.

Wer hätte Elizabeth Dixon und ihr kleines Konto bei der einen Bank mit Beth Hall und ihrem beträchtlichen Guthaben bei einer anderen in Verbindung gebracht, obwohl niemand im Hotel Waratah wusste, dass sie Kundin der zweiten Bank war und niemand in der zweiten Bank ihren richtigen Namen kannte?

Er hatte es getan.

Als sie in die Banken zurückkehrte, um sich zu erkundigen, ob ihr Geld bereits angekommen sei, blickten die Kassierer sie merkwürdig an und teilten ihr mit, dass ihr jeweiliges Konto in Sydney eingefroren sei.

»Eingefroren?«

Beide?

Wenn sie bezüglich der Angelegenheit Fragen habe, könne

sie einen Termin mit dem Direktor vereinbaren, beschieden ihr beide Kassierer.

Dixon erwiderte, das sei nicht erforderlich. Sie werde die Angelegenheit persönlich regeln.

Wie ungerecht. Ihre legitimen Ersparnisse waren ebenso von Jim Rossiter gefunden worden wie ihr unterschlagener Hort, und sie stand ohne einen Penny da. Sie konnte nichts regeln. Was war jetzt mit ihrem Plan, sich ein Haus zu kaufen und im Alter von ihrem Geld zu leben? Und wie sollte sie, wenn es zum Schlimmsten kam, eine respektable Stellung finden?

Wer würde sie in ihrem Alter wollen, und wer würde sie einstellen, wenn sie keine Möglichkeit hatte, ein aktuelles Empfehlungsschreiben vorzulegen?

79

Charlotte suchte heraus, was sie für ihre besten zweiundvierzig Ölgemälde hielt – allesamt vor ihrer Hochzeit fertiggestellt –, damit David Slane sie begutachten konnte. Er hatte angeboten, für ihre erste Einzelausstellung das Rahmen und Aufhängen zu übernehmen. Er hatte zudem einen Saal aufgetan und gebucht, in dem die Ausstellung in drei Monaten stattfinden sollte. Cormac Delaney versprach, aus Paris zum Abend der Eröffnung anzureisen.

Als David Slane sie zuletzt kontaktierte, war er so aufgeregt gewesen, dass er sich zügeln und das Gesagte wiederholen musste, ehe Charlotte begriff, was er ihr mitteilen wollte. Sir Dirk Armstrong, der berühmteste Künstler im Vereinigten Königreich, weile zurzeit der Ausstellung in Irland, und obwohl er zunächst mit einem übervollen Terminplan abgelehnt hatte, sie zu besuchen, hatte er seine Meinung geändert, als er hörte, dass der Name der Künstlerin Blackshaw lautete.

Um eine Wiederholung der unwillkommenen Einmischung ihrer Mutter zu verhindern, schlug David vor, dass Lady Blackshaw erst eine Stunde vor der Eröffnung über die Ausstellung informiert werden sollte.

Am gleichen Tag legte Charlotte bei Mr Dunwoody, dem Familienanwalt, ihr Testament nieder, in dem sie bestimmte, dass ihre Mutter niemals mit Rat oder Tat an Mary Annes Erziehung beteiligt werden dürfe. Die äußerliche Freundlichkeit, die die alte Frau ihrer Enkelin gegenüber an den Tag legte, konnte Charlotte nicht täuschen, und die Unsummen, die sie aufwendete, um die Gunst des Mädchens zu gewinnen, erschienen ihr zunehmend unheimlich und zynisch.

Lochlann sollte ihr Haupterbe sein. Fand er vor ihr den Tod, sollte Iseult Mary Annes rechtlicher Vormund werden, und ein großzügiger Teil von Charlottes Vermögen ginge an sie. Der Rest bliebe treuhänderisch für Mary Anne verwahrt, bis sie volljährig wurde. Mary Annes Name durfte nicht von Carmody zu Blackshaw geändert werden. Jeweils fünftausend Pfund hinterließ sie Miss East (nunmehr Mrs Lily Cooper), Manus, Cormac und Queenie.

Da Edwina ihren Mann vorsätzlich nie ansah, hatte sie nicht bemerkt, dass seine Haut gelb wurde. Verity war es aufgefallen, und sie drückte ihre Besorgnis aus, als sie ihren Platz zwischen beiden am Esstisch einnahm. Edwina zwang sich, den Blick zu heben. Wann hatte dieses Gelb das Purpurrot verdrängt, das dieses Gesicht beherrscht hatte, als sie es zum letzten Mal anschaute?

Sein Alter zeigt sich endlich, dachte Edwina. Soldatische Haltung und schlanke Statur sind verschwunden, ersetzt durch Gebeugtheit und Schmerbauch. Seiner Stimme fehlt die Autorität. Und was hat es zu bedeuten, dass seine Hände ruhelos sind und er sich ständig kratzt?

Charlotte kam fünf Minuten zu spät an ihren Platz. »Es tut

mir leid«, sagte sie. »Mary Anne brauchte heute ein wenig länger als üblich, um sich bettfertig zu machen.« Sie erwähnte nicht, dass es an den Versuchen ihrer Tochter lag, wieder ins Zimmer der Großmutter zu gehen und mit dem neuen Äffchen mit den rasselnden Zimbeln zu spielen.

»Dieser Brief kam mit der Nachmittagspost für dich, Charlotte«, sagte Tante Verity. »Er ist in Ballybrian abgestempelt und recht dick. Die Handschrift kenne ich nicht.«

»Danke. Ich öffne ihn später«, sagte Charlotte, deren Puls sich beschleunigte bei dem Gedanken, dass Miss East oder Manus ihr etwas so Wichtiges mitzuteilen hatte, um sich endlich durchzuringen, ihr zu schreiben.

Als das Lammkarree serviert wurde, schlitzte Charlotte den Umschlag mit einem Messer auf und warf unter dem Tisch einen Blick auf das zweite Blatt mit der Unterschrift. *(Schwester) Elizabeth Dixon* entdeckte sie dort, mit deutlicher, geübter Hand geschrieben.

Beide Schwestern bemerkten die Bestürzung in ihrem Gesicht, als sie ihren Stuhl zurückschob und ohne ein Wort der Erklärung aus dem Zimmer stürmte.

»Ist der Doktor tot?«, fragte Waldron, der noch rechtzeitig aufgeblickt hatte, um den Umschlag zu sehen, wie er zu Boden segelte, und seine Tochter, die mit Briefbögen in der Hand einen dramatischen Abgang vollführte.

»Es kann alles oder nichts sein. Charlotte macht es sich zur Gewohnheit, aus Zimmern hinauszustürzen«, antwortete Edwina, die ihre Tochter zweimal dabei beobachtet hatte.

Charlotte wartete, bis Mary Anne eingeschlafen war, dann ging sie ins Nebenzimmer, um den Brief dort zu lesen, damit ihre

Tochter nicht von etwas befleckt wurde, das mit Schwester Dixon in Zusammenhang stand. Tante Verity kam vorbei und fragte, ob alles in Ordnung sei. Als sie aus Charlotte kein Wort herausbekam, ging sie erzürnt ihrer Wege.

Wenn nur Lochlann jetzt bei mir wäre und mir Mut einflößte, dachte Charlotte, setzte sich an eine Lampe und zwang sich zu lesen.

Ballybrian, den 23. Juli 1943

Liebe Charlotte, aber nun muss ich wohl Mrs Carmody schreiben?

Ich hoffe, dieser Brief erreicht Sie so gut, wie er mich verließ. Ich möchte etwas Wichtiges tun, ehe es zu spät ist. Als ich Sie zum letzten Mal sah, habe ich einen Fluch auf Sie gelegt, und nun möchte ich Sie davon befreien. Hier in Ballybrian habe ich auf ein Zeichen gewartet. Ich habe The Park noch nicht besucht, aber ich habe einige Dienstmädchen kennengelernt, die mir erzählt haben, was Ihrer Mutter und Mandrake zugestoßen ist, und in jüngerer Zeit Ihrem Bruder. All das zeigt, wie mächtig der Fluch ist, und ich mache mir deshalb Sorgen, Ihnen könnte etwas Schreckliches zustoßen. Nach vielen Jahren bin ich soeben aus Australien zurückgekehrt und höre, dass Sie ebenfalls eine Zeit lang dort gewesen sind. Wie schade, dass wir einander da nicht begegnet sind. Doch das können wir nun nachholen.

Lily East oder Mrs Sid Cooper, deren Mann jüngst gestorben ist, angeblich an natürlicher Ursache, weiß nicht, dass ich hier bin. Ich möchte, dass meine Anwesenheit hier eine Überraschung wird, und daher verlasse ich mich darauf, dass Sie nichts verraten. Sie hat Befehl, bis zum Neujahrstag das Haus zu räumen, das sie bewohnt, obwohl sie nirgendwohin gehen kann. Die Dienstmädchen sagen, sie ist deshalb völlig aufgelöst.

Flüche sind schwer zu kontrollieren, daher muss ich sicher sein, dass ich es richtig mache. Meine große Sorge ist, dass Ihr Fluch sich auf Ihr Töchterchen übertragen könnte.

Leider war ich nicht rechtzeitig hier, um Dr. Finn zu helfen, der vor fünf Jahren eines langsamen und qualvollen Todes gestorben ist – all seine Pillen und Tinkturen konnten ihm nicht helfen. Ich hätte ihn gern vor solch einem grausamen Ende bewahrt.

Wir werden uns im alten Kinderzimmer wiedertreffen. Ich habe das Zeichen erhalten. Ihre Verwandten sind nächste Woche verreist, und das bedeutet, dass wir uns um unsere Angelegenheiten kümmern können, ohne dass jemand es bemerkt. Im Pförtnerhaus wohnt noch immer niemand, denn es wurde nicht wiederaufgebaut, nachdem es niedergebrannt wurde, daher können wir kommen und gehen, wie es uns gefällt.

Später tat es mir leid, dass ich Sie alle verflucht hatte, aber als Dr. Finn und Lily East kamen, um Sie mir wegzunehmen, obwohl ich Sie behalten wollte, wusste ich nicht, was ich tun sollte. Sie hatten dazu kein Recht. Alles, was ich als Ihr Kindermädchen getan habe, tat ich nur zu Ihrem Besten. Gewiss begreifen Sie das heute, wo Sie selbst eine Tochter haben.

Ich erwarte Sie am Dienstag nächster Woche um drei Uhr nachmittags im Kinderzimmer. Ich habe mich vergewissert, dass der Zug um Mittag einfahren soll, und es gibt genügend Mietdroschken, die Sie dort abholen können. Ich weiß nicht, wie die Kriegsrationierung sich in Dublin auswirkt, aber hier gibt es schlichtweg kein Benzin, und alle Kraftfahrzeuge wurden stillgelegt. Der Mittagszug sollte Ihnen genügend Zeit lassen, aber Sie können selbstverständlich auch am Montag anreisen, damit Sie unser Treffen auf keinen Fall versäumen. In Übersee habe ich als Geschäftsfrau gearbeitet und bin das Organisieren gewöhnt. Für mich wird es eine große Erleichterung sein, wenn ich Sie aus der Gefahr befreit habe. Die vielen Jahre lang ist es mir nie aus dem Kopf gegangen.

Sollten Sie nicht kommen, reise ich zu der Adresse auf diesem Umschlag und bleibe dort, bis ich zu Ihnen vorgelassen werde.
Hochachtungsvoll
(Schwester) Elizabeth Dixon

Für wie dumm hält die mich denn?, war Charlottes erste Reaktion auf das Gelesene. Glaubt sie etwa, ich bin immer noch acht und leichtgläubig? Wenn sie wirklich an die Macht ihres Fluches glaubt, wieso kann sie ihn dann nicht sofort aufheben, statt damit zu warten und auf Tyringham Park solch eine dramatische Farce zu veranstalten? Soll ihr letzter Satz, mich in Dublin aufzusuchen, eine Drohung sein?

Ich muss nach Tyringham Park fahren und sie treffen. Ich kann nicht riskieren, dass sie in Mary Annes Nähe kommt und den Bösen Blick auf sie legt.

Ihr muss es schlecht gehen. Deshalb will sie, dass ich zu ihr reise. Der ganze Hokuspokus mit dem Fluch ist nur ein Trick, mit dem sie sicherstellen will, dass ich wirklich komme. Eines steht jedenfalls fest – sie hat nicht vor, mir etwas Gutes zu tun. Sie will etwas. Warum sollte sie mir sonst schreiben? Selbst sie besitzt nicht die Frechheit, um eine Stellung auf The Park zu bitten, also muss es um Geld gehen. Etwas anderes will mir nicht einfallen. Ich lasse Mary Anne bei Iseult, fahre nach Cork und stelle mich ihr allein. Das wird das Beste sein. Ich habe keine Angst mehr vor ihr. Was sollte sie mir noch antun können in meinem Alter?

80

Ballybrian
1943

Elizabeth Dixon kleidete sich für den Auftritt ihres Lebens an. Ihr maßgeschneidertes Kostüm, ihre Seidenstrümpfe, ihre handgefertigten Schuhe, die Opalhutnadel, die Glacéhandschuhe und die Krokodilhandtasche, alles verortete sie in die Welt des Erfolgs und des gehobenen Geschmacks. Selbst als Jim Rossiter vor ihr stand, während sie einen einzigen Koffer packte, hatte sie gut ausgewählt. Zu schade, dass sie ihren Schmuck nicht tragen konnte. In Ballybrian stand zu befürchten, dass er wiedererkannt wurde.

Sie drehte den kleinen Spiegel, damit Licht auf ihr Gesicht fiel, und musste zugeben, dass sie noch immer eine schöne Frau war. Die australische Sonne hatte ihrer Haut nur wenig geschadet, weil sie sich meist drinnen aufgehalten hatte. Die beiden Monate erzwungener Ruhe auf See hatten sie verjüngt, auch wenn ihre Kräfte erst in den letzten beiden Wochen zurückgekehrt waren, so tief hatte ihr der Schock, aufgeflogen und aus dem Land gejagt worden zu sein, in den Knochen gesessen.

Sie trug roten Lippenstift auf – der letzte Touch. Sie wusste nicht, was sie stärker erregte – der Schock, den Lily East und Charlotte bekommen mussten, wenn sie die Veränderungen sahen, die Erfolg und Bildung an ihr bewirkt hatten, oder die Reaktion darauf, dass sie und sie allein das lange ungelöste Geheimnis um Victorias Verschwinden enträtselt hatte, mit einem derart unerwarteten Ergebnis, dass offenbar niemand, sie selbst eingeschlossen, in jahrzehntelangen Spekulationen darauf gekommen wäre. Oder die Genugtuung, wenn sie daraufhin der reichen Charlotte eine Geldsumme abnahm, die sie für das entschädigte, was ihr von Jim Rossiter gestohlen worden war.

Unter ihrem Decknamen Beth Hall hatte sie ein Zimmer in einer Pension in Ballybrian gemietet. Drei Dienstmädchen von Tyringham Park, die Mrs O'Mahoney, die junge Zimmerwirtin, eingeladen hatte, damit sie Dixon kennenlernten, hatten sie dort besucht. Von Dixons Schilderungen der alten Zeiten gebannt, akzeptierten die Dienstmädchen sie als eine von ihnen und berichteten ihr ungeschminkt, was sich seit ihrem Weggang auf dem Gut ereignet hatte – das anrührendste Ereignis war Lady Blackshaws Unfall, das unerwartetste Mandrakes Tod und das schmerzlichste Manus' Hochzeit mit einem Dorfmädchen. Sids Tod war Dixon völlig gleichgültig. Während ihrer Zeit auf The Park hatte sie mit ihm nur wenig zu tun gehabt, und die einzige Erinnerung, die sie an ihn hatte, bestand aus dem Eindruck, dass er sie nicht leiden konnte. Wen würde Lily East, diese kleine Tyrannin, jetzt vorschicken, wo Dr. Finn und Sid beide nicht mehr lebten?

Dixon schwor die Dienstmädchen ein, Stillschweigen über ihre Anwesenheit zu wahren. Zur Sicherheit nenne sie ihnen nicht ihren richtigen Namen, und sie betonte, wie sehr sie sich freue, ihre ehemaligen Kollegen zu überraschen.

Sie kam nicht umhin zu bemerken, dass die Mädchen von einem anderen Kaliber waren als früher. Heutzutage musste man sich offenbar mit entweder körperlich entstelltem oder geistig zurückgebliebenem Personal begnügen – manchmal traf auch beides zu. Zu Dixons Zeit wimmelten die großen Häuser von aufgeweckten begabten Leuten mit unverwirklichtem

Potenzial, die etwas Besseres hätten werden können, wären sie nicht ohne eigene Schuld von Tradition und mangelnder Bildung unten gehalten worden. Mrs O'Mahoney, die Pensionswirtin, hatte Dixon erklärt, dass die jungen Leute seit dem Großen Krieg die niedrigen Löhne, die langen Arbeitstage und die Abgeschiedenheit der Güter nicht mehr akzeptierten und Fabrikarbeit in der Stadt vorzogen. Außerdem seien Macht und Einfluss der großen Häuser mit ihrer Anzahl zurückgegangen. Der Lebensstil, den die Gutsherren jahrhundertelang Irland aufgezwungen hätten, sterbe rasch aus.

Dixon glaubte, ihr schwänden die Sinne, als sie Manus im Dorf wiedersah. Ihr Glaube, dass er von Rechts wegen ihr gehöre, war noch genauso stark wie in den acht Jahren, die sie auf seinen Antrag gewartet hatte. Sie stand an ihrem Zimmerfenster, verdeckt durch die Spitzenvorhänge, und starrte unverwandt auf ihn hinunter, versuchte ihn durch schiere Willenskraft zu bewegen, die Straße zu überqueren, damit sie ihn besser sehen konnte, doch er blieb auf der anderen Seite. Sie entdeckte ihn auf dem Heimweg von der Sonntagsmesse. Neben ihm ging eine Blenderin, und vier Kinder begleiteten sie. Zwei Jungen, zwei Mädchen. Wie perfekt. Der älteste, ein junger Mann um die zwanzig, sah genau so aus, wie Dixon seinen Vater von ihrer ersten Begegnung in Erinnerung hatte.

Wie ungerecht das war. Diese vier Kinder hätten ihre Kinder sein müssen.

Die kleinere Tochter sagte etwas, und Manus und seine Frau lachten. Die Frau hatte kein Gespür für Kleidung und war ziemlich füllig, typisch für jemanden, der sich gehen ließ. Wenn Manus und Dixon einander erneut begegneten – würde er es dann bedauern, sie abgewiesen zu haben, denn sie hatte ihre Schönheit und ihre Figur nicht verloren?

Sie fragte sich, wie Jim Rossiter sie bei den Banken beschrieben hatte, um ihre Identität als Beth Hall herauszubekommen. ›Außergewöhnlich hübsche Frau, in mittleren Jahren, sieht aber aus wie dreißig, modisch gekleidet, beeindruckende Haltung, strahlt Autorität aus‹? Ja, irgendetwas in dieser Richtung musste es gewesen sein.

Sie zog die Strumpfsäume gerade, legte den Schleier vors Gesicht und strich die Handschuhe glatt. Es war ein Uhr. Die Dorfstraße entlangzugehen und die halbe Meile zum Tor des Guts zurückzulegen, die Ruine des Pförtnerhauses zu passieren und dann der Buchenallee zu folgen war ein Erlebnis, von dem sie jede einzelne Sekunde auskosten wollte. Mit ihrer Erscheinung würde sie die Einheimischen blenden. Zum ersten Mal seit ihrer Ankunft stellte sie sich zur Schau. Könnten die Leute allein durch ihren Anblick zu dem Schluss gelangen, dass sie sich verschwendet hätte, wenn sie in diesem Provinznest geblieben wäre? Und wenn sie sie reden hörten – falls sie es wagten, Dixon anzusprechen –, wären sie dann erstaunt, dass sie mittlerweile Lily East im Gebrauch langer Wörter und korrekter Grammatik übertraf, auch wenn sie es immer abgelehnt hatte, sich diesen affektierten Akzent anzugewöhnen, den Lily nachahmte, weil man damit die Menschen vor den Kopf stieß?

Dixon hatte es große Befriedigung verschafft, von den jetzigen Dienstmädchen zu erfahren, dass Lily East ihre Position als Wirtschafterin aufgegeben hatte, um einfach Mrs Sid Cooper zu werden und in Sids kleinem Häuschen zu wohnen (aus dem sie bald hinausfliegen würde), seine Tochter Catherine aufzuziehen, bis sie alt genug war, um als Schwesternschülerin nach Dublin zu gehen, die ganze Zeit Gutes zu tun, mit ihren Einkünften auszukommen und ein ereignisloses Leben zu führen.

Letzteres würde sich bald ändern.

Links von Dixon kam der Stall in Sicht. Die Torflügel standen offen, doch von Manus war keine Spur zu sehen, was Dixon gut passte, da sie ihm erst am nächsten Tag persönlich begegnen wollte. Besser war es, Lily East und Charlotte vorher aus dem Weg zu schaffen, damit sie Manus ihre volle und ungeteilte Aufmerksamkeit widmen konnte, wenn es so weit war.

Sie starrte auf die Stelle, wo Lady Blackshaw den Kinderwagen hatte stehen lassen, und auf die Ecke, wo Teresa die beiden Mädchen ein letztes Mal gesehen hatte, ohne die Bedeutung ihrer Beobachtung zu erfassen. Dixon wäre nicht die Einzige, die sich diese Stellen mit gesteigertem Interesse ansehen würde, wenn ihre Geschichte erzählt war.

Als das große Steingebäude in Sicht kam, traten ihr Fetzen der optimistischen, romantischen Gedanken vor Augen, die sie erfüllt hatten, als sie im Alter von achtzehn Jahren hier eintraf und zu ihm hochgeblickt hatte, als wäre es ein Zauberschloss. Innerlich krümmte sie sich zusammen wegen der Naivität ihrer irrigen Vorstellungen, die fast so einfältig waren wie ihr fester Glaube während der Zeit im Waisenhaus, eines Tages käme ihre Mutter – wer immer es war – und hole sie wieder ab.

Der Pfarrer ihrer Gemeinde im englischen Huddersfield hatte ihr gesagt, dass sie Kindermädchen bei einer sehr vornehmen Familie auf einem sehr vornehmen Gut würde. Ihr Kopf war voll gewesen von Frauen mit Hochfrisuren in erlesenen Kleidern und Männern in brokatbesetzten Gehröcken mit Schnallenschuhen – sie hatte Bilder solcher Leute in den wenigen Märchenbüchern gesehen, die es im Waisenhaus gab. Was für eine Enttäuschung das Leben auf The Park gewesen war. Lady Blackshaw kleidete sich niemals zum Essen um, wenn Lord Waldron nicht auf dem Gut weilte, und das war meistens der

Fall. Den ganzen Tag und am Abend trug sie die gleiche Reitkleidung für Männer. Keine Partys, keine Bälle, keine Gäste, keine besonderen Anlässe. Die letzte Jagd, die Lord Waldron vor seinem Aufbruch nach London, wo er im Kriegsministerium arbeiten sollte, gegeben hatte, war so atemberaubend gewesen, dass Dixon danach immer gewusst hatte, was sie vermisste. Nachdem sie all die eleganten Menschen fürs Essen und für den Tanz gekleidet gesehen hatte, war sie unzufriedener denn je gewesen, im Dunkeln zu sitzen, flache männliche Schnürschuhe zu tragen, sieben Tage in der Woche die gleiche Tracht am Leibe, und säuerliche Gedanken in einem ungeheizten Kinderzimmer zu wälzen, nur ein jammerndes kleines Mädchen zur Gesellschaft.

Hinter dem Haus kam sie an der Tür vorbei, die zum Flügel mit dem Kinderzimmer führte, und sie musste ihre ganze Kraft aufbieten, sie nicht zu öffnen, nicht direkt die drei Treppen hochzusteigen und sich Charlotte zu stellen, die bereits dort wartete, der Schärfe der Axt nicht gewahr, die bald fiel und ihr Leben zerhackte, sie von der Tochter trennte und die kleine Petze und Lügnerin dafür bestrafte, dass sie Lily East gesagt hatte, Dixon habe Victoria wehgetan. Als hätte sie einem so kleinen Wurm je ein Leid zufügen können. Dixon war gestolpert, das war alles, und hatte dabei Victoria gegen die Sprossen ihres Bettchens fallen lassen. So etwas konnte jedem einmal passieren. Nur wegen Charlottes Lüge war Dixon des Gutes verwiesen worden und hatte Manus verloren, den einzigen Mann, den sie je geliebt hatte.

Sollte Charlotte doch warten und schmoren.

Zuerst musste die frühere Miss Lily East erleuchtet werden. Die Ebereschen vor Sids Cottage waren so dick geworden, dass sie das Häuschen nicht sehen konnte, aber sie wusste noch, wo es war, und folgte dem Weg.

Ein Gedanke ging ihr nicht aus dem Sinn. Wenn Miss East sich nicht darauf versteift hätte, sie loszuwerden, hätte sie Charlotte damals zum Sprechen gebracht und vielleicht, wer weiß, die Wahrheit aus ihr herausgeholt. Sie vermutete, dass es nur noch zwei Tage gedauert hätte, und Charlotte wäre so ausgehungert gewesen, dass sie nachgegeben hätte. Doch die alte Hexe musste herbeikommen, ihre Eifersucht als Besorgnis kaschiert, und hatte, mit ihrem Freund im Rücken, Charlotte als unschuldiges Opfer dargestellt und nicht als die Kindsmörderin, die sie war.

Dixon entdeckte eine gebeugte Gestalt, die auf dem Boden kniete, Löcher grub und Setzlinge aussortierte. Sie trat näher, blieb stehen, um die Szene in sich aufzunehmen, und ließ mit Bedacht ihren Schatten über die Frau und das Blumenbeet fallen.

Was für ein Abstieg, dachte sie. Statt der gepflegten, stolzen Gestalt mit dem Schlüsselbund, der bei jedem forschen Schritt klirrte, den sie durch blitzende Korridore machte, während sie ihr Reich inspizierte und Befehle erteilte, sah Dixon eine schwerfällige alte Witwe mit Lehm an den Händen, in schäbigen Kleidern und ohne ein Dienstmädchen in Sicht, das auf ein Wort von ihr sprang.

Lily Cooper drehte nicht den Kopf, um nachzusehen, wer hinter ihr stand und den Schatten auf sie warf, denn ihr Hals war dafür zu steif. Sie begann, sich mühevoll zu erheben. Dixon nahm sie beim Arm und richtete sie mit starkem Griff auf. Die alte Frau blickte zu ihrer Helferin hoch.

»Nun, Lily East«, sagte Dixon, »ich kann mir dich nicht als Mrs Cooper vorstellen, daher bleibe ich bei Lily East, wenn du nichts dagegen hast.« Sie hielt inne, zufrieden mit ihrem kühlen Auftritt. »Du kannst mich Elizabeth nennen, das ist mein

Name. Ich wäre empört, wenn du dich nicht an mich erinnern würdest. Und warum pflanzt du da Blumen, die du nicht mehr blühen sehen wirst?«

Lily Coopers Augen blitzten, als sie Dixon wiedererkannte. Sie wich einen Schritt zurück, trat auf die Setzlinge, die sie gerade gepflanzt hatte, und hielt sich mühevoll an dem Lattenzaun hinter ihr fest.

»Du brauchst nicht so vor mir zurückzuzucken. Ich werde dich schon nicht beißen.«

Sie reichte ihr die Hand.

Lily ließ den Zaun nicht los, an den sie sich klammerte, und ignorierte die angebotene Rechte.

»Wie du willst. Ich glaube, jetzt brauchst du erst einmal eine schöne Tasse Tee. Oder vielleicht auch etwas Stärkeres, wenn du hörst, weshalb ich zwölftausend Meilen weit gereist bin.«

81

Tyringham Park
1943

Charlottes Schuhe klapperten auf den Holzstufen. Sie empfand eine Last, die ihr den Kopf niederdrückte. Nach dem Absatz vor dem zweiten Stock fiel es ihr schwer, die Füße zu heben, weil noch mehr Gewicht auf ihr zu ruhen schien. Ihr Verstand sagte ihr, dass sie nach oben ging, doch wie sie es wahrnahm, stieg sie in einen Keller hinunter.

Am oberen Ende der dritten Treppe blieb sie auf dem Absatz stehen und blickte über das Geländer ins dunkle Treppenhaus, während ihr Schwester Dixons Gezeter in den Ohren klang: »Komm da weg! Da ist es gefährlich. Wenn du runterfällst, dann glaub nicht, dass du zu mir gelaufen kommen kannst, um dich zu beschweren!« Wann immer sie diesen müden Scherz anbrachte, lachte sie gackernd, als wäre er ihr gerade erst eingefallen, als machte sie ihn zum ersten Mal.

Charlotte war wieder acht Jahre alt, stand beklommen vor der Tür zum Kinderzimmer und wünschte sich, sie müsste es nicht betreten. Sie wünschte, sie könnte wieder in die Küche gehen und den ganzen Tag bei der Köchin bleiben. Oder in der Sattelkammer auf einer Bank schlafen, gewärmt von einer Pferdedecke, und sich auf den Morgen freuen, wenn Manus hereinkam. Oder in den Dienstbotenquartieren, wo Miss East immer so ein freundliches Gesicht machte. Aber Schwester Dixon hatte Charlotte verboten, mit ihr zu sprechen, weil sie eine Hexe sei. Charlotte wusste, dass das nicht stimmte, weil

Miss East weder eine Warze auf der Nase hatte noch einen spitzen Hut trug oder ein spitzes Kinn hatte. Trotzdem mied sie die Wirtschafterin, damit sie nicht Schwester Dixons Zorn auf sich lenkte.

Im Rückblick schien es, als hätte sie Stunden damit verbracht, sich zu wünschen, sie wäre woanders als hier auf diesem Treppenabsatz. Als hätte sie es so lange wie möglich hinausgezögert, Schwester Dixon gegenüberzutreten, obwohl sie doch wusste, dass ihr letzten Endes keine andere Möglichkeit blieb, da niemand auf Tyringham Park willens oder in der Lage war, für sie einzutreten.

Sie drehte den Knauf an der Kinderzimmertür. Licht drang durch die Fenster und blendete sie, als sie hineinblickte; das überraschte sie, denn in ihrer Erinnerung war das Kinderzimmer immer dunkel. Sie musste sich ins Gedächtnis rufen, dass sie nun erwachsen war, groß und kräftig, und nichts zu fürchten brauchte, denn die Achtjährige in ihr war verängstigt und wartete auf eine Bestrafung, die sie jeden Moment treffen konnte, aus keinem anderen Grund oder Anlass als einer Laune Schwester Dixons, die es zu befriedigen galt.

Victorias Bettchen und Charlottes Bett standen noch da, wo sie immer gestanden hatten, sechsundzwanzig Jahre lang unbenutzt und eingestaubt. Neben dem Fenster sah sie den Schaukelstuhl, auf dem Dixon den Großteil des Tages zu verschlafen pflegte, während Charlotte still sein oder, als sie älter war, hinausgehen und sich selbst beschäftigen musste. Charlotte hatte bis vor kurzem alle Erinnerungen an diesen Ort verdrängen können, doch jetzt sah sie Victoria auf ihrem Kinderstuhl an dem niedrigen Tisch sitzen, so deutlich, als wäre es genau in diesem Augenblick.

Mit einem Grauen, das ihren Einsichten entsprang, die sie als

Mutter gewonnen hatte, erinnerte sie sich an den Tag, als Dixons Nachsicht gegenüber Victoria in Wut umgeschlagen war. Victoria hatte sich geweigert, eine Portion besonders ekelhaft aussehender gedämpfter Leber zu essen. Die Erinnerung schmerzte, wie Dixon dem kleinen Mädchen mit Gewalt den Mund geöffnet und einen Löffel voll Leber hineingeschoben hatte. Victoria spuckte ihn sofort auf den Boden und rannte lachend weg; sie hielt es für ein Spiel. »Mich hältst du nicht zum Narren, junge Dame«, sagte Dixon grollend, packte sie und riss sie mit genügend Kraft an den Tisch zurück, um ein Band in der Schulter des Kindes zu zerren. Victoria sah Charlotte an, erschrocken und verängstigt, durch die rohe Behandlung zum Schweigen gebracht. Die Lippen zusammenzupressen und den Kopf hin und her zu drehen war vergeblicher Widerstand: Dixon kratzte die Leber vom Boden auf und stopfte sie Victoria hinein. Victoria spuckte wieder alles aus. Dixon ohrfeigte sie und schrie: »Mach dein Maul auf!« Victoria weigerte sich. Mit Gewalt zwang Dixon ihr drei Stückchen hinein. Victoria bekam es mit der Panik und würgte. Die drei Stückchen flogen im hohen Bogen wieder heraus. »Glaub bloß nicht, dass du die Oberhand behältst«, fauchte Dixon und hob die nasse Leber wieder auf.

Wie machtlos Charlotte sich gefühlt hatte, und wie gut sie gewusst hatte, ohne dass Dixon es ihr ausdrücklich sagen musste, dass sie diesen Vorfall mit keinem Wort gegenüber Teresa erwähnen durfte, die gerade im Dorf ein Spitzenband abholte. Das Schlimmste allerdings war ihre eigene schmachvolle Reaktion, eine aufflackernde Freude, dass es diesmal Victoria war und nicht sie selbst, die misshandelt wurde.

Als es Dixon nicht gelang, ihren Willen durchzusetzen, hob sie Victoria hoch in die Luft und schleuderte sie aus der Entfernung in ihr Bettchen. Sie achtete nicht auf das laute Krachen, mit dem der Kopf des Kindes gegen die Sprossen der Seitenwand knallte, und verließ den Raum, ohne zu sehen, ob sich Victoria bei dem Aufprall verletzt hatte. Charlotte, die nun aufrichtiges Mitgefühl für ihre kleine Schwester überflutete, das Blut aus einer Platzwunde in der Kopfhaut rann, übertrat eine Regel Dixons und kletterte neben Victoria ins Bett. Ihre Schwester drehte sich ihr zu und umklammerte sie fest mit dem unverletzten Arm. Langsam wurden ihre schluckaufartigen Schluchzer leiser. Charlotte drückte die rote Decke gegen die Wunde und herzte Victoria, bis die Kleine zu zittern aufhörte und einschlief. Dieser Moment war eine der schönsten Reminiszenzen ihres Lebens. Mit Dixons Rückkehr, bei der sie die Schwestern einander in den Armen liegend vorfand, schlug sie in eine von Charlottes schlimmsten Erinnerungen um.

Die Episode, die sich etwa einen Monat vor Victorias Verschwinden ereignet hatte, markierte das Ende der Säuglingszeit von Charlottes kleiner Schwester. Jeden Tag danach verhielten die beiden Mädchen sich ganz still, wenn sie mit Dixon allein waren, und lauschten auf Teresas Schritte. Sie wussten, dass dieses Geräusch zu einer sofortigen Änderung von Dixons Gebaren führte; sobald sie es hörte, tat sie genauso gutmütig wie Teresa. Doch jeder Strafaufschub, der so erwirkt wurde, hatte immer nur so lange angehalten, wie Teresa anwesend war, denn Dixon vergaß nie etwas.

»Es tut mir leid, Victoria. Ich wünschte, ich hätte gewusst, was ich unternehmen soll«, sagte die erwachsene Charlotte zur erinnerten Schwester. »Ich habe es Mutter gesagt, aber danach wurde es nur schlimmer. Sie erzählte Dixon, was ich gesagt habe, und Dixon nannte mich eine Schlange und Verleumderin. Sie drohte, wenn ich jemals wieder irgendjemandem etwas erzählte, dann würden Würmer in mir wachsen und meine Zunge und mein Herz fressen und so groß werden, dass mein Bauch anschwellen und zerplatzen würde und ich sterben müsste, und ich habe ihr geglaubt und nie wieder etwas über sie gesagt.«

Als Dixon ihnen mitteilte, dass Teresa für immer weggehen würde, weil sie die Unartigkeit der Schwestern nicht mehr aushielte, sah Charlotte in der Zukunft nur noch Finsternis. Für Victoria waren die Aussichten schlimmer als für sie, denn ihre Schwester müsste noch sieben lange Jahre durchhalten, während Charlotte im September ins Internat entkäme, in nur drei Monaten – so wenigstens glaubte sie damals.

Als Teresa sich verabschiedete, klammerten sich Charlotte und Victoria an ihr fest und baten sie unter Tränen, sie nicht zu verlassen. Teresa begann ebenfalls zu weinen. Dixon stand mit grimmigem Gesicht dabei und bestrafte später beide Schwestern für ihre Disziplinlosigkeit. In ihrem Waisenhaus war es niemandem gestattet gewesen, Traurigkeit zu zeigen, wenn eines der Mädchen es verließ, sei es in die Adoption oder in eine Stellung, und sie sah keinerlei Grund, weshalb diese Regel nicht auch im Kinderzimmer von Tyringham Park gelten sollte.

Der Tag, an dem sie zusehen musste, wie Teresa die Treppen zum Kinderzimmer ein letztes Mal hinunterstieg, ehe sie nach Australien aufbrach, war der Tag, an dem Charlotte jede Hoffnung verlor.

Ehe Dixon eintraf, musste sie noch etwas tun.

Sie trat in den Nebenraum, der immer verboten gewesen war. Er war angefüllt mit schadhaften und abgelegten Dingen – Spielzeugen, Büchern, Kleidungsstücken, Lampen, Schuhen – so kleinen Schuhen –, Wiegen, Kinderwagen, Ausrüstung für Kricket, Schwimmen, Tennis, Rugby und Fußball, geplatzten und schlaffen Bällen: an einem verregneten Tag für ein gelangweiltes Kind ein himmlischer Ort, doch von Dixon stets als gefährlich betrachtet. Der Modergeruch war stärker als in Charlottes Erinnerung. Rechts war alles dick mit Schimmel überzogen, und das hatte einen leicht zu erkennenden Grund: Im Dach fehlte eine Schindel, und an der Stelle war jahrelang Wasser eingedrungen. Ihr kam in den Sinn, dass sie jemandem Bescheid geben sollte, ehe der ganze Raum und die beiden Zimmer darunter zerstört wurden. Sie sollte es, aber sie würde es nicht tun.

Sie arbeitete sich in die hinterste Ecke vor, die halbwegs trocken aussah, indem sie Gegenstände zur Seite räumte und an der Wand stapelte. Als Kind hatte sie noch unter ihnen hinwegkriechen oder über sie hinwegklettern können, doch das ging nun nicht mehr. Niemand war seitdem hier gewesen, das merkte sie an der gleichmäßig dicken Staubschicht und dem ununterbrochenen Muster der allgegenwärtigen Schimmelflecken.

Sie griff unter einen kleinen Korbstuhl und zog etwas heraus, das in eine bestickte Kissenhülle gewickelt war, die sich kalt, aber nicht feucht anfühlte. Sie hielt die Hülle in das Licht, das durch das Loch im Dach hereinfiel, und als Charlotte sie ein wenig wegzog, kam das rote Haar einer Puppe zum Vorschein. Sie atmete tief ein, um ihre Nerven zu beruhigen – sie wollte nicht noch einen Anfall erleiden –, und schob die Puppe in ihrer Kissenhülle ganz nach unten in ihre Tasche, unter ihren Cardigan, ihren Schal und ihre Handschuhe. Mitten auf der Irischen See, unterwegs nach London, nachdem sie den Einberufungsbefehl von Colonel Turncastle erhalten hatte, würde sie die Puppe über die Reling werfen und müsste nie wieder daran denken.

Sie verließ die Abstellkammer, schloss die Tür hinter sich

und kehrte ins Kinderzimmer zurück, um auf Schwester Dixon zu warten. Sie würde nur so lange bleiben, wie es dauerte, um ihr zu sagen, wie sehr sie sie verabscheute. Am liebsten hätte Charlotte sie geohrfeigt, dass ihr der Kopf herumflog. Noch besser, acht solcher Schläge, einen für jedes Jahr, in dem sie Charlotte das Leben zur Hölle gemacht hatte. Doch das würde sie unterlassen – sie würde sich nicht auf Dixons Niveau begeben. Sie würde ihren Zorn zügeln und ihre Würde wahren.

Danach ginge sie endlich zum Cottage, um Lily East zu besuchen. Sie würde um Verzeihung bitten dafür, dass sie sich nie bei ihr hatte sehen lassen und ihr die Brosche ins Gesicht geworfen hatte. Sie würde Miss East dafür danken, dass sie Charlotte vor Dixon geschützt hatte, und sie bitten, mitzukommen und bei ihr in Dublin zu wohnen, wo sie als Mitglied der Familie im Luxus leben und wie eine Angehörige des Königshauses behandelt werden sollte, bis sie alle zusammen nach Tyringham Park zurückkehrten.

Danach würde sie zum Stall gehen, um Manus zu sehen und ihm von Harcourts Heldentod zu berichten. Vermutlich hatte ihre Mutter sich nicht die Mühe gemacht, ihm die Einzelheiten mitzuteilen, auf die er so versessen sein musste.

Aber zunächst musste sie das Treffen mit Dixon hinter sich bringen. Sie hatte nichts zu fürchten, weshalb also empfand sie solche Angst?

Schließlich hatte sie niemand zum Kommen gezwungen. Sie war aus freien Stücken hierhergefahren, um ihrer alten Peinigerin gegenüberzutreten. Danach würde sie nie mehr an sie denken.

82

Lily saß zusammengesunken am Küchentisch, als wäre sie völlig außer Atem. Sie kannte pure Freude: Sie hatte sie in Sids Gesicht gesehen, als ihm sein erstes Enkelkind in die Arme gelegt wurde; in Sinéad Quirkes Gesicht an dem Tag, als Manus sie heiratete und sie kaum fassen konnte, dass sie den Mann bekam, den sie seit Jahren liebte; und in Manus' Gesicht, als Charlotte ihre erste fehlerfreie Runde auf Mandrake abschloss und damit seine Ausbildungsmethode gegen alle Einwände Lady Blackshaws bestätigt war. Solche Freude hatte sie nun in verzerrter Form in Dixons Gesicht entdeckt, als sie losging, um Charlottes Leben zu ruinieren.

Lily wollte ihr nacheilen und sie zurückhalten, doch sie konnte nicht rennen, und selbst wenn sie Dixon eingeholt hätte, wäre sie gegen sie chancenlos gewesen. Schon vor all den Jahren hatte Dixon sie im Kinderzimmer ohne Mühe von sich gestoßen, ehe Dr. Finn ihr zu Hilfe gekommen war. Wenn nur Sid noch da wäre, um ihr den Rücken zu stärken.

»Charlotte erwartet, dass ich meinen Fluch von ihr nehme«, hatte Dixon gesagt, ehe sie ging, »aber sie wird feststellen, dass sie erheblich mehr kriegt, als sie glaubt. Den Fluch lasse ich, wo er ist, das ist nur das Geringste, aber das weißt du ja jetzt, Lily. Bestimmt rennt sie zu dir, wenn ich mit ihr fertig bin, damit du ihr ein Küsschen gibst und alles wieder gut machst. Das sollte deine mütterlichen Fähigkeiten ja mal auf die Probe stellen, 'nen Mord wegküssen und wiedergutmachen.«

Arme Charlotte, dachte Lily traurig, allein gegen diese herzlose Feindin, wo doch die Erinnerung an den Unfall ihrer Mutter und Mandrakes Ende sie so empfänglich macht für diesen Unsinn.

Keine Sekunde lang glaubte sie, dass Charlotte ihre kleine Schwester absichtlich in den Fluss gestoßen haben könnte. Dixon stellte Mutmaßungen an, das war alles. Victoria musste ausgerutscht sein, und die arme Charlotte hatte hilflos beobachtet, wie sie ertrank. Vor Angst hatte Charlotte die Stimme verloren und sich zu sehr vor Dixon und Lady Blackshaw gefürchtet, um je das Thema zur Sprache zu bringen. Wenn das verängstigte Mädchen nur zu ihr gekommen wäre. Sie hätte Charlotte in ihr mitfühlendes Verständnis gehüllt, statt strafenden Zorn über ihr unschuldiges kleines Haupt auszugießen.

»Ich nehme morgen früh den Zug nach Dublin, nachdem ich im Polizeirevier meine Aussage bei Inspector Declan Doyle gemacht habe, der, wie ich mich erinnere, eine Schwäche für mich hatte«, hatte Dixon weitergeredet. »Morgen Nachmittag suche ich Lady Blackshaw auf. Ich wollte meinen Brief an sie auf dem Weg hierher aufgeben, doch dann habe ich mir gesagt, dass ich damit vorher lieber noch vor Charlottes Nase herumwedele – und mit dem, den ich ihrem Mann schicke, auch. Dann sieht sie, dass es mir ernst ist.« Sie strich sich das Kleid glatt und rückte ihren Hut zurecht. »Ich glaube, das wird eine sehr zufriedenstellende Woche. Schade, dass der alte Dr. Finn nicht mehr da ist und das sehen kann. Trotz deiner Bemühungen, ihn gegen mich einzunehmen, hatte er immer eine Schwäche für mich. Pass nur auf« – sie drohte mit dem Finger –, »und komm nicht rüber, um deine Nase reinzustecken, sonst machst du es für Charlotte nur noch schlimmer.«

Im Gehen blickte sie noch einmal über die Schulter, um die

Machtlosigkeit der alten Frau bis zum letzten Augenblick auszukosten.

Schlimmer könnte es für Charlotte nicht kommen, dachte Lily zerknirscht und blickte auf die Küchenuhr, aber wenn dieses böse Weib denkt, ich werde hier herumsitzen und meinen Liebling ihrer Gnade überlassen, dann wird sie sich noch umschauen. Ich warte, bis sie außer Sicht ist, dann gehe ich und suche Manus.

Auch wenn Dixon so tut, als würde sie alle Geheimnisse von Tyringham Park wissen, kann sie Charlotte doch nicht alles sagen, denn damals ging viel vor sich, wovon Dixon nichts ahnte, dachte Lily voll Genugtuung, während sie abwartete.

Jeder Erwachsene auf dem Gut hatte von der Liaison zwischen Lady Blackshaw und Manus gewusst, nur Schwester Dixon und Lord Waldron nicht. Viele hatten die vielsagenden Zeichen der Zuneigung mitbekommen, die zwischen den beiden hin und her gingen, auch wenn Lady Blackshaw von ihrer Diskretion überzeugt war. Sie hatte geglaubt, damit ihre Umtriebe unbeobachtet blieben, genüge es, wenn sie dem Hauspersonal am Freitagnachmittag den schönsten Teil des Gutes, den ummauerten Garten, zur Verfügung stellte und den drei Stalljungen freigab, die sofort in die Dorfspelunke zogen.

Lily hätte mit Freuden ihre letzten Lebensjahre geopfert, um Charlotte vor der Erkenntnis zu bewahren, weshalb Victoria die bevorzugte Tochter war und wieso Lady Blackshaw während ihrer letzten beiden Schwangerschaften so lange Zeit in Dublin verbracht hatte – eine notwendige List, mit deren Hilfe sie die echten Geburtsdaten von Victoria und Harcourt verschleiert hatte.

Am explosivsten war das Geheimnis, dass Harcourt, anders als Lady Blackshaw behauptete, nicht in London empfangen worden war, sondern schon früher in Manus' Büro, und vielleicht während der vierzig Minuten, innerhalb derer Victoria verschwand. Wenn man nicht alles glaubte, was Lady Blackshaw erzählte, das Rechnen beherrschte und als Wirtschafterin am Freitagnachmittag nicht mit dem übrigen Personal in den ummauerten Garten ging, sondern aus dem Schutz der Bäume im Arboretum, ihrem Lieblingsplatz, oft sehen konnte, was Lady Blackshaw tat, gelangte man zu einem anderen Ergebnis. Später, aber noch am gleichen schrecklichen Tag, hatte sie Les gefragt, wie es dem Fohlen mit der Wunde am Bein gehe, und er hatte sie merkwürdig angesehen und erwidert, dass alle Fohlen ganz gesund seien. Die Behandlung eines verletzten Tieres musste Lady Blackshaw als erste Ausrede eingefallen sein, als die Polizei sie vernahm, und wer hätte es gewagt, die Aussage der Herrin von Tyringham Park in Frage zu stellen?

Diese Mutmaßungen und bestätigten Verdachtsmomente hatte sie niemandem anvertraut, nicht einmal Sid, sondern erwartet, dass sie alles mit ins Grab nahm.

Es war Zeit zu gehen.

So rasch es ihre alten Knochen erlaubten, legte sie den Weg zum Stall zurück, öffnete einen Torflügel, fand Manus und berichtete ihm, dass Schwester Dixon vorhabe, Charlotte zu schaden; ob er sie bitte begleiten könne.

Im ersten Moment dachte Manus, seine alte Freundin sei plötzlich vom Altersschwachsinn befallen. Da redete sie von zwei Personen, die seit Jahrzehnten nicht mehr auf dem Gut gesehen worden waren. Er bezweifelte, ob er eine erwachsene Charlotte oder eine Dixon mittleren Alters überhaupt erkannt hätte, so lange lag es zurück, dass er sie zuletzt gesehen hatte. Er konnte kaum glauben, dass er von ihrer bevorstehenden Rückkehr nichts gehört haben sollte – solche Neuigkeiten sprachen sich auf dem Gut herum wie ein Lauffeuer –, und dann sollte die eine noch die andere bedrohen, statt sie voller Wiedersehensfreude in die Arme zu schließen!

»Du musst mir glauben«, sagte Lily. »Mir fehlt die Zeit, dir zu erklären, welch böses Blut es zwischen ihnen gibt.«

Noch nie hatte sie auch nur ein schlechtes Wort über Dixon gesagt.

Manus sagte, natürlich vertraue er ihr und sie solle weitergehen. Er würde ihr folgen, sobald er das neue wilde Fohlen in eine Box gesperrt habe, das darauf aus sei, die anderen zu verletzen.

Er hoffte, dass zwischen ihm und Schwester Dixon wegen ihrer peinlichen letzten Begegnung keine Unbehaglichkeit aufkam. Er wollte sich verhalten, als wäre sie niemals geschehen, und nahm an, ihr ginge es ähnlich.

Bis zu diesem Tag krümmte er sich innerlich, wenn er nur daran dachte.

83

Charlotte hörte Schritte auf der Treppe. Das Geräusch der untersten Stufen hallte durch das weite Treppenhaus. Das Herz der Achtjährigen in ihr sprang in ihrer Brust umher, ohne der Anweisung, tapfer zu sein, zu gehorchen.

Was habe sie denn zu befürchten, schalt sie sich. Schwester Dixon konnte nicht die zehn Fuß große Amazonengestalt sein, die jahrelang durch ihre Albträume gespukt war, doch so sehr Charlotte auch an ihre eigene Vernunft appellierte, es gelang ihr nicht, das Bild ihres früheren Kindermädchens auf ein realistisches Maß schrumpfen zu lassen.

Als die Schritte im obersten Stockwerk angelangt waren und der Türknauf sich drehte, drohte Charlottes Herz in ihren Hals zu hüpfen und sie zu ersticken.

Die Gestalt, die in der Tür erschien, sah alt aus, geschrumpft und für einen Besuch auf dem Land absurd übertrieben gekleidet.

Charlotte unterdrückte den Drang, erleichtert aufzulachen. Zu denken, dass so eine unbedeutende Kreatur sie in ihrer Kindheit terrorisiert hatte.

Elizabeth Dixon verging das Lächeln, als sie die amüsierte, schlanke, große, schlicht gekleidete Frau vor sich stehen sah.

»Wie schön, Sie wiederzusehen, Charlotte, oder sollte ich Sie Mrs Carmody nennen?«

Charlotte entging Dixons Verunsicherung nicht. »Mrs Carmody ist angebracht.«

»Ich habe immer gewusst, dass Sie einmal solch eine beeindruckende junge Frau sein würden«, fuhr Dixon glatt wie Seide fort. Ohne auf den Rüffel zu achten, gewann sie ihre Fassung zurück. »Ich bin so froh, dass Sie sich für dieses Treffen zugänglich zeigten.«

Ich habe nichts zu befürchten, begriff Charlotte. Ihr Herzschlag verlangsamte sich. Ich bin froh, dass ich hergefahren bin.

Als Dixon näher kam, trat Charlotte hinter den niedrigen Kindertisch, um von vornherein jeden höflichen Körperkontakt zu unterbinden. Allein bei dem Gedanken, Dixon zu berühren, wurde ihr übel. Sie hatte die veränderte Aussprache und die gedrechselte Formulierung, die Benutzung des Präteritums bemerkt. Ganz anders als die Grunzer und das Gebell, die Dixons Sprechweise charakterisierten, als sie über das Kinderzimmer und Charlottes erste Jahre herrschte.

»Es ist eigentümlich, das alte Haus wiederzusehen«, sagte Dixon. Sie deutete Charlottes Bewegung korrekt und blieb außer Reichweite für einen Händedruck, damit es aussah, als hätte sie die Entscheidung gefällt. »Nichts hat sich verändert, nur sind Staub und Spinnweben hinzugekommen. Wir können es uns ja auch gemütlich machen.«

So wie sie dieses Treffen dominiert, könnte man denken, The Park gehöre ihrer Familie und nicht der meinen, dachte Charlotte.

Mit einem Taschentuch wischte Dixon den Staub von ihrem alten Schaukelstuhl und setzte sich auf die Kante, den Rücken gerade, die Knie und Fußgelenke aneinander, die Hände im Schoß. Finger für Finger streifte sie die Handschuhe ab, dann hob sie die Hand, zupfte die Hutnadeln heraus und nahm in höchst affektierter Weise den Hut vom Kopf.

Was für eine Darbietung, dachte Charlotte.

»Ehe ich Sie von dem Fluch erlöse, habe ich Sie über zwei bestürzende Dinge in Kenntnis zu setzen. Warum setzen Sie sich nicht?« In ihrer Ungeduld, ihre Geschichte zu erzählen, brachen wieder Anklänge ihres alten herrischen Tones durch und ließen die Frage klingen wie einen Befehl.

»Weil ich es vorziehe, zu stehen«, sagte Charlotte.

»Wie Sie wünschen.« Mit Mühe schaltete Dixon auf einen milderen Ton zurück. »Allerdings werden Sie es sich wohl anders überlegen, wenn Sie hören, was ich zu sagen habe. Doch bevor ich beginne, möchte ich Ihnen von meinem erfolgreichen Leben erzählen, das begann, als ich zu meinem Glück The Park verließ. Sie werden es vermutlich kaum glauben, doch ich war die Direktorin eines Ho…«

»Ich bin sicher, dass ich es nicht glauben werde, daher können Sie sich die Worte sparen. Selbst wenn es Ihnen gelänge, ausnahmsweise die Wahrheit zu sagen, bin ich nicht im Geringsten interessiert.«

Dixon lief an Hals und Gesicht puterrot an und blinzelte viermal, bevor sie antwortete. »Wenn Sie das so sehen, dann überlege ich es mir vielleicht noch einmal, den Fluch von Ihnen zu nehmen, obwohl ich deswegen zwölftausend Meilen weit gereist bin.«

»Ich hoffe doch sehr, Sie erwarten von mir nicht, dass ich glaube, Sie wären zurückgekommen, um mir etwas Gutes zu tun. Ich bezweifle, dass Sie eine Meile auf sich nehmen würden, geschweige denn eine Reise um den halben Erdball, um irgendjemandem zu helfen, schon gar nicht mir. Ihr Fluch könnte mir gleichgültiger nicht sein, aber wenn Sie sich danach besser fühlen, dann sagen Sie ruhig Abrakadabra, tanzen Sie durchs Zimmer und schwenken Sie dabei einen Stecken.«

Dixons Gesicht wurde kreidebleich. »Sie werden Ihre Worte noch bedauern.«

»Ich habe in meinem Leben viel zu bedauern, doch ich bezweifle, dass diese Worte je dazugehören werden.«

»An Ihrer Stelle würde ich nicht spotten. Wenn ich mit Ihnen fertig bin, lachen Sie höchstens noch in der Erinnerung. Ich weiß mit Sicherheit, dass meine Flüche wirken.«

»Das tun sie vielleicht, aber aus einem anderen Grund, als Sie denken.«

Dixon begriff die Bedeutung der Bemerkung nicht, ging jedoch davon aus, dass sie beleidigend gemeint war. »Wieso kamen Sie dann her?«

»Um Ihnen zu sagen, wie sehr ich Sie verabscheue. Das ist der einzige Grund.« Und damit du Mary Anne fernbleibst, dachte Charlotte. »Diese Gelegenheit wollte ich mir nicht entgehen lassen.«

»Verabscheuen? Mich? Wieso sollten Sie mich verabscheuen? Alles, was ich tat, war zu Ihrem Besten.«

»Wem wollen Sie das einreden? Wie Sie mich behandelt haben, soll zu meinem Besten gewesen sein?«

»Ganz eindeutig. Das Leben ist hart für Menschen wie mich und sogar für reiche Leute wie Sie. Denken Sie nur an Ihre arme Mutter – bis ans Lebensende an den Rollstuhl gefesselt. Ich habe Ihnen einen Gefallen getan: Indem ich hart zu Ihnen war, habe ich Sie darauf vorbereitet. Und alles, was ich für meine Mühen bekam, war Undankbarkeit.«

»Das ist wirklich die Höhe. So rechtfertigen Sie das vor sich selbst? Sie erwarten, dass ich dafür dankbar bin, ein Opfer Ihrer Grausamkeit und Faulheit geworden zu sein?«

»Faulheit? Rund um die Uhr im Dienst, das nennen Sie Faulheit? Wie lachhaft, so etwas von jemandem wie Ihnen zu hören, die in ihrem ganzen Leben noch keinen Handschlag selbst getan hat.«

Charlotte drückte sich die Tasche mit der Puppe an den Leib und machte Anstalten zu gehen. »Ich bedaure zu hören, dass Sie es so sehen, aber ich habe dennoch keine Zeit, hierzubleiben und mir anzuhören, wie Sie sich in Selbstmitleid ergehen.«

»Sie kennen noch immer nicht den eigentlichen Grund, aus dem ich hier bin.«

Sie hat es eindeutig auf Geld abgesehen, dachte Charlotte. Ihrer Kleidung nach zu urteilen hat sie einen teuren Geschmack entwickelt. Wie könnte sich jemand so etwas von einem normalen Lohn leisten?

»Ich möchte es nicht hören, also sparen Sie sich die Worte. Ich habe gesagt, was ich sagen wollte, und gehe nun zu Sids Häuschen und plaudere mit Miss East über alte Zeiten.« Sie ging zur Tür und hielt sich dabei an den Wänden des Raumes, um so weit weg von Dixon zu bleiben wie möglich. »Sie finden selbst hinaus.«

»Wag es nicht, mir den Rücken zuzukehren, wenn ich mit dir spreche!«, kreischte Dixon, sprang auf und trat vor.

Charlotte blieb stehen, als sie den wohlbekannten Tonfall hörte, und drehte sich um. »Ich kann nicht fassen, dass Sie so mit mir reden. Sie scheinen vergessen zu haben, dass Sie keinerlei Autorität über mich besitzen. Und Sie vergessen Ihre Stellung. Ich bin die Tochter des Herrn auf Tyringham Park, und Sie sind ein ungebetener und unwillkommener Eindringling. Da ich nun höre, wie Sie mich anzureden sich anmaßen, befehle ich Ihnen, das Gut auf der Stelle zu verlassen, und verbiete Ihnen, jemals hierher zurückzukehren. Einen Verstoß gegen dieses Verbot würde ich als Hausfriedensbruch ansehen und Sie notfalls mit Gewalt entfernen lassen.«

»In diesem überheblichen Ton werden Sie nicht mehr mit mir reden, wenn ich gesagt habe, was ich sagen will.«

»Und ich habe Ihnen bereits mitgeteilt, dass ich nichts hören möchte, was aus Ihrem Mund kommt. Ich habe nicht die Hälfte von dem ausgesprochen, was ich zu meinem Abscheu Ihnen gegenüber sagen könnte. Bei Ihrer aufgesetzten Nettigkeit vor meiner Mutter und Manus und Teresa Kelly würde sich jedem der Magen umdrehen. Und wie Sie Victoria behandelt haben, ist unverzeihlich. Sie war noch ein Baby.« Charlotte musste innehalten, denn sie vermochte das Beben ihrer Stimme nicht mehr zu beherrschen.

»Davon haben Sie erzählt, nicht wahr, und mich von der alten Hexe rauswerfen lassen?«

»Ich habe Miss East kein Wort erzählt.«

»Das glaube ich Ihnen nicht. Zu Ihrer Mutter sind Sie schließlich auch gerannt und haben Lügen erzählt.«

»Das war Jahre vorher, und es waren keine Lügen, sondern die Wahrheit. Doch wegen der engelhaften Vorstellung, die Sie vor ihr aufführten, glaubte sie mir nicht, und ich erkannte, dass es keinen Sinn hatte, mich an meine eigene Mutter zu wenden; daher hatten Sie gewonnen. Sie hat jedoch nie erfahren, dass Sie Victoria misshandelt haben. Aber ich wusste es, und ich habe es nie vergessen. Ganz gewiss habe ich es Ihnen niemals verziehen.«

»Eine kranke Katze würde laut lachen, wenn sie hören würde, dass Sie mir vorwerfen, wie ich Victoria behandelt haben soll. Ich habe sie wenigstens nicht ermordet, was Sie nicht von sich behaupten können, Sie hochnäsige Heuchlerin, Sie!«

Charlotte legte die Hand ans Herz, als hätte ein Messerstich sie getroffen.

»Sie haben gedacht, Ihr Geheimnis wäre sicher, was? Keiner würde glauben, ein Kind von acht Jahren könnte so ein Verbrechen begangen haben, außer sie haben es mit eigenen Augen gesehen, und Teresa Kelly hat's gesehen, und sie hat es mir persönlich gesagt. Ich bin die Einzige, die sofort Bescheid wusste, weil sie selber gar nicht weiß, was sie gesehen hat. Ich bin außer Ihnen die Einzige, die Bescheid weiß, und Lily Cooper, aber die hat es erst vor zwanzig Minuten erfahren.«

»Miss East?« Charlotte taumelte rückwärts zum Kindertisch und tastete hinter sich wie eine Blinde, die sich setzen will. »Sie haben es Miss East gesagt?«

»Hab ich nicht gesagt, Sie müssten sich setzen, bevor ich fertig bin? Ja, Miss East für Sie und Lily Cooper für mich war die Erste, der ich es gesagt habe. Es wird Sie nicht überraschen zu hören, dass sie mir nicht geglaubt hat. Oh nein. Ihr kleiner Engel kann so was doch nicht gemacht haben. Ich bin gespannt, ob andere mir glauben.« Dixon öffnete ihre Handtasche, nahm einen Brief heraus und wedelte vor Charlottes Gesicht damit herum. »Steht alles hier drin. In allen Einzelheiten. Der hier ist für … jetzt ist mir sein Name entfallen … Dr. Lochlann Carmody. Ja, genau. Dr. Lochlann Carmody. Ich hatte gehofft, ich erfahre von Ihnen seine Anschrift.«

Charlottes Hand zuckte vor und entriss Dixon den Brief.

»Nur zu, behalten Sie ihn ruhig. Ich kann jederzeit einen neuen schreiben. Sie wissen sowieso schon, was drinsteht.«

Charlotte riss den Umschlag auf und las die ersten Zeilen, in denen sie als Kindsmörderin bezeichnet wurde, die eine Gefahr für das Wohl ihrer eigenen Tochter sei.

»Und hier habe ich einen für Ihre Mutter. Den übergebe ich persönlich.«

Jedes Wort auf der Seite bewirkte, dass der Dolch, der durch

Charlottes Brust zuckte, erneut zustach. Allein die Vorstellung, dass Lochlann diese Worte las, sich zu ihr umdrehte und sie fragte, ob das stimme. Sie stopfte den Brief in ihre Tasche.

In ihrem Kopf explodierte ein Feuerwerk und stoben rote Funken hinter ihren Augen.

Sich vorzustellen, dass Mary Anne größer wurde und von der üblen Tat ihrer Mutter hörte.

Sie wandte sich Dixon zu. »Was sagten Sie gerade?« Abwechselnd verschwamm ihr die Sicht und wurde wieder scharf.

»Ich sagte, ich habe auch einen Brief an Ihre Mutter verfasst. Morgen gebe ich ihn persönlich ab.«

Brief an ihre Mutter?

Morgen persönlich abgeben?

Wenn sie einfach nur Geld verlangt hätte.

»Dann wäre da Manus. Ihretwegen konnte ich ihn nicht heiraten und auch nicht seine Kinder zur Welt bringen.« Dixons Gesicht zeigte puren Hass. »Ihretwegen stehe ich ganz allein da, ohne irgendjemanden, der zu mir gehört, und dabei war ich immer eine Waise ohne Familie. Hier stehe ich jetzt ohne Mann und ohne Kinder. Ich werde es wirklich genießen, Manus alles über Sie zu erzählen. Es sei denn...«

»Es sei denn?«

»Ich bin bereit, eine Abmachung mit Ihnen zu treffen. Ich bin bereit, diese Briefe zu vernichten und niemals jemandem zu sagen, was Victoria zugestoßen ist.«

»Aber Sie haben es schon Miss East gesagt.«

»Leider ja. Ich konnte einfach nicht anders, ich musste ihr diesen selbstgefälligen, überheblichen Ausdruck vom Gesicht wischen. Aber um sie brauchen Sie sich keine Gedanken zu machen. Sie hat mir nicht geglaubt. Und selbst wenn Sie mir geglaubt hätte, könnten Sie darauf vertrauen, dass sie niemals ein Wort gegen Sie sagen würde. Ihr Geheimnis ist bei ihr sicher. Wie gesagt, werde ich diese Briefe vernichten und von nun an meinen Mund halten, wenn Sie mir zwanzigtausend Pfund zahlen. In meinem Alter gibt mir niemand mehr Arbeit, und ich bin ein wenig knapp. Alle Ersparnisse meines harten Arbeitslebens habe ich durch eine Fehlinvestition verloren. Sie müssen zugeben, dass zwanzigtausend Pfund sehr wenig verlangt ist, wenn Sie dadurch verhindern können, dass man Ihnen Mary Anne wegnimmt. Geradezu billig, wenn Sie mich fragen.«

Charlotte stieß ein urtümliches Heulen aus, warf sich auf die überraschte Dixon und trieb sie auf den Treppenabsatz hinaus. »Was unterstehen Sie sich, ihren Namen in den Mund zu nehmen! Wie können Sie es wagen, von ihr und Geld in einem Atemzug zu sprechen? Her mit den Briefen, Sie teuflisches altes Weib!«

Dixon wand sich, um die Tasche mit den Briefen außerhalb von Charlottes Reichweite zu halten, während sie gleichzeitig versuchte, sich wieder ins Kinderzimmer zu drängen.

Charlotte blockierte Dixons Bewegung und stieß sie gegen das Geländer. Die acht Jahre alte Charlotte in der Vierunddreißigjährigen war es, die mit beiden Händen Dixons Hals packte, fest zudrückte und sie über das Geländer bog, ehe diese begriff, wie ihr geschah. Sie versuchte sich zu wehren, doch als Charlotte den Druck noch verstärkte und ihr die Luftzufuhr zu viele Sekunden lang abklemmte, wurde sie reglos. Sie ragte so weit über das Geländer, dass ihr Kopf nach unten hing. Sie konnte nicht mit den Füßen um sich treten, weil sie damit riskiert hätte, die Gewichtsverteilung zu verändern und nach hinten zu kippen. Die Hand, mit der sie die Tasche hielt, schlug ins Leere, während sie mit der anderen erfolglos versuchte, sich am Geländer festzuhalten. Charlotte konnte ihr die Tasche nicht entwinden, ohne die Hände von ihrer Kehle zu nehmen.

»Ich habe gelogen«, wisperte Dixon. »Teresa hat nicht gesehen, wie Sie Victoria in den Fluss stießen.« Sie keuchte. »Das hab ich mir ausgedacht.«

Und ich habe mich durch meine Reaktion verraten.

Charlotte lockerte den Griff, behielt die Hände aber an Ort und Stelle. »Was genau hat sie gesehen?«

»Sie haben Victoria hinter dem Stall rumgetragen. Mehr hat sie nicht gesehen. Gott ist mein Zeuge, ich sag die Wahrheit. Sie dachte, ich geh vor euch her. Ich schwöre, das hat sie gedacht.« Dixon hustete. »Ich nehme zurück, was ich gesagt habe. Ich habe es nur gesagt, um mich an Ihnen zu rächen. Lassen Sie mich gehen. Ich verbrenne die Briefe und sage kein Sterbenswörtchen, zu niemandem. Ihre Tochter ist bei Ihnen sicher. Sie können mir vertrauen. Ich schwör's bei meinem Leben. Wenn ich lüge, soll ich auf der Stelle sterben.«

»Dann tun Sie es.«

»Was?«

»Sterben Sie auf der Stelle.«

Dixon schlug über ihrer linken Brust fieberhaft ein Kreuz.

Charlotte drückte fester zu. »Jetzt stirb auf der Stelle«, sagte sie und presste sich fest gegen Dixon.

»Nicht, Charlotte. Nicht. Tu's nicht. Lass sie los.«

Die Stimme kam von der Treppe ein Stockwerk tiefer.

»Miss East, sind Sie das?«

Tränen traten Charlotte in die Augen, und sie lockerte abgelenkt den Griff ihrer Finger ein wenig.

Neue Energie durchströmte Dixon. »Sie haben sie gehört. Lassen Sie mich los«, flehte sie. »Vertrauen Sie mir. Ich verrate niemandem etwas.«

»Endlich haben Sie einmal etwas Wahres gesagt.«

Charlotte hielt Dixon über dem Abgrund in Balance. Abwechselnd lockerte und verstärkte sie den Griff ihrer Finger, die zu beiden Seiten der Luftröhre blieben.

Die Tür im Erdgeschoss fiel mit einem Knall zu.

»Das ist Manus, Charlotte, Schatz.«

»Gott sei Dank«, hauchte Dixon und entspannte sich.

»Er kommt, um Ihnen zu helfen.« Miss Easts Stimme war nun näher. »Rühren Sie sich nicht, bis er da ist.«

Charlotte wollte so gern nach unten sehen und ihrem alten Beschützer ins wunderbare Gesicht blicken, doch sie durfte Dixon nicht eine Sekunde lang aus den Augen lassen.

Auf den Stufen trappelten Schritte, die hinaufstiegen.

Lily stand am nächsten Treppenabsatz. Manus, der vier Stufen auf einmal genommen hatte, erschien neben der alten Wirtschafterin.

»Überlassen Sie sie mir, Miss Charlotte.«

Es war Manus' sanfte, schöne Stimme.

Dixon lächelte.

Sie glaubt, ich lasse sie davonkommen. Dass ich es nicht wage, ihr etwas zu tun, während Manus zusieht.

Charlotte drückte zu, und Dixons Lächeln verschwand.

»Lassen Sie sie los, seien Sie ein gutes Kind«, flehte Miss East. »Manus kümmert sich um sie.«

»Ich komme hoch, Miss Charlotte. Bleiben Sie ganz ruhig.«

Manus stieg langsam zu dem Handgemenge die Stufen hoch. Miss East blieb, wo sie war, die Hände in Gebetshaltung verschränkt.

Manus war auf der vorletzten Stufe, als Charlotte mit einer Hand fest gegen Dixons Kinn drückte und ihr die andere fest vor die Schulter stieß, während sie einen Schritt zur Seite machte, sodass sie Dixons Beine nicht mehr festhielt. Dixon bekam das Übergewicht, stürzte ungehindert in den finsteren Treppenschacht und schlug drei Stockwerke weiter unten auf die Steinfliesen.

Manus' ausgestreckte Arme, mit denen er Dixon hatte packen wollen, griffen ins Leere. Er beugte sich über das Geländer und starrte in den Treppenschacht hinunter, dann blickte er Charlotte fassungslos an.

»Sind Sie unverletzt, Charlotte, Liebes?«, fragte Lily zart.

Manus eilte die Treppe hinunter. Seine Stiefel auf den Stufen hallten durch den Schacht.

»Es tut mir schrecklich leid, Miss East, aber ich kann nicht bleiben. Ich muss dringend etwas erledigen.« Charlotte schoss ins Kinderzimmer zurück, nahm ihre Tasche und klemmte sie sich unter den Arm. Dann schoss sie an Lily vorbei, ohne ihr einen Blick zu gönnen, und folgte Manus die Stufen hinunter.

84

Manus kniete neben Dixons reglosem Körper und tastete nach dem Puls. Charlotte hielt den Blick auf seine Hände gerichtet, denn sie konnte ihm nicht in die Augen sehen. Sie empfand den Drang, neben ihm niederzuknien und seine sonnengebräunten Hände zu küssen, aus Dank für die Güte, die er ihr als Kind erwiesen hatte, doch sie bezweifelte, dass er die Geste von einer Frau dulden würde, die er gerade ein schreckliches Verbrechen hatte begehen sehen.

»Ist sie tot?«, fragte Charlotte.

Weder Blut noch herausragende Knochen waren zu sehen.

»Kein Puls.« Manus bekreuzigte sich. »Arme unglückliche Frau. Gott sei ihrer Seele gnädig.«

Charlotte bückte sich nach Dixons Handtasche. »Darin ist etwas, das mir gehört«, sagte sie und achtete nicht auf die Hand, die Manus ausstreckte, als wolle er Charlotte zurückhalten. Sie öffnete die Tasche, nahm die drei Briefe heraus, ließ die Tasche fallen und verließ das Haus. Sie hörte, wie Manus ihr etwas nachrief, etwas von einem Arzt, doch sie achtete nicht auf ihn.

Auf halbem Wege zwischen Haus und Fluss wurde sie langsamer und las die Briefe, die an ihre Mutter, an Manus und an Lily Cooper adressiert waren. Sie alle enthielten die gleiche Anschuldigung: dass Charlotte absichtlich ihre hübsche kleine bevorzugte Schwester ermordet habe und die Behörden informiert werden sollten, sodass jedes Kind zu seiner eigenen Sicherheit ihrer Obhut entzogen werde.

Das ist alles wahr.

Alles. Jedes einzelne giftige Wort ist wahr. Ich muss es zugeben. Dixon hatte recht. Ich eigne mich nicht dafür, ein Kind aufzuziehen. Ich hätte Benedicts Tod als Urteilsspruch annehmen und die Sache auf sich beruhen lassen sollen. Eine zweite Chance hatte ich nicht verdient. Ich verdiene keine hübsche kleine Tochter wie Mary Anne. Welche Fehlüberlegung hat mich nur zu dem Glauben verleitet, sie könnte Victoria ersetzen und alles wiedergutmachen? Nichts kann jemals irgendetwas wiedergutmachen. Ich habe mich selbst belogen. Und ich bin so glücklich gewesen. Welches Recht besaß ich, glücklich zu sein?

Das Beste, was ich nun tun kann, ist, mein Geheimnis zu bewahren. Miss East und ich sind die einzigen lebenden Menschen, die wissen, was Victoria zugestoßen ist, und ich würde mein Leben darauf verwetten, dass Lily East nichts verrät. Mir ist es ein Trost, dass Lochlann und Mary Anne wegen ihrer Verbindung zu mir niemals Schande erdulden müssen, denn ich weiß, dass mein Geheimnis nicht offenbart wird.

Als sie an den Uferstreifen kam, wo Victoria in den Fluss gestürzt war, gaben die Beine unter ihr nach.

Gleich vor ihr lag die Stelle, wo sie hilflos gestanden und zugesehen hatte, wie Victoria vom Fluss davongetragen worden war.

Sie kroch über den Kies zum Grasstreifen am Wasser. Sie nahm die Briefe aus der Tasche und zerriss sie in winzige Fetzen, verstreute sie in den Fluss und sah zu, wie sie davontrieben.

Charlotte blickte ins Wasser, drehte den Kopf und starrte

auf die Stelle in der Ferne, wo sie Victoria zuletzt gesehen hatte.

Ich hätte dir gleich folgen sollen, meine Süße.
Victoria, ich bin's, Charlotte, deine große Schwester.
Ist es zu spät?
Kommst du und sprichst mit mir?

Manus führte Lily zu dem Schaukelstuhl im Kinderzimmer, und als sie Platz genommen hatte, eröffnete er ihr, dass Dixon tot war. Er nahm die rote Decke aus Victorias Bettchen und schüttelte den Staub aus. »Ich komme gleich zurück und bringe dich nach Hause«, sagte er. Die Decke legte er sich über den Arm. »Du siehst aus, als könntest du einen Brandy brauchen.«

War das wirklich Charlotte, die das getan hat?, fragte sich Manus, als er die Treppe hinunterstieg. Sie war solch ein gehorsames Kind gewesen, und Dixon hatte sie so gütig behandelt – es war nur schwer vorstellbar, dass sie so etwas getan haben sollte.

Ich spüre, dass du da bist, Victoria.
Danke, dass du so schnell kamst. Du weißt nicht, wie viel es mir bedeutet, dass du da bist. Ich hatte Angst, du würdest dich voll Ekel abwenden, sobald du meine Stimme hörst. Es tut mir leid, dass ich dich ganz allein auf diese lange kalte Reise geschickt habe. Ich wünschte, ich hätte den Mut gehabt, dich zu begleiten. Wenn ich es getan hätte, wäre vielen Menschen viel Schlimmes erspart geblieben.
Ich glaube, ich leide an einem verzögerten Schock. Geh bitte nicht fort, meine liebe kleine Schwester. Ich muss noch einen

Moment ausruhen, damit ich nicht ohnmächtig werde. In letzter Zeit hatte ich Beschwerden mit meinen Nerven.

Das fühlt sich besser an. Ich kann mich wieder aufsetzen. So.
Es ist schön, dich neben mir zu spüren. Und es tut gut, mit dir endlich offen sprechen zu können. Geheimnisse zu hüten ist so schwer.
Mich macht es traurig, wenn ich überlege, dass Teresa uns an jenem Nachmittag nur hätte anzusprechen brauchen, und unser Leben wäre völlig anders verlaufen. Besonders deines. Du hättest wenigstens die Chance bekommen, es zu leben. Ich hätte dir nicht angetan, was ich dir angetan habe, und wir wären groß geworden und nicht nur Schwestern, sondern auch enge Freundinnen gewesen. Ich habe dich mein ganzes Leben lang vermisst, selbst während der Jahre, in denen du dich vor mir versteckt hast.
Ich wünschte von ganzem Herzen, ich hätte dich nie gestoßen.

Gerade habe ich diese furchtbare Schwester Dixon getötet. Das weißt du wahrscheinlich schon, schließlich bist du auf der anderen Seite. Ich musste sie zum Schweigen bringen. Sie drohte, es allen zu erzählen, was ich dir angetan habe, damit man mir meine Mary Anne wegnimmt. Sie hat mir die Schuld gegeben, dass sie eine kinderlose alte Jungfer war. Manus wollte sie nicht, und sie gab mir die Schuld.
Ich habe sie absichtlich über das Geländer vor dem Kinderzimmer gestoßen. Ich könnte behaupten, ihr Sturz sei ein Unfall gewesen. Ich könnte auch behaupten, es sei ein Unfall, dass ich dich in den Fluss gestoßen habe. Wer könnte mir widersprechen, wenn es doch keine Zeugen gab? Miss East und

Manus würden, was Dixon angeht, für mich lügen, das weiß ich. Sie würden schwören, dass ich nicht in Dixons Nähe war, als sie das Gleichgewicht verlor. Hätte ich aber das Recht, diese beiden Menschen zu bitten, für mich meineidig zu werden? Kaum, wo ich sie nie besucht habe und ihnen vorhin nicht einmal in die Augen blicken konnte. Ich hoffe, es ist schön dort, wo du lebst, Victoria, und dass du viele Freundinnen hast. Was tust du den ganzen Tag? Durftest du erwachsen werden, oder bist du noch immer ein kleines Kind? Wo blieb dein kleiner Leichnam? Du wurdest mit furchtbarer Geschwindigkeit weggespült, als ich dich zum letzten Mal sah. Die Fischer hatten wohl recht, als sie sagten, dass du wahrscheinlich aufs Meer hinausgezogen würdest und dein Leichnam unauffindbar bliebe.

Ich nehme an, du hast im Himmel unseren Bruder Harcourt kennengelernt, auch wenn du ihm auf Erden nie begegnet bist. Vielleicht überrascht es dich, wenn du erfährst, dass du womöglich ein paar Minuten lang mit ihm den Planeten geteilt hast, auch wenn keiner von euch sich aus offensichtlichen Gründen der Existenz des anderen bewusst sein konnte. Ich habe es erst viele Jahre später begriffen. Ich erkläre dir dieses Rätsel, wenn wir uns sehen. Wir haben vieles auszutauschen. Der Gedanke, Harcourt zu begegnen, macht mich nervös, jetzt, wo wir uns so bald wiedersehen. Als wir uns trennten, standen wir nicht auf gutem Fuße miteinander.

Wie bitter es für mich ist, Tyringham Park auf diese Art zu verlassen, wo ich doch davon träumte, den Rest meines Lebens hier zu verbringen. Lochlann sollte Landarzt sein und Jagen und Schießen beginnen, Manus sollte Mary Anne das Reiten bei-

bringen, und Miss East sollte in Luxus leben, behandelt wie eine Königin.

Das war ein schöner Traum, doch jetzt kann er niemals Wirklichkeit werden.

Ob du es glaubst oder nicht, meine süße kleine Victoria, die Aussicht, mich zu dir zu gesellen, erschreckt mich nicht so sehr, wie ich dachte. Zu wissen, dass du und Harcourt und der kleine Benedict dort auf mich warten, macht es für mich fast wünschenswert.

Wenn du dich schämst, mich als deine Schwester vorzustellen, so verstehe ich das, aber bitte, weise mich nicht gänzlich ab.

Manus vereinbarte mit Lily, dass Charlotte wegen Schwester Dixon weder gehenkt noch eingesperrt werden sollte. Trotz ihrer Frömmigkeit war Lily bereit, vor Gericht zu schwören, dass sie selbst es war, die Dixon gestoßen hatte. Manus sagte, niemand werde ihr glauben, weil sie zu klein sei, und welchen Sinn habe es, die Schuld auf sich zu nehmen, wenn man so leicht behaupten könne, Dixons Sturz sei ein Unfall gewesen? Als die einzigen beiden Zeugen konnten sie sagen, was sie wollten. Sie würden Inspector Declan Doyle, einem anständigen Mann, berichten, dass Charlotte, ohnehin verstört über den Tod ihres Bruders, einen Nervenzusammenbruch erlitten habe, als sie die Stätte von Victorias Verschwinden nach so vielen Jahren wiedersah, und nicht wisse, was sie sage. Lily konnte betonen, dass Charlotte schon als kleines Kind die Schuld für Dinge, die sie nicht getan hatte, auf sich genommen habe, so sensibel sei sie. Man könnte ihr niemals etwas beweisen.

»Du musst gehen und sie finden und sie sofort beruhigen.

Und dann bring sie zu mir, damit ich sie trösten kann«, sagte Lily.

Auf Wiedersehen, Mary Anne. Du hast mir solche Freude gemacht, die ich dir nur damit vergelten kann, dass ich dich alleinlasse. Deine Tante Iseult wird sich wunderbar um dich kümmern, bis dein Daddy wiederkommt. Er wird Niamh heiraten, die gut und lieb zu dir sein wird, und du wirst dich nicht einmal daran erinnern, dass es mich je gegeben hat, während ich die ganze Zeit, ohne dass du es weißt, auf dich aufpasse und dich vor Schaden bewahre.

Auf Wiedersehen, Lochlann. Ich danke dir für das Glück, das du mir auf Kosten deines eigenen Glückes geschenkt hast. Die Aussicht, dich zu befreien, macht mich beinahe froh.

Unsere Mutter kommt ohne meine guten Wünsche aus. Sie hat mich nie gemocht. Ich verüble es ihr nicht, dass sie dich und Harcourt vorgezogen hat – sie hatte ihre Gründe, von denen ich dir berichten werde, wenn wir uns begegnen –, aber sie brauchte es nicht so offensichtlich zu tun. Sie wird froh sein, wenn ich fort bin, und glauben, sie bekommt Mary Anne in die Hände. Ich würde zu gern ihr Gesicht sehen, wenn sie mein Testament liest.

»Ehe ich nach Charlotte suchen oder den Doktor holen kann, muss ich nach dem Stall sehen. Ist es in Ordnung, wenn ich dich hier zurücklasse, damit du auf Schwester Dixon aufpasst, bis ich wieder da bin, Lily? Es wird nicht lange dauern. Ich will nur nicht, dass das neue wilde Hengstfohlen die Tür eintritt und versucht, den Fluss zu überqueren, um nach Hause zu kommen. Es könnte sich dabei verletzen.«

»Wie kannst du in einer solchen Situation nur an ein Pferd denken, Manus?«

Kannst du mich hören, Victoria? Du scheinst mich verlassen zu haben und bist offenbar wieder auf die andere Seite gegangen. Weil du dich für mich bereitmachen willst? Ich hoffe es.

Im Stall macht ein Tier fürchterlichen Lärm. Ich sollte gehen und nachsehen, aber ich habe keine Zeit, und vielleicht habe ich mein Händchen für Pferde sowieso verloren und kann nichts tun.

Kannst du mich sehen von dort, wo du bist, Victoria? Ich gehe jetzt zum dunklen Wasserloch. Es ist so schwierig zu sagen, wo genau ich bin. Ich werde nicht sicher sein, dass ich an dem Loch bin, bevor ich über den Rand trete. Ich kann meine Füße nicht spüren, und das Wasser ist nicht so klar. Ich freue mich nicht auf den ersten Atemzug, wo nur Wasser kommt. Wie lange dauert es, bis ich aufhöre, um Luft zu ringen? Sinke ich auf den Grund, oder steige ich gleich oder später wieder an die Oberfläche? Legst du ein Wort beim lieben Gott für mich ein, dass ich nicht dahin komme, wo Dixon jetzt ist und wohin ich gehöre? Auf die Bitte eines unschuldigen Kindes wird er doch hören.

Wie gut, dass Lily und ich einen Ruf als aufrichtige, wahrheitsliebende Bürger genießen, dachte Manus, während er zum Stall ging, um nach dem Hengstfohlen zu sehen. Jeder wird uns glauben, wenn wir behaupten, der Sturz war ein Unfall und Charlotte ist unschuldig.

Der armen Edwina darf nicht noch eine Tragödie zugemutet werden. Sie hat schon mehr zu betrauern, als irgendein Mensch in zwei Leben ertragen sollte.

Bald weiß ich ganz genau, was du durchgemacht hast. Halte die Augen nach mir offen, Mary Anne. Victoria, meine ich. Wie konnte ich solch einen Fehler begehen? Ihr seht euch so ähnlich mit euren hübschen Gesichtern und euren dunklen Locken, dass es manchmal schwer ist, euch nicht zu verwechseln, auch wenn ich das nicht vielen Menschen gegenüber zugeben würde. Sie würden meinen, ich wäre nicht ganz bei Verstand.

Deine Puppe habe ich unter dem Arm. Ich passe auf, dass ich sie nicht verliere.

Kann das Harcourt sein? Er sieht jedenfalls nach ihm aus.

Ich kann es nicht glauben. Was macht er auf dem Reitweg?

Zum Beten habe ich keine Zeit. Harcourt, du kommst zu früh. Geh zurück. Auf der anderen Seite sollst du auf mich warten. Es ist doch alles abgesprochen. Die Zeit ist gekommen. Atme aus.

Führe mich, Victoria, und wenn alles vorüber ist, dann halte deine Hand hoch, damit ich nicht einfach an dir vorbeifliege. Ich möchte mich nicht in der Unendlichkeit verlieren und in Ewigkeit nach dir suchen, ohne Hoffnung, dich unter all den Scharen zu finden.

Bist du bereit?

Danksagungen

Mein tiefer Dank gilt meiner alten Familie: Eric Fahey und Marie Dawson (unvergleichliche Eltern), John Fahey, Marie Blowes, Patricia Eastick, Barry Fahey, Brian Fahey, Kevin Fahey, Anne Herden, Jo Doyle, Jim Fahey, Bill Fahey und Mick Fahey sowie ihren Gattinnen und Gatten, Partnerinnen und Partnern: Barbara, Doug, Robert, Val, Beth, Di, Gail, Adrian, Gary, Judy, Ita und Judy.

Ich möchte allen danken, die mir auf unterschiedlichste Weise geholfen haben: Clive (»Bricky«) Barnes, Frances Berry, Gabrielle Bowe, Marie Bowe, Catherine Brophy, Linda Byrne, Andrew Clancy, Treasa Cody, Ronan Colgan, Audrey Cremin, Ben Fahey, Simon Fahey, Peggy Farrell, Bryde Glynn, Helen Halley, Jennifer Kingston, Davy Lamb, Geraldine Gardiner, Eavan Meagher, John Meagher, Sheila Morris, Dr. Donal O'Brien, Bid O'Connor, Dr. Mary O'Connor, Daire O'Flaherty, Sine Quinn, Rocke Ritchie, Gayle Roberts und Lorraine Smith.

Ich danke den Lehrern und Schülern an der Glenferneigh Public School, am St. Mary's College, Grafton, und an den Wyong, Gilgandra, und Young Highschools, NSW.

Dank an alle bei Poolbeg, besonders aber Paula Campbell und Gaye Shortland. Die Zusammenarbeit war wunderbar.

Vor allem aber danke ich meiner eigenen Familie: Kevin, Cian und Orla McLoughlin, meinen Helden.